David Vogel

Eine Ehe in Wien

aufbau

DAVID VOGEL

EINE EHE IN WIEN

ROMAN

Aus dem Hebräischen
von Ruth Achlama

Mit einem Nachwort
von Maxim Biller

aufbau

Die Originalausgabe unter dem Titel
Chaie nissuim
erschien 1929/30 in Tel Aviv, Jerusalem, Mitzpe.

MIX
Papier aus verantwortungsvollen Quellen
FSC® C083411

ISBN 978-3-351-03664-5

Aufbau ist eine Marke der Aufbau Verlag GmbH & Co. KG

1. Auflage 2017

Einbandgestaltung zero-media.net, München
Satz LVD GmbH, Berlin
Druck und Binden CPI books GmbH, Leck, Germany
Printed in Germany

www.aufbau-verlag.de

Inhalt

I. TEIL
Die Begegnung
7

II. TEIL
Der Anfang
113

III. TEIL
Drinnen und draußen
211

IV. TEIL
Das Baby
297

V. TEIL
Das Ende
411

Anhang
David Vogel: Wo Menschen sind,
kann es kein Paradies geben
Nachwort von Maxim Biller
515

I. TEIL

Die Begegnung

1.

Auf dem Gang erwachte rumorend der Wasserhahn. Sofort erfüllte der Lärm die gesamte Umgebung, drang in die noch morgendlich dämmrigen Zimmer und sickerte durch den Schlummerschleier auch in Rudolf Gordweils Körper ein.

Möglicherweise hatte das Lärmen des Hahns bei ihm, Gordweil, eine Minute vor dem Aufwachen einen unangenehmen Kurztraum ausgelöst, denn die erste Regung, die sich mit Wiedergewinnung seiner geistigen Klarheit bemerkbar machte, war Unwille: vermutlich eben infolge jenes Traums, der wohl dort, auf der anderen Bewusstseinsseite, in seinem Innern verharrte.

Einen Augenblick blieb Gordweil mit geschlossenen Augen liegen und horchte. Aber inzwischen war wieder Ruhe eingekehrt, und er hörte nur noch das Zuschnappen einer Tür, die auf dem Gang geschlossen wurde, er erfasste dieses Geräusch jedoch verspätet, gewissermaßen abstrakt, nachdem es schon verklungen und erstorben war.

Nun drehte er sich den Fenstern zu und schlug die Augen auf. Sah, dass sich die Scheiben im Licht des nahenden Morgens bereits hell abzeichneten, was sofort seinen Drang zum Weiterschlafen verstärkte. Und als flüchte er vor Gefahr, drehte er sich panikartig auf die rechte Seite zurück und zog das Federbett über den Kopf.

Unten in der Kleinen Stadtgutgasse rumpelte im selben Moment erbarmungslos quietschend ein schweres Fuhrwerk heran, das die Scheiben wie ein Erdbeben erschütterte. Ein Kohlenwagen vom Nordbahnhof, vermutete Gordweil. Nun konnte er überhaupt nicht mehr einschlafen. Das Quietschen verknappte sich in seinem dämmrigen Hirn auf zwei, drei entnervend monotone Töne, die sich mit stupider Hartnäckigkeit wiederholten, obwohl das Fuhrwerk schon recht weit weg war, bis es ihm schien, sie kämen nicht von außen, sondern aus irgendeinem Winkel seiner eigenen Seele. Erschrocken fuhr er im Bett hoch, ließ den Blick durch das nicht besonders große Zimmer schweifen, betrachtete auf dem Sofa zu seiner Rechten seinen Freund Ulrich, der mit dem Gesicht zur Wand schlief. Beim Anblick des Schlummernden wurde er plötzlich vollends wach. Und sofort drängte sich ihm die bedrückende Aussicht auf den heute fälligen Weg ins Bewusstsein. Ah, man muss trotzdem hingehen! Es gibt keine andere Wahl!, sagte er sich resigniert. Vorerst war aber noch Zeit, und so legte er sich wieder hin in der Hoffnung, ein wenig weiterschlafen zu können. Aber seine Gedanken kreisten unwillkürlich und ihm zum Trotz um dieselbe unangenehme Sache, wobei er ihnen keinen Einhalt gebieten konnte.

Das Zimmer füllte sich zusehends mit dem klaren Morgen eines ersten Frühlingstags. Ulrich stand auf und zog sich träge an. Gordweil stellte sich schlafend. Er hatte jetzt keine Lust, mit jemandem zu sprechen. Durch die halbgeschlossenen Lider verfolgte er ein Weilchen die schlappen, mechanischen Bewegungen seines Freundes beim Anziehen, die ihm irgendwie lächerlich, verkrampft und unkoordiniert erschienen. Ein lächerliches Geschöpf ist der Mensch, folgerte er, und seine Lächerlichkeit tritt erst recht hervor, wenn er mit sich allein ist …

Zum Schluss fiel es ihm schwer, liegen zu bleiben. Er stellte sich die Großstadt von erster Frühlingssonne überflutet vor und wollte draußen sein. Ungeduldig wartete er darauf, dass Ulrich zur Arbeit aufbrach. Aber der brauchte ausgerechnet an diesem Morgen länger als gewöhnlich – ging ein paarmal auf den Gang hinaus, nahm einen Kragen aus dem Kleiderschrank, legte ihn aus irgendeinem Grund wieder weg, wählte einen anderen und bürstete wohl eine halbe Stunde lang seinen Anzug aus.

Gegen acht Uhr ging Ulrich endlich. Gordweil sprang sofort

aus dem Bett und trat ans Fenster. Beim Anblick des strahlend blauen Morgens, der sich durch die kleine Gasse zwängte, überkam ihn Hochstimmung. Es war gut leben, regen und atmen an einem solchen Tag Anfang April. Gordweils Sorgen verloren momentan ihren Stachel: Alles erschien leichter. Er kehrte zu dem Stuhl neben dem Bett zurück, auf dem seine Kleidung lag, und zog sich rasch an.

Eine halbe Stunde später war Gordweil fertig und ging forsch vom dritten Stock hinunter. Draußen hüllte ihn ein lauer Morgen mit einem besonderen, unbestimmten Duft ein, der entfernt an schöne, noch unreife Mädchen erinnerte. Alles schien wie neu. Das Pflaster war bereits gesprengt, die winzigen Pfützen in den Ritzen verdunsteten langsam und machten die Luft noch frischer. Die Fiaker, die Automobile, die Trambahnen, die Etagenhäuser und auch die Menschen – alles glänzte im Schein einer jungen Sonne, verbreitete Heiterkeit. Auf wunderbare Weise wirkten alle vorbeigehenden Frauen hübsch und sahen aus, als trügen sie neue Kleider. Die Bonnen mit Spitzenhäubchen und gestärkten weißen Schürzen schoben die Kinderwagen mit solch ruhigem Stolz vor sich her, als entstammten die schönen, lachenden Babys ihrem eigenen Schoß. Gordweil spazierte die Nordbahnstraße entlang und bog dann in die Praterstraße ein. Die Schaufenster übten eine beharrliche Anziehungskraft auf ihn aus, weckten das dringende Verlangen, jedes Geschäft zu betreten, allerlei nötige und unnötige Dinge einzukaufen, mit sämtlichen Inhabern und Angestellten ein Gespräch anzuknüpfen und unbeschwert mit ihnen zu witzeln. Und noch ein Wunsch stieg in ihm auf: sich in aller Öffentlichkeit hinzustellen und Münzen, etliche Handvoll Gold- und Silbermünzen, unter die Straßenkinder zu werfen und sich mit ihnen zu freuen. Doch all das überstieg sein Vermögen: Er hatte nur einen Schilling und ein paar Groschen in der Tasche. Also schlenderte Gordweil die breite, verkehrsreiche Praterstraße entlang, blickte den Passanten überfreundlich in die Augen, als wolle er jedem eine gute Botschaft überbringen, und gelangte unterdessen an die Schwedenbrücke. Dort trat er an eine Menschenmenge heran, die am Brückengeländer zusammengelaufen war, sich drängelte und hinunterblickte.

»Ein junges Mädchen«, sagte ein plumper, glatt rasierter Mann den Umstehenden, »nicht älter als achtzehn Jahre. Ich habe mit eigenen Augen gesehen, wie man sie herausgezogen hat.« Er sprach in einem derart selbstgefälligen Ton, als behaupte er, mit eigenen Augen den Kaiser von Japan gesehen zu haben.

»Lebendig?«, fragte eine dünne Stimme.

»Die nicht! Tot wie ein Stein.«

»Unsere heutige Generation!«, fiel eine Frau mittleren Alters mit einem verschossenen Hut auf dem Kopf und einer Tasche in der Hand ein. »Alle stehen sie auf dem Sprungbrett. Alles ist ihnen egal. Entweder bringen sie andere um oder sich selbst. Erst gestern hat ein Nachbar in unserem Haus seine Frau erstochen. Mitten am helllichten Tag! Im Handumdrehen war sie tot, die Ärmste. Hat nicht einen Mucks von sich gegeben.«

Gordweil zwängte sich zum Geländer vor, um auf den Kai hinabzublicken, auf dem zwei Polizisten über die schwarz abgedeckte Ertrunkene am Boden wachten und den Kreis der schaulustigen Menge auf Distanz hielten. Trotz der jähen Mattigkeit, die Gordweil mit einem Mal überwallte, ging er hinunter und drängte sich bis nahe zu der Toten vor. Unter dem schwarzen Tuch, das nicht ausreichte, den ganzen Körper zu verhüllen, sah kastanienbraunes, verfilztes, lebloses Kopfhaar über dem Rand einer bläulich fahlen Stirn hervor, die hart wie Granit wirkte, und – am andern Ende – die Spitze eines nassen, schlammigen braunen Schuhs, dem man ansah, dass er lange im Wasser gelegen hatte. Das Volumen unter dem Tuch schien so groß wie von zwei Leichen, und der Boden ringsum war mit Wasser getränkt. Gordweil brachte nicht die Kraft auf, die Augen von dem schwarz bedeckten Klumpen loszureißen. Das Herz pochte ihm mit Macht.

Inzwischen war der Leichenwagen eingetroffen und drängte die Neugierigen zur Seite. Beim Aufheben wurde einen Moment der ganze Kopf der Ertrunkenen sichtbar. Man sah ein aufgedunsenes Gesicht, wie aus Gips, mit geschlossenen Augen. Die linke Wange hatte eine Schramme am Knochen, aber das aufgesprungene Fleisch unterschied sich farblich nicht vom Rest des Gesichts. Die Nase erschien Gordweil überlang. So lang braucht die Nase gar nicht zu sein, schoss es ihm nebenbei durch den Kopf, eine Nase muss immer ... In diesem Augenblick ruckte der Wagen an, und einer der Umstehenden stieß ihm den Ellbogen in die Rippen und fügte ihm einen kurzen, dumpfen Schmerz zu. Gordweil schreckte auf und erinnerte sich wieder, dass er es eilig hatte, warf noch einen Blick auf den feuchten Boden und auf das glatte Donauwasser, in dem sich der blaue Himmel mit weißlichen Wolkenfetzen spiegelte, und erklomm im Strom der sich zerstreuenden Menge die Stufen. Er fühlte sich auf einmal sehr müde, wie nach körperlicher Schwerarbeit.

»Es ist nicht gut, junger Herr, nicht gut, an einem solchen Frühlingstag tot zu sein«, bemerkte eine alte, gebeugte Frau, die zufällig neben ihm ging. Worauf sie gleich hinzufügte, als sei dies ein bewährtes Mittel gegen den Tod: »Ah, ich muss rasch nach Hause das Mittagessen für meine Söhne kochen.«

Aber der Frühlingstag hatte für Gordweil bereits an Schönheit eingebüßt. Die Augen zu Boden gesenkt und die Hände in die Taschen seines offenen Mantels vergraben, setzte er trübsinnig seinen Weg auf dem Asphaltpfad neben dem Kanal fort. Nach wenigen Minuten erreichte er die Rotenturmstraße und bog in sie ein. Vor einer nahen Buchhandlung blieb er stehen, las unlustig die Titel einiger Neuerscheinungen im Schaufenster, blickte dann auf die Uhr, die Viertel nach zehn zeigte, und betrat entschlossen den Laden.

»Was wünschen Sie, mein Herr?«, fragte ihn ein rothaariger Jüngling mit schwarzer Hornbrille.

Gordweil wünschte Dr. Kreindl zu sprechen.

Der Bursche verschwand in einem Gang gegenüber der Eingangstür und kam sofort zurück.

»Herr Dr. Kreindl ist momentan beschäftigt. Wenn Sie so gut sein möchten, ein wenig zu warten. Hier, bitte.« Der junge Mann wies ihm einen Stuhl an.

Die Warterei war gar nicht nach Gordweils Geschmack. Er hasste es geradezu, warten zu müssen. Aber er wollte die Sache loswerden und setzte sich in der festen Absicht, keinesfalls länger als eine Viertelstunde auszuharren.

In der Buchhandlung befand sich unterdessen kein Kunde. Der Rotschopf kletterte von Zeit zu Zeit eine Leiter empor, stöberte beflissen in den Buchreihen auf den Regalen, holte einen Stapel Bände herunter und legte sie auf den Tischen aus. Im Kassenschalter am Eingang saß eine junge Kassiererin und las, ohne dem nicht weit von ihr sitzenden Gordweil irgendwelche Beachtung zu schenken. Zum Zeitvertreib versuchte er angestrengt, die Titel der Bände hinter dem langen, mit Büchern vollbepackten Tisch vor sich zu entziffern, was ihm nur unter großen Mühen gelang. Von draußen drang gedämpft das Rauschen des Großstadtverkehrs herein. Ohne jeden erkennbaren Zusammenhang kam Gordweil plötzlich das feuchte Stück Boden am Donauufer in den Sinn, wie er es nach dem Aufheben der Ertrunkenen gesehen hatte, und das Herz schnürte sich ihm zusammen. Sein Herumsitzen hier wurde mit einem Schlag überflüssig, sinnlos. Er legte seinen braunen, zerknautschten Hut auf den Schoß und begann seine Taschen nach einer Zigarette abzusuchen, fand jedoch keine. Unwillkürlich wandte er den Blick der jungen Kassiererin zu. Die ist ganz und gar ins Buch versunken, sagte er sich. Ob man sie wohl mit konzentriertem Hinstarren verwirren und von ihrer Lektüre abbringen könnte? Damit heftete er seine Augen angestrengt auf einen Punkt ihrer Wange nahe dem Ohr. Eine Minute später wurde die Kassiererin tatsächlich unruhig, strich sich mit der Hand über den dunkelblonden Bubikopf, befühlte ihr Ohr, wandte Gordweil schließlich das Gesicht zu und sah ihn geistesabwesend an. Ihre Züge nahmen einen Moment lang den Ausdruck eines Menschen an, der sich etwas Vergessenes ins

Gedächtnis zu rufen versucht. Dann vertiefte sie sich wieder in ihre Lektüre. Zufrieden über sein Experiment, stand Gordweil mit neuem Mut auf und verkündete dem Ladendiener, er habe keine Zeit, länger zu warten.

Der Gehilfe führte ihn daraufhin durch einen schmalen, elektrisch beleuchteten Gang, zu dessen beiden Seiten sich Kisten bis zur Decke stapelten, und ließ ihn nach kurzem Anklopfen ins Büro des Geschäftsinhabers eintreten. Dr. Kreindl, der an einem großen Schreibtisch saß, das Gesicht dem Eingang zugewandt, sprang bei ihrem Eintreten wie von der Tarantel gestochen auf.

»Ich habe Sie doch x-mal gebeten, mich nicht zu stören, wenn ich arbeite!«

»Der Herr wartet schon geraume Zeit«, entschuldigte sich der Gehilfe und deutete auf Gordweil.

Erst jetzt schien Dr. Kreindl Gordweils Anwesenheit wahrzunehmen. Mit rascher Gebärde entließ er den Verkäufer, musterte Gordweil kurz und fragte ihn nach seinem Begehren, wobei in seiner Stimme noch etwas von dem vorherigen Ärger mitschwang.

»Mein Name ist Gordweil«, stellte er sich trocken vor, »Dr. Mark Astel hat Ihnen sicher schon von mir erzählt.«

»Ach ja, gewiss!«, sagte er sofort verbindlich, wobei er zwei goldene Vorderzähne entblößte. »Dr. Astel, ich entsinne mich gut. Nehmen Sie bitte Platz.« Er deutete auf einen Stuhl vor dem Schreibtisch. »Sie möchten also in meiner Buchhandlung arbeiten. Sehr gut! Wie sagt doch Goethe: Die Liebe zum Buch ist ein klares Zeichen – und so weiter. Sie schreiben doch auch selber, wie mir scheint?«

»Nein«, erwiderte Gordweil kurz angebunden. »Ich schreibe nicht!«

»Nein? Man hat mir gesagt … Nun, das macht natürlich gar nichts. Im Gegenteil, noch besser … Viel besser … Kleist sagt: Die Schriftsteller sind immer – und so weiter. Sie kennen sicher das Ende des Zitats.«

Gordweil saß da und betrachtete Dr. Kreindls feistes Gesicht, dem nur schwer anzusehen war, ob er im Ernst oder im Scherz sprach. Die kleinen, scharfen Augen, die unter der niedrigen Stirn lauerten, waren ihm höchst unangenehm. Ein bedrückendes Gefühl beschlich ihn bei dem Gedanken, dass er mit diesem Mann acht Stunden ununterbrochen unter einem Dach würde verbringen müssen, und zwar tagtäglich ein halbes Jahr, ein volles Jahr oder noch länger. In seinem Innern erwachte das jähe Verlangen, auf die ganze Sache zu spucken und augenblicklich wegzulaufen. Aber er blieb auf seinem Platz. Seit einem halben Jahr war er ohne Anstellung; die Kreditquellen versiegten langsam. Ihm fehlte der Mut, von sich aus eine Arbeitsmöglichkeit abzuweisen.

Dr. Kreindl fuhr fort: »Sie studieren gewiss Philosophie. Ein sehr interessantes Fach. Ich liebe die Philosophie ... Habe selbst drei Semester absolviert ... Und wenn ich mich nicht schämte, würde ich eingestehen, dass ich sogar einmal ein Buch *über die Beziehung zwischen Kant und Spinoza* verbrochen habe ... Erschrecken Sie nicht, das Buch ist nie erschienen. Nur eine Jugendsünde natürlich, ohne schädliche Auswirkungen ... Jedenfalls bin ich der Philosophie bis heute treu geblieben. Mein Lager umfasst ja im Wesentlichen philosophische Werke. Sie werden bei mir eine reiche Sammlung in dieser Disziplin vorfinden, der Sie sich beliebig bedienen können.«

Gordweil wurde plötzlich ohne klaren Grund von nagender Melancholie befallen. Ungeduldig wandte er sich dem Fenster rechter Hand zu, das auf einen ausgedehnten Hof, eine leere Schubkarre und eine blinde Wand, deren obere Hälfte von der Sonne gelb beschienen war, hinausging. In diesem Augenblick war es ihm schon unwichtig, ob er die Stelle bekam oder nicht. Er wollte nur weit weg von hier sein, zumindest fern von diesem Zimmer, das alt und modrig roch, als sei es viele Jahre nicht mehr gelüftet worden, und fern von diesem seltsamen Kauz, der ihm da was vorschwatzte und erfundene Zitate zum Besten gab, während er ihm bereits deutliche Abscheu entgegenbrachte, als kenne er ihn seit eh und je. Plötzlich entschlossen, die Sache auf der

Stelle zu beenden, wandte er seinem Gesprächspartner das Gesicht zu. Und da passierte Gordweil etwas höchst Eigenartiges: Statt Dr. Kreindls Zügen sah er das Gipsgesicht des ertrunkenen Mädchens vom Kanalufer, sah es völlig klar, einschließlich der Schramme auf der Wange und des verfilzten kastanienbraunen Haars. Ein Schauder überlief ihn. Er stand auf und setzte sich wieder. Betrachtete noch einmal genauestens Dr. Kreindls Gesicht und fand es nun, wie es war, mit der langen, spitzen Nase und dem stumpfen, fleischigen Kinn.

Ah, Nervenstreiche, sagte er sich, es sind bloß die Nerven.

Diese erfundenen Zitate, dachte er kurz darauf, wobei ihm ein unmerkliches Lächeln übers Gesicht huschte, man muss ihm auch so einen Spruch offerieren. Und er sagte ernsthaft: »Ja, ja, der Buchhandel ist ein erhabenes Unterfangen … Mitzelsberg sagt: Die Schätze des menschlichen Geistes finden ihre Erlösung – und so weiter.«

»Hihi, wer, sagen Sie, Mitzelsberg? Schön gesagt, Herr Gordweil. Das heißt, schön gesagt von Mitzelsberg … Ja also«, er kam plötzlich zur Sache, »zur Stunde ist noch nichts entschieden. Ich meine hinsichtlich der Anstellung, die Sie in meiner Buchhandlung suchen. Es will erst reiflich überlegt sein, ob eine weitere Kraft gebraucht wird. Wenn Sie bitte in ein paar Tagen wieder vorbeischauen möchten, in vierzehn Tagen, sagen wir, am Vormittag, werde ich Ihnen klare Auskunft geben.«

Gordweil verabschiedete sich und ging. Er wollte sich seine Freude über den negativen Ausgang nicht eingestehen. Wie immer in solchen Fällen fühlte er sich wie jemand, der zu einer Haftstrafe verurteilt werden sollte und davor bewahrt geblieben ist. Er brauchte eine Anstellung und tat also seine Pflicht. Was konnte man machen, wenn der Himmel einem Hindernisse in den Weg legte? Ah, wenn nur dieser verfluchte Magen nicht wäre!

Es war nach zwölf. Gordweil spürte eine unangenehm schale Trockenheit im Mund, die vermutlich von seinem leeren Magen herrührte. Außerdem hatte er ein riesiges Verlangen zu rauchen.

Er überquerte die Rotenturmstraße und zweigte in eine Seitengasse ab. Dort blieb er stehen, holte die wenigen Münzen aus der Tasche, die ihm vom Vortag verblieben waren, und zählte sie noch einmal, obwohl er sehr wohl wusste, wie viel er hatte. Nun, ein Schilling würde für eine einfache Mahlzeit reichen – und der Rest für Zigaretten! Er ging Zigaretten kaufen und zündete sich eine an. Einen kurzen Augenblick erwog er, nach Hause zu gehen, um zu arbeiten, beschloss aber sofort, im Freien zu bleiben. Es wäre schade gewesen, etwas von einem derart schönen Tag zu versäumen. So durchquerte er einen kleinen Park, setzte sich lässig zurückgelehnt auf eine Bank und legte den Hut neben sich.

In seiner Nachbarschaft saß ein abgerissener alter Mann mit schütterem weißem Bart und mühte sich, aus den gelbfleckigen Kippen, die er auf eine zerfledderte Zeitung auf seinem Schoß gelegt hatte, eine Zigarette zu drehen. Er verrichtete seine Arbeit gesenkten Hauptes mit Ausdauer und Hingabe, ohne zu bemerken, dass Gordweil ihn beobachtete.

Wer weiß, dachte Gordweil beim Anblick des Alten, wer weiß, ob ich nicht auch einmal so dasitzen werde … Na, eigentlich ist es ja egal!

Er zog eine Zigarette hervor, hielt sie dem alten Mann hin und sagte mit ausgesuchter Höflichkeit: »Darf ich Ihnen eine anbieten, mein Herr?«

Im ersten Augenblick schien der alte Mann zu zögern, dann streckte er die Hand danach aus, prüfte sie mit sichtlichem Vergnügen von allen Seiten, steckte sie zwischen die Lippen, zog sie wieder heraus, betrachtete sie ein zweites Mal, riss dann ein Stück Zeitungspapier ab, wickelte sie behutsam ein und schob sie in die Tasche seiner geflickten Joppe.

»Vielen Dank, junger Herr! Gott vergelt's Ihnen! Ich werde sie mir für den Abend, vorm Schlafengehen, aufheben. Abends, wenn ich mich niederlege, schmeckt sie mir am besten.«

»Würden Sie glauben«, fuhr er einen Augenblick später fort, »ich bin mal beim Arzt gewesen, im Krankenhaus in Neuhaus, lang ist's her, zehn oder zwölf Jahre, und der hat mir doch das Rauchen verboten. Eine Todesdroge sei das für den Menschen, hat er gesagt. Ein kluger Arzt war das. Bei jedem Raucheinziehen, sagte er, bleibt drinnen ein schwarzer Teerfleck von der Größe eines Daumennagels ... Er hat mir den Fleck auf einem weißen Taschentuch gezeigt. Wirklich, ich habe ihn mit eigenen Augen gesehen. Aber das Rauchen aufzugeben, habe ich nicht fertiggebracht. Einen halben Tag hab ich's geschafft, mehr konnte ich nicht.« Und er fuhr fort, eine Zigarette zu drehen.

Von der Straße schallte das ferne Rattern der Trambahnen und Fiaker herüber. Auf dem kleinen Platz in der Mitte der Anlage warfen ein paar Jungen einen riesigen braunen Fußball. Gegenüber, hinter den Bäumen, lehnte sich eine Frau aus einem Fenster im obersten Stockwerk und schüttelte ein weißes Laken auf die Straße aus, worauf sie hierhin und dorthin blickte, ob es auch kein Polizist gesehen hätte. Die alten Kastanien waren plötzlich voll winziger Knospen.

Gordweil fühlte sich tausend Meilen weit von den Großstadtsorgen entfernt und genoss dieses müßige Herumsitzen außerordentlich. Ja, er hätte unbegrenzt so weitersitzen können, nur begann der Hunger ihm zuzusetzen. Deshalb stand er auf, um die Gastwirtschaft des nahen Metropol-Hotels aufzusuchen und etwas zu essen.

2.

Am Nachmittag desselben Tages, gegen drei, schlenderte Gordweil zu seinem Stammcafé, wo er ein Opfer, das heißt einen Bekannten, von dem er Geld borgen konnte, zu finden hoffte. Falls er einen Kredit auftrieb, würde er aus der Stadt hinausfahren, zum Kahlenberg etwa oder zum Prater.

Im schmalen, schattigen Tiefen Graben, einer ruhigen Innenstadtstraße mit zahlreichen Leder- und Textillagern für den

Großhandel, luden Arbeiter in Hemdsärmeln riesige Kisten auf breite Wagen. Die schweren Gäule, denen sommers wie winters Haarbüschel über den Hufen wuchsen, fraßen währenddessen aus den umgehängten Futtersäcken, mahlten hingebungsvoll und trübsinnig vor sich hin. Ein Wächter in Holzpantinen, dem eine lange Pfeife von den Lippen baumelte, sprengte den Gehsteig mit einem rostigen Schlauch. In einem Tor stand eine junge Bedienerin mit weißer Schürze und rief eins ums andere Mal mit gedehnter Stimme: »Flooo---ckiii, kommst du heeer!« Aber das braune Hündchen mit dem langen Rücken und den kurzen krummen Beinen rannte in großem Bogen einer im Wind wirbelnden Zigarettenkippe nach und dachte gar nicht daran, umzukehren. Ein kräftiger Arbeiter neckte sie von der anderen Straßenseite her: »Schönes Miezerl, kommst heut Nacht mit mir schlafen?« Danach brauste lärmend ein schwerer Lastwagen vorbei und drängte Flocki zur Seite.

Ein angenehm scharfer Geruch nach gegerbtem Leder und frischen Textilfarben wehte aus den offenen Lagern. Ringsum spürte man verborgene, angestrengte Betriebsamkeit, die bei Gordweil das Verlangen weckte, den Arbeitern beim Verladen der Kisten beizuspringen, Hand und Schulter anzubieten, um die Widerstandskraft der Last zu überwinden. Gleichzeitig betrachtete er sich als Außenseiter, ausgeschlossen aus der Allgemeinheit derer, die die Welt in Gang halten halfen. Wie alle, die mangels entsprechender Körperkraft nicht zur Schwerarbeit taugen, erblickte er gerade in ihr den Weg zur völligen Selbsterfüllung des Menschen. Gordweil blieb in einiger Entfernung stehen und sah den Arbeitern neidisch zu. Nein, mit denen konnte er sich wahrlich nicht messen! Verächtlich blickte er an seinem mageren kleinen Körper hinunter, der ihm nur aus Nerven und Hirn zu bestehen schien, und löste sich von der Stelle. Kaum hatte er ein paar Schritte getan, meinte er seinen Namen zu hören, drehte sich um, entdeckte aber niemand Bekanntes. Nach einigen weiteren Metern fühlte er einen Schlag auf der Schulter.

»Servus, Gordweil!«, rief Dr. Astel überschwänglich hinter ihm. »Wie geht's dir? Warst du heute Morgen dort?«

»War ich.«

»Und was ist dabei herausgekommen?«, erkundigte sich Dr. Astel und beugte seinen schmalen, langen Körper zu Gordweil herab.

»Gar nichts.«

»Wieso?«

»Er hat gesagt, ich soll in vierzehn Tagen wiederkommen. Inzwischen werde er sich die Sache überlegen.«

»Nun, soll er sich zum Teufel scheren! Dieser miese Heuchler!«

Erst jetzt bemerkte Gordweil Lotte Bodenheim, die ein paar Schritte entfernt wartete. Während er auf das Mädchen zuging, gelang es ihm gerade noch, Dr. Astel leise zu fragen, ob er Geld habe, und die positive Antwort zu hören.

»Wohin bist du unterwegs?«, fragte Lotte.

»Ich bin nur so durch die Straßen geschlendert«, log er ohne besonderen Grund.

»Dann kannst du ja mitkommen. Wir fahren zum Prater.«

»Gewiss, gewiss«, pflichtete Dr. Astel hastig bei, obwohl ihm die Sache offenbar nicht ganz gelegen kam. »Wir fahren alle drei, uns an der Herrlichkeit der Natur zu erfreuen.«

Damit gingen sie zum Franz-Josefs-Kai, um von dort mit der Tram zu fahren.

Dr. Astel gehörte zu der Sorte Menschen, die stets den Eindruck erwecken, als hätten sie keine Minute Zeit, und allem, was sie sagen oder tun, eine sonderbar aufgeregte Geschäftigkeit beilegen, als sei es die wichtigste Sache der Welt. In diesem Augenblick begann er angeregt und unter fahrigen Gesten von einem gewissen Zuckerberg zu sprechen (Gordweil hörte diesen Namen zum ersten Mal), der seine Frau in Gesellschaft eines seiner Freunde in einem Café entdeckt, sie in aller Öffentlichkeit geohrfeigt und, nach Hause zurückgekehrt, sich selbst eine Kugel zu geben versucht hatte. Lotte interessierte sich sehr für den Vorfall, ja wollte jede Einzelheit erfahren, als betreffe es sie irgendwie. Dann stiegen sie in die Tram und fuhren bis zur letzten Haltestelle bei der Hauptallee, nicht weit vom dritten Kaffeehaus.

Die Luft hier war frisch und etwas feucht, die Wiesen zu beiden Seiten zeigten schon einen leichten Grünschimmer, und die lange gerade Allee lag fast leer vor ihnen. Nur von Zeit zu Zeit fuhr leise ein Auto oder ein schmucker Fiaker vorbei, gezogen von stolzen Pferden, die im Gleichtakt über den Asphalt trabten. Gelegentlich kam auch ein Reiter auf dem seitlichen Reitweg vorüber, in dessen lockerem Erdreich die Pferdehufe dumpf einsanken.

Lotte hängte sich bei den zwei Männern ein, während sie den Tiefen des Parks zustrebten. Eine Weile gingen sie schweigend. Dann sagte Lotte, die grauen Augen von der Seite auf Gordweil gerichtet: »Wir haben uns lange nicht mehr gesehen, Gordweil.« Worauf sie sofort, halb ernsthaft, halb im Scherz, hinzufügte: »Ich hab direkt schon Sehnsucht nach dir bekommen.«

»Na, ich vermute, die Sehnsucht wird nicht so groß gewesen sein«, sagte Gordweil lachend.

»Kann man nicht wissen. Kann man nie wissen …« Und in einem Ausbruch von Entzücken: »Ach, wie wunderbar doch alles ist, Kinder! So wunderbar, dass man plötzlich gar nicht mehr weiß, wo man sich befindet … Dass es einem scheint, als habe man erst jetzt das Licht der Welt erblickt und sähe dies alles zum ersten Mal. In solchen Momenten ist der Mensch leicht zu ungewöhnlichen Taten bereit. Zu einem Akt seelischer Hingabe oder auch zu dessen Gegenteil: irgendeiner Schandtat, zu Mord beispielsweise …«

»Mal langsam, mein Liebes«, rief Dr. Astel schmunzelnd. »Hoffentlich bin ich nicht derjenige, den du zu ermorden gedenkst.«

»Nein, nein, du hast nichts zu befürchten«, sagte Lotte mit einer Spur Verachtung in der Stimme. Plötzlich löste sie sich aus den Armen der beiden, machte einen Satz und küsste Gordweil auf den Mund. »Ihn, Gordweil, nicht dich!«

»Dann ermorde aber bitte auch mich, Lotte, Lotterl«, flehte Dr. Astel und schnitt eine Grimasse.

»Zu spät, mein Lieber. Du bist ein Hasenherz!«

Gordweil nahm Lottes Hand und legte sie in Dr. Astels. »Jetzt vertragt euch, Kinder, und lebt von nun an in Ruhe und Frieden.«

»Was schert's dich, Gordweil?«, brauste Lotte ohne ersichtlichen Grund auf und zog heftig die Hand zurück. »Das geht dich überhaupt nichts an. So eine Ungezogenheit! Mischt sich in anderer Leute Angelegenheiten ein.« Und nur zu Dr. Astel gewandt: »Komm, ich bin durstig … Gehn wir ins Café …«

»Wir werden Gordweil hier doch nicht stehenlassen«, beschwichtigte Dr. Astel schmunzelnd.

»Ist mir gleich. Er kann mit uns gehen oder sonst wohin …«

Gordweil lächelte und erwiderte nichts. Man darf's nicht genau nehmen, sinnierte er, Frauen sind halt mal so.

Nachdem sie ein paar Schritte zurückgegangen waren, blieb Lotte stehen und verkündete: »Eigentlich kann ich auch warten … Ich bin doch nicht so durstig … Besser gehen wir noch ein wenig spazieren und dann ins Café – was meint ihr?«

Also machten sie erneut kehrt. Sie bat Dr. Astel um eine Zigarette, zündete sie an und blies lange Rauchzungen vor sich hin. Ihre vollen Lippen rundeten sich dabei zu einem kleinen Ring, was ihrem hübschen frischen Gesicht besonderen Reiz verlieh. Sie hatte die Zigarette gekonnt zwischen Ring- und kleinem Finger stecken und sog fast ununterbrochen daran. Plötzlich war sie es leid und schleuderte sie weg. Dann lächelte sie Gordweil zu ihrer Rechten an.

»Du bist doch nicht wütend auf mich, Gordweil? Ich meine wegen vorhin. Bitte, sei nicht zornig, lass uns wieder gut sein. Bitte, bitte« – sie patschte die Hände zusammen wie ein Kind – »bitte sei nicht böse. Sag ihm bitte, Astel, er soll nicht böse sein.«

»Wer sagt denn, dass ich böse bin?«, sagte Gordweil lachend. »Ganz und gar nicht.«

»Wirklich nicht? Umso besser. Wisst ihr was, Kinder, vielleicht gehen wir in den Wurstelprater?«

Da sie ihnen ansah, dass sie nicht einverstanden waren, ließ sie den Gedanken sofort wieder fallen, und sie setzten ihren Weg fort. Schließlich ließen sie sich auf einer Bank nieder.

Über die Brücke, die die Allee an einer von hier aus nicht sichtbaren Stelle kreuzte, ratterte – schwer keuchend wie ein ganzer Chor Asthmatiker – ein ebenfalls unsichtbarer Zug. Er hinterließ eine nahezu fühlbare Stille. Hinter den noch kahlen Bäumen zeigte sich von Zeit zu Zeit ein knallrotes, entkräftetes Sonnenrad. Auch ein unsichtbarer Spatz fand sich ein, tschilpte ein paarmal und hörte auf. Eine leichte Abendkühle war bereits spürbar.

Die drei saßen schweigend da. Dr. Astel war heute irgendwie schlechter Laune, sprach entgegen seiner sonstigen Gewohnheit nur wenig. Lotte lehnte den Kopf an seine Schulter und spielte mit ihrer rauen Schlangenledertasche. Schließlich sprang sie auf: »Was habt ihr heute bloß? Ihr seid unausstehlich langweilig!«

Der Tag dunkelte bereits. Es war kühl. Sie standen auf und machten sich auf den Rückweg. Gordweil bereute ein wenig, mitgekommen zu sein. Er spürte schon im Voraus den faden Nachgeschmack, der ihm sicher bleiben würde – wie immer, wenn er einige Stunden in Gesellschaft anderer verbracht hatte. Schade, dass er den Spaziergang nicht allein unternommen hatte. An der Straßenbahnhaltestelle würde er sich sofort verabschieden.

Doch als sie dort angekommen waren, ließ er sich verleiten, »nur einen Augenblick« ins dritte Kaffeehaus mitzugehen, und ärgerte sich eine Minute später über seine eigene Schwäche. Sein Gesicht nahm einen harten Ausdruck an, und die Mundfalten vertieften sich.

Sie saßen auf der offenen, leicht erhöhten Terrasse, die fast leer war. Gordweil nippte mechanisch an seinem Kaffee, der ihm fade vorkam. Plötzlich wuchs sein Bedürfnis, um jeden Preis allein zu sein. Er blickte auf die Uhr und schrak zurück: Ah, er habe völlig vergessen, dass er um sieben eine Verabredung habe, die er auf keinen Fall versäumen dürfe …

»Wart einen Augenblick«, sagte Lotte, »wir gehen doch alle.« Und mit ehrlichem Bedauern: »Schade, dass du jetzt keine Zeit hast. Ich wollte euch gerade zum Tee bei mir einladen.«

»Du kannst ja später kommen, wenn du wieder frei bist«, schlug Dr. Astel vor.

Nein, er könne nichts versprechen. Es sei nicht abzusehen, wie lange sich die Sache hinziehen werde …

Gordweil fuhr bis zum Franz-Josefs-Kai mit, wo er ausstieg, nachdem er sich etwas Geld von Dr. Astel geborgt hatte.

Die Stadt war schon vom fahlen orangefarbenen Licht der elektrischen und der Gaslaternen überflutet. Die Straßen wimmelten von Menschen, die in Strömen aus den Geschäftshäusern quollen und nach Hause eilten. Rollläden fielen mit ohrenbetäubendem Lärm herunter. An den Tramhaltestellen riefen Zeitungsverkäufer lautstark die Abendblätter aus, jagten jeder anfahrenden Tram nach und reichten die Ausgaben durchs Fenster. Hier und da sah man eine Bedienerin mit einem Tablett voller Biergläser aus dem nächsten Wirtshaus die Straße überqueren.

Die Hast befiel auch Gordweil, zusammen mit all den Menschen, die gerade einen langen Arbeitstag hinter sich gebracht hatten. Obwohl er kein bestimmtes Ziel hatte, drängte er mit der Menge, um einen Platz in einer der überfüllten Straßenbahnen zu ergattern. Außen an einer Tram sich festhaltend, einen Fuß auf dem Trittbrett, den anderen in der Luft, während ein breiter, penetrant nach Schweiß riechender Rücken wie eine Wand vor seinen Augen aufragte, erreichte er das Schottentor. Hier sprang er ab. Eine Weile ging er vor dem Gebäude des Wiener Bankvereins auf und ab, ohne zu wissen, was er jetzt tun sollte. Schließlich stieg er in eine andere Tram und fuhr denselben Weg zurück bis nach Hause.

3.

»Eine Flasche Bier, Johann, und die Abendzeitungen.«

Der semmelblonde Kellner, der unweit mit dem Rücken zu ihm stand, eine schmutzige Serviette unter dem Arm, eilte, das Gewünschte zu holen.

Es war neun Uhr abends. In dem kleinen Kaffeehaus nahe der Universität versammelten sich nach und nach die Stammgäste: Studenten und kleine Beamte, die ihre Stammplätze einnahmen und wie jeden Abend nach dem Nachtmahl einen Mokka bestellten. Diese Gäste waren fester Bestandteil des Cafés, verliehen ihm eine besondere Note, ebenso wie die abgewetzten, durchgesessenen Plüschdiwane rings an den Wänden und die dunklen, schmutzigen Marmortische. Ein »Fremder« verlief sich nur selten hierher.

Übereifrig schnitt Perczik den weißlichen, von einem glasig gelben Fettrand umgebenen Kalbsbraten, der in einer dunkelbraunen Soße schwamm, säbelte mit dem stumpfen Messer daran herum und kaute begeistert einen Bissen nach dem anderen. Seine kurzen Wurstfinger verrichteten zuverlässig ihre Arbeit, die jetzt geröteten Lippen glänzten vor Fett, und von Zeit zu Zeit trank er einen Schluck schäumendes Bier. Vergnügter Stimmung war er und weltbewegenden Dingen aufgeschlossen wie immer bei einer fetten Mahlzeit; ja, das Herz wurde ihm weich, und er redete unablässig während des genüsslichen Kauens. Unter den buschigen, in der Mitte zusammengewachsenen Brauen blickten seine Augen mal hierhin, mal dorthin.

»Völlig überflüssig, sage ich euch … und das wird euch jeder vernünftige Mensch sagen, wenn er kein Lügner ist. Was nützt sie zum Beispiel einem Menschen mit Zahnschmerzen, ha? Oder einem, der schon zwei Tage nichts gegessen hat? Würdet ihr dem Madame Bovary zu lesen geben? Ihm Rembrandtgemälde zeigen? In Wirklichkeit ist die Kunst nur etwas für reiche Leute, die Snobs, die ihr Haus damit schmücken wie mit überflüssigem

Mobiliar … Die anderen haben keinerlei Bedarf daran.« Perczik stach zum weiteren Beweis seine Gabel in die Luft.

Gordweil saß gesenkten Hauptes da und malte mit dem Bleistift mechanisch Blumenranken auf die Tischplatte, wischte sie von Zeit zu Zeit mit dem Finger ab und zeichnete von neuem. Perczik Kalbsbraten interessierte ihn nicht im Geringsten; er hatte heute schon zwei volle – und im Vergleich zu anderen Tagen könnte man sogar sagen: fette – Mahlzeiten zu sich genommen. Aber die gute Laune des anderen und seine Sorge um das Los der Kunst und die menschlichen Leiden reizten ihn, ihm eins auszuwischen.

»Warum faselst du so viel, Perczik? Du brauchst dich darum nicht zu sorgen … Wer Zahnweh hat, soll zum Zahnarzt gehen. Und die Kunst wird ebenfalls ohne dich auskommen. Gib mir lieber eine Zigarette.«

»Eine Zigarette?« Perczik Stimme sackte merklich ab. »Sofort.«

Er zog das Lederetui aus der Tasche, klappte es auf und hielt es Gordweil hin. Es enthielt nur eine einzige, zur Hälfte hohle Zigarette.

»Hier, das ist meine letzte«, sagte er, als flehe er um sein Leben.

»Nein«, winkte Gordweil ab, »die rauch du nur. Ruf dem Kellner, er soll gute bringen.«

Es blieb ihm keine Wahl. Braten und Bier verloren mit einem Schlag ihren Geschmack. So ist es immer, wenn man mit diesen Habenichtsen zusammenhockt, sinnierte Perczik verbittert. Man muss sie meiden wie die Pest.

Der Kellner öffnete eine volle Packung: »Zehn Khedives gefällig?«

»Nein, nein!«, wehrte Perczik ab, als habe man ihn aufs Schafott führen wollen. »Haben Sie Memphis? Ich mag Memphis … eine leichte, angenehme Zigarette … Geben Sie mir drei!«

Perczik bot Gordweil eine an und wollte das Etui einstecken.

»Und ich?«, fragte Ulrich lachend. »Ich rauche auch!«

»Seit wann rauchst denn du? Hast du doch sonst nicht getan …«

»Jetzt tu' ich's.«

»Nun, wenn du … Dann natürlich … mit Vergnügen …«

»Feuer, Perczik!«, forderte Gordweil.

»Ich habe keine Streichhölzer«, log Perczik rachelustig.

Ulrich strich ein Hölzchen an und gab Gordweil Feuer.

»Memphis!«, mokierte sich Gordweil. »Wer raucht denn heute noch Memphis? … Es wird Zeit, Perczik, dass du Khedives rauchst. Bei hundert Dollar im Monat!«

»Wieso hundert Dollar?«, verteidigte sich Perczik. »Wer verdient hundert Dollar pro Monat? Ich bin froh, wenn ich auf dreißig komme. Alles Lug und Trug. Glaubt ihr, es ist so einfach, hundert Dollar im Monat zu verdienen?«

»Und trotzdem wirst du mir doch zwei Schilling borgen«, sagte Gordweil lächelnd, während er ihm gerade in die Augen blickte. Er wusste, dass seine Mühen vergeblich waren, wollte ihn aber zappeln sehen.

»Zwei Schilling?« Perczik hielt mitten im Kauen inne, wie vom Blitz getroffen. »Hab ich nicht. Ehrenwort, dass ich's nicht habe. Es reicht gerade eben, den Kellner zu bezahlen … Mir bleibt nicht einmal was, um es meiner Frau morgen für den Haushalt zu geben … Ich bin heute zu spät zur Bank gekommen … Muss morgen früh losrennen, die letzten fünf Dollar einwechseln …«

»Dann gib mir einen Schilling«, beharrte Gordweil.

Perczik ließ den Rest des Bratens auf dem Teller, schob ihn weg und schüttete ein volles Glas Bier in sich hinein. Die lassen einen nicht in Ruhe essen, diese … diese …, dachte er wütend. Er steckte die Hand in die Hosentasche, fingerte die großen Scheine aus dem Portemonnaie, ließ sie in der Tasche und förderte den Geldbeutel zutage, in dem nur noch eine klägliche Summe war.

»Zahlen, Johann!«, rief er aufgebracht.

Nachdem er die Rechnung beglichen hatte, blieb ihm wenig mehr als ein Schilling.

»Hier ist mein ganzes Geld.« Er zeigte Gordweil das Geld.

»Fein, fein! Leih mir den Schilling und behalt das Kleingeld für dich. Damit ist sowieso nichts anzufangen.«

»Brauchst du den Schilling denn unbedingt?«, versuchte Perczik sein Geld zu retten. »Oder kannst du bis morgen warten? Du wirst doch zugeben, dass ich nicht ohne einen Groschen nach Hause kommen kann. Morgen Abend, wenn du hier bist, bring ich dir den Schilling herzensgern … Ich brauche auch ein bisschen Geld für den Kleinen, der frühmorgens zur Schule geht. Ich kann das Kind unmöglich ohne alles wegschicken«, flehte Perczik. »Bis zum Mittag ohne einen Groschen!«

»Sei nicht stur, Perczik. Um dich brauch ich mir keine Sorgen zu machen. Du wirst morgen schon eine geschickte Lösung finden … Rück den Schilling raus!«

Gordweil nahm die Münze und betrachtete sie aufmerksam von beiden Seiten: »Man muss nachschauen, ob sie nicht gefälscht ist … Es sind jetzt viele falsche Schillinge in der Stadt in Umlauf …«

Perczik zündete sich eine Zigarette an und rauchte eine Weile schweigend, bemüht, seinen Zorn zu verbergen, was ihm nur halb gelang. Schließlich sagte er mit gekünstelter Freundlichkeit: »Weißt du, Gordweil, ich bin natürlich kein Ratgeber. Ich bin auf einem ganz anderen Gebiet Experte, wie du weißt. Trotzdem sehe ich mich verpflichtet, dir offen zu sagen, dass du auf all diese Dinge spucken solltest. Die Zeit der Hirngespinste ist vorbei … Wir sind doch keine achtzehnjährigen Jünglinge mehr, zum Teufel! Ich bin ja auch mal ein Müßiggänger gewesen, das weißt du gut, aber alles hat einmal ein Ende. Ein Jahr, zwei, fünf – und fertig. Wie lange kann man Hunger leiden? Und vor allem: wozu? Kannst du mir das erklären, wozu? Lohnt sich nicht, sag ich dir. Erst muss der Magen zu seinem Recht kommen und danach alles Übrige. Meines Erachtens musst du dir irgendeine Stelle suchen. Das ist meine ehrliche Meinung. Man kann doch nicht ewig hungern … Was tun denn all die jungen Schriftsteller? Der eine dies und der andere das. Mir hat das Glück eine Stelle bei der Zeitung zugespielt – soll's halt bei der Zeitung sein. Sie bezahlen nicht gut – aber besser als gar nichts ... Und dabei kann der Mensch auch für sich selber arbeiten. Ich arbeite auch für mich selbst. Vor einer Woche erst habe ich eine große Erzählung abgeschlossen. Man kann arbeiten und wie!«

Gordweil hörte Perczíks Worte, als säße dieser im Nebenraum. Seine Aufmerksamkeit war anderweitig abgelenkt. Gegenüber, drei Tische entfernt, hatte vor ein paar Minuten ein fremdes Mädchen Platz genommen. Sie legte zwei schwarze Leinenbände auf die Tischplatte, Bibliotheksbücher offenbar, bestellte Kaffee und ließ den Blick über die umsitzenden Gäste schweifen. Gordweil vermochte die Augen nicht von ihr zu lösen, spürte plötzlich eine vage Beklommenheit, wie man sie vor einem nahenden Unheil empfindet. Die äußere Erscheinung des Mädchens hatte allerdings nichts Fremdes an sich. Sie war weder besonders hübsch noch besonders hässlich: eine jener strohblonden, sommersprossigen jungen Wienerinnen, die man nach Arbeitsschluss zu Tausenden auf den Straßen und in den kleinen Cafés antraf. Aber auf Gordweil machte sie irgendwie einen besonderen Eindruck. Und als sie ihn mit ihren durchdringenden stahlblauen Augen fixierte, musste er den Blick abwenden.

Inzwischen hatte sich Perczik erhoben und verabschiedet.

Als er weg war, flüsterte Gordweil Ulrich zu: »Siehst du das Mädchen dort, am dritten Tisch links?«

»Seh ich. Und was ist mit ihr?«

»Was ist sie deines Erachtens?«

»Nichts. Ein Mädchen wie alle anderen.«

»Nein. Sie hat so was an sich, du merkst es nur nicht. So eine Wiener Tradition. Biedermeierzeit. Sieh mal den herrischen Zug in der unteren Gesichtshälfte. Ich würde sie zu gern kennenlernen.« Und einen Moment später fügte er zögernd hinzu: »Könntest du versuchen, dich ihr vorzustellen?«

»Nichts einfacher als das, du wirst gleich sehen.«

Das Mädchen spürte offenbar, dass man über sie sprach, denn sie blinzelte beim Kaffeetrinken von Zeit zu Zeit zu den beiden hinüber.

Ulrich stand auf, schlängelte sich zwischen den Tischen hindurch, tat so, als gehe er woandershin, und stand mit einem Schlag vor ihr. Er verbeugte sich und sammelte alle ihm zu Gebote stehende Höflichkeit in seiner Stimme, als er sagte: »Verzeihen Sie, gnädiges Fräulein, dass ich störe. Mein Freund würde gern Ihre Bekanntschaft machen. Wenn Sie gestatten, möchte ich ihn Ihnen vorstellen.«

Das Mädchen musterte erst Ulrich, dann den etwas entfernt sitzenden Gordweil. Die sachliche Direktheit gefiel ihr. Ihre bestimmten, strengen Gesichtszüge erweichten sich zum Anflug eines Lächelns, und sie sagte nur: »Gut.«

Auf den Wink seines Freundes kam Gordweil heran. Er bemühte sich um Selbstsicherheit, verlor jedoch gerade durch diese Anstrengung völlig das innere Gleichgewicht, so dass sein Auftreten etwas Lächerliches, Unnatürliches bekam.

Ulrich stellte vor: »Herr Gordweil und Fräulein –«

»Baronin Thea von Tako.«

Die jungen Männer baten um Erlaubnis und setzten sich zu ihr an den Tisch. Gordweil empfand sofort einen Druck im Innern. Man musste etwas sagen, nur wollte ihm momentan partout nichts einfallen. Mit einem Mal war er so verlegen wie ein Redner, dem plötzlich der Anfang seiner Rede entfallen ist. Auch Ulrich sagte komischerweise kein Wort. Das Schweigen wurde beklemmend, unangenehm. Schließlich raffte sich Gordweil auf. »Sie besuchen dieses Café nicht sehr häufig, nicht wahr?« Beim Sprechen schien es ihm, als klinge seine Stimme leiser als gewöhnlich, fast flüsternd, was ihn auf sich selbst wütend machte.

»Nein. Ich bin zufällig hereingekommen. En passant.«

Wieder entstand eine Pause.

Das Zappeln ihres neuen Bekannten blieb den Augen der Baronin nicht verborgen, und sie fand ein sonderbares, grausames

Vergnügen daran. Doch Gordweils Hirn rang um Gesprächsstoff, lief auf Hochtouren, bis er etwas gefunden hatte. Er würde sie fragen, ob sie Studentin sei.

»Vielleicht möchten Sie noch einen Kaffee trinken, mein Fräulein?«, hörte er sich, tief erschrocken über diese merkwürdige Frage, selber sagen.

Zu seinem Glück lehnte die Baronin ab.

Pass doch auf, du Idiot!, beschimpfte er sich im Stillen. Du kannst ja nicht mal bezahlen.

Grundlose Traurigkeit wallte plötzlich in ihm auf, wodurch seine äußere Not etwas nachließ. Auf einmal meinte er die Baronin schon lange zu kennen.

»Wissen Sie, mein Fräulein«, sagte er und blickte ihr gerade ins Gesicht, »manchmal begegnet man einem Menschen und spürt sofort, dass einen schon eine feste, dauerhafte Beziehung mit ihm verbindet, gut oder schlecht, aber jedenfalls der Art, wie sie gewöhnlich erst nach vielen Jahren des Zusammenlebens entsteht. Der erste Teil ist in diesen Fällen schon vorher im Verborgenen vorübergegangen. Haben Sie das auch schon einmal erlebt? Zum Beispiel lernt man einen Menschen kennen und weiß auf Anhieb, dass man sich aus irgendeinem Grund an ihm rächen muss, oder man hat umgekehrt das Gefühl, diesem fremden Menschen, den man gerade zum ersten Mal im Leben gesehen hat, Dank zu schulden. Merkwürdig, nicht wahr?«

Die Baronin lauschte schweigend. In Gordweils Worten – nicht im Inhalt, sondern im Tonfall – schwang eine unterdrückte Trauer mit, die unwissentlich von der Zuhörerin erkannt wurde. Diese völlige Ernsthaftigkeit führte einen Schritt auf das Wesen der Dinge zu, offenbarte eine Handbreit ihres Geheimnisses.

Gordweil wurde von einer verborgenen Kraft zum Reden angetrieben: »Und zuweilen trifft man erstmals auf einen Menschen, bei dem man instinktiv spürt, dass einem das bisschen Trauer, das die Seele zum Dasein braucht, allezeit von ihm über versteckte Kanäle zugeflossen ist, bis es ankam und aufgesogen wurde … Und diesem Menschen ist man dann untrennbar wie ein Schatten verbunden …«

Möglich, dass dem so sei, meinte die Baronin, während ihre Finger mechanisch in den Büchern blätterten. Solcherlei Dingen könne man nicht wirklich auf den Grund gehen. Aber bezüglich seines Ausspruchs, dass der Mensch Trauer zum Dasein brauche, sei sie nun völlig anderer Ansicht. Das sei eine individuelle Angelegenheit. Ja, offensichtlich brauche der Mensch noch nötiger ein wenig Freude. Allein die Freude erhalte ihn aufrecht. Sie selbst zumindest, lächelte die Baronin unter Entblößung starker Zähne, lebe nur von der Freude und für die Freude.

»Gewiss, gewiss«, pflichtete Gordweil eifrig bei, »das gilt natürlich nicht für alle Seelen gleichermaßen.«

Die Baronin sah auf ihre Armbanduhr. Sie schlug vor, noch ein wenig spazieren zu gehen. Also zahlten sie und gingen. Draußen verabschiedete sich Ulrich sofort. Er sei leider müde und müsse auch früh aufstehen.

Als sie allein waren, fragte die Baronin, wo Gordweil lebe. Sie selbst wohnte in der entgegengesetzten Richtung, in Währing, hinterm Gürtel.

Die Frühlingsluft war lau. Vom dunklen, gesprenkelten Himmel strömte sanfte, erfrischende Stille herab. Die sich zu dieser Stunde bereits leerenden Straßen sahen sauber gefegt aus. Die Großstadt schlummerte im orangefarbenen Licht der elektrischen Straßenlaternen ein. Ab und zu, in größeren Abständen, jagten noch Straßenbahnen vorbei wie jähes, alptraumhaftes Erwachen. Ein ferner Zug pfiff lange und dumpf. In der Phantasie blitzten für einen Augenblick weite Reisen durch eine lautlos atmende Nacht und fremde Millionenstädte auf.

Gordweil schritt klein und mager neben der ihn um Kopfeslänge überragenden Frau dahin. Sie gingen durch die Währinger Straße. Gordweil warf ab und zu einen Blick auf seine Begleiterin und dachte: Aufrecht und schön ist sie, aber sicher hart. Vermutlich wird sie den ihr Nahestehenden häufig wehtun. Er war in einen zugleich wunderbar angenehmen wie erschreckend unruhigen Seelenzustand eingetaucht. Das Mädchen strahlte etwas undefinierbar Bedrohliches auf ihn aus. Das war eine eigenartige neue Stimmung für Gordweil, obwohl er sicher war, schon einmal in einer ähnlichen Verfassung gewesen zu sein, womöglich in frühester Kindheit. Es spukten unterhalb seiner Gedächtnisschwelle sogar ein paar mit dieser Stimmung verbundene Ereignisse herum. Fast hätte er sie zu fassen gekriegt, aber sie versanken sofort wieder in den Tiefen seiner Seele, wie ein Fisch, der gelegentlich aus dem Wasser springt, aber augenblicklich wieder darin verschwindet, bevor man ihn noch richtig gesehen hat.

Er nahm den Hut ab, wobei er eine wild wachsende Tolle und eine gewölbte weiße Stirn freilegte.

»Als kleines Kind«, sagte er, als spräche er zu sich selbst, »habe ich mir die Welt als einen unendlich großen, aber löchrigen Sack vorgestellt, in dem die menschlichen Wesen sich abmühen, aufeinandertreten, sich ineinander verkeilen wie Krebse und trotzdem durch die Löcher irgendwohin fallen ... Dieses Schauspiel hat mir oftmals in erschreckender Klarheit vor Augen gestanden. Dann ist mir sehr angst geworden. Eigenartigerweise habe ich mich gerade nachts, und vor allem in dunklen Nächten, beruhigt. Dann konnte ich mich in der Dunkelheit verstecken und fühlte mich völlig geschützt ... Auch jetzt noch sind mir die finsteren, mondlosen Nächte lieber.«

»Man müsste einmal prüfen, ob Sie etwa mondsüchtig sind«, sagte die Baronin unter lautem, unerklärlichem Kichern. Ihr Lachen klang hohl, wie aus einem leeren Fass; Gordweil war ein bisschen gekränkt darüber.

»Nein«, erwiderte er sachlich, »ich bin nicht mondsüchtig.«

An den Gassenecken schlenderten die Huren, gemächlich mit den Handtaschen schlenkernd, die eine hierhin, die andere dorthin, und fixierten jeden männlichen Einzelgänger. Die Baronin warf ihnen einen flüchtig musternden Blick zu und machte eine unbestimmte Handbewegung. Sobald sie sich ein wenig von ihnen entfernt hatten, sagte sie plötzlich erregt: »Die hasse ich! Ich könnte sie umbringen! Ich vermag mir gar nicht vorzustellen, wie ein Mann mit denen in Berührung kommen kann. Solche Kerle sind zweifellos minderwertig …«

Das ist ein verdächtiger Hass, überlegte Gordweil, sagte aber nichts.

Inzwischen hatten sie die Volksoper erreicht, die schon geschlossen war und in Stille gehüllt dastand. Von hier war es nicht mehr weit bis zur Wohnung der Baronin. Sie gingen langsam mitten auf der Straße.

Gordweils Mund entfuhr zu seiner größten Verwunderung plötzlich der Satz: »Wissen Sie, mein Fräulein, ich spüre, dass wir zwei ein gutes Paar sind …«

»Möglich«, antwortete die Baronin lachend. »Ich habe nichts dagegen. Sie gefallen mir.«

Sie war stehengeblieben und schaute ihn nun von oben bis unten an, als sei er ein kleines Kind, das etwas Schlaues gesagt hat. Dann fuhr sie ihm mit der Hand durch den wirren Schopf: »Schönes Haar haben Sie, Herr Gordweil.«

Eine Hitzewelle überrollte sein Herz. Der Hut entglitt seinen Händen und fiel aufs Pflaster. Er beugte sich hinab, um ihn aufzuheben, ergriff dabei die Hand des Mädchens und küsste sie leidenschaftlich. Die Geküsste protestierte nicht. In diesem Augenblick schreckte eine Autohupe die beiden auf und verjagte sie auf den Gehsteig. Sie setzten ihren Weg fort. Das Überraschende an der Sache brachte Gordweil völlig um den Verstand. Er hätte mitten auf der Straße tanzen mögen. Jetzt würde er die ganze Nacht so mit ihr bummeln, überlegte er jubilierenden Herzens: Ab und zu setzen wir uns auf eine Bank, sie legt mir den Kopf auf die Schulter – sie ist hübsch, sehr hübsch! Und ich werde sie umarmen …

»Da sind wir«, sagte die Baronin und blieb vor einem fünfstöckigen Haus stehen. »Es ist spät. Morgen muss ich ins Büro gehen.«

Sie verabredeten sich für den folgenden Abend in einem anderen Café und verabschiedeten sich. Als von drinnen die schlurfenden Schritte und das Schlüsselgeklimper des Hausbesorgers zu hören waren, beugte die Baronin sich über Gordweil, küsste ihn hastig auf den Mund und entschwand im schwarzen Schlund des Toreingangs.

Gordweil verharrte wie angenagelt. Alles erschien ihm unwirklich. Seine Lippen brannten wie wund, und sein Hirn war völlig blockiert, bot keinen Platz mehr für den leisesten Gedanken. Das Herz klopfte wie ein Schmiedehammer in seinem Innern, pochte ihm in den Händen, in den Beinen, im Kopf, als habe es sich von seinem angestammten Platz gelöst. Vor einer Minute war etwas geschehen, etwas Wunderbares, Unglaubliches, nur vielleicht nicht ihm, sondern einem anderen außerhalb seiner selbst. Gordweil stand da, das Gesicht dem verschlossenen Tor zugewandt, ganz auf das Innere des Hauses ausgerichtet, in dem die Baronin verschwunden war. Er meinte ihre Schritte auf der Treppe zu hören. Lauschte lange und hörte sie beständig. Starrte nach oben und glaubte zu sehen, wie ein Licht in einem Zimmer des zweiten Stocks anging. Ja, das war gewiss ihr Zimmerfenster … Schließlich rührte er sich von der Stelle. Blieb aber nach wenigen Schritten erneut stehen. Blickte angestrengt zur nächsten Straße hinüber, als suche er etwas. Auf dem Schild, das an einer Mauer an der Ecke angebracht und von einer nahen Laterne beleuchtet war, las er unwillkürlich den Namen der Straße, las ihn ein-, zwei-, dreimal, ohne ihn zu registrieren. Ihm gegenüber stand ein Mann mit dem Rücken an die Mauer gelehnt. Der ist gewiss hungrig, schoss es ihm durch den Kopf.

Schließlich setzte er langsam und leicht schwankend seinen Weg fort und gelangte unmerklich in die Nußdorfer Straße. Aha, erinnerte er sich mit einem Schlag, das Währinger Viertel! Er war vorher durchs Währinger Viertel gelaufen! Es stand ja ausdrücklich auf dem Schild! Und sie, sie wohnte in der Schulgasse Nummer 12. Die Ba-ro-nin The-a von Ta-ko, Schulgasse 12. Nicht elf und nicht dreizehn, sondern haargenau zwölf. Sechs und sechs, fünf und sieben, acht und vier – immer zwölf. Thea von Tako, Rudolf von Tako, nein – von Gordweil ... Baron Rudolf von Gordweil! Hahaha! Gordweil brach in schallendes Gelächter aus, wobei sein Geist etwas klarer wurde. Jetzt begann ein neuer Abschnitt, das spürte er. Dieser Abend war ein Wegzeichen. Eintausendfünfhundert Meilen bis hier. Haltepunkt. Und von da weiter. In seinem Innern erwachte der mächtige Drang, etwas zu unternehmen, einen unbekannten Ort aufzusuchen, mit Menschen zu debattieren und sie zu besiegen, ihnen zu beweisen, dass alles gut und richtig war, ohne Fehl und Tadel, dass man sich von ganzer Seele freuen, freudig für jeden Atemzug danken musste und auch für die unermessliche Gabe, die dem ihrer gar nicht würdigen Menschen geschenkt worden war. Er wollte seinen Nächsten etwas von der überschäumenden Lebensfreude abgeben, die zu dieser Stunde sein gesamtes Wesen durchströmte.

Gordweil suchte seine Kleidung nach Zigaretten ab, förderte aber nichts zutage. Listig, diese Zigaretten, grinste er bei sich, manchmal spielen sie Verstecken mit einem. Stattdessen fand er in einer seiner Jackentaschen den Schilling, dessen Vorhandensein er völlig vergessen hatte. Damit betrat er eine kleine Wirtschaft in der Währinger Straße und kaufte dem Kellner fünf Zigaretten ab. Es stellte sich jedoch heraus, dass seine Kehle vom Durst so trocken wie ein wohlangefachter Schmelzofen war und der Zigarettenrauch ihm daher höchst bitter schmeckte. Er bestellte also einen Krug Bier und setzte sich an einen Tisch.

Zu dieser späten Stunde waren nur noch wenige Gäste im Lokal. An einem Ecktisch saßen ein Mann und eine Frau, beide mit grauen Rucksäcken auf dem Rücken, die sie nicht erst abgenommen hatten. Sie tranken abwechselnd aus einem Glas, sehr ernst und ohne ein Wort zu sagen. Sie sind ehemüde, entschied Gordweil, haben das Reden schon aufgegeben. An seinem Tisch, in der Mitte der nicht sehr großen Gaststube, saßen zwei Männer jeder für sich vor wuchtigen Biergläsern. Der eine, Gordweil gegenüber, hockte wie versteinert da, den Kopf tief über das Glas vor sich gebeugt. Als Gordweil Platz nahm, hatte er ihn flüchtig angeblickt und die Augen gleich wieder auf sein Glas gerichtet, als sehe er darin ein wunderbares Schauspiel. In längeren Abständen nahm er wütend einen ordentlichen Schluck und senkte dann wieder den Kopf, ohne sich den Schaum von seinem wild sprießenden Schnauzbart zu wischen.

Das ist sicher ein armer Mensch, der aus Verzweiflung säuft, überlegte Gordweil mitfühlend. Er hatte Lust, ein Gespräch mit diesem Fremden anzufangen, ihm gut zuzureden und ihm das schwere Herz zu erleichtern. Seine eigene große Freude verstaute er in einem Winkel seiner Seele für später, wenn er wieder allein sein würde, wie ein kleines Kind, das Süßigkeiten aufspart und sich vorerst an ihrem Vorhandensein freut. Dann wieder wünschte Gordweil, der andere möge aufwachen, sich erregen, vom Stuhl aufspringen und ihn beschimpfen, wie man ein niedriges Wesen schmäht. Er war bereit, für die Wohltat zu zahlen, die ihm zuteil geworden und der er gewiss nicht würdig war. Er hob den Krug und setzte ihn absichtlich mit hartem Knall wieder ab. Sein Gegenüber regte sich nicht. Einige Sekunden verrannen auf der Pendeluhr an der Wand vor ihm. Es war vierzig Minuten nach Mitternacht. Der Mann und die Frau mit den Rucksäcken standen auf und gingen. Gordweil trank aus und schickte sich ebenfalls zum Gehen an. Doch nun sagte sein Gegenüber mit gleichgültiger, etwas heiserer Stimme, ohne den Kopf zu heben: »Sie, junger Herr, sind Sie schon verheiratet? Nein? Na, das hätte ich Ihnen gleich sagen können. Das erkenne ich auf den ersten Blick.« Er schwieg einen Moment und fuhr dann fort: »Nehmen Sie keine Frau, junger Herr ... Das rate ich Ihnen. Solange die Frauen sich eines Mannes nicht sicher sind, sind sie nett und gefügig, man kann sie um den Finger wickeln. Hat man ihnen erst mal einen Ehering aufgesteckt, ist es vorbei. Augenblicklich schlagen sie mit den Hinterbeinen aus ... und man ist ihnen gegenüber hilflos.

Das ist ein Naturgesetz, junger Mann. Da hilft einem kein Verstand und kein gar nichts. Habe ich nicht recht?!«

»Es sind doch nicht alle Frauen gleich«, versuchte Gordweil einzuwerfen.

»Meinen Sie das wirklich? Nein, sage ich Ihnen, eine wie die andere.« Er genehmigte sich einen Schluck und versicherte: »Nein. Keinerlei Unterschied.«

»Schauen Sie mich doch an«, fügte er eine Minute später hinzu und deutete auf sein graues, aufgedunsenes Gesicht. »Nein, schauen Sie gut hin, aufmerksam. Nicht wahr, man kann doch unmöglich sagen, ich sei ein hässlicher Mann. Das würde Ihnen kein Mensch abnehmen. Und was ist mir passiert? Die erste, die selige Fritzl, war bloß die eine Hälfte. Da war ich noch das Schwein. Ein großes Schwein war ich, das sage ich Ihnen ganz offen. Aber auch sie, die Fritzl, hätte man keinem Hund verfüttert – das können Sie mir glauben. Sie hat zwei gehabt, Herrn Menzl von der Eisenbahn und den Spengler Poldi – zwei Liebhaber sind nicht viel. Wirklich nicht. Und dann komme ich achtzehn vom Italienfeldzug zurück, und sie ist schon tot. Eine gute Seele war sie, die Fritzl, aber auch ein großes Luder. Da kann man nichts sagen. Friede ihrer Asche. Na schön. Ich habe mir also Gustl genommen. – Trinken Sie noch eins, Herr Doktor, das geht auf meine Rechnung. Nein, Sie müssen noch eins trinken. Schurl, bringen Sie dem Herrn Doktor noch eins. – Und nun kommt also Gustl. ›Gustl‹, sag ich zu ihr, ›jetzt aber fertig, aus! Punktum! Hier hast du's mit mir zu tun. Lass dir das gesagt sein. Ich kenn mich aus ... Männer existieren von nun an für dich nicht mehr – Schluss! Kein einziger! Denn wenn man mit einem anfängt, werden's doch gleich zwei, drei, fünf – und die Sache nimmt kein Ende. Also Schluss damit!‹ So hab ich zu ihr gesagt, nicht wahr? Und was glauben Sie, Herr Doktor? Ich will ein Lump sein, wenns was gefruchtet hat.«

Gordweil war müde geworden. Er hatte noch einen weiten Heimweg. Aber sein Gesprächspartner interessierte ihn irgendwie.

Der redete weiter und fixierte Gordweil mit seinen schon stumpfen, glasigen Augen: »Sehen Sie, Herr Doktor, Sie sind doch ein kluger Mensch – das habe ich sofort erkannt. Dem Heidelberger Franzl macht man kein X für ein U vor. Ich sage Ihnen also, Sie werden mich doch verstehen: Eine Frau, die erst mal herumgefummelt hat, ist bei mir erledigt. Ein oder zwei Abreibungen richten da nichts aus. Und wenn der Heidelberger Franzl seinen Stempel hinterlässt, spürt man das einen Monat und zehn Tage – das können Sie mir glauben! Aber Skandale in der Öffentlichkeit – das nicht. Der Heidelberger Franzl kommt nicht in die Zeitung, lassen Sie sich das gesagt sein! Der Mensch ist kein Schwein, und Ordnung muss sein.«

Die Gäste hatten sich bereits einer nach dem anderen davongemacht. Der Kellner erschien mit einem Besen und stellte die Stühle mit den Beinen nach oben auf die Tische. Jemand gähnte lauthals. Die öde Stille nach dem Schließen begann bereits den Saal zu erobern. Gordweil erhob sich.

»Ich sehe, Sie haben keine Muße«, sagte der Heidelberger Franzl, »warten Sie, ich gehe mit.«

Draußen fuhr er fort: »Sie wohnen doch auch in Haus Nummer siebzehn in der Liechtensteinstraße, nicht? Ich habe Sie dort mehrmals gesehen.«

Nein, er suche nur gelegentlich den Schuhmacher Rubicek auf.

»Ach so! Aber Sie sind doch Student, Herr Doktor. Das habe ich gleich erkannt. Ich habe ein Auge dafür. Na, ich sehe, Sie haben's eilig – es war mir eine Ehre, Herr Doktor. Hat mich sehr gefreut. Ich unterhalte mich herzensgern mit einem klugen Mann. Wenn Sie mal bei Rubicek sind, springen Sie zu mir rauf. Heidelberger Franzl ist Ihr Bruder.«

Gordweil ging in Richtung Schottentor davon. Er schleppte sich langsam des Weges, war müde. Der vergangene Tag erschien ihm so lang wie eine ganze Woche. Doch unter seiner enormen Müdigkeit flackerte große Freude. Er wagte nicht, sich Einzelheiten des beglückenden Ereignisses zurückzurufen – jetzt, da seine Sinne vor Müdigkeit und Trunk stumpf waren. Als er nach zwei Uhr heimkam, sank er wie ein Toter aufs Bett und schlief augenblicklich ein.

4.

Am nächsten Morgen wachte Gordweil um zehn Uhr auf, und sogleich wusch ihm eine Welle des Wohlbefindens das Gesicht. Er hatte gut geschlafen, fühlte sich frisch und beschwingt.

Ulrich war schon weg. Von draußen blickte ein wolkig trüber Tag herein, aber der vermochte Gordweils gute Stimmung nicht im mindesten zu beeinträchtigen. Überglücklich kostete er im Geist das gestrige Ereignis in allen Einzelheiten aus; die Baronin Thea von Tako zeichnete sich in voller Lebensgröße vor ihm ab – aufrecht, blond und sogar schön in ihrem dunkelblauen Wollmantel, die schwarz gebundenen Bibliotheksbücher in der Hand, und im Licht ihrer Person nahm alles bedeutendere Formen an. Alles strebte jetzt einem festen Ziel entgegen. Das Leben tappte nicht mehr wie bisher unsicher im Dunkeln. Es wurde offen, klar, erhielt eine nahe, dem Auge wahrnehmbare Grenze gesetzt. Mit einem Schlag erfasste er, dass sein langer, mühseliger Weg ihn trotz aller Umwege mit Vorbedacht direkt hierhergeführt hatte.

Gordweil stand auf und begann sich hingebungs- und liebevoll zu rasieren. Er maß sich nun plötzlich besonderen Wert bei, hielt sich für sorgfältiger Fürsorge bedürftig. Man konnte sagen, dass er in diesem Moment Respekt vor sich hatte. Auch sein Gesicht erschien ihm nicht hässlich, keineswegs. Die Nase saß an der richtigen Stelle, eine wohlentwickelte männliche Nase; die Augen waren gut, die Stirn, das Haar – alles gar nicht übel. Und sein niedriger Wuchs – war kein großer Nachteil! Wie man ja sah!

Frau Fischer, die schwerhörige alte Zimmerwirtin, kam mit dem Besen herein – wie üblich ohne vorher anzuklopfen. Gordweil bemerkte sie erst, als sie schon neben ihm stand.

»Der Herr Gordweil macht sich wieder schön«, flüsterte die Alte und lächelte, wobei sie ein paar vereinzelte schwarze Zahnstümpfe entblößte, »ich seh gern Männern beim Rasieren zu. Mein lieber seliger Mann« – sie fügte stets das Adjektiv »lieb« hinzu, wenn sie von einem Familienmitglied, egal ob lebendig oder tot, sprach –, »ja wenn mein lieber seliger Mann sich rasiert hat, hab ich immer gern danebengestanden und zugeguckt, eijeijei!«

Sie lehnte den Besen an die Wand und fing an, Schrank, Stuhllehnen und Bettgestell mit einem feuchten Tuch abzuwischen – nur an den sichtbaren Stellen. Einen Augenblick später stand sie wieder neben Gordweil: »Ach, man ist's satt und leid, psss! Sind Sie's auch so leid, Herr Gordweil?«

Nein, Gordweil war es nicht »so leid«. Er lächelte, ohne zu antworten.

»Wissen Sie, Herr Gordweil«, fuhr die alte Frau fort, »wenn der Mensch alt wird, eijeijei! Oft kann man nicht einschlafen. Hört die Uhr schlagen, drei, vier. Am 25. Juli werde ich ja einundsiebzig. Volle einundsiebzig, nicht mehr und nicht weniger. Auf wie alt hätten Sie mich geschätzt? Auf weniger, nicht wahr?« (Gordweil nickte, um ihr Genugtuung zu verschaffen.) »Sehen S', Herr Gordweil, nachts denke ich viel an Sie, psss!« Und mit übertriebener Geste: »Sie sind doch ein sehr anständiger Mann, hochanständig! – Denken Sie auch so an mich? Sicher nicht … Nun, ich bin … eine alte Frau und Witwe … Seit zehn Jahren bin ich von meinem zweiten lieben Mann verwitwet.« Und nach einem Moment des Schweigens. »Sie müssen auch eine Frau nehmen, Herr Gordweil. Ah, man wird's satt und leid, allein zu sein! Aufrichtig leid, psss!«

»Was war Ihr zweiter Mann denn von Beruf?«, fragte Gordweil, der sich inzwischen fertigrasiert hatte und das Messer nun fürs nächste Mal schärfte.

»Ich verstehe nicht.« Sie beugte den Kopf zu ihm vor und deutete auf ihr linkes Ohr: »Bin ein bisserl schwerhörig. Seit dem

Tag, an dem mein lieber zweiter Mann gestorben ist, höre ich ein wenig schlecht!«

»Sein Beruf«, Gordweil brachte sein Gesicht an das Ohr der alten Frau und brüllte, »ich frage, was war Ihr Mann von Beruf.«

»Warum schreien S' denn so, Herr Gordweil? Ich höre, höre schon sehr gut. Ollbert (sie sprach Albert mit o und zwei l am Anfang), Ollbert stammt von Geza, meinem ersten seligen Mann. Ein ehrlicher Junge ist er, der Ollbert. Lernt das Schneiderhandwerk. In zwei Jahren ist er mit der Lehre fertig. Ein guter Beruf, das Schneiderhandwerk.«

Gordweil begann sich zu waschen, und die alte Frau machte sich in ihrer trägen, lässigen Art ans Bettenmachen, wobei ihr schütteres graues Haar, dessen Zopf sich aus dem Knoten gelöst hatte, ihr bei jeder Regung im Nacken wackelte wie das dünne, spitze Stummelschwänzchen eines Kleintiers. Nach einer Weile kam sie wieder in seine Nähe: »Heute, Herr Gordweil«, sie flüsterte wie gewohnt, »heute ist mir gut, Gott sei Dank. Das zweite Frühstücksbrot ist gottlob in den unteren Magen gerutscht.« Sie deutete auf ihren Bauch. »Wenn die Nahrung in den oberen Magen geht«, sie zeigte in Richtung Brust, »eijeijei. Das drückt wie ein Sack Steine. Dann hab ich den ganzen Tag Schmerzen und kann keinen Bissen mehr zu mir nehmen. Heute fühle ich mich gesund wie ein junges Mädel.«

Gordweil kannte die Sachen schon auswendig. Zur Genüge hatte die alte Frau von ihren zwei Mägen und all dem Rest geredet. Aber heute war er guter Dinge und lauschte ihren Worten mit großem Vergnügen, als höre er sie zum ersten Mal. Sie schwatzte weiter. Jetzt erzählte sie ihm schon – wie jeden Morgen, wenn er beim Aufräumen noch im Zimmer war – die Nachrichten, die sie im *Journal* gelesen hatte, vor allem die Mordtaten und Unglücke, die sie ausschließlich interessierten und derentwegen sie die Zeitung kaufte. Mit mitleidigem Kopfschütteln berichtete sie von dem Offizier, der in Paris seine Freundin umgebracht hatte. »Fünf Pistolenkugeln hat er auf sie abgeschossen, sie war auf der Stelle tot, die Ärmste.« Von einem Erdbeben in China, bei dem dreitausend Menschen umgekommen und fünftausend »nackt und ohne ein Dach überm Kopf, eijeijei« geblieben waren, und von einem Raubüberfall bei helllichtem Tag auf eine Großbank mitten in Chicago.

Gordweil war inzwischen mit dem Anziehen fertig und ging in die Küche, um sich Tee zu kochen. Er hatte beschlossen, daheim zu bleiben und zu arbeiten. Ja, er verspürte jetzt besondere Lust zur Arbeit und hatte das Gefühl, sie werde ihm heute gut von der Hand gehen. Als er einige Zeit später mit dem rußigen Teekessel zurückkam, war das Zimmer schon aufgeräumt, und die alte Frau wollte es gerade verlassen. Doch sie machte noch einmal kehrt, blieb mit Besen und Lappen vor ihm stehen und sagte etwas zögernd: »Meine Siedl sagt, die Zimmermiete müsse um fünf Schilling erhöht werden. Die starke Teuerung, Sie wissen's ja selbst, Herr Gordweil. Aber ich hab zu ihr gesagt: ›Der Herr Gordweil ist ein anständiger, ruhiger Mann. Warten wir bei ihm noch einen Monat.‹ Das Zimmer ist doch wirklich ausgezeichnet. Sie sehen's mit eigenen Augen, Herr Gordweil. Groß und rein von Ungeziefer … Nicht eine Wanze werden Sie darin finden, und wenn Sie den ganzen Tag danach suchen …«

»Ich bin gegenwärtig nicht in der Lage. Ich werde mit Ihrer Tochter sprechen.«

Jetzt verstand die Alte sofort.

»Aber ja doch, Herr Gordweil, nicht jetzt, nächsten Monat. Siedl oder ich – das ist egal. Wir sind uns einig. Das Zimmer ist doch umsonst, auch mit den fünf Schilling. Wo findet man denn ein solch großes, schönes Zimmer für vierzig Schilling. Und noch dazu für zwei. Das ist nur, weil Sie ein so anständiger Mensch sind.«

»Schön«, sagte Gordweil. »Wir werden schon eine Einigung erreichen.«

Er lieh sich bei der alten Frau ein wenig Geld aus und ging

hinunter, um sich was zu essen und Zigaretten zu kaufen. Dann setzte er sich an die Arbeit.

Nachdem er rund zwei Stunden gearbeitet hatte, erhob er sich zufrieden. Bis zur Verabredung blieben noch sechs Stunden, schreiben konnte er nicht mehr, und so wusste er nicht, womit er die freie Zeit ausfüllen sollte. Erst kam er auf den Gedanken, die Tinte in ein anderes, altes Glas umzufüllen – eine völlig unnütze Verrichtung. Seine Hände wurden mit Tinte verschmiert, und er musste sie waschen. Dann schnitt er Papierbögen zu kurzen Seiten und legte sie übertrieben ordentlich aufeinander. Achtete darauf, dass keine Seite hervorschaute und der Schnitt wie bei einem gebundenen Buch aussah. All das nahm nicht mehr als zwanzig Minuten in Anspruch. Ja, erinnerte er sich, er müsste auch mal seine alten Manuskripte ein wenig ordnen. Schon mehrmals hatte er das tun wollen und war nicht dazu gekommen. Er entnahm dem Schrank ein Bündel, das in zerknittertes, verstaubtes Packpapier eingewickelt war, und löste den dünnen Bindfaden. Doch nachdem er einige Minuten darin geblättert hatte, war er die Sache leid, verknotete das Bündel wieder und legte es an seinen Platz zurück. Er blickte auf die Uhr: Viertel nach zwei. Würde er Dr. Astel jetzt zu Hause vorfinden? Manchmal war er um diese Zeit daheim. Und wenn nicht, wäre es einfach ein Spaziergang. Gordweil ging also ins Freie, lief die fünfzig Minuten bis zur Karlsgasse zu Fuß durch den milden Wolkentag, traf Dr. Astel jedoch nicht zu Hause an. Trotzdem bereute er das Unternehmen keineswegs. Jetzt würde er heimkehren und versuchen, ein wenig weiterzuarbeiten, und so würde langsam der Tag vergehen. Er überquerte den Opernring, wandte sich dann aber aus irgendeinem Grund nach links zur Herrengasse, statt gerade den kürzesten Weg, die Kärtner Straße, zu wählen. Vor dem Eingang zur Hofburg stieß er auf Lotte Bodenheim. Sie freute sich ganz offensichtlich über die Begegnung und lud ihn ein, sie bis nach Hause zu begleiten, falls er Zeit habe. Sie wolle dort etwas holen, und danach könnten sie ein bisschen spazieren oder ins Café gehen, wie er wolle. Doch den Schirm müsse sie mitnehmen, denn sicher werde heute noch ein Schauer niedergehen. Frühlingstage seien in dieser Hinsicht immer verdächtig. Und besonders der heutige, an dem einem die Wolken wirklich bis auf den Kopf herabhingen. Zudem habe sie doch einen neuen Hut, was er gar nicht bemerkt habe. Das sei nun gar nicht erfreulich. Er, Gordweil, schaue sie ja niemals an. Sie sei sicher, dass er nicht einmal ihre Augenfarbe wisse, ha-ha-ha! Was, er wisse sie? Na, das sei Zufall. Reiner Zufall. Und der Hut? Stehe er ihr? Ja? Nun, das freue sie sehr. Seine Meinung sei ihr höchst wichtig. Denn er sei der einzige unter all ihren Bekannten, der etwas von Damenkleidung verstehe. Blau stehe ihr immer, Hellblau. Heute Morgen sei sie in etwas trauriger Stimmung aufgestanden, vermutlich wegen des bewölkten Tages. Solche Tage hätten immer eine schlechte Wirkung auf sie. Und da sei sie darauf verfallen, einen neuen Hut zu kaufen. Das lenke ein wenig ab. Das Gehen, Aufprobieren, Auswählen. Und nun sei ihr schon besser. Der Hut gefalle ihm also wirklich? Das freue sie. Und die Krempe werde sie links ein wenig weiter herunterziehen, wie er gesagt habe. Aber Gordweil wirke heute so zerstreut, was sei's denn? Nein, nein, das habe sie gleich erkannt. Sie irre sich nicht. Nun, wenn es ein Geheimnis sei, werde sie natürlich nicht in ihn dringen. Schade, dass er vorgestern nicht zum Tee gekommen sei. Aber jetzt werde er ihr doch keinen Korb geben? Sie freue sich ehrlich, dass sie ihn getroffen habe. Sie habe vorher ins Café geschaut, meinte, vielleicht Dr. Astel vorzufinden. Habe Gordweil ihn heute gesehen? Nein?

So gelangten sie in die Myrthengasse, in der Lottes Wohnung lag.

»Du musst mit mir raufkommen, Gordweil«, drängte sie, »wir ruhen uns einen Moment aus, trinken ein Glas Tee und gehen wieder hinunter.«

Gordweil überlegte einen Augenblick. Erinnerte sich auch daran, dass er noch eine Anleihe für heute Abend suchen musste. Aber zum Schluss willigte er ein und ging mit Lotte hinauf.

Im Haus war kein Mensch. Lotte schaute in die Küche und sagte: »Die Bedienerin ist sicher runtergegangen, einkaufen, und kommt gleich wieder.«

Sie führte Gordweil in den Salon und ging Tee aufbrühen.

Einen Augenblick später kehrte sie in einem weiten blaugeblümten Kimono zurück und setzte sich aufs Sofa neben Gordweil, der wie zu sich selbst sagte: »Das ist wirklich ein bisschen komisch …«

»Was ist komisch?«, wollte sie wissen.

»Ich meine, diese Zufallsbegegnung. Ich befand mich in der Kärtner Straße und hatte vor, nach Hause zu gehen, um zu arbeiten. Und dann bin ich ohne Grund in diese Richtung eingeschwenkt. Eigentlich in die falsche Richtung …«

»Vielleicht ist es gar nicht die falsche Richtung …«, sagte Lotte mit einem vieldeutigen Lächeln.

Gordweil nahm eine Zigarette aus dem offenen Kästchen auf dem Rauchtisch, und Lotte zündete ihm ein Streichholz an. Dann ging sie hinaus und brachte Tee, Butter, ein Milchkännchen aus weißem Porzellan und Brötchen auf einem Silbertablett.

»Vielleicht magst du Tee mit Milch? Nein?«

Mit zierlich anmutigen Bewegungen strich sie Butter auf die Brötchen und schenkte den Tee ein. Sie tranken schweigend. Ein dumpfes, fernes Dröhnen stieg von den Straßen auf und unterstrich die Stille im Haus. Schwache Sonnenstrahlen drangen einen Augenblick durch die Wolken, spielten auf den Tasten des Flügels in der Ecke, ohne einen Klang zu erzeugen. Lotte zündete eine Zigarette an und blies den Rauch gerade vor sich hin. Von Zeit zu Zeit blickte sie ihren Gast von der Seite an, als wolle sie seine Gedanken erraten. Dann stand sie abrupt auf, tat einen Schritt zur Zimmermitte, überlegte und setzte sich wieder an ihren Platz. Fasste die Kimonoränder zusammen, als sei ihr kalt, lehnte sich im Sofa zurück und verharrte eine Weile in halbliegender Position.

Gordweil fragte etwas lauter als gewöhnlich: »Und deine Mutter, ist sie nachmittags nicht zu Hause?«

»Manchmal geht sie ins Café oder zu einer Freundin. Sie ist eine moderne Frau, meine Mutter. Moderner noch als ich. Du kennst sie doch, meine ich.«

»Ja. Du hast sie mir einmal vorgestellt.«

Lotte richtete sich auf und saß wieder gerade. Schaute Gordweil an, als wolle sie etwas sagen, sagte aber nichts. Einen Augenblick später erkundigte sie sich nach seiner Arbeit.

Ja, er arbeite ein wenig.

Und als falle ihm auf einmal ein, dass er keine Zeit habe, zog er seine Uhr hervor und sagte: »Halb fünf. Da muss ich heim.«

Lotte wirkte gekränkt. Wenn er gehen wolle, solle er's bitte tun. Es halte ihn keiner auf. »Die Arbeit ist eine wichtige Sache«, fügte sie spöttisch hinzu, »davon kann man nie genug bekommen …«

Sie begann nervös mit dem Zigarettenkästchen zu spielen, drehte es so und anders herum und versuchte es zum Schluss auf der senkrechten Streichholzschachtel auszubalancieren. Dabei war sie von sichtlicher Unruhe erfüllt, deren Ursache Gordweil sich nicht erklären konnte. Plötzlich brach sie in lautes, abgehacktes Lachen aus, schnellte mit einem Ruck hoch und rannte ans Fenster. Dort blieb sie leicht vorgebeugt, mit abgewandtem Gesicht stehen. Von hinten konnte man ihre etwas hängenden Schultern ab und zu leicht zucken sehen, als schluchze sie insgeheim, und Gordweil verspürte eine Art Schuldgefühl, ohne dass er dessen wahren Grund gekannt hätte. Schließlich sagte er beschwichtigend: »Du hast doch auch hinuntergehen wollen, Lotte.«

Sie antwortete nicht gleich. Schließlich sagte sie, ohne den Kopf zu wenden, dass sie es nun nicht mehr wolle.

Gordweil spürte dumpf, dass er noch ein Weilchen bei ihr bleiben müsste. Dadurch würde sich vielleicht etwas klären. Trotzdem stand er, gewissermaßen gegen seinen Willen, auf und sagte: »Ich muss jetzt gehen.«

Lotte begleitete ihn auf den Flur und gab ihm wortlos die Hand, ohne ihn anzuschauen. Er hatte den Eindruck, als warte sie ungeduldig, dass er endlich gehen möge. Aber dann, als er schon draußen war, bemerkte er nicht, dass oben im zweiten Stock ein Fenster geöffnet wurde, Lotte den Kopf hinaussteckte und ihm nachsah, bis er in die Lerchenfelder Straße einbog.

5.

Auf dem Heimweg mühte Gordweil sich vergeblich, den Grund für Lottes sonderbares Verhalten zu enträtseln. Er vergegenwärtigte sich alles, was er in ihrem Haus gesagt hatte: Da war nichts, was sie irgendwie hätte verletzen können. Am Ende kam er zu dem Schluss, dass es allein an ihrer Nervosität lag, und er empfand ein wenig Mitleid mit dieser Lotte, die sonst ein sehr liebes Mädchen war, eine wirklich treue Seele, der er schon lange große Freundschaft entgegenbrachte.

Der Himmel hatte sich inzwischen zur Hälfte aufgehellt. Zwischen den trüben Wolkenklumpen zeigten sich tiefblaue, blankpolierte Stellen. Gordweil überlegte freudig, dass es nur noch drei Stunden bis zu der Verabredung waren, und beschleunigte unwillkürlich seine Schritte, um die Zwischenzeit gewissermaßen schneller herumzubringen.

Zu Hause erwartete ihn ein Brief von seiner Schwester aus Amerika, dem eine zusammengefaltete Zehn-Dollar-Note beilag. Das kommt zur rechten Zeit, dachte Gordweil. Er würde einige Schulden begleichen und sich damit neue Kreditquellen erschließen. Und vor allem würde er nicht mit leeren Händen zum Rendezvous erscheinen. Abgesehen von dem konkreten Nutzen betrachtete Gordweil es auch als gutes Omen, dass ihn dieser unverhoffte Brief gerade heute erreicht hatte ... Zweifellos werde nun eine neue, glückliche Zeit beginnen.

Die Wechselstuben in der Umgebung waren um diese Zeit bereits geschlossen, aber Gordweil fiel noch rechtzeitig ein, dass man auch auf dem Bahnhof tauschen konnte. Danach kaufte er sich einen neuen Kragen und etwas zum Abendessen und ging wieder zu sich nach Hause.

Bald darauf kam Ulrich zurück. Er hatte ebenfalls Brot, Butter und Wurst mitgebracht, und die beiden setzten sich zu Tisch. Ulrich erzählte, er habe Lotte vor einer halben Stunde im Café gesehen; sie lasse Gordweil grüßen und bitte ihn, heute Abend auch zu kommen, falls er Zeit habe. Sie habe dort mit Dr. Astel gesessen, in Hochstimmung.

»Sie ist ein hübsches Mädchen«, meinte Ulrich weiter, »vor allem ihre Augen sind wunderschön.«

»Ja, hübsch ist sie«, pflichtete Gordweil geistesabwesend bei.

»Ich habe gehört, sie sei schon offiziell mit Dr. Astel verlobt«, sagte Ulrich und fügte einen Augenblick später hinzu: »Ich halte sie für kein gutes Paar.«

»In diesen Dingen lässt sich nichts voraussehen. Da gibt es immer Überraschungen. Und warum sollten sie kein gutes Paar sein? Dr. Astel liebt sie offenbar sehr. Und sie ihn sicher auch.«

»Siehst du, dessen bin ich mir nicht sicher.«

»Gewiss doch, gewiss«, ereiferte sich Gordweil ohne Grund. »Was denn sonst? Sie ist nur ein bisschen exzentrisch. Aber das ist ja ein Leiden unserer Generation. Sie ist nicht die Einzige.«

»Nicht deshalb. Sie übertrifft ihn bei weitem an Charme. Außerdem glaube ich, dass sie ihn nicht liebt.«

»Woher hast du das denn? Ganz im Gegenteil.«

Aber innerlich spürte er, dass Ulrich im Recht war.

Nach dem Essen erhob sich Gordweil und schlüpfte in den Mantel. Ulrich fragte, ob er später im Café Herrenhof sein werde.

»Nein, ich habe eine Verabredung mit jemandem.« (Vor Schüchternheit nannte er keinen Namen.)

»Das Mädchen von gestern?«, fragte Ulrich schlicht. Und um seinem Freund, dem er echte Zuneigung entgegenbrachte, eine

Freude zu machen, setzte er hinzu: »Sie ist wirklich gewinnend. Hat einen verborgenen Charme, der auf den ersten Blick nicht auffällt.«

Gordweil traf eine Viertelstunde vor dem vereinbarten Zeitpunkt im Café ein, wählte einen freien Tisch im Winkel gegenüber der Tür und bestellte Kaffee. Die wenigen Gäste, die über den mäßig großen, quadratischen Raum verstreut saßen, erschienen ihm wie alte Bekannte, wie Freunde und Gönner, obwohl er sie zum ersten Mal sah. Mit dem größten Vergnügen hätte er jedem die Hand gedrückt und sich nach seiner Familie erkundigt. Unverdient hatte er sich manchmal über solche Leute erbost, wirklich unverdient! Waren sie nicht alle ausnahmslos einfach, gut und liebenswert?

Als der Kellner ihm den Kaffee brachte, fragte Gordweil ihn, ob die Baronin diesen Abend noch nicht da gewesen sei. Er beschrieb sie ihm genau – Gesichtszüge, Figur und Kleidung. Ja, er fand ein sonderbares Vergnügen daran, gerade mit diesem fremden Menschen über sie zu sprechen.

»Sie ist meine Verlobte ... deshalb ...«, schloss Gordweil.

Der Kellner, ein hochaufgeschossener Mann mit schläfrigen Augen und dümmlichem Ausdruck, hörte bis zum Ende zu und sagte dann: »Ein solches Fräulein habe ich hier noch nicht gesehen. Sie kommt nicht zu uns.«

»Und was ist jetzt die genaue Uhrzeit?«

»Jetzt haben wir acht.«

»Dann wird sie gleich kommen. Nach acht muss sie da sein ... Sie ist sehr pünktlich ...«

Gordweil trank den Kaffee und überwachte die Tür wie ein Geheimpolizist. Dann rauchte er eine Zigarette und noch eine, doch die Baronin kam nicht. Es war schon Viertel nach acht. Vielleicht war es nicht das richtige Café?, durchzuckte ihn der Zweifel. Nein, das war unmöglich. Sie hatten sich doch ausdrücklich fürs Café Alserbach verabredet. Das ließ keinerlei Raum für Verwechslungen.

In diesem Augenblick trat die Baronin ein. Sie schritt geradewegs auf ihn zu, als habe sie von Anfang an gewusst, dass er in diesem Winkel sitzen werde. Perplex sprang Gordweil auf und ging ihr strahlenden Gesichts entgegen.

»Komme ich auch nicht zu spät?«, lächelte die Baronin und streckte ihm die Hand entgegen.

»Ja, doch. Weil ich schon seit gestern warte …«

»Aber nicht die ganze Zeit hier, hoffe ich. Das wäre ein bisschen langweilig.«

Sie setzte sich auf die Polsterbank an der Wand, entnahm ihrer Handtasche eine Schachtel Zigaretten, zündete sich eine an und ließ auch Gordweil eine nehmen. Dann sog sie den Rauch begierig ein wie ein alter Raucher, der sich lange enthalten hat, und bestellte schwarzen Kaffee.

Gordweil steckte voller Dinge, die er ihr sagen wollte, aber die Zunge war ihm wie angewachsen. Er saß ihr gegenüber und blickte sie zärtlich an, während ein leises, schüchtern-vergnügtes Lächeln nicht aus seinem Gesicht wich. Die Baronin trank aus und fragte ihn nach seinem Vornamen.

»Ah, Rudolf«, sagte sie. »Rudolf, Rudolfus, Rudolfinus! Mein Vetter heißt auch Rudolf. Er ist etwa zwei Kopf größer als Sie – aber er ist ein Rindvieh.«

»Ich, ich f-freue mich wirklich, dass er ein R-rindvieh ist«, stammelte Gordweil mit törichtem Grinsen.

»Was? Sie freuen sich? Sie freuen sich, dass er …« Die Baronin brach in unbändiges Gelächter aus.

»Das heißt«, Gordweil erlangte die Fassung wieder und versuchte zu korrigieren, »das heißt, ich weiß nicht … Ich freue mich sicherlich über etwas anderes … Habe mich nicht richtig ausgedrückt … Ich stelle ihn mir lang und mager vor, mit glatter Brillantinfrisur, Mittelscheitel und stets geputzten Schuhen, die schön glänzen. Lackschuhe. Und wenn er einen Menschen anschaut, neigt er den Kopf ein wenig nach rechts wie ein Huhn und setzt eine höchst würdevolle Miene auf, was ihn sehr lächerlich wirken lässt, da er in Wirklichkeit ja nichts als ein Rindvieh ist …«

»Fein haben Sie ihn beschrieben – aber keine Lackschuhe, sondern stets braune. Und den Stock haben Sie vergessen, mit dem goldenen Knauf. ›Dorothea‹ – er nennt mich immer Dorothea, weil das würdiger und traditioneller klingt – ›Dorothea‹, sagt er mit lächerlich greisenhafter Ernsthaftigkeit, ›du bist Spross einer alten Rasse. Die Vorfahren haben zu den Kreuzfahrern gezählt, vergiss das nicht. Du musst dich vor allem vor den Juden in Acht nehmen. Die Stadt Wien ist vom einen Ende zum anderen verjudet. Es wird nicht mehr zwischen Blut und Blut unterschieden. Sie verpesten die Luft. Ohne sie hätten wir den Krieg nicht verloren.‹ Und dabei läuft er selbst einer kleinen Jüdin nach, die ihm die Sinne verwirrt.«

»Und gehorchen Sie ihm, mein Fräulein?«, forschte Gordweil.

»In welcher Hinsicht denn?«

»Die Reinheit der Rasse zu bewahren?«

Dic Baronin brach in lautes, hartes, zügelloses Gelächter aus.

»Wissen Sie«, sagte sie auf einmal zusammenhanglos, »nennen Sie mich einfach Thea. So ist es richtiger. Titel sind nicht nach meinem Geschmack.«

Gordweil warf ihr einen dankbaren Blick zu. Schlug aus irgendeinem Grund vor, Cognac zu bestellen. Leichtsinn war in ihn gefahren: Seine weiblich schmalen, blassen Hände suchten nach einem Gegenstand, der ihre überschüssige Energie aufsaugen könnte, bis er unter dem Tisch eine Hand der Baronin fand, die keinerlei Gegenwehr zeigte. Der Kellner servierte zwei Gläser Cognac, und Gordweil leerte seines in einem Zug. Die Baronin erklärte, morgen, Samstag, habe sie ganz arbeitsfrei, weil »der General« (so nannte sie den Rechtsanwalt, bei dem sie arbeitete) bis Montag weggefahren sei, und sie könne heute Abend länger ausbleiben.

»Das ist gut, das ist ausgezeichnet«, sagte Gordweil begeistert.

Sie redeten und schwiegen und redeten erneut, dem Anschein

nach alltägliche Dinge, die doch von verborgener Bedeutung erfüllt waren, und die Zeit flog, von Gordweil unbemerkt, vorbei wie ödes Steppenland zu beiden Seiten eines Expresszugs.

Es war gegen elf. Beide verspürten unvermittelt den Drang, das Café zu verlassen. Gordweil rief dem Kellner und zahlte.

Draußen hakte sie sich bei ihm unter, und sie gingen stumm die Alserbachstraße hinunter und bogen in die Sechsschimmelgasse ein. Plötzlich sagte die Baronin, halb im Ernst, halb im Scherz: »Du wirst mich doch zur Frau nehmen, Rudolfus? Nicht wahr? Du gefällst mir, das kann ich dir offen sagen.«

Gordweil war verblüfft. Auf diese Möglichkeit wäre er gar nicht gekommen. Sie war zweifellos ein interessantes Mädchen. Wie einfach sie das dahingesagt hatte. Nein, so was hatte er noch nicht gehört. »Gewiss, gewiss«, antwortete er eilig. »Ich bin bereit. Dem steht nichts im Wege.« Und einen Moment später: »Aber was wird deine Familie dazu sagen? Ich fürchte, sie wird nicht einwilligen …«

»Meine Familie?«, rief sie verächtlich. »Wer? Mein Vetter Rudolf? Und ich, wo bin ich denn? Ich bin gewohnt, zu tun, was mir passt. Mein Vater ist übrigens ein sehr netter Mann. Du lernst ihn ja kennen und kannst dann selber sehen. Du wirst ihm gefallen, das weiß ich.«

Sie unterhielten sich noch lange darüber, während sie durch die schlummernden Straßen bummelten. Die Baronin wollte eine »echte« Hochzeit, das heißt in aller Form in der »Israelitischen Kultusgemeinde«. Dazu würde sie zum Judentum übertreten müssen, was in ihren Augen eine Leichtigkeit war. Sie wollte die Angelegenheit nicht unnötig aufschieben, und so kamen sie überein, »unverzüglich die notwendigen Schritte einzuleiten« und sofort zu heiraten, sobald sie in den jüdischen Glauben aufgenommen war. Um der Wahrheit die Ehre zu geben, sei gesagt, dass in Gordweils Herz einige flüchtige Bedenken hinsichtlich der dadurch bevorstehenden Veränderung in seiner Lebensweise aufflammten, die er jedoch augenblicklich als unbegründet unterdrückte. Jetzt, dachte er mit überschwänglicher Freude, jetzt würde ein langgehegter Traum Wirklichkeit werden. In einem Jahr! Vielleicht auch erst in zwei Jahren. Und von wem? Von ihr! Ein Sohn von ihr! Zwei alte Stämme! (Denn Rudolf Gordweil gehörte einer alten jüdischen Familie an. Sein Stammbaum führte seine Wurzeln bis auf einen großen, berühmten Rabbiner in Prag zurück.)

Vor lauter Freude blieb er stehen und umarmte die Baronin mitten auf der Straße.

»Ein Sohn«, flüsterte er inbrünstig. »Du wirst mir doch einen Sohn schenken? Nicht wahr?«

Die Baronin warf ihm einen ungewissen Blick zu und lächelte, ohne etwas zu antworten. Es erschien ihr lächerlich, dass dieser Kleine da sich einen Sohn wünschte …

Sie befanden sich in einer schlechterleuchteten Seitengasse. Es mochte halb eins sein. Öde Stille herrschte, und nur ihre Schritte riefen ein hohles Echo hervor. Unweit schimmerte ein vorragendes Hotelschild mit orangefarbenen Leuchtbuchstaben. Aus dem weit offenen Eingang fiel eine Lichtzunge übers Pflaster und kletterte die Wand gegenüber zur Hälfte hinauf. Gordweil spürte ein gewisses Zögern im Gang seiner Begleiterin, das er sich nicht erklären konnte. Vor dem Hoteleingang blieb sie stehen, beugte sich über Gordweil wie zu einem kleinen Kind herab und flüsterte: »Also halten wir doch jetzt unsere Hochzeitsnacht, mein kleiner Verlobter …«

Nun erst ragte das erleuchtete Hotel vor ihm auf, das seinen Augen die ganze Zeit entgangen war. Er meinte mit einem Schlag den Boden unter den Füßen zu verlieren. Ein unklarer Drang zu rebellieren flackerte in ihm auf, erstarb aber sofort wieder. Und ehe er noch wusste, wie ihm geschah, standen sie schon im Empfang. Gordweil schrieb sich mechanisch ein: Rudolf Gordweil, geboren dann und dann in der und der Stadt, mit seiner Ehefrau und so weiter.

Mit völlig gleichgültigem Ausdruck auf den müden, schläfrigen Zügen führte der Hotelangestellte sie über die mit einem alten, verschlissenen Teppich belegte Treppe zum zweiten Stock hinauf und ließ sie in ein quadratisches, spärlich möbliertes Zimmer ein.

»Wenn die Herrschaften etwas brauchen, bitte hier läuten.« Er deutete auf einen Elfenbeinknopf neben der Tür und steckte das Trinkgeld ein, das Gordweil ihm gegeben hatte.

Die Baronin richtete sich im Zimmer ein, guckte in den Wasserkrug, ob er gefüllt war, hob die Bettdecken ab und begutachtete die Laken.

Gordweil wurde abrupt von jener feindlichen, nach anrüchigen Abenteuern und unerwarteten Missgeschicken riechenden Atmosphäre überwältigt, die Hotelzimmern dieser Art anhaftet, und war augenblicklich ernüchtert. Die ganze Sache schien zugegebenermaßen etwas sonderbar. Ohne großes Zutun fand er sich in einer neuen, zweifelhaften Lage wieder, war nicht mehr Herr seiner Taten, unfähig, sie nach seinem Willen zu lenken. Was hatte er in diesem fremden, ungemütlichen Zimmer verloren? Einen Augenblick bereute er, hier eingetreten zu sein, und spielte mit Fluchtgedanken. Es erwachte auch eine Art Schamgefühl in ihm. So hätte sein neuer Lebensabschnitt nicht anfangen dürfen. Er stand mitten im Zimmer, im Mantel, den Hut in der Hand, wie jemand, der sich verabschieden will. Dann wandte er das Gesicht seiner Begleiterin zu, die mittlerweile den Hut abgenommen hatte und ihr langes strohblondes Haar löste. Er wurde sehr verlegen. Suchte mit den Augen nach einer Ablage für seinen Hut und setzte ihn geistesabwesend wieder auf. Trat, warum auch immer, ans Fenster, schob den Vorhang beiseite und blickte kurz hinaus, ohne etwas zu sehen. Dann kehrte er zu Thea zurück, die schon auf dem Bett saß und die Schuhe aufschnürte. Ihr vorspringendes, nach unten gekrümmtes Kinn zuckte krampfartig, und ihr Busen wogte mächtig. Gordweil setzte sich neben sie aufs Bett. Sofort ließ sie von ihren Schuhen ab, wandte ihm ein Gesicht zu, auf dem sich jetzt ein grausamer, blutlüsterner

Ausdruck abzeichnete, heftete lanzenblitzende Augen auf ihn, um ihn gewissermaßen völlig zu unterwerfen, fuhr dann ruckartig zurück und schlug ihm wie ein Raubtier die Zähne in den Ellbogen. Gordweil stieß ein ersticktes Ächzen aus. Er meinte, vor Schmerz und Lust zugleich ohnmächtig zu werden. Spürte seine Kräfte aus dem Körper weichen. Rote Flammenspieße tanzten ihm vor den Augen, und Schweiß trat ihm auf die Stirn. Dabei wünschte sich Gordweil, dieser Zustand möge unendlich anhalten, sein Schmerz sich vertausendfachen, ihn gänzlich abtöten. Bisher hatte noch keine Frau ihn in eine ähnliche Lage versetzt.

Plötzlich sprang Thea auf.

»Zieh dich aus, Rudi!«, befahl sie mit etwas heiserer Stimme, wobei sie sich selbst die Kleider herunterriss und sie auf einen Stuhl warf. Dann packte sie Gordweil, hob ihn wie ein leichtes Spielzeug vom Boden hoch und legte ihn aufs Bett.

Morgens um halb sechs, nachdem er Thea heimbegleitet hatte, schleppte sich Gordweil durch die toten Straßen. Langsam und vorsichtig torkelte er die Straßenmitte entlang, der Kopf schwer und leer gefegt zugleich. Frische Zephire peitschten ihm schräg übers Gesicht, veranstalteten ab und zu Täuschungsmanöver, indem sie von hinten oder seitlich auf ihn losstürmten, und hatten es jedenfalls darauf abgesehen, ihm den Hut zu entwenden. Mechanisch nahm er ihn vom Kopf und überließ den Winden seinen gerzausten Schopf. Eine Reihe großer Fuhrwerke, hoch mit Gemüsestapeln beladen, zuckelte auf die Märkte der Stadt zu; die schweren Räder quietschten und knarzten übers Pflaster und bezwangen die hartnäckige Stille. Hoch oben auf den Böcken dösten die Kutscher, in Säcke gewickelt gegen mögliche Regenschauer und die Morgenkühle, in sich zurückgezogen wie leblose Bündel. Man hätte meinen können, sie führen so schon viele Jahre ununterbrochen, immer weiter und weiter ohne Pause. Die Laternenanzünder in ihren verdreckten Leinenkitteln tauchten auf, liefen im Zickzackgang die Gaslaternen zu beiden Straßenseiten ab und löschten die Flammen durch eine Berührung ihrer

Bambusstangen, die sie wie Riesenlanzen über der Schulter trugen. Von Zeit zu Zeit stieß aus einer Seitengasse ein einzelner Milchkarren hervor, die großen Blechkannen reihenweise übereinandergetürmt, oder ein geschlossener Wagen der Bäckereien *Anker* oder *Hammer*. Hier und da warteten schon Leute an den Haltestellen auf die erste Tram: Huren mit müden, welken Käsegesichtern, die verwischte Augenschminke sammelte sich in den Falten – deprimierend anzusehen in ihren grellen, spärlichen Kleidern und den kunterbunten, schiefsitzenden Hüten; Frauen der ärmsten Schichten, mit Bündeln von Morgenzeitungen, in einen dunkelgrünen Schal eingeschnürt, oder mit riesigen Gemüsekörben. Und es warteten vereinzelte Arbeiter. Der neugeborene Morgen ließ milchig fahles Licht in die Straßen sickern, und alles erschien Gordweil traumhaft und sonderbar. Von der Nacht war ihm ein ungeheuer bedrückendes Gefühl in eigenartiger Verquickung mit leichtsinnigem Übermut geblieben. Er befand sich schon auf dem Kai, hielt plötzlich inne und grinste mit schiefgezogenem Mundwinkel vor sich hin. Wer ihn sah, hätte ihn für besoffen halten können. Dann setzte er sich wieder in Bewegung, überquerte die Schwedenbrücke und stellte sich unbeabsichtigt an eine Tramhaltestelle. Mit glanzlosen Augen betrachtete er zwei ebenfalls wartende Huren, wobei ihm im Gedächtnis das Hotelzimmer aufdämmerte, in dem er die Nacht verbracht hatte. Er musste den Blick abwenden, denn diese Erinnerung verursachte ihm ein unangenehmes Gefühl. Aber dabei erfüllte ihn nun auch große Sehnsucht nach Thea. Einen Augenblick meinte er, er werde sie nicht wiedersehen, habe ihr schon für immer Lebewohl gesagt, und fühlte sich völlig verlassen, todkrank und zu nichts fähig. Beinahe wäre er in diesem Augenblick in lautes Schluchzen ausgebrochen. Nun wusste Gordweil bereits sicher, dass er diesem strammen blonden Mädchen für immer verfallen war, dass er ohne sie nur ein gesprungenes, unnützes Gefäß sein würde. Er löste sich vom Fleck und ging mit wackeligen Knien die Praterstraße hinunter.

Als er sein Zimmer betrat, war es bereits taghell. Aus dem Nebenraum drangen wieder einmal die lautstarken Streitigkeiten zwischen »Ollbert«, dem Enkel der alten Zimmerwirtin, und seiner Tante Siedl herüber – wie immer, wenn der Bursche im Haus übernachtete.

6.

Seit Gordweil Thea kennengelernt hatte, waren bereits zwei Wochen vergangen. Bis zum Tag ihrer Hochzeit, die am jüdischen Lag-Baomer-Fest stattfinden sollte, blieben nur noch zehn Tage. Die erforderlichen Papiere lagen bereits im Heiratsbüro der Gemeinde, und die Baronin ging jeden Abend nach Arbeitsschluss zum Rabbiner, der sie im jüdischen Glauben unterwies. Diese Angelegenheit war für sie eine Art Sport, und nach jeder Unterrichtsstunde prahlte sie, nicht ohne einen Anflug von Spott, mit ihren Kenntnissen.

Man war übereingekommen, dass Ulrich sich eine andere Unterkunft suchen und Thea nach der Trauung zu Gordweil aufs Zimmer ziehen solle. Ulrich hatte dem bereitwillig zugestimmt, obwohl die Zimmersuche angesichts der allgemeinen Wohnungsnot nicht leicht war.

Abgesehen von Lotte Bodenheim, die letzthin dem Stammcafé aus irgendeinem Grund ferngeblieben war, hatten die meisten von Gordweils Freunden bereits Theas Bekanntschaft gemacht. Dr. Astel, der sich als Kenner bezeichnete, fand die Baronin *superbe*, wie er sich gern französisch ausdrückte. Obwohl sie aus alter Familie stamme, sehe man keinerlei Anzeichen von Dekadenz. Natürlich und gesund sei sie, »eine echte Brunhilde«. Doch als Lotte Bodenheim die Neuigkeit von Gordweils bevorstehender Hochzeit hörte, erlitt sie einen Lachkrampf. Sie saß gerade in Gesellschaft von Dr. Astel und Ulrich im Café. Geschlagene zehn Minuten wieherte sie laut und unbändig, brach ab und begann von neuem, so dass sie bald die Aufmerksamkeit der übrigen Gäste auf sich lenkte. »Nein«, sagte sie, »wie lächerlich!« So was Groteskes sei ihr noch nie zu Ohren gekommen. »Der kleine Gordweil will eine Baronin heiraten! Und sie ist groß und blond, sagt ihr? Hahaha! Ein kleiner Baron! Der wird noch ein Pogrom gegen uns veranstalten.« Dr. Astel versuchte zu beschwichtigen: »Was gibt's denn da zu lachen, Lotte? Ich sehe keinerlei Grund dafür …« Worauf sie zurückgab: »Nein, du begreifst nicht das Lächerliche daran.« Als sie Gordweil drei Tage später zufällig auf der Straße begegnete, war ihr Gesicht sehr lang und blass mit bläulichen Ringen unter den großen grauen Augen, als habe sie irgendeine Krankheit überstanden. Sie fragte ihn ernst, ob das Gerücht zutreffe, dass er bald heiraten werde, und als Gordweil bejahte, erwiderte sie nichts. Kurz darauf trennte sie sich von ihm, nachdem sie noch ein paar belanglose Worte gewechselt hatten.

Gordweil wandelte diese Tage wie ein Mondsüchtiger durch die Gegend. Alles, was um ihn her vor sich ging, erreichte seine Sinne wie durch einen Nebel. In Wahrheit befand er sich nicht eigentlich in freudiger oder zufriedener Verfassung, wie man hätte annehmen mögen. Eher glich er jemandem, der mit einer höchst wichtigen, alle seelischen Kräfte erfordernden Angelegenheit befasst war. Außerdem musste er sich jetzt tatsächlich um ein paar Kleinigkeiten kümmern, die angesichts seiner bevorstehenden Lebensänderung zunehmende Bedeutung erhielten. Auch die Notwendigkeit, irgendeine Anstellung zu finden, wurde dringender.

Im Lauf der Tage hatte er seinen künftigen Schwiegervater mehrmals besucht. Trotz seiner sechzig Jahre war der Baron ein stattlicher, aufrechter Mann mit nur an den Schläfen ergrautem Haar, das ihm einen aristokratischen Zug verlieh. Neben Thea hatte er noch zwei erwachsene Söhne, Poldi und Freddi, eine zweite Frau und eine fette, träge, schwarz-weiß gesprenkelte Katze, der er die meiste Zeit widmete. Er lebte bescheiden von den Einkünften irgendeiner Kapitalanlage, deren Wert bei der zehntausendprozentigen Abwertung der österreichischen Währung gefallen war, und von Poldis Gehalt als Bankbeamter. Gordweil gefiel ihm vom ersten Augenblick an so gut, dass er ihn ein paarmal zu schwarzem Kaffee und zum Schachspielen einlud, was laut Thea ein Zeichen besonderer Zuneigung war.

Mit Thea traf sich Gordweil jeden Abend, meist im Café. Einmal passte er sie vor dem Haus in der Johannesgasse ab, in dem sie arbeitete, aber das behagte ihr nicht. Nach der langweiligen Arbeit im Büro müsse sie erst mal neue Kräfte sammeln, sagte sie, und da gäbe es für sie nichts Besseres als einen Spaziergang allein durch den Straßentrubel. Obwohl ihm die Sache ein wenig merkwürdig erschien, gab Gordweil ihrem Willen nach und holte sie nicht mehr ab. Ein paarmal trafen sie sich im Herrenhof, dem Stammcafé von Gordweil und seinen Freunden. Dort hatten sie sich auch für diesen Abend verabredet, aber bis dahin war es noch lange hin, über vier Stunden. Gordweil versuchte anfangs ein wenig zu arbeiten, aber nachdem er einige Zeilen geschrieben hatte, merkte er, dass er heute nicht die nötige Aufmerksamkeit aufbrachte, und er beschloss auszugehen.

Die Großstadt lag in Frühlingssonne getaucht, die Bäume in den Anlagen und am Straßenrand standen in voller Blüte. Gordweil schlenderte ziellos von Straße zu Straße, barhäuptig, den Stock in der Hand, jenen Spazierstock mit Silberknauf, den Dr. Astel ihm einmal geschenkt hatte und der bei Frühlingsanfang nach langem Winterschlaf hinterm Kleiderschrank zu neuem Leben erwacht war, um Gordweil bis Herbstbeginn auf allen Wegen zu begleiten – als eine Art Ersatz für den Hut, der den ganzen Sommer über zu Hause blieb.

Auf dem Schottenring kam ihm die Idee, den in der Nähe wohnenden Flickschuster Rubicek aufzusuchen, bei dem er schon einige Wochen nicht mehr gewesen war. Eine eigenartige Freundschaft verband diese beiden in Alter, Bildung und Auffassungen recht unterschiedlichen Männer. Vor zwei Jahren hatte Gordweil in dieser Gegend gewohnt, ihm einmal ein Paar Schuhe zur Reparatur gebracht und beiläufig ein Gespräch mit ihm angeknüpft. Und von da an besuchte er ihn regelmäßig, auch nachdem er von dort weggezogen war.

Bei seinem Eintreten lief Rubicek ihm freudig entgegen: »Na, dass man Sie auch mal sieht, Herr Gordweil. Ich wollte schon das Fundbüro verständigen. Wo waren Sie denn so lange verschwunden?«

Gordweil setzte sich auf den quadratischen Schemel, diesen durchgesessenen, schwärzlich-speckigen Ledersitz, den der Schuhmacher seinetwegen von verschlissenen, schlammverklebten Schuhen und verdreckten, mit Nagellöchern übersäten Leisten befreit hatte. Rubicek nahm wieder den in Arbeit befindlichen Schuh auf und machte sich daran, den Absatz zu befestigen.

»Ich wollte schon öfters bei Ihnen vorbeischauen, aber es hat sich nie ergeben«, sagte Gordweil, »und wie geht es Ihnen, Herr Rubicek? Und was macht Ihre Alte?«

»Gut, gut«, erwiderte der andere zufrieden. »Alles steht zum Besten. ›Wenn die Schuhe in Ordnung sind, tut der Kopf nicht weh‹, sagt das Sprichwort. Nun, mein Johann hat am vergangenen Sonntag geheiratet, und was kann man sich mehr wünschen, Herr Gordweil? Die Alten ins Grab und die Jungen in die Ehe, das ist der Lauf der Welt. Meine Alte hat sich schon ein paarmal über Sie gewundert: ›Wo steckt bloß der Herr Gordweil, dass er sich gar nicht mehr blicken lässt?‹ Sag ich zu ihr: ›Da er nicht kommt, wird er seine Gründe haben. Vielleicht hat er inzwischen eine Frau genommen, und die hält ihn auf, vielleicht haben sich seine Geschäfte vermehrt, wie es auf der Welt so geht.‹«

»Meine Geschäfte haben sich zwar nicht vermehrt«, antwortete Gordweil mit leichtem Lächeln, »aber eine Frau werde ich tatsächlich demnächst heiraten. Es wird Zeit.«

»Wirklich? Dann möchte ich Ihnen viel Glück wünschen!« Rubicek streckte ihm die schwielige Rechte entgegen. »Wo Sie wie ein leiblicher Sohn für mich sind, Herr Gordweil. Ein wahrer Sohn! Das habe ich gerade erst zu meiner Alten gesagt. Ich freue mich sehr darüber. Ein Junggeselle ist wie ein einzelner Schuh, sage ich immer, so teuer er auch sein mag, er ist zu nichts nütze. Und Sie gehen doch auf die dreißig zu.« Und einen Augenblick später: »In die schlauen Bücher haben Sie ja reingeguckt, Herr Gordweil, und was dann? Haben Sie ein anderes Ziel als die Erhaltung der Welt gefunden? Das Erforschen des Rätselhaften führt zu nichts. Vierzig Jahre hock ich auf dem Dreifuß und sinniere. Und ich kann allen nur raten, eine Frau zu nehmen, Kinder zu zeugen und sich an allen dem Menschen gegebenen Genüssen zu erfreuen.«

Gordweil nickte zustimmend. Er kannte Rubicek und seinen gesunden Menschenverstand voll klarer Gedanken über sämtliche Lebenserscheinungen, die ihm aus den Erdentiefen zuzusprudeln schienen, stark und ewig wie die Erde selbst. Bei ihm fühlte er sich geschützt, mit unausreißbaren Wurzeln in der Erde verankert – ein ähnliches Gefühl, wie er es in der freien Natur, fern der Großstadt und ihrer Sorgen empfand. Ruhe legte sich dann über seine Seele, alles wurde klar, geradlinig, fest umrissen.

Rubicek unterbrach seine Arbeit, wischte sich die Hände an der dreckigen Schürze ab und begann eine Zigarette zu drehen. Bot auch Gordweil eine an. Fixierte ihn dann mit seinen hellen, treuen Augen, die sich kindliche Reinheit bewahrt hatten und doch überlegene Weisheit ausdrückten, und sagte mitfühlend: »Aber Ihr Gesicht ist grauer geworden, seit ich Sie zum letzten Mal gesehen habe, Herr Gordweil. Und es liegt auch keine Ruhe darin.«

»Das hat nicht viel zu sagen. Ein bisschen Müdigkeit vielleicht, mehr nicht.«

Er wusste selber nicht, warum er schlecht aussah. Er fühlte sich kerngesund und konnte keinen anderen Grund außer vielleicht den knappen Schlaf in den letzten Wochen dafür finden. Jedenfalls kam es ihm irgendwie ungelegen, dass Rubicek es bemerkt hatte.

Nun rauchte Gordweil schweigend und sah Rubicek zu, der bescheiden über einen umgekehrten Schuh gebeugt saß und mit rhythmisch eintönigen Schlägen emsig Nägel in den Absatz trieb. Nach und nach senkte sich Sorglosigkeit über ihn, eine Art Halbdämmern der Sinne. Er stützte den Ellbogen aufs Knie, legte den Kopf in die Hand und gab sich mit einigem Genuss diesem Dämmerzustand hin. Den Rücken der Glastür zur Straße zugewandt, schien ihm der Lärm, der von dort hereindrang, in immer weiterer Ferne zu verklingen, bis zum Schluss nur noch ein dumpfes Dröhnen ohne Anfang und Ende übrigblieb. Dann hob sich aus diesem Dauerlaut die etwas heisere Baritonstimme eines Mannes ab, der im angrenzenden Hof eine Volksweise anstimmte, offenbar ein höchst trauriges Lied, das Gordweil jedoch kein bisschen zu Herzen ging. Ja, es schien ihm sogar, der Mann singe gar nicht, sondern verkünde etwas, strenge seine Stimme an, um weithin – über Rubiceks Hammerschläge hinweg – gehört zu werden, was Gordweil irgendwie überaus komisch vorkam. Ah, wenn nur Thea das hören könnte! Sicher würde sie sich totlachen. Und Rubicek selber, grübelte er weiter, der vierzig Jahre dahockt … ja, vierzig Jahre und einen Nagel nach dem andern einschlägt – auch das ist seltsam und unverständlich, wenn man's bedenkt …

»Wissen Sie, Herr Rubicek«, sagte Gordweil plötzlich leise, ohne den tief abgesackten Kopf zu heben, »vor über einem Jahr habe ich einmal einen sonderbaren Traum gehabt. Ich träumte, mein linkes Bein sei amputiert worden. Anfangs wusste ich nicht, aus welchem Grund das geschehen war, doch sogleich wurde mir klar, dass ich dieses Bein meiner Schwester in Amerika schuldete, was durchaus natürlich erschien. Auch fehlte es mir eigentlich kaum beim Gehen, da ich sofort gute Abhilfe fand: Ich erinnerte mich an die Hüpfspiele der Kinder, bei denen sie auf einem Bein springen und das andere nach oben anwinkeln, und so machte ich es zur Verblüffung meiner Mitmenschen ebenfalls. Andererseits wurde mein rechter Arm auf einmal ganz lang, mehrere Meter, so dass ich, wenn ich auf der einen Straßenseite stand, etwas aus dem Laden gegenüber holen konnte. Wenn ich mich schlafen legte, musste ich diesen Arm zehn- oder fünfzehnmal knicken, wie man einen Meterstab zusammenklappt, und zum Schluss verwandelte er sich tatsächlich in eine Art Metermaß, was mir sehr leidtat.«

Rubicek warf ihm beim Arbeiten einen flüchtigen Blick zu, kratzte sich mit dem Hammerstiel den kurzgeschorenen Graukopf und sagte nichts. Es drängte sich ihm der Gedanke auf, dass dieser Gordweil überhaupt nicht glücklich war, und das erschütterte ihn.

Die Singstimme im Nachbarhof war inzwischen verstummt. Gordweil nahm ziellos einen ausgebesserten Damenschuh aus dem niedrigen Bord, drehte ihn hin und her, prüfte ihn scheinbar mit großem Interesse und stellte ihn schließlich wieder an seinen Platz. Rubicek hatte den Absatz inzwischen befestigt und trimmte und glättete ihn nun mit dem Schustermesser, wobei ein eigenartiges schwaches Piepsen wie von Mäusen ertönte. Von Zeit zu Zeit warf er einen Blick auf seinen Gast, der unverändert gebeugt dasaß, offenbar in schweres Grübeln versunken. Gordweil meinte jedoch auf einmal, Rubiceks Schweigen dauere schon zu lange und sei wohl auf einen bestimmten Grund, womöglich irgendeinen Groll gegen ihn, Gordweil, zurückzuführen. Gleichzeitig kam ihm blitzartig der Entschluss, heute Abend nicht seinen künftigen Schwiegervater aufzusuchen, wie er es vormittags noch beabsichtigt hatte. Sicher war es schon spät. Er zog seine Uhr hervor, blickte darauf, vergaß das Abgelesene aber sofort wieder und sah erneut hin: Ah, schon Viertel nach sechs. Und Rubicek macht noch nicht Schluss.

»Bis wann arbeiten Sie, Herr Rubicek?«

»Ich? Je nachdem, wie es gerade nötig ist, natürlich. Aber meistens nur bis gegen sechs.« Und einen Augenblick später: »Arme Leute haben keine Herrschaft über ihre Zeit. Sie müssen sich der Notwendigkeit beugen. Aber jetzt höre ich gleich auf. Bei Frühlingsbeginn, wissen Sie, wird die Arbeit immer weniger. Die

Sonne bringt dem Schuhmacher gewissermaßen Schaden. Ich will mich aber um Himmels willen nicht beschweren. Im Gegenteil, sollen die Armen sich an ihr laben.« Und als er Gordweil aufstehen und seinen Stock nehmen sah: »Was, Sie wollen schon gehen? Nein, nein, Herr Gordweil! Kommen Sie mit hinauf und essen Sie bei uns Abendbrot. Ich lasse Sie nicht gehen. Das dürfen Sie mir nicht antun.«

Gordweil verspürte jedoch plötzlich den unüberwindlichen Drang zu gehen. Keine Macht der Welt hätte ihn halten können.

»Ich danke Ihnen, Herr Rubicek, aber ich muss gehen.«

Der andere stand auf und band sich die Schürze ab. Dann sagte er ehrlich bekümmert: »Nein, Herr Gordweil, ich will Sie nicht drängen, aber Sie müssen wissen, dass Sie mich kränken. Meine Alte wird es sehr bedauern.«

»Nein, es geht wirklich nicht«, beharrte Gordweil völlig grundlos, »grüßen Sie Frau Rubicek und Johann. Ich möchte Sie alle zu meiner Hochzeit einladen, die am kommenden Donnerstag um drei Uhr nachmittags in der Seitenstettengasse stattfindet. Vielleicht sind Sie zufällig frei an jenem Tag?«

»Das bezweifle ich. An Werktagen habe ich keine Zeit, Sie wissen's ja. Aber ich wünsche Ihnen alles Gute. Freue mich von ganzem Herzen, dass Sie einen Hausstand gründen. Grüßen Sie Ihre Zukünftige. Und besuchen Sie uns bitte mal sonntags mit ihr. Wenn es ein schöner Tag ist, machen wir gemeinsam einen Ausflug aufs Land.«

Im Hinausgehen stieß Gordweil auf Heidelberger, der gerade den Hausgang neben der Schuhmacherei betreten wollte. Der Mann erkannte ihn sofort und rief fröhlich: »Ah, guten Abend, Herr Doktor. Wie geht's Ihnen? Ich freue mich, Sie zu sehen. Komme diese Minute von der Arbeit.«

Er lud Gordweil in seine Wohnung ein. Gustl könne gut kochen. Vor der Hochzeit habe sie bei Herrschaften gekocht und verstehe sich auf das Handwerk. Sie würden essen und dann hinuntergehen, um sich bei einem Glas Bier ein wenig zu unterhalten. Gordweil entschuldigte sich, er habe keine Zeit, aber der andere bestürmte ihn so sehr, wenigstens auf eine halbe Stunde mitzukommen, dass er nachgab.

Sie gingen ins dritte Stockwerk hinauf, wo Heidelberger die Tür mit einem Schlüssel öffnete, den er aus der Tasche zog.

»Guten Abend, Gustl«, rief er, kaum dass er die Schwelle in den dämmrigen Flur überschritten hatte, in dem niemand zu sehen war. »Ich habe einen Gast mitgebracht. Der Herr Doktor hat mir die Ehre erwiesen. Ist das Abendessen fertig?«

In einem Türrahmen rechts des Eingangs erschien eine mittelgroße Frauengestalt, die weißen Blusenärmel bis über die Ellbogen hochgekrempelt. Wegen der Dunkelheit konnte Gordweil ihre Gesichtszüge nicht richtig erkennen. Sie sagte in einem Ton, der ihm recht spitz erschien: »Ich freue mich sehr, Herr Doktor. Herzlich willkommen. Gleich ist alles fertig.« Dann verschwand sie hinter der Tür.

Heidelberger führte ihn in einen mäßig großen Raum, eine Art Esszimmer mit einfachen, aber soliden Möbeln, und zog ihm einen Stuhl vom Tisch in der Mitte heran. »Ich muss mich nach der Arbeit ein wenig waschen. Entschuldigen Sie mich einen Augenblick«, sagte er und ging wieder auf den Flur, wobei er die Tür hinter sich schloss.

Sofort war von dort ein heftiger Wortwechsel zwischen Mann und Frau zu hören, ohne dass Gordweil Einzelheiten aufschnappen konnte. Von einer gewissen Unsicherheit gepackt, fragte er sich, welcher böse Geist ihn getrieben hatte, diese fremde Wohnung zu betreten. Und wie um sich Mut zu machen, zündete er eine Zigarette an und unterzog Zimmer und Möblierung einer flüchtigen Musterung. Sein Blick blieb an einer Gruppe Fotografien an der Wand ihm gegenüber hängen. Ein großes Porträt im schwarzen Rahmen zeigte eine alte Frau mit zerknittertem Gesicht, eingefallenem Mund und bösen, stechenden Augen. Der Blick war gerade auf Gordweil gerichtet und weckte ein unangenehmes Gefühl in ihm, als gehe er von einem lebenden Menschen aus. Das muss seine Mutter sein, vermutete er. Daneben hing ein Bild von Heidelberger in Uniform, mit struppigem Schnurrbart, und noch ein weiteres Foto von einer Gruppe Soldaten.

Die Frau trat mit Tischdecke und Geschirr ein, um den Tisch zu decken. Sie war um die sechsundzwanzig, gar nicht hässlich, mit gewandten Bewegungen trotz ihres etwas plumpen Körpers und flinken, lebendigen Augen.

»Bleiben Sie ruhig sitzen«, sagte sie freundlich zu Gordweil, der aufstehen wollte, um ihr Platz zu machen, »bemühen Sie sich nicht, Herr Doktor.« Worauf sie mit vielsagendem Lächeln und einem Blitzen in den Augen hinzufügte: »Eine tüchtige Hausfrau stört ihre Gäste nicht.«

Mit energischen Bewegungen ging die junge Frau ans Tischdecken, wobei sie ihrem Gast verstohlene Seitenblicke zuwarf. Gordweil hatte das Gefühl, als habe er im Theater oder sonst wo einen Platz besetzt, der ihm nach seiner Karte nicht zustand, und als könne er jeden Augenblick vertrieben werden. »Wirklich, gnädige Frau«, entschuldigte er sich verlegen, »ich bin überhaupt nicht hungrig. Machen Sie sich meinetwegen bitte keine Umstände. Außerdem habe ich keine Zeit. In einer Viertelstunde spätestens muss ich gehen. Bitte verzeihen Sie die Störung.«

Frau Heidelberger, die wohl kaum gewöhnt war, mit »gnädige Frau« angesprochen zu werden, zeigte sich einigermaßen beeindruckt. Sie hielt einen Augenblick in ihrem Werk inne, baute sich mit vorgeschobenem Busen vor ihm auf und sagte mit leicht gesenkter Stimme: »Sie sprechen doch nicht im Ernst, Herr Doktor. Es wäre beleidigend für mich, wenn Sie nicht mit uns speisten. Franzl würde mir die Schuld anhängen. Ich wisse eben nicht, wie man sich in Gesellschaft benimmt, würde er sagen. Warum sollten Sie Schmach über unser Haus bringen, Herr Doktor?«

Sie bemühte sich um eine reine Aussprache, wie sie es in den Häusern ihrer Herrschaften gelernt hatte, ohne Beimischung Wiener Dialektausdrücke, so dass der Eindruck entstand, sie trage ihm eine auswendig gelernte Lektion in einer Fremdsprache vor, die sie sonst nicht benutzte.

Nun kam Heidelberger, frisch gewaschen und mit gekämmtem Schnurrbart, wieder herein. »Franzl«, wandte sich seine Frau sofort an ihn, »der Herr Doktor weigert sich, zum Abendbrot zu bleiben. Sprich du –«

»Gut, schon gut«, schnitt er ihr das Wort ab. »Tu deine Arbeit, und misch dich nicht ein, wo du nicht gefragt wirst!«

Er schickte sie drei Krüge Bier aus der Wirtschaft heraufholen. Unterdessen redete Heidelberger in überbordender Vertraulichkeit mit dem üblichen Wortschwall auf den Gast ein, erkundigte sich nach seinem Namen und Beruf und erzählte hochtrabend von sich selbst, er sei Werkmeister in einer großen Maschinenfabrik, für einen anständigen Lohn. Dann kam Gustl mit dem Bier wieder, und sie setzten sich zu Tisch. Heidelberger aß mit großem Appetit, wobei ihm die Speisen sichtlich mundeten. Gelegentlich ermunterte er seinen Gast mit gellender Stimme aus vollem Mund: »Essen Sie bitte, Herr Doktor, möge es Ihnen schmecken. Erst kommt das Essen, sage ich immer, und hinterher alles andere.« Gordweil war nicht hungrig, aß aber pflichtschuldig und lobte die einzelnen Gerichte, die tatsächlich mit praktischer Begabung zubereitet waren. Gustl strahlte vor Freude.

»Ich habe Ihnen ja von vornherein gesagt, dass sie gut kochen kann«, bestätigte der Gemahl. »Das muss man ihr lassen. Man kann über sie sagen, was man will – aber das kann sie! Eine Frau, die nicht kochen und hauswirtschaften kann, ist keinen Groschen wert – habe ich nicht recht?«

Er nahm einen Schluck Bier und fuhr fort: »Aber was sage ich weiter? Das allein ist nicht genug. Eine Frau muss wissen, dass sie einen Mann hat. Das muss sie zuallererst bedenken.« Er fasste plötzlich seine Frau neben sich um die Schulter und zeigte sie dem Gast, wie man irgendeinen Gegenstand vorzeigt. »Na, was sagen Sie zu der, Herr Doktor? Die ist gut, was? Hihihi. Sie hätten wohl auch gern so ein Mädel, was?« Er ließ von ihr ab und klopfte dem Gast freundschaftlich auf die Schulter. »Nun, mal sehen. Sie gelten bei mir als kluger Mann, Herr Doktor. Das habe ich gleich erkannt. Eventuell, hihi, ganz eventuell mal … einmal, Herr Doktor, weil Sie's sind … Heidelberger Franzl ist ein Bruder.« Er brach in schallendes Gelächter aus.

»Warum Unsinn daherreden«, sagte Gustl mit selbstgefälligem Lächeln, »so kann man doch nicht vor einem Gast sprechen. Was soll der Herr Doktor denn von uns denken?« Dabei ließ sie kein Auge von Gordweil, der ihr gegenübersaß, und wie ihm schien, blinzelte sie ihm sogar ein-, zweimal verschwörerisch zu.

»Halt den Mund, Gustl«, herrschte ihr Mann sie an, »und misch dich nicht ein, wenn du nicht gebraucht wirst.«

Gordweil war verlegen. Um das Ganze als Scherz hinzustellen, sagte er lächelnd: »Kein schlechter Witz, kann man sagen, wirklich nicht schlecht.«

»Witz, sagen Sie?«, gab Heidelberger zurück. »Vielleicht doch keiner … Man kann nie wissen, hihi … Wenn ich was sage, dann gilt's. Sie sind ja mein Freund, und ein Freund, wissen Sie … Aber sie ist doch ein hübsches Mädel«, er deutete mit dem Kopf auf seine Frau, »das lässt sich nicht leugnen, was?«

Gordweil murmelte, die Augen auf die Tischplatte geheftet: »Sie – sie ist hübsch. Sicherlich.«

»Da sehen Sie's. Und außerdem, hihihi …«

Gordweil erhob sich und verkündete, er müsse zu seinem Bedauern nun gehen, da er keine Zeit mehr habe. Heidelberger und seine Frau standen ebenfalls auf. Es war kurz vor acht; der Abend sickerte bereits durch das sich dunkelblau verfärbende Fenster und füllte den Raum mit Schatten. Heidelberger legte seiner Frau den Arm um die Taille und rief mit etwas heiserem Lachen: »Und jetzt, Gustl, umarm ihn, diesen kleinen Burschen. Er wird sich nicht weigern … Der Franzl hat Augen im Kopf.« Damit schob er sie förmlich auf den verblüfften Gordweil zu und drückte ihre Köpfe aneinander. Bevor Gordweil zurückweichen konnte, hatte Gustl ihn schon auf den Mund geküsst, wobei sie ihren warmen

Körper so eng an ihn schmiegte, dass er ihre Kurven in voller Länge spürte.

»Gut so, kräftiger!«, brüllte der Ehemann. »Hahaha, der kleine Herr Doktor.«

Schließlich löste sich die Frau, über und über rot, von ihm und sagte rechtfertigend: »Entschuldigen Sie bitte, Herr Doktor. Franzl hat heute den Verstand verloren. Aber er ist ein guter Mensch. Das können Sie mir glauben.«

Gordweil stand einen Augenblick völlig verwirrt da. Das Herz pochte ihm mit Macht. Er murmelte leise ein paar Worte und grinste gequält. Dann drehte er den Kopf hin und her, als suche er etwas, wobei er es vermied, Heidelberger oder seine Frau anzusehen. Zum Schluss erinnerte er sich an seinen Stock, den man bei seinem Eintreten in eine Ecke gestellt hatte, und holte ihn.

Beim Abschied sagte Heidelberger: »Nichts für ungut, Herr Doktor, und besuchen Sie uns nach Herzenslust. Mein Haus steht Ihnen stets offen. Schade, dass Sie jetzt keine Zeit haben, aber ich will Sie nicht aufhalten. Vergessen Sie nicht, dass ich ein Freund und Bruder bin. Sie werden uns doch bald wieder aufsuchen, nicht wahr?«

Und Gustl pflichtete bei: »Ja, ja, machen Sie uns das Vergnügen.«

Er versprach, an einem der folgenden Tage wiederzukommen, und ging. Seine Gastgeber begleiteten ihn auf den Flur und hielten ihm die Tür auf. Die Stufen eilte er fast im Laufschritt hinunter. Draußen brannten schon die Laternen. Mit weitausholenden Schritten hastete er auf den I. Bezirk zu, da er um acht mit Thea verabredet und jetzt bereits eine Viertelstunde verspätet war. Seine Verlegenheit ließ ein wenig nach, und er versuchte im Geist das doch recht eigenartige Ereignis zu enträtseln, das er eben erlebt hatte. Dieser Heidelberger hatte ihn irgendwie gleich beim ersten Mal, an jenem Abend im Wirtshaus, interessiert, und jetzt wuchs seine Neugier hundertfach. Er vermochte einfach keine befriedigende Erklärung für das sonderbare Verhalten des Mannes zu finden, wusste nicht, ob es einer abartigen Neigung entsprang oder tatsächlich ein seltsamer Ausdruck von Zuneigung und Gastfreundschaft war, wie sie noch heute manche Völker praktizierten, oder auch beides zusammen. Die Frau selber – zweifellos gutaussehend, ein natürliches, gesundes Weibsstück, das zu anderer Zeit durchaus gewissen Appetit bei ihm hätte erregen können – hatte jetzt keinerlei Eindruck auf ihn gemacht. Im Gegenteil, von der Berührung ihrer Lippen und ihres Körpers war ihm ein schales, unangenehmes, an Abscheu grenzendes Gefühl geblieben. Trotzdem beschloss er, der Sache auf den Grund zu gehen.

7.

Mit halbstündiger Verspätung kam Gordweil zur Verabredung in den Herrenhof, wo Thea ihn bereits erwartete. Sie saß in einem Erker mit Dr. Astel und Perczik zusammen – in angeregte Unterhaltung vertieft, wie ihm schien –, und schon beim Eintreten überflutete ihn das ungemütliche Gefühl, da sei eine Verschwörung gegen ihn im Gange. Besonders missfiel ihm Perczíks Anwesenheit.

Dr. Astel empfing ihn mit gekünstelter Hochstimmung: »He, Gordweil, du gerätst vom rechten Wege ab. Seit wann lässt man denn Damen auf die Kavaliere warten?«

Gordweil reagierte nicht darauf, sagte nur entschuldigend zu Thea: »Ich kann nichts dafür, wenn ich mich verspätet habe. Ich bin aufgehalten worden.« Dabei sah er ein schiefes Grinsen über Perczíks Gesicht huschen, was er aus irgendeinem Grund auf sich bezog.

»Du hast dich nicht viel verspätet, Rudolfus«, sagte Thea, »sonst wäre ich schon ärgerlich geworden. Aber setz dich doch. Warum stehst du denn?«

Gordweil holte einen Stuhl vom Nachbartisch und stellte ihn neben Thea.

»Ah, Perczik, servus«, sagte Gordweil überrascht, als bemerke er ihn erst jetzt. »Was macht die Avantgarde? Werden noch reichlich Dollars verschickt?«

»Was tut das hier zur Sache?«, meinte der wegwerfend, wobei er sich mit Daumen und Zeigefinger über beide Mundwinkel fuhr – ein Zeichen seiner Verlegenheit. »Aber du bist heute anscheinend vergrämter Stimmung ...«

»Ich vergrämter Stimmung? Ganz und gar nicht. Im Gegenteil.«

»Perczik wird nicht mehr in Dollars, sondern in Negerpfunden entlohnt«, half Dr. Astel nach.

Perczik zog eine unwillige Grimasse, ohne zu antworten.

Dann trank Gordweil den kochend heißen Kaffee, den der Kellner ihm gebracht hatte, während Dr. Astel den Faden des unterbrochenen Gesprächs über die Zufälle des Lebens wiederaufgriff. Dr. Astel war Rechtsanwalt und das Reden sein Beruf. Er hörte sich selber gern sprechen und verpasste keine günstige Gelegenheit, besonders wenn Frauen mit von der Partie waren.

»Es beruht allein auf unserem Unvermögen, gnädige Frau«, dozierte Dr. Astel mit dem Selbstbewusstsein und der Sicherheit eines Fachmanns. »Uns ist es nur gegeben, die Äußerlichkeiten der Dinge zu erfassen, das Offenbare, und auch das lediglich bruchstückweise, splitterhaft, unvollkommen, während der innere Zusammenhang, der verbindende Faden, unseren Augen verborgen bleibt. Was folgt daraus? Dass die Erscheinungen, die wir als Zufälle bezeichnen, ebenfalls den Gesetzen von Ursache und Wirkung unterliegen und durchaus unumgänglich sind. Oft scheint es zum Beispiel, als seien Zufall A, der dem Menschen X, und Zufall B, der dem Menschen Y geschieht, austauschbar, so dass wir A – Y und B – X erhalten. Aber dem ist nicht so. Dahinter stecken ein festes System und eherne Notwendigkeit. Ebenso wie sich das chemische Element X nur mit dem chemischen

Element Y und keinem anderen verbindet. Doch auch die Tatsache, dass diese beiden Elemente sich zur Verbindung im Weltenraum treffen, unterliegt nur in unserer beschränkten Sicht, nicht aber in Wahrheit dem Zufall.«

»Und meinen Sie zum Beispiel, auch unsere Bekanntschaft beruhe auf innerer Notwendigkeit?«, fragte Thea lächelnd.

»Gewiss. Dessen bin ich sicher.«

In ihren beiden Hirnen blitzte gleichzeitig eine fern liegende form- und gestaltlose Möglichkeit auf und verlosch augenblicklich wieder, bevor sie sie noch erfasst hatten.

»Dinge, denen man nicht auf den Grund gehen kann, lassen sich so oder anders auslegen«, sagte die Baronin schlicht, worauf sie sich Gordweil zuwandte: »Und du, Rudi, sagst du gar nichts?«

Nein, er habe ein wenig Kopfweh, sagte Gordweil ausweichend, um vom Sprechen dispensiert zu werden, zu dem er in diesem Moment wegen der Missstimmung, die ihn plötzlich ohne klaren Grund befallen hatte, unfähig war. Er sehnte sich danach, mit Thea allein zu sein, irgendwo anders, ungestört, aber sie fühlte sich offenbar wohl hier und dachte gar nicht daran, ihren Platz zu verlassen. Er lehnte sich zurück, das Gesicht dem Fenster zugewandt, dessen untere Hälfte durch einen schweren, haarigen weinroten Vorhang abgeschirmt war, saß da und rauchte, bemüht, durch den schmalen Spalt zwischen den beiden undurchlässigen Vorhangteilen das Profil eines beliebigen Passanten in dem Lichtstreifen auszumachen, der aus dem Café drang und die Wand an der gegenüberliegenden Straßenseite wieder hinaufkletterte, wo sich die Schatten der drinnen Sitzenden abzeichneten. Aus unerfindlichen Gründen fiel ihm plötzlich der böse Blick der Greisin auf dem Bild im Hause Heidelberger wieder ein. Ja, diese ganze Affäre war höchst seltsam, auch dass er sich bereitgefunden hatte, mit hinaufzugehen, obwohl er Rubicek, der immerhin sein Freund war, dasselbe hartnäckig abgeschlagen hatte …

Nun kamen Ulrich und Lotte Bodenheim, nach kühler Frühlingsabendluft duftend, herein. Die beiden Frauen musterten einander kurz, während Dr. Astel vorstellte. Gordweil spürte deutlich, dass Thea Lotte nicht zusagte, was ihm, warum auch immer, höchst natürlich erschien, als habe er es seit langem gewusst.

Als Lotte sich Thea gegenüber auf den Stuhl setzte, den Dr. Astel ihr frei gemacht hatte, sagte sie: »Ich habe schon viel von Ihnen gehört, Frau Baronin, und freue mich, Sie kennenzulernen.«

Geschmackvoll gekleidet ist sie nicht, dachte Lotte befriedigt, und auch keine Schönheit. Die Nase ist zu kurz, das Kinn lang gestreckt. Und die kleinen, wimpernlosen Augen haben einen harten Ausdruck. Na, dafür lohnt sich's nicht, ausgerechnet Baronin zu sein … Der arme Gordweil wird seinen Lohn bei ihr kriegen.

Sie warf ihm einen etwas mitleidigen Blick zu und sagte: »Und du, Gordweil, bist deinen alten Freunden wohl schon gänzlich untreu geworden, was? Lässt dich überhaupt nicht mehr blicken.«

»Ich bin ein paarmal hier gewesen und habe dich nicht vorgefunden«, rechtfertigte er sich, »hab gehört, du warst nicht ganz auf dem Damm. Geht's dir wieder gut?«

»Sicher. Mir blieb ja nichts anderes übrig. Sollte ich etwa abwarten, bis du Zeit für einen Krankenbesuch findest?«

»Ein bisschen bin ich da mitschuldig«, sagte die Baronin lächelnd, »da ich Rudolfus viel Zeit stehle. Sie nehmen mir das doch nicht übel, Fräulein Bodenheim?«

Lotte registrierte erneut: derb-ordinärer Tonfall. Nennt ihn Rudolfus. Das hat uns gerade noch gefehlt. Laut sagte sie: »Nein, nein, Frau Baronin, Gott behüte! Im Gegenteil.« Und zu Gordweil: »Aber dein Gesicht ist ja ganz eingefallen. So habe ich dich noch nie gesehen. Womöglich bist du hier der Kranke.«

»I-ich? Ich bin kerngesund. Munter wie ein Fisch im Wasser.«

»Auch ich finde nicht, dass er schlecht aussieht«, widersprach die Baronin.

»Nun, Sie kennen ihn ja erst wenige Tage, glaube ich …«

»Aber als ich ihm das erste Mal begegnet bin, hat er im Gesicht noch schlechter ausgesehen …«

Diese Debatte über ihn war Gordweil unangenehm. Hinter den scheinbar belanglosen Worten klang ein versteckter hitziger Kampf durch, bei dem er selber – sehr zu seinen Ungunsten – das Schlachtfeld lieferte. Entschlossen, der Sache ein Ende zu bereiten, sagte er: »Was ist es denn wichtig, ob ich nun gut aussehe oder nicht? Die Hauptsache, ich fühle mich gesund und kräftig. Alles andere ist gleichgültig. Schließlich bin ich kein Säugling, der jede Woche gewogen wird«, schloss er mit gequältem Lächeln.

»Trotzdem«, beharrte Lotte. »Vielleicht bist du eben doch ein Säugling.«

Dr. Mark Astel, der sich nebenher mit Ulrich und Perczik unterhielt, schnappte das Wort »Säugling« auf und wandte sich um: »Was für ein Säugling? Von welchem Säugling sprechen Sie, meine Damen?«

»Von einem x-beliebigen«, beeilte Gordweil sich zu antworten, »und die Frage lautet, ob man ihn zweimal die Woche wiegen muss oder ob einmal genügt. Was meinst du?«

»Hm … wenn die Angelegenheit dringend ist, lauf ich augenblicklich und telefonier … Wenn nicht, vertagen wir's, bis es aktuell wird.«

Der Witz war zwar recht plump, aber er genügte, das Gespräch in eine andere Richtung zu lenken.

»Sehr aktuell, natürlich.« Lotte lachte.

Die Baronin lächelte ein kleines, überlegenes Lächeln. Es blitzte die absolute Gewissheit in ihr auf, dass diese Lotte auf Gordweil versessen war, sie selbst aber eindeutig die Oberhand hatte. Sie ist keineswegs übel, sinnierte sie. Temperamentvoll, diese kleine Jüdin, würde mein Vetter Rudi sagen. Na, sehen wir mal, wer die Stärkere ist.

Sie zog eine Zigarettenschachtel aus der Handtasche und öffnete sie für Lotte. Dabei warf sie ihr einen selbstbewussten, siegesgewissen Blick zu, der auf einen von unterdrückter Feindseligkeit erfüllten Gegenblick stieß. Sie wird schöner, wenn sie sich ärgert, überlegte Thea. Kräftige Farben müssten ihr stehen. Bei Gelegenheit werden wir sie ein bisschen kitzeln, diese Kleine …

Lotte kramte einen kurzen Moment mit etwas zittrigen Fingern in der Schachtel, bis es ihr gelang, eine Zigarette herauszuziehen. »Rauchen Sie viel, Frau Ba-ro-nin?«, fragte sie. (Sie ließ den Titel niemals weg und sprach ihn gedehnt mit einem etwas spöttischen Unterton aus.)

»Nein. Vierzig bis fünfzig pro Tag …«

»Dann müssen Sie hochgradig nervös sein.«

»Sind Sie da sicher, meine Liebe? Sie werden mir doch diese Vertraulichkeit erlauben. Bald werden wir ja treue Freundinnen sein, das spüre ich. Ganz im Gegenteil, ich bin keine Spur nervös. Überhaupt nicht. Das Rauchen macht mir Vergnügen, und ich sehe keinerlei Grund, mir jedweden Genuss zu versagen. Aber diejenigen, denen das Rauchen an die Nerven geht, sollten sich wirklich lieber enthalten.«

Lotte warf ihr einen vernichtenden Blick zu und gab keine Antwort.

Dann schlug Dr. Astel vor, in einen Weinkeller zu gehen. Perczik stand sofort auf und verabschiedete sich unter dem Vorwand, es sei leider schon spät und seine Frau warte zu Hause auf ihn.

»Hast du denn genug Bargeld bei dir?«, fragte Gordweil offenherzig. »Was mich anbetrifft, bin ich nämlich heute blank wie eine Marmorbüste.«

»Lass das meine Sorge sein. Es wird sich alles finden. Zum Glück brauchen wir das Geld nicht erst nachzuzählen … Das erinnert mich an eine Geschichte, die meinem Freund Bloch widerfahren ist«, fuhr Dr. Astel fort und begann mit gedämpfter Stimme zu erzählen: »Vor einem Jahr habe ich einige Tage in Berlin zugebracht, wo dieser Bloch lebt. Bei meiner Ankunft schrieb ich ihm, und wir verabredeten uns vormittags in einem Café. Dazu muss ich vorausschicken, dass dieser Mann keineswegs arm ist. Sein Vater ist Eigentümer einer Bank in Berlin und teilt seinem Sohn monatlich eine hübsche Summe zu. Kurz gesagt: Ich traf mich wie verabredet mit Bloch, und wir verbrachten rund eine Stunde gemeinsam. Danach lud er mich zum Mittagessen ein, nicht bei sich zu Hause, da er mit seiner Frau in Unfrieden lebte, sondern in einer Gaststätte. Vor der Restauranttür blieb Bloch plötzlich stehen, zog seine Brieftasche hervor und zählte genauestens seine Moneten nach, einmal und noch einmal. Er hatte rund zweihundertfünfzig Mark bei sich, erinnere ich mich. ›Warum zählst du dein Geld?‹, fragte ich verwundert. ›Aus Vorsicht‹, antwortete er mir, ›bevor ich irgendwo hineingehe, wo man bezahlen muss, zähle ich immer erst mein Geld nach.‹ Und bei dieser Gelegenheit erzählte er mir folgendes Erlebnis: Als er fünfzehn Jahre alt war, noch Gymnasiast, passierte ihm einmal etwas Seltsames. (Sie wohnten damals in Dresden, wo er geboren wurde und bis zu seinem achtzehnten Lebensjahr lebte. Erst dann sind seine Eltern nach Berlin umgezogen.) Auf seinem Schulweg sah er fast täglich ein gleichaltriges Mädchen, Schülerin am Mädchengymnasium, die seine Phantasie ein geschlagenes halbes Jahr beschäftigte, obwohl er sie nicht näher kannte. Wegen seiner großen Schüchternheit brachte er nicht den Mut auf, sie anzusprechen, sosehr er sich auch danach sehnte. Und da traf er nun eines Sonntagnachmittags im Frühsommer einen Freund auf der Straße und blieb stehen, um sich mit ihm zu unterhalten. Keine paar Minuten später kam dieses Mädchen dazu, und sein Freund stellte sie ihm vor. Wie sich ergab, war sie seine Cousine, und die beiden hatten einen Ausflug aufs Land geplant. Doch sein Freund teilte ihm sofort mit, dass er aus einem bestimmten Grund heute in der Stadt bleiben müsse und sein Versprechen nicht halten könne. Daraufhin lud das Mädchen ihn, Bloch, ein, den Ausflug mitzumachen, und, wie ihr euch denken könnt, stimmte er freudig zu. Als sie schon in der Straßenbahn saßen und der Schaffner ihnen Fahrscheine verkaufen wollte, merkte Bloch, dass er nur eine Mark bei sich hatte, gerade eben genug für den Fahrpreis hin und zurück. Was sollte er jetzt machen? Das Mädchen würde bei dieser Hitze sicher etwas trinken wollen und womöglich auch noch was essen. Dabei schämte er sich, zuzugeben, dass er kein Geld besaß. Inzwischen hatte seine Begleiterin an einer Haltestelle eine Freundin erspäht und rief ihr durchs Fenster zu, sie solle doch auch mitkommen. Sie nahm sofort an. Bloch löste aus Höflichkeit auch für sie einen Fahrschein. Und nun blieben ihm nur noch fünfundzwanzig Pfennig für seine Rückfahrt.«

Dr. Astel rief dem Kellner, er möge frisches Wasser bringen. Dann fuhr er fort: »Am Ziel angelangt und kaum dass sie die Bahn verlassen hatten, da wollten die beiden Mädchen schon Eis essen. Sie betraten einen Eisladen und bestellten zwei Portionen. Bloch gab vor, kein Eis zu mögen, und bestellte nichts. Als sie aufgegessen hatten, nahmen sie noch je eine andere Sorte. Das Eis schmecke hier hervorragend, sagten sie, und es sei ein Wunder, dass er so was nicht mag. Wie könne ein Mensch bloß Eis verschmähen. Das sei doch das Allerbeste auf der Welt und so weiter. Bloch war verzweifelt, saß wie auf Kohlen und zermarterte vergebens sein Hirn nach einem Ausweg. Plötzlich hatte er eine Idee. Er sah draußen zwei junge Männer vorbeischlendern, entschuldigte sich bei den beiden Mädchen, er müsse einen Augenblick hinausgehen und mit zwei Bekannten sprechen, die eben vorübergekommen seien, stand auf, ging hinaus und war weg. Und seitdem«, schloss Dr. Astel, »betritt er kein Café, Restaurant oder Ähnliches, ohne erst vor der Tür sein Geld zu zählen, obwohl er stets erkleckliche Summen bei sich führt.«

»Und die Mädchen?«, fragte Thea.

»Die hat er nie wiedergesehen. Er ist von da an einen anderen Weg zur Schule gegangen und hat in ständiger Angst gelebt, er könnte einer von ihnen begegnen. Seither sind schon fünfzehn Jahre vergangen, die Mädchen haben längst geheiratet und Kinder bekommen, aber immer noch erwacht dieselbe Angst in ihm, sobald er nach Dresden kommt, was er so weit wie möglich zu vermeiden sucht. Und Eis? Ekel befällt ihn, sobald er nur das Wort hört. Es genügt, dass eine Frau den Wunsch äußert, Eis zu essen, und schon hat sie jeden Reiz für ihn verloren. Er lässt sie unter irgendeinem Vorwand auf Nimmerwiedersehen im Stich. Seine Frau hat er erst geheiratet, nachdem er sich vergewissert hatte, dass sie Eis ebenso verabscheut wie er. Dieser Bloch«, endete Dr. Astel, »ist überhaupt ein sonderbarer Mensch. Ich könnte eine ganze Woche über seine Eigenheiten und Schrullen erzählen.«

»Ein kranker Mensch«, sagte Gordweil, »absoluter Neurotiker.«

»Aber jetzt lasst uns bitte gehen, meine Herrschaften«, drängte Dr. Astel.

Man kam überein, den Opernkeller aufzusuchen. Dann standen sie auf und gingen.

Es war gegen halb elf. Der Straßenlärm hatte schon nachgelassen, das heißt, er brandete mit Unterbrechungen an. Der Asphalt lag gewölbt und blank poliert in nächtlichem Glanz vor ihnen ausgebreitet, reflektierte die Passanten mal zwergenhaft verkürzt, mal groß und überschmal wie in einem Zerrspiegel. Aus den eleganten Cafés fielen hochmütig grelle orangefarbene Lichtstrahlen, die in den Augen schmerzten, so dass man blinzeln musste. Die Drehtüren spien auf der einen Seite Leute aus und verschlangen andere wie eine merkwürdige Maschine. Die Türsteher in ihren prunkvollen Livreen vollführten ehrerbietige Verbeugungen, begleitet von weit ausholenden, wohlgeübten Gesten, als öffneten sie weite Tore. Von überall her kamen Jazz-, Foxtrott- und Tangofetzen angewirbelt, umschwirrten einen wie unsichtbare Fledermäuse und versetzten die Glieder in leichte Betäubung und rhythmische Schwingungen zugleich. In alldem wirkten die vereinzelten Polizisten, die hier und da untätig mitten auf der Straße patrouillierten, überflüssig, verlassen und bemitleidenswert.

Gemächlich spazierten sie die Straßenmitte entlang: Dr. Astel und Lotte an der Spitze und hinter ihnen, in etwa zehn Schritt Abstand, Gordweil, Thea und Ulrich. Thea unterhielt sich mit

Ulrich, während Gordweil in Gedanken versunken war. Dabei überlegte er sich etwa Folgendes: Die Menschen frequentieren Amüsier-, Tanz- und Unzuchtsstätten nicht immer aus wahrer Vergnügungssucht, sondern meist aus dem Drang zu flüchten. Die meisten dieser Leute sind bedauernswert, ihres Lebens überdrüssig, unfähig, sich selbst zu ertragen. Und da hat man's. Alltagssorgen, Langeweile – oder schlicht Angst, eine unklare Angst, die überhaupt nicht ins Bewusstsein tritt, die stiehlt ihnen unmerklich die Ruhe, verfolgt sie ununterbrochen, hindert sie daran, mutig und aufrecht den Tumult in ihrem Seeleninnern und um sich herum zu betrachten. Die Haltlosigkeit hat nach dem Krieg noch zugenommen, so dass es einem manchmal scheint, als bedauerten all diese Menschen, dass sie übriggeblieben sind, dass ihnen Rettung zuteil geworden ist. Womöglich bedurfte es einer neuen Religion, grübelte er weiter, eines Glaubens, der es vermöchte, die flüchtenden Massen aufzuhalten, sie zu sich selber zurückzuführen, sie der Natur und der gesunden Einfachheit näherzubringen.

In Gordweils Innern pulsierte eine leichte, kaum spürbare Melancholie, die ihm in gewisser Hinsicht wohltat und ihn freute. Es war doch gut, dass man an einem milden Frühlingsabend so auf der Straße gehen konnte, mit nahestehenden, hingebungsvollen, gutherzigen Menschen – ja, gutherzig ohne ihr Wissen –, so einfach dahinlaufen, ohne Anfang und Ziel. Gordweil spürte Theas Arm in seinen eingehängt und fühlte sich sicher, wie jemand der nach monatelangem Umherirren auf einem vom Kurs abgekommenen Schiff wieder festen Boden unter den Füßen hat. Da hörte er Thea zu Ulrich sagen: »Ja, er sieht gut aus … Kann Frauen gefallen … Aber Lotte ist offenbar nicht sehr scharf auf ihn …« Er wusste sofort, von wem sie redeten, und ein schwacher Widerhall des Unbehagens, das er beim Betreten des Cafés empfunden hatte, erwachte in ihm. Nein, er, Gordweil, fand nicht, ganz objektiv betrachtet, dass Dr. Astel gut aussah. Die für das schmale Gesicht zu schwere und lange Nase, die den ganzen schütteren Kopf hinabzuziehen schien, hatte doch wirklich nichts Schönes an sich. Und auch die kleinen, mongolisch anmutenden Schlitzaugen undefinierbarer Farbe, die sich lieber versteckten, als sich dem Gesichtsausdruck anzupassen – konnte man die etwa als besonders hübsch bezeichnen? Aber Frauen hatten eben einen merkwürdigen Geschmack. Bei ihnen fand er meistens Anklang. Zweifellos trug dazu nicht wenig seine Kleidung bei, die immer geschmackvoll war und von einem der besseren Schneider stammte. Frauen liebten das. Dabei war das letzten Endes doch weder etwas Lobens- noch etwas Tadelnswertes – der Eindruck, den ein Mann auf Frauen im Allgemeinen machte. Ja, im Gegenteil mochte es ihm noch eher zum Tadel als zum Lob gereichen …

Währenddessen waren sie an ihrem Bestimmungsort angekommen. Sie mussten ein paar Stufen hinuntergehen und betraten dann vom Vorraum aus einen geräumigen, niedrigen, bewusst in bäuerlich-einfachem Stil gehaltenen Saal, der gut besetzt war. Sie suchten ein Weilchen, ehe sie einen Eckplatz fanden und sich an einen quadratischen braunen Eichentisch setzten.

»Ihr habt doch nichts gegen Malaga einzuwenden, meine Damen?«, fragte Dr. Astel vertraulich. »Schwer und ein wenig süß ist er wie ein Wiener Sommerabend …«

Was sie anbeträfe, sagte die Baronin, sei sie nicht unbedingt auf süßen Wein angewiesen. Sie tränke auch Branntwein mit Freuden – je schärfer, desto lieber. Aber Malaga liebe sie ebenfalls. Er sei wirklich gut. Und zu Lotte gewandt: »Wie ist es denn mit Ihnen, meine Liebe?«

»Ich?«, erwiderte Lotte, absichtlich stichelnd. »Ich, liebe Frau Baronin, mag keinerlei Alkohol. Zwar trinke ich gelegentlich ein wenig, aber nur um mich nicht auszuschließen, ohne jegliches Vergnügen daran zu finden. Das Trinken ist nichts für Frauen, meine ich.«

Thea hatte sich gleich gedacht, dass Lotte etwas Derartiges antworten würde, und amüsierte sich köstlich.

»Wieso?«, mischte sich Ulrich ein. »Es ist nicht angenehm, wenn eine Frau sich betrinkt, aber ein bisschen? Das schadet ihrer Weiblichkeit und Schönheit überhaupt nicht. Im Gegenteil, es regt nur ein wenig den Kreislauf an und macht eine hübsche Frau noch schöner und lebendiger.«

Der Ober zog den Korken aus der staubigen Flasche, Dr. Astel als Gastgeber schenkte ein. Er bestellte sofort eine zweite Flasche. Sie stießen an und tranken. Der schwere Wein befeuerte augenblicklich ihre Glieder, die Gesichter erglühten, die Stimmen wurden kräftiger, wacher und offenherziger.

Zwei Männer gingen an ihrem Tisch vorbei und begrüßten die Baronin überfreundlich, wie es Gordweil schien. Sie setzten sich an einen Tisch in der Nähe, der gerade frei geworden war. Gordweil beobachtete sie misstrauisch. Diese Burschen gehörten zu Theas Vergangenheit, einer fremden, unbekannten Zeit, an der er keinen Anteil hatte und die ihm verhasst war, obwohl er sich das nicht eingestand. Thea hatte ihm bisher nichts von dieser Vergangenheit erzählt, und er hatte nicht nachgefragt, vielleicht aus geheimer Furcht, höchst schmerzliche Dinge hervorzuholen, an die man besser nicht rührte. Aber jeder Mann, den sie von früher kannte, war ihm von vornherein unsympathisch, eine Art Seelenfeind, ohne dass er sich darüber Rechenschaft abgelegt hätte.

Er schüttete ein volles Glas hinunter und zündete sich eine Zigarette an. Dabei schielte er unaufhörlich zu den beiden Fremden hinüber.

Bei Lotte wirkte der Wein sofort. Sie saß zu Gordweils Linken, legte ihm den Arm um den Hals – einen bis zur Achselhöhle bloßen Arm, glatt, wohlgeformt, bleich und ansehnlich, vom Ellbogen abwärts von zartem Flaum bedeckt – und hauchte ihm, halbe Silben verschluckend, beschwörend zu: »Die nicht … du wirst sehen … wirst es zum Schluss noch merken … Sie liebt dich nicht … Eine Frau spürt das gleich … Sie hat kein Herz … Das wirst du schon noch erfahren …«

Doch Gordweil erfasste ihre Worte gar nicht. Er sah plötzlich die beiden Männer Thea anlächeln. Ja, es schien ihm sogar, als machten sie Zeichen mit den Gläsern und zwinkerten ihr zu. Ein schwerer, brennender Klumpen kam ihm mit einem Mal hoch und schoss ihm in den Kopf. Dann überlief ihn ein Schauder. Er sprang auf und trat an den Nebentisch, ehe noch jemand wahrnahm, was geschah.

»Was haben Sie bei uns zu suchen?«, fragte er mit heiser bebender Stimme. »Unterlassen Sie bitte Ihr derbes Zwinkern.«

»Waaas?« Beide schnellten gleichzeitig hoch. »Scheren Sie sich weg. Das geht Sie absolut nichts an.«

Thea, die die ganze Affäre gesehen hatte, lief zu Gordweil und konnte gerade noch seine zum Schlag erhobene Rechte festhalten.

»Lass das, Rudolfus«, herrschte sie ihn an. »Was suchst du Streit? Du bist betrunken. Das sind doch meine Bekannten.«

Dr. Astel und Ulrich standen ebenfalls bei ihm, und allesamt versuchten sie, ihn zu beruhigen. Aber Gordweils Zorn wurde dadurch nur noch weiter angefacht. Er wollte sich von seinen Freunden losreißen und schrie mit glühendem Gesicht: »Ich bin nicht betrunken, sage ich Ihnen! Ganz und gar nicht! Aber es ist eine grobe Frechheit, einem anständigen jungen Mädchen, das in Gesellschaft ist, Zeichen zu machen. Eine beispiellose Frechheit.«

Auf Theas Wink setzten die beiden Männer sich wieder, abfällig lächelnd.

Gordweil wurde ebenfalls an seinen Platz zurückverfrachtet. Im Sitzen warf er von Zeit zu Zeit vernichtende Blicke auf seine beiden Feinde, die ihren Wein tranken und sich lachend und wohlgelaunt amüsierten, als sei nichts gewesen. Sein Zorn hatte sich noch nicht gelegt, gärte vielmehr wie ein schweres Gift in seinem Innern, ohne ein Ventil zu finden. Gordweil bedauerte in tiefster Seele, dass es ihm nicht gelungen war, auf diese Flegel einzuschlagen und ihnen Anstand beizubringen. Er schenkte sich ein Glas ein und trank es in einem Zug aus.

»Was ist denn auf einmal in dich gefahren, Gordweil«, beschwichtigte Dr. Astel, dem solche Ausbrüche zuwider waren. »Du hast mich überrascht, muss ich dir sagen, und wie! Ich hätte gar nicht gedacht, dass du zu so etwas fähig bist.«

Und Lotte wiederholte unermüdlich flüsternd, als rede sie mit sich selbst: »Es lohnt sich nicht … Du wirst merken, dass es sich nicht lohnt … Das siehst du noch ein …«

»Aber die haben hier nicht herüberzufeixen. So eine Frechheit. Ich bin nicht betrunken, aber ihr seid Hasenfüße, ihr! Ja, Hasenfüße.«

»Was, dürfen sie etwa nicht hierherschauen? Das kann man ihnen doch nicht verbieten«, sagte Thea.

»So schaut man nicht. Das ist nicht der Blick höflicher Leute. Kultivierte Menschen gucken so kein anständiges Mädchen an.«

Das war nur noch ein schwacher Nachklang seines Zorns, der inzwischen abgeebbt war und sich in bitter schmerzende Schwermut verwandelt hatte. Die ganze Angelegenheit wurde mit einem Mal völlig unwichtig, berührte ihn überhaupt nicht mehr. Er senkte schicksalsergeben den Kopf. Nahm das um ihn her Gesprochene nur noch so auf, als komme es aus einem Nebenzimmer. Er sah plötzlich blass aus und hätte weinen mögen. Gleichzeitig blitzte jedoch eine ganz andere Szene in seinem Gedächtnis auf. Seine Mutter stand neben ihm, war dabei, ihm eine kalte Kompresse auf die Stirn zu legen, denn er lag krank im Bett. Sie beugte sich über ihn, und er legte ihr aus irgendeinem Grund die Hand auf den Rücken. Im ersten Augenblick war die Kompresse so eiskalt, dass ihm die Zähne klapperten, aber langsam spürte er die lindernde Wirkung, die Kopfschmerzen ließen etwas nach. Die Mutter richtete sich wieder auf und blieb bei ihm stehen. Sie lächelte ihn liebevoll an. Dann fragte sie: »Ist es ein bisschen besser, mein Kind? Bald bist du wieder bei Kräften.« Doch Gordweil sagte nichts. Er lag da, blickte auf die feinen Züge seiner Mutter, ihren reinen, transparenten Teint und wollte den Mund nicht zum Sprechen öffnen. Es tat ihm wohl, dass sie bei ihm war, ganz nahe, und sich liebend um ihn sorgte. All das sah Gordweil wie ein Beobachter von der Seite, als habe er sich verdoppelt: Einer sah zu, und einer lag krank im Bett ... Noch seltsamer war, dass das Kind Gordweil nicht anders aussah als er jetzt ... Er meinte auch festzustellen, dass der kranke Gordweil nicht glatt rasiert war, was er flüchtig bedauerte. Die ganze Szene dauerte kaum eine halbe Minute. Die Ereignisse erschienen nicht nacheinander, sondern gewissermaßen mit einem Schlag, nebeneinander. Und dann war alles verschwunden. Seine Hand spielte geistesabwesend mit dem leeren Glas auf dem Tisch, der Kopf lastete ihm auf der Brust. Plötzlich machten sich ungeheure Schwere und dumpfer Schmerz in seiner Stirnhöhle breit. Er hob den Kopf und heftete irre, glasige Augen auf Thea: »Wir sind keine Helden ... Wenn es um leichte Kopfschmerzen geht, sind wir keine Helden, was?«, lallte er. Und einen Augenblick später: »Ach The-a, schenk mir ein bisserl Wein ein. Die Mut-ter ist weg ...«

»Was stammelst du da, Häschen«, lachte Thea, »welche Mutter denn?« (Häschen war der Kosename, den Thea wegen seines kleinen Wuchses und seiner flinken Bewegungen für Gordweil gefunden hatte.)

»Ach nichts«, Gordweil riss sich zusammen. »Aber wir gehen doch bald, was?«

»Wart noch ein wenig«, erwiderte Thea. Und im Flüsterton: »Wir beide gehen uns hinterher noch amüsieren, nicht wahr?« Dabei blickte sie Lotte an, damit sie es auch ja mitkriegen sollte.

»Ja, ja«, antwortete Gordweil mechanisch, ohne ihre Worte zu hören.

Die Hitze im Saal und die Hitze des Weins sanken in die Glieder, machten sie bleiern, schlapp und schläfrig. Lotte schmiegte sich an Dr. Astel und legte ihm den Kopf auf die Schulter, ein traurig resigniertes Lächeln auf dem Gesicht.

»Warum seid ihr denn alle verstummt?«, fragte Dr. Astel angeregt. »Ein bisschen Leben, meine Herren. Gordweil, Ulrich!«

»Nur ruhig Blut, nur ruhig Blut«, sagte Ulrich.

Dr. Astel schwenkte das Glas vor den Augen und bemühte sich, durch seinen dunkelroten Inhalt Lotte anzusehen, doch da er nichts erkennen konnte, trank er den Wein aus und hob das Glas erneut vor die Augen.

»Ach ja«, meinte Ulrich und erhob sein Glas, »ich hab's doch immer schon gesagt. Gordweil kann's bezeugen, nicht wahr, Gordweil? Die Welt, sage ich, ist wie ein einziges Gewand für eine ganze Familie. Eine Familie mit vielen Angehörigen, einer größer als der andere, vom Säugling in der Wiege bis zum reifen Menschen … Und das Gewand – für den einen ist es lang und weit, hahaha. Und für den andern eng und kurz, sowohl eng als kurz, meine Herrschaften.«

Vor Gordweils Augen huschte blitzartig ein riesiger Bursche in einem Babyjäckchen vorüber, einer grüngestreiften Jacke, die ihm kaum bis zur Taille reichte und an vielen Stellen aus den Nähten platzte, so dass weißliche Leibchenstreifen darunter hervorsahen. Gordweil nickte zustimmend und grinste zufrieden.

»Eine ausgezeichnete Metapher«, sagte Dr. Astel halb im Ernst, halb im Scherz, »ich werde sie mir für eine passende Gelegenheit notieren.«

Aus unerfindlichen Gründen nun ausschließlich der Baronin zugewandt und seine Worte mit Hand- und Kopfbewegungen unterstützend, fuhr Ulrich in gedämpftem Ton fort: »Und hier, mein Fräulein, werden Sie mit etwas Vorbestimmtem konfrontiert. Verstand und Wille – nur noch Schall und Rauch! Der Mensch muss sich mit dem begnügen, was ihm geboten wird – und den Mund halten. Und wenn nicht, wenn er nicht damit zufrieden ist, darf er mit Armen und Beinen strampeln, soviel er will, bis er müde wird und stillhält. Das ist meine Meinung. Sie werden sagen: Aber Soundso hat sich erfolgreich bemüht, hat kleine oder auch größere Korrekturen vorgenommen und ist damit durchgekommen. Darauf antworte ich Ihnen, liebe Baronin, dass dieser Soundso hier nur als Abgesandter gedient hat, als Gesandter eines anderen, Verborgenen, der's ihm so befohlen hat.

Es schien nur, als kontrollierte er selbst seine Handlungen. Und der Schein gilt nicht.«

»Aber das«, unterbrach ihn die Baronin, »ist eine Philosophie für kraftlose Greise, entschuldigen Sie mal. Junge Leute, meine ich, denen das Blut in den Adern pulsiert, haben kaum Bedarf an Spekulationen – sie handeln! Was braucht man Spekulationen! Allerhöchstens um ein Buch für alte Jungfern und Schwächlinge, antriebslose Männer zu schreiben … ein elendes Surrogat. Das wahre, prickelnde Leben duldet keine Spekulationen. Hier entscheiden Leidenschaft und Muskelkraft.«

»Diese Auffassung«, mischte sich Dr. Astel ein, »ist ein Produkt unserer Generation. Man erkennt den Boden, auf dem sie gewachsen ist. Das ist die Ablehnung aller Kultur, aber der Mensch ist kein Tier, meine ich. Gerade die Spekulationen, die Sie, mein Fräulein, Greisen und Schwächlingen überlassen, prägen den Menschen und unterscheiden ihn von den übrigen Lebewesen. Ja, selbst die Flugzeuge und Automobile und all das, worauf der Stolz unserer Generation beruht, gehen auf Spekulationen zurück.«

»Schluss mit den Debatten«, unterbrach Lotte. »Zeit zum Heimgehen. Ich bin müde.«

Dr. Astel rief dem Kellner und beglich die Zeche. Es war halb eins, als sie gingen. Der Ring lag im Dunkeln, von Laternenlicht gesprenkelt. Ein kühler, scharfer Wind pfiff zwischen den Mauern hindurch, rüttelte an den Blechläden der Geschäfte, suchte wie ein gefangenes Tier nach einem Ausweg. Zuweilen peitschte ein Regenguss wie ein nasser Besen quer über ihre Gesichter. Die Röcke bauschten sich wie Segel. Das Laternenlicht flackerte in den Glühstrümpfen, tanzte, erlosch beinahe und flammte wieder auf. Die Polizisten hatten sich plötzlich in orangefarbene Regencapes gehüllt, was sie etwas weniger bedeutend aussehen ließ. Mit feucht glitzernden Kotflügeln brausten vereinzelte Automobile vorbei. Die Leuchtreklamen über ihren Köpfen blinkten völlig vergeblich rot, blau und lila.

Der scharfe Wind ernüchterte die benebelten Gehirne ein wenig und brachte sie auf den Boden der Tatsachen zurück. Auf eine Tram brauchte man um diese Zeit nicht mehr zu hoffen. Die Gruppe beeilte sich, Abschied zu nehmen. Thea fasste Gordweil bei der Hand, als sei er ihr Besitz, und rief Lotte zu: »Sie werden mich doch in unserm Haus besuchen, meine Liebe. Von kommendem Donnerstag an, Kleine Stadtgutgasse, Sie wissen's ja. Aber gewiss werden wir uns bis dahin noch im Café begegnen. Falls Sie Zeit haben, würde ich mich freuen, wenn Sie zur Hochzeit kämen … am nächsten Donnerstag, drei Uhr nachmittags, in der Seitenstettengasse. Sie werden doch kommen!«

Lotte gab keine Antwort.

Thea und Gordweil wandten sich dem Schottentor zu.

8.

Am nächsten Vormittag begab sich Gordweil zu Dr. Kreindl. Diesmal brauchte er nicht zu warten. Dr. Kreindl begrüßte ihn überschwänglich, hätte ihn beinahe umarmt.

»Ah, da sind Sie ja endlich! Ich habe schon auf Sie gewartet, man könnte sagen, mit Ungeduld. Nehmen Sie bitte Platz, Herr … äh … Goldwein.«

»Gordweil«, verbesserte dieser.

»Ah, verzeihen Sie, Herr, äh, Gordweil. Einen eigenartigen Namen haben Sie. Einen, den man selten findet. Er besitzt Klang und Rhythmus: Gordweil. Sogar ein wenig verhaltene Mystik schwingt darin mit. Der bedarf keinerlei Zusatzes, keines Titels. Der Name spricht für sich selbst. Ein solcher Name ist doch ein Pfandbrief, sage ich Ihnen, ein Pfandbrief für Größe … ohne jeden Anflug von Schmeichelei. Besser als das gewählteste Pseudonym. Haben Sie letzthin was Schönes geschrieben, Herr Goldwein – ah, entschuldigen Sie. Wieder habe ich mich geirrt – Herr G-Gord-Gordweil?«

Gordweil kochte vor verhaltener Wut. So ein gemeiner Narr, dachte er und sagte kurz angebunden: »Ich hatte Ihnen ja beim letzten Mal bereits gesagt, dass ich nichts schreibe. Außerdem bin ich überzeugt, dass das nicht hierhergehört. Ich bin in einer anderen Angelegenheit da …«

»Gewiss, gewiss«, fiel ihm Dr. Kreindl ins Wort und klopfte ihm sogar freundlich auf die Schulter, »ich weiß, ich weiß sehr gut, warum Sie hier sind. Regen Sie sich bitte nicht auf, Herr Gold-Gordweil. Wir werden noch darauf zurückkommen, gewiss. Dafür ist noch Zeit, mehr als genug. Den materiellen Teil, sehen Sie, erledige ich gern ruck, zuck … so oder so. Das ist meine Art. Was nicht für geistige Angelegenheiten gilt – das ist was ganz anderes. Dabei halte ich mich gern lange auf. Wir können uns wie wahre Freunde unterhalten. Sie, Herr Gordweil, verstehen sehr gut, was ich meine. Das weiß ich, hihihi. Wir sind doch beide wirklich gebildete, kluge Menschen – nein, nein, widersprechen Sie mir nicht, genau so ist es: gebildete, kluge Menschen. Das lass ich mir nicht nehmen. Das ist die richtige Definition unseres Wesens, und das ist unser gemeinsamer Zug. Abgesehen davon sind wir ja auch gleichaltrig. Sie müssten meiner Schätzung nach achtundzwanzig, neunundzwanzig sein, und ich bin zweiunddreißig – das gleiche Alter, lässt sich sagen. Und die Hauptsache: Wir verstehen einander. Nicht jeden Tag trifft man auf einen Menschen – hm – einen Menschen gleichen Niveaus, nicht wahr? Dazu hat schon Schiller so treffend gesagt: Zuweilen sucht eine Seele epochenlang nach ihresgleichen, ohne … hihihi …«

Gordweil beobachtete ihn die ganze Zeit beim Sprechen, wobei es ihm plötzlich höchst seltsam vorkam, dass er dem Geschwätz dieses Mannes mit den Goldzähnen und dem boshaften Grinsen zuhörte. Gordweils Züge waren blasser als gewöhnlich, seine Augen hatten einen trockenen Schimmer, und er spürte eine schmerzende Leere im Kopf, als habe sich dort ein Hohlraum gebildet, durch den ein kühler Luftzug wehte. Sein Stock mit dem Silberknauf lehnte ihm zwischen den Knien; er befingerte ihn unbewusst mit einer Hand. Unvermittelt fiel ihm der Streit mit Theas zwei Bekannten vom Vorabend ein und löste ein bedrückendes Gefühl bei ihm aus. Er musste wohl doch etwas berauscht gewesen sein, dass er so aufgebraust war. Jedenfalls hatte er sich vor Thea lächerlich gemacht. Nein, schoss es ihm durch den Kopf, als habe auch das etwas mit der gestrigen Auseinandersetzung zu tun, nein, es bestand keinerlei Hoffnung, bei diesem Mann eine Stelle zu erhalten. Er erhob sich und sagte bestimmt: »Leider habe ich keine Zeit mehr. Ich möchte wissen, ob ich auf eine Stelle bei Ihnen hoffen darf oder mich anderswo erkundigen soll.«

»Gott behüte!« Der Buchhändler schnellte ebenfalls von seinem Sitz hoch. »Hoffen! Selbstverständlich dürfen Sie hoffen! Sie haben die Stelle ja schon in der Tasche, mein Freund. Ich hatte, wie gesagt, bereits auf Sie gewartet. Das Gehalt: hundertachtzig Schilling pro Monat. Am Anfang. Später: Erhöhung. Wenn Ihnen das recht ist, sind Sie mein Mann.«

Nach kurzer Verhandlung kamen sie überein, dass er die Arbeit am nächsten Tag bei einem Lohn von zweihundert Schilling antreten werde, »nur weil er, Dr. Kreindl, nicht auf einen Mann wie ihn verzichten könne, der ihm geistes- und seelenverwandt sei« und so weiter.

Gordweil verabschiedete sich und ging. Er schlug geistesabwesend den Weg zum Kai ein, schnell ausschreitend, als habe er keine Zeit. Es hatte ihn abrupt eine innere Unruhe gepackt, obwohl er noch einen ganzen Tag Freiheit vor sich hatte. In einem verborgenen Winkel war er über den positiven Ausgang enttäuscht. Sehnsucht nach den Tagen, die er in den letzten Monaten verlebt hatte, wallte in ihm auf – Tage, die ihm allein gehört hatten, die er Minute für Minute nach eigenem Belieben hatte genießen können, ohne dass ein Fremder Anteil daran gehabt hätte. Sie erschienen ihm jetzt, trotz der ständigen Geldknappheit und der kleinlichen Sorgen, die sie erfüllt hatten, makellos schön, wertvoller als alles Geld, und nun wurde ihnen ein Ende bereitet. Künftig würde er es in Gesellschaft dieses gemeinen Narren aushalten müssen, acht Stunden tagein, tagaus, ohne Wandel. Ja, das Leben besaß seine eigenen Gesetze, die sich nicht immer mit den Wünschen des Einzelnen in Einklang bringen ließen.

Es war um die Mittagszeit. Sonnenschein lag wieder über der Stadt, die nach den nächtlichen Schauern frisch und sauber wirkte. Die Geschäfte und Handelshäuser begannen Menschenmassen auszuspeien, die die Gehsteige und Straßenbahnen überfluteten. Gordweil hatte nicht gemerkt, dass er einige Minuten zuvor kehrtgemacht hatte und bereits durch die Rotenturmstraße ging. Jetzt befand er sich unweit des Stephansdoms, dessen Turmuhr gerade ein Mal dumpf schlug. Er zog seine Uhr hervor und stellte sie nach der des Doms: Viertel nach zwölf. Ah, Thea geht jetzt zum Mittagessen, kam es ihm in den Sinn, vielleicht würde er sie zufällig treffen. Doch sie hatte eine Abneigung gegen unverhoffte Begegnungen. Trotzdem beschleunigte er zaghaften Herzens seine Schritte. Als er den Anfang der Johannesgasse erreicht hatte, blickte er verstohlen aus dem Augenwinkel hinein, ohne anzuhalten. Tat noch zwanzig Schritte, kehrte um, ging erneut an derselben Ecke vorbei, diesmal ohne hineinzuspähen, drehte wieder um und passierte die Stelle zum dritten Mal. Dann blieb er in der Nähe stehen und musterte die auf und ab hastende Menge. Nein, Thea war nicht zu sehen. Vielleicht war sie ein paar Minuten früher weggegangen. Also setzte er seinen Weg in Richtung Ring fort, ohne Eile, sich hin und wieder umsehend. Er wollte langsam zu Dr. Astel schlendern, dessen Wohnung in der Nähe lag. Aber die Sache war nicht so wichtig. Als er an einem Eisenwarenladen vorbeikam, stoppte er, um die Rasierutensilien im Schaufenster zu betrachten. Gordweil hatte eine besondere Schwäche für Rasierzeug, vor allem für gute Rasiermesser. Zu Hause hatte er drei davon, hielt das aber für nicht genug. Sobald er Geld hätte, würde er sich ein echtes englisches Rasiermesser kaufen, das hatte er längst beschlossen, und einen vernünftigen

Streichriemen dazu. Vorläufig verharrte er vor den Auslagen einschlägiger Geschäfte, um lange auszusuchen und zu überlegen: Sollte er ein Messer mit Elfenbeingriff für zwanzig Schilling erwerben oder eins mit einfachem schwarzem Griff zum gleichen Preis, bei dem gewiss die Klinge besser war – eine schwierige Entscheidung. Mit dem größten Vergnügen hätte er sich sämtliche Rasiermesser mitsamt dem erforderlichen Zubehör gekauft, alles, was in diesem Fenster und dem daneben ausgestellt war, wenn es seine Mittel nur erlaubt hätten. Während er so überlegte, fiel ihm ein, dass er eins seiner Rasiermesser, das stumpf geworden war, zum Schleifen bringen musste. Im selben Moment hörte er eine vertraute Stimme in der Nähe, drehte sich um und entdeckte Thea in Begleitung eines hochgewachsenen Mannes. Gordweil spürte so etwas wie einen feinen Nadelstich, tadelte sich jedoch augenblicklich dafür: Was? Du bist ja von Sinnen. Schließlich darf sie wohl mit einem anderen Menschen reden. Oder hältst du das etwa für eine Sünde, du Depp? Trotzdem wollte er gern wissen, wer ihr Begleiter war – um Himmels willen nicht aus Schnüffelsucht, deren konnte man ihn nicht bezichtigen, sondern einfach aus Neugier. Womöglich war es auch ein Bekannter von ihm, Gordweil, den er gern getroffen hätte. Er würde sich gar nicht verstecken, man konnte die Sache ja so drehen, als sei es eine Zufallsbegegnung. All das schoss ihm blitzschnell durch den Kopf. Schon begann er sich einen Weg durch die dichte Menge zu bahnen, hätte fast eine alte Frau umgerannt, die ihm heftige Schmähungen nachrief, überquerte die Straße, ohne sich umzusehen, und lief die andere Seite entlang, wobei er alle Augenblicke auf das Trottoir gegenüber spähte, damit die beiden nicht aus seinem Sichtkreis verschwanden. Nachdem er etwa zweihundert Meter so gehastet war und Thea nebst Begleiter weit überrundet hatte, wechselte er erneut auf die andere Seite und schlenderte ihnen jetzt – als ginge er zu seinem Vergnügen spazieren – gemächlich entgegen. Doch sein Herz pochte mächtig, und auf seiner Stirn standen ein paar Schweißtropfen, sei es vom Laufen oder vor Erregung oder von beidem. Von fern sah er Theas Begleiter, einen Mann in den besten Jahren, korrekt gekleidet und mit einem sympathischen Gesicht, das ihm unbekannt war. Mit tiefer Verbeugung grüßte er und wollte weitergehen, doch Thea hielt ihn auf: »Wohin gehst du denn, Rudolfus?« Mit gekünstelter Heiterkeit, die wohl leichte Verlegenheit verdeckte, stellte sie vor: »Rudolf Gordweil, mein Zukünftiger, ein junger Schriftsteller, dem man eine große Zukunft prophezeit, und Herr Dr. Ostwald, mein General.«

»General ist etwas übertrieben, mein Fräulein«, protestierte Dr. Ostwald bescheiden lächelnd.

»Fährst du mit mir nach Hause, Häschen?«, schlug Thea vor und fügte, als sie ihn zögern sah, hinzu: »Begleit uns halt zur Tram, Zeit hast du ja. Dann kannst du's dir noch überlegen.«

Sie setzten sich in Bewegung. Dr. Ostwald schritt, im vollen Bewusstsein seiner Bedeutung, sicher aus, als wolle er zum Ausdruck bringen: Hier geht der berühmte, erfolgreiche Rechtsanwalt, dem sich die Geheimnisse des Lebens offenbart haben. Das sagt er zwar nicht, aber alle wissen es ... Er bot Gordweil aus einem goldenen Zigarettenetui eine *Corona* an und behandelte ihn wie einen jugendlichen Freund. Sie wechselten ein paar Höflichkeitsfloskeln. Gordweil bereute die ganze Sache ein bisschen. Er mochte nicht gern in Anwesenheit Dritter mit Thea zusammen sein. Fremde bildeten eine Art Schranke zwischen ihnen. Auch Thea erschien ihm dann verändert, nicht wie er sie kannte. Sie redete anders, lachte anders – und er wollte sie so nicht sehen. Selbst im Kreis ihrer Familie war sie nicht dieselbe.

Als sie an der Oper angelangt waren, verabschiedete sich der Anwalt, der in die Gegenrichtung fahren musste. Thea und Gordweil warteten stehend auf die Tram. Gordweil wusste noch nicht, ob er mitfahren sollte oder nicht. Er wünschte sich beides: sowohl bei ihr zu sein als auch mit sich allein zu bleiben. Wie immer bei Entscheidungsschwierigkeiten wusste er, dass man den Dingen am besten ihren Lauf ließ. Im letzten Moment würde sich die

Sache von selbst klären, entweder durch einen inneren Instinkt, der stets mit verborgenen Fühlern das für ihn Richtige und Gute suchte, oder durch das unverhoffte Einwirken eines äußeren Faktors, der bisher nicht in Erscheinung getreten war.

Thea fragte ihn nach seiner Meinung über ihren »General«.

»Ein anständiger Mensch offenbar. Hat aber sicher ein bisschen was von einem Snob.« Worauf er nach kurzer Pause hinzusetzte: »Allerdings kann man nicht nach dem ersten Eindruck gehen.«

»Dein Urteil ist im Großen und Ganzen richtig, Häschen. Aber gelegentlich kann er ein bisschen außer sich geraten. Dann ist er anders. Er hat verborgene Gelüste, schön gebündelt und verstaut, die man unter dem Straßenanzug nicht vermutet. Er ist jedenfalls nicht uninteressant, wenn man ihn näher kennt. Also fährst du mit?«, fragte sie, als sie die Tram kommen sah.

»Nein«, fuhr es ihm heraus. »Übrigens, ich hab vergessen, dir zu erzählen, dass ich schon eine Stelle habe, ab morgen«, fügte er hinzu, als sie bereits einstieg.

Dann überquerte er den Ring und ging auf den Karlsplatz zu. Er wollte jetzt auf alle Fälle Dr. Astel aufsuchen, obwohl es inzwischen unwahrscheinlicher geworden war, ihn zu Hause anzutreffen. Auf dem Platz war das Pflaster zum Teil aufgerissen, weil die Schienen repariert wurden, und die ausgehobenen Steine lagen übereinandergestapelt neben dem langen Riss, der den dunkelgelben Sandboden darunter freigelegt hatte. Wenn man schon keine andere Wahl hat, dachte Gordweil, während er über den weichen, feuchten Sand schritt, dann ist es jedenfalls immer noch besser, mit einem Mann wie dem General zusammenzuarbeiten als mit meinem Hanswurst. In diesem Moment fiel sein Blick auf einen kleinen Menschenauflauf am Zaun neben dem Rasenstück in der Mitte des Platzes. Er trat hinzu, drängte sich bis zum Ort des Geschehens vor. Ein Polizist stand über eine junge, ohnmächtige Frau gebeugt, die, den Rücken ans Gitter gelehnt, auf dem Gehsteig saß. Ihr Gesicht wirkte totenbleich, der schwarze

Hut war ihr zur Seite gerutscht, und der Kopf hing schlaff pendelnd herunter, als drohe er abzufallen. Der Polizist stützte ihren Kopf mit einer Hand und bemühte sich mit der anderen, ihr aus einem Glas Wasser in den zugekniffenen Mund einzuflößen, das ihr jedoch nur über Kinn und Kleidung rann. Zum Schluss öffnete sie die Augen einen schmalen Spalt, so dass sekundenlang zwei weiße Streifen hervorlugten, bis die Lider wieder herunterklappten. Einen Moment später machte sie von allein den Mund auf und trank den Rest Wasser aus dem Glas. Die Augen öffneten sich ebenfalls und blieben verwirrt offen. Sie versuchte eine schützende Geste mit der kraftlosen Hand und murmelte etwas Unverständliches. Nach und nach erlangte sie das Bewusstsein wieder, wobei sich auf ihrem Gesicht Scham abzeichnete. »Macht n-nichts, macht n-nichts«, flüsterte sie fast unhörbar, »ein bisserl Schwäche, nur ein bisserl Schwäche.« Sie unternahm – auf die Hände gestützt – einen Versuch, aufzustehen, aber den Armen fehlte die Kraft, und so sank sie mit betretenem Lächeln auf den Boden zurück. »Noch ein Mo-mentchen aus-rruhen«, wisperte sie entschuldigend und schaute in die Runde, als flehe sie um ihr Leben. Ihr Blick blieb an Gordweil hängen und verharrte auf ihm. Gordweil fühlte so etwas wie einen jähen Stoß von hinten, tat einen Schritt auf den Polizisten zu, der schon aufrecht dastand und daran dachte, die Schaulustigen zu zerstreuen, und sagte mit fester Stimme: »Ich kenne diese Frau, Herr Wachtmeister. Sie wohnt in meinem Viertel, Heinestraße, ich werde sie heimbringen.«

Er wunderte sich hinterher selbst über sein eigenartiges Verhalten und über den unwiderstehlichen inneren Drang, der ihn dazu getrieben hatte. Jedenfalls glaubte ihm der Polizist, dem die Lösung zusagte. Gordweil beugte sich zu der Frau hinunter und flüsterte ihr beim Aufhelfen zu: »Entschuldigen Sie, meine Dame, seien Sie unbesorgt. Ich werde Sie hinbringen, wo immer Sie möchten.«

Die Frau blickte ihn dankbar an und gehorchte. Sie war noch

sehr schwach. Die Beine versagten ihr den Dienst, so dass sie sich mit vollem Körpergewicht in Gordweils Arm einhängte. Er führte sie ganz langsam weg, und als sie wenige Schritte von dem Polizisten und der neugierigen Menge, die – über diesen Ausgang sichtlich enttäuscht – auseinanderlief, entfernt waren, sagte Gordweil in sanftem, vertrauenerweckendem Ton: »Gehen wir erst in den Park, damit Sie sich etwas erholen, gnädige Frau, danach begleite ich Sie nach Hause.«

Die Frau gab keine Antwort.

Am Parktor kaufte er einer Straßenhändlerin eine Orange ab, bevor er die Frau zu einer freien Bank führte. Sie setzten sich. Gordweil wurde plötzlich höchst verlegen. Wusste nicht, was er sagen sollte. Begann die Apfelsine zu schälen und reichte seiner Begleiterin einen Schnitz nach dem andern. Die Hände sind klein und gepflegt, sie muss also höheren Standes sein, folgerte er. Er schämte sich ein bisschen, schämte sich für die fremde Frau – an ihrer Stelle, wie man sich manchmal schämt, wenn ein anderer im eigenen Beisein etwas Ungehöriges tut oder sagt. Er erwartete, dass sich der Ärger der Fremden nun in irgendeiner Weise an ihm entladen werde. Wünschte, sie möge die Sache beschleunigen, damit ihr leichter ums Herz wurde. Aber sie nahm ihm die Orangenschnitze aus der Hand und kaute stumm, wie willenlos, wobei sie vor sich hin starrte, als grüble sie über etwas Fernliegendes nach oder denke gar nichts. Von Zeit zu Zeit blickte Gordweil sie verstohlen an, ohne einen Ton von sich zu geben. Schließlich wandte sie ihm das Gesicht zu, musterte ihn einen Augenblick und sagte mit matter, aber klarer Stimme unter schwachem, kränklichem Lächeln: »Ich vertraue Ihnen, mein Herr. Ich spüre, dass Sie ein anständiger Mensch sind. Aber – ich wage es nicht … wirklich, ich wage es nicht, Sie zu bemühen und Ihnen Ihre Zeit zu stehlen. Sie sind mir doch nicht böse?«

»Aber nein«, versicherte Gordweil, »das macht gar nichts. Ich habe heute Zeit und stehe Ihnen von Herzen zu Diensten, gnädige Frau.«

Die Frau kaute weiter. Kaute lange, ohne Appetit, wie ein Baby, das man gegen seinen Willen füttert. Ihr Körper war offenbar wieder zu Kräften gekommen, das Gesicht aber noch recht bleich, wie rauchiges Elfenbein. Sie hatte ein hübsches, feingeschnittenes, ovales Gesicht mit müden braunen Augen und lächelte jetzt still vor sich hin wie ein nach dem Weinen versöhntes Kind. Gordweil hatte ein angenehmes Gefühl der Reinheit, spürte greifbar die geheimen Fasern, die ihn mit allen reinen, armen Seelen verbanden.

Plötzlich schüttelte sich die Fremde am ganzen Leib, wie vom Fieber gepackt, wandte ihm das jetzt mit großer, wilder, tierischer Angst erfüllte Gesicht zu und warf den Orangenschnitz, den sie in der Hand hielt, zu Boden.

»Ich hab Angst«, presste sie mit erstickter Stimme hervor, »was für Angst ich hab!« Sie ergriff seine Hand. »Ah, ah, er wird Sie umbringen. Bestimmt. Er ist dazu fähig. Auch mein Kind hat er umgebracht. Er und kein anderer … Sie wollten mir einreden, es sei an Diphtherie gestorben, aber ich kenne die Wahrheit. Er bringt alle um, die mir nahestehen. Alle, die mir wohlwollen. Er will, dass ich allein auf der Welt bin. Ohne jeden Schutz.«

»Was? Wer? Beruhigen Sie sich bitte, meine Dame«, bemühte sich Gordweil, von ihrer Angst angesteckt, »beruhigen Sie sich, es wird gar nichts passieren –«

»Nein, nein, Sie haben keine Ahnung, mein Herr! Er sieht alles und weiß alles … Ah, ah, mein Lieber, er kann hier vorbeikommen – und dann bringt er Sie gewiss um … Er kann zufällig vorübergehen … Nein, nein, wir gehen jetzt besser augenblicklich. Wenn er uns zusammen sieht! Begleiten Sie mich nach Hause, mein Herr. Er ist momentan nicht daheim, das weiß ich.«

Große Hast befiel sie mit einem Mal. Sie sprang auf und zog Gordweil mit sich.

Gordweil begleitete sie, zutiefst erschrocken nicht wegen des imaginären Mannes, sondern wegen dieser Fremden, die ihm geistig nicht ganz gesund erschien. Ihre jähe Furcht und die sonderbaren Worte hatten ihm einen fremden Hauch zugeblasen, sozusagen von jenseits der Grenze, aus dem Reich der Alpträume und des Grauens. Oder vielleicht war sie gar nicht verrückt? Womöglich steckte hinter dem Ganzen etwas Wahres? Er bereute einen Augenblick, sich auf dieses Abenteuer eingelassen zu haben. Aber er dachte nicht daran, sich unter irgendeinem Vorwand aus der Affäre zu ziehen und zu verschwinden. Sie verließen fluchtartig den Park, wobei die junge Frau sich ängstlich umblickte, als fürchte sie sich vor Verfolgern. Sie klammerte sich fest an seinen Arm. Doch je weiter sie sich vom Park entfernten, desto ruhiger wurde sie zu Gordweils Verblüffung. Als sie sich dem Ring näherten, verlangsamten sich ihre Schritte. Ihre frühere Angst war offenbar völlig vergessen. Jetzt fand Gordweil den Mut, sie nach Namen und Anschrift zu fragen.

»Frau Franzi Mitteldorfer«, antwortete sie mit sonderbarem Lächeln. »Ich wohne in der Neubaugasse 27. Nein, nein, mein Herr«, verbesserte sie sofort, »ich werde Sie nicht belügen, ich wohne Stumpergasse 14. Trambahnlinie 61.«

Gordweil sah sie verwundert an, sagte aber nichts. Er führte sie zur nahen Haltestelle und stieg dann mit ihr in den fast leeren Wagen. Als sie saßen, sagte die Frau, als wolle sie sich entschuldigen: »Die Frühlingstage sind ein wenig entkräftend. Das ist das dritte Mal, dass ich dieses Jahr ohnmächtig werde. Zum Glück ist es beide Male zuvor bei mir daheim passiert. Mutter war im Haus. Ich stand vor dem Kleiderschrank, es war Nachmittag, wollte mich anziehen und mit dem Baby spazieren fahren. Doch da schien es mir auf einmal, als stürze das Zimmer samt Möbeln ein. Der Schrank neigte sich zur Seite, drohte auf mich zu fallen. Und eine lange, spitze dunkellila Zunge begann vor meinen Augen umherzutanzen und wollte mich lecken, was mir unbeschreibliche Angst einflößte. Danach sah und wusste ich nichts mehr. Ich wachte mit fürchterlichen Schmerzen im rechten Ellbogen auf dem Sofa auf. Mutter stand neben mir. Im ersten Moment wunderte ich mich, dass ich auf dem Sofa lag, und wollte aufstehen. Aber ich fand nicht die Kraft und musste noch eine halbe Stunde liegen bleiben.«

»Haben Sie denn keinen Arzt aufgesucht, gnädige Frau?«, fragte Gordweil mitfühlend.

»Der Arzt sagt, es handle sich um eine allgemeine Schwäche, Blutarmut. Das ist mir von der Geburt meines Sohns geblieben. Man müsste ein paar Monate in die Sommerfrische fahren. Aber die Zeiten sind schlecht. Mein Mann verdient jetzt nicht viel. Ich kann mir solchen Luxus nicht leisten. Vorhin, auf dem Karlsplatz«, fuhr die Frau nach kurzem Schweigen fort, »bin ich plötzlich vor den vielen Leuten und dem starken Verkehr erschrocken. Ich hatte auf einmal das Gefühl, die Tram und die Automobile würden von der Straße übers Trottoir auf mich zubrausen. Da wollte ich kehrtmachen und fliehen – den Schluss kennen Sie ja, mein Herr.«

Inzwischen hatten sie ihren Zielort erreicht und stiegen aus. Sie mussten noch etwa fünf Minuten zu Fuß gehen. Gordweil begleitete sie bis vor die Wohnungstür im dritten Stock. Als er sich verabschieden wollte, wurde die Tür halb geöffnet, und eine betagte, etwas füllige Frau mit schütterem weißem Haar, das an ihrer Kopfhaut klebte, füllte den Spalt.

»Mutter«, rief die junge Frau und deutete auf Gordweil. »Dieser Herr hat mich nach Hause gebracht. Mir ist auf dem Karlsplatz ein bisschen schlecht geworden, ein leichter Schwindelanfall, und der Herr hat sich um mich gekümmert und mich hierherbegleitet – ist das nicht nett?«

Beide Frauen baten ihn so inständig einzutreten, sich ein wenig auszuruhen und eine Tasse Kaffee zu trinken, dass er nachgab.

Sie führten ihn in einen nach bürgerlichem Geschmack eingerichteten Salon und ließen ihn am runden Tisch Platz nehmen. Die Alte ging sofort Kaffee kochen.

Durch die auf einen geräumigen Hof hinausgehenden Fenster drangen dumpfe, rhythmische Hammerschläge, die offenbar von einem Schreiner stammten, und das Winseln eines Hundes. Im

Zimmer hing abgestandene, muffige, etwas säuerliche Luft, die an den eigenartigen Geruch im Heeresgeschichtlichen Museum erinnerte. Einen Moment später sickerte der intensive Duft heißen Kaffees durch die Türritzen. Franzi Mitteldorfer nahm den Hut ab und strich vor dem Schranktürspiegel ihren grauen Bubikopf zurecht. Da schallte Babygeschrei aus dem Nebenzimmer, worauf die junge Frau, nachdem sie sich bei ihrem Gast entschuldigt und ihm ein großes, dickleibiges Fotoalbum in die Hand gedrückt hatte, hinauseilte. Gordweil schlug es mechanisch auf, auf der Vorsatzseite aus dickem graugrünem Papier stand in wohlgerundeter Schönschrift mit roter Tinte: »Meiner lieben Franzi« und so weiter. Den Gedichtvers, der in denselben Lettern folgte, überging er. Plötzlich flackerte das Empfinden in ihm auf, tausend Meilen von sich selbst, seiner Lebensweise, seiner gewohnten Umgebung, ja von ganz Wien entfernt zu sein, als habe es ihn wundersamerweise in ein fernes, fremdes Land unter Menschen einer ihm unbekannten Rasse verschlagen. Die Schreie des Babys verstummten im Nebenraum, aber der Schreiner unten im Hof hämmerte weiter. Das erste Albumfoto zeigte einen stehenden Jüngling, schlank, aber kräftig, das Haar in der Mitte gescheitelt, mit feinem Flaum auf der Oberlippe. Sein Gesicht sagte Gordweil nichts. Er blätterte um und fand das Bild eines sitzenden jungen Mädchens mit hohem Busen unter der weißen Bluse und dickem blondem Haar, das ihre Stirn zur Gänze bedeckte. Das Mädchen hatte sich anscheinend bemüht, eine verbindliche Miene aufzusetzen, aber nur sonderbar verzerrte Lippen zuwege gebracht.

Unterdessen ging die Tür auf, und die alte Frau brachte ein Tablett mit Kaffeetassen herein, das sie auf dem Tisch abstellte. Gleich nach ihr kam auch die Tochter mit dem Baby auf dem Arm herein. Der Kleine war um die acht Monate alt, mit drallem, breitem Gesicht, das zur Stirn immer schmaler wurde und in einem dünnen Haarschopf undefinierbarer Farbe endete, der wie ein Hahnenkamm zu Berge stand. Das Baby lachte zahnlos und fuchtelte Gordweil mit einem dicken Fäustchen vor dem Gesicht herum, was die beiden Frauen köstlich amüsierte.

»Der Herr gefällt ihm, meinem Schatz«, sagte die junge Mutter, wobei sie sich mit der freien Hand eine Locke aus dem Gesicht strich. »Fritzerl, mein Kleiner, der Herr hat Mama auf der Straße aufgelesen und zu dir gebracht, damit du nicht weinen sollst. Und nun bleibt Mama immer-immer bei dir.«

Sie tranken den aromatischen Kaffee, und Gordweil erfuhr Einzelheiten über die kleine Familie: dass Franzis Mann in einem großen Textilhaus arbeitete, die Alte verwitwet und Franzi ihre einzige Tochter war – allerdings schwächlich, wie der Herr Gordweil mit eigenen Augen gesehen habe, besonders seit Fritzerls Geburt – und anderes mehr.

Gordweil erhob sich zum Gehen. Er kniff das Baby ins Pausbäckchen, und der Kleine patschte ihm die plumpe kleine Hand auf die Nase – damit war der Bund zwischen ihnen besiegelt. Die Frauen dankten ihm und luden ihn freundlich ein, gelegentlich wieder vorbeizukommen. Dann verabschiedete er sich und ging.

Es war schon fast vier Uhr. Gordweil lief die Treppe hinab und trat nach draußen, wo es inzwischen grau bewölkt war. Durch ein offenes Fenster im Erdgeschoss sah er eine alte Frau Wäsche bügeln; die Brille saß ihr auf der Stirn, die bloßen Augen waren gerötet und entzündet. Am Bordsteinrand stand ein kleiner Junge und pinkelte auf die Fahrbahn. Irgendwo in Gordweils Nähe krähte plötzlich eine heisere Stimme in ulkigem Ton: »Lumpen, Knochen, Geschiiirr!« Gordweil blickte verwundert in die Runde, da sich im Augenblick kein Mensch im Umkreis befand, bis er über sich, auf einem Fenstersims im ersten Stock, einen Papagei im Käfig entdeckte, der die vormittags von den Lumpensammlern gelernte Lektion wiederholte. Gordweil schmunzelte vor sich hin und setzte seinen Weg fort. Überlegte, ob er nach Hause fahren oder noch ein wenig auf der Straße spazieren gehen solle. Ein Auto kam angebraust und verschwand unter Zurücklassung einer widerlichen Gestankfahne. Matte, gedehnte Klaviertöne rieselten von irgendwoher in die stille Gasse und hatten einen einschläfernden Effekt. Nein, verfolgte Gordweil einen Gedankenfaden, der sich schon einige Zeit in seinem Unterbewusstsein gesponnen hatte, nein, nach Hause würde er jetzt nicht fahren. Was sollte er da anfangen? Arbeiten – dazu hatte er heute keine Lust. Morgen würde eine Reihe unerquicklicher Tage beginnen. Ah! Gordweil machte eine wegwerfende Geste, als wolle er eine störende Fliege verscheuchen. Er erreichte das untere Ende der schmalen, langen, verkehrsreichen Gumpendorfer Straße, fern vom Stadtzentrum. In seinem Gedächtnis blitzte das lachende Gesicht des Babys auf, das er vorhin gesehen hatte, und eine Woge des Glücks brandete ihm ans Herz. Seit Jahren war er nicht mehr mit kleinen Kindern zusammengekommen. Keiner seiner Bekannten hatte ein Baby. So hatte er sich mit denen begnügen müssen, deren er auf der Straße oder im Park ansichtig wurde, konnte sich nur von fern an ihnen freuen. Doch nun hatte er einen neuen Freund: den kleinen Fritzerl. Ja, er würde gelegentlich dorthingehen. Und wer weiß, vielleicht in einem Jahr, einem einzigen Jahr oder sogar weniger, hätte auch er ... Gordweil wagte nicht, diesen beglückenden Gedanken zu Ende zu denken, um nicht etwa den Teufel heraufzubeschwören ... Unwillkürlich blieb er bei ein paar Wartenden an der Tramhaltestelle stehen und fand sich schon aufs Stadtzentrum zufahren. Und eine halbe Stunde später gelangte er, sozusagen entgegen seinem Willen, nach Hause.

Als er die Flurtür öffnete, empfing ihn die alte Zimmerwirtin, die dort im Halbdunkeln in ihren leisen Hausschuhen hin und her flatterte wie ein in finsterer Nacht aus dem Schlaf gerissenes Huhn. »Herr Gordweil«, hauchte sie in ihrem gewohnten Flüsterton, »eijei, einen Brief haben Sie. Der Briefbote ist diesen Moment weggegangen. Gerade diesen Augenblick. Sind Sie ihm nicht begegnet? Eijeijei, schade. Ein Einschreibebrief. Aus Berlin, hat er gesagt. Ich habe unterschrieben. Er liegt im Zimmer auf dem Tisch. Ich bin nachmittags ein bisschen eingenickt – der obere Magen, psss!«

Gordweil stürmte an ihr vorbei ins Zimmer. Sein widerwilliges Zurückkehren zu dieser Stunde hatte also einen verborgenen Grund gehabt! Dem Schreiben der Literaturzeitschrift lag ein Scheck über fünfzig Mark bei. Der zuständige Redakteur überschüttete ihn mit Lob und prophezeite ihm eine große Zukunft. Die Erzählung sei bereits im Druck und werde in der nächsten Ausgabe veröffentlicht, die man ihm natürlich bei Erscheinen sofort zusenden werde. Gordweil solle ihm um Gottes willen umgehend etwas Neues schicken und überhaupt auf sich achten und so weiter.

Gordweil fühlte sich in diesem Augenblick stark, als wahrer Held. Obwohl er schon des Öfteren den einen oder anderen Literaturredakteur sein Lob hatte singen hören, erwachte jedes Mal aufs Neue jenes ermutigende, hoffnungsvolle Gefühl in ihm, das allerdings so schnell wieder abebbte, wie es gekommen war. Besonders wenn er bald darauf an die Arbeit ging und sich schwer dabei tat (ärgerlicherweise wollte ihm die Arbeit kurz nach solchem Lob nie flott von der Hand gehen), verzweifelt aufhörte, schließlich neue Kräfte fand, ein zweites Mal zu beginnen, aber all seine Fehler und Mängel erkannte und daraufhin zu der deprimierenden Gewissheit gelangte, dass es ihm niemals, nie und nimmer, gelingen werde, alles auszudrücken, was er auf dem Herzen hatte, es zu seiner wahren Zufriedenheit zu sagen, in derselben Form, die ihm vor Augen schwebte – und was nützte dann alles Lob?

Aber heute, heute war ihm ja so schon gut! Thea war sein, sein allein, ganz gewiss! (Mit Macht unterdrückte er gewisse Zweifel, die aus dunkleren Winkeln seiner Seele auftauchten.) Und in wenigen Tagen, ja, in neun Tagen, würde alles endgültig besiegelt sein. Dann finge ein neues Leben an, nach geraden Linien ausgerichtet und schön geordnet, ein Leben der Ruhe und des Wohlergehens. In seiner Freizeit würde er nach Herzenslust arbeiten können – und die Arbeit von nun an völlig anders anpacken. Im Sturm vorpreschen und die Sache ganz und gar erobern, auf das Wesentliche, den Kern abzielen – sicher würde er's vollbringen.

Nun und Dr. Ostwald zum Beispiel?, zweifelte er ganz unvermittelt.

Gordweil schreckte vom Sofa hoch, auf das er sich geistesabwesend gesetzt hatte, und begann im Zimmer auf und ab zu gehen.

»Was? Wieso Dr. Ostwald?«, sagte er wütend zu sich selbst.

»Ja, ja, eben Dr. Ostwald!«

»Na was denn? Ein anständiger Mensch offenbar, nichts weiter. Thea arbeitet seit zwei Jahren bei ihm, sie sind Freunde – das ist alles. »

»Aber ihre Bekannten von gestern«, fiel Gordweil sich selbst ins Wort, »das sind freche Lumpenkerle. Zweifellos Lumpenkerle. Denen hätte man Benimm beibringen müssen.«

Vor seinen Augen huschte wie im Flug eine verschwommene Szene vorüber: Er, Gordweil, stand über den beiden und züchtigte sie, während sie ihn auf den Knien um Vergebung baten. Und dieses sonderbare Schauspiel veranlasste ihn, das Schreiben des Redakteurs, das er noch in der Hand hielt, zu zerknüllen. Das Rascheln des Papiers brachte ihn in die Wirklichkeit zurück. »Ah, Unsinn«, sagte er sich mit versöhntem Lächeln. Er trat an den Tisch, um den zerknitterten Brief glattzustreichen, ihn sorgfältig mit der Handfläche zu glätten, als sei das äußerst wichtig. Danach blickte er auf die Uhr: Es war zwanzig Minuten vor sechs. Er ging ans Fenster und schob die schmutzige Tüllgardine zur Seite. Draußen fiel unsichtbar feiner Nieselregen, wie das feuchtschwarz glänzende Pflaster bezeugte. Im Hotel Zum Nordbahnhof gegenüber stand ein Fenster des zweiten Stocks halb offen. Tief im Innern des Zimmers sah Gordweil das Profil einer nackten Frau, die vermutlich vor einem Spiegel stand. Mit einer großen Quaste puderte sie ihren Körper, während ein Mann in Hemdsärmeln, eine brennende Zigarette zwischen den Lippen, um sie herumlief. Ab und zu blieb er stehen, nahm die Zigarette aus dem Mund, küsste die Frau auf Nacken und Rücken und drehte rauchend weiter seine Runden. Dann verschwand die Frau in den für Gordweil unsichtbaren Teil des Zimmers. Diebstahl mit Blicken, ging es ihm durch den Kopf. Trotzdem blieb er stehen und glotzte weiter. Wartete pochenden Herzens. Ein paar Minuten später tauchte die Frau wieder auf, inzwischen halb angezogen. Gordweil wandte sich vom Fenster ab und setzte sich aufs Sofa. Hitze durchpulste seine Glieder. In seiner Phantasie stiegen intime Erlebnisse mit Thea auf, aus denen irgendwie die Erinnerung an ein billiges altes Bild hervorstach, das einen gebeugt am Tisch sitzenden gedankenverlorenen Mann zeigte – ein Motiv, das sich ihm wohl unwillkürlich in einem der nächtlichen Räume eingeprägt haben musste, die er mit Thea aufgesucht hatte, auch wenn er sich momentan nicht erinnern konnte, wo das gewesen war. Er sah dieses Bild jetzt glasklar vor sich, als hinge es vor ihm an der Wand, und es gefiel ihm kein bisschen. Ja, er fand es im Gegenteil äußerst hässlich, irgendwie abscheuerregend, aber es belästigte ihn mit sturer Hartnäckigkeit, und er konnte es nicht verscheuchen. Zum Schluss zündete er sich eine Zigarette an und trat noch einmal ans Fenster. In dem Hotelzimmer war nichts mehr zu sehen. Sie sind sicher schon gegangen, dachte er. Er blieb noch ein Weilchen stehen und beschloss dann, sich zu rasieren. Zwar war er immer noch glatt und ordentlich, überlegte er, aber es war trotzdem besser, sich noch einmal zu rasieren – zu Ehren seines letzten freien Tages und auch weil er morgen früh zur Arbeit aufstehen müsste und nicht genug Zeit haben würde.

Die Rasur nahm etwa zwanzig Minuten in Anspruch. Danach band er sich vor dem Spiegel eine andere Krawatte um – schwarz mit weißen Streifen –, die er kürzlich von Dr. Astel geschenkt bekommen hatte und nun zum ersten Mal anlegte. Es war fast schon sieben. Der graue Regentag dunkelte früh. Das Zimmer war bereits dämmrig. Gordweil stand vor dem Spiegel und betrachtete die neue Krawatte, die er hübscher als seine grünliche fand. Plötzlich meinte er, es stände jemand hinter ihm. Ein Schauder überlief ihn. Er drehte sich abrupt um und entdeckte die alte Zimmerwirtin, Frau Fischer. »Ach, zum Teufel noch mal«, zischte er zwischen den Zähnen hindurch.

Die Alte fragte, ob er eine Tasse Kaffee wolle. Sie habe eben frischen Kaffee gemacht, und es sei auch für ihn eine Tasse übrig. Ihr Kaffee sei gut, das wisse der Herr Gordweil ja. Reiner Bohnenkaffee, ohne jede Beimischung. Ihr lieber seliger Mann habe ihn sehr geschätzt. In der ganzen Stadt, habe er immer gesagt, finde man keinen solchen Kaffee. Und bei dieser Gelegenheit, fuhr sie fort und kratzte sich mit einem Finger hinterm Ohr, ihre Siedl habe gemeint, hm, dass Herr Gordweil diesen Monat noch nicht beglichen habe – und es sei schon der Zwanzigste vorbei. Nicht dass sie ihn, Gott behüte, drängen wolle – das läge ihr völlig fern. Im Gegenteil, wenn er es jetzt nicht habe, werde sie gern warten. Sogar ein paar Wochen. Herrn Gordweil vertraute sie, psss! Einen Anständigeren als ihn gäbe es nicht. Sie wolle eben nur daran erinnern, damit die Sache nicht in Vergessenheit gerate. Denn Herr Gordweil habe schließlich noch andere Dinge im Kopf, das wisse sie – und deshalb ... Und den Kaffee werde sie augenblicklich bringen, er sei noch heiß. Stehe auf dem Herd. Nein? Er wolle nicht? Wirklich schade. So ein guter Kaffee.

Gordweil versprach, die Miete am nächsten Tag zu bezahlen, und ging weg. Gemächlich schlenderte er in Richtung des I. Bezirks, obwohl schon leichter Hunger bei ihm aufkam, da er nicht zu Mittag gegessen hatte. Er würde in der Stadt etwas zu sich nehmen, dachte er, es blieb ihm ja noch genügend Zeit. Mit besonderem Genuss setzte er seine Tolle dem unsichtbar feinen Nieselregen aus, der wie Mehlstaub herabrieselte. Die Laternen brannten schon, da es inzwischen Abend geworden war, und oben in Flammenhöhe erschien der feine Regenwirbel wie der schräge Staubstrahl, der manchmal mit der glühenden Sommersonne durchs Zimmerfenster strömt. Die Luft fühlte sich herbstlich an, obwohl es nicht kalt war. Er erreichte den Donaukanal, in dem die gebrochenen Spiegelbilder der Gasflammen zitterten. Das Wasser wirkte eiskalt und schwarz; gut, dass man jetzt nicht darin baden musste. Die Geschäfte hatten bereits geschlossen, nur hier und da glitzerte ein Schaufenster in aufdringlich grellem Licht. Die üppige Beleuchtung der Innenstadtstraßen schien durch den Regen gedämpft. Das schwarz glänzende Pflaster reflektierte wie ein Spiegel die Passanten – die Beine oberhalb der kopfstehenden Schirme – und zwei Reihen kopfstehender Häuser an den Seiten.

Rundum zufrieden, bog Gordweil von der Rotenturmstraße in eine Seitengasse ein und betrat eine kleine, ihm vertraute Gaststätte, um Abendbrot zu essen, bevor er sich mit Thea traf.

9.

Um drei musste er an Ort und Stelle sein, und jetzt war es schon zwei (vormittags hatte Gordweil wie jeden Tag bei Dr. Kreindl im Büro gearbeitet), es blieb also nur noch eine Stunde abzüglich einer halben Stunde für den Weg. Da hieß es, augenblicklich mit den Vorbereitungen beginnen.

Ulrich hatte am Vortag seinen Wohnsitz in die Rembrandtstraße verlegt, war aber jetzt hier in seinem alten Zimmer bei Gordweil. Auch Dr. Astel wollte kommen, damit sie alle zusammen aufbrechen konnten; falls er es nicht schaffen sollte, würde er direkt hingehen – so war es abgesprochen.

Ulrich war aufgeregt, als sei er selbst der Bräutigam, konnte keine Minute stillhalten, setzte und erhob sich abwechselnd, lief hierhin und dorthin, störte, rauchte viel und erteilte Ratschläge. Schwarzgekleidet zu Ehren des Tages, frischrasiert und mit bläulichem Puder bestäubt, war er ganz erregte Festlichkeit. Es war ein Donnerstag, schlicht und einfach wie die übrigen Werktage, wenn auch von brennender Sonne überflutet – und andererseits doch ein besonderer Tag.

Gordweil putzte zuerst seine Schuhe. Sie waren nicht mehr neu, das Oberleder schon schrumpelig und von feinen Rissen durchzogen, aber nach langem Polieren sahen sie etwas besser aus. Dann wusch er Gesicht und Oberkörper und zog das weiße Hemd an, das ihm sein Schwager Poldi zur Feier des Tages geliehen hatte: ein Exemplar mit Brust und Manschetten, so hart wie Stahl. Dazu gehörten natürlich ein steifer hoher Kragen und eine schwarze Fliege – dieser Tag verlangte nach einer schwarzen Fliege, und die hatte er zur Hand, alt, aber schwarz, so dass sie nicht geborgt werden musste. Selbstverständlich war schwarzer Anzug Pflicht, der an erster Stelle, und Gordweil trug einen solchen: Das Jackett gehörte ihm seit langem (der Rücken glänzte schon wie Seide, aber darauf kam es nicht an), doch die Hose hatte er gleichfalls von seinem Schwager ausgeliehen; sie war zwar zu lang für ihn, da der Eigentümer hochaufgeschossen wie ein Telegraphenmast war, aber dagegen half ein Kniff. Am Vortag hatte er die Säume etwa acht Zentimeter nach innen umgeschlagen, festgeheftet, angefeuchtet und über Nacht unter die Presslast einiger dickleibiger Bücher gelegt. Als Gordweil die Hose jedoch bereits am Leib hatte und aus irgendeinem Grund ans Fenster trat, entdeckte Ulrich, der in diesem Augenblick auf der Sofakante saß, ein Löchlein an intimer Stelle, durch das ein knopfgroßes Stückchen Weiß hervorblitzte – zu Gordweils Unglück, aber auch Glück. Denn was hätte er tun sollen, wenn das Loch erst später entdeckt worden wäre, während er schon dort war? Und das vor den Augen Fremder. Jetzt ließ sich der Schaden wenigstens noch beheben. Gordweil zog rasch die Hose aus, holte Nähzeug aus der Tischschublade und machte sich ans Ausbessern. Das ging nicht gerade leicht vonstatten. Die Hände waren ungeübt, der steife Kragen schnitt ihm erbarmungslos in Hals und Kinn, und die Hemdbrust drückte wie Blei. Schweiß überströmte sein tomatenrotes Gesicht und lief ihm unter dem Hemd in kühlen Rinnsalen wie ekliges Ungeziefer über die Brust. Schließlich war das Werk vollbracht, und Gordweil beendete seine Garderobe ohne weitere Zwischenfälle. Er setzte eine steife Melone auf (ebenfalls Eigentum seines Schwagers), wie er sie im

Leben noch nie getragen hatte. Der Hut war ihm zu klein, thronte wie deplatziert auf seinem Kopf und verlieh ihm ein höchst komisches Aussehen. Als Gordweil einen Blick in den Spiegel warf, konnte er sich nicht enthalten, laut loszuprusten, und auch Ulrich lachte mit und verdrehte die Augen. Dann machten sie sich eiligst auf den Weg. Schritten schnell aus. Gordweil steckte in seinem Feststaat wie in eine enge Tonne gezwängt, schwitzte und schnaufte vor Hitze, trocknete sich das Gesicht häufig mit dem Taschentuch, das er die ganze Zeit in den weißbehandschuhten Händen hielt. Ab und zu lief er eilig ein paar Meter. Die Sonne brannte wie im Juli, obwohl es erst Mai war, der Asphalt war stellenweise geschmolzen, wies schwarze, unmerklich dampfende Flecken auf, die beim Auftreten nachgaben. Sie mussten sich gewissermaßen durch die stickige Hitze vorkämpfen, sich energisch einen Weg bahnen. Und keiner der beiden kam auf die Idee, dass man etwa mit der Tram hätte fahren können. Es war ihnen völlig entfallen, dass man die Straßenbahn zu diesem Zweck längst erfunden hatte. Zum Schluss erreichten sie nach äußerst ermüdendem Fußmarsch pünktlich ihr Ziel.

Die Gegenseite wartete schon in der zur Straße hin offenen Vorhalle: an erster Stelle natürlich Thea, in eine Art weißen Schleier gehüllt; ihr Vater, der alte Baron, hoch aufgerichtet in militärisch strammer Haltung; Theas Stiefmutter, um die fünfzig, mit sympathischem Gesicht; ihre beiden Brüder, Poldi und Freddi, groß wie der Vater und ebenso schwarz gekleidet. Ferner gehörten ein junges Paar, das Gordweil als blutsverwandt vorgestellt wurde, und eine alte Tante mit aristokratischen Zügen zur Partie.

Man musste auf das Ende einer anderen Trauung im großen Saal der Synagoge warten, aus dem jetzt gedämpfter Chorgesang, begleitet von tief dröhnenden Orgelklängen, schallte, der aus einem fernen Jenseits herüberzuwehen schien. Der festliche Gesang flutete in die steile, gewundene Seitenstettengasse und verbreitete eine sorglos verträumte Atmosphäre, die so gar nicht zu dem harten Alltag der armseligen Juden passte, die sich dort abmühten, mit Lumpen und alten Kleidern Handel zu treiben.

Gordweil war erschöpft vom schnellen Laufen. Seine lächerliche Kleidung beengte ihn und behinderte seine Bewegungsfreiheit. Er wurde das Gefühl nicht los, auf einem Maskenfest zu sein, für das er sich eigens kostümiert hatte. Da jedoch, mitten an einem glühend heißen Tag, Juden mit Kleiderstapeln in den Armen oder auf dem Rücken vor ihm hin und her liefen und gegenüber auf der anderen Straßenseite am Eingang eines Schuhladens ein kleiner, rundlicher, spitzbärtiger Jude mit einem Seidenkäppchen, so rund und hoch wie ein Wasserkessel, untätig herumstand und mit sattem, dümmlichem Ausdruck auf die Straße blickte, trat Gordweil das Absurde seiner Situation doppelt deutlich vor Augen. Die ganze Sache war überflüssig, total überflüssig, unwesentlich bis ins Letzte. Und der Handschuh, den er vorher ausgezogen und in der Hand gehalten hatte, fiel ihm nun auch noch zu Boden, so dass er sich in seiner Beengtheit nach ihm bücken musste. Zum Glück war es kühl im Vorraum, man konnte atmen.

Sein Schwiegervater sagte etwas zu ihm, und er antwortete mechanisch. Die Verwandten unterhielten sich in einiger Entfernung miteinander. Gordweil merkte nicht, dass der Gesang inzwischen aufgehört hatte. Dr. Astel erschien, begrüßte alle mit freundlichem Gesicht und küsste den Frauen die Hand. Gleich darauf verkündete der Synagogendiener in Amtstracht, dass sie nun an der Reihe seien.

Kurz darauf standen sie schon in dem kleinen Saal unter dem Hochzeitsbaldachin, und ein niedriggewachsener Rabbiner mit sorgfältig gestutztem Bart verlas irgendetwas. Gordweils Geist war unterdessen völlig klar geworden. Er dachte freudig, dass die Sache bald durchgestanden sei und er sich entsprechend früh aus seiner Kleidung würde befreien können. Dann las der Rabbiner den Beginn der Trauformel und wartete, dass Gordweil ihm Wort für Wort nachsprach, aber der erinnerte sich plötzlich an das in der Kindheit Gelernte und sagte siegesgewiss den ganzen Satz allein, wobei er Thea den Ring an den Finger steckte. Der Rabbiner blickte Gordweil einen Moment mit wahren Mörderaugen an, als habe er ihn um seinen Verdienst gebracht. Dabei sah er aus wie einer, der seine ganze Kraft aufgeboten hat, einen scheinbar schweren Sack aufzuheben, der sich plötzlich als Federgewicht erweist, so dass der Betreffende das Gleichgewicht verliert und nach hinten kippt. Doch Gordweil war irgendwie guten Muts über die Niederlage des Rabbiners, grinste flüchtig, merkte rechtzeitig, dass man sich ernst geben musste, und hörte wieder auf. Der Rabbiner las weiter. Der zweite Kantor ließ ebenfalls seine Stimme erschallen, und Thea lauschte mit großem Interesse. Schließlich war die Trauung beendet, und Gordweil fühlte sich befreit. Nach den Glückwünschen küssten sie einander, sogar die alte Tante drückte Gordweil einen aristokratisch kühlen Kuss auf die Wange, und alle gingen zur Tram, um zu Baron von Takos Haus zu fahren.

In dem kleinen Speisezimmer war der Tisch gedeckt. Es gab Branntwein, Likör und verschiedene Mehlspeisen. Ja, es stand sogar eine verstaubte Flasche Tokajer, Jahrgang 1897, bereit – der Stolz des Barons. Außerdem lagen Orangen und die ersten Frühkirschen in Schalen, alles nett arrangiert. »Also dann, meine Damen und Herren, darf ich bitten«, sagte der Baron und geleitete die alte Tante zu ihrem Platz am Kopf der Tafel. Man trank auf das Wohl des Brautpaars, aß Früchte und Gebäck, unterhielt sich, stieß ein zweites und drittes Mal an, besonders die jungen Leute, und die Hitze wurde unerträglich. Der Baron erzählte aus dem Soldatenleben und gab »Hofgeheimnisse« von einst zum Besten. Seine Apfelbäckchen waren von winzigen rötlichen Adern durchzogen, und Schweißtropfen perlten unter dem kurzen grauen Borstenschopf auf der quadratischen Stirn. Die alte Tante erzählte von ihrem verstorbenen Mann, Baron von Hochberg, der General bei den Husaren gewesen war. Danach lenkte Dr. Astel das Gespräch geschickt auf andere, zeitgemäßere Themen. Gordweil meinte, er müsse vor Hitze ersticken; alles andere interessierte ihn nicht. Er hoffte auf den Moment, in dem er aufstehen und an die frische Luft gehen konnte, ohne gegen die Regeln der Höflichkeit zu verstoßen. Endlich – es war schon sechs – erhob sich die Tante von ihrem Platz. Man begann sich zu verabschieden. Ulrich und Dr. Astel gingen ebenfalls. Sofort lieh sich Gordweil von seinem Schwager ein anderes, weiches Hemd und wechselte es im Nebenzimmer gegen seinen Panzer, worauf er sich fühlte, als sei er eben aus dem Kerker entlassen worden. Die jungen Leute – Gordweil, Thea und ihre zwei Brüder – beschlossen, bis zum Abendessen ins Kino zu gehen. Dort war es kühl, aber die Handlung war sentimental und uninteressant, so dass er sich freute, als der Film zu Ende war und sie wieder hinauskonnten. Dieser Tag, sein Hochzeitstag, der für Gordweil den Beginn eines neuen Lebensabschnitts bedeutete, war zugleich der langweiligste und bedrückendste seines Lebens. Es war ein unbehaglicher, in erstickenden, lästigen Dunst gehüllter Tag. Und wahre Erleichterung verspürte Gordweil erst, als das Diner im Familienkreis um zehn Uhr zu Ende ging und er sich verabschieden konnte. Thea schnürte nur ein kleines Bündel – ihre übrigen Sachen würden am nächsten Tag nachkommen – und begleitete ihren Mann, Rudolf Gordweil, in seine Unterkunft – sein Zimmer in der Wohnung der alten Witwe, Frau Fischer, in der Kleinen Stadtgutgasse.

II. TEIL

Der Anfang

10.

Der trocken-heiße, fast regenlose Sommer ging seinem Ende zu. Das welke, verfärbte Laub wisperte in Parks und Alleen, teils noch an den Bäumen, doch zumeist schon auf dem Boden liegend, und raschelte bei jedem Windstoß. Die Nächte waren kühl geworden, und öfters sah man bei Sonnenaufgang eine hauchdünne Reifschicht wie Puderzucker über das Pflaster und die schütteren Rasenstücke am Ufer des Donaukanals gestäubt.

In der Stadt stachen einem auf Schritt und Tritt rotbraune, sonnenversengte Gesichter ins Auge: die Gesichter derer, die vor kurzem oder erst am Vortag aus der Sommerfrische an den Meeresstränden oder in den Bergen zurückgekehrt waren, und die Gesichter derer, die zwar den ganzen Sommer in der Stadt verbracht, dabei aber in den zahlreichen öffentlichen Badeanstalten Wiens und Umgebung ausgiebig gebadet und in der Sonne geschmort hatten. Die Theater-, Opern- und Kinosaison hatte begonnen, die Kaffeehäuser füllten sich, und in den Büros und Fabriken war die Arbeit wieder in vollem Gange.

Während des glutheißen, wasserarmen Sommers hatten diejenigen, die in der Stadt ausharren mussten, nicht Luft eingeatmet, sondern eine Art orangefarbene Metallschmelze, vermischt mit dem erstickenden Gestank von Automobilen und aufgeweichtem Asphalt, hatten stöhnend und erhitzt nach Sauerstoff gerungen. Aber jetzt lag der Sommer im Sterben, und doch schmerzte das Herz angesichts seines Endes, und zwar gerade denen, die am meisten unter ihm gelitten hatten.

Es war Sonntagvormittag, elf Uhr. Gordweil war früh aufgestanden, während seine Frau weiterschlief, hatte ein paar Stunden gearbeitet und lag nun angezogen auf dem Sofa, das ihm nachts als Bett diente, wovon jetzt noch die aufgestapelten Kissen und Decken zeugten. Thea war vor einigen Minuten gut gelaunt aufgewacht, aus dem Bett gesprungen, hatte Gordweil vom Tisch weggeschnappt, ihn wie ein einjähriges Kind vom Stuhl hochgeschwungen und ihn auf den Armen im Zimmer auf und ab getragen – sie im langen Nachthemd, er in Kleidung und Schuhen –, ihn dann ein Weilchen gewiegt und sogar mit ihm im Arm herumgetanzt, wie man es mit kleinen Kindern macht, wobei sie mit ausgelassenem Lachen rief: »Nun, Häschen, du bist doch ein netter Kleiner. Mein Nachzügler!« Wie immer, wenn sie ihn hochhob, gefiel das Gordweil gar nicht. Er empfand dabei ein eigenartiges Wohlgefühl, gepaart mit undeutlicher Scham – vor sich selbst, vor Thea, vor aller Welt, als habe man sein intimstes Wesen der Öffentlichkeit preisgegeben, und das gefiel ihm nicht. Aber er konnte sich nicht wehren, wiederholte nur gelegentlich flehend und fordernd und zugleich mit schwachem, verzerrtem Grinsen: »Hör auf, Thea! Lass das bitte!« Doch Thea ließ erst von ihm ab, wenn er ihr zu schwer wurde und sie nicht mehr konnte. Dann stieß sie erschöpft schnaufend hervor: »Nun, Häschen, den ganzen Tag könnte ich dich doch nicht so herumtragen.«

Jetzt stand Thea nackt am Waschtisch, während Gordweil auf dem Sofa an der Wand gegenüber hingestreckt lag und sie nur von hinten sehen konnte. Ein Handtuch um den Kopf gewunden, damit das Haar nicht feucht wurde, rubbelte sie sich den Rücken mit einem rostfarbenen Gummischwamm, dass ihre Pobacken aufreizend schwabbelten. Gordweil schmauchte seine kurze Pfeife – seit neuestem rauchte er auch Pfeife –, das Gesicht blass und müde. Im letzten halben Jahr war er irgendwie gealtert, die Falten zu beiden Seiten des Mundes hatten sich vertieft, und auf seiner schönen weißen Stirn zeigten sich schon einige feine Runzeln. Er erhob sich, trat zu seiner Frau und streichelte ihr liebevoll über den feuchten Rücken. Sie sagte in gebieterischem Ton, ohne den Kopf zu wenden: »Nun, Rudolfus, geh Kaffee aufsetzen! Ich sterbe vor Hunger. Ist noch Butter da?«

»N-nein.«

»Geh sofort runter Butter kaufen.«

»Der Laden … der Laden ist jetzt schon zu, du weißt doch. Am Sonntag …«

»Was? Der Laden ist schon geschlossen?« Mit einem Ruck drehte sie sich zu ihm um, und ihr Gesicht verkündete bereits Böses. »Warum bist du dann nicht früher gegangen?«

Gordweil stand klein und schmächtig vor ihr, den Blick auf ihre vollen weißen Brüste gerichtet, durch deren zarte Haut ein Gewebe bläulicher Äderchen schimmerte. Er schwieg. Ein nackter Mensch wirkt ein bisschen lächerlich, wenn er wütend wird, schoss es ihm durch den Kopf, zweifellos lächerlich, ja, lächerlich und nicht besonders beeindruckend …

Doch Thea schrie: »Butter muss her, und wenn du ganz Wien danach absuchen musst. In der Praterstraße ist sicher noch ein Laden offen.«

Damit schob sie ihn zur Tür.

Und Gordweil ging selbstverständlich Butter holen. Lange suchte er, bis er in der Novaragasse in einem kleinen jüdischen Laden, den er verstohlen über den Hof betrat, welche fand. Nach etwa einer halben Stunde kehrte er zurück. Thea war immer noch nackt.

»Hast du welche gefunden?«, fragte sie, sobald er in der Tür stand. »Und warum hat es so lange gedauert?«

Ihr Ärger legte sich ein wenig angesichts der Butter.

»Na, geh gleich den Kaffee aufsetzen.«

Später schenkte Gordweil Thea und sich Kaffee ein, strich die Butter aufs Brot, und sie setzten sich zu Tisch. Er aß schweigend, denn Thea war schon gereizt, wie er wusste, und jedes weitere Wort konnte sie womöglich noch mehr aufbringen. Thea kaute eine Weile mit großem Appetit. Im ganzen Haus herrschte Stille.

Nur ab und zu klang das ferne Rattern einer Tram aus der Heine- oder Nordbahnstraße herüber. Nachdem Thea den ersten Hunger gestillt hatte, sagte sie, mit dem Kopf auf ihren Busen deutend, der zwischen den klaffenden Aufschlägen ihres Morgenrocks zu sehen war: »Ich habe beschlossen, mich einer Operation zu unterziehen, Häschen. Ich möchte keine solchen großen Brüste. Sie gefallen mir nicht.«

Gordweil hörte auf zu essen und blickte sie verwundert an. Unsicher, ob sie im Ernst redete oder sich einen Scherz erlaubte, wartete er einen Augenblick, und als seine Frau nichts hinzufügte, versuchte er auf alle Fälle vorsichtig Einspruch zu erheben: »Warum, mein Liebling? Sie sind doch schön, so wie sie sind. Wirklich schön –«

»Unsinn, Häschen, du hast keine Ahnung«, unterbrach ihn Thea. »Wenn ich dir sage, dass sie groß sind, weiß ich schon, was ich rede. Die Operation ist nicht schwierig, enthält keinerlei Risiko. Ich habe bereits mit Professor Schramek gesprochen, du kennst ihn doch. Ein sehr leichter Eingriff, hat er gesagt, ein Kinderspiel …«

Nun begann sie ihm mit sichtlichem Genuss den Operationsablauf in allen Einzelheiten zu schildern. Ja, vergaß darüber sogar Kaffee, Brot und Butter. Man sah ihr an, dass die Vorstellung des Eingriffs ihr enormes Vergnügen bereitete. Aber Gordweil war von ihren Worten abgestoßen. Er konnte derlei Bilder nicht ertragen, weder in Wirklichkeit noch in der Phantasie. Wie kann eine Frau bloß derart auf Operationen versessen sein?, grübelte er. Vor einigen Wochen eine Nasenoperation, auch ohne besonderen Grund, und jetzt ein neuer Eingriff.

»Aber wir haben doch kein Geld dafür«, bemerkte er.

»Brauchen wir nicht«, erwiderte seine Frau kauend, »jedenfalls nicht gleich. Professor Schramek hat ja ein Sanatorium. Er ist mein Freund und wird es gratis tun. Und wenn man doch zahlen muss – dann erst später, wenn wir Geld haben.«

Daraufhin schwieg Gordweil – weil er keine andere Wahl hatte und mit Worten nichts ausgerichtet hätte. Thea wollte die Operation schon Ende der Woche vornehmen lassen, und er wusste genau, dass sie ihre Absicht verwirklichen würde. Es tat ihm leid um ihre Brüste, die er mochte, so wie sie waren, und er bangte wegen des Risikos, das jeder Eingriff in sich birgt. Unfähig, seinen Kaffee auszutrinken, saß er da und spielte eine Weile mit dem Messer, stopfte dann seine Pfeife und zündete sie an. Thea hatte inzwischen ihr Frühstück beendet.

»Geh, Häschen, roll mir eine Zigarette«, sagte sie im Aufstehen. »Und der Tisch muss auch abgedeckt werden.«

Sie streckte sich, zündete die Zigarette an, die Gordweil ihr gegeben hatte, und ging zum Sofa, um sich wie ein gesättigtes Tier zu räkeln. Gordweil deckte den Tisch ab, spülte das Geschirr und stellte es auf das untere Bord des Waschtischs, das ihnen als Anrichte diente. Dann setzte er sich wieder an den Tisch. Während er an seiner Pfeife sog, spähte er von Zeit zu Zeit zu seiner Frau hinüber, deren weißer, weitgehend entblößter Körper einen unsichtbaren Hauch scharfer, quälender, bestürzender Erotik ausstrahlte. Der Kopf wurde ihm schwer, berauscht. Diese Frau dort, grübelte er umnebelt, ist also meine Frau – meine Frau – meine Frau ... Während er so nachsann, spürte er plötzlich einen heftigen Schmerz in der Herzgegend, als habe man ihm dort einen scharfen Gegenstand hineingejagt. Und ehe er sich noch wappnen konnte, bestürmten ihn Erinnerungen, die er stets aus seinem Bewusstsein zu verbannen versucht hatte – Dinge, die nicht nur seiner Phantasie und seinem Misstrauen entstammten, sondern deren Wahrhaftigkeit sich im Laufe der Zeit, sehr zu seinem Unglück, durch augenfällige Umstände erwiesen hatte, Dinge, die sich so gar nicht mit seinem vorigen Gedanken vereinbaren ließen. Gordweil sah plötzlich einige seiner Bekannten nebst mehreren Unbekannten – eine ganze Männerschar – einen nach dem andern auf seine Frau, seine Thea, zukommen, die da halb nackt auf dem Sofa an der Wand lag, ihnen zulächelte, ihre Brüste entblößte, ihnen die Arme entgegenstreckte ... Gordweil konnte diesen Anblick nicht ertragen, musste aber hinsehen, nichts durfte ihm entgehen. Und diese Szene verursachte ihm neben dem furchtbaren, überwältigenden Schmerz auch einen sonderbaren, unerklärlichen Genuss …

Seine Pfeife, die ihm in diesem Augenblick aus den Lippen rutschte und klirrend auf den Tisch fiel, weckte ihn auf. Thea lag da und rauchte. Gordweil erhob sich. Sein Atem ging abgehackt, schwerfällig, Schwindel packte ihn. Er trat zu seiner Frau und begann sie zu küssen und zu kratzen wie ein Raubtier. Seine wilde Erregung und seine Verzweiflung trieben ihm Tränen in die Augen. Thea sagte nur: »Was hast du denn heute, Häschen?«

Danach brachte er seine Kleidung in Ordnung und setzte sich zu seiner Frau auf die Sofakante. Ihm stand noch Wasser in den Augen, und große Trauer erfüllte ihn. Er fühlte sich plötzlich völlig verlassen und allein auf der weiten Welt. Seine Hand streichelte unwillkürlich, wie hilfesuchend, die warmen Schenkel seiner Frau. Er blickte vor sich hin, ohne etwas zu erkennen, und seinem Mund entfuhr, als spräche er zu sich selbst: »Ah, wenn alles anders wäre, nur ein kleines bisschen anders … Dann wäre alles wunderbar …«

»Was murmelst du da, Häschen?!«

Gordweil antwortete nicht. Vielleicht hatte er auch die Frage gar nicht gehört. Er zuckte nur in stiller Ergebenheit die Achseln. Spürte mit Sicherheit, dass es nie anders werden würde.

Thea sprang vom Sofa auf und trat vor den Spiegel überm Waschtisch. Mit beiden Händen hob sie ihre Brüste, wog sie einen Moment, als wolle sie ihr genaues Gewicht feststellen. Dann zog sie sich im Stehen an.

Am Sonntag wie auch an anderen arbeitsfreien Tagen nahmen sie – soweit sie nicht in Theas Elternhaus zum Mittagessen eingeladen waren – meistens eine einfache selbstzubereitete Mahlzeit zu Hause ein. Ihre Gehälter reichten nie aus, und sie befanden sich ständig in Geldnot. Vor allem Gordweil. Denn fast das gesamte Einkommen, seins und ihrs, vergeudete Thea allein. Sie versagte sich keinen Wunsch und ging Gordweil stets um mehr Geld an. Für den alltäglichen Bedarf blieb nichts übrig. Obwohl er jetzt bei Dr. Kreindl zweihundertfünfundzwanzig Schilling pro Monat verdiente, was eine Person durchaus ernähren konnte und erst recht einen so genügsamen Menschen wie Gordweil, lief er immer ohne einen Groschen herum – wie vorher ständig darauf bedacht, lächerliche Summen auszuleihen, um sich schlechten Tabak oder eine Scheibe Brot zu leisten. Er litt wirklich Hunger und war mehr denn je mit Schulden belastet.

Die Beziehungen zu Thea waren vom ersten Tag an festgelegt. Nach der Hochzeit hatte sie ihm sofort unumwunden verkündet, er solle nicht etwa glauben, die Eheschließung werde ihre Lebensweise auch nur im Geringsten verändern ... Sie sei nach wie vor ein freier Mensch und könne tun und lassen, was sie für richtig halte. Und das tat sie auch. Ihre Mußestunden – am Feierabend und an freien Tagen – verbrachte sie überwiegend nicht mit Gordweil, sondern an Orten und unter Umständen, die ihm unbekannt waren. Er wusste nicht, wann sie kam und ging. Und wenn die Sache ihm anfangs auch etwas verwunderlich erschienen war, nicht recht im Einklang mit seinen Vorstellungen von Eheleben, gewöhnte er sich doch notgedrungen nach und nach daran. Die Eifersucht, die ihn zuerst pausenlos geplagt hatte, bekämpfte er innerlich und besiegte sie nach außen hin sogar. Das heißt, er vermochte sie nicht auszumerzen, verdrängte sie jedoch in einen Winkel seiner Seele, wo sie darauf lauerte, bei jeder passenden Gelegenheit mit verstärkter Macht hervorzubrechen. Er suchte Ausreden für das Verhalten seiner Frau, urteilte zu ihren Gunsten, interpretierte die offensichtlichen Tatsachen auf besondere, ihm angenehmere Weise, und vor allem bemühte er sich nach Kräften, diesen beängstigenden Winkel zu ignorieren. Aber ständige Bedrückung lastete jetzt auf seinem Wesen, als trage er Keime einer gefährlichen, tödlichen Krankheit in sich. Er zog sich ganz in sich zurück, lief trübsinnig umher, von unablässiger innerer Spannung getrieben. Eine unsichtbare Barriere schob sich zwischen ihn und die Welt. Und nur noch selten ging er aus sich heraus und zeigte im Freundeskreis ein freundliches Gesicht.

Obwohl er sich bemühte, die wahren häuslichen Verhältnisse so weit wie möglich zu verheimlichen, kannten seine Freunde die Wahrheit. Als Außenstehende hatten sie einen schärferen, umfassenderen Blick. Sie sahen und wussten viele Dinge, die Gordweils Kenntnis entgingen. Im Laufe der Zeit hatten auch diejenigen Freunde, die sich anfangs in Thea getäuscht hatten, ihren Charakter erkannt und bemitleideten ihn insgeheim.

Thea war fertig angezogen, stand schon ausgehbereit in Hut und Mantel. Es war kurz vor ein Uhr. »Weißt du, Häschen«, sagte sie zu ihrem Mann, der weiter reglos auf dem Sofa hockte, »ich fahre nach Hause zum Mittagessen. Willst du mitkommen?«

Ihrem Ton entnahm er, dass er ihr nicht willkommen war. Zudem waren sie nicht ausdrücklich eingeladen. Er lehnte ab.

»Hast du ein bisschen Geld?«

»Nein, ich habe nur ein paar Groschen. Vielleicht zwanzig.«

»Und wo ist dein ganzes Geld?!«

»Du weißt doch, dass ich nichts habe«, sagte er entschuldigend, »gestern hab ich dir drei Schilling gegeben. Die Butter hat auch was gekostet – und das war alles.«

»Aber ich brauche Geld. Du musst was unternehmen. Geh zu Frau Fischer, vielleicht rückt die was raus.«

»Das ist unmöglich«, erwiderte Gordweil, während seine Hände mit der Pfeife spielten. »Wir schulden ihr noch die Miete für den letzten Monat. Abgesehen davon habe ich an die zehn Schilling in bar von ihr geliehen.«

»Aber was soll ich denn machen?« Thea sank verzweifelt auf den Stuhl. »Ich brauch's doch nun mal. Und daheim ist auch Feierabend. Gestern habe ich Poldi getroffen. Die haben nichts.« Sie überlegte einen Augenblick. »Schau mal, Rudolfus«, fing sie wieder an, »vielleicht gehst du doch zu der Alten rüber. Du siehst doch, dass ich's dringend brauche.«

»Ich kann nicht, Liebling, ich kann wirklich nicht«, flehte Gordweil. »Sie wird mir nichts geben, das weiß ich, keinen Groschen. Heute Nachmittag gehe ich in die Stadt, vielleicht kann ich da bei jemandem was lockermachen.«

»Ich sage dir doch, dass ich's jetzt brauche, jetzt, in dieser Minute«, schrie Thea, nun schon wütend, unter Betonung eines jeden Wortes. »Verstehst du denn nicht, du Idiot?«

Gordweil schwieg. In seiner Verlegenheit zog er den Tabaksbeutel aus der Tasche und begann den verrußten, zur Hälfte geborstenen Pfeifenkopf zu stopfen. Geld, Geld, hämmerte es in seinem Hirn, woher Geld nehmen? Er stand auf und trat zu seiner Frau, die am Tisch saß, den Kopf in die Hände gestützt, blieb hinter ihr stehen und versuchte sie zu beschwichtigen. Streichelte ihr den Rücken und sagte sanft: »Schau, mein Liebling, du weißt doch. Von ganzem Herzen würd ich's tun, du weißt doch selbst –«

Im selben Moment, bevor er noch wusste, wie ihm geschah, spürte er eine schallende Ohrfeige auf der linken Wange. Funken stieben ihm vor den Augen, und der Kopf kippte weg, als sei er vom Körper abgetrennt. Im ersten Augenblick glaubte er felsenfest, das Haus sei eingestürzt und die Decke ihm auf den Kopf gefallen. Er spürte nicht einmal genau die schmerzende Stelle, und seinem Mund entfloh ein schnelles, erschrockenes »Was ist?«. All das dauerte nur Sekunden. Dann fühlte er ein deutliches Brennen auf der linken Wange und sah wie im Nebel Thea auf die Tür zuschreiten und hinausgehen. Eine Weile starrte er noch auf die Tür, durch die seine Frau verschwunden war. Das helle Sonnenviereck, das nahe der Tür schräg auf dem Boden lag, zog seinen Blick an. Es schien ihm glühend heiß und grell schimmernd. Gordweil tat einen Schritt vorwärts, beugte sich nieder und befühlte den Sonnenfleck am Boden. »Gar nicht so heiß«, murmelte er laut vor sich hin, »schien mir nur so.« Er richtete sich wieder auf und blieb stehen – bedacht, nicht an eine gewisse Stelle im Raum zu denken. Dort, auf der anderen Seite, war nichts passiert. Dort war alles wie gehabt. Doch im selben

Augenblick wurde seine Hand ohne sein Zutun zu der bewussten Gesichtshälfte hingezogen, legte sich auf die glühende Wange – und wie eine plötzliche Erleuchtung erinnerte er sich in aller Deutlichkeit an den Zwischenfall. Und als sei er eben erst geohrfeigt worden, spürte er jetzt einen dumpfen Schmerz in der Wange. Sie muss zuerst aufgestanden sein, denn sie hat doch gesessen, und im Sitzen geht das schließlich nicht …, durchzuckte ihn ein müßiger Gedanke. Mit einem Schlag regte sich ein großes Schamgefühl in ihm. Er stand immer noch am selben Fleck. Unwillkürlich schweifte sein Blick im Zimmer umher, ob es auch kein Mensch gesehen hatte. Doch mehr noch als seiner selbst schämte er sich in diesem Moment für sie, für Thea. Jetzt wird sie sich gewiss scheuen, mir in die Augen zu blicken, dachte er. Am liebsten wäre er seiner Frau nachgelaufen – weit konnte sie ja noch nicht gekommen sein –, um sie zu versöhnen und um Vergebung zu bitten. Er tat sogar einen Schritt auf die Tür zu, machte jedoch abrupt kehrt, sah zufällig sein Konterfei im Waschtischspiegel gegenüber, merkte, dass sein sonst ewig blasses, eingefallenes Gesicht knallrot war, wie von einer unsichtbaren Flamme beschienen, und wurde von ungeheurer Mattigkeit überwältigt. Daraufhin ging er zum Sofa, streckte sich aus und zündete die Pfeife an, die er die ganze Zeit in der Hand gehalten hatte.

In dem Augenblick trat die alte Zimmerwirtin ein, wie üblich ohne anzuklopfen. Gordweil blieb liegen.

»Die junge Dame ist gewiss schon ausgegangen?«, fragte sie, obwohl sie vermutlich gesehen hatte, dass Thea fortgegangen war. »Eine anständige Frau hat er, der Herr Gordweil«, fuhr sie fort und pflanzte sich vor ihm auf, »eine hochanständige Frau, psss! Ich habe Ihnen immer gesagt, ein anständiger Mann muss eine Frau heiraten. Zu zweit ist man besser dran als allein, eijeijei! Wenn mein lieber seliger Mann noch lebte, was würde mir dann mangeln? Und was bin ich ohne meinen seligen Mann schon wert? Bloß eine schwache alte Frau. Schrecklich, psss.«

»Wäre es möglich, Frau Fischer, mir noch einen Schilling zu leihen?«, entfloh es plötzlich Gordweils Mund im Aufstehen.

»Ich verstehe, Herr Gordweil, ich verstehe, schreien Sie nicht so. Gleich bring ich's Ihnen. Ein anständiger Mann wie Sie!«

Sie ging den Schilling holen, räumte im Zimmer auf, schwatzte viel in ihrem entnervenden Flüsterton und verschwand schließlich wieder.

Gordweil blieb noch ein Weilchen im Zimmer, wusch sich dann das Gesicht, als wolle er es von einem Makel reinigen, nahm seinen Stock und ging nach draußen.

11.

Draußen wurde es Gordweil etwas leichter ums Herz. Das bedrückende, zutiefst beleidigende Ereignis, das ihm zu Hause widerfahren war, lastete zwar immer noch auf ihm – deutlich spürbar durch all seine Gedanken hindurch und danach drängelnd und rangelnd, ihm bei jeder Gelegenheit ins Bewusstsein vorzustoßen –, hatte aber angesichts des herrlichen, sonnengesprenkelten Herbsttags doch ein wenig von seinem scharfen Stachel eingebüßt. Es ähnelte einem Gegenstand, den man erst – in Form und Farbe deutlich sichtbar – in der Hand gehalten und dann in die Tasche gesteckt hat.

Es war früher Nachmittag. Die geschlossenen Geschäfte und Lagerhäuser und die wenigen Leute auf den Straßen verliehen der Stadt einen besonderen, ungewöhnlichen Anstrich. Sie wirkte sauber gekehrt und sorgfältig herausgeputzt für ein hohes Ereignis. Gordweil bummelte ziellos von Straße zu Straße, von Gasse zu Gasse, den Kopf gesenkt, die Hand mit dem Stock wie ein Pendel im Schrittrhythmus hin- und herschwingend. Hier und da saß ein Pförtner gemütlich in Hemdsärmeln vor einem Toreingang und las Zeitung. Diese einfachen Menschen erschienen

Gordweil stets höchst vergnügt, sorglos und ausgeglichen, kosteten den Ruhetag offenbar voll aus, und ihre innere Ruhe ging auf Häuser und Straßen über. In stillen Gassen spielten Jungen Fußball auf dem dunkelgrau glänzenden Asphaltpflaster oder übten sich im Fahrradfahren – Buben mit glühenden Gesichtern und sonnengebräunten dreckigen, verschorften Knien. Gelegentlich verirrte sich ein Auto hierher und scheuchte sie mit lautem Hupen zur Seite. Sein gemessener Gang und die stillen Straßen versetzten Gordweil nach und nach in melancholische Ruhe. Er hatte dieser etwas traurigen, spöttischen und dabei doch naiven Stadt stets eine zarte Liebe entgegengebracht. Er liebte ihre kapriziös geschwungenen Straßen, ihre stolz zurückhaltenden Patrizierhäuser, die von süßer Schwermut erfüllten Parks und Anlagen, die sie umschließenden Bergketten, die etwas von der umwölkten Strenge der mächtigen fernen Alpenkämme ahnen ließen, liebte die leichtsinnigen, lebensfrohen Einwohner dieser Stadt und die beschwingte, oberflächliche Heiterkeit, die sie durchtränkte. Zwölf Jahre wohnte er bereits hier, vom Tag seiner Mündigkeit an. Und erst die Herbsttage in dieser Stadt! Mit ihrer wunderbaren Morgenkühle und der milden, unaufdringlichen Wärme ihrer golden transparenten Mittagsstunden. Der unbewegliche Himmel strahlte dann tiefblau, und in Augenhöhe trieben ziellos zarte weißliche Fäden durch die Luft – dem Volksglauben nach ein Zeichen für künftige warme Tage.

Gordweil wollte in diesem Augenblick keinen Freunden begegnen und mied instinktiv die Straßen, in denen er leicht auf den einen oder anderen hätte stoßen können. Er spazierte hinter der Börse vorbei, überquerte den Schottenring und setzte seinen Weg zur Porzellangasse fort. Dort blieb er aus Gewohnheit vor dem Eingang eines Kinos stehen und sah sich die zu beiden Seiten ausgehängten Bilder an. Nein, dieses Programm interessierte ihn nicht. Er wandte sich ab, um den nahen Liechtensteinpark aufzusuchen. Im selben Moment tippte ihn jemand auf die Schulter: »Ah, Herr Doktor. Habe die Ehre, Herr Doktor.«

Gordweil fuhr erschrocken herum. Es war Franzl Heidelberger mit seiner Frau Gustl, die Gordweil wie einen alten Freund anlächelte.

»Und wie geht's Ihnen, Herr Gordweil?«, fragte Heidelberger lachend und vergnügt. »Warum machen Sie sich denn so rar in unserem Haus?«

Gordweil stotterte: »J-ja ... das heißt, ich wollte reinschaun ... Und wie geht's Ihnen?«

»Sehr gut, Herr Doktor.«

Und Gustl sagte ebenfalls: »Sehr gut. Wir haben uns schon gewundert, dass sich der Herr Gordweil nicht sehen lässt.«

»Ja, ja«, pflichtete Franzl eifrig bei, »ich hab bereits mehrmals zu Gustl gesagt: ›Ich sag, was ist bloß dem Herrn Gordweil zugestoßen, dass er seine Freunde vergessen hat? Oder haben wir ihn etwa beleidigt‹, sag ich, ›ihm keine Ehre erwiesen?‹ Na, jetzt kommen Sie aber auf ein Stündchen zu uns hinauf. Nachdem ich Sie einmal erwischt habe, lasse ich Sie nicht ungeschoren wieder laufen.«

Gordweil versuchte sich zu drücken, aber Franzl drängte: »Nein, nein, Herr Gordweil, da hilft Ihnen nichts. Jetzt sind Sie ganz in unserer Verfügungsgewalt. Da gibt's weder Vorwände noch Ausreden.«

Und seine Frau bekräftigte: »Gewiss, gewiss, Herr Gordweil. Sie werden uns doch diese Ehre nicht vorenthalten?«

»Gustl, ich sag dir, halt den Mund«, tadelte Franzl Heidelberger. »Misch dich nicht in Dinge, in denen du nicht gefragt bist.« Und zu Gordweil sagte er in einem Ton, der keine Widerrede duldete: »Also, mein Bruder, Sie kommen jetzt mit uns hinauf.« Worauf er mit verschmitztem Augenzwinkern, das Gordweil entging, hinzufügte: »Gehen Sie mit Gustl voran. Ich komme gleich nach, schau nur erst noch mal ins Café hier in der Nähe.«

Gordweil ging also mit Gustl, die offenbar höchst zufrieden war. Augenblicklich wurde sie freier in Bewegungen und Sprache, redete schnell, lachte ab und zu, erzählte, sie kämen gerade vom

Onkel, der in der Nähe wohne. Erst gestern habe sie ihn erwähnt, den Herrn Gordweil. Habe richtig Sehnsucht nach ihm gehabt, könne man sagen. Vor ein paar Tagen sei er ihr sogar im Traum erschienen, hahaha. Und der Herr Gordweil habe sich ihnen ferngehalten – das sei wirklich nicht nett. Dabei warf sie ihrem Begleiter einen warmen, vielversprechenden Blick zu.

Das Haus war nicht weit, sie hatten es bald erreicht, schritten durchs Tor und stiegen die Treppe hinauf, Gustl voraus und Gordweil in ihrem Gefolge. Wenns nun mal so gekommen ist, soll's auch recht sein, beendete Gordweil einen Gedankengang und überwand seine frühere Unlust, Bekannte zu treffen.

Seit seinem ersten Besuch bei ihnen hatte er das Haus nicht mehr betreten. Einmal war er den beiden zufällig in der Stadt begegnet und rund eine halbe Stunde mit ihnen stehengeblieben, ein anderes Mal hatte er Franzl allein getroffen und war mit ihm auf ein Glas Bier ins Wirtshaus gegangen, und wieder ein andermal hatte er nach einem Besuch bei Rubicek vergeblich an die Tür geklopft. Gustl hatte sich in dem halben Jahr zu ihrem Vorteil verändert. Ihr Gesicht war sonnengebräunt und etwas schmaler geworden, was ihr besser stand.

Sie sperrte die Tür auf und ließ ihn in dasselbe blitzsaubere Zimmer ein, in dem er beim ersten Mal gewesen war.

»Setzen Sie sich bitte, Herr Gordweil. Hierher.« Sie deutete auf das Sofa, während sie mit der anderen Hand den Hut abnahm. »Auf dem Diwan ist es bequemer.«

»Ich werde das Fenster ein bisserl schließen«, fügte sie sofort hinzu. »Der Straßenlärm ist ohrenbetäubend.«

Gordweil setzte sich nicht gleich. Er tat ein paar Schritte im Zimmer, rieb sich die Handflächen, als sei ihm kalt. Dann blieb er am Tisch stehen. Zog geistesabwesend die Pfeife aus der Tasche, steckte sie aber sofort wieder weg. Innere Unruhe befiel ihn, als sehe er einem drohenden Unheil entgegen. Wie ein Tier angesichts eines Verfolgers beobachtete er die Bewegungen der Frau, die plötzlich locker wurden. Er hörte sie etwas von Kaffee murmeln, begriff aber erst nach einer Weile, was sie gesagt hatte, und stammelte: »Nein … nicht nötig … nicht nötig jetzt …« Gustl schien mit einem Mal völlig erschöpft, denn sie sank mit errötendem Gesicht aufs Sofa. Und urplötzlich, ohne dass er wusste, wie ihm geschah, fand er sich bei ihr auf dem Sofa sitzen, während seine Hände aus eigenem Antrieb an ihren Kleidern nestelten. Sie hauchte nur in schläfrig-mattem Ton: »Naaa … naaa …«, und ließ dabei den Oberkörper zum Kopfende des Diwans sinken …

Gustl ordnete sich die Frisur vorm Spiegel, ein zufriedenes Grinsen auf dem glühenden Gesicht. Gordweil befand sich in einer unangenehmen Lage. Er schämte sich ein wenig und hätte, wenn es nur möglich gewesen wäre, sofort das Weite gesucht. So aber saß er immer noch auf dem Sofa, zog vor lauter Verlegenheit erneut seine Pfeife heraus und begann sie übereifrig zu stopfen. Dann erhob er sich, trat an den Tisch, blieb wie betäubt stehen und traute sich nicht, in Gustls Richtung zu blicken. Sie kam zögernden Schritts von hinten an ihn heran, blieb neben ihm stehen, schien einen Augenblick zu überlegen und drückte ihm schließlich einen flüchtigen brennenden Kuss auf die linke Wange. Danach brach sie als Erste das gespannte Schweigen: »Herr Gordweil möge mich entschuldigen, ich gehe Kaffee kochen.« Damit schlich sie aus dem Zimmer.

Gordweil setzte sich auf einen Stuhl. Aus der Küche drang Geschirrklappern, das sofort wieder aufhörte. Ihm fiel die Ohrfeige vom Vormittag ein, wobei er eine Art Schmerz in der linken Wange spürte. »Ah, Unsinn«, sagte er laut und versuchte energisch, diese bedrückende Erinnerung aus seinem Gedächtnis zu verbannen und sich ganz auf die betagte Frau mit dem Baby auf dem Arm zu konzentrieren, die er an einem Fenster des Etagenhauses gegenüber stehen sah.

Seit dem Tag, an dem er Thea kennengelernt hatte, war dies hier sein erster physischer Kontakt mit einer anderen Frau gewesen. Und auch jetzt war er eigentlich nicht dafür verantwortlich:

Es war ohne sein Zutun geschehen, praktisch auf Anordnung einer äußeren Macht. Gordweil gestand sich seine Schuld nicht ein, befand sich aber in einer eigenartigen, unvertrauten Stimmung. Ihm war, als sei er momentan von einigen störenden Dingen befreit – wie jemand, der in der stickigen Luft eines engen Zimmers einen Augenblick das Fenster aufmacht und kräftig durchatmet. Allerlei Kränkungen, die wie Steine in den Tiefen seiner Seele versunken lagen, hatten nun eine Art Vergeltung gefunden. Und es schien, dass auch Theas Herrschaft über ihn irgendwie Schaden genommen hatte. Daraus folgte also, dass er noch nicht völlig verloren war und kein Grund zur Verzweiflung bestand. In gewisser Hinsicht hatte ihm dieses Ereignis das seelische Gleichgewicht wiedergegeben und ihm für ein Weilchen den ständigen Druck genommen. All das spürte Gordweil dumpf. Es befiel ihn plötzlich eine ausgelassene Sicherheit, wie er sie schon lange nicht mehr empfunden hatte – als sei ihm mit einem Schlag sein wahrer, persönlicher Wert, seine Würde als Mann zurückverliehen worden, und einen Augenblick lang war er sicher, dass von nun an alles glatt verlaufen werde. Vor seinem geistigen Auge sah er, wie Thea daheim schon ungeduldig auf ihn wartete. Sie saß da, schlug ein Buch auf, legte es aber wieder aus der Hand, da sie nicht die Geduld zum Lesen aufbrachte. Streckte sich auf dem Sofa aus und zündete eine Zigarette an, warf sie nach ein paar Zügen fort und sprang erneut auf. Ging hinaus die alte Zimmerwirtin nach ihm, Gordweil, fragen: wann er genau weggegangen sei und ob er nicht gesagt habe, wann er zurückkomme. Gordweil sah und hörte alles im Geist. Er hörte sie, die Alte, in ihrem üblichen Flüsterton sagen: »Ah, ein anständiger Mann, der Herr Gordweil, ein hochanständiger Mann, eijeijei. Ruhig und nett, psss.« Worauf Thea wieder ins Zimmer ging, ans Fenster trat, hinunterspähte, sich umwandte und im Raum auf und ab zu laufen begann, dann erneut das Buch vom Tisch nahm, es aufschlug – und in einem Augenblick kurzen Abgelenktseins, als eine merkwürdige Buchpassage ihre Aufmerksamkeit fesselte, ging die Tür auf, und er, Gordweil, trat ein. Da sprang ihm Thea entgegen und fiel ihm mit überschäumender Liebe um den Hals: »Häschen, mein lieber Kleiner, mein Einziger, wo bist du bloß so lange geblieben? Ich glaubte schon, es sei ein Jahr vergangen, seit ich dich das letzte Mal gesehen habe. Befürchtete, es könnte dir, Gott behüte, ein Unglück zugestoßen sein. Mit einem Schlag hat mich furchtbare Einsamkeit befallen, an der ich zu sterben meinte. Die Welt wurde mir plötzlich leer, ohne eine Menschenseele. Nein, nein, mein Liebling, du darfst mich nicht alleinlassen. Ich kann die Einsamkeit nicht ertragen. Ohne dich bin ich ganz beraubt. Von nun an verlass mich nie mehr. Ich will immer bei dir sein, wohin du auch gehen magst.« Und Gordweil antwortete beschwichtigend (seine Lippen bewegten sich jetzt wirklich): »Gewiss, gewiss, meine Liebste. Hast du etwa geglaubt, ich liefe gern alleine rum? Weißt du denn nicht, wie sehr ich dich liebe? Weißt du nicht, dass ich jederzeit, jede Minute bereit bin, mein Leben für dich hinzugeben?« »Und Gustl?« »Ah, Närrischkeiten! Meine Trauer und mein Leid haben dazu geführt. Das zählt überhaupt nicht. Weil ich glaubte, du liebtest mich nicht, ich gälte nichts in deinen Augen, und weil mein Kummer darüber so unerträglich groß war, deshalb ... mehr nicht. Gustl gehört gar nicht hierher. Wie konntest du auch nur eine Sekunde glauben, sie nähme einen Platz in meiner Seele ein? Aber jetzt, da ich gesehen habe, dass du mich auch liebst, ist doch alles vergessen, als sei es nie gewesen, und nicht der Rede wert.«

Die ganze Zeit über erleuchtete ein glückliches kleines Lächeln Gordweils eingefallenes Gesicht. Er glich einem Kind, das lange geweint hat, bis man ihm endlich das ersehnte Spielzeug brachte, und das, nun versöhnt, ruhiger wird und vergnügt lächelnd damit spielt. Gordweils Kopf hing über dem Tisch, die Hände fingerten nervös an der inzwischen ausgegangenen Pfeife herum.

Da kam Franzl hereingepoltert. »Na was, Herr Doktor, ist Ihnen die Zeit hier auch nicht lang geworden?« Er zwirbelte seinen Schnurrbart und kniff verschmitzt ein Auge zu.

Gordweil musterte ihn perplex von unten bis oben und grinste einfältig. Im ersten Moment begriff er nicht, wer der Mann war und was er redete. Sein Blick blieb an einem Jackettknopf seines Gegenübers hängen, der lose an einem Faden baumelte, so dass er jeden Augenblick auf den Boden fallen konnte, und Gordweil wartete, wartete mit eigenartiger Ungeduld, dass der Knopf abging und endlich Ruhe gab. Warum stellte sich der Knopf naiv, als wisse er nicht, worum es ging? Aber der Knopf hatte Zeit, wollte Gordweil aus reinem Trotz den Gefallen nicht tun.

Franzl sagte weiter: »Ich wollte fragen, ob Gustl Ihnen auch nicht übermäßig zugesetzt hat, hm … wie es nun mal Weiberart ist …«

»N-nein, das nicht …«, sagte Gordweil zerstreut, als rede er mit sich selbst. Und mit steifem Finger geradewegs auf den baumelnden Knopf deutend, bestimmte er energisch wie ein Arzt gegenüber einem widerspenstigen Patienten: »Der muss sofort festgenäht werden. Sonst fällt er Ihnen noch ab.«

Franzl packte den Knopf mit drei Fingern, zog ihn mit einem Ruck ab und legte ihn auf den Tisch.

Daraufhin setzte Gordweil ein Siegerlächeln auf, wobei er den schwarz glänzenden Knopf ansah, als sei er sein Todfeind, dann lachte er plötzlich laut wie über einen geheimen, höchst amüsanten Gedanken, steckte die kalte Pfeife in den Mund und sagte zwischen den Zähnen: »Ja also, Herr Heidelberger, wo haben Sie sich denn so lange aufgehalten?«

»Hat's wirklich so lange gedauert?« Der Angesprochene lachte nun auch. »Ich bin nur Zigaretten kaufen gegangen. Dabei hat mich der Durst überwältigt, und ich habe mir einen Krug Bier genehmigt. – Gustl!«, rief er laut zur Tür hin. »Mach schnell! Dein Kaffee will heut wohl nicht kochen, was?«

»Ich komm schon«, war ihre Stimme aus der Küche zu hören.

»Nettes Mädel, diese Gustl, was?«, wandte sich Heidelberger mit vieldeutigem Lachen wieder seinem Gast zu und klopfte ihm auf die Schulter: »Wie finden Sie sie, Bruder?«

»Nicht … nicht schlecht, muss man sagen«, antwortete Gordweil etwas verwirrt. Gustls Gesicht flackerte eine Sekunde vor seinen Augen auf, ganz nah dem seinen, ein glühendes Gesicht mit geschliffenen Glasaugen und wildem Haar – die Züge des Urweibs.

»Hahaha!«, lachte Heidelberger breit.

Gustl brachte den Kaffee, stellte das Tablett auf den Tisch und ging das Fenster öffnen. Dann schenkte sie ein. Ab und zu warf sie Gordweil ein liebevolles Lächeln zu.

»Und wie geht's Ihrer Alten?«, erkundigte sich Heidelberger.

»Gut. Das heißt … Gewiss … sehr gut.«

»Sind wir immer noch in der Buchhandlung?«

»Ja. Ich bin noch dort.«

»Sie haben vergessen, Zucker zu nehmen, Herr Gordweil. Hier bitte«, sagte Gustl und reichte ihm die Glasschale.

»Was Eigenartiges, diese Bücher«, philosophierte Heidelberger zwischen zwei Schlucken Kaffee. »Ich staune immer, woher die Leute die Geduld nehmen, so viele Bücher zu verfassen oder sie zu lesen. Habe ich etwa nicht recht? Wenn man bedenkt, wie viel Abermillionen Bände es auf der Welt gibt, in allen Sprachen und Ländern – da packt einen doch das Grausen. Ich red schon nicht von den Büchern über die Wissenschaften. Darüber lässt sich nichts sagen. Wissenschaften braucht der Mensch, damit man weiß, was und wie. Aber die anderen, meine ich. Diese erfundenen Geschichten. Da weiß ich wirklich nicht, wozu die nötig sind. Ich jedenfalls – wenn ich ein solches Buch aus einer Meile Entfernung sehe, fang ich schon an zu gähnen, und der Schlaf überwältigt mich. Das können Sie mir glauben, Herr Doktor, ich übertreibe nicht.«

Er trank ein paar Schlucke, setzte die Tasse ab und fuhr fort: »Hier im Lazarett ist auch so einer gewesen. Der war fähig, drei Bücher pro Tag wegzuputzen. Zwei Monate haben wir da zusammen gelegen – auch er hat ein zerfetztes Bein gehabt, Handgranatensplitter –, und der muss während dieser Zeit gewiss tausend

Bücher gelesen haben, das können Sie mir glauben, Herr Gordweil. Die Schwester Steffi war's, die sie ihm immer gebracht hat. Einmal hab ich zu ihr, zu der Schwester Steffi, gesagt: ›Sagen Sie mir bitte, Schwester Steffi‹, sag ich zu ihr, ›vielleicht wären Sie bereit, mir auch mal so ein Buch zu bringen? Ich möchte sehen, was drinsteht.‹ Da hat sie mir eins gebracht. Der Titel lautete, scheint mir, *Abgelegenes Haus* oder so was Ähnliches, ich kann's Ihnen nicht beschwören – kurz, das Ende vom Lied: Ich habe zwei Seiten gelesen, nicht mehr und nicht weniger, das dürfen Sie mir glauben – und dann hatte ich genug. Mehr konnte ich nicht. Aber der andere, mein Nachbar, der hat es in einem Nachmittag verschlungen und sich die Finger abgeschleckt. Da frag ich ihn: »Sagen Sie mir bitte, Herr Nachbar, was steht da geschrieben? Was steht in den Büchern? Ich möcht's auch mal wissen.‹ Und er bloß: »Ah, das ist sehr schön, sehr schön. Das muss man verstehen.‹ Also was gibt's da nun zu verstehen, Herr Doktor, was? Sie sind doch ein kluger Mann, da erklären Sie mir bitte mal, wen es kümmert oder wen es schert, ob der Soundso eine Frau Soundso hat heiraten wollen und es dann nicht getan hat oder doch? Oder ob der und der ein Gauner gewesen ist und die Leute insgeheim betrogen hat, aber ein-, zwei-, dreimal nicht gefasst worden ist und zum Schluss aber doch oder auch nicht? Wen können diese Dinge denn interessieren? Hab ich nicht recht?«

Gordweil lächelte verlegen. Wusste nicht, was er antworten sollte. Einen kurzen Augenblick erschienen ihm Bücher dieser Art selbst ein wenig lächerlich. Er fühlte sich in diesem Augenblick wie unter Wilde verschlagen, die noch nie einen zivilisierten Menschen gesehen haben und ihn nun von allen Seiten beäugen und betasten, als sei er der Wilde.

»Meine Herrschaften haben auch immer Bücher gelesen«, mischte sich Gustl ein. »Die Gnädige lag auf dem Sofa und las, und der Herr hat auch oft gelesen. Einmal habe ich selbst in so ein Buch hineingeschaut, und da ging es um ein Mädchen, wie ein eleganter junger Herr sie verführt und entehrt hat« (Gustl drückte sich jetzt in der gewählten Sprache der Herrschaft oder jenes Buches aus) »und danach hat er sie verlassen und sich eine andere genommen. Da wurd's diesem Mädchen traurig ums Herz, und sie wollt' sich nicht trösten lassen, und von ihm geschwängert war sie auch. Dann ist diese andere angekommen und wollte ihr viel Geld geben, ein ganzes Vermögen, aber das Mädchen hat's nicht genommen. Weil sie gesagt hat: ›Entweder Ihren Gatten oder gar nichts.‹ In diesen Worten und nicht anders. Fein hat sie's ihr gesagt. Eine ganz Stolze ist sie gewesen. Und dann ist ihre Niederkunft näher gerückt, und sie war sehr verzweifelt und ist sich eine Pistole kaufen gegangen und hat am Abend ihrem Verführer aufgelauert und drei Kugeln auf ihn abgeschossen, bis er tot umgefallen ist, und dann ist sie weggelaufen und hat sich in die Donau gestürzt. Das war ein schönes Buch. Sehr traurig. Ich hab viel dabei geweint.«

»Quatsch«, verkündete Heidelberger sein Verdikt. »Was versteht schon eine Frau? Was soll daran wohl interessant sein?« Und zu Gordweil: »Sehen Sie, Herr Doktor, da haben Sie das ganze Geschwätz und Gelaber. Und wen schert das? Das können nur Dummköpfe für andere ebensolche Dummköpfe verfassen. Ist es nicht so?«

»Man kann nicht verallgemeinern«, sagte Gordweil ausweichend. »Es gibt Bücher, die besser sind. Und die Hauptsache ist: Solange es Menschen gibt, die ihren Genuss daran haben, sollten sie auch geschrieben werden. Das ist das Ausschlaggebende. Und wenn andere Menschen kein Interesse an ihnen haben, ist das ja kein Beweis für den Wert der Bücher. Wie zum Beispiel ein gesunder Mensch mit zwei Beinen keinen Bedarf an Krücken sieht, während sie für einen Amputierten unerlässlich sind. So ist es immer. Denn die Menschen unterscheiden sich doch in ihren körperlichen und seelischen Eigenschaften, und das gilt auch für ihre Bedürfnisse: jeder Mensch nach seinem Wesen.«

»Sehr richtig«, stimmte Gustl zu. »Der Herr Gordweil hat gescheit gesprochen. Da kannst du nichts sagen.«

Bald darauf erhob sich Gordweil: »Nun, ich muss jetzt los.«

»Was soll die Eile?«, protestierte sein Gastgeber. »Bleiben Sie bitte noch ein wenig bei uns. Wo Sie uns so selten besuchen.«

Und Gustl pflichtete ihm bei: »Gewiss doch, gewiss, Herr Gordweil.«

Aber Gordweil blieb fest. Jähe Unruhe hatte ihn gepackt, und er wollte so bald wie möglich zu Hause sein. Im tiefsten Innern war er überzeugt, dass Thea daheim auf ihn wartete. Dessen war er sicher, weil er es sich von ganzem Herzen wünschte, und um keinen Preis auf der Welt hätte er sich noch länger aufhalten lassen.

»Dann also servus, mein Bruder«, sagte Heidelberger. »Grüßen Sie Ihre Alte vom Heidelberger Franzl. Würde mich sehr freuen, wenn Sie uns mal mit ihr zusammen, mit der Alten, besuchten. Ich möchte Sie gern kennenlernen. Und die Hauptsache: Lassen Sie uns nicht warten. Kommen Sie nächste Woche oder auch vorher, wenn möglich – wann Sie nur möchten. Gustl ist immer zu Hause …«

»Ja, ja, Herr Doktor, ich bin jetzt immer daheim. Würde mich sehr freuen.« Dabei drückte sie Gordweil lange und besonders innig die Hand.

12.

Es war schon kurz vor sechs, als er heimkam. Thea war nicht zu Hause. Von Frau Fischer erfuhr er, dass sie den ganzen Tag nicht da gewesen war. Stattdessen schlug ihm sofort beim Eintreten die Ohrfeige vom Vormittag ins Gesicht, die gewissermaßen noch im Raum geschwebt und auf ihn gewartet hatte. Völlig erledigt sank er auf den Stuhl am Tisch, auf dem Thea vor der Tat gesessen hatte. Einfach lächerlich kam ihm jetzt sein überstürztes Heimeilen vor. Ungebremste, ausweglose Verzweiflung befiel ihn. Alles schien ihm überflüssig, wertlos: er selber samt all seinem Denken und Tun und auch sämtliche Dinge und Menschen um ihn herum. Ja, er meinte, so werde es immer und ewig bleiben, bis ans Ende aller Zeiten, genau so: inhaltslos, nichtig, vergebens. Aus Gewohnheit tastete seine Hand in der Jackentasche nach dem Tabak, als verhieße der irgendwelche Rettung. Er wusste jetzt nicht mehr, was er anfangen sollte. Saß da und paffte seine Pfeife in schnell aufeinanderfolgenden Zügen, so dass über seinem Kopf bald eine schwere, schmutzig graue Rauchwolke hing, die sich langsam auflöste und durchs offene Fenster ins Freie floh. Die Abenddämmerung begann ins Zimmer einzudringen, und doppelte, dreifache Stille breitete sich schmerzhaft nagend in ihm aus. Es war Feiertag, keine schwerbeladenen Fuhrwerke quietschten und ächzten unten vorbei wie an Werktagen. Da war nur der ferne, dumpfe Großstadtlärm, der nicht konkret von den Sinnen, sondern vielmehr abstrakt vom Gemüt aufgenommen wurde, als entstamme er, unwirklich, der Seele selbst. Gordweil saß reglos da und rauchte. Aber Lebensadern pulsierten noch immer in seinem Innern und auch ein verborgener Lebenswille; seine heftige Verzweiflung ebbte langsam ab, bis sie sich schließlich in eine leichte, fast angenehme Melancholie verwandelt hatte. Sogar ein Quäntchen Hoffnung schlich sich in Gordweils Seele, ein blasser Hoffnungsschimmer, der einen Sinneswandel bei ihm bewirkte. Noch gab es Dinge, die sich ändern ließen, ganz gewiss. Hier und da lag noch manches verwahrt, das ein wenig Freude schenken konnte. Ein Kind, zum Beispiel … Ein Kind war ja tatsächlich noch nicht zur Welt gekommen, und man konnte auch nicht wissen, wann es so weit sein würde. Aber wenn es kam, und sei es erst in einem Jahr von heute (warum sollte es nicht? Thea war kerngesund und er selber auch), dann würde sich vieles regeln, das war klar. Abgesehen von der Tatsache seiner eigenen Existenz – Gordweils Herz drohte zu zerspringen bei diesem Gedanken –, brachte ein Kind bekanntlich auch die Eltern einander näher. Thea würde dann mehr zu Hause sein und ihn lieben – ihren gemeinsamen Sohn. Vielleicht würden sie dieses Zimmer auch gegen eine Wohnung tauschen können, zwei Zimmer mit Küche wenigstens … das wäre wohl nötig. Mit Kind ging das unmöglich in einem einzigen Zimmer … Denn er, Gordweil, würde schließlich arbeiten müssen, man musste einmal richtig damit anfangen, und zu diesem Zweck brauchte er eine Ecke für sich. Ja, er würde viel arbeiten, sich ganz seiner Arbeit, seiner Frau und seinem Sohn widmen (dass es ein Junge werden würde, stand völlig außer Zweifel). Und wenn er tüchtig arbeitete, würde er gut und gern ihren Lebensunterhalt bestreiten und brauchte weder Dr. Kreindl noch jemand anders untergeben zu sein. Und auch Thea, letzten Endes eine schwache Frau, müsste nicht mehr bei ihrem Rechtsanwalt arbeiten, sondern wäre ganz für das Kind frei …

Aus der Nachbarschaft schallte gehetztes Klavierspiel herüber. Es war ein höchst sentimentaler Chopin-Walzer, wie Gordweil augenblicklich feststellte. In rasender Schnelle und voreinander flüchtend, stürmten die Klänge in das stille Zimmer, als ergössen sie sich durch eine verborgene Ritze in der Decke absichtlich nur hierhinein, wirbelten – einander anrempelnd und stoßend – durch den Raum, mischten sich in das dichte Halbdunkel der Abenddämmerung und den Rauch der Pfeife, die Gordweil immer noch im Mund steckte. Und da begannen Thea und das Kind wie im Wirbelwind vor Gordweil zu kreisen. Theas wildwehende Haare berührten ihn bei jeder Runde, peitschten ihm übers Gesicht, was ihm großen Genuss bereitete. Und das Kind, Theas und seins, blondhaarig wie sie, prall wie eine Zwiebel, tanzte mit seiner Mutter, das runde Gesichtchen vor Aufregung gerötet, jauchzte vor Freude laut auf. Da fiel Gordweil ein, dass er doch von der Straße ein kleines Auto für den Jungen mitgebracht und in der Küche gelassen hatte – wieso hatte er das bloß völlig vergessen? Er ging in die Küche – die seines Elternhauses – und entdeckte zu seiner Verwunderung, dass das Auto verschwunden war. Dabei war er sicher, dass er es dort links in den Winkel zwischen Buffet und Wand gestellt hatte, aber nun war es weg. Gordweil suchte weiter, auch in anderen Ecken, durchstöberte die ganze Küche, machte sogar die Schranktüren auf und schaute hinein – vergebens. Unbeschreibliche Trauer befiel ihn. Er wusste auf einmal, dass er dieser Trauer erliegen werde, was ihn an sich nicht betrübte, nur wünschte er, dass es gleich in diesem Augenblick geschehen möge, weil er diese furchtbare Schwermut keine Sekunde länger ertragen konnte. Da fiel ihm jedoch plötzlich ein, dass er im Buffet einen langen schwarzen Rettich gesehen hatte, ein erstklassiges Exemplar offenbar, und den konnte man schließlich dem Kleinen bringen … Er würde jubeln über so einen schwarzen Rettich. Gordweil öffnete zum zweiten Mal das Buffet – ja, er lag noch da. Er nahm ihn heraus, befühlte ihn zuerst und wägte ihn in der Hand: eindeutig fest im Griff, nicht welk, und schwer war er auch – Zeichen für einen hervorragenden Rettich. Doch als er ihn weiter aufmerksam betrachtete, sah er, dass die lange Wurzel des Rettichs hin und her wedelte – langsam, aber ohne Unterlass –, genau wie der Schwanz eines Tieres, und auf einmal waren es nicht mehr einer, sondern drei, fünf, unzählige Schwänze, sie alle wedelten, verschlängelten sich miteinander, kitzelten ihm die Hand, was Gordweil zum Lachen brachte. Und urplötzlich stand auch Thea wutkochend vor ihm, riss ihm den Rettich aus der Hand und schrie: »Was, Rettich willst du ihm geben? Das Baby stirbt vor Durst, und du willst ihm einen scharfen Rettich geben? Was soll wohl Professor Schramek dazu sagen, hä?« Damit stopfte sie ihm gewaltsam den großen Rettich in den Mund, immer weiter, und kreischte: »Den Rettich friss selber, selber, selber.« Gordweil glaubte zu ersticken, der Rettich füllte seinen gesamten Rachenraum, bis er keine Luft mehr bekam. Jetzt ist mein Ende gekommen, dachte er ergeben.

Sie hatten schon zweimal geklopft, und nun öffneten sie die Tür und traten ein. Im Zimmer herrschte Dunkelheit, doch gegenüber in einem Hotelzimmer war bereits das elektrische Licht eingeschaltet. Gordweil saß mit dem Profil zur Tür – eingefallen, in sich gekehrt, der Kopf auf den Tisch gesunken –, er sah aus wie ein dunkles, formloses Bündel.

Dr. Astel und Lotte Bodenheimer traten näher. Ersterer rief dem dunklen Bündel am Tisch zu: »Hallo, Gordweil, empfängt man so etwa Gäste?«

Was Gordweil wie eine Sprungfeder vom Sitz hochkatapultierte. »Ah, das Licht …«, stammelte er, »man muss schon … Ich hab nicht drauf geachtet … merkwürdig – haha. Aber setzt euch doch, Kinder.«

Er tappte einen Augenblick im Dunkeln umher, als suche er etwas, trat dann an den Nachttisch, der zwischen Bett und Ofen stand, ergriff die Petroleumlampe, trug sie zum großen Tisch und machte sich daran zu schaffen mit den Worten: »Sehr gut, prima. Ein wunderbarer Gedanke war das, hereinzuschauen, wirklich eine großartige Idee.«

Da ging die Lampe an. Und nun gab Gordweil ihnen die Hand. Die Gäste setzten sich, Dr. Astel an den Tisch, Lotte aufs Sofa. Gordweils Verlegenheit war noch nicht ganz verflogen. Er ging geschäftig hierhin und dorthin, als habe er etwas höchst Wichtiges und Dringendes zu erledigen.

»Und wo ist Thea?«, fragte Lotte.

»Thea? Die müsste jeden Augenblick kommen«, sagte Gordweil auf gut Glück, »sicher kommt sie gleich. Ist zu ihren Eltern gegangen … Und ihr, Freunde? Wie geht's euch? Wann bist du denn aus Kärnten zurückgekommen, Lotte? Hast du dich dort gut amüsiert?«

»Ja, nicht schlecht. Ich bin seit vier Tagen zurück. Und bei dir? Alles beim Alten?«

»Ja, alles wie immer, natürlich. Aber du siehst wirklich gut aus, Lotte, das freut mich, das freut mich sehr. Nun, erzähl mal, wie hast du die Zeit dort verbracht? Ach ja, hab ganz vergessen: Ich geh uns erst Tee oder Kaffee machen – was möchtet ihr lieber?«

»Gar nichts«, antwortete Lotte. »Mach dir keine Umstände. Wir haben gerade eben unten im Café was getrunken.«

Und Dr. Astel sagte: »Setz dich, Freund, wir wollen nichts.«

»Was macht Thea?«, erkundigte sich Lotte.

»Ja. Wie immer. Arbeitet.«

»Aber du siehst nicht gut aus, Gordweil«, sagte Lotte mit ehrlicher Anteilnahme. »Was ist los mit dir?«

»Nichts. Ich seh nicht schlechter aus als gewöhnlich.«

Gordweil konnte irgendwie nicht vertragen, wenn man auf sein schlechtes Aussehen anspielte. Deshalb wechselte er sofort das Thema. »Kommt ihr jetzt von zu Hause?«, fragte er und bereute noch im Sprechen seine Frage, die er für etwas taktlos hielt.

»Nein, wir waren im Prater«, erwiderte Lotte schlicht. »Erst wollten wir gleich heraufkommen, fürchteten aber, dich nicht anzutreffen. An einem so schönen Tag.«

»Ich war wirklich nicht zu Hause. Bin erst vor einer halben Stunde zurückgekehrt.«

Gordweil setzte sich aufs Sofaende neben Lotte, musterte sie prüfend von der Seite und sagte: »Du bist hübscher geworden. Viel hübscher. Und einen neuen Hut hast du auch. Steht dir gut.«

»Na, Gordweil«, lachte Lotte fröhlich, »du fängst wohl auf unsere alten Tage an, mir Komplimente zu machen. Das ist jedenfalls ein neuer Zug an dir, der mir vorher nicht aufgefallen ist.«

»Keine Komplimente, ganz und gar nicht. Ich sage, was ich auf dem Herzen habe. Ohne jede Schmeichelei.«

»Das ist längst bekannt«, sagte Dr. Astel, »sie ist immer hübsch, die Lotte.«

»Du auch noch?«, schmollte Lotte. »Ihr habt offenbar ein Komplott geschmiedet.«

Dann erkundigte sich Lotte nach Gordweils derzeitiger literarischer Tätigkeit. Vor einigen Wochen habe sie dort im Urlaub seine zuletzt veröffentlichte Erzählung gelesen, und der Eindruck sei stark gewesen, unvergesslich. Das sei eine erstklassige Geschichte, vorzüglich. Und das sage sie ganz unparteiisch. Dr. Astel stimmte mit ihr überein, führte allerdings einige leichte Mängel an, die zwar den Wert der Erzählung nicht minderten, aber doch vermieden werden sollten. Gordweil klagte, dass er keine Muße zur Arbeit habe. Wenn er abends heimkomme, sei er müde und erschöpft von dem langen Tag und könne sich nicht richtig konzentrieren. Deshalb arbeite er jetzt eben nur sehr wenig. Natürlich erzählte er ihnen nicht, dass Thea ihm einmal vor Wut das Manuskript einer fast fertigen Erzählung zerrissen hatte und er daher gezwungen war, wie ein Verschwörer im Geheimen zu arbeiten, während sie schlief oder nicht zu Hause war, und seine Manuskripte dort zu verstecken, wo sie sie nicht fand. Aber Dr. Astel und Lotte spürten auch ohne Worte, dass Thea an seiner Unfähigkeit, so zu arbeiten, wie er gern gewollt hätte, mitschuldig war.

Unverhofft trat Thea ein. Sie begrüßte Lotte wie eine wahre Busenfreundin, umarmte sie nahezu und schien sich über ihren Besuch sehr zu freuen. »Schön, dass ihr gekommen seid«, sagte sie. »Gerade habe ich auf der Straße noch an euch gedacht.«

Gordweil kam es gelegen, dass sie eben jetzt zurückkehrte, denn ihm war etwas unbehaglich zumute gewesen vor diesem ersten Zusammentreffen nach dem bewussten Vorfall, und die Anwesenheit Fremder mochte Thea, die sich doch sicher schämte, die Sache leichter machen. Aber Thea ließ keine Spur von Scham erkennen. Die ganze Geschichte war ihr anscheinend schon völlig entfallen, als sei sie nie geschehen.

»Warum hast du die Gäste denn nicht mit einer Tasse Kaffee bewirtet, Häschen?«, fragte sie ihren Mann mit sanfter Stimme, die sein Herz mit Wärme erfüllte.

»Ich hab's ihnen angeboten, und sie haben abgelehnt. Aber ich kann ja jetzt welchen kochen. Sehr gern.«

Die Gäste dankten auch diesmal.

Thea nahm ihren schwarzen Filzhut ab und warf ihn aufs Bett, fuhr sich mit geübter Hand von vorn nach hinten durch das glatte, ungestufte strohblonde Haar und glich danach einem gerupften Huhn. Sie war nicht hübsch, ja, man hätte sie geradezu hässlich nennen können. Besonders in diesem Moment stach ihre Hässlichkeit in die Augen, als habe sie sie durch das Absetzen des Huts und die folgende Gebärde noch betont. Das Gesicht mit seinen fahlen Farben wirkte nackt. Es war lang, die Stirn keineswegs niedrig. Der Abstand zwischen der kurzen Stupsnase und dem senkrecht abfallenden Kinn war erheblich, nahm fast die Hälfte der Gesichtslänge ein – eine leere, glatte Fläche mit völlig unauffälligen Lippen. Irgendetwas fehlte auf dieser Ebene, vielleicht ein dicker Schnurrbart …

Thea zündete sich am Docht der Petroleumlampe eine Zigarette an, zog einen Stuhl heran, setzte sich vor Lotte und schlug die Beine übereinander.

»Einen neuen Hut hast du, sehe ich. Ein bisschen zu hell für dich, meine ich … Dunkler hätte sicher besser ausgesehen …«

»Nein«, erwiderte Lotte, »ich habe einen dunkleren aufprobiert, und er hat mir nicht gestanden. Außerdem sagen alle, dieser sei hübsch für mich. Und die Meinung der Männer ist in dieser Sache ja wohl ausschlaggebend, meine ich«, schloss sie lächelnd.

»Die Meinung der Männer? Was verstehn die denn, die Männer?«, widersprach Thea. »Die Männer sind mit Blindheit geschlagen«, ergänzte sie in Anlehnung an die Bibel und zwinkerte Dr. Astel zu.

»Na, na, übertreib nicht, Thea«, sagte der, »die Schönheit der Frauen ist allein für die Männer bestimmt. Ohne sie könntet ihr gleich einpacken. Das möchte ich mal sehen, wie ihr ohne Männer auskommen wollt.«

»Wir können auch ohne euch bestehen, das versichere ich dir … und wie!«

»Vielleicht nur du … als Ausnahme. Die übrigen Frauen sind nicht dieser Meinung.«

»Wozu diese unsinnigen Diskussionen?«, mischte sich Gordweil ein. »Männer und Frauen sind füreinander geschaffen und brauchen einander – das ist der Lauf der Welt.«

»Und du, Lotte«, fragte Thea halb im Ernst, halb im Scherz, »willst du dich nicht bald verheiraten? Ich meine, mir wär so was zu Ohren gekommen …«

»Da muss ich erst noch deinen Rat einholen, ob sich das lohnt«, lachte Lotte. »Du hast doch schon Erfahrung. Bist ein halbes Jahr verheiratet.«

»Meine Erfahrung beschränkt sich ja auf das Häschen, und daraus kann man keine allgemeinen Schlüsse ziehen. Oder möchtest du etwa Häschen heiraten? Da würde ich dir nun wirklich nicht zuraten. Das lohnt sich gewiss nicht …«

Das Thema war Gordweil unangenehm. Er lächelte verlegen und starrte angestrengt auf seine Schuhe, als liege allein dort die Lösung des Rätsels. Sein Sofaplatz wurde ihm hart und unbehaglich.

»Auch von dir, Thea, lässt sich nicht allgemein auf andere schließen«, sagte Dr. Astel scherzhaft. »Was sich für dich nicht lohnt, kann für die eine oder andere durchaus verlockend sein …«

»Hast du 'ne Zigarette?«, unterbrach Gordweil. Er erhob sich geräuschvoll, nahm sie entgegen und postierte sich neben den Tisch, an einen Bettpfosten gelehnt.

»Weißt du, Häschen, ich habe heute Nachmittag Perczik getroffen. Er lässt dich grüßen. Wir sind ein Weilchen spazieren gegangen. Ein lächerlicher Mann …«

Gordweil dachte: Der also jetzt auch noch, der kleine Lump. Er kannte sehr wohl Theas Sprachgebrauch. Wenn sie jemanden als »lächerlich« bezeichnete, war klar, dass sie sich für ihn interessierte. Warum erzählte sie ihm diese Dinge?

»Er ist keineswegs lächerlich«, sagte er, »nur ein bisschen beschränkt, mehr nicht.«

Den Schlussteil bereute er sofort, nachdem er ihn ausgesprochen hatte. Das war nun wirklich überflüssig, du Idiot!, sagte er sich, und laut fügte er hinzu: »Wenn du so willst, ist doch jedermann ein wenig lächerlich. Jeder auf seine Weise.«

»Er hat mir komische Dinge erzählt«, fuhr Thea mit vielsagendem Lächeln fort, »aus seinem Familienleben. Sehr interessant …«

»Was wollt ihr jetzt machen, Kinder?«, fragte Dr. Astel und

stand auf. »Kommt ihr ein bisschen mit raus? Der Abend ist herrlich.«

Alle stimmten zu. Es war bereits acht Uhr. Dr. Astel hatte Hunger und schlug vor, erst eine Gaststätte aufzusuchen und dann weiterzusehen. Und so machten sie es. Dr. Astel führte sie in ein gutes Restaurant, Ecke Heinestraße, wo sie alle ein schmackhaftes, sättigendes Mahl einnahmen – alle außer Gordweil, der nicht viel Appetit hatte. Danach gingen sie in den Prater.

Menschenmassen strömten in den mit hellorangefarbenem Licht grell erleuchteten Prater und wieder hinaus, mischten und vermengten sich – ein wimmelnder Ameisenhaufen, Sonntagspublikum: Arbeiter, Angestellte, Dienstboten, Hausgehilfinnen, auf Rendezvous und Abenteuer aus, um sich für die sechs trübsinnigen, monotonen Werktage zu rüsten. Und der Prater hallte von tausend durcheinanderrufenden und -kreischenden Stimmen wider, die sämtlich zum Betreten einluden: Ausrufer und Leierkasten, Clowns mit angemalten Gesichtern, Affen, Zwerge, überdimensionale Riesenweiber; falsche Neger und Inder – Amateurathleten mit entblößten muskulösen Armen wie die Fleischer im Schlachthaus; unbewegliche Wachsfiguren in Glassärgen, Akrobaten in engen fleischfarbenen Trikots; Wundertäter, Magier, Zauberer, Feuerschlucker und andere mehr – sie alle lockten mit schrillem Geschrei und blendenden Lichtergarben: »Verpassen Sie nicht die Gelegenheit! Hereinspaziert, hereinspaziert! Bittschön, meine Damen und Herren!« Einen Flohzirkus gab es, Schaukeln, Schießbuden mit langweiligen Preisen für den Gewinner, zweitrangige Zirkusse und Wildwestfilmkinos, Achterbahnen, Riesenrad, Karussells aller Arten, einen Kraftmenschen, billige Kabaretts, Verkäufer von heißen Würstchen und Verkäufer von Mehlspeisen und Obst, Kneipen, torkelnde Besoffene, Huren der schlimmen Sorte – alles war da, um den einfachen, naiven Vergnügungsdrang der untersten Schichten zu befriedigen. Aber hinter alldem, hinter dem Amüsierbetrieb und seiner Kundschaft, lagerte die Armut, hatten Krankheit und Leid ihren festen Wohnsitz, ja bildeten den wahren Kern der Dinge, ihre Quintessenz – das spürte Rudolf Gordweil jetzt, als sie am Eingang des Volkspraters vorbeigingen, fühlte es mit furchtbarer Klarheit und schwerem Herzen. Die Kehle schnürte sich ihm zum Ersticken zu, als enthielte die Luft plötzlich keinen Sauerstoff mehr. Eine tödliche Einsamkeit befiel ihn, und eine nervöse Vene begann in seinen Schläfen nahezu hörbar zu pochen. Er packte Lottes Arm derart abrupt, dass sie erschrocken ausrief: »Was ist denn passiert, Gordweil?«

»Nichts, gar nichts«, antwortete er flüsternd, als rede er mit sich selbst. »Nur dieses schreckliche Gedränge …«

Thea und Dr. Astel gingen voran, hinter ihnen Lotte und Gordweil. Sie unterquerten die Eisenbahnbrücke und kamen auf die Hauptallee, deren vereinzelte, ziemlich weit auseinanderstehende Laternen mit ihrem blässlichen Schimmer kaum etwas gegen die aus den Baumreihen zu beiden Seiten hervorquellende dichte Finsternis auszurichten vermochten. Der Abend war kühl und sternenklar und die Luft etwas feucht. Je weiter sie sich vom Eingang entfernten, desto gedämpfter wurde das lärmende Stimmengewirr des Volkspraters, etwa wie das ferne Dröhnen einer großen Fabrik. Lotte und Gordweil gingen stumm nebeneinanderher. Hier und da drang aus dem Verborgenen das unterdrückte Lachen eines im Dunkeln versteckten Pärchens. Gelegentlich tauchte aus dem Finstern unverhofft ein einsamer Polizist vor ihrer Nase auf, als sei er aus dem Boden gewachsen – genau wie die Spitzbuben, vor denen er sie schützen sollte, warf im Vorübergehen aus unmittelbarer Nähe einen finsteren Blick in die Gesichter der Spaziergänger und machte sich zur anderen Alleeseite davon.

Lotte sagte plötzlich mit sanfter Stimme: »Ich habe viel an dich gedacht, Gordweil. Dort im Gebirge. Ich hatte Zeit dazu. Das strenge Schweigen der Berge bringt einen ins Grübeln. Und ich habe gedacht: Ein schweres, besonderes Schicksal ist dir beschieden …« Sie schwieg einen Moment und fuhr dann fort: »Ich weiß nicht warum, aber seit je, vom ersten Augenblick an, in dem wir uns begegnet sind, habe ich in deinem Wesen etwas Dunkles, Unergründliches verspürt, dessen du dir womöglich selbst nicht bewusst bist. Vielleicht könnte man es als das ›metaphysische Wesen‹ bezeichnen ... Bei anderen Menschen habe ich dergleichen nie wahrgenommen. Und stets erwacht bei diesem Gefühl auch ein Angstempfinden. Nicht Angst vor dir, sondern Angst um dich ... In letzter Zeit ist diese sonderbare Furcht häufig, ja fast dauerhaft geworden. Nicht wie vorher, als sie nur hin und wieder in mir aufflackerte und gleich wieder verflog. Jetzt hat sie sich bei mir eingenistet und will nicht weggehen ... Manchmal, wenn ich mit etwas ganz anderem beschäftigt bin – ein Buch lese, handarbeite, mich mit jemandem unterhalte –, werde ich urplötzlich, ohne klaren Grund, stark erregt, und gleich darauf steigt schon die Furcht in mir auf: ›Ah, womöglich ist ihm etwas zugestoßen!‹ Dann beruhigt sich mein Gemüt erst wieder, wenn ich dich gesehen oder auf andere Weise erfahren habe, dass nichts passiert ist. Es ist, als schwebtest du in ständiger Gefahr, Gordweil ...«

Gordweil dachte: Nicht einmal hier finde ich Ruhe, überall ist es dasselbe. Aber Lottes herzliche Worte linderten seine Einsamkeit und Trauer trotzdem. Sein Arm drückte unwillkürlich den des jungen Mädchens kräftig und dankbar. Mit gespielter Heiterkeit sagte er: »Unsinn, Lotte. Es besteht keinerlei Grund zur Besorgnis. Einem alten Teufel wie mir wird schon nichts geschehen.«

Lotte schwieg. Sie passierten das dritte Kaffeehaus, schritten langsam weiter über den knirschenden Kies. Es mochte halb zehn sein. Nun machten Thea und Dr. Astel kehrt und kamen ihnen entgegen. Dr. Astel lud den Trupp auf ein Gläschen zu sich nach Hause ein. Und da alle einverstanden waren, gingen sie zur nahen Tramhaltestelle und fuhren zurück ins Zentrum.

13.

Dr. Mark Astel arbeitete in der bereits guteingeführten Advokatur seines älteren Bruders. Seit über einem Jahr prangte nun auch sein Name auf dem quadratischen Messingschild am Eingang des Hauses Wollzeile 7: *Dr. Richard Astel und Dr. Mark Astel, vereidigte Rechtsanwälte für Straf- und Zivilsachen* und so weiter. Er war als Sohn einer gutbürgerlichen Familie in Wien geboren und aufgewachsen. Seine Ausbildung hatte die üblichen Stufen – Gymnasium, Hochschule – durchlaufen, und mit zweiundzwanzig Jahren hatte er ohne Schwierigkeiten oder Auszeichnungen seine Zulassung erhalten. Sein Lebensweg war im Einklang mit der Familientradition und seinem gemessenen Charakter vorgezeichnet: So lebte sein Vater, ebenfalls Rechtsanwalt, so lebte sein Bruder, und so würde auch er, Dr. Mark Astel, ein gutbürgerliches Leben in Ruhe und Wohlstand, ohne Skandale oder großen Ruhm führen. Auch im Krieg hatte er Glück gehabt. Er war wenige Wochen nach seiner Einberufung in französische Kriegsgefangenschaft geraten und danach im Lager geblieben. Jetzt arbeitete er schon sechs Jahre, seit dem Tag seiner Rückkehr aus der Gefangenschaft, mit seinem Bruder zusammen, und alles ging seine geregelten Wege – außer seiner Beziehung zu Lotte Bodenheim, die ihn je nach ihren wechselhaften Launen zurückwies oder anlockte, so dass man zu keinem Schluss mit ihr kommen konnte.

Er hatte eine eigene Wohnung in der Karlsgasse – drei Zimmer, Küche und Flur, alles geräumig und geschmackvoll eingerichtet –, die ihm sein Bruder zwei Jahre zuvor überlassen hatte, nachdem er, frischverheiratet, in eine größere umgezogen war.

Die Gäste wurden in den Salon geführt, wo ihnen sofort die etwas kühle, abgestandene Luft unbenutzter Räume entgegenschlug.

Das ganze Zimmer überblickend, als wolle sie betonen, dass sie zum ersten Mal hier sei, rief Thea: »Eine schöne Wohnung hast du, Doktor. Wenn ich neidisch wäre, würde ich dich darum beneiden.«

»Was mich natürlich nicht daran hindern würde, mich weiter darin wohlzufühlen«, erwiderte der Gastgeber lachend.

Er stellte eine bauchige Flasche Benedictine und zwei Flaschen Muskateller aus der Glasvitrine auf den Tisch, dazu dunkelblaue Kristallkelche mit langen, schlanken Stielen wie Blumenstängel, eine gutgefüllte Zigarettendose und einige Sorten Gebäck, die er für solche Gelegenheiten stets im Haus hatte.

»Es kann auch Tee oder Kaffee gekocht werden, wenn ihr möchtet«, sagte er und setzte sich an den Tisch.

Lotte legte Hut und Mantel ab und übernahm die Rolle der Hausfrau, indem sie einschenkte. Sie hat sich in den letzten Monaten etwas verändert, die Lotte, überlegte Gordweil, während er ihre anmutigen Bewegungen verfolgte, sie ist zurückhaltender geworden. Dabei tat ihm Letzteres irgendwie leid. Lotte nahm neben Gordweil Platz. Sie stießen an und leerten ein erstes, dann ein zweites Glas. Im Handumdrehen wurde der Salon heimeliger, die Zungen gerieten in Schwung und führten leichte Reden. Dr. Astel begann Witze zu erzählen, die meisten etwas zu pikant für Damengesellschaft, doch darauf achtete man jetzt nicht. Er konnte gut erzählen und setzte die Pointe an die richtige Stelle. Alle lachten lauthals und befreit, als habe man sie eben von unsichtbaren Fesseln erlöst, doch Gordweils Lachen, das schrill und durchdringend klang, fiel ein paarmal aus der Reihe, hielt noch an, nachdem die anderen schon verstummt waren. Aber nicht wegen der zum Besten gegebenen Witze lachte er so, sondern weil er einfach das Bedürfnis hatte und die Gelegenheit nutzte. Er saß in sich gekehrt, den Kopf auf die Brust gesenkt, und schüttelte sich vor Lachen. Wer ihn sah, mochte sich verwundert fragen, woher ein so kleiner, magerer Körper dieses laute Wiehern nahm … Thea saß zurückgelehnt auf einem Stuhl, die Beine übereinandergeschlagen, die Hände im Nacken verschränkt, und starrte vor sich hin auf irgendeinen Punkt hoch oben am Deckenfries. Ihr Gesicht war rot. Lottes Finger spielten mechanisch mit dem leeren Glas, während Dr. Astel beim Weitererzählen die Zigarettendose befingerte.

Später erhob er sich, um andere, größere Gläser zu holen, und schenkte Wein ein.

Gordweil stürzte ein Glas hinunter, ohne jemanden anzusehen, verharrte weiter mit gesenktem Kopf und begann leise etwas vor sich hin zu summen.

»He, Kinder«, rief Thea. »Was sitzt ihr da so trübselig rum. Hier ist kein Ort für Melancholie. Mark!« (Lotte registrierte, dass sie ihn mit dem Vornamen anredete.) »Häschen! Was ist denn mit euch Männern?«

Gordweil hob den Kopf ein wenig und blickte dümmlich zu seiner Frau hinüber, verzog das Gesicht zu einem albernen, beleidigten Grinsen, das einem verhinderten Weinen ähnelte. Dr. Astel stimmte ein Volkslied an. Seine Stimme war nicht kräftig, aber angenehm. Er sang melodisch, unter ständigem Flattern seiner ausladenden Nasenflügel. Thea trällerte ebenfalls, fand jedoch nicht immer den richtigen Ton und brachte den Text durcheinander. Dann fiel auch Lotte mit ein. Aber sie sangen ohne echte Begeisterung, als habe man sie dazu engagiert. Schließlich verstummten sie.

Plötzlich ergriff Gordweil das Wort, worauf ihm alle den Kopf zuwandten, verblüfft, dass er wirklich und wahrhaftig sprechen konnte und nicht etwa stumm war. Er redete, ohne den Kopf zu heben, als sei alles ganz offensichtlich: »Kleinigkeiten, seht ihr, zählen nicht ... zählen gar nichts ... Das war schon immer meine Meinung. Aber? Sie sind notwendig ... notwendig ... notwendig für die Hauptsache ... So ist es. Aber, aber wenn die Hauptsache selber fehlt, hä?« Gordweil hob fragend den Kopf. »Dann ... dann ... Aber wenn die Hauptsache selber fehlt? – Schenk etwas Wein ein, Doktor, hihihi.«

Er nahm einen Schluck und fuhr fort: »Nehmen wir beispielsweise ein Baby. Ein Baby ist doch etwas konkret Vorhandenes, das wird keiner bestreiten … Und wenn der Mensch ein Baby hat, kauft er ihm auch ein Spielzeug … einen Teddybären, eine Eisenbahn, ein Auto, einen R-rettich, ja, gewiss, sogar einen schwarzen, hihihi. Babys mögen Rettiche. Zum Spielen natürlich, nur zum Spielen … Aber wenn kein Baby da ist, kann ich den Rettich doch selber essen, oder? Und wenn ich nun keinen Rettich mag? Überhaupt nicht? Dann also … Dr. Kreindl meint immer: ›Wo Kleine stehen, müssen Große sich setzen, wie Schiller sagt.‹ Hihi, er liebt Zitate, der Dr. Kreindl. Thea weiß das auch …«

»Was redst du da, Häschen?« Thea lachte. »Komm, ich geb dir einen Kuss. Du bist heute wirklich herzig.«

Sie streckte ihren langen Oberkörper zu ihm hin, um ihn zu küssen. Doch Gordweil zuckte zurück wie jemand, der einem Faustschlag ausweichen will.

»Nein«, sagte er. »Nein! Das stehen wir jetzt nicht durch … nicht wahr, Doktor? Du bist doch mein Freund, ich weiß, obwohl du etwas listig und verschlagen wie alle Advokaten bist … Sogar ein bisschen dumm – streit's nicht ab. So ist es.« Gordweil hieb zur Bekräftigung die flache Hand waagrecht durch die Luft. »Aber ich mag dich trotzdem. Das steht über allem Zweifel.« Er grinste vergnügt vor sich hin.

Dr. Astel sagte lachend: »He, Gordweil, mein Freund, du teilst mir ja heute freigebig Komplimente aus. Bist keineswegs geizig.«

»Das ist gar nichts«, erwiderte der Angesprochene, als sei es nicht mehr der Rede wert, »das ist gar nichts.«

Gordweil stand auf, ging um Lottes Stuhl herum und blieb dann neben ihr stehen: »Nun, Lotte, du bist doch eine reine Seele, Lass uns anstoßen, uns beide.« Er griff nach einem Glas, das nicht seins war, und stieß damit an ihres an. Lotte blickte ihn mitleidig an und rührte sich nicht.

»Trink, Lotte«, drängte Gordweil, »willst du nicht mit mir trinken? Du wirst mich doch nicht beleidigen wollen.« Bis sie schließlich einen kleinen Schluck nahm.

Thea flüsterte Dr. Astel etwas ins Ohr, wobei sie ihm den Arm um den Hals legte. Es war nur seine Antwort zu hören: »Später, später.«

Gordweil setzte sich aufs Sofa und begann von neuem: »Ihr seid überzeugt, dass ich beschwipst bin, gebt's zu. Immer meint der eine vom andern, er sei betrunken oder verrückt … So ist es Sitte auf der Welt. A-aber … ich bin bloß fröhlich … sehr fröhlich. Und wenn ihr wollt, kann ich auch laut l-loslachen, hahaha! Ist es nicht so, Thea? Meine Mutter hat immer zu mir gesagt: ›Ein Kind muss mit den anderen Kindern lachen und fröhlich sein …‹ Seht ihr, jetzt bin ich fröhlich. Gewiss. Und wenn jemand von euch tanzen möchte, bin ich auch dazu bereit. Gleich an Ort und Stelle, natürlich.« Er erhob sich und trat zu Thea: »Möchtest du? Du brauchst nichts weiter zu sagen als ›ich möchte‹.«

»Was?«, lachte sie.

»Nichts. Nur fröhlich sein … dass ich dich sehr liebe, weißt du doch.«

»Ich bin überhaupt nicht betrübt, Häschen. Du siehst doch mit eigenen Augen, dass ich fröhlich bin.«

»Das ist gut. Sehr gut. Und sonst hast du nichts gegen mich? Ist alles vergessen? Siehst du, ich fürchtete, du hättest einen Groll auf mich … Aber jetzt ist alles gut.«

»Trink nicht so viel, Gordweil«, rief Lotte und nahm ihm das Glas aus der Hand. »Was ist denn mit dir? Du hast den Verstand verloren.«

»Durst, ich hab Durst … Lass mich.«

Er packte die Flasche und setzte sie an die Lippen, konnte aber nur wenig trinken, da Dr. Astel sie ihm sofort wieder aus der Hand riss.

»Nicht doch, Gordweil, mach uns keine Schande. Bei uns wird aus Gläsern, nicht aus Flaschen getrunken.«

Gordweil lächelte triumphierend: »Wer braucht schon Gläser? Weißt du, Doktor, wir trinken alle noch einen, und dann spielst du uns was auf dem Klavier vor, ja? Denn wir wollen tanzen, Thea und ich, hihi …«

Lotte schluchzte lautlos. Anfangs hatte es keiner gemerkt, doch jetzt sahen alle, dass sie am ganzen Leib bebte. Durch den Spalt zwischen den Händen, die sie vor die Augen geschlagen hatte, schimmerten ihre vollen roten Lippen und die Tränenrinnsale, die an den schmalen Mundwinkeln vorbeiströmten. Die Kirchturmuhr auf dem Karlsplatz schlug in diesem Augenblick zwölfmal, rhythmisch und bestimmt, als verkünde sie ein unwiderrufliches Urteil. Dr. Astel sprang erschrocken auf, ging zu Lotte und begann ihr voller Mitleid über Haar und Rücken zu streichen.

»Was hast denn, Lotterl?«, fragte er tröstend, als spräche er zu einem Kind. »Wer hat dir wehgetan? Nun, nun, nicht nötig … Wirklich nicht nötig. Ist dir besser? Das geht vorüber. Gleich ist's vorbei.«

Thea erhob sich ebenfalls und lief im Zimmer auf und ab, wobei sie aus unerfindlichem Grund vor sich hin kicherte. Auf dem Flur knallte eine Tür. Lotte wischte sich mit einem Taschentuch das glühende Gesicht ab und versuchte zu lächeln: »Macht nichts, macht nichts. Die Nerven … Aber jetzt ist mir schon wohler … Es geht mir schon besser.«

Gordweil stand am anderen Tischende, wo Thea vorher gesessen hatte, und beobachtete das Schauspiel mit Interesse und völlig ernstem Ausdruck. Man sah ihm an, dass ihm hier etwas unklar war. Warum hatte Dr. Astel sich auf einmal neben Lotte gestellt? Er hätte doch was ganz anderes tun müssen.

Inzwischen hatte Lotte sich vollständig beruhigt.

»Unverständlich«, murmelte Gordweil bei sich, »entschieden unbegreiflich … wie alle anderen Dinge auch …«

Er trat auf Lotte zu, bohrte einen Finger in die Luft und verkündete: »Die Nacht ist dem Menschen zur Freude gegeben. Wer bei Nacht nicht lacht, der lacht auch nicht bei Tage.«

Lotte trank einen Schluck Wein und sagte: »Komm, Gordweil, setz dich zu mir. Du bist wirklich der Fröhlichste von uns allen …«

»Du darfst nichts trinken, meine Liebe«, warf Thea etwas spöttisch ein, »es macht deine Nerven kaputt. Nicht jeder verträgt das.«

Lotte tat so, als habe sie nichts gehört.

Dr. Astel setzte sich ans Klavier und spielte – gedämpft wegen der späten Stunde – ein Stück aus einer neuen Operette. Gordweil schlug im Takt mit dem Fuß auf den Boden, begann sogar rhythmisch seinen Körper wie im Tanz zu wiegen, aber so plump und unbeholfen, dass es höchst lächerlich wirkte. Tanzen hatte er nie gelernt. Als Dr. Astel aufhörte, sagte Thea, die die ganze Zeit über am Klavier gestanden hatte, laut, dass alle es hörten: »Du wolltest mir doch die Wohnung zeigen, Doktor! Möchtest du jetzt?«

Daraufhin ging Dr. Astel mit Thea ins Nebenzimmer, während Lotte ihnen misstrauisch nachblickte. Sofort schallte von dort Theas Lachen herüber, das sich Lotte wie ein stumpfer Meißel ins Fleisch bohrte. Sie hatte nicht die Kraft, auf ihrem Platz sitzen zu bleiben, sondern sprang auf und ging zu Gordweil, der immer noch auf der Stelle tanzte und dabei näselnd eine Melodie summte. Im Nebenraum war das Gelächter mit einem Schlag verstummt, wie mittendrin abgeschnitten. Lotte fasste Gordweil bei der Hand und zog ihn zum Sofa.

»Setz dich zu mir, Lieber. Es ist schwer, so schwer ...«

Gordweil setzte sich etwas widerstrebend nieder und flüsterte: »Ach ja, Lotte. Gewiss.«

Mit mechanischer Gebärde legte er ihr die Hand auf den Kopf und begann ihr ganz langsam übers Haar zu streichen, als wolle er sie wegen irgendetwas versöhnen. Dieses Streicheln verursachte ihr ein unbeschreibliches Wohlgefühl, und sie hatte plötzlich das Bedürfnis, bitterlich zu weinen, beherrschte sich jedoch. Drückendes Schweigen lastete im Nebenraum.

»Wo ist denn Thea geblieben?«, fragte Gordweil.

»Thea?«, brauste Lotte jähzornig auf. »Thea braucht er! Hab keine Angst, die kommt dir nicht abhanden, dieses Juwel.«

Sie rückte von ihm ab: »Trotzdem bist du ein unverbesserlicher Narr. Hast es wirklich verdient. Und noch mehr als das. So seid ihr. Gerade da, wo man euch das Leben schwermacht, klammert ihr euch an und bewegt euch nicht vom Fleck.«

»Was?«, fragte Gordweil, der ihre Worte überhaupt nicht gehört hatte.

Lotte weinte still vor sich hin. Die Tränen rannen ihr unaufhörlich über die Wangen, eine nach der anderen, ohne dass sie sie abgewischt oder aufzuhalten versucht hätte. Kein Mensch auf der Welt hätte sie trösten können. Gänzlich verlassen war sie in diesem Augenblick, verlassen um Mitternacht in der großen schwarzen Welt neben diesem Mann, der jetzt betrunken war und dessen Herz für jene andere schlug, die doch nichts kannte, als ihn zu peinigen und zu martern. Gordweil streckte sich unwillkürlich auf dem Sofa aus, legte den Kopf in ihren Schoß und war sofort eingeschlafen. Lotte überkam großes Mitleid mit sich selbst und mit diesem teuren, gepeinigten Menschen, der jetzt wie ein Baby in ihrem Schoß schlummerte. Sie beugte sich über ihn und drückte ihm die Lippen aufs Haar. Dann stand sie behutsam auf, schob ihm ein kleines dunkelrotes Samtkissen unter den Kopf, ging ans Fenster und blickte auf die leere Straße. Aus dem Nebenzimmer waren erneut Theas und Dr. Astels Stimmen zu hören. Lotte wischte sich die Augen und setzte sich an den Tisch. Gleich darauf traten die beiden ein.

»Da, Rudolfus ist inzwischen eingenickt. Wir müssen nach Hause gehen. Es ist spät«, sagte Thea und rüttelte Gordweil, um ihn aufzuwecken, was ihr jedoch nicht gelang.

»Soll er doch hierbleiben«, mischte sich Lotte ein. »Wozu ihn aufwecken, wenn er so müde ist.«

»Meinetwegen kann er bleiben, wenn der Doktor nichts dagegen hat.«

»Aber selbstverständlich, Thea, selbstverständlich. Und mehr als das: Du kannst auch hier übernachten, wenn du möchtest. Schlaft ihr beiden im Schlafzimmer. Ich bezieh mir das Sofa.«

Thea wollte nicht. Sie könne sich nur im gewohnten Bett richtig ausruhen. Also zogen sich die beiden Frauen an, und Dr. Astel begleitete sie hinaus.

14.

Durchs Fenster, das auf einen nicht allzu großen Hof hinausging, schimmerte ein trüber Herbsttag, der sich wie dichter Nebel auf die Seele legte. Nach dem heftigen Schwanken auf der ockerfarbenen Wand gegenübere zu urteilen, diesem fast völlig verschwimmenden Schattenspiel einer einsamen, von hier aus nicht sichtbaren Kastanie, die durch ein Wunder in diesen Gewerbehof mitten in der Innenstadt geraten sein musste, war anzunehmen, dass draußen ein starker Wind wehte, einer jener lästigen Stürme, mit denen diese Stadt gesegnet ist.

An dem großen Schreibtisch in der Mitte des Büros saß Dr. Kreindl behäbig in seinem Polstersessel. Er rauchte eine dicke schokoladenbraune Zigarre, deren rot-goldene Banderole er nicht entfernt hatte. Rudolf Gordweil, Sekretär und rechte Hand, saß unterdessen an einem anderen Schreibtisch nahe der Wand und rauchte ebenfalls, allerdings nur eine dünne Zigarette minderer Sorte – worin sich gewissermaßen der Unterschied in der Stellung der beiden ausdrückte. Dr. Kreindl konnte sich auch manch anderen Luxus erlauben, zum Beispiel seiner trüben Stimmung freien Lauf zu lassen, die einerseits auf dem herbstlichen Tag, andererseits auf dem Verlust von zweitausend Schilling beruhte, die er am Morgen seiner Frau zum Kauf eines neuen, modernen Pelzmantels hatte geben müssen, obwohl sie schon einen guten Pelz besaß, der ihn zwei Jahre zuvor zehntausend gekostet hatte.

Dr. Kreindl nahm die Zigarre aus dem Mund und betrachtete einen Augenblick die Aschensäule, die an ihr hängenblieb. Dann hielt er sie sich umgekehrt unter die spitze Nase und schnupperte genüsslich an der warmen, aromatischen Asche, wobei er, allerdings schon leicht resigniert, vor sich hin grübelte: Unverbesserliche Verschwenderinnen sind sie allesamt … Es gibt keine einzige Vernünftige … Ewig nur Fummel und Klamotten – das ist ihr ganzes Streben. Unvermittelt schnippte er die Asche in die große Muschelschale auf dem Tisch, steckte sich die Zigarre wieder zwischen die Lippen und blickte zu Gordweil hinüber, der, mit dem Profil ihm zugewandt, dasaß und schrieb.

»Haben Sie schon an den Rowohlt-Verlag geschrieben, Herr Gordwein? (Wenn er schlechter Laune war, entstellte er Gordweils Namen leicht, indem er mindestens einen Buchstaben austauschte. Im Laufe der Zeit hatte sich Gordweil daran gewöhnt und korrigierte ihn nicht mehr.) Der Brief muss noch heute Vormittag abgehen. Unverzüglich.«

»Schon erledigt«, antwortete der Angesprochene, ohne den Kopf zu wenden.

»Schön.« Und nach kurzem Schweigen: »Wie geht's übrigens Ihrer Gattin? Ich bin ihr vor einiger Zeit auf der Straße begegnet, vor zwei Wochen etwa, sie hat nicht schlecht ausgesehen, hihi, eher quietschfidel …«

Da Gordweil nichts erwiderte, fuhr Dr. Kreindl fort: »Ja, ja, mein Bester, diese Welt ist nur für sie geschaffen, für die Frauen, meine ich. Denen geht's wirklich gut auf Erden. Wie sagt doch Heine: Erhabenes Geschöpf, über alles Fleisch zu regieren, hat der Herr sie gestellt und ihnen gegeben – et cetera. Haben die etwa geistige Konflikte wie unsereiner? Was haben sie denn für Sorgen auf dem Herzen außer ihren Vergnügungen? Und während wir uns das Hirn mit philosophischen Fragen und Ähnlichem strapazieren, jagen sie materiellen Freuden nach.«

»Wer strapaziert sein Hirn mit philosophischen Fragen?«, erkundigte sich Gordweil und wandte nun doch den Kopf. »Kein Mensch beschäftigt sich mit solchen Dingen.«

»Ja gehn S', mein Freund, seien Sie nicht zu bescheiden.« Dr. Kreindl lächelte seine Zigarre an, zufrieden, Gordweil zum Sprechen gebracht zu haben. »Aber ich verstehe Ihre Bescheidenheit sehr wohl. Besser als jeder andere. Wir sind doch beide aus demselben Holz geschnitzt … Nur keine Widerrede, die hilft Ihnen nichts. Denn so ist es. Diese Eigenschaft, sehen Sie, nämlich die Bescheidenheit, ist mir in allen Schattierungen bekannt, ich kenne sie sozusagen in- und auswendig. Darüber hat bereits Lichtenberg gesagt: Der Genius verbirgt sich im innersten Kämmerlein, doch sein Windhauch – und so weiter. Großartig, was? Und was nun unser vorheriges Thema betrifft, sehen Sie, lieber Herr Goldweil, ja, die Frauen jedenfalls beschäftigen sich nicht mit philosophischen Dingen. Insofern stimme ich völlig mit Ihnen überein. Die Ihrige kenne ich nicht so gut. Vielleicht ist sie anders, da kann ich nichts sagen. Sie wissen's sicher selbst am besten. Aber die Übrigen in ihrer Gesamtheit, und meine natürlich eingerechnet, haben ganz andere Dinge im Kopf. Der eine im Hirn, der andere in den Knochen – sagt ein chinesisches Sprichwort.«

»Aber Sie kennen ja unzählige Sprüche, Herr Doktor«, bemerkte Gordweil mit spöttischem Grinsen, »und über ein wunderbares Gedächtnis verfügen Sie auch.«

»Was, Gedächtnis, sagen Sie, hihi, mein Gedächtnis war schon in der Unterstufe ausgezeichnet. Ein vorbildliches Gedächtnis. Dafür war ich berühmt. Ein Gedächtnis zum Amerika-Entdecken, hieß es. So kann ich Ihnen beispielsweise aus dem Gedächtnis, hm, die ganze Erzählung rezitieren, die Sie kürzlich veröffentlicht haben. Wort für Wort, hihi.«

Bei diesen Worten wurde es Gordweil speiübel, als krieche ekliges Ungeziefer über seinen Körper. Gewissermaßen als Gegenmittel zündete er sofort den Zigarettenstummel an, der ihm kalt im Mundwinkel hing. Trotzdem musste er weiter zuhören.

Dr. Kreindl fuhr mit großer Genugtuung fort: »Es ist übrigens keine schlechte Geschichte … Gut geschrieben. Da kann man nichts sagen. Allem voran: der Stil! Ein edler, aristokratischer Stil … Der eines geborenen Barons, könnte man sagen. Wahrlich goethesche Sprachgewalt, wie sie das Herz begehrt. Sehen Sie, wenn ich diese Geschichte hätte schreiben müssen, hätte ich genau denselben Stil und keinen anderen gewählt, das kann ich Ihnen versichern. Eine geschliffene, geläuterte Sprache – Perlenstränge. Ich habe immer gewusst, dass ich mich in dieser Hinsicht auf Sie verlassen kann, lieber Herr Goldwein. Wie sagt Mörike: Wenn du einen Menschen liebst, liebe auch – und so weiter. Das Ende kennen Sie ja sicher.«

Gordweil konnte es nicht mehr aushalten. Das Blut schoss ihm in den Kopf. Wenn er noch eine Sekunde weiterredet, eine Sekunde, dann passiert was. Er schob den Stuhl so lautstark zurück, dass Dr. Kreindl hochfuhr: »Was ist denn, Herr Gordweil? Wollen Sie etwa das Haus einreißen?« Aber Gordweils Zorn hatte sich inzwischen schon etwas gelegt, und gleichzeitig dachte er: Ah, Unsinn. Soll der Narr doch schwatzen. Was schert's mich denn. Er zwang sich zu einem Lächeln. Nun gerade, sagte er sich wie zur Selbstbestrafung für sein Aufbrausen, hören wir uns doch mal an, was er weiter zu sagen hat.

»Und was die Geschichte selber angeht«, fuhr der andere im selben gemäßigten Ton und vergnügt lächelnd fort, »ich meine den Aufbau, ihren Handlungsverlauf, die letztlich unausweichliche Anordnung der Dinge – muss ich sie hier erst vor Ihnen loben? Sie wissen doch sicher selbst, dass sie wahrhaft vorzüglich sind. Über jede Kritik erhaben, hihihi. Dazu hat schon Klopstock gesagt: Was der Meister selbst von seinem Werke bezeugt, das ist – und so weiter. Man erkennt die wahre Meisterhand, die Hand eines begnadeten Künstlers. Und keiner, wie ich wiederholen möchte, wird besser als ich die allerfeinsten Schönheiten erfassen. In mir finden Sie, lieber Herr Gordweil, den Leser par excellence. Einen Leser, der unermüdlich jedem Buchstaben nachspürt und sich nichts entgehen lässt. Und gerade Leser wie mich brauchen Sie doch, hihi. Ich meine, einen Leser, der Ihnen geistes- und wesensverwandt ist, einen Zwillingsbruder wie mich, der Ihren Worten auf den Grund zu gehen vermag. Und diesen Leser brauchen Sie nicht weit zu suchen. Ganz und gar nicht. Er sitzt Ihnen ja geradewegs gegenüber und unterhält sich mit Ihnen. Ja, wenn

Sie noch so suchen wollten, Sie fänden keinen zweiten Leser wie mich. Nein, nein, wozu brauchten Sie auch einen zweiten? Wir beide wissen doch sehr wohl, dass man nur einen einzigen richtigen Leser braucht. Und den finden Sie allein in mir. In mir allein, hihihi. Und wenn ich nicht irre, haben Sie, lieber Herr Gordwein, bereits selber in jener betreffenden Geschichte gesagt: Ihren Wert erhalten die Dinge durch den Menschen allein, durch den schöpferischen Menschen und so weiter. Ein schönes Wort, was? Ein Juwel, hihihi.«

Gordweil brach plötzlich in schallende Lachsalven aus, in die Dr. Kreindl augenblicklich mit einfiel, als habe er nur darauf gewartet.

»Das ist herrlich, was?«, prustete der Buchhändler unter Lachen.

»Herr Doktor«, sagte Gordweil schließlich, »Sie sollten mir eine gute Zigarre zukommen lassen, da wir beide von nun an Zwillingsbrüder sind. Ich wundere mich über Sie, dass Sie bisher nicht gespürt haben, wie auch mir eine solche Zigarre schmecken würde.«

»Schön haben Sie das gesagt, Herr Gordweil, hihihi, sehr schön. Zwillingsbrüder! Und eine Zigarre – ja doch. Mit Vergnügen. Aber heute Nachmittag. Jetzt habe ich keine mehr. Das Mädchen, sehen Sie, jene Gertrud dort in Ihrer Erzählung, deren Liebe zu Reinhold erst erwacht, als er auf dem rechten Auge erblindet, ist wirklich interessant. Ein seltenes psychologisches Phänomen, das auf die Hand eines wahren Künstlers wie Sie gewartet hat. Ehrlich gesagt, hihi: Da haben Sie genau meine Auffassung getroffen. Diese Frage hat mich geraume Zeit vor Erscheinen Ihrer Erzählung beschäftigt, und zwar in ebendieser Form, und ich bin auch genau zu Ihrem Schluss gekommen. Zu haargenau dem gleichen Schluss, ob Sie's glauben oder nicht. Sie haben wahrlich ebendie Dinge gesagt, die mir auf dem Herzen lagen ... Und schauen Sie, wenn ich nicht wüsste, dass Sie ein ehrlicher Mensch sind, will sagen, wenn Derartiges nicht ausgeschlossen wäre, hätte man meinen können, hihi, hätte man Sie, hm, des Plagiats verdächtigen können. Nehmen Sie's mir nicht übel, lieber Herr Goldweil, das ist natürlich nur so eine Redewendung, um zu erklären, wie weit wir beide auf denselben Gedanken abgezielt haben. Nur das und nicht mehr.«

Gordweil saß da, das Gesicht Dr. Kreindl zugewandt, und blickte ihn grinsend an. Er wollte sehen, wohin der andere gelangen würde, wenn er ihn nicht aufhielt. Aber Dr. Kreindl stand schon im Begriff zu enden. Sein Gemüt hatte sich etwas beruhigt. Außerdem sah er, dass seine Worte ihr Ziel verfehlten, und gab es vorerst auf. Er fragte nur noch: »Und was schreiben Sie jetzt, mein Lieber?«

»Ich schreibe nichts mehr«, antwortete Gordweil, sich dumm stellend, »ich habe schon alle Briefe fertig.«

»Nicht schlecht, wirklich, hihihi. Wie sagt Novalis: Das tiefe Mysterium eines Wortes, das – und so weiter. Aber nicht das hatte ich gemeint. Ich meinte natürlich schöpferische Dinge, hihi. Mit welcher literarischen Arbeit Sie derzeit beschäftigt sind.«

»Ich bin derzeit mit keiner literarischen Arbeit beschäftigt und werde es auch künftig nicht mehr sein.«

»Wieso das denn?«, ereiferte sich Dr. Kreindl aufs Neue. »Ich kann nicht glauben, dass Sie das im Ernst gesagt haben. Unmöglich. Sie werden mir doch dieses große Vergnügen nicht nehmen. Das einzige Vergnügen, kann man sagen, das ich auf der Welt habe. Es ist doch wahrlich, als sei ich selber der Verfasser. Genau wie hier im Büro, wo Sie scheinbar alles schreiben, obwohl in Wahrheit ich der Urheber bin. So ist es, mein Lieber, so und nicht anders.«

In diesem Augenblick kam Dr. Kreindls Frau hereingestürmt, eine kleine, flinke Blondine, die eine Parfümwolke und einen Schwall kalter Herbstluft mit hereinbrachte. Sie fing augenblicklich an zu sprechen, redete viel und schnell, als setze sie eine bereits draußen begonnene Unterhaltung fort.

»Ist er nicht wunderbar? Und wie er mir steht. Siehst du, Paulerl?« Sie deutete auf ihren neuen Pelz: »Fühl nur. Echtes Eintagskalb. Ich hab ihn gleich angezogen, es ist schon kühl, man kann bereits gut einen Pelz tragen, nicht wahr? Und leicht ist er, sag ich dir, leicht wie eine Feder. Man fühlt ihn gar nicht, genau wie ein Bademantel. Dazu muss noch ein anderer Hut her, eine kleine Filzkappe, schlicht, ohne Putz –«

»Setz dich doch bitte ein wenig, meine Liebe«, unterbrach sie ihr Mann, der aufgestanden und ihr beim Eintreten entgegengegangen war, »du entfachst ja einen wahren Sturm mit deinem Eifer und störst Herrn Gordweil bei der Arbeit.«

»Ah, Herr Gordweil.« Erst jetzt war sie seiner Anwesenheit gewahr geworden und streckte ihm die Hand im weißen Glacéhandschuh entgegen. »Entschuldigen Sie bitte. Sie sitzen da so im Winkel, dass ich Sie gar nicht bemerkt habe, hahaha. Und was sagen Sie zu diesem Pelz? Eben gekauft, in diesem Augenblick.«

Gordweil blickte einen Moment sachkundig auf den braunweiß gescheckten Pelz und urteilte dann: »Hübsch. Steht Ihnen gut, gnädige Frau.«

»Nicht wahr? Fühlen Sie bitte, Herr Gordweil. Eintagskalb, die letzte Mode.«

»Aber der Hut passt nicht dazu …«, stellte Gordweil maliziös fest, »es müsste ein einfacherer sein, eine schlichte kleine Glocke in Schwarz, würde ich sagen …«

»Gewiss, gewiss, ich gehe augenblicklich einen Hut kaufen. Siehst du, Paulerl, der Herr Gordweil ist ein absoluter Experte in Damenkleidung. Er meint auch, dass ein anderer Hut hermuss.«

»Nun gut, gut, meine Liebe. Kauf ihn dir. Aber wozu diese Eile. Kauf ihn am Nachmittag. Dann ist auch noch genug Zeit dafür. Der Hut wird bis dahin nicht schlecht werden.«

»Nein, nein, ich brauch ihn gleich. Heute Nachmittag habe ich keine Zeit. Um drei kommt die Maniküre, um fünf habe ich eine Verabredung mit Malvine Holzer, du kennst sie ja, die gestern aus München zurückgekehrt ist.«

»Jetzt ist es doch schon zwölf«, versuchte Dr. Kreindl noch einmal, »Zeit fürs Mittagessen.«

»Es wird nicht lange dauern«, beharrte seine Frau, »nur ein Viertelstündchen. Der Laden ist keine zehn Schritte entfernt. Du gehst nach Hause, und ich komme gleich nach.«

Es blieb ihm keine Wahl, dem Herrn Kreindl. Unfähig, diese neuerliche Verschwendung wenigstens bis zum Nachmittag hinauszuzögern, musste er das Geld auf der Stelle herausrücken, und seine Frau war im Nu verschwunden.

Gordweil legte ihm die Briefe zur Unterschrift vor, nahm dann Hut und Mantel und ging zum Mittagstisch. Im Ladenraum hielt ihn die Kassiererin lächelnd auf.

»Gehen Sie schon essen, Herr Gordweil? Vielleicht möchten Sie heute Abend ins Konzert gehen? Ich habe zwei Karten. Die Siebte von Beethoven mit Schalk.«

»Mir scheint, Sie möchten einen verheirateten Mann verführen, Fräulein Koppler«, ulkte der rothaarige Ladendiener, der gerade eine Bücherkiste ausgepackt hatte und sich nun genüsslich streckte.

»Das geht Sie nichts an, Herr Rudel. Sie werde ich jedenfalls nicht verführen.«

»Schade, sehr schade«, sagte der Angesprochene und lachte. »Aber vielleicht erlauben Sie mir, Sie zu verführen?«

»Sie reden wie gewöhnlich Unsinn daher, Herr Rudel.«

»Ich weiß noch nicht, ob ich heute Abend frei bin«, sagte Gordweil, »ich gebe Ihnen nachmittags Bescheid.«

Die junge Dame schien etwas gekränkt zu sein. Daher beeilte sich Gordweil hinzuzufügen: »Eigentlich kann ich auch jetzt schon zusagen. Ja, sicher. Ich werde auf jeden Fall versuchen, mich freizumachen.«

»Nein«, sagte die Kassiererin, »ich hab ganz vergessen, dass ein Freund, ein alter Jugendfreund, mich schon mehrmals gebeten hat, ihm eine Karte für die Siebte mit Schalk zu besorgen. Ich werde ihn anrufen, er wird sich sehr freuen. Aber falls er keine

Zeit haben sollte, werde ich es Ihnen heute Nachmittag mitteilen, Herr Gordweil.«

»Schön«, erwiderte Gordweil lächelnd im Gehen. »Lassen wir's offen.«

Tatsächlich verspürte er keinerlei Lust, am Abend ins Konzert zu gehen, hatte aber halb zugesagt, um der Kassiererin, die er irgendwie für unglücklich hielt, eine Freude zu machen.

Thea lag bereits seit über zwei Wochen in Professor Schrameks Sanatorium. Die Brustoperation war erfolgreich verlaufen. Gordweil besuchte sie fast täglich nach der Arbeit. Sie war die ganze Zeit bester Stimmung und brachte ihrem Mann eine gewisse Zuneigung entgegen, die ihm neue Hoffnung und innere Ruhe einflößte. In seiner freien Zeit arbeitete er viel und ungestört für sich, und die Befriedigung über seine Arbeit, die ihm gut von der Hand ging, trug ebenfalls zur Verbesserung seines allgemeinen Gemütszustandes bei. Die ständige Bedrückung hatte etwas nachgelassen, und er nahm in dieser Zeit die Welt um sich her mit offenen, wachen Sinnen und der neuen Sicht eines aus langer Gefängnishaft Entlassenen wahr. Diese innere Befreiung wurde Gordweil auch bewusst, nur schrieb er sie irrtümlich allen möglichen anderen Ursachen zu, weil er innerlich vor der Wahrheit zurückschreckte und weil er etwas Stärkeres als diese Wahrheit in sich trug, was sie daran hinderte, in sein Bewusstsein vorzudringen. Daher machte er sich vor, diese Veränderung beruhe auf innerer Reife, die jetzt durch natürliche Entwicklung, ganz ohne äußere Einflüsse, zu vollem Durchbruch gelangt sei – und diese Auffassung war ihm bequem.

Soweit er Geld hatte, aß er in einer kleinen Gaststätte, nicht weit vom Büro. Er betrat jetzt dieses heute schwachbesuchte Lokal, nahm seinen Stammplatz ein und wurde sofort bedient. Als er die Suppe kostete, die übel nach altem Rinderfett roch, flackerte plötzlich ein Rest des Zorns auf Dr. Kreindl in ihm auf, und sein Appetit war verflogen. Er legte den Löffel hin und schob den Teller mit einer so energisch geräuschvollen Bewegung von sich, dass die Frau in Trauerkleidung ihm gegenüber, die ihre schwarzen Handschuhe zum Essen nicht ausgezogen hatte, leicht zusammenzuckte und erstaunt den Kopf hob. Heute ins Büro zurückzukehren, heute noch einmal die verhasste Visage dieses Kerls zu sehen erschien ihm als ein völliges Unding. Nein, nach der Mahlzeit würde er dort anrufen und sagen, er habe Kopfweh, zum Teufel noch mal. Diese unerwartete Entscheidung beruhigte ihn mit einem Schlag, ja verursachte ihm sogar ein wohliges Gefühl der Rache. Nun konnte er einen ganzen Nachmittag unbeschwert verbringen. Er beeilte sich, seine Mahlzeit zu beenden und zu zahlen. Aber in einem verborgenen Winkel seiner Seele nagte Reue über diesen Beschluss, der wirklich nicht zu seinem treuen Wesen passte. Deshalb fiel ihm jetzt Jetti Koppler, die Kassiererin, nebst ihrer Konzerteinladung wieder ein, und dieser geringfügige Grund erlangte plötzlich derart schwerwiegende Bedeutung, dass er ihn fast von seiner Entscheidung abgebracht hätte. Man kann sie doch nicht kränken, sagte er sich, wir haben uns schließlich fest verabredet, beinah fest … Nein, raffte er sich neuerlich auf, ich werde nicht mehr in den Laden gehen. Heute nicht. Damit stand er festentschlossen auf und verließ die Gaststätte.

15.

Eine Weile schlenderte Gordweil ziellos wie ein Müßiggänger den Franz-Josefs-Kai entlang, blieb von Zeit zu Zeit stehen und betrachtete müßig die Schaufensterauslagen. Dann überquerte er die Straße und ging zum Donaukanalufer hinunter. Die Brust ans Geländer gelehnt, den Mantelkragen hochgestellt, blickte er auf die windgepeitschten, herbstlich trüben Fluten, von denen die empfindliche Kälte in der Stadt auszustrahlen schien. Zwei Polizisten übten sich im raschen Bootsfahren: In einem schwankenden Kahn stehend, betätigte der eine mit schnellen, kräftigen

Bewegungen und vorgebeugtem Oberkörper ein einzelnes Ruder, der andere stocherte mit einem langen Stab im Wasser, als suche er etwas auf dem Kanalboden. Die suchen jetzt schon den, der sich morgen oder in einem Monat ertränken wird, während der Betreffende noch nicht im Leisesten daran denkt, seinem Leben ein Ende zu setzen, schoss es Gordweil durch den Kopf, als er so vom Ufer aus zuschaute. An der Tramhaltestelle Salztorbrücke erkannte er im Vorbeigehen die Mutter jener Franzi Mitteldorfer, die er ein halbes Jahr zuvor, nachdem sie auf dem Karlsplatz ohnmächtig geworden war, heimbegleitet hatte. Seither war er nicht mehr dort gewesen, hatte irgendwie nicht die Zeit dazu gefunden, obwohl er sich mehrmals vorgenommen hatte, sich nach dem Befinden der beiden Frauen zu erkundigen.

Er trat zu der alten Dame, die ihn augenblicklich erkannte, und fragte nach dem Wohlergehen ihrer Tochter und des Kindes.

»Ach, was ein Unglück!«, begann die Frau zu schluchzen. »Was ein Unglück! Fragen Sie besser nicht, lieber Herr. So ein Unglück! Wer hätte das ahnen können. Zwei Monate ist's her. Wir dachten, es sei nichts weiter als ein vorübergehender Nervenschaden. Sie ist doch ein schwaches Kind – sie haben's ja selbst gesehen, Herr Gordweil. Sie ist immer so gewesen, äußerst zart, ein Hauch. Aber seit Fritzerls Geburt haben sich ihre Nerven völlig verwirrt.«

Gordweil hörte zu, wobei es ihm das Herz wie mit Klemmen abschnürte. Er erfasste sofort die Situation. Schon damals, vor einem halben Jahr, hatte er den Eindruck gewonnen, die junge Frau sei geistig nicht ganz in Ordnung, was eine Katastrophe vorausahnen ließ.

Die alte Frau fuhr unter echtem, tiefempfundenem Schmerz fort: »Wir waren sicher, es würde vorübergehen, beschlossen, sie mit dem Kind in die Sommerfrische zu schicken. Obwohl die Lage jetzt schlecht ist, wie Sie wissen. Mein Schwiegersohn verdient wenig. Trotzdem wollten wir uns, so gut es ging, anstrengen. Mein Schwiegersohn liebt sie sehr, die Franzi. Er ist ein ehrlicher Mann, trinkt nicht, spielt nicht, ist häuslich. Wir beabsichtigten, eine Summe von Freunden zu leihen und ein paar Schmuckstücke zu verpfänden. Nicht dass wir viel Schmuck hätten, aber immerhin. Und dann ist das Unheil geschehen.«

»Und wo ist sie jetzt?«, fragte Gordweil teilnahmsvoll.

»Wo sie ist? Dort ist sie.« Die alte Frau machte eine unbestimmte Handbewegung über ihre Schulter hinweg. »Sie haben sie mitgenommen. Mit Gewalt. Freiwillig hätte ich sie ihnen nicht gegeben, wie Sie sich vorstellen können. Aber sie haben sie gegen meinen Willen abgeführt. Ich konnte sie nicht aufhalten. Und jetzt ist sie schon zwei Monate dort, das arme Kind.«

Gordweil erriet zwar, wo dieses »dort« war, wollte aber Genaues wissen. »Und wieso haben sie sie mitgenommen? Hat sie eine Gewalttat begangen?«

»Wie kommen Sie denn darauf, Herr Gordweil?«, protestierte die Frau. »Wie können Sie so etwas denken? Ein schwaches, zartes Kind wie sie – und Gewalttaten! Keine Spur davon. Sie hat keinem Menschen etwas zuleide getan. Ich war in der Küche beschäftigt, und sie hat noch im Bett gelegen. Es war etwa zehn Uhr vormittags. Mein Schwiegersohn war damals auswärts – für zwei Tage geschäftlich nach Wiener Neustadt gefahren. Ich wollte ihr gerade das Frühstück hineintragen, als sie im Nachthemd durch die Küche auf den Gang hinausgegangen ist. Man muss die Küche passieren, wenn man aus der Kammer kommt, wissen Sie. Ich dachte, sie wolle austreten – die Toilette ist auf dem Stiegenabsatz – und werde im Gang einen Mantel oder Schal umlegen, deshalb habe ich sie nicht aufgehalten. Nach ein paar Minuten bin ich unruhig geworden und sofort zum Treppenabsatz gerannt, hab sie aber nicht vorgefunden, und da hab ich gleich gewusst, dass ein Unglück passiert ist. Wie der Blitz bin ich die Stiegen hinabgesaust und hinausgestürzt, und da sah ich Ecke Gumpendorfer Straße einen Menschenauflauf. Mein Herz hat mir auf der Stelle gesagt, dass sie dort sein muss, und tatsächlich hat sie da gestanden, nur das Nachthemd auf der Haut, bleich und stumm in der neugierigen Menge, und ein Polizist ist auch schon bei ihr gewesen. Da konnte ich nichts mehr ausrichten. Der Polizist hat sie schnellstens auf die nächste Wache abgeführt, und seitdem ist sie nicht mehr heimgekommen.»

Die alte Frau brach erneut in Schluchzen aus.

»Ich bin nach Hause gegangen, um ihr ihre Kleider zu bringen«, begann sie nach einer Weile erneut. »Den Fritzerl hab ich bei der Pförtnerin gelassen. Sie ist eine liebe Frau, unsere Pförtnerin. Der Mann ist ihr vor einem Jahr weggestorben. Ich hab der Franzi also die Kleidung auf die Wache gebracht. Sie hat dort stumm auf der Bank gesessen, das arme Kind, und vor sich hin gestarrt, als ob sie alles gar nichts anginge. Ich hab sie angezogen. Sie hat mich lassen, war völlig teilnahmslos. Und als ich fertig war, hat sie nur gesagt: ›Wir gehen jetzt doch nach Hause, Mutter. Viktor (so heißt mein Schwiegersohn) wird böse sein, dass ich so lange ausbleibe. Er hat Hunger.‹ So hat sie gesagt, ohne sich aber vom Fleck zu rühren. Und den Fritzerl hat sie auch nicht erwähnt. ›Gewiss‹, hab ich zu ihr gesagt, ›wo sollen wir denn sonst hingehen wenn nicht nach Hause?‹ Aber sie haben sie nicht heimgehen lassen. ›Der Bezirksarzt muss sie erst untersuchen‹, haben sie gesagt. Und so haben sie sie zum Bezirksamt geführt. Nach der Untersuchung hat der Arzt zu mir gesagt: ›Liebe Frau, ich muss Ihnen zu meinem Bedauern mitteilen, dass Ihre Tochter – nervlich sehr durcheinander ist. Sie braucht ärztliche Aufsicht. Wir werden sie ins Allgemeine Krankenhaus bringen. Nur für ein paar Tage, zwei Wochen höchstens. Sie kommt auf die Station Wagner-Jauregg, erschrecken Sie nicht, gute Frau, das ist die Neurologie.‹ Sie können sich das Grauen vorstellen, das mich befallen hat. Das Herz hat mir stillgestanden. Sie haben doch sicher auch von Wagner-Jauregg sagen hören, dass Menschenleben ihm nicht viel gelten. Im ersten Moment habe ich keinen Ton herausgebracht. Muss wohl auch bleich im Gesicht geworden sein, denn der Arzt hat mir sofort einen Stuhl angeboten und mir ein Glas Wasser holen lassen. Aber Franzi hat ruhig dagesessen, als habe das nichts mit ihr zu tun. Ich fing an, zu bitten, zu debattieren – alles vergebens. ›Das ist eine eindeutige Schwermut‹, hat der Arzt gesagt, ›eine Melancholie mit Angstzuständen und Selbstmordgedanken. Sie bedarf spezieller Überwachung. Was würden Sie tun, wenn sie nachts aus dem Fenster springt? Sie wohnen doch zudem noch im dritten Stock. Können Sie sich etwa verpflichten, zwei Krankenschwestern für sie zu engagieren, eine für tags und eine für nachts? Na also.‹ Dann hat er das Krankenhaus angerufen, und eine halbe Stunde später kam der Wagen und hat sie zur Station Wagner-Jauregg überführt. Ich bin natürlich mitgefahren. Sie hat den ganzen Weg geschwiegen. Aber dann, als wir schon dort waren und ich mich von ihr verabschieden wollte, hat sie plötzlich zu wimmern angefangen: ›Mutter, wo bin ich denn?‹ ›Du bist im Krankenhaus, Kind, du bist krank‹, hab ich gesagt und dabei gemeint, ich würd jeden Augenblick umkippen. ›Ich will nicht, Mutter, ich will nicht. Ich bin nicht krank. Ich will heim, nach Hause!‹, hat sie geschrien und dabei um sich geschlagen. Da bin ich ohnmächtig geworden, und als ich wieder zu Bewusstsein kam, war sie weg.«

Die alte Frau wischte sich die Augen. Die Geschichte rührte Gordweil bis ins Herz. Mit großem Mitleid blickte er auf die unglückliche Mutter.

»Und meinen Sie, sie sei dort geblieben?«, fuhr sie bitteren Herzens fort. »Ganze drei Tage. Länger nicht. ›Hier ist kein Platz!‹, haben sie gesagt. ›Das hier ist nur eine Zwischenstation für ein paar Tage, dann werden sie dorthin verlegt. Das wird ein paar Wochen gehen, vielleicht auch ein oder mehrere Monate. Bei dieser Krankheit kann man das nie im Voraus wissen, mal zwei Monate, mal auch ein halbes Jahr, und hier ist kein Platz.‹ Ich habe protestiert, geweint, gefleht, habe mit dem Professor, mit Wagner-Jauregg selber, gesprochen. ›Mal sehen‹, hat der geantwortet. ›Wenns möglich wäre, dann herzlich gern. Aber wenn es in der Verwaltung heißt, es sei kein Bett frei, wird's schon stimmen, und dann hilft auch meine Fürsprache nichts. Dort ist es übrigens besser als hier. Unser Haus ist alt, und dort ist alles neu, zweckmäßig und auf die Bedürfnisse der Patienten abgestellt. Nur der Name macht Angst. Reines Vorurteil, mehr nicht.‹ Als ich sie dann am nächsten Tag besuchen gekommen bin, hab ich erfahren, dass sie bereits am Vormittag auf den Steinhof verlegt wurde. Und seitdem ist sie dort«, schloss die Frau.

Gordweil schwieg. Nach einer Weile fragte er: »Und wie ist ihr Zustand jetzt? Hat er sich ein wenig gebessert?«

»Was weiß ich? Wer soll das wissen? Der Arzt hat mir vor einer Woche gesagt, es gehe ihr viel besser und wenn sie so weitermache, könne sie in zwei Monaten heimkehren. Ich selbst kann nichts feststellen. In der ersten Zeit hat sie das Essen verweigert. Wollte Hungers sterben, hat sie gesagt. Da haben sie sie künstlich ernähren müssen. Ihr war alles gleichgültig, und stellen Sie sich vor, sie hat mich nicht einmal sehen wollen, wenn ich sie besuchen kam. Hat auch nicht nach dem Kind gefragt, immer nur geschwiegen. Jetzt redet sie schon ein bisschen und isst, was ich ihr mitbringe. Einmal habe ich den Kleinen mitgenommen, das war noch in der Anfangszeit. Ich dachte, sie würde sich freuen, aber sie hat ihn überhaupt nicht beachtet. Seither habe ich ihn nicht mehr mitgeschleppt. Mein Schwiegersohn geht nur einmal die Woche hin. Er ist beschäftigt. Vor zwei Tagen hat sie mich gebeten, ihr Orangen mitzubringen. Sie wartet auf mich, schaut durchs Fenster, wenn sie meint, ich käme, sagt die Schwester. Vor ein paar Tagen hat sie die Schwester sogar nach dem Befinden des Kindes gefragt. Aber immer will sie nach Hause. Der Abschied ist jedes Mal herzzerreißend. Sie lässt mich nicht gehen. Ich solle sie mit heimnehmen, fleht sie unter Tränen und rennt mir bis zur Türe nach. Wenn ich von dort zurückkomme, bin ich jedes Mal zwei Tage krank. Ich kann die Leiden des Kindes nicht mit ansehen.«

»In welchem Pavillon liegt sie? Ich möchte sie besuchen.«

»Zuerst war sie auf neun, aber vor einer Woche hat man sie nach sieben verlegt. Da sind leichtere Fälle untergebracht, sagt die Schwester. Ich kann keinen Unterschied feststellen. Es sind arme Patienten hier wie dort.«

Gordweil beschloss, sofort zum Steinhof hinauszufahren, und verabschiedete sich von der Frau.

»Sie müssen dort sagen, Sie seien mit ihr verwandt, Herr Gordweil, sonst werden Sie nicht eingelassen«, sagte die alte Dame noch zum Schluss.

Gordweil machte sich auf, um die Krankenhausverwaltung anzurufen. Es wäre besser, wenn es jemand anders für ihn täte, überlegte er, Ulrich zum Beispiel. Und wie es sich manchmal so trifft, stieß er tatsächlich vor der Telefonzelle auf seinen Freund Ulrich.

Der hatte seine Stelle vor einigen Wochen verloren und ging nun müßig: schlenderte durch die Straßen, saß viel im Kaffeehaus und schrieb von Zeit zu Zeit ein Gedicht. Vorläufig aß er auf Kosten seines Onkels, kannte also keine Not, war auch stets recht elegant gekleidet und meistens guter Stimmung.

»Du gehst nicht ins Büro? Wieso nicht?«

»Ich fühle mich nicht wohl – zu Dr. Kreindls Kenntnis und zu deiner – ich habe keine Lust. Außerdem muss ich zum Steinhof hinaus. Möchtest du mitfahren?«

»Nein. Freiwillig geh ich nicht dahin – eh man mich nicht zwingt. Wen hast du da?«

»Eine Bekannte. Ich habe eben erfahren, dass sie dort ist. Und was hast du vor?«

»Ich geh in den Herrenhof. Hab heute noch keine Zeitung gelesen. Vielleicht kommst du auch, sobald du zurück bist?«

»Vor fünf bin ich sicher nicht wieder da. Es ist weit.«

»Das macht nichts. Ich werd noch dort sein.«

Gordweil kaufte eine Tafel Schokolade und Orangen und stieg in die Tram. Die Fahrt dauerte etwa eine Dreiviertelstunde mit zweimaligem Umsteigen. Zum Schluss stand er in dem einzigen Wagen eingezwängt zwischen ärmlichen Frauen, die in Körben und Säcken warme Speisen für die Kranken mitschleppten. Die Anstalt erstreckte sich weithin sichtbar über einen breiten Hügel im freien Gelände – eine Stadt für sich, von einem hohen Drahtzaun umgeben, die goldene Kuppel der Kirche glänzte matt vor dem wolkigen Himmel. Je mehr er sich seinem Ziel näherte, desto deutlicher machte sich eine innere Unruhe bemerkbar, verbunden mit einem Anflug von Verzagtheit. Als die Bahn mit einem letzten Ruck anhielt und ihr Quietschen und Rattern verstummte, breitete sich furchtbare Stille aus. Das Leben hielt den Atem an. Die Fahrgäste schienen unentschlossen, ob sie aussteigen oder im Wagen bleiben sollten. Gleich darauf wurde die Stille von einem jähen grauenerregenden Schrei zerrissen – dem schrillen, anhaltenden tierischen Kreischen einer Frau, das aus der Ferne über das breite Brachtal zu Füßen der Anstalt herüberhallte. Ein kalter Schauder überlief Gordweil, sein Herzschlag setzte einen Moment aus. Danach herrschte wieder Stille, doppelte Stille. Eine alte Frau neben ihm sagte in den Raum hinein: »Die armen Kranken – Weh haben sie.« Dann stieg Gordweil mit den Besuchermassen aus, verharrte einen Augenblick an der Haltestelle und ging schließlich auf das Tor zu. Jenseits des Zauns brach unvermittelt ein breites, weittragendes satanisches Hohngelächter los, in das sich eine zarte, hohe, schöne Frauenstimme mit einer fröhlichen Operettenarie mischte. Gordweil konnte die Worte nicht verstehen, aber die Melodie war ihm bekannt, wurde unten in der Stadt von jedermann geträllert. Doch gerade dieses fröhliche Lied wirkte hier äußerst bedrückend auf ihn, als kämen allein darin all die Trauer und Armseligkeit dieser Patienten und der gesamten Menschheit zum Ausdruck.

Der athletische Pförtner mit seinem dicken, furchteinflößenden, hörnerartig abstehenden Schnurrbart wies auf das weiße Direktions- und Verwaltungsgebäude gegenüber, in dem sich Gordweil eine Zutrittserlaubnis holen müsse. Als er die Bescheinigung in der Hand hatte, spazierte er vor Betreten des Pavillons noch eine Weile die schachbrettartig angelegten Kieswege entlang, neben denen schmale Schienenstränge für die Essensbeförderung liefen. Zwischen den zahlreichen Bäumen, Rasenflächen, Blumenrabatten standen hübsche weißgetünchte zwei- oder dreistöckige Häuser in ziemlichem Abstand voneinander, jedes von einem hohen Drahtzaun umgeben. Der Herbst war hier schon sichtbar eingekehrt. Die Bäume standen völlig kahl, und an den Wegrändern lag das welke Laub, zu bräunlichen Häufchen zusammengekehrt. Die Luft hier war härter, kälter. Ab und zu traf man auf Schwestern in grauen Kitteln und Häubchen, kräftige Krankenwärter oder Besucher, die Arm in Arm mit den Kranken gingen – und alle hatten sie einen besonderen, dümmlich wirkenden Gesichtsausdruck, als gehörten sie einer anderen Menschenrasse an. Da hast du die Kehrseite der Medaille, dachte Gordweil. Nur eine Dreiviertelstunde Tramfahrt, und du siehst das wahre Gesicht des Lebens vor dir – das Leben in all seiner Blöße. Er hatte das Gefühl, in einer anderen, neuen Welt zu sein, in der andere Gesetze von Leben und Tod galten, an einem Ort, an dem die Probleme und Sorgen der normalen, fernen Welt gänzlich aufgehoben waren. Doch eine Uhr schlug dreimal dumpf und erinnerte ihn daran, dass er hineingehen musste, wenn er nicht zu spät kommen wollte.

Eine vorbeikommende Schwester zeigte ihm den Weg, und er drückte auf den Klingelknopf. Eine kräftige Schwester mit derbem rotem Gesicht schloss ihm die Tür auf und versperrte sie dann wieder. Sie gingen in den ersten Stock hinauf. Die Schwester öffnete eine Tür zu einem langen, hellen Korridor und schloss auch diese wieder ab.

»Warten Sie hier.« Sie deutete auf eine Tür zur Rechten. »Ich werde sie gleich rufen.«

Dann rief sie laut den hallenden Gang entlang: »Frau Mitteldorfer, Besuch! Ziehen Sie sich an.«

Gordweil blieb an der Tür des Besuchszimmers stehen. Sein Herz pochte. Die Türen zur Linken waren sämtlich verschlossen. Von Zeit zu Zeit kam eine Schwester den Korridor entlang. Eine Patientin, die wohl zu den weniger ernsten Fällen gehörte, lief auf und ab, wobei sie an einem großen Apfel kaute und blöd grinsend zu Gordweil hinüberschielte. Als der Gang dann einen

Augenblick leer war, trat sie zu ihm und streckte ihm den angebissenen Apfel entgegen.

»Beiß hinein, mein Lieber, er ist gut«, sagte sie kauend. »Willst nicht mein Schatzerl sein? Wessen Mann bist denn?«

Sie schien sich köstlich zu amüsieren. Ihr unschönes, schwammiges graues Gesicht war in einem fort zu einem Grinsen verzerrt. Erst jetzt nahm Gordweil einen eigenartigen, säuerlich penetranten Geruch wahr, der im Korridor hing und verstärkt von der Anstaltskleidung der Patientin ausging. Es war ein besonderer Dunst, eine neue Art Geruchsmischung, die ihm noch nie begegnet war.

Ein Schlüssel quietschte im Schloss, und die Kranke verschwand augenblicklich mit den Worten: »Also servus, mein Schatz. Ich hab keine Zeit. Aber einen Apfel kannst immer von mir kriegen. Auf Wiedersehen.«

Schräg gegenüber ging eine Tür auf. Eine Schwester erschien, gefolgt von Franzi Mitteldorfer. Dabei schlug ihm ein Schwall weiblichen Stimmengewirrs entgegen, aus dem sich Schluchzen und Lachen abhoben. Seine Augen erhaschten flüchtig ein Stück des geräumigen Saals mit einer Reihe weißer Eisenbetten, einer vergitterten Fensterecke und einer Schar halbnackter Frauen neben einem Bett.

Franzi Mitteldorfer kam hastigen Schritts auf Gordweil zu. Man sah ihr an, dass sie sich schnell und nachlässig angekleidet hatte. Einer ihrer derben weißen Baumwollstrümpfe war auf den Filzpantoffel hinabgerutscht und entblößte ein bleiches, dürres Bein bis über die Wade. Ohne ihn zu begrüßen oder einen Ton herauszubringen, fasste sie ihn in stummer Geschäftigkeit bei der Hand und zog ihn ins Besuchszimmer, in dem schon eine Patientin mit einer betagten Frau zusammensaß. In dem Raum standen drei mäßig große runde Tische nebst einigen Stühlen und Polsterbänken. Franzi führte ihn an den Tisch im Winkel, fern von den beiden anderen Frauen, und sie setzten sich. Sofort verzog sie ihr Gesicht zu einem tränenlosen Weinen und flüsterte, ohne ihn anzusehen: »Nun, und was wird jetzt? Können Sie mich erlösen? Keiner auf der ganzen Welt will es tun. Selbst Mutter nicht, mein eigen Fleisch und Blut. Schauen Sie nur, wie schlecht ich aussehe, wie ich leiden muss.« Sie warf einen furchtsamen Blick in die Runde. »Und kein Mensch auf der ganzen Welt will mich erlösen.« Ihre Blicke aus den weitaufgerissenen braunen Augen irrten trübsinnig und verängstigt umher, die Finger spielten die ganze Zeit nervös mit dem Zipfel des derben, gestreiften Morgenrocks.

Gordweil brachte keine Silbe heraus. Sein Herz verkrampfte sich vor Schmerz. Er wusste nicht einmal, ob sie ihn überhaupt erkannt hatte. Eins nach dem andern holte er die Schokolade und die Orangen aus der Tasche und legte sie auf den Tisch. Dann schälte er eine und gab ihr Schnitz für Schnitz. Sie kaute einen Augenblick widerwillig, legte die übrigen Schnitze gleich wieder hin und begann erneut mit trockenen Augen zu weinen.

Gordweil raffte sich zusammen: »Essen Sie bitte, das wird Sie ein wenig beleben.«

»Wie kann ich essen«, erwiderte sie leise schluchzend, »wenn ich nach Hause möchte und kein Mensch auf der ganzen Welt mir helfen will? Ich hatte gehofft, Sie wollten es, wie Sie mir damals auf dem Karlsplatz geholfen haben, aber jetzt sehe ich, dass auch Sie Ihr Herz zu Stein verhärten. Kein Mensch auf der ganzen Welt. Sie alle haben mich hier alleingelassen, und ich muss so leiden. Sie hauen und kratzen mich. Nicht die Schwestern«, berichtigte sie mit tierischer Angst. »Denken Sie um Himmels willen nicht, ich hätte die gemeint. Die Schwestern dürfen nicht schlagen, obwohl sie es gern täten. Ich sage Ihnen nicht, dass die Schwestern zuschlagen. Aber die Frauen schlagen mich und reißen mir die Haare aus. Böse Frauen sind das hier. Schwer krank, wirklich verrückt. Sie schreien und kreischen dauernd und geben keine Ruhe. Man muss sie ständig ins Gitterbett oder in die Gummizelle sperren.«

Plötzlich grinste sie verschmitzt und deutete mit dem Kopf auf die beiden Frauen: »Da sitzt auch eine von denen.«

Gordweil reichte ihr wieder einen Orangenschnitz und noch einen zweiten und dritten, die sie unbewusst hinunterschluckte. Ja, sie nahm sogar selbst Schnitze vom Tisch und aß sie.

»Und warum all das?«, begann sie einen Moment später von neuem. »So eine Dummheit. Ich könnte mich selber ohrfeigen dafür. Mich ohrfeigen könnte ich! So eine furchtbare Dummheit. Glauben Sie bloß nicht, ich wüsste es nicht. Wer weiß denn nicht, dass es verboten ist, nackt auf die Straße zu gehen? Jedes Wiegenkind weiß das. Nur ist mir das damals völlig entfallen … Ich hab gar nicht drauf geachtet … So ein Leichtsinn. Mich ohrfeigen könnt ich. Ich wollte nur sehen, ob's draußen regnet, und gleich wiederkommen. Also bin ich aufgestanden und hinausgegangen. Und hab dabei ganz vergessen, dass ich nackt war und man so nicht auf die Straße laufen darf.«

Plötzlich stand sie auf, stellte sich, ihm zugewandt, an die Wand und begann mit sonderbar jammerndem Pathos unter Betonung jedes einzelnen Wortes und sich gelegentlich durch eine Gebärde oder einen erhobenen Finger unterstützend, zu rezitieren: »Geh nicht nackt auf die Straße! Geh nicht nackt auf die Straße! Geh nicht nackt auf die Straße!«

Unzählige Male wiederholte sie diesen Satz, als wolle sie ihn sich tief ins Gedächtnis eingraben, damit sie ihn nie wieder vergaß.

Grauen kroch Gordweils Rückgrat hinab wie ein Wurm, und kalter Schweiß trat ihm auf die Stirn. Hilfesuchend blickte er zu den beiden Frauen im anderen Eck hinüber, aber die spürten es gar nicht. Die Kranke aß stumm die Speisen, die vor ihr auf dem Tisch standen, während die andere ihr den Kopf streichelte und unaufhörlich auf sie einflüsterte. Die futtert die ganze Zeit, ging es ihm durch den Sinn. Dann stand er auf und trat zu Franzi Mitteldorfer: »Kommen Sie bitte«, stammelte er und fasste sie an der Hand, »wir müssen gleich … bald ist die Stunde vorbei. Wir wollen uns doch noch ein bisschen unterhalten.«

Er fürchtete sich, ihr ins Gesicht zu sehen. Unablässig schwebte ihm der über den warmen Hausschuh herabgerutschte Strumpf vor Augen.

Die Kranke ließ sich wie ein gehorsames Kind auf ihren Platz zurückführen. Sie schien sich etwas beruhigt zu haben. Ja, sie lächelte sogar irgendwie zufrieden vor sich hin.

»Sie müssen den runtergerutschten Strumpf hochziehen«, sagte Gordweil.

»Ah, der Strumpf. Wegen der Eile … Ich hab sie nicht mehr festklemmen können. Auch der Strumpfhaltergürtel ist mir abhandengekommen. Geklaut. Alles, was man hier aus der Hand legt, wird augenblicklich gestohlen.«

Sie beugte sich vor und zog mit einer ungeduldigen Gebärde den Strumpf bis übers Knie hinauf.

Gordweil bot ihr ein Stück Schokolade an, das sie zurückwies.

»Ich werd's später essen. Und jetzt sagen Sie mir, was wird. Sie sehen ja mit eigenen Augen, wie's hier zugeht. Hören Sie sich nur das Geschrei und Gejammer dort an. Sagen Sie selbst, ob man hier existieren kann. Der gesündeste Mensch muss den Verstand verlieren, wenn man ihn hier einliefert – dafür verbürge ich mich. Und das ist kein Wunder. Tag und Nacht nur Kreischen und Wimmern. Was soll denn werden? Was soll bloß werden?, frage ich Sie. Ich spüre, dass ich langsam verrückt werde. Wenn man mich hierlässt, werde ich zum Schluss den Verstand verlieren. Kein Mensch kann das ertragen. Es sind schon zehn Wochen, zehn Wochen«, sie verzog wieder das Gesicht zu einem trockenen Weinen, das Gordweil das Herz zerriss, »zeeehn Wooo-chen, zeeehn Wooo-chen.«

Gordweil meinte, jeden Moment selbst in lautes Weinen auszubrechen. Seine Trauer war wahrlich physischer Natur. Es schien ihm, als habe er noch nie im Leben eine so tiefe, mächtige Trauer empfunden, ja, als gäbe es überhaupt keine größere Trauer auf der Welt. Er biss die Zähne zusammen und würgte mit letzter Kraft die Tränen hinunter, die ihm die Kehle zuschnürten.

Die Kranke wiederholte in sturer Monotonie: »Zeeehn Wooochen, zeeehn Wooo-chen.«

Unbewusst nahm er einen Orangenschnitz und steckte ihn in den Mund. Der kühle, säuerliche Saft erfrischte ihn ein wenig. Nur wusste er im ersten Moment nicht, was er da im Mund hatte, nahm also den zerquetschten Schnitz wieder heraus und betrachtete ihn eine Weile aufmerksam, bis er erkannte, was es war, und ihn sofort unter den Tisch warf. Dann legte er der Kranken die Hand auf den Arm und sagte in flehentlich beschwichtigendem Ton: »Beruhigen Sie sich, meine Liebe, beruhigen Sie sich bitte. Essen Sie eine Orange, hier. Sie werden sehen, dass alles wieder gut wird. Sie kommen bald nach Hause. In ein paar Tagen, Sie werden's sehen. Sie müssen nur ruhig sein, dann schickt der Arzt Sie von selber heim, wenn er merkt, dass Sie ruhig und gesund sind. Man muss nur alles essen und ruhig sein, Sie werden sehen.«

»Nein, ich will nicht, ich kann nicht«, jammerte die Ärmste. »Keinen Tag länger! Keine einzige Stunde! Ich muss auf der Stelle weg. Kann keine Minute mehr dableiben. Mein Verstand verwirrt sich hier. Ich will nicht verrückt werden, ich will nicht. Ihr, ihr alle habt mein Leben auf dem Gewissen. Weil ihr mich hierhergebracht habt. Ich muss sofort nach Hause gehen. In diesem Augenblick. Wenn nicht jetzt – dann ist es zu spät. Denn zum Schluss werd ich hier wirklich krank und komm nie wieder raus. Alle haben mich verlassen, keiner kümmert sich um mich. Und auch Sie wollen mich nicht erlösen. Dabei hatte ich gehofft, Sie wollten's. Und nun wollen Sie auch nicht. An wen soll ich mich denn wenden, sagen S' mir, an wen? Steinhof, Steinhof. Jetzt werde ich mich schämen, draußen herumzulaufen. Alle werden mit dem Finger auf mich zeigen, als hätte ich jemanden umgebracht. Von nun an gibt's keine Rettung mehr für mich. Alles ist verloren. Steinhof. Bei den Verrückten. Und alles wegen solch einer Dummheit. So einer dummen Sache.«

Dabei fasste sie sich die ganze Zeit mit der Hand an die Stirn, als habe sie Kopfschmerzen. Gordweil fragte mit großem Mitleid: »Tut der Kopf weh?«

»Der Kopf tut mir weh. Immerzu. Alles tut mir hier weh. Ich muss so viel leiden. So viel. Daheim wäre ich längst wieder gesund, und hier wird es von Tag zu Tag schlimmer. Ich bitte Sie, mein Lieber, haben Sie Erbarmen mit mir, ich flehe Sie an«, dabei begann sie Gordweil über Kopf und Wangen zu streicheln, »ich richte mein Bittgebet an Sie wie an Gott, erbarmen Sie sich meiner, erretten Sie mich. Ich werde es Ihnen mein Leben lang nicht vergessen. Retten Sie mich, bevor es zu spät ist. Ich bin noch jung, ich möchte leben. Ich will hier nicht krank werden und für immer dableiben. Ich kann Ihnen nicht beschreiben, wie schrecklich es hier ist. Ich knie vor Ihnen nieder«, sie fiel tatsächlich auf die Knie, »retten Sie mich, solange es noch geht.«

Gordweil zog sie hoch und komplimentierte sie auf den Stuhl. Er war totenbleich, bebte am ganzen Leib. Alles war er für sie zu tun bereit, nur wusste er nicht, was er ausrichten konnte. Sein Hirn war wie leer gefegt, keine Idee wollte sich darin festsetzen. Mit heiserer Stimme sagte er: »Ich werde versuchen, etwas zu unternehmen. Werde alles tun, was in meinen Kräften steht. Aber jetzt beruhigen Sie sich bitte. Beruhigen Sie sich.«

»Sie müssen sofort mit dem Hofrat von Eichendorf, unserem Direktor, dem Chefarzt der Anstalt, sprechen«, erwiderte sie. »Jetzt werden Sie ihn im Verwaltungsgebäude antreffen. Er ist nicht jeden Tag hier, aber heute hat er Sprechstunde. Dreimal pro Woche. Und heute können Sie mit ihm reden. Ersuchen Sie ihn dringend. Er tut alles, wenn man ihn drängt. Eine Patientin ist vor ein paar Tagen nach Hause entlassen worden. Ihre Verwandten haben ihn dringend ersucht – und es hat genützt. Dabei war sie wirklich schwer krank. Immer hat sie geschrien und geweint. Aber ihre Verwandten haben den Hofrat gebeten, und er hat sie heimgehen lassen. Alles hängt von ihm ab, dem Hofrat von Eichendorf. Der ist unser Direktor. Aber sagen Sie um Himmels willen nicht, dass ich Sie geschickt habe. Das dürfen Sie auf keinen Fall sagen. Sonst machen Sie alles kaputt.« Sie blickte sich verstohlen um, ob es auch keiner gehört hatte.

In diesem Augenblick glaubte Gordweil ihren Worten. Womöglich war sie zu Hause wirklich besser aufgehoben, würde dort schneller gesund.

»Ich werde mit dem Hofrat sprechen. Werde mein Möglichstes versuchen.«

»Dann müssen Sie gleich gehen«, drängte die Kranke. »Ich möchte seine Antwort sofort wissen. Kommen Sie zu mir zurück, um mir seine Antwort mitzuteilen.«

Gordweil blickte auf die Uhr.

»Es sind nur noch fünf Minuten. Da habe ich keine Zeit mehr, zurückzukommen. Nach der Besuchszeit werde ich den Hofrat aufsuchen.«

Er hielt ihr noch einen Orangenschnitz hin, als sei das eine Art Heilmittel. Franzi steckte ihn mechanisch in den Mund, kaute einen Augenblick stumm und offenbar nachdenklich darauf herum, ehe sie erneut losjammerte: »Sehen Sie, jetzt ist es schon zu spät. Wenn Sie gleich gegangen wären, hätte ich noch heute nach Hause gehen können. Sie hätten mich heimgebracht wie damals. Und nun ist es schon zu spät. Jetzt muss ich wieder warten … Weiß Gott, wie lange ich noch warten muss. Und ich werde von Tag zu Tag kränker. Nun werde ich wirklich erkranken, und dann gibt es keine Rettung mehr für mich. Wer hier krank ist, kommt nie wieder raus. Bisher habe ich mich über Wasser gehalten, habe gekämpft, dachte, man würde sich meiner erbarmen und mich heimholen. Aber jetzt kann ich's nicht mehr ertragen. Jetzt muss ich wirklich krank werden …«

»Nein, nein«, beteuerte Gordweil, »Sie werden nicht erkranken. Im Gegenteil, Sie werden schnell genesen und nach Hause gehen. Ich werde mit dem Hofrat sprechen.«

»Mit dem Hof-«, begann Franzi, brach aber mittendrin erschrocken ab.

Die Tür ging auf, und die Schwester verkündete, die Zeit sei um.

Gordweil erhob sich, nahm die Schokolade und die restlichen Orangen und gab sie Franzi, die sich übereifrig der Schwester zuwandte: »Noch einen Moment, Schwester Charlotte, ich muss ihm noch etwas sagen.« Und zu Gordweil in ängstlichem Flüsterton: »Gehen Sie gleich zu ihm hinein. Sie wissen schon zu wem. Ersuchen Sie ihn dringend. Sagen Sie ihm, ich hätte ein kleines Kind zu Hause, für das ich sorgen müsse. Er soll es um des Kindes willen tun. Gehen Sie sofort. Sie werden ihn jetzt antreffen.«

Sie begleitete ihn über den Korridor bis zur Tür, wo sie ihm erneut mit dem Kopf und der freien Hand signalisierte, gleich den Hofrat aufzusuchen. Bevor die Tür zuging, sah er noch für den Bruchteil einer Sekunde Franzi Mitteldorfers blasses, hohles Gesicht, ihre ängstlich irrenden Augen, das dünne Strubbelhaar. Auch der bewusste rechte Strumpf war wieder hinuntergerutscht und ringelte sich um den Hausschuh. Es brach ihm das Herz, sie so, unter solch unmenschlichen Leiden, zurückzulassen. Aber die Tür wurde abgesperrt, und es war alles vorbei. Die Schwester begleitete ihn die Treppe hinunter und verschloss auch die Haustür hinter ihm.

Draußen blieb er einen Augenblick an der Tür stehen, um Luft zu schöpfen. Er hatte das Gefühl, schon lange, vielleicht schon Tage hier zu sein. Schmerzende Mattigkeit saß ihm in den Gliedern, und sein Gesicht war derart blass, als habe er gerade eine schwere Krankheit überstanden. Unaufhörlich klang ihm Franzis Jammern in den Ohren: »Zeeehn Wooo-chen, zeeehn Wooochen«, »Geh nicht nackt auf die Straße« und andere Wortfetzen. Er merkte nicht, dass ihm inzwischen ein schrägfallender feiner Regen ins Gesicht sprühte. Einen kurzen Moment war er unsicher, ob er nicht wirklich den Hofrat aufsuchen solle. Doch sogleich wies er diesen absurden Gedanken von sich. Aus alter Gewohnheit begann er seine Taschen nach einer Zigarette abzusuchen, fand aber nur einen kleinen Stummel, den er erst abwesend anstarrte, bevor er ihn anzündete und sich in Bewegung setzte.

Kaum hatte er ein paar Schritte getan, als wieder ein grauenhafter Schrei erscholl, der gleiche Schrei wie zuvor, nur näher. Gordweil hielt wie versteinert inne. Der Schrei verstummte abrupt, wie in der Mitte abgehackt. Es war nichts mehr zu hören als ein leises Rascheln in den Laubhäufchen seitlich der verwaisten Pfade, das Gordweil jetzt ebenso wahrnahm wie den leichten Sprühregen. Unbewusst, aus einem Gefühl des Schauders und der Gier, wartete er auf einen weiteren Schrei. Aber er wiederholte sich nicht. So setzte er langsam seinen Weg zum Ausgang fort.

Die Linie 6 war wieder überfüllt, nur achtete Gordweil nicht darauf. Die ganze Zeit wollte eine Art Schuldgefühl gegenüber all den Gepeinigten, die er dort in ihrer Pein zurückgelassen hatte, nicht von ihm weichen. Er betrachtete sich gewissermaßen als Deserteur und schämte sich ein wenig des befreiten Gefühls, das er unrühmlicherweise schon beim Verlassen des Pavillons und noch stärker empfunden hatte, als er die Schwelle des Steinhofs nach draußen überschritt.

In seiner Nähe schimpfte eine Frau in schroffem, garstigem Ton: »Warum drängeln Sie so, junger Mann? Wenn Sie Platz haben wollen, nehmen Sie ein Auto.«

Gordweil drehte den Kopf etwas nach rechts in Richtung der Stimme, während sein ganzer Körper wie ein Backstein in der Mauer eingekeilt blieb. Doch er sah nichts außer der leicht gekrümmten Fläche eines unendlich breiten Rückens in einem schwarzen, haarigen Mantel.

»Ja, Sie sind gemeint«, fuhr die Stimme fort, »Sie da mit dem schwarzen Hut.«

Unweit kicherte jemand.

Erst jetzt merkte Gordweil, dass sein rechter Ellbogen in etwas Weichem, Warmem versunken war. Sekundenlang blitzte in seiner Phantasie ekelerregend die riesige, schwammige Brust einer hässlichen Frau auf. Mit ganzer Kraft bemühte er sich, den Ellbogen einzuziehen, was ihm nur unter erheblichen Schwierigkeiten und geringfügiger Verschiebung des Riesenrückens gelang.

Bald darauf hatte die Tram die Endstation erreicht. Die Insassen drängelten auf die Türen zu. Vor Verlassen des Wagens wandte sich Gordweil nach rechts, wie man sich nach einem Stein umdreht, über den man gestolpert ist, und erblickte eine betagte kleine, plumpe Frau mit einem schwarzen Flaum auf der Oberlippe und einer behaarten Warze seitlich am Kinn. Das musste die Frau sein, die mit der anderen Patientin im Besuchsraum gesessen hatte. Sofort erstand jenes Zimmer vor ihm einschließlich der in blödem Schweigen kauenden Kranken, über der ein Porträt Kaiser Franz Josephs an der ockerfarbenen Wand hing. Gordweil stieg aus und ging zur Haltestelle der Linie 59, die zum Ring fuhr. Er konnte sich um keinen Preis erinnern, ob er dort an der Wand wirklich das Konterfei des Kaisers gesehen hatte, was ihm nun hartnäckig zu schaffen machte. Denn es war doch interessant, ob ihm seine Phantasie womöglich ein Schnippchen schlug, indem sie das Kaiserbild an eine eigentlich freie Wand oder aber anstelle eines gänzlich anderen Bildes hängte, etwa das eines berühmten Psychiaters, der seinen Bart nach Art dieses Kaisers trug – spitz zulaufende Streifen zu beiden Seiten des in der Mitte glattrasierten Kinns wodurch eine Ähnlichkeit zwischen beiden entstand … Schade, dass er nicht darauf geachtet hatte, als er dort gewesen war. Aber was ging ihn das eigentlich an? War es denn wichtig?

Er stieg ein und setzte sich auf den einzigen freien Platz nahe der Tür. In der Jackentasche fand er noch eine ganze Zigarette, deren Vorhandensein ihm völlig entgangen war, und er wollte sie gerade geistesabwesend anzünden, als jemand sagte: »Das ist kein Raucherwagen, junger Mann. Dazu ist der letzte Wagen da.«

Die schroffe Stimme kam ihm bekannt vor. Er hob die Augen und entdeckte auf dem Platz gegenüber erneut die plumpe Schnurrbart- und Warzenträgerin, die ihn mit ihren boshaften Augen musterte. Gordweil kochte vor Wut. Gleichzeitig spürte er einen Krampf im Magen, als habe er eben etwas besonders Widerwärtiges verschluckt. Im ersten Moment war er drauf und dran, abzuspringen, aber die Tram war inzwischen angefahren. Er hatte keine andere Wahl, als sitzen zu bleiben, die Zigarette aus dem Mund zu nehmen und sie wieder einzustecken. Daraufhin verfiel er in eine betont lässige Haltung, schlug die Beine übereinander und begann die Warze am Kinn der alten Frau zu fixieren. Mehrere Minuten starrte er so, wobei seine Wut sich legte. Auf der Warze sprossen drei lange Haare, ein weißes und zwei schwarze. Er zählte mehrmals sorgfältig nach, fand aber nicht mehr als drei, von denen nur eines weiß war. Aber hart waren sie alle, dick und hart wie Draht – das war auf den ersten Blick offensichtlich und bedurfte keiner weiteren Prüfung. Ja, dachte Gordweil mit einer gewissen Genugtuung, es wäre interessant, ihr Gesicht zu sehen, wenn jemand plötzlich käme und ein Haar mit der Pinzette oder auch mit bloßen Fingern packte – es kribbelte ihm schon in den Fingern der rechten Hand –, das weiße oder eins der schwarzen zu fassen kriegte und – rupf! Gordweil richtete den Blick auf die Augen der Frau, als wäre dort die Wirkung des imaginären Angriffs abzulesen. Risse man ihr plötzlich alle drei auf einmal aus, setzte er seinen Gedankengang fort, würde sie vermutlich neben dem physischen Schmerz im ersten Augenblick auch einen Anflug von Seelentrauer über den Verlust empfinden, wie beim Einbüßen eines realen Körperteils. Und möglicherweise fände sie sich in der ersten Zeit ohne sie auch hässlicher, bis sie sich mit ihrer Abwesenheit versöhnt haben würde.

»Die Fahrscheine, bitte!«, rief der Schaffner in unmittelbarer Nähe und beendete damit Gordweils Sinnen.

Draußen dunkelte es, die Laternen wurden angezündet. An einer Haltestelle erhob sich die Frau gegenüber. Beim Aussteigen warf sie Gordweil einen feindseligen Blick zu. Er versuchte durchs Fenster festzustellen, ob es noch regnete, aber die Scheibe war beschlagen, so dass er nichts sehen konnte. Als die Straßenbahn kurze Zeit später ihr Endziel am Ring erreichte, hatte sich der Abend schon völlig über die Stadt gesenkt.

16.

Den kurzen Weg zum Café Herrenhof legte er zu Fuß zurück. Kalt und stechend sprühte ihm der feine Regen ins Gesicht. Doch nach einer Abkürzung hinter dem Burgtheater war er im Handumdrehen in der Herrengasse. Er wunderte sich ein wenig über die Menschen, die ihm auf den regennassen Straßen begegneten, mit ihren eigenen Angelegenheiten beschäftigt wie immer. Seltsam, dass keiner an die furchtbaren wahren Leiden dachte, die dem Menschen auf Schritt und Tritt auflauerten und denen gegenüber all die ärgerlichen Alltagsnöte null und nichtig erschienen. Andererseits war es wohl besser so, sagte er sich, denn sonst könnte die Welt gar nicht weiterbestehen …

Ulrich saß noch im Café, in einer Fensterloge mit Perczik, der den *Abend* las und rauchte.

»Du nimmst dir ja Zeit, Gordweil«, empfing ihn Ulrich mit leichtem Tadel, »es ist schon Viertel vor sechs. Ich wollte eben gehen. Nun, was war dort?«

»Nichts«, antwortete Gordweil unwillig im Niedersitzen. »Kranke halt.«

Ulrich gab sich damit nicht zufrieden: »Und deine Bekannte?«

Perczik ließ die Zeitung sinken und spitzte die Ohren: Vielleicht gab es hier Stoff für ein Feuilleton.

»Die Bekannte«, sagte Gordweil zerstreut, »die Bekannte ist ebenfalls krank. Muss sie wohl sein. Sonst wäre sie ja nicht dort.«

»Und hat jedermann da Zutritt?«, versuchte Ulrich es hintenherum.

»Wo, wo?«, schoss Perczik aus dem Hinterhalt.

»Im Rothschildspital«, sagte Gordweil, dem Perczik Neugier auf die Nerven ging. »Eine Melange, Herr Krieger.«

Leichter Unwille huschte über Perczik Gesicht. Er wusste sehr wohl, woher Gordweil eben zurückgekommen war, und brannte darauf, mehr zu erfahren, aber der andere wollte nicht reden. Mit gekünstelter Teilnahme fragte er weiter: »Ich habe gehört, deine Frau sei krank. Geht es ihr wieder besser?«

»Ja, danke.«

»Liegt sie im Rothschildspital?«

»Wenn du willst ...«

Perczik gab es endgültig auf, Gordweil in ein Gespräch zu verwickeln, und wandte sich wieder der Zeitungslektüre zu.

Ulrich, der Gordweil ansah, dass er äußerst gereizt war, ließ ihn ein Weilchen in Ruhe. Dann bemerkte er: »Lotte hat vor einer halben Stunde vorbeigeschaut. Sie kommt um sechs wieder. Möchte dich sprechen.«

Gordweil schwieg. Trank gleichgültig den Kaffee, den ihm der Kellner vorgesetzt hatte. Durch den Spalt zwischen den zugezogenen Vorhängen sah man draußen Passanten mit aufgespannten Schirmen vorbeigehen. Es regnete also immer noch. Unendliche Traurigkeit erfüllte Gordweil. Ja, der Mensch ist schwächlich, überlegte er, schon ein Regenschauer oder auch nur eine kleine Mücke bringen ihn um den Verstand. Er blickte Ulrich an, als suche er Unterstützung für seine unausgesprochene Schlussfolgerung, sah, dass sein Kinn wie immer in der Mitte gespalten war – ein Zeichen übertriebener Selbstzufriedenheit gewissermaßen – und seine ordentlich gebundene, schwarz-weiß gestreifte Krawatte akkurat in der Mitte saß, wie mit unsichtbaren Nägeln an der Brust festgeheftet. All diese kindischen Anstrengungen erschienen ihm auf einmal lächerlich. Und als grotesker Gegensatz dazu tauchte wieder Franzi Mitteldorfers angstverzerrtes Gesicht vor seinen Augen auf. Das Herz begann ihm zu pochen.

»Ist sie lange hier gewesen?«, fragte er, um sich abzulenken.

»Nein, sie hat sich gar nicht erst hingesetzt. Hat nur nach dir gefragt und gesagt, sie käme wieder. Du solltest bitte auf sie warten. Da kommt sie ja.« Er deutete auf die Drehtür, durch die im selben Augenblick Lotte Bodenheim das Café betrat.

Sie kam mit schnellen, lauten Schritten auf ihren Tisch zu und suchte mit den Augen einen Platz für ihren triefenden Schirm.

Perczik nahm ihn ihr sogleich ab, stellte ihn unter den Tisch und bot ihr in bester Kavaliersmanier seinen Platz an.

Gordweil sah sie prüfend an, als sie sich neben ihn setzte, und stellte besorgt fest, dass ihr Gesicht abgespannter und blasser geworden war.

»Wie geht's dir, Gordweil? Wir haben uns lange nicht mehr gesehen.« Sie lächelte ein wenig. »Wenn wir so selten zusammenkommen, werden wir einander zum Schluss gar nicht mehr wiedererkennen.«

»Die Gefahr besteht nicht«, antwortete Gordweil ernsthaft, »zumindest nicht meinerseits.«

»Und wie geht es Thea? Bleibt sie noch lange im Sanatorium?«

Bei dieser Frage, die ihr gewissermaßen von allein herausgerutscht war, fingerte sie nervös an ihren braunen Handschuhen herum. (Obwohl Gordweil vor Scham die Wahrheit verhohlen hatte, kannten seine Freunde – und zwar aus Theas eigenem Munde – die wahre »Krankheit«, derentwillen sie im Sanatorium lag.)

»Noch zehn Tage etwa, wenn alles normal verläuft.«

Gordweil war es stets unangenehm, mit jemandem über seine Frau zu sprechen und besonders mit Lotte, von der er wusste, dass sie Thea hasste.

Lotte sagte – wieder unwillkürlich: »Ich habe sie schon mehrmals besuchen wollen, aber immer ist etwas dazwischengekommen ... Eh ich mich gedreht und gewendet hatte, war der Tag wieder herum ... Und du, Ulrich«, unterbrach sie sich mit einiger Anstrengung, »du sitzt ja immer noch so hier, wie ich dich vor einer Stunde verlassen habe. Wie lange du im Café sitzen kannst! Wird's euch denn nie zu viel?«

»Siehst du, mein Fräulein«, sagte Ulrich mit feinem Lächeln, »das Sitzen im Kaffeehaus ist ein Schild gegen den Tätigkeitsdrang, der das Leben vergällt. Die letzte Stufe vor dem reinen Nirwana unseres Meisters Buddha. Allenthalben hat unserereins ja das irrige Empfinden, er versäume etwas, verpasse etwas unwiederbringlich … Als sei es einem aufgegeben, dies und jenes in der und der Zeitspanne zu erledigen. Das ist der schädliche Einfluss unserer materialistischen Generation, die sich physischer Arbeit und fortschrittlicher Technik verschrieben hat. Doch sobald man ein Kaffeehaus betritt, ist es doch wie Feiertag. Das drückende Joch ist einem mit einem Schlag abgenommen. In der Mitte durchgebrochen. Eine Art Arbeitergeneralstreik, bei dem Nichtstun Pflicht ist. Siehst du, ich verabscheue hauptsächlich den Arbeitszwang. Die Arbeit an sich, jedwede Arbeit, könnte durchaus Freude machen, wenn sie der Mensch nicht zur sittlichen Pflicht erhoben hätte. Die erste Frage, die einem jeder beliebige Mensch in seinem Forschungsdrang stellt, lautet unweigerlich: ›Was tun Sie? Was ist Ihr Beruf?‹ Ich würde gern die Stufe erreichen, ohne Scham und Selbsttäuschung sagen zu können: ›Ich? Ich tue nichts, mein Herr. Absolut gar nichts. Ich lebe, weil Gott mir den Lebensodem eingehaucht hat – nicht wahr? Alles Übrige hat er mir nicht ausdrücklich geboten, da weiß ich nicht Bescheid. Andeutungen verstehe ich nicht. Ich bin zu nichts verpflichtet. Ich lebe – und damit allein habe ich schon meine Pflicht erfüllt.‹ Das gilt natürlich nicht für die Ärmsten, die gezwungen sind, für ihren Lebensunterhalt zu arbeiten. Die sind bemitleidenswert. Ich meine nur diejenigen, die sich, obwohl ihr täglicher Bedarf von anderer Seite voll gedeckt wird, stets verpflichtet fühlen, mit Arbeit zu bezahlen, nicht gerade für ihren Lebensunterhalt, sondern im Wesentlichen für das bisschen Luft, das sie atmen, um sich ihr Existenzrecht zu verdienen. Diese ewigen Schuldenbegleicher!«

Lotte hatte längst aufgehört, Ulrichs Worten zu lauschen, die sie nicht im mindesten interessierten. Die ganze Zeit ließ sie kein Auge von Gordweil, der, scheinbar tief in Gedanken versunken, auf den Tisch starrte. Schließlich sagte sie: »Ja, Ulrich, du hörst dich genauso an wie ein Leitartikel in der *Neuen Freien Presse.* Du müsstest das alles aufschreiben, es hinschicken und Geld dafür bekommen.«

»Auch das Schreiben ist Arbeit, mein Fräulein«, erwiderte Ulrich trocken und nahm damit ihrer Bemerkung den Stachel. Aber tief im Innern hatten ihre Worte ihn verletzt. Er bot ihr sein Zigarettenetui an wie zum Beweis, dass er ihr nichts nachtrug.

Gordweil sagte: »Die Dinge sind so kompliziert und die Menschen desgleichen – selbst diejenigen, die scheinbar einfach sind. Man darf nicht alle nach demselben Maßstab messen.«

Man konnte nicht wissen, ob er damit auf Ulrichs Worte einging oder die Schlussfolgerung irgendeines anderen Gedankengangs zum Ausdruck brachte. Niemand antwortete. Bald darauf erklärte Lotte, sie müsse nach Hause gehen, und bat Gordweil, sie zu begleiten. Sie zahlten und standen auf. Ulrich und Perczik gingen mit ihnen hinaus, verabschiedeten sich und schlugen eine andere Richtung ein.

Der Regen hatte inzwischen aufgehört, aber das Pflaster glänzte feuchtschwarz, wie mit einer schwarzen Lackschicht überzogen. Eine Weile gingen sie schweigend. Es war Ladenschlusszeit, die Rollläden rasselten allenthalben mit ohrenbetäubendem Lärm herunter. Gordweil spürte intuitiv, dass Lotte jetzt traurig war, und irgendwie wirkte sie auf ihn in diesem Augenblick so elend und hilfsbedürftig, dass er Mitleid empfand. Sie ist überhaupt nicht glücklich, diese Lotte, dachte er, auch sie nicht ... Sofort ertappte er sich bei dem »auch« und verdrängte es. Er musste sich unbedingt davon lösen, durfte es mit allen anderen, nur nicht mit sich selbst in Verbindung bringen. Er hakte sich bei ihr unter.

»Heute Nachmittag bin ich im Steinhof gewesen«, sagte er leise, »habe eine Bekannte besucht. Da steht man urplötzlich der völligen Nichtigkeit aller Dinge gegenüber ... Irgendein verborgenes Schräubchen lockert sich – und schon zeigt sich der Kern in seiner Blöße.«

Lotte sagte kein Wort.

Sie erreichten den Ring, auf dem Automobile und vollgestopfte Trams hin und her sausten. Gegenüber stand das Parlamentsgebäude verriegelt und verrammelt in aufgeblasener Arroganz, und den Passanten schlug schwere politische Langeweile entgegen. Auf dem Vorplatz vor dem Eingang patrouillierten Polizisten, um die Leere im Innern zu bewachen. In der Ferne, hinterm Schottentor, blinkten – wie sich öffnende und schließende Augen – bunte Leuchtreklamen für Schicht-Seife, Salamandra-Herde und Ähnliches auf. Eine Schar Neugieriger umringte einen riesigen Möbelwagen, der ein Rad verloren hatte. Nichtig all das, absolut nichts wert, wenn man die Gedanken in eine gewisse Richtung lenkte …

Gordweil und Lotte mussten eine Weile warten, bevor sie den Ring überqueren konnten. Als sie hinter dem Parlament entlanggingen, vorbei an dem Park zur Linken, von dessen überhängenden Bäumen ab und zu dicke, verspätete Regentropfen auf sie fielen, sagte Lotte: »Diese Dinge sollte man aus seinem Hirn verbannen … Die Gesunden haben zu gesunde Triebe für so etwas. Solche Dinge gehen sie nichts an, existieren nicht für sie, und nur diesen Menschen, ihnen allein gehört die Welt. Die anderen, die nicht so sind, sind schon selber krank.«

Die Gesunden, dachte Gordweil. Auf diese Weise gesund wollte er gar nicht sein. Außerdem waren die in Wirklichkeit auch krank … krank, ohne es zu wissen.

Jetzt gingen sie bereits die etwas ansteigende Lerchenfelder Straße hinauf. Lotte stützte sich mit ihrem ganzen Körpergewicht auf Gordweils Arm. In flehentlichem Ton sagte sie: »Aber jedermann sehnt sich nach ein wenig Freude. Denn sonst ist es doch schwer …« Und nach einem kurzen Moment fuhr sie in warmherzigem Ton fort: »Ich gebe gern zu, dass ich egoistisch bin. Muss ich mich deswegen etwa schämen, Gordweil? Die paar Jahre, die mir vergönnt sind – ach was! Die will ich leben. Sie bis auf den letzten Tropfen auskosten. Vielleicht ist das Frauenart. Aber ich kann keine Leiden ertragen. Ich wäre sogar imstande, andern wehzutun, wenn ich dadurch nur Leid von mir abhalten könnte. Das gebe ich offen zu. Bin ich deshalb schlecht? Sicher nicht schlimmer als andere. Aber auch besser als andere will ich nicht sein. Dafür muss man zahlen, muss sein privates Glück aufgeben, und ich mag nicht verzichten. Und mit wenig gebe ich mich auch nicht zufrieden. Ich fordere alles. Alles, was das Leben gewähren kann, fordere ich für mich. Weil nämlich nichts außer dem realen Leben existiert. Ich glaube an nichts anderes, will an nichts anderes glauben. Das Leben, so wie es ist – das sichtbare Leben, das mit unseren fünf Sinnen erfassbar ist –, erscheint mir lohnend. Es ist schön, immer wunderschön, und ich möchte es bis zum Ende genießen.«

Danach gingen sie wieder schweigend weiter. Als sie schon fast bei Lottes Wohnung angekommen waren, schlug sie plötzlich vor, auf ein halbes Stündchen ins Café zu gehen. Eine halbe Stunde könne sie noch mit ihm verbringen. Und das sei ihr eine besondere Freude, fügte sie halb im Ernst, halb im Scherz hinzu, wirklich ein uneingeschränktes Vergnügen, da sie sich jetzt so selten träfen. Gordweil nahm bereitwillig an. Er freute sich sogar ein bisschen über ihre Einladung, denn er war müde und gereizt und hoffte, in Gesellschaft Lottes, die jetzt ruhiger, etwas melancholischer Stimmung war, zur Ruhe zu kommen.

Das Café war klein, drittklassig und zu dieser Stunde mäßig frequentiert. Ein untersetzter Kellner schreckte bei ihrem Eintreten aus seinem Müßiggang hoch und wies mit ausladender Geste auf einen Tisch in der Ecke, als habe er ihn längst aus eigenem Antrieb für die beiden reserviert. Im Nebenraum erklang abgehacktes Klaviergeklimper. Gordweil bestellte zwei Kaffee und Zigaretten. Unterdessen überflog er das Schild an der Wand gegenüber: *Versammlungslokal arischer Naturfreunde, Ortsgruppe Neubau.* In seiner Phantasie tauchten unwillkürlich hünenhafte arische Lehrer auf, mit grünen Lodenjoppen, kurzen, speckigen Lederhosen, nackten, knochigen, sonnverbrannten Knien und farblosen, dümmlich dreinschauenden Gesichtern, aus denen lange, krumme Pfeifen baumelten: Naturfreunde eben. Der Kellner brachte den Kaffee nebst Zigaretten, während Gordweil schon den Vereinspräsidenten sagen hörte: »Jetzt, meine sehr geehrten Herren, erhält unser hochgeehrter Kamerad, Herr Eigermeier, das Wort, und darauf werden wir mit Erlaubnis der verehrten Anwesenden zu den Fragen übergehen.« Herr Eigermeier erhob sich und begann mit etwas eingerosteter Stimme: »Von außerordentlicher Bedeutung, das möchte ich besonders betonen, meine Herren, von allergrößter Bedeutung ist die Gründung von Sondersektionen zur Organisierung der arischen Jugend und ihrer Erziehung zur Liebe der Natur, zu Bewegung in frischer Luft und natürlichem, gesundem und stolzem Leben im Geist der Lehre unseres Heilands Jesus Christus und ihrer Bewahrung vor fremden, unerwünschten Elementen, die – hm – aus dem Orient in unsere Mitte vorgedrungen und nun auf dem besten Wege sind, alle – ich betone: alle – Positionen in Wirtschaft und Geistesleben zu erobern, ja zum Schluss auch noch unseren letzten, uns, werte Kameraden, so teuren Besitz: die herrliche Natur unseres wunderbaren und … und … liebreizenden Landes, dass mir das Herz blutet«, und so weiter und so fort. Und daheim erzählte Herr Eigermeier hinterher seiner Frau, die bei seinem Eintreten aufgewacht war, in beiläufigem Ton scheinbar obenhin, er habe heute im Verein eine halbstündige Rede gehalten. Er wolle sich keineswegs selber loben, das wisse sie ja, aber alle Vereinskameraden hätten seine klaren Gedanken und ihre knappe, präzise Darlegung gerühmt. Die Frau gähnte herzhaft, hörte mit halbem Ohr zu und schlief wieder ein, während der Mann mit tiefer Genugtuung seine Kleidung ablegte.

Gordweil fand es höchst angenehm, sich all dies ohne jede Verpflichtung oder innere Anteilnahme vorzustellen. Das Phantasiegebilde übte eine beruhigende Wirkung auf ihn aus. Er lächelte und trank einen Schluck Kaffee. In geringer Entfernung lehnte der Kellner, offenbar in tiefes Grübeln versunken, an einem Tisch. Doch sprang er gleich auf Lotte zu, als sie sich nach dem Kaffee eine Zigarette zwischen die Lippen steckte, und gab ihr Feuer.

Sei es, dass etwas von Gordweils Stimmung oder seinen merkwürdigen Gedanken auf Lotte abgefärbt hatte oder dass auch sie es direkt dem Raum entnommen hatte – jedenfalls sagte sie: »Die Atmosphäre hier hat irgendwas Besonderes an sich. Als seien all die vielen Weltprobleme zusammengeschrumpft und hätten sich auf eine einzige simple Sache reduziert, etwas Begrenztes, Tierisches, Erdverbundenes. Es erinnert mich an ein abgelegenes Wirtshaus in einem Bergdorf.«

Lotte spitzte die Lippen, um unsichtbaren Rauch auszublasen, bevor sie fortfuhr: »Du sitzt in einem solchen Wirtshaus bei Tag oder am Abend. Besonders abends. Es sind nur wenige Gäste da. Einige spielen mit abgegriffenen, ausgefransten Karten, andere brüten über ihren Gläsern und kratzen sich heimlich. Denn die Bergler sind schwerfällig im Denken und Tun, als seien sie dauernd mit solch einem hohen Berg beladen … Sie schweigen viel, und du sitzt da und beobachtest sie und wirst dir mit einem Mal klar, dass dir die ganze große Welt mit all ihren komplizierten Angelegenheiten zwischen den Fingern zerrinnt, völlig verschwunden ist, gar nicht mehr vorhanden … Und nichts ist mehr übrig als diese kleine Wirtschaft mit der Handvoll Menschen darin und den Bergriesen ringsum. Das ist ein grandioses Gefühl, sage ich dir. Und du bist in diesem Moment überhaupt nicht traurig über den Verlust der Welt, trotz der großen Furcht, die dich mit dem Gefühl völligen Verwaistseins befällt. Ja, diese Furcht verleiht dir sogar doppelten Mut, da du von nun an ganz auf dich selbst gestellt bist.«

Sie schwieg einen Augenblick und sog an der Zigarette, die inzwischen ausgegangen war. Gordweil beeilte sich, ihr ein Streichholz anzuzünden. Das Klaviergeklimper nebenan hatte aufgehört.

»Und trotzdem«, sagte Lotte, »wenn du wieder in der Stadt unter all den Menschen bist, willst du kein Haarbreit davon aufgeben. Und alles erscheint dir wieder natürlich und selbstverständlich.«

Lotte merkte plötzlich, dass sie um den heißen Brei herumredete, nicht auf den Kern der Sache zu sprechen kam, die ihr wie ein Felsbrocken auf der Seele lastete. Alles, was sie sagte, schwebte über den Dingen, ließ die Hauptsache unberührt. Denn dafür fehlten ihr die Worte. Unbefriedigt über ihre mangelnde Ausdruckskraft, verstummte sie. Dabei hatte sie jetzt den starken Drang, Gordweil ihre ganze Seele zu offenbaren. Er sollte sie so sehen, wie sie war, ohne jede Barriere, sollte ihre Seele in all ihren Schattierungen und feinsten Verästelungen erspüren, ohne dass sie reden, mit Worten schildern musste, die eher verfälschten und vernebelten als klärten. Zur selben Zeit kam ihr jedoch zu Bewusstsein, dass dieser Gordweil sie nicht richtig kannte und auch künftig nicht kennen würde, weil sie ihm überhaupt nicht wichtig war, weil sie ihn nicht mehr als jede andere x-beliebige Frau beschäftigte. Und eine Woge der Abneigung brandete in ihr auf gegen diesen Mann, der ihr da gegenübersaß und emsig eine Locke seines Haarschopfs um den Finger wickelte.

»Nun, Gordweil, ein großer Held bist du auch nicht gerade. Dessen braucht man dich nicht zu verdächtigen, haha«, stichelte sie spöttisch.

Gordweil starrte sie verwundert an: »Held? Warum ein Held?«

»Ja. Hab ich nur so gesagt. Du hältst dich doch sicher für einen Helden.«

»Ich? Das hab ich noch nie gedacht. So was ist mir nie und nimmer in den Sinn gekommen.«

»Egal.«

Die Sucht, ihn zu ärgern, war mit einem Schlag verflogen. Sie fühlte sich elend, unzufrieden. Alles kam ihr auf einmal zwecklos vor, sogar ihr Zusammensitzen mit Gordweil, der augenblicklich meilenweit von ihr abrückte. Auch sein eingefallenes Gesicht war ihr jetzt völlig fremd, als sähe sie es eben zum ersten Mal, und der Weg zu diesem Gesicht vor ihr erschien unüberwindlich weit. Vielleicht sollte sie es aufgeben, das Ganze durch einen scharfen Schnitt beenden. Aber Lotte fürchtete sich vor diesem Schnitt.

Dahinter tat sich ihr ein völlig leerer Raum auf, der nichts enthielt, mit dem es sich aufzuhalten lohnte. Lotte hatte Angst, in diesen leeren Raum zu blicken. Also wollte sie es weiter versuchen, mit allen Mitteln und Wegen. Diese Verbindung konnte schließlich nicht von Dauer sein. Auch von Theas Seite nicht. Die war sicher nicht geeignet, es lange mit jemandem auszuhalten und gewiss nicht mit einem Mann wie Gordweil. Außerdem liebte sie ihn ja nicht, kannte ihn gar nicht, nicht im Geringsten. (Diese Gewissheit spendete ihr übrigens zeitweise Trost. Sie glaubte fest, nur sie allein kenne Gordweil richtig, so dass er in dieser Hinsicht ausschließlich ihr gehöre.) Die Sache musste demgemäß irgendwann einmal platzen. Das stand außer Zweifel. Aber wann und wie? Wann immer Lotte über diesen notwendigen Ausgang nachgrübelte, schauderte ihr. Denn sie erkannte klar, dass diese beiden Menschen sich nicht ohne eine furchtbare Katastrophe voneinander lösen würden. Die ließe sich nicht vermeiden, und es war nicht vorauszusehen, wen von den beiden sie treffen würde. Vermutlich würde Gordweil der Hauptleidtragende sein, weil er der Nachgiebigere war. Und auch der liebende Teil. Aber liebte er denn wirklich?, fragte sich Lotte. Wie konnte man die nur lieben? Und ausgerechnet er, Gordweil? Das schien ihr ein Unding zu sein. Sie heftete den Blick auf ihn, als wolle sie ihm die Antwort auf diese Frage vom Gesicht ablesen, kam aber zu keiner Lösung. Er saß da und rauchte, den Kopf in die Hand gestützt, völlig undurchsichtig. Als er Lottes Blick spürte, sagte er gedankenverloren: »Ich glaube, du denkst zu viel nach, Lotte. Das ist sinnlos. Und auch nichts für ein hübsches junges Mädchen – ich meine, das viele Nachgrübeln. Ist es nicht so?«

Lotte erwiderte kein Wort. Kurz darauf bemerkte sie, dass es schon spät für sie sei und sie es nun eilig habe, nach Hause zu kommen. Beim Abschied vor ihrer Haustür sagte sie: »Ich wollte eigentlich über etwas anderes mit dir sprechen, Gordweil, aber heute hat es sich nicht ergeben. Vielleicht ein andermal. Wann sehen wir uns wieder?«

»Ich kann keine Zeit vereinbaren, Lotte. Du weißt ja, dass ich beschäftigt bin. Aber Sonntag gegen Abend bin ich zu Hause. Wenn du frei bist, schau doch bitte mit Dr. Astel vorbei.«

Mit Dr. Astel, dachte Lotte bitter. Ist er wirklich so dumm, dieser Gordweil, oder tut er nur so?

Dann verschwand sie ohne ein weiteres Wort im Hausgang.

17.

Heftiger Wind, mit feinen Sprühregentropfen durchsetzt, peitschte ihm kalt ins Gesicht, trommelte gegen Blechschilder und geschlossene Läden, ließ die elektrischen Birnen, die die Stadt wie eine orangefarbene Perlenkette zur Nacht angelegt hatte, schwanken. Bei solchem Hundewetter wäre es natürlich ratsam gewesen, auf alle Fälle seinen Hut festzuhalten, was Gordweil in seiner Geistesabwesenheit jedoch verabsäumt hatte, und da jagte er auch schon – ein lächerlicher Anblick – seinem Hut hinterher, der knapp einen Meter über dem Boden die Lerchenfelder Straße entlangflog, von Zeit zu Zeit landete und auf ihn wartete, aber sofort wieder abhob, sobald Gordweil in die Nähe kam, als halte er ihn absichtlich zum Besten. Gordweil lief ihm ausdauernd nach, beugte sich gelegentlich vor, um ihn mit ausgestreckter Hand zu fassen. Dann begann der Hut wie ein Rad auf der Krempe zu kullern, wirbelte zum Abschluss noch einmal hoch, kreiselte wie ein sonderbarer schwarzer Vogel abwärts und sank tot aufs Trottoir. Gordweil machte einen Satz und stellte seinen Fuß darauf. Ganz erschöpft und atemlos von der Verfolgungsjagd, hob er ihn auf. »Du bist wohl verrückt geworden«, schnauzte er ihn lauthals an, als tadele er ein Haustier, »tu das nie wieder.«

Danach säuberte er ihn, so gut es ging, und blickte auf die Uhr. Es war Viertel nach acht. Plötzlich erstand die ganze Szene im Steinhof wieder vor seinen Augen, als hänge sie auf geheimnisvolle Weise irgendwie mit der jetzigen Uhrzeit zusammen. Angst befiel ihn, die sich in einem starken Schmerz in der linken Magenhälfte ausdrückte. Er dachte an sein Zimmer, und es erschien ihm gähnend leer. Was sollte er jetzt zu Hause anfangen? Es war noch früh. Unentschlossen kämpfte er gegen den wütenden Sturmwind an, den Hut die ganze Zeit in der Hand, und gelangte in die Nähe der Universität. Ach ja, dachte er, man müsste Rubicek besuchen. Er war schon lange nicht mehr bei ihm gewesen. Wenn er Glück hatte, würde er ihn zu Hause antreffen. Ebenso gut konnte er allerdings mit seiner Alten ins Kino oder sonst wohin gegangen sein. Auch das war möglich. Doch da sich dieser Zweifel nun einmal in ihm geregt hatte, würde Rubicek gewiss zu Hause sein ... Diesen letzten Gedanken verbannte er tief nach unten, gewissermaßen in die Zehenspitzen, und ließ ihn nicht ins Bewusstsein aufsteigen, um keinesfalls das Glück zu versuchen, das die Ereignisse nur ungern den Wünschen und Erwartungen des Menschen anpasst. Oben indes, im hellwachen Gedankenbereich, leierte er ständig vor sich hin: Gewiss wird er nicht daheim sein, gewiss ist er nicht da ..., damit er das Glück auf Umwegen zu fassen bekam, sozusagen mit den Worten: Siehst du, ich weiß von vornherein, dass er nicht zu Hause ist, so dass hier kein Raum für Überraschungen und Enttäuschungen bleibt ... Denn seine Angst davor, nach Hause gehen zu müssen, wuchs ständig, und gerade von einem Besuch bei Rubicek versprach er sich eine beruhigende Wirkung.

Rubicek war zu Hause.

»Schau, schau, Julia«, rief er mit unverhohlener Freude, während er dem Gast aus dem Mantel half. »Sogar Regen und Kälte haben manchmal ihr Gutes.«

Das ältliche Paar war beim Abendessen. Eine ruhige, beschützende Atmosphäre herrschte in dem bescheidenen, einfachen Speisezimmer. Es duftete nach Braten und Suppengrün. Gordweil schluckte den Speichel hinunter. Die Frau stellte ihm einen Stuhl an den Tisch.

»Machen Sie sich keine Umstände, ich kann überall sitzen, und lassen Sie sich nicht beim Essen stören.«

»Aber nein«, sagte die Frau, die die fünfzig überschritten haben musste, mittelgroß war und Gutmütigkeit ausstrahlte, »jetzt, wo Sie da sind, essen Sie mit uns.«

»Nein, danke. Ich habe schon gegessen«, log Gordweil aus irgendeinem Grund. »Eben gerade, vor ein paar Minuten.«

»Trotzdem, Herr Gordweil«, bekräftigte Rubicek die Einladung seiner Frau, »Sie werden uns doch keinen Korb geben. Essen Sie, was Sie können. Der Magen ist dehnbar wie eingeweichtes Leder. Viel bekommen Sie sowieso nicht mehr. Das meiste habe ich selber schon verputzt.«

Gordweil ließ sich umstimmen. Sie waren bereits beim Fleisch angelangt, aber er bekam noch Suppe, die ihm Frau Rubicek aus der Küche holte.

Zum Schluss wischte sich der Gastgeber mit der Serviette den dicken, graumelierten Schnurrbart und fragte: »Nun, was ist mit Ihnen, mein Freund? Und wie geht es Ihrer Alten?«

»Gut, gut. Thea liegt im Sanatorium.«

Der letzte Ausspruch war ihm gegen seinen Willen herausgerutscht, was er sofort bereute.

»Was sagen Sie? Im Sanatorium?«, fragte Rubicek besorgt. »Und das verkünden Sie mit solcher Seelenruhe? Was hat sie denn?«

»Nichts Ernstes. Nur eine leichte Operation, die keinerlei Risiko in sich birgt. Sie ist übrigens schon erfolgreich durchgeführt.«

Die Frau, die eben aus der Küche zurückkam, erschrak ob des Wortes »Operation«. Nichts auf der Welt vermochte sie so in Angst und Schrecken zu versetzen wie der Gedanke an eine Operation. Zweifellos wäre sie lieber gestorben, als einem Eingriff zuzustimmen.

»Was haben Sie gesagt? Operation?«, rief sie sichtlich besorgt von der Tür aus. »Wen hat man operiert? Wo?«

»Meine Frau«, antwortete Gordweil trocken, »es besteht keinerlei Gefahr.«

»Wo? Wo?«, drängte Frau Rubicek.

»An … an …«, stammelte Gordweil, leicht errötend, »an der Nase, natürlich … woran sollte man sie auch sonst operieren, wo sie doch heil und gesund ist. Man hat ihr die Polypen entfernt.«

»Aber man hat ihr die Polypen doch schon im Sommer rausgenommen«, wunderte sich Rubicek, »da wachsen die wohl wieder nach, was?«

»Im Sommer hat man operiert und jetzt wieder. Damals die eine, jetzt die andere Seite. Es muss wohl nötig gewesen sein, Professor Schramek ist Experte dafür … Er hat gemeint, wenn man nicht schnell eingreife, würden die Polypen immer weiterwuchern, bis sie die ganze Nase verstopft hätten. Haha, so ein Polyp ist ein bösartiges Wesen.«

Nun sahen sie alle flüchtig ein abscheuliches schwarzlila Wesen von Bohnengröße, das in den dunklen Löchern einer imaginären, frei herumschwebenden Nase anschwoll.

Die Frau seufzte. »Operation, Operation. Das ist das Schlimmste auf der Welt. Ich glaube, ich würde vor Angst sterben, wenn man mir zu einer Operation raten wollte. Und dann – kann man sich etwa auf den Arzt verlassen? Sie sind doch auch nur Menschen, diese Ärzte. Meistens irren sie sich und schneiden woanders, an einer völlig gesunden Stelle … Man hat mir schon ein paar solcher Fälle erzählt. Manchmal tun sie's sogar absichtlich, aus purer Bosheit. Was schert sie's? Für die ist das ein Spielchen. Spüren sie denn den Schmerz?«

»Nein, das ist ein bisschen übertrieben, Frau Rubicek. Gewiss können Sie sich mal irren, das ist eben menschlich, aber mit Absicht fügen sie keinen Schaden zu.«

»Meine Alte fürchtet sich schrecklich vor Operationen«, sagte Rubicek. »Das ist eine alte Krankheit bei ihr. Seit ihre Schwester bei einem misslungenen Eingriff gestorben ist. Es sind schon zwanzig Jahre seither vergangen, und sie hat sich immer noch nicht darüber hinweggetröstet. Aber das kann man doch nicht verallgemeinern. Manchmal ist der Schuh derart zerschlissen, dass er sich nicht reparieren lässt – kann man dann etwa dem Schuhmacher die Schuld geben, weil er ihn auszubessern versucht hat und daran gescheitert ist? Sicher kommt es auch vor, dass ein noch reparabler Schuh einem schlechten Schuster in die Hände fällt. Aber das ist kein Beweis.«

»Nein, nein«, widersprach Frau Rubicek, die schon mit tränenfeuchten Augen am Tisch stand, »du findest immer etwas Positives an den Menschen, weil du sie nur von fern betrachtest, und aus der Ferne wirkt auch ein Glassplitter wie ein Edelstein. Ich hab damals gefleht, sie sollten sie nicht operieren. Sie war ein Mädel wie ein Eichbaum, Herr Gordweil, da können Sie Karl fragen«, sie deutete mit dem Kopf auf ihren Mann, »er hat sie gut gekannt. Wir sind schon ein paar Jahre verheiratet gewesen. Schön wie der Sonnenschein war sie, ganze neunzehn Jahre! Da haben diese Mörder sie genommen und ihr den Bauch aufgeschlitzt. Ich hab geschrien: Lasst sie in Ruhe! Kein Grund zur Operation. Das Mädchen wird von allein wieder gesund. Hat man denn je gehört, dass ein Mensch Bauchweh hat und man ihn sofort aufschneidet? Alle behaupteten: Die Ärzte wissen schon. Wenn die Ärzte Krebs sagen, ist es sicher Krebs und kein Hering. Und gegen Krebs hilft nichts außer Operieren. Das Mädchen würde heute noch leben wie Sie und ich, versichere ich Ihnen, wenn diese Ärzte nicht gewesen wären. Was kümmert's die? Ein Mensch weniger auf der Welt. Das soll wichtig sein?«

Sie sank auf den Stuhl, der neben ihr stand.

»Und meinen Sie etwa, Herr Gordweil, man hätte es bei einer Operation bewenden lassen?«, begann sie von neuem. »Zwei, sage ich Ihnen. Zwei Operationen nacheinander, die Ärmste. Die erste sei zwar erfolgreich verlaufen, hieß es, aber es sei noch eine nötig. Ein sehr komplizierter Fall, haben sie gesagt, ein seltenes Phänomen, und da sei es mit einer Operation nicht getan. Haben Sie so etwas schon gehört? Mir ist klar, dass sie anfangs an der falschen Stelle geschnitten haben. Dafür halte ich meinen Kopf hin. Also haben sie ein zweites Mal operiert, und danach ist sie gestorben. Was denn sonst? Kann ein Mensch etwa zweimal den Bauch aufgeschlitzt bekommen und weiterleben? Das hält der Stärkste nicht aus.«

»Schon gut, Julia«, beschwichtigte Rubicek, »die Sache ist unwiederbringlich verloren – wozu dann diese Aufregung? Mach uns lieber was zu trinken. Kaffee zum Beispiel, nicht wahr? Die Lebenden kommen vor den Toten und müssen als Erste versorgt werden.«

Er begann mit seinen schwieligen Händen eine Zigarette zu drehen, während seine Frau gebeugt in die Küche schlurfte. Auf der Schwelle verharrte sie einen Augenblick, wandte den Kopf und erklärte: »Ich hab nur sagen wollen, dass man sich nie auf einen Arzt verlassen darf. Wenn der Mensch krank wird, soll er warten, bis die Krankheit von selber abklingt. Es gibt sicher altbewährte Hausmittel – das ist was anderes. Aber Ärzte – alle, die mir lieb sind, warne ich vor denen.« Damit ging sie.

»Frauen«, sagte Rubicek nachsichtig. »Je älter sie werden, desto schwächer wird ihr Geist.« Er reichte Gordweil die Tabaksdose nebst Zigarettenpapier. »Die Operation ist also schon gut überstanden?«

»Ja, richtig.«

»Und wann darf sie nach Hause?«

»In acht bis zehn Tagen, meine ich.«

»Das ist gut. Sehr gut«, sagte der Schuhmacher.

Gordweil wusste nicht recht, was daran gut war, fand es aber auch nicht weiter wichtig. Das Abendessen hatte seine Glieder etwas schwer und ihn selbst wohlig matt gemacht. Der Wind, der unaufhörlich an einer losen Scheibe rüttelte, versüßte erst recht das Verweilen in dem warmen hellen Haus bei diesen einfachen, vertrauten Menschen. Als der Wind einen Augenblick verstummte, hörte man sofort das Dauersummen des Gaslichts: sssss. Und aus der Küche drang ebenfalls ein leises, schwer definierbares Rauschen.

Die Ereignisse des Tages verloren ein wenig an Schärfe. Alles wurde leichter, einfacher – vielleicht gab es doch keinen Grund zur Verzweiflung. Schön wär's, wenn Thea jetzt neben ihm säße, versöhnt, gut und lieb, sie beide gemeinsam gefeit gegen das Chaos des Lebens.

Frau Rubicek brachte den Kaffee.

»Und wie geht's Johann?«, erkundigte sich Gordweil. »Ich habe ihn schon lange nicht mehr gesehen.«

»Man kann nicht klagen«, antwortete Rubicek. »Ein anständiger Bursche, arbeitet tüchtig und freut sich des Lebens mit seiner jungen Frau. Was will man mehr? Nun, uns besucht er jetzt seltener. Eine junge Frau will ihren Mann für sich haben – und mit Recht. Als wir selber ein junges Paar waren, hat es uns auch um jede Minute leidgetan, nicht wahr, Julia?« Rubicek streichelte seiner Frau liebevoll die Wange in Erinnerung an jene guten Zeiten.

Das ist ein Mann, von dem man sagen kann, er sei glücklich, dachte Gordweil mit einer gewissen Genugtuung.

Während er, über den Tisch gebeugt, seinen Kaffee trank, kam ihm ohne erkennbaren Zusammenhang mit seinen vorherigen Gedanken ein viele Jahre zurückliegender Sommermorgen am Ufer eines Flusses in den Sinn. Er war damals sicher noch klein gewesen – und weder allein noch mit seiner Mutter: So viel wusste er genau. Irgendjemand anders musste dabei gewesen sein, denn er hatte ganz nahe ans Wasser gehen wollen, und jemand hatte ihn davon abgehalten, indem er von Zeit zu Zeit sagte: »Ein kleiner Junge darf nicht zu nahe ans Wasser gehen, er darf nur weiter weg stehen und schauen.« Nein, nicht seine Mutter hatte da gesprochen. Die Stimme war schroffer gewesen – eine Kinderfrau oder ein Dienstmädchen. Auf jeden Fall hatte sie unangenehm geklungen – daran konnte er sich deutlich erinnern. Und Flöße waren mitten auf dem Fluss angeschwommen, genau da, wo die

Sonne stand, und ein Flößer mit nacktem, sonnengebräuntem Oberkörper und bis zu den Knien bloßen Beinen hatte ihm von dem langsam gleitenden Floß, das fast stillzustehen schien, zugewinkt, ja ihm sogar etwas zugerufen, was Gordweil von weitem nicht verstehen konnte. Da hatte ihn ein so starkes Verlangen gepackt, ein bisschen auf dem Floß zu fahren, dass er schreiend und weinend hin und her gelaufen war, bis die bewusste Begleitperson ihn mit Gewalt vom Ufer fortgezerrt hatte …

Die Szene verblüffte ihn. In seiner Geburtsstadt gab es keinen solchen Fluss, wie er ihn eben gesehen hatte, und er kannte auch keinen, auf dem geflößt worden wäre – woher also kam ihm diese Erinnerung? War es möglich, dass er die Episode in einem Buch gelesen oder von jemandem gehört und dann so verinnerlicht hatte, als habe er sie selbst erlebt?

»Wenn das wirklich stimmt, ist es ja gar nicht gut«, urteilte Gordweil laut, worauf er vor seiner eigenen Stimme erschrak und verwirrt um sich blickte.

»Das stimmt wirklich, mein Freund«, bestätigte Rubicek, der meinte, Gordweil gehe auf seine vorherigen Worte ein. »Aber warum sollte es nicht gut sein?«

»Was? Wie?«, fragte Gordweil befremdet. »Wenn die Erinnerung durcheinandergerät und einem fremde Erlebnisse als die eigenen vorspiegelt, ohne jeden Anhaltspunkt …«

Im selben Moment trat Johann ohne Anklopfen ein.

»Ah, Johann.«

»Allein?«

»Und wo ist Mitzi?«, empfingen ihn seine Eltern.

Johann nahm die Mütze ab und warf sie jungenhaft aufs nahe Sofa. Dann gab er seiner Mutter einen Kuss und reichte seinem Vater und Gordweil nacheinander die Hand.

»Mitzi?«, sagte er leicht verlegen. »Der geht's gut. Sie wollte … Ins Kino hat sie gehen wollen. Und ich hab keine Lust gehabt … Und wie geht es Ihnen, Herr Gordweil? Alles in bester Ordnung?«

Er warf Gordweil einen sonderbar verschüchterten Blick zu, an dem dieser sofort erkannte, dass er irgendwie Ärger gehabt hatte.

»Ja, nicht schlecht, kann man sagen. Es könnte schlimmer sein«, erwiderte Gordweil und musterte ihn aufmerksam.

Johann sank erschöpft auf einen Stuhl. Seine Mutter, die neben ihm saß, strich ihm über den Kopf. »Ich freu mich sehr, dass du gekommen bist, Bubi. Hast du keinen Hunger?«

Er schüttelte verneinend den Kopf.

»Aber eine Tasse Kaffee wirst du doch trinken? Gleich bring ich ihn dir. Stell dir vor: Vor einer Minute haben wir von dir gesprochen. Eine Minute bevor du reingekommen bist. Schade, dass Mitzi nicht dabei ist. Der Herr Gordweil hätte sie dann auch kennengelernt. Sie kennen Sie doch noch nicht, Herr Gordweil?«

»Wen?«, fragte der geistesabwesend. Er war voll damit beschäftigt, Johann zu studieren, dessen Missstimmung ihn aus unerklärlichen Gründen außerordentlich interessierte.

»Meine Schwiegertochter. Die Mitzi.«

»Nein. Noch nicht.«

»Mitzi ist ins Kino gegangen«, wiederholte Johann mechanisch, die Augen auf den Tisch gerichtet. »Sie wollte ins Kino, aber ich hab keine Lust dazu gehabt.«

Die Streicheleien seiner Mutter taten ihm offenbar gut. Er senkte den Kopf und sah aus, als werde er gleich einnicken.

»Ich bring dir den Kaffee«, sagte die Mutter und ging hinaus.

Rubicek hatte die ganze Zeit abseits gestanden, den Rücken an die Schranktür gelehnt, und schweigend geraucht. Er schien in tiefes Nachsinnen versunken. Ab und zu blies er eine lange Rauchschlange von fast der gleichen Farbe wie sein dicker Schnurrbart hervor, eine Art Fortsetzung von diesem. Nun sagte er bestimmt: »Merk dir, Johann, eine Frau kann nicht alleine ausgehen. Wenn ihr Mann sie vernachlässigt, wird sie sich zum Schluss einen anderen suchen. Ich bin fertig. Überleg dir's.«

Johann starrte seinen Vater an und beobachtete ihn einen Moment wie ein unbeteiligter Außenstehender. Dann hatte er sich anscheinend wieder gefangen und sagte: »Gewiss. Aber sie ist ins Kino gegangen. Und ich konnte nicht mitgehen. Lass mich bitte auch eine Zigarette drehen, Vater.«

Seine Mutter kam mit dem Kaffee. »Zieh den Mantel aus, Johann, damit du dich draußen nicht erkältest.«

»Ja, ja!«, sagte Johann plötzlich beflissen. »Aber ich muss gleich wieder weg. Bin nur auf einen Sprung gekommen. Zur Arbeit heißt es früh aufstehen. Es ist sicher schon spät. Welche Uhrzeit haben wir, Herr Gordweil? Zehn?«

»Punkt zehn.«

»Dann muss ich mich beeilen. Muss noch die Mitzi vom Kino abholen. Ich trink und geh. Wieder hast du zu viel Zucker reingetan, Mutter. Du weißt doch, dass ich den Kaffee nicht so süß mag. Ein Würfel reicht. Und Sie, Herr Gordweil, bleiben Sie noch hier, oder kommen Sie mit? Ja, ich hab euch zu erzählen vergessen: Der Meister hat mir eine Zulage gewährt. Von jetzt an sind's siebzig Schilling pro Woche – guter Lohn, was? Schon diese Woche kriege ich mehr.«

Er trank den Kaffee in großen Schlucken und sprang dann auf. »Also, Herr Gordweil, Sie möchten noch bleiben, oder?«

»Warum willst du Herrn Gordweil mitschleifen, Johann?«, fragte seine Mutter. »Du hast keine Zeit, aber Herr Gordweil kann noch ein bisschen bei uns bleiben. Er hat uns schon so lange nicht mehr besucht.«

Doch Gordweil erhob sich zum Gehen. An Johanns Blick hatte er erkannt, dass er ihn gern als Begleitung hätte.

Die Stiegen waren nicht mehr beleuchtet. Rubicek begleitete die Gäste mit einer brennenden Kerze bis auf den Hausgang und wartete, bis sie zwei Stockwerke tiefer waren. Danach tasteten sie sich im Dunkeln den letzten Stock abwärts und gingen hinaus, nachdem der Pförtner ihnen geöffnet hatte. Der Wind schlug ihnen sofort wie ein nasskalter Lappen ins Gesicht.

Johann fasste Gordweil beim Arm. »Ich möchte mit Ihnen sprechen, Herr Gordweil. Ich muss mit Ihnen reden. Mit Vater kann ich's nicht. Über Mitzi, meine Frau.« Seine Stimme zitterte ein wenig.

»Ja, natürlich«, sagte Gordweil.

»Gehn wir irgendwo rein«, schlug Johann vor, »nur wenn Sie Zeit haben, natürlich, und wenn Sie's gern tun. Ich habe mich sehr gefreut, Sie vorzufinden. Mit Vater kann ich nicht. Gehn wir vielleicht in irgendein Café oder in eine Wirtschaft, was Ihnen lieber ist, dann können wir uns ungestört unterhalten.«

»Gewiss«, sagte Gordweil. »Sehr gern natürlich.«

Gordweil spürte schon im Voraus etwas von der unbehaglichen Verlegenheit, die den Empfindsamen befällt, sobald ein Mitmensch ihm seine geheimen Nöte offenbart und speziell solche zwischen Mann und Frau, die einem Dritten besser nicht preisgegeben werden sollten. So sah Gordweil trotz seiner Neugier dieser Eröffnung etwas bänglich entgegen.

»Was trinken Sie?«, fragte Johann, als sie sich an einen runden Tisch in einem kleinen Beisel Ecke Wasagasse setzten, das fast leer und nur dürftig erleuchtet war.

Gordweil bestellte Bier, Johann einen halben Liter Wein.

Johann schwieg eine Weile. Blickte nicht sein Gegenüber an, sondern starrte auf irgendeinen fernen Punkt hinter ihm. Das Reden fiel ihm offensichtlich schwer. Und Gordweil hütete sich ebenfalls, ihn anzusehen, um ihn nicht verlegen zu machen. In solchen Fällen, dachte Gordweil flüchtig, schaut man dem andern besser nicht in die Augen. Später, wenn er seine Offenherzigkeit vielleicht bereut, kann er sich immer noch einreden, sein Gesprächspartner habe nicht alles gehört, habe das Wichtigste nicht mitgekriegt …

Der Kellner brachte das Bestellte, und Johann nahm einen kräftigen Schluck, als wolle er sich Mut antrinken.

»Ich weiß nicht«, begann er dann flüsternd, »ich weiß nicht, ob alle so sind oder nur sie … Aber ich will nicht … will nicht …

Ich kann das nicht ertragen. Das gibt noch ein Unglück … Ich bin nicht mehr Herr meiner Taten …«

Er atmete schwer.

»Anfangs konnt' ich's nicht glauben. Wollt's nicht glauben. Aber ich habe es selber gesehen. Mit eigenen Augen. Können sie denn Arm in Arm ins Kino gehen, ohne dass was zwischen ihnen ist? Mir hat sie erzählt, sie wolle zu ihrer Schwester. Die Schwester wohnt nicht weit. Das war vor ein paar Tagen. Vor einer Woche vielleicht. Ich habe einen Skandal gemacht. Aber sie hat gelacht und gesagt, ich sei ein eifersüchtiger Narr. Das sei ein alter Bekannter von vor der Hochzeit, ein früherer Nachbar, mehr nicht. Er habe sie unterwegs getroffen und ins Kino eingeladen. Sei sie denn nicht berechtigt, mit einem Bekannten ins Kino zu gehen? Außerdem hat der doch Frau und Kind, hat sie gesagt, was gäb's da zu befürchten? Vielleicht hat sie nicht gelogen. Aber wenn doch? Gestern, nach dem Abendessen, ist sie wieder weggegangen. Wieder zur Schwester. Ich hab sie gehen lassen, bin ihr aber gefolgt. Sie ist wirklich in Nummer 55 reingegangen, wo ihre Schwester wohnt. Ich habe eine Viertel-, vielleicht auch eine halbe Stunde vor dem Tor gewartet. Weiß nicht genau wie lange. Mitzi ist nicht rausgekommen. Da bin ich ins zweite Stockwerk hochgestiegen und habe geklopft. Niemand öffnete. Ich hab wieder geklopft und dann noch ein paarmal, aber keiner hat aufgemacht. Folglich war kein Mensch zu Hause. Wohin war die Mitzi verschwunden? Ich hatte sie nicht wieder herauskommen sehen. Bin also runtergegangen und hab vor dem Haustor noch eine halbe oder ganze Stunde gewartet, aber sie ist nicht erschienen. Dann bin ich heimgeeilt. Die Mitzi war eine Minute vor mir eingetreten. Hatte noch nicht einmal abgelegt. Sie war sehr erhitzt, als ob sie gerannt wäre. Ich habe mich nach ihrer Schwester erkundigt. Mit Absicht hab ich nach ihr gefragt. Der Schwester ginge es gut, hat sie geantwortet. Sie seien ein wenig zusammen spazieren gegangen. Seien nur ein paar Minuten bei ihr zu Hause gewesen und dann gemeinsam weggegangen. An einem so schönen Abend ließe sich herrlich bummeln, hat sie gesagt. Und die Schwester habe sie sogar bis vors Haus begleitet. Dabei lachte sie wieder. Und glühte vor Begeisterung. Aber ich hatte die beiden doch nicht herauskommen sehen. Obwohl ich die ganze Zeit dort gestanden habe. An einem Ort mit guter Sicht, genau gegenüber. Sie konnten unmöglich heraustreten, ohne dass ich sie gesehen hätte. Aber ich habe nichts gesehen. Beim Reingehen habe ich sie gesehen, da irre ich mich nicht. Das war sie, die Mitzi. Ich habe sie deutlich erkannt. Außerdem bin ich ihr doch nachgegangen, hätte mich also gar nicht irren können. Aber wann und wie ist sie rausgekommen? Mir scheint, ich habe diese ganze Stunde keine zwei Frauen aus Nummer 55 herauskommen sehen. Die Straße ist klein, man sieht alles. Und außerdem: Wenn ihre Schwester sie begleitet hat, wie sie behauptete, hätte ich sie doch in der Nähe meines Hauses treffen müssen, weil ich gleich nach ihnen auf dem Weg gekommen bin, den ihre Schwester bei der Rückkehr hätte nehmen müssen – die geradeste und kürzeste Strecke zwischen ihrem und meinem Haus. Zudem habe ich nach allen Seiten Ausschau gehalten, weil ich dachte, ich würde vielleicht die Mitzi sehen.«

Mit wachsender Erregung lauschte Gordweil den geflüsterten Worten seines Gesprächspartners, die in seinem Innern alte, bereits verschorfte Wunden aufkratzten. In letzter Zeit hatte er sich eingeredet, diese Dinge könnten ihn nicht mehr berühren, er sei gegen sie gefeit, und nun wurde er mit einem Schlag eines Besseren belehrt. Jetzt merkte er, dass diese Dinge weiter unverändert in ihm nisteten, jeden Augenblick bereit, aus ihrem Versteck hervorzubrechen und ihn anzufallen. Gordweil spürte Johanns Leiden, als seien sie seine eigenen. Er sah Mitzi, der er noch nie begegnet war, deutlich vor sich, wie sie ihren Mantel – es war ein grauer – anzog und dabei sagte: »Ich spring einen Moment zu meiner Schwester rüber.« Seine Seele entbrannte in Eifersuchtsqualen wegen dieser Mitzi, von der er ebenso wenig wie ihr Ehemann wusste, wo sie zu der besagten Zeit gewesen sein mochte und was sie getan hatte. Vielleicht war sie auch heute Abend dorthin gegangen?, schoss es ihm jäh durch den Kopf. Er hob sein Bierglas, trank einen Schluck.

Und als wolle er den quälenden Zweifel aus seinem eigenen Herzen vertreiben, sagte er zu Johann, der gesenkten Hauptes dasaß und mit den Fingern auf die Tischplatte trommelte: »Trotzdem darf man sie deshalb nicht verdächtigen. Vielleicht ist es wirklich so gewesen, wie sie gesagt hat. Dass Sie sie nicht haben rauskommen sehen, ist kein Beweis. Sicher ist sie in einem Augenblick hinausgetreten, in dem Sie zur anderen Seite geguckt haben. Und gerade weil sie mit ihrer Schwester weggegangen ist, haben Sie sie nicht bemerkt. Weil Sie nicht vermutet haben, sie in Gesellschaft einer Frau zu sehen, haben Sie nicht achtgegeben.«

Johann starrte ihn fordernd an: »Aber die Ungewissheit, diese Ungewissheit! Die kann ich nicht ertragen. Sie lastet hier«, er klopfte sich mit zwei Fingern an die Brust, »hier, wie ein schwerer Stein. Und wenn ich herausfinden sollte, dass sie gelogen hat – dann sag ich kein Wort. Aber das ginge nicht gut aus. Da würde ein Unglück passieren.«

Er trank mechanisch aus seinem Glas und fuhr fort: »Die ganze letzte Nacht habe ich kein Auge zugetan. War sie nun bei ihrer Schwester oder nicht? Und wenn nicht, wo war sie dann? Das hat mir unaufhörlich im Hirn rumrumort. Ich glaubte verrückt zu werden. Aber ich werde die Sache ans Tageslicht bringen, und dann – gnade ihr Gott.«

Zwischen seinen Augenbrauen zeichneten sich unheilverkündend drei tiefe waagrechte Furchen ab, und seine spitze Nase wurde noch spitzer, so dass sie an eine Hacke aus der Steinzeit erinnerte. Wer den ruhigen, gutherzigen Johann, diesen »anständigen Burschen«, nach Auskunft seines Vaters, zu normalen Zeiten sah, hätte ihn niemals eines derart wilden Zorns für fähig gehalten. Gordweil hatte ein wenig Angst vor ihm.

»Hier, bitte«, bot er ihm wie zur Beschwichtigung eine Zigarette an. Eigentlich wollte er ihm jetzt sagen, er übertreibe sicher mit seinem Misstrauen. Am Ende werde sich herausstellen, dass er Unschuldige verdächtige und so weiter. Doch stattdessen entfuhr ihm: »Und der, der damals mit ihr ins Kino gegangen ist, wissen Sie nicht, wer das war?«

»Der mit Mitzi gegangen ist? Nein, weiß ich nicht. Das heißt, ich meine, sie hat gesagt, er schriebe für amerikanische Zeitungen. Er heißt Pe … Pen … – einen komischen Namen hat er.«

»Vielleicht Perczik?«

»Ja, ich glaube, so hat sie wirklich gesagt. Kann gut sein, dass er Perczik heißt.«

Gordweil wusste auf einmal mit absoluter Gewissheit, dass es Perczik war, der und kein anderer, und bekam eine Stinkwut auf ihn. Wie besessen forschte er weiter: »War er klein? Dunkel und ein bisschen füllig? Mit grauem Hut?«

»Ja. Groß war er nicht. Dunkel schon. Auf seinen Hut habe ich nicht geachtet. Ich habe ihn ja nur flüchtig gesehen. Kennen Sie ihn denn?«

»Wenn es Perczik ist, kenne ich ihn gut. Aber … ich glaube kaum, dass er's ist …«

»Ja, doch, der ist es sicher!« Johann klammerte sich an diese Möglichkeit, als bringe sie ihm Erleichterung. »Ich bin sicher, dass er's gewesen ist. Kann mich fast mit Gewissheit erinnern, dass sie Perczik gesagt hat. Hat er Frau und Kind?«

»Hat er.«

»Dann ist er's gewiss.«

Johann lächelte jetzt das glückliche Lächeln eines Schwerkranken, der nach überstandener Krisis spürt, dass er am Leben bleiben und genesen wird. Ja, seine Stimmung hellte sich zusehends auf. Anscheinend hielt er nun, da er Perczik identifiziert zu haben glaubte, die Gefahr für gebannt. Doch Gordweil wusste, dass gerade Perczik wohl kaum einfach nur so mit Johann Rubiceks Frau ins Kino gegangen war. Er empfand Mitleid mit Johann.

Zumal er auch wusste, dass die Sache damit noch nicht ausgestanden war. Es gab nur eine kurze Verschnaufpause, nach der die Zweifel erneut an ihm, diesem Johann, nagen würden.

Man muss so bald wie möglich mit diesem Lumpen sprechen, nahm er sich insgeheim vor. Wenn ich ihn morgen nicht im Café antreffe, werde ich mich brieflich mit ihm verabreden.

»Möchten Sie noch etwas trinken?«, fragte Johann. »Noch ein Glas Bier oder ein Viertel Wein?«

Gordweil lehnte ab.

»Nehmen Sie ein Viertel Wein, Herr Gordweil«, drängte Johann, »der ist hier zufällig gut. Wirklich gut. Ich müsste mal mit … mit«, er zögerte einen Augenblick, »mit Mitzi hergehen … Sie trinkt gern mal ein Viertel guten Wein. Ja, das werden wir bei Gelegenheit machen. Und wie geht es Ihnen, Herr Gordweil«, fragte er plötzlich, als habe er ihn erst jetzt wahrgenommen. »Alles in Ordnung? Und Ihre Gattin? Alles wohlauf?«

Gordweil nickte.

»Das freut mich«, sagte Johann, »freut mich wirklich.« Er klopfte Gordweil freundschaftlich auf den Handrücken. »Sie sind ein netter Mann, Herr Gordweil, ohne jede Schmeichelei. Wirklich ein sehr netter Mensch. Trinken Sie doch bitte noch was mit mir. Wir begegnen uns ja so selten.«

Gordweil gab schließlich nach und bestellte ein weiteres Bier. Er selber nahm noch ein Viertel Wein.

Dann fragte Johann plötzlich, ohne sein Gegenüber anzublicken: »Und wie … wie ist er? Was für ein Mensch ist er?«

»Wer?«

»Ich meine, dieser Freund von Ihnen, der Herr Perczik.«

»Er ist Schriftsteller und Journalist«, antwortete Gordweil ausweichend. »Ich kenne ihn schon ein paar Jahre. Wir treffen uns zuweilen im Café. Auf Ihr Wohl, Johann!« Er erhob das schäumende Bierglas, das der Kellner ihm vorgesetzt hatte. »Auf Ihr Wohl und auf das Wohl Ihres Hausstands!«

»Zum Wohl, zum Wohl«, brummte Johann. Danach schwieg

er eine Weile mit gebeugtem Kopf, offenbar erneut in trübe Gedanken versunken.

Gordweil blickte auf die Uhr. »Und jetzt, Johann, müssen wir nach Hause gehen. Es ist nicht mehr so früh.«

»Wie spät?«

»Schon halb zwölf.«

»Ja, wir müssen gehen«, stimmte Johann zu und rief nach dem Kellner.

»Jedenfalls bin ich Ihnen sehr dankbar, Herr Gordweil, dass Sie mir Ihre Zeit geopfert haben«, sagte Johann, während er aufstand. »Und wenn Sie den Herrn Perczik sehen, richten Sie ihm bitte aus, er solle lieber die Finger von dieser Sache lassen, denn sie zahle sich für ihn nicht aus. Soll er doch seine eigene Frau ins Kino führen und die Mitzi in Ruhe lassen.«

»Ja, gewiss«, sagte Gordweil, »ich werd's ihm gern ausrichten. Und Sie, Johann, sollten sich die ganze Sache lieber nicht zu Herzen nehmen. Es besteht kein Grund zum Verdacht. Wirklich nicht.«

Damit gingen sie jeder seines Wegs.

III. TEIL
Drinnen und draußen

18.

Das Zeitungspapier verbrannte schnell mit lustiger Flamme, bevor die Holzscheite noch Feuer fangen konnten. Aus dem weißen Kachelofen kräuselte sich eine dicke, schmutzige Rauchfahne in das Halbdunkel des Zimmers, während sich Gordweil auf Knien vergeblich mühte, das Feuer durch Blasen zu entfachen.

»Ach, was für ein Versager bist du«, schimpfte Thea, die wie auf der Straße in Hut und Mantel auf und ab lief. »Man muss viel Papier nehmen.«

»Ich habe die Kohlen ein bisschen zu früh reingelegt, und sie haben das Feuer erstickt«, sagte Gordweil entschuldigend und erhob sich, um weiteres Papier zu suchen.

Dichtes, großflockiges Schneegestöber vor dem Fenster ließ einen die Kälte in dem ungeheizten Zimmer noch stärker spüren.

Gordweil suchte im Nachttisch und unten im Kleiderschrank nach Papier, förderte aber nur einen kleinen Fetzen zutage. Wie durch ein Wunder war sämtliches Papier aus dem Haus verschwunden.

»Hast du vielleicht irgendwo Papier gesehen, Thea? Irgendwo müssten noch alte Zeitungen liegen.«

»Gar nichts habe ich gesehen«, gab Thea ungeduldig zurück, während sie weiter auf und ab ging. »Beeil dich ein bisschen. Man erfriert ja. Warum zündest du nicht die Petroleumlampe an?«

»Gleich. Erst will ich das Feuer im Ofen anzünden, damit es inzwischen in Gang kommen kann. Aber woher nehme ich ein bisschen Papier?«

Gordweil lief ratlos umher.

»Nimm halt deine Manuskripte«, spottete seine Frau, »zu diesem Zweck taugen sie sicher.«

Gordweil gab keine Antwort. Er kletterte auf einen Stuhl und tastete mit der Hand auf dem Schrank herum.

»Nun, Rudolfus«, drängte seine Frau. »Die Sache wird doch mal ein Ende haben. Mach erst die Lampe an, du Esel, damit du was siehst.«

Also stieg er wieder runter und zündete die Lampe an. Dann ging er hinaus, holte von der Vermieterin ein Bündel Zeitungen und kniete sich erneut vor den Ofen. Es half nichts, er musste alle Kohlen und Holzscheite wieder herausholen und von vorn anfangen. Wie eine Fremde stolzierte Thea durchs Zimmer, warf aber trotzdem ab und zu von hinten einen Blick auf ihren Mann und dirigierte die Arbeit mit ihren Bemerkungen.

Als es ihm nach langem Bemühen endlich gelungen war, das Feuer in Gang zu bringen, sagte Thea im Befehlston: »Und jetzt, Rudolfus, geh schnell runter. Was brauchen wir noch? Kaffee ist da, Zucker auch. Kauf Kastanien, ein halbes Kilo Kastanien, vergiss es nicht. Und Reis, hast du gehört? Und auch etwas Zimt. Nimm die Milchkanne mit. Und Sprotten kauf auch welche, aber gute. Nicht schlechte wie beim letzten Mal. Also, ich glaube, das wär's. Halt, Zigaretten hab ich keine mehr – beinah hätt ich's vergessen. Kauf Khedives, fünfzig Stück, merk dir's! Mach schnell.«

Gordweil zog seinen alten Mantel an und ging. Als er nach etwa einer halben Stunde, mit Päckchen beladen und von feuchtem Schnee bedeckt, zurückkehrte, fand er seine Frau immer noch in Straßenkleidung herumlaufen, genau wie er sie verlassen hatte.

»Was hast du bloß mit dem Ofen angestellt?«, empfing sie ihn, noch bevor er seine Bündel abgesetzt und den Schnee vom Mantel geschüttelt hatte. »Er wärmt heute überhaupt nicht. Schau sofort nach.«

Gordweil ging, wie er war, hinüber, beugte sich über den Ofen und öffnete die Klappe. Gluthitze schlug ihm ins Gesicht, das sofort erglühte. Der Schnee auf seinem Hut begann tropfend zu schmelzen.

»Was willst du?«, wagte er zu sagen. »Er brennt doch. Besser kann er gar nicht brennen.«

»Was schert mich der Brand. Warm muss es sein – sorg dafür, dass es heiß wird!«

»Das dauert halt eine Weile. Du kennst doch diesen Ofen. Dafür spendet er nachher angenehme Wärme.«

Er legte noch eine Schaufel Kohlen nach, schloss die Klappe und richtete sich auf. Um ihn herum hatten sich kleine Pfützen gebildet von dem Schnee, der auf seinen Schuhen und der Kleidung geschmolzen war.

»Wo sind die Zigaretten?«

Er zog zwei längliche dunkelblaue Schachteln aus der Tasche und übergab sie seiner Frau, die eine aufriss und sich eine Zigarette in den Mund steckte.

»Hast du Schweinskoteletts mitgebracht?«

»Nein. Hattest du mir nicht aufgetragen.«

»Dummkopf! Hättest du auch selbst wissen können. Einmal im Jahr ist Weihnachten, und er kommt nicht von selbst darauf, was Anständiges zu kaufen. Geh sofort runter und kauf Schweinskoteletts. Bring auch eine kleine Flasche Cognac mit, vergiss es nicht. Und beeil dich!«

Widerwillig zog Gordweil ein zweites Mal los. Auf die Schweinskoteletts hätte man nun wirklich verzichten können, dachte er. Seine Schuhe waren am Absatz etwas kaputt, und obwohl das Wasser bisher noch nicht eindrang, hatte er die ganze Zeit ein feuchtes Gefühl an den Füßen, vielleicht wegen der Kälte, ja, es schien ihm, als stapfe er barfuß durch den nassen, schmutzigen Schnee. Am wenigsten konnte er kaputte Schuhe ertragen. Nasse Füße, pflegte er zu sagen, sind die Ursache sämtlicher Krankheiten. Zuallererst – die Schuhe müssen in Ordnung sein. Zerrissene Hosen ließen kein Wasser durch, bei Schuhen war das anders! Doch er hatte noch keine Zeit gehabt, Rubicek wegen der Absatzreparatur aufzusuchen. Erst gestern hatte er den Schaden bemerkt.

Als er wieder im Zimmer oben war, zog er sofort die Schuhe aus. Nein, die Füße waren kein bisschen nass. Er zerrte einen Stuhl vor den Ofen, setzte sich und hielt die Fußsohlen an die marmorglatte Ofenwand.

»Du wärmst dir schon die Füße wie ein Greis«, höhnte Thea, die erst jetzt ihren Hut absetzte. »Soll ich dir eine Wärmflasche machen?«

»Könnte nicht schaden«, erwiderte er im Spaß, »sie sind eiskalt.«

Langsam verbreitete sich wohlige Wärme im Raum. Die Lampe spendete schwaches Licht in der unteren Hälfte des Zimmers, während der obere Teil wegen des grünen Lampenschirms im Halbdunkel blieb. Ein orange schimmernder Kreis zeichnete sich über der Flamme an der weißen Decke ab.

Thea zog den Mantel aus, warf ihn nachlässig aufs Sofa, trat an den Ofen und zündete sich eine weitere Zigarette an.

»Möchtest du, Häschen?«, bot sie ihrem Mann eine an.

Gordweil steckte die Zigarette in den Mund. Noch acht Monate, dachte er in unendlichem Glück, vielleicht nur sieben. Man kann es ja nie genau wissen. Dann war er da, sein eigen Fleisch und Blut, ein neuer kleiner Mensch … Er warf einen Blick auf Theas Bauch neben sich, als könne man schon was sehen.

Seit er wusste, dass ein kleiner Embryo in ihm heranwuchs, war ihm der Bauch seiner Frau heilig geworden, teurer als alles andere. Er erschien ihm als ein eigenes Lebewesen, abgesondert vom Rest des Körpers und besonderer Obhut bedürftig. Wenn es möglich gewesen wäre, hätte er diesen heiligen Bauch stets bei sich getragen und auf ihn aufgepasst, damit ihm nicht das geringste Leid geschah. Wenn er jetzt an seine Frau dachte, sei es in ihrer Gegenwart oder ihrer Abwesenheit, hatte er insgeheim nur diesen Teil ihres Körpers im Sinn, in dem das Kind steckte, jenes wunderbare Geschöpf – seins, ihrs und das von Mutter Natur –, das noch nicht da war und trotzdem schon existierte. Und im Zusammenhang damit überlegte er ehrfürchtig weiter, dass sie heilige Wesen seien, die Frauen – auserwählt, den Menschen zu empfangen und zu gebären. Ja, nicht nur die Menschenfrauen, sondern das weibliche Geschlecht allgemein, sämtliche Tierweibchen – auch die waren heilig.

Unwillkürlich streckte er die Hand aus und streichelte seine Frau an der bewussten Stelle. »Was rätst du, Liebling, Junge oder Mädchen?«

Thea warf ihm einen spöttischen Blick zu und sagte hämisch: »Gar nichts. Ich kann's auch wegmachen lassen, wenn ich will. Wer sollte mich daran hindern?«

»Das wirst du nicht tun, ich weiß es. Das tust du nicht.«

»Woher weißt du das? Bist du da so sicher? Ich könnt's wegmachen lassen, wenn ich wollte. Wenns dir so angenehm ist, schlepp du's doch die nächsten acht Monate herum.«

»Nein, nein«, widersprach Gordweil totenbleich. »Das ist unmöglich. Du treibst Schabernack mit mir. Das ist nicht dein Ernst. Und wenn du's doch tust, dann –«

Gordweil sprach nicht zu Ende. Wusste auch selber nicht, was »dann« sein würde. Vom Stuhl aufstehend, fügte er hinzu: »Nein, red keinen Unsinn, mein Liebes. Wozu diese Närrischkeiten?«

Thea grinste boshaft. Schien es aber gleich zu überdenken und fasste ihren Mann wie ein Baby am Kinn: »Reg dich nicht auf, mein Kleiner, vielleicht lass ich's auch. Mal sehen …« Und nach einer kurzen Weile: »Die Eltern haben mich für heute Abend eingeladen. Dich auch, Häschen. Ich habe abgelehnt. Keine Lust. Aber Poldi kommt vielleicht so gegen halb zehn vorbei. Bist du froh, dass ich die Einladung ausgeschlagen habe?«

»Sicher ist das gut. Wir können ein andermal hingehen. Morgen. Besser, wir verbringen den Abend zu Hause, nur wir zwei.«

Langeweile befiel Thea. Der Abend drohte lang und leer zu werden. Es gab keinerlei Möglichkeiten, irgendwo hinzugehen.

Sämtliche Kinos und Kaffeehäuser waren geschlossen – eine Art Generalstreik. Man konnte auch keinen Bekannten treffen, denn jedermann war im Familienkreis oder bei Freunden eingeladen.

Sie setzte sich auf den Stuhl, den ihr Mann gerade geräumt hatte, und zog Gordweil zu sich auf den Schoß. »Komm her, Häschen. Wem soll's denn ähnlich sehen, mir oder dir?«, fragte sie mit verhaltenem Spott.

»Das ist eigentlich egal«, erwiderte er und küsste sie aufs Haar, »das ist wirklich egal. Wenn es dir ähnlich sieht, wird es vielleicht stärker, was natürlich besser ist. Aber wenn nicht, ist es auch gut. Schließlich bin ich weder kränklich noch besonders schwach, obwohl ich nicht groß bin.«

»Nein«, lachte Thea, »groß bist du nicht. Das kann man dir gewiss nicht vorwerfen. Geh, hol mir das Buch vom Tisch. Und die Lampe stell hier auf den Nachttisch.«

Gordweil ging ohne Schuhe ihre Bitte erfüllen. Dann nahm er seine Schuhe, die er vorher zum Trocknen an den Ofen gestellt hatte, und begann sie anzuziehen.

Thea sagte, ohne den Kopf zu wenden: »Geh Kaffee aufsetzen, Häschen. Ich hab Lust auf einen Kaffee.«

»Vielleicht lieber später, in einer Stunde? Überhaupt solltest du jetzt nicht so viel schwarzen Kaffee trinken. Das ist nicht gut fürs …«

»Waaas?« Thea drehte ihm das Gesicht zu. »Das geht dich absolut nichts an. Das ist meine Privatangelegenheit. Was verstehst du denn davon? Geh und tu, was man dir sagt.«

Gordweil ging also in die Küche und setzte den rußigen Kessel auf den Gasbrenner.

»Schlechtes Wetter, psss«, bemerkte Frau Fischer, die ebenfalls etwas kochte. »Echtes Weihnachtswetter. Sie sind ja noch jung, Herr Gordweil, Ihnen macht's nichts aus, aber was soll ich denn sagen? Eijeijei! Im Alter spürt der Mensch den Schnee, als fiele er in den Gliedern drinnen. Da nützt kein warmes Zimmer und keine Kleidung. Ja, ja, Herr Gordweil, Sie müssen nicht glauben, dass das von mir stammt. Mein lieber seliger Mann, der zweite, hat das gesagt. Ein weiser Mensch ist er gewesen, psss. Und jetzt spür ich's in den Gliedern, hier«, sie deutete auf den in eine dicke Strickjacke und ein großes rotes Wolltuch gewickelten Rücken, »und hier«, sie zeigte auf ihre Schenkel, »ganz abgesehen vom Magen, natürlich.«

Der hutzlige Kopf der Alten mit dem schütteren Grauhaar, das ihr leblos an der Kopfhaut klebte, wirkte sehr klein im Verhältnis zu dem dick vermummten Körper. Sie erinnerte an ein fettes, rundes Huhn mit eingezogenem Kopf.

»Das Einzige, was mich auf den Beinen hält«, fuhr sie flüsternd fort, »ist das bisschen guter Bohnenkaffee. Es gibt nichts Besseres. Wenn ich den Kaffee nicht hätte, wäre ich längst gestorben. Eine alte Frau allein. Psss!«

Gordweils Kaffee hatte inzwischen brodelnd zu kochen angefangen, so dass er den Kessel nahm, ihn ins Zimmer trug und auf den Tisch stellte. Thea saß immer noch am Ofen, rauchte und las.

»Schenk sofort den Kaffee ein. Nein, mach erst den Cognac auf.«

Gordweil gehorchte schweigend und setzte ihr beides vor. Er wusste sehr wohl, dass sie in ihrem gegenwärtigen Zustand keinen Kaffee und erst recht keinen Cognac hätte trinken sollen, aber da er nichts ändern konnte, erfüllte er ihre Wünsche. Dann streckte er sich auf dem Sofa aus und zündete sich seine Pfeife an.

»Trinkst du gar nichts, Häschen?«

»Ich hab momentan keine Lust darauf. Ich trink später.«

Trotzdem wird sich alles noch zum Guten wenden, dachte Gordweil. Jetzt – das Baby. Sie ist eigentlich gar nicht schlecht … Nur ein bisschen kapriziös, mehr nicht, wie alle Frauen eben … Aber sie wird ihn zum Schluss lieben, den Kleinen, wenn er erst mal da ist.

Gordweil lag gern so pfeifepaffend auf dem Rücken. Besonders mitten in der Nacht, wenn Thea im Nachbarbett schlummerte, ganz bei ihm, ganz in seiner Obhut. Und wenn es vorher keinen

Streit zwischen ihnen gegeben hatte, was allerdings selten vorkam, war seine Gemütsruhe vollkommen. Alles Übrige versuchte er aus einem unbewussten Selbsterhaltungstrieb heraus zu verdrängen. Schließlich mochte ja alles gelogen sein. Üble Nachrede und nichts weiter. Gab es etwa Augenzeugen? Und seine eigenen Zweifel und Verdächtigungen – auf die konnte man ja nun wirklich nicht bauen. Letzten Endes, sagte er sich zuweilen, ist das auch eine Frage des Temperaments, und dafür kann sie nichts. Das Temperament lässt sich weder ändern noch zügeln. War sie etwa sein Privateigentum? Wer hatte das Recht, sich einen anderen Menschen in irgendeiner Weise untertan zu machen? Jeder Mensch war frei und keineswegs der Herrschaft eines Mitmenschen unterstellt. Worüber hatte er sich denn zu beklagen? Worüber? Besonders, da es wirklich nichts Eindeutiges gegen sie vorzubringen gab? Jede Frau verlangte nach Männern. Das war eine naturgegebene Eigenschaft, die sich nicht ändern ließ. Und diejenigen, die es nicht taten, waren entweder hässlich oder verstellten sich aus irgendeinem Grund oder trauten sich einfach nicht. Warum sollte ausgerechnet sie da eine Ausnahme bilden? Im Gegenteil war es besser, dass es offen vor aller Augen geschah statt im Verborgenen.

Gedankengänge dieser Art vermochten Gordweil stets zu beruhigen. Besonders wenn Thea dabei zufällig zu Hause war, gewissermaßen als lebende Widerlegung aller Anwürfe und Verdächtigungen.

Völlig überflüssig, Zeit auf solche belanglosen Gedanken zu verschwenden, sinnierte er seelenruhig, die ganze Sache ist tatsächlich höchst unwichtig. Und erst recht jetzt, jetzt …

Genüsslich sog er an seiner Pfeife. Der warme Rauch des schlechten Tabaks, der auf der Zungenspitze brannte und die Speicheldrüsen reizte, dünkte ihn köstlich. Geradezu vergnügungssüchtig hielt er sich sogar ab und zu den Pfeifenstiel unter die Nase und schnüffelte den bitterscharfen, warmen Nikotingeruch wie ein belebendes Duftwässerchen.

Im Grunde genommen, dachte er weiter, gab es wirklich nichts zu klagen. Ja im Gegenteil: Es bestand viel Ursache zur Zufriedenheit. Mehr hatte er sich doch sein Leben lang nicht gewünscht. Und seine Arbeit – auch die war ihm in den letzten Wochen gut von der Hand gegangen. Man konnte sagen, sie hatte Segen getragen. Allerdings, von absoluter Vollkommenheit war er noch weit entfernt. Das wusste er. Aber trotzdem! Er hoffte, jetzt auf dem richtigen Weg zu sein. Die Hauptsache war doch schließlich, sich selbst, die eigene Welt, richtig – auf die getreueste und einfachste Weise und ohne Umschweife – zum Ausdruck zu bringen. Er spürte deutlich, dass er sich seinem Ziel mit Mammutschritten näherte – was wollte er mehr? Nun, und heute war ja auch Feiertag. Ein freier Nachmittag und noch ein ganzer Tag morgen und übermorgen noch einer.

»Es wird Zeit, mit den Vorbereitungen fürs Abendessen zu beginnen, Häschen«, bemerkte Thea.

Gordweil blickte auf die Uhr: »Es ist doch noch früh, erst sieben. Vielleicht warten wir noch eine Stunde? Wenn du allerdings hungrig bist«, korrigierte er sich, »können wir selbstverständlich gleich anfangen.«

Thea steckte wortlos den Kopf wieder in ihr Buch. Daraufhin stand Gordweil auf, trat ans Fenster, schob die Vorhänge zur Seite und schaute hinaus. Es schneite weiter dicke Flocken, die alles in flaumige Stille hüllten. Kein Mensch war unten auf der kleinen Gasse zu sehen. Der Schnee fiel ungestört, heimlich und leise. Bei Gordweil erwachte das schon seit Kindertagen in ihm schlummernde Verlangen, sich in dem tiefen, weichen Flaum zu wälzen. Und damit stand ihm auch das Bild vor Augen, wie er seinen kindlichen Körper in einen Haufen Federbetten versenkte, die auf irgendeinem Bett aufgetürmt lagen. Aber dieses Bild beruhte nicht auf der Erinnerung an ein wahres Erlebnis und schwebte nur einen winzigen Augenblick durch seine Phantasie, um sogleich einer anderen Szene Platz zu machen. Gordweil sah eine weite, mit tiefem Schnee bedeckte Ebene und einen prallen Sack – voll Getreide oder Mehl oder Salz –, der dumpf und weich in den Schnee fiel. Und nicht nur einen Sack, sondern viele, unzählige, die von oben in den Schnee herabplumpsten. Dieses Schauspiel verursachte ihm irgendwie besonderes Vergnügen und zauberte ein kleines Lächeln auf seine Lippen. Aus dem Hotel gegenüber kamen in diesem Moment zwei Männer, die den Weg zum nahen Bahnhof einschlugen. Sie schritten forsch aus. Gordweil nahm an, sie hasteten sicher zum Zug und würden nach einer halben oder ganzen Stunde Fahrt in einem stillen, verschneiten Dorf wieder aussteigen und in ihre Häuser gehen, wo die Familie schon auf sie wartete, Frau und Kinder, und der Weihnachtsbaum geschmückt dastand, während verlockende Düfte aus der Küche drangen und eine Katze sich träge streckte. Wohlige Wärme durchströmte Gordweils Glieder. Er wandte sich vom Fenster ab und seiner Frau zu und blieb neben ihr stehen, die rechte Hand auf die Stuhllehne gestützt. Thea blickte ihn fragend an.

»Weißt du«, sagte er, »ich meine, eine Katze ist was Gutes. Wenn schon kein Hund, dann wenigstens eine Katze. Mit einer Katze ist das Zimmer nicht so leer.«

Thea brach in schallendes Gelächter aus: »Mir scheint, du hegst schon die Wünsche einer alten Jungfer.«

»Nein«, stammelte Gordweil unsicher, »ich dachte … vor allem später … Kinder mögen Haustiere …«

»Was für Kinder?«

»Nun, du weißt doch … später … das Baby …«

»Es gibt kein Baby«, unterbrach Thea ihn entschieden. »Man kann noch gar nichts wissen.«

Seit dem Tag, an dem sie Gordweil kennengelernt hatte, empfand sie ein gewisses Verlangen, ihn zu verletzen, ihm auf jede erdenkliche Weise wehzutun. Und dieser Drang hatte im Laufe der Zeit nicht etwa nachgelassen, sondern zugenommen, je länger sie mit ihm zusammenlebte. Seine Unterwürfigkeit und Schicksalsergebenheit reizten sie nur noch stärker. Sie verachtete ihn wegen seiner stummen Erduldung aller Leiden und erfand alle möglichen Grausamkeiten gegen ihn. Wie kam es, dass er nicht schrie, aus dem Häuschen geriet, fluchte, sie hinauswarf, ihr mit Scheidung drohte? Dann hätte sie ihn vielleicht ein bisschen ins Herz geschlossen, soweit sie wesensmäßig überhaupt dazu fähig war. Denn in gewisser Hinsicht hing sie auch jetzt an ihm. Sie brauchte ihn irgendwie, konnte sich ein Leben ohne ihn nicht recht vorstellen. Aber Gordweil nahm alles ohne Widerspruch hin, und das reizte sie grenzenlos. Sie verfiel keine Minute dem irrigen Glauben, er sei von Natur aus ein Hasenfuß. Sie wusste sehr wohl, dass dem nicht so war. Doch woher dann diese Duldsamkeit ihr gegenüber? Möglicherweise war sie unbewusst sogar ein wenig gekränkt darüber. Ebenso wusste sie sehr gut, dass er alles spürte, den feinsten und den gröbsten Stich, dass sein Schweigen nicht auf Stumpfheit beruhte. Dank ihres weiblichen Instinkts hatte sie schnell seine leicht verwundbaren Stellen aufgespürt und zielte genau auf sie ab, aber Gordweil neigte den Kopf und schwieg.

»Du bist nicht so schlecht«, sagte er und blickte ihr gerade in die Augen, »ich weiß, dass du nicht so schlecht bist … Und das Baby wirst du ebenso liebhaben wie ich, ja noch mehr als ich, das weiß ich …«

»Du weißt gar nichts. Und das Baby – da werden wir noch sehen. Dich geht die Sache jedenfalls überhaupt nichts an. Das habe ich dir schon vorhin gesagt.«

Doch Gordweil war sicher, dass das Baby kommen würde. Soweit nicht irgendein unerwartetes Unglück eintrat, würde das Baby leben. Theas Drohungen vermochten seine gute Stimmung nicht zu trüben.

»Was meinst du«, lenkte er auf ein anderes Thema über, »habe ich vorher noch Zeit zum Rasieren, oder soll ich's auf morgen verschieben? Wenn du Hunger hast und gleich essen möchtest, dann natürlich …« Er strich sich mit den Fingern von unten nach oben über die Bartstoppeln, die seit zwei Tagen kein Messer gesehen hatten und einen leisen Kratzlaut wie eine Bürste von sich gaben.

Thea wollte noch lesen und gestattete ihm, sich zu rasieren.

»Dann brauche ich – Licht. Man sieht nichts.«

»Und was willst du von mir?«

»Ich meine«, äußerte Gordweil vorsichtig, »vielleicht setzt du dich hierher aufs Sofa, und wir stellen die Lampe auf den Tisch, damit wir beide sehen können.«

»Nein. Rück den Tisch rüber, dann kannst du sehen. Die Lampe bleibt hier.«

Gordweil stellte den Tisch der Länge nach zwischen Bett und Sofa und setzte sich ans andere Ende nahe der Tür. Er sah nicht viel in dem kleinen Klappspiegel, da sein Gesicht weit von der Lichtquelle entfernt war, und so gab er es schließlich auf, hineinzusehen. In alter Gewohnheit schabte er sich den Bart nach Gefühl. Wie immer bereitete ihm das Kratzen des Rasiermessers einen sonderbaren, unklaren Genuss, und er ließ sich mehr Zeit als nötig.

»Ja was, Häschen, das dauert bei dir heute länger als sonst«, sagte seine Frau tadelnd, ohne den Kopf zu heben.

»Gleich«, sagte Gordweil, »gleich bin ich fertig.«

Danach stellte er den Tisch an seinen Platz zurück, wusch sich und ging an die Abendessensvorbereitungen. Er öffnete die Sprottendose und leerte den Inhalt in ein Schälchen. Dann kochten sie den Reis – Thea persönlich kümmerte sich darum – und setzten sich zu Tisch. Thea aß mit wenig Appetit, bis ihr einfiel, dass sie Cognac hatten.

»Wo ist der Cognac? Warum versteckst du ihn, du Narr?«

Gordweil stand unwillig auf und holte die Flasche. »Ich hab ihn gar nicht versteckt«, murmelte er, »nur vergessen.« Er schenkte auch sich ein.

Thea fragte unvermittelt: »Seit einiger Zeit lässt sich Perczik gar nicht mehr blicken. Er kommt nicht ins Café. Weißt du, was mit ihm ist?«

»Woher soll ich das wissen? Was brauchst du Perczik?«

»Nur so. Weil man ihn nicht sieht. Ich hab irgendeine lange Geschichte gehört. Ulrich hat gesagt, du würdest die ganze Angelegenheit kennen.«

»Das ist nicht so interessant. Rubiceks Sohn hat ihm die Knochen zusammengeschlagen, und jetzt liegt er krank da. Ich hatte ihn gewarnt, diesen Schuft. Habe ihm rechtzeitig geraten, sich in Acht zu nehmen, aber er wollte nicht auf mich hören. Nun hat er eben sein Fett abgekriegt.«

»Gut gemacht.« Thea lachte. »Der hat ihn anscheinend richtig durchgewalkt. Und seine Frau?«

»Wessen Frau?«

»Die von Rubicek junior.«

»Sie haben sich wieder ausgesöhnt.«

»Du musst dich auch überall einmischen, Häschen.«

»Wieso einmischen? Ich habe ihn zu seinem Besten gewarnt. Johann hat mich gebeten, es ihm auszurichten. Er kann sich überhaupt freuen, dass er so glimpflich davongekommen ist. Hat noch Glück gehabt. Es hätte schlimmer ausgehen können.«

»Meinst du, er wird Anzeige erstatten?«

»Nein, das bezweifle ich. So dumm wird er nicht sein. Er wird keinen öffentlichen Skandal heraufbeschwören. Außerdem hat er sicher Angst vor seiner Frau. Der hat er gewiss irgendeinen Bären aufgebunden.«

»Und wie ist die Sache rausgekommen?«

»Johann hat es mir erzählt, und ich habe es Ulrich gesagt. Perczik ist ein Dreckskerl.«

»Wann ist es passiert?«

»Vor zwei Wochen etwa.«

»Abends?«

»Ja. Johann hat seiner Frau bis zum Treffpunkt mit Perczik nachspioniert. Als sie in ein verschwiegenes Gässchen eingebogen sind, ist er über ihn hergefallen. Seine Frau ist gleich weggerannt.«

Die Geschichte machte Thea sichtlich Vergnügen. Sie forschte ihn über sämtliche Einzelheiten aus, lachte viel und wollte alles ganz genau wissen. Aber Gordweil war die Sache bald leid und sagte schließlich, mehr wisse er nicht.

Nach Beendigung der Mahlzeit, die diesmal länger als sonst gedauert hatte, ging Gordweil hinaus den Kaffee aufwärmen, den sie mit einem Schuss Cognac tranken. Thea war heiterer Stimmung, hatte sich völlig mit dem leeren, langweiligen Abend abgefunden. Eine Zigarette im Mund, tänzelte sie im Zimmer auf und ab, wobei sie ihren Mann bei jedem Vorbeigehen zupfte und kniff.

»Wenn du möchtest«, sagte Gordweil plötzlich, »les ich dir ein bisschen aus dem Neuen Testament vor.«

»Sehr gut. Wirklich eine prima Idee.«

Also räumte er den Tisch ab, holte das Neue Testament, ein Büchlein mit dem typischen schwarzen Einband, hervor und begann mit leiser, wohltönender Stimme aus dem Matthäusevangelium über Jesu Geburt vorzulesen. Er las etwa eine halbe Stunde, während seine Frau ihm gegenüber saß, den Kopf in die Hand gestützt, und fast pausenlos rauchte. Als er geendet hatte, blieb er ein Weilchen reglos sitzen. Eine merkwürdige, versteinerte Stille kehrte ein. Der obere Teil des Raums lag wie vorher im Halbdunkel. Gordweil fühlte eine Art Schamgefühl in sich hochdrängen, das er sich nicht erklären konnte. Das Gelesene erschien ihm auf einmal unglaublich naiv, banal, bar jeder Poesie. Zurück blieb der unangenehme Nachgeschmack von ausgelaugtem Kaugummi …

»All das«, begann er im Flüsterton, wie zu sich selbst, »hat einmal einen ebenso faszinierenden wie beängstigenden Zauber auf mich ausgeübt. Ich meine alles, was sich auf der anderen Seite, jenseits der Grenze zwischen Juden und Christen, tat. Ich war allerdings noch ein Kind. Die Frauen, die sonn- und feiertags auf dem Weg zur Kirche vorüberkamen, hatten es mir irgendwie angetan. Und auch die Kirche selber, die nicht weit von unserem Hause stand, ließ mir keine Ruhe. Die Menschheit teilte sich für mich damals in zwei gesonderte Gruppen, so grundverschieden wie Katz und Hund. In der Kleinstadt spielt die Religion, anders als in der Großstadt, noch eine wichtige Rolle im Leben. Die Bereiche sind genau abgesteckt: Juden sind Juden, und Christen sind Christen. Man kann sie unmöglich miteinander verwechseln. Vor allem nicht in den kleinen Orten Galiziens und Polens. Meine Eltern waren zwar nicht fromm, hatten aber trotzdem keinen Umgang mit Christen. Kurz gesagt, Letztere faszinierten mich mit ihrer Fremdartigkeit. Als ich größer wurde, trieb ich mich an christlichen Feiertagen in atemloser Erwartung um die Kirche herum. Dann erklang dumpf und drohend der Chorgesang, der sich wie ein zäher Strom von dickem schwarzem Teer in die reine Sommerluft ergoss. Seinerzeit wusste ich schon von der Inquisition, von den Kreuzzügen, den Judenverfolgungen und Zwangsbekehrungen und hatte ständig Angst, man werde mich plötzlich packen, hineinzerren und zwingen, etwas Schreckliches zu tun. Trotzdem verharrte ich in Kirchennähe. Man könnte sagen, dass ich mich in tiefster Seele sogar danach sehnte, dass es passieren möge. Falls sie mich entführen und zu etwas zwingen sollten (wozu genau, wusste ich nicht), würden sie nichts ausrichten, grübelte ich. Ich würde alle Foltern der Welt erdulden, ohne ihnen zu Willen zu sein. Einmal wagte ich mich ganz nahe an die Tür und spähte hinein. Ich sah nichts als dichte Finsternis, gesprenkelt mit schwachen Kerzenflammen. Auch kniende Menschen konnte ich ausmachen. Von jenem Tag an schwebte mir jedes Mal, wenn ich an Christen dachte, etwas Dunkles mit brennenden Kerzen vor Augen …«

»Bist du denn nie hineingegangen?«, fragte Thea. »Wenn du mal eingetreten wärst, wäre der ganze Zauber sofort verflogen.«

»Dort bin ich nicht hineingegangen«, sagte Gordweil. »Natürlich bin ich später anderswo in Kirchen gewesen, aber dort nicht. Sollte ich mal in mein Städtchen kommen, werde ich reingehen. Nicht, weil mich das jetzt noch interessieren würde, sondern einfach so.«

»Warum erzählst du mir nicht mal, wie du zum ersten Mal mit einer Frau geschlafen hast?«, fragte Thea übergangslos. »Das interessiert mich nämlich.«

»Da gibt's nicht viel zu erzählen«, antwortete Gordweil und zündete sich eine Zigarette an. »Die übliche Geschichte mit einer Hausgehilfin.«

»Erzähl trotzdem, Häschen.«

»Ich war damals fünfzehn«, begann Gordweil mit gedämpfter Stimme, »aber alle hielten mich für zwölf, weil ich klein und schmal war. Außerdem war ich noch sehr naiv, was auch jünger macht. Freunde hatte ich keine, weder in der Schule noch außerhalb. Die Jungen mochten mich nicht, oder zumindest glaubte ich das, und da ich vom Wesen her schüchtern und gleichzeitig stolz war, suchte auch ich nicht ihre Nähe. Ich beteiligte mich nicht an ihren Spielen und Streichen, lebte allein für mich wie in einem unsichtbaren Käfig. Während der Pause sah ich sie manchmal mit sonderbaren Mienen flüsternd Geheimnisse austauschen, als verabredeten sie sich zu einem Schwerverbrechen. Gelegentlich schnappte ich zufällig einen seltsamen Ausdruck auf, dessen Bedeutung ich nicht kannte, aber trotzdem spürte ich, dass er ein Geheimnis enthielt, das auch mich irgendwie betraf. Über solch einen Ausdruck zerbrach ich mir hinterher stundenlang den Kopf, wälzte ihn bis zur Erschöpfung. Selbstverständlich kam es mir nicht in den Sinn, einen von ihnen nach der Bedeutung zu fragen. Ich fühlte dumpf, dass ich mich mit einer solchen Frage der Lächerlichkeit preisgeben würde.

Zu jener Zeit war ich meist äußerst nervös. Hatte keine Ruhe. Suchte dauernd nach etwas Verborgenem, alles erschien mir geheimnisumwoben. Ich nahm deutlich wahr, was um mich herum vorging, fühlte mich aber trotzdem schlecht. Ich wartete darauf, dass sich irgendetwas offenbaren möge, war dauernd auf etwas Mysteriöses gespannt, das es nicht zu versäumen galt. Ich erinnere mich, dass ich damals den Appetit verlor und so eingefallen aussah, dass meine Mutter sich langsam Sorgen machte. Allen Alltagsdingen gegenüber wurde ich seltsam gleichgültig, ich begann die Schule zu vernachlässigen, war sogar zu träge, ein Buch zu lesen. Andererseits stürzte ich mich manchmal geradezu auf ein Buch, verschlang es gierig und ließ nicht von ihm ab, bis sich mir der Kopf drehte. Nachts konnte ich häufig nicht einschlafen. Gelegentlich überlief mich eine furchtbare Hitzewelle, so dass ich die Decken abwerfen musste. Danach schlief ich äußerst unruhig, hatte eigenartige Alpträume und wachte am Morgen zerschlagen, deprimiert und lustlos auf. Oft irrte ich ziellos durch Gassen und Höfe, in denen ich noch nie gewesen war, suchte zwanghaft nach etwas Unbestimmtem, bis die Dunkelheit einbrach und ich heimkehren musste. Dabei geschah es mehrmals, dass christliche Jungen über mich herfielen. Ich kämpfte dann verbissen wie ein zum Tode Verurteilter. Doch ich war allein und damit unterlegen. Wenn ich hinterher böse zugerichtet nach Hause ging, empfand ich eine eigentümliche Befriedigung, eine Art genussvolle Nervenberuhigung. Einmal hat mich ein Stein getroffen, hier, siehst du?« Gordweil deutete auf seine linke Schläfe nahe am Ohr. »Es ist eine kleine Narbe zurückgeblieben. Beim Betasten kann man sie spüren. Als sie im Laufe der Zeit übrigens merkten, dass ich mich vor ihnen nicht fürchtete und meine Fäuste zu gebrauchen wusste, ließen sie von mir ab. Ich erinnere mich auch noch, dass ich einmal eine dicke Nadel zum Nähen von Säcken – ich hatte so eine bei uns zu Hause gefunden – genommen, einen Ärmel aufgekrempelt und sie mir oberhalb des Handgelenks ins Fleisch gestochen habe, ganz langsam hab ich sie an ein, zwei Stellen einen halben Zentimeter tief hineingetrieben und dabei eine eigenartige Lust und auch so was wie Rache empfunden. Danach habe ich mir das Blut abgewaschen und auf die Wunden Zigarettenpapier geklebt, das ich meinem Vater weggenommen hatte. Das habe ich übrigens nur dreimal gemacht. Der Anblick des Blutes hat mir Brechreiz verursacht, und einmal ist mir ganz schwindlig geworden wie vor einer Ohnmacht; deshalb habe ich lieber wieder damit aufgehört. Ich habe die Nadel in den Müll geworfen und mir eine andere, unblutige Foltermethode ausgedacht. Ich pflegte ein Streichholz anzuzünden und mir damit die Spitze des kleinen Fingers – ich weiß nicht, wieso gerade den –, so lange zu versengen, bis ich den Schmerz nicht mehr aushalten konnte. Danach habe ich den angekohlten Finger in Tinte getaucht, ein erprobtes Hausmittel gegen Verbrennungen.

Zu jener Zeit verbesserte sich die Lage meiner Eltern ein wenig. Meine Schwester, die ein Jahr zuvor mit ihrem Mann nach Amerika ausgewandert war, fing an, Monat für Monat Geld zu schicken, eine Summe, die uns ernähren konnte. Wir waren nur drei zu Hause, Vater, Mutter und ich, und wir brauchten nicht viel. Außerdem verdiente Vater gelegentlich etwas hinzu. Wir litten keine Not. Doch dann wurde Mutter in jenem Winter krank und bettlägerig. Sie litt an einem rheumatischen Anfall im rechten Bein. Das ist keine gefährliche Krankheit, aber sie konnte sich nicht rühren. Zuerst wollte Vater an seine Schwester in der benachbarten Stadt schreiben, sie möge uns ihre Tochter für eine Weile zur Hilfe im Haushalt schicken. Wir wohnten in einem geräumigen Haus mit mehreren Zimmern, das nach Vaters wirtschaftlichem Niedergang übriggeblieben war und das er unter keinen Umständen verkaufen wollte, selbst in der allergrößten Not nicht. ›Das Dach überm Kopf gebe ich nicht her‹, erklärte er, ›jemand, der ein Haus besitzt, bleibt immer noch Mensch, wer sein Haus verkauft hat, kann gleich Klinken putzen.‹ Jetzt, da Mutter krank war, brauchten wir jemanden, der sich um alles kümmerte, besonders um die Küche, da Mutter wegen ihres Leidens nicht kochen konnte. Nach gründlichem Überdenken beschlossen meine Eltern, eine Hausgehilfin einzustellen.«

Gordweil zündete sich eine weitere Zigarette an.

»Zóśka, die Hausgehilfin, war ein bisschen pummelig, untersetzt, dunkel, um die fünfundzwanzig. Glühende Augen hatte sie und blitzende, kleine, scharfe Nagetierzähne, die dank der etwas schmalen Oberlippe immer entblößt waren, so dass es aussah, als grinse sie. Trotz ihres rundlichen Körpers war sie leichtfüßig.

Mutter sagte von ihr, dass sie fleißig sei. Zóśka kannte viele polnische Lieder und sang immer bei der Arbeit. Ich hörte sie gern singen, sie hatte eine angenehme Stimme. Die gefühlvollen Volkslieder drangen durch den langen Flur von der Küche zu meinem Zimmer etwas gedämpft an meine Ohren und rührten mich zu Tränen. Lange wusste ich nicht, dass Zóśka sang: Die Stimme schien von sehr weit her zu kommen, wie von der Straße. Später kam ich durch Zufall dahinter, aber es war überhaupt nicht wichtig. Hauptsache war das Singen. Die Hausgehilfin selbst beachtete ich nicht. Man kann sagen, dass ich nicht einmal genau wusste, wie sie aussah. Sie war für mich fast ein abstrakter Begriff – Hausgehilfin im Haus und fertig. Nach einigen Wochen begann ich mit einem Mal ihre Gegenwart wahrzunehmen. Urplötzlich wurde sie konkrete Wirklichkeit, und das ganze Haus füllte sich mit Zóśka. Ich weiß nicht, ob es Zufall oder Absicht war: In jedem Winkel stieß ich auf sie. Wo immer ich sein mochte, hatte sie in diesem Moment zu tun. Wenn ich mich in meinem Zimmer aufhielt, tauchte sie unweigerlich mit einem Lappen oder Besen auf. Gerade jetzt musste sie das Fenster putzen, die Möbel polieren oder das Bett beziehen. Und dabei drängte sie sich immer so nahe an mich heran, dass ich fast ihre Körperwärme spürte und ihren Atem hörte. Währenddessen musterte sie mich eingehend mit einem sonderbaren Lächeln, als fände sie etwas Lächerliches an mir, bis mir unbehaglich wurde und mein Herz heftig zu pochen begann. Auch schämte ich mich ein bisschen vor ihr, ohne zu wissen warum, und sobald sie sich entfernt hatte, sprang ich zum Spiegel, um zu sehen, ob ich womöglich schmutzig war. So verhielt sie sich ein paar Tage lang, vielleicht eine volle Woche.

Eines Abends, es war schon gegen Mitternacht, lag ich in meinem Zimmer auf dem Sofa und las. Die Eltern schliefen schon in ihrem Zimmer drei Türen weiter. Das Buch interessierte mich sehr, ich hatte es fast ausgelesen und war bekleidet geblieben, um ja keine Zeit aufs Ausziehen zu verschwenden. Da ging plötzlich lautlos die Tür auf, und Zóśka erschien auf der Schwelle. Sie blieb am Eingang stehen, guckte mich an und sagte lächelnd: ›Wie ich sehe, Herr Rudolf, haben Sie so viele schöne Bücher. Und da ist mir eingefallen … Ich kann nicht einschlafen … und hab mir gedacht: Der Herr Rudolf wird dir sicher gern ein schönes Buch leihen.‹ Dabei lächelte sie wieder ihr sonderbares Lächeln. Erst jetzt sah ich, dass sie nichts als Mieder und Unterrock anhatte und ihre Arme bis zur Schulter entblößt waren. All das nahm ich mit flüchtigem Blick wahr, worauf mir sogleich schwindlig wurde. Ich sprang auf und ging mit weichen Knien – peinlich bemüht, nicht zu ihr hinüberzusehen – an den Schrank ein Buch holen. Zóśka kam mir nach und drängte sich an mich, als sei das Zimmer zu eng für sie. Mir zitterten die Hände, und das Buch fiel zu Boden. Zóśka bückte sich, um es aufzuheben. Ich wusste nicht einmal, welches Buch es war, hatte das erste beste genommen. Ich wagte keinen Laut von mir zu geben, mein ganzer Körper bebte wie im Fieber. Ich hatte Angst, ihr das Gesicht zuzuwenden. Verharrte auf dem Fleck. Wenn ich mich jetzt rege, dachte ich, wird sich etwas Furchtbares, Unvorstellbares ereignen. Aber Zóśka fasste mich bei der Hand, führte mich zum Diwan und setzte mich wie ein Kind darauf. Sie blieb vor mir stehen, während ich mit gesenktem Kopf völlig betäubt dahockte. Plötzlich sagte sie: ›Hast du schon mal eine nackte Frau gesehen, mein dummer Junge?‹ ›Was?‹, platzte ich töricht heraus. Unwillkürlich hob ich die Augen und sah, dass ihr Mieder bis zum Bauch herabgerutscht und der ganze Oberkörper entblößt war. Ich senkte sofort wieder den Blick. Meinte, das Bewusstsein zu verlieren. Zóśka lachte kurz auf. ›Wenn du dich nicht närrisch anstellst, wirst du noch viel mehr zu sehen kriegen, viel mehr, mein Jüngelchen …‹ Auf einmal saß sie neben mir auf dem Diwan. Nahm meine Hand und führte sie an ihren Busen. Ich spürte ihre volle, warme Brust sich wie ein eigenständiges Lebewesen regen. Zóśka lag nun schon mit ihrem gesamten Körpergewicht auf mir, dass ich fast erstickt wäre. Dann legte sie meinen Kopf an ihre nackte

Brust. Unaufhörlich wisperte sie: ›Mein Kleiner, hab keine Angst, mein Kleiner‹, während sie meine Hand über ihren Körper führte, der plötzlich splitternackt war. Und in diesem Augenblick spürte ich eine feuerglühende fremde Hand vibrierend unter den Kleidern über mein Fleisch streichen …«

Gordweil verstummte. Sein Atem ging schwer und stoßweise, denn er durchlebte in diesem Augenblick noch einmal das damalige Geschehen. Die letzten Worte hatte er fast unhörbar gehaucht, den Blick wie verschämt zum Tisch gesenkt.

Thea schwieg einen Augenblick. Dann brach sie in lautes, ungestümes Gelächter aus. Gordweil starrte sie verwirrt an, als verblüffe ihn ihre Anwesenheit. Dann lächelte auch er.

»Gut gemacht. Wirklich gut gemacht«, spendete Thea Beifall. »Nur weiter, Häschen.« Sie bot ihm sozusagen zur Belohnung eine Zigarette an. »Nun und dann?«

»Dann? Dann war ich sehr elend. Ich bin so, in voller Kleidung, auf dem Sofa eingeschlafen, und als ich am nächsten Morgen aufwachte, hatte ich das Gefühl, mir sei ein furchtbares Unglück zugestoßen, fühlte mich wie jemand, der das Teuerste im Leben unwiederbringlich verloren hat. Und dann habe ich geweint. Lange Zeit. Schämte mich, mein Zimmer zu verlassen. Mir war klar, dass alle es mir sofort an der Nasenspitze ablesen würden. Als ich zum Waschen in die Küche ging, konnte ich der Hausgehilfin nicht in die Augen sehen. Aber sie sagte, als ob nichts geschehen sei: ›Haben Sie gut geschlafen, Herr Rudolf? Herrliches Wetter heute!‹ Auch später, als ich das Zimmer meiner Eltern betrat, schlug ich die Augen nieder und wurde rot. Ich war sicher, dass sie alles wussten. Gleich würden sie mich ausschimpfen. Worauf warteten sie denn noch? Warum spannten sie mich so auf die Folter? Ich konnte ihr Schweigen nicht ertragen und wartete aufgeregt mit klopfendem Herzen, dass sie anfangen sollten. Aber sie sagten nichts. Dann erklärte ich ihnen, ich hätte Kopfweh und ginge heute nicht in die Schule. Denn ich hatte Angst, mich draußen zu zeigen, und schämte mich vor meinen

Kameraden. Noch lange danach wurde ich jedes Mal rot, wenn jemand mich ansah.«

»Und nur dieses eine Mal?«, fragte Thea neugierig.

»Nein, oftmals. Am selben Nachmittag kam Zóśka erneut. Und im Laufe der Zeit gewöhnte ich mich und fand nichts Böses mehr daran. Ich ging sogar von mir aus zu ihr in die Küche. Ich tat es nachts, sobald ich wusste, dass meine Eltern schon schliefen. Sie hat mir sehr gefallen. War überhaupt nicht hässlich. Und als sie uns nach drei Monaten verließ, habe ich das unendlich bedauert. Ein paar Monate später bin ich selbst aus dem Elternhaus fortgegangen.«

Thea stand auf und reckte sich. Trat ans Fenster und blickte hinaus. Im Lichtkreis der Laterne tanzten die Schneeflocken jetzt feiner, schienen von unten nach oben zu wirbeln. Außer zweien im vierten und einem im zweiten Stock waren alle Hotelfenster bereits dunkel. Vom nahen Bahnhof drang kurz das Pfeifen einer Lokomotive in die stille Schneenacht, erst einmal und nach einer Pause ein zweites und schließlich ein drittes Mal – langanhaltend und wimmernd. Durch Theas Phantasie huschte der fremde Bahnhof einer kleinen, abgelegenen Ortschaft, in der sie vielleicht noch nie im Leben gewesen war, und ein greiser Pfarrer stand vor ihr in der Schlange vor dem Kartenschalter. Sie wandte sich vom Fenster ab und trat zu ihrem Mann, der immer noch so dasaß wie vorher.

»Es wird kühl. Leg ein paar Kohlen nach, Häschen.«

Sie beugte sich über ihn und zupfte ihm zum Zeichen der Gunst ein bisschen an der Nase. Dann gähnte sie ausgiebig und begann sich zu entkleiden.

»Komm, mein Häschen, zieh mir den Strumpf aus.«

Gordweil schloss die Ofenklappe, nachdem er zwei Schaufeln Kohlen nachgelegt hatte, und ging ihr die Strümpfe ausziehen. Thea räkelte sich quer übers Bett, ein Bein ihrem Mann entgegengestreckt, der vor ihr auf dem Boden kniete. Er presste ihr die Lippen auf den Oberschenkel.

»Mach schnell«, drängte Thea, »es ist kalt.«

Und schließlich, als spräche sie mit sich selbst: »Müsste interessant sein, einen kleinen Jungen zu verführen …«

»Was?« Gordweil entfuhr dasselbe blöde Was, das er an jenem Abend Zóśka gegenüber gebraucht hatte.

»Zieh dich schnell aus, Häschen. Du darfst heute Nacht mit mir schlafen«, sagte Thea und rutschte unters Federbett. »Bring die Zigaretten und Streichhölzer her.«

Gordweil nahm den Haufen Bettzeug vom Bett, legte ihn auf einen Stuhl und begann sich sein Lager auf dem Diwan zu bauen. Über die rote, fleckige Steppdecke breitete er seinen Mantel, damit ihm nachts nicht kalt wurde. Dann zog er sich aus, löschte die Lampe und legte sich zu seiner Frau ins Bett.

19.

Gordweil übersiedelte aufs Sofa und streckte sich, wie gewöhnlich vor dem Einschlafen, auf dem Rücken aus. Die nächtliche Stille hüllte ihn wie etwas Greifbares ein. Thea schlummerte bereits. Gordweil spürte ein leichtes, wohliges Prickeln in den Gliedern wie nach einem lauwarmen Bad, und irgendwo pulsierte eine verborgene Ader in seinem Körper. Es war schwer, ihre genaue Lage zu ermitteln: Konzentrierte er sich aufs Bein, pochte sie im Bein, konzentrierte er sich auf den Kopf, pochte sie im Kopf, ganz langsam und offenbar ohne böse Absicht. Nun, dachte Gordweil, darauf horchen darfst du nicht, wenn du einschlafen möchtest … Aber wer hat dir gesagt, dass du das willst? Dafür ist noch Zeit genug. Morgen ist auch noch ein Tag. Ja, richtig. Und dieses Besondere in deinem Innern, dieses Freudige, das ist auch noch da … Schade nur, dass dir momentan nicht einfällt, was es genau ist. Es muss schon spät sein. Vor sehr langer Zeit, vor einer Ewigkeit ist Mitternacht gewesen. Er würde jetzt nicht auf die Uhr schauen – das wäre zu anstrengend. Aufstehen, ein Streichholz anzünden – nein. Aber vielleicht schlug ja irgendwo eine Uhr. Eigentlich war's auch egal. Hauptsache , es gab einen Wonnepunkt in seinem Innern. Er war gar nicht wissbegierig, worin der bestand. Dort drüben zum Beispiel, auf seiner Linken (wo das Bett stand), war alles bestens. Da gab es nichts zu klagen. Im Gegenteil, es war wirklich ein ruhiger, schöner Abend gewesen. Kleinigkeiten zählten nicht. Die beachtete man nicht.

»Na, na, na – und ›einen kleinen Jungen verführen‹ beispielsweise?«, fragte jemand in seinem Innern.

»Das war nur so dahingesagt. Ein Ausrutscher ohne besondere Bedeutung«, antwortete Gordweil wegwerfend, als sei die Sache nicht weiter erwähnenswert. »Es gibt wichtigere Dinge, und selbst auf die geben wir nicht groß acht.«

»Genau das wollte ich fragen: Warum beachtet man sie eigentlich nicht?«

»Jetzt ist es schon spät«, versuchte Gordweil auszuweichen. »Zeit zu schlafen.«

Aber der andere ließ nicht locker: »Wir haben doch vorhin gesagt, dass morgen ein freier Tag ist und man daher ausschlafen kann, wenn man einen nur lässt.«

»Wer soll einen denn nicht lassen?«, tappte Gordweil in die Falle.

»Man wird einen nicht lassen«, sagte der andere schlicht. »Du bist doch ein kluger Bursche, wenn du willst. Muss man dir Namen nennen? Du weißt sehr wohl, wer.«

»Unsinn«, wehrte Gordweil ab. »Was redst du für dummes Zeug. Du weißt doch, dass ich alles freiwillig tue, ohne jeden Zwang …«

»Na, na«, ulkte der andere. »Das stimmt nicht so ganz. Da lässt sich einiges dagegen einwenden …«

»Nichts als Andeutungen und Umschweife.« Gordweil geriet in Rage. »Du weißt, dass ich das nicht mag. Nur alles offen und ehrlich herausgesagt.«

»Es liegt doch alles klar auf der Hand«, erwiderte der andere. »Du bist doch sonst für Geheimniskrämerei. Ist es dir etwa lieber, die Dinge beim Namen zu nennen? Die Angst –«

»Welche Angst?«, brauste Gordweil auf. »Es gibt keine Angst! Der Begriff ›Angst‹ ist hier fehl am Platz.«

»Warum ereiferst du dich denn so, wenn du glaubst, alles sei in bester Ordnung? Siehst du?«

»Genug«, sagte Gordweil entschieden. »Jetzt will ich nicht mehr. Ich rauche lieber eine Pfeife.«

»Die Pfeife kann an den Tatsachen nichts ändern«, beharrte der andere. »Ich sage: diese kindische Angst davor, die Dinge so zu sehen, wie sie sind. Von einer gewissen anderen Angst ganz zu schweigen …«

»Esel, Idiot!« Gordweil konnte sich nicht länger beherrschen und sprudelte die Schimpfwörter nur so heraus, die bei Thea gang und gäbe waren. Die Pfeife hatte er völlig vergessen. »Ich habe dir vorhin schon gesagt, dass ich dieses Wort nicht hören will. Hat da ein blödes Wort zu fassen gekriegt und lässt nicht mehr davon ab. ›Angst, Angst!‹ Angst vor wem? Kennst du mich etwa als Angsthasen? Beleg das erst mal mit Tatsachen. Schließlich lassen sich Fälle anführen, die das Gegenteil bezeugen. Zum Beispiel – aber es lohnt nicht, mit einem Dummkopf wie dir Debatten zu führen.«

»Zuallererst, mein Freund, ruhig Blut. Ich habe dir schon einmal gesagt, dass mir deine Erregung verdächtig vorkommt. Aber lassen wir das. Du wolltest doch eine Pfeife rauchen. Bitte, lass dich nicht stören. Wir haben Zeit, nicht wahr? Und was das Übrige betrifft – das ist es eben. Gerade weil du deinem Wesen nach kein Hasenherz bist, verblüfft mich das hier umso mehr. Dass eine Frau – nun, schön und gut. Zünd dir erst dein Pfeifchen an …«

Gordweil griff im Dunkeln nach dem Stuhl, den er sich immer neben das Sofa stellte, um seine Kleidung darüberzuhängen und seine Uhr nebst Rauchutensilien abzulegen. Nach kurzem Tasten fand er das Tabakpäckchen und die Pfeife und begann sie zu stopfen.

»Eine Pfeife ist was Schönes, das gebe ich zu«, flüsterte der andere wieder, »aber wenn sie das Einzige ist, was der Mensch auf der Welt hat, scheint mir das etwas wenig …«

»Wieso das Einzige? Infame Lüge. Da gibt es noch eine ganze Menge anderer Dinge. Ein Kind und Thea … und –«

»Wart mal! Ein Kind, hast du gesagt. Gut. Aber ist das Kind denn schon zur Welt gekommen? Na also. Nicht, dass ich dir, Gott behüte, Schlechtes prophezeien will. Aber es gibt ein paar Eventualitäten, bis ein Kind geboren wird. Kann man die voraussehen? Außerdem, wenn es Thea nun wirklich einfiele, es ›wegzumachen‹, wie sie sagt? Sie ist dazu fähig, wenn sie will. Wer könnte sie abhalten? Du etwa?«

»Sie wird's nicht wegmachen«, antwortete Gordweil erschrocken, »lad mir keine Steine aufs Herz. Sie will es auch, genau wie ich. In Wirklichkeit ist sie nicht hartherzig.«

»Es geht hier nicht darum, ob sie hartherzig ist oder nicht. Darüber werde ich mit dir nicht streiten. Aber du gibst doch selber zu, dass sie Ticks hat, Kapricen, oder wie du's sonst nennen magst, die sie beherrschen. Und wenn sie sich beispielsweise plötzlich in den Kopf setzt, Schwangerschaft und Geburt könnten ihrer Gesundheit schaden – wird sie dann etwa auf dich und deinen Protest hören? Vor Operationen hat sie keine Angst, wie du bereits erfahren hast. Im Gegenteil, sie ist glücklich, sobald sie nur einen Vorwand dafür findet. War die Brustoperation vor drei Monaten etwa notwendig? Oder die anderen Eingriffe, die sie hat vornehmen lassen, seitdem du sie kennst? Drei Operationen innerhalb von ein paar Monaten. Das ist wirklich eine lächerliche Marotte bei ihr, aber man darf sie nicht ignorieren. Und jetzt eine so blendende Gelegenheit zu einem Eingriff.«

»Kein Arzt wird das an ihr vornehmen. Es besteht kein ausreichender Grund dafür. Sie ist kerngesund.«

»Bist du dir dessen so sicher?«, spottete der andere. »Für derart naiv hätte ich dich nicht gehalten. Der Arzt macht das. Und wie er das machen wird – für Geld. Es gibt eine Menge Ärzte, die davon leben.«

»Na, hör endlich auf, quäl mich nicht so. Ich bin todmüde.«

Eine Hitzewelle überlief ihn – lästige, unangenehme Fiebrigkeit. An den Schläfen hämmerten die Nerven wie verrückt, und in seinem Kopf hatte sich oberhalb des Genicks ein dumpfer, hohler Schmerz festgesetzt, als sei dort das ganze Hirn ausgelaufen. Sein Mund fühlte sich abscheulich trocken an und schmeckte noch bitter vom Pfeifenrauch. Gereizt schlug er die Decken bis zum Bauch zurück.

»Jedenfalls muss man diese Möglichkeit in Betracht ziehen«, begann der andere erneut, »sie ist nicht so abwegig, wie du meinst. Eine Frau wie sie …«

»Was heißt ›eine Frau wie sie‹?« Gordweil kochte bereits vor Wut. »Du bist wirklich ein unheilbarer Idiot. Sie ist nicht schlimmer als andere Frauen.«

»Meinst du? Zum Beispiel Lotte Bodenheim – ist die etwa wie Thea? Oder Jenny Koppler, oder wen du sonst nehmen magst? Nein, nein, mein Lieber. Nur nicht die Augen davor verschließen.«

»Ich gebe zu, dass sie sich von ihnen unterscheidet, und gerade deshalb liebe ich sie.«

»Du behauptest, sie zu lieben. Da muss ich ja lachen! Richtiger wäre – aber du regst dich bloß wieder auf, wenn ich's sage …«

»Nun, sag's schon. Das ist interessant.«

»Ich würde sagen«, meinte der andere frech, »du fürchtest …«

»Oje«, stöhnte Gordweil, »wieder dieses abscheuliche Wort. Dieselbe Eselei. Wenn du nicht augenblicklich aufhörst, bist du verantwortlich … Ich verliere den Verstand.«

»Na, na, sei da mal ganz beruhigt, mein Freund. Das passiert nicht so leicht. Ich kann dir versichern: Den Verstand verlieren wirst du nicht. Weißt du, was du brauchst? Du brauchst ein bisschen Mut, mehr nicht.«

»Wieso Mut? Den habe ich gewiss. Und außerdem: Ich will gegen niemand ankämpfen. Ich wünsche mir Ruhe, Ruhe.«

»Das ist ja das Unglück. Du glaubst, sie würde dir nützen. Dabei ist es nur ein Aufschieben auf später. Letzten Endes wirst du einen Kampf führen müssen. Ohne den kommst du nicht davon. Und später wird's viel schwerer.«

»Ich sage dir, ich werde nicht kämpfen, und ich tu's auch nicht«, beharrte Gordweil stur. »Und ich habe auch niemanden zu bekämpfen. Hast du gehört? Ich will nicht, will nicht. Nun lass mich schlafen, schlafen, schlafen, schlafen.«

Gordweil wälzte sich auf die Seite und wiederholte im Geist unaufhörlich das Wort »schlafen«. Langsam traten die Gedanken zur Seite, als verdunsteten sie in seinem Gehirn; er wurde leichter und leichter, schwebte empor, entsegelte irgendwohin, hinüber, zur anderen Seite ... Nur ein einziges schwaches Glimmen dämmerte noch in seinem Innern: schlafen. In diesem Moment zerriss das laute Knacken eines hölzernen Einrichtungsgegenstands die Stille. Mit einem Ruck fuhr Gordweil hoch und blieb aufrecht sitzen. Meinte, von hoch oben herabgefallen zu sein. Horchte mit allen Poren in die Finsternis, ohne etwas zu hören. Doch sofort wurde ihm von allein klar, dass es nur ein Knacken im trockenen Holz gewesen war. Ja, er erinnerte sich sogar, den Laut im Augenblick seines Entstehens gehört zu haben, was ihn ein wenig beruhigte. Andererseits bekam er eine Wut auf die Vermieterin samt ihren schrecklichen Möbeln. Man muss ein anderes Zimmer suchen, sagte er sich. Hier kann man nicht schlafen. Er legte sich wieder hin und musste nun ganz von vorn anfangen, da er hellwach geworden war. Jetzt muss man bis tausend zählen, dachte er, manchmal hilft das. Eben jetzt schlug eine Uhr dreimal. Nur konnte man nicht wissen, ob es dreiviertel war oder die volle Stunde. Nein, er würde nicht auf seine Uhr schauen. Eigentlich war es ja völlig egal.

Gordweil begann zu zählen. Als er bei zehn angelangt war, durchzuckte ihn die Frage, ob es schon aufgehört hatte zu schneien. Wenn es ein bisschen Frost gab, würde morgen ein schöner Wintertag sein, zwölf, dreizehn, Unsinn! Alles war bestens! Dass er sein Hirn mit solchem Quatsch hatte martern können. Wann war das gewesen – heute oder vor langer Zeit? Zwanzig, einundzwanzig, zweiundzwanzig, Zóśka … Wenn das seine Eltern damals gewusst hätten! Ein hübsches Mädel war sie gewesen, das musste man ihr lassen. Das Ende der Geschichte, die ich gestern fertiggeschrieben habe, muss vielleicht abgeändert werden. Nicht dass sie nur ihren Mann verlässt, sondern auch ihren Liebhaber, alle beide … vor allem Letzteren … Werden wir noch mal überdenken. Sechsundfünfzig, siebenundfünfzig, achtundfünfzig – »Denken Sie auch oft an mich, Herr Gordweil? Ich denke sehr viel an Sie, eijeijei«, hörte er die alte Wirtin wie üblich sagen. Und gleich darauf: »Eine anständige Frau haben Sie, Herr Gordweil, eine hochanständige Frau, pssss.«

»Hihi, hochanständig. Musterhaft anständig. Hoho! Das wird sich künftig noch erweisen.«

»Nein, nein, ich kann nicht mehr, fünfundachtzig, sechsundachtzig –«

»Natürlich! Wenn du nicht den Mut hast, der Wahrheit ins Auge zu sehen. Achte mal auf die Andeutungen deiner treuen Freunde. Und die Sticheleien dieses närrischen Dr. Kreindl? Ist das denn alles, alles aus der Luft gegriffen? Aber du weißt ja selber … Du tust nur so, als wüsstest du von nichts, weil es dir so bequemer ist. Weil du eine künstliche, trügerische Ruhe willst. Dabei ist es doch unvorstellbar, dass ein solcher Zustand auf die Dauer anhalten kann. Weißt du das nicht selbst am besten?«

Gordweil meinte verrückt zu werden. Kalter Schweiß trat ihm auf die Stirn. Ruckartig setzte er sich auf. Begann fieberhaft nach den Streichhölzern auf dem Stuhl zu tasten. Zündete eins an und blickte auf die Uhr. Fünf vor vier. Er hielt das brennende Hölzchen, bis es ihm die Fingerspitzen ansengte, und zündete dann noch eins und noch eins an. Zum ersten Mal im Leben graute ihm vor der Dunkelheit und vor den irrsinnigen, störenden Gedanken. Er warf einen Blick auf das nahe Bett. Thea schlief mit dem Gesicht zur anderen Seite, den Fenstern zugekehrt. Wenn man genau hinhorchte, konnte man ihren leisen, gleichmäßigen Atem hören. Abgesehen davon regte sich nichts. Die Stille war prall, schwer, erfüllt von fremdem Schlummer. Und das winzige Flämmchen eines weiteren Streichholzes leuchtete auf, flackerte, verlosch wie ein Irrlicht und wurde durch hastiges Reiben erneut entzündet. Gordweil verspürte plötzlich ungeheuren Zorn auf die Frau da drüben, als sei sie die einzige Ursache all seiner Qualen von Geburt an. In diesem Augenblick dachte er überhaupt nicht an das Kind. Alles war ihm eins. Er sah nur diese große Frau vor sich, wie sie ihn auf die Arme hob und durchs Zimmer mit ihm tänzelte. Fühlte sich tief gedemütigt, bis in die Grundfesten seines Wesens hinein – und in diesem Augenblick empfand er einen tödlichen Hass auf sie. Er hätte sich jetzt anziehen und davonmachen können, weit, weit weg, ohne je wiederzukehren. Ihm war wirklich alles eins! Er brauchte nichts und niemanden! Dabei spürte er jedoch klar, dass er das nie, nie tun würde; dass er dieser Frau für immer verfallen war, auf Leben und Tod; dass sein Schicksal unlösbar mit ihrem verbunden war. Doch da kam ihm wieder das Kind in den Sinn, und er sagte sich: Unsinn. Ich liebe sie ja, trotz allem. Wie eine schlaflose Nacht den Menschen doch um den Verstand bringen kann. Nicht umsonst werden Verbrechen nachts begangen. Bei Schlaflosigkeit ist der Mensch zu allem fähig. Verrückte finden nachts keinen Schlaf und Kranke auch nicht. »Voll Verbrechen und Wahnsinn ist die Nacht«, fiel ihm eine Gedichtzeile ein. Gordweil legte sich fest entschlossen wieder hin, fügte sich in sein Los und schrieb den Schlaf völlig ab. Seine Nervenspannung löste sich nach und nach, müde war er, und ein paar Minuten später schlief er ein.

Morgens rief ihn Thea von ihrem Bett aus: »Häschen, Häschen, kriegen wir heute keinen Kaffee?« Ihre Stimme klang zufrieden und ausgeschlafen.

Kalter Pfeifenrauch und Schlafdunst hingen in der Luft. Durch

Gordweils Phantasie geisterte blitzartig der kalte, feindselige Ofen, was ihm jegliche Lust raubte, einen Fuß aus dem warmen Bett zu setzen.

Theas Stimme drang verschwommen in sein dämmerndes Bewusstsein, schien ihn jedoch nichts anzugehen und verursachte ihm nur ein leichtes Zucken. Er schlief weiter. Eine Minute später traf ihn eine zweite, energischere Salve: »Ja, was denn, Rudolfus, willst du heute bis zum Abend durchschlafen?«

Ihm ging ein Licht auf. Zweifellos war er gemeint. Sein Körper war zerschlagen, als habe man die ganze Nacht erbarmungslos auf ihn eingeprügelt. Er hätte sein Leben für ein paar weitere Minuten Schlaf hingegeben.

»Gleich, gleich, Thea«, grunzte er.

Mit dieser Antwort glaubte er sich aus der Affäre gezogen zu haben. Er döste weiter, aber jetzt war er schon nervös und aufgeschreckt, schlief einen von außen gestörten, unterbrochenen Schlaf, durchsetzt von Furcht vor dem bald notwendigen Aufstehen. Es war nicht mehr sein eigener Schlummer, an dem kein anderer Anteil hatte – als habe man ihm die Decken weggezogen und er liege nun splitternackt, den Augen Fremder preisgegeben. Und beim nächsten Weckruf, der vom Bett auf ihn abgefeuert wurde, schreckte er wie vom Blitz getroffen hoch und blieb sitzen. Das Haar stand ihm wild zu Berge, und sein welkes bleiches Gesicht, in dessen linke Wange narbenartig die verästelte Linie der Kissenfalten eingegraben war, glich dem eines Schwerkranken. Sein Blick schweifte verwundert durch das ganze Zimmer, als sähe er es zum ersten Mal im Leben, bis er den seiner Frau auffing, die sich in diesem Moment eine Zigarette anzündete, und mit einem Schlag durchzuckte ihn die Erinnerung an die Schrecken der schlaflosen Nacht. Er lächelte vergnügt. Es war gut zu wissen, dass all das vorüber und der nächste Morgen schon angebrochen und alles beim Alten war: das Zimmer, die Möbel, Thea. Er schaute auf die Uhr, ohne sie in die Hand zu nehmen: zehn, nicht spät.

»Warum glotzt du so, Häschen, als wärst du vom Mond gefallen? Wien, Kleine Stadtgutgasse, bei Frau Fischer. 25. Dezember, Weihnachten, und nun mach schnell Kaffee für deine Frau Thea, geborene Baronin von Tako und derzeit verheiratet mit deiner selbst, Rudolfus Gordweil alias Häschen, nach dem Gesetz des Mose aus Ägypten und der Israelitischen Kultusgemeinde Wien. Kapiert?«

Gordweil schmunzelte. Sie war also nicht schlecht gelaunt.

»Wenn du möchtest«, sagte er kühn, »wirf eine Zigarette rüber. Ich rauch sie und steh dann gleich auf. Es ist ja erst zehn.«

Die Zigarette traf ihn ins Gesicht und fiel zu Boden. Er hob sie auf, zündete sie an und legte sich wieder hin.

»Wir fahren heute zu Baron von Tako zum Mittagsmahl«, verkündete Thea.

»Fein.«

Wenn sie immer so wäre, grübelte er, wär's das vollendete Glück. Er stellte zu seiner Freude fest, dass er kein bisschen müde mehr war, obwohl er wenig geschlafen hatte.

»Nun, was ist mit dem Frühstück?«

Jetzt stand er auf, schlüpfte ungewaschen in die Kleidung und ging in die Küche Kaffee kochen.

Kurz darauf brachte er ihr den kochend heißen Kaffee, Brot mit Butter und vom Vorabend übriggebliebene Sprotten ans Bett. Mit Riesenappetit, wie nach langer körperlicher Arbeit, futterte Thea zum großen Vergnügen ihres Mannes, der sie vom Tisch aus, an dem er frühstückte, betrachtete.

»Du musst viel essen, meine Liebe, für zwei hungrige Mäuler.«

Thea hörte nichts oder gab vor, nichts zu hören. Als er später zu ihr ging, um das Geschirr abzuräumen, beugte er sich in jäher Zuneigung vor und drückte ihr die Lippen auf den Handrücken. Die Hand, mit der sie mich geschlagen hat, durchzuckte es ihn, gefolgt von unvorstellbarer Lust. Thea zog die Hand zurück, wobei sie ihrem Mann einen verächtlich angewiderten Blick zuwarf, der ihm entging. Nachdem er das Geschirr zum Tisch getragen hatte, trat er wieder zu ihr, das Gesicht vor innerer Wonne strahlend.

»Du weißt gar nicht, w-wie …«, stotterte er, die Augen gesenkt, »w-wie sehr du der einzige Mensch für mich bist … Von deiner Hand nehm ich gern alles hin. Das heißt … Nur tu nichts gegen …«

Mit ungeduldiger Gebärde schob sie ihn zur Seite: »Lass, ich will aufstehen.« Damit schnellte sie aus dem Bett. Resigniert setzte sich Gordweil an den Tisch und blickte von weitem auf seine Frau, die sich nackt wusch. Nein, dachte er traurig, ihr Herz ließ sich nicht gewinnen, weder so noch anders. Er sah das milchige Außenlicht in das unordentliche kalte Zimmer strömen, was seine Traurigkeit noch verstärkte. Als sich Thea beim Einseifen umdrehte und sein Blick auf ihren Bauch fiel, meinte er, er wölbe sich etwas runder als zuvor, und das brachte ihn augenblicklich wieder ins Lot. Thea sagte, als habe sie seinen Gedanken erraten: »Vater weiß noch nichts. Erwähn nichts davon, hörst du? Das ist allein meine Angelegenheit.«

»Wirst du's ihm heute mitteilen? Er würde sich sehr freuen.«

»Heute noch nicht«, erwiderte sie boshaft grinsend. »Sobald ich beschließe, es drinzulassen, sag ich's ihm. Misch dich da bloß nicht ein.«

In Wirklichkeit hatte sie keinerlei Absicht, das Kind abzutreiben. Sie wollte es aus irgendeinem ihr selbst nicht erfindlichen Grund, jedenfalls nicht aus übermäßiger Kinderliebe. Was sie sagte, war nur dazu bestimmt, Gordweil traurig zu machen und zappeln zu lassen. Sie wusste nur zu gut, wie sehr er sich ein Kind wünschte, und war fest entschlossen, ihm so lange wie möglich mit der Abtreibungsdrohung wehzutun. Für später, wenn diese Drohung passé war, hatte sie schon etwas anderes für ihn parat … Interessant, wie viel er wohl schweigend ertragen würde …

Thea zog sich mit energischen Bewegungen an, die Gordweil an ihr mochte. Starker Charakter, sinnierte er, eine fast mathematisch messbare Lebenskraft. Da drückt sich die Natur ganz klar aus, gibt sich nicht mit Andeutungen zufrieden.

»Warum lässt du den Kopf hängen, Häschen? Zieh dich an, und dann gehen wir.«

Gordweil trat ans Fenster. Der Schnee vom Vortag war bereits geschmolzen. Das Pflaster war nass und matschig. Nur in den Gossen an den Bordsteinkanten hatten sich dreckig schwarze Schneeklumpen gesammelt. Liebend gern wäre Gordweil jetzt daheim geblieben. Er fühlte sich unfähig, mit Menschen zusammenzukommen. Das Bedürfnis nach Ruhe und Einsamkeit war in diesem Augenblick überwältigend. Er wollte mit sich allein sein. Im Haus seines Schwiegervaters würde er gezwungen sein, zu reden, gesellig zu sein – und das fiel ihm jetzt schwer.

»Vielleicht gehst du allein, Thea? Ich – mir fällt's schwer. Ich habe nicht viel geschlafen und bin überhaupt nicht fähig.«

Aber diesmal wollte sie nicht auf ihn verzichten. »Du musst mitkommen. Ich habe versprochen, dass wir beide kommen. Sie erwarten uns. Das lässt sich nicht ändern.« Und einen Augenblick später: »Heute Nachmittag muss ich sowieso noch irgendwohin, da kannst du heimgehen.«

Gordweil machte sich also ans Waschen. Das kalte Wasser erfrischte ihn ein wenig; der schwere, benommene Kopf wurde klarer. Er legte auch das Hemd ab und schrubbte seinen mageren, wenig entwickelten knabenhaften Körper, der glatt, fast unbehaart, weiß glänzte. Thea – in weißer Leinenbluse und braunem Glockenrock – war schon fertig, saß rauchend am Tisch und fixierte ihren Mann, der sich gerade den Rücken abtrocknete, so eindringlich, als wolle sie durch die zarte, blasse Haut in die Geheimnisse seiner Seele eindringen. Gordweil spürte ihren Blick und fühlte sich unbehaglich. Er schämte sich ein bisschen seines unterentwickelten Körpers, besonders vor seiner Frau, von der er glaubte, sie verachte ihn deshalb. Daher trat er hinter sie und zog sich gleich das Hemd an.

Als sie gerade aufbrechen wollten, klopfte Ulrich.

»Ah, ihr brecht auf«, rief er von der Schwelle aus. »Dann will ich nicht stören. Aber wenns ins Restaurant geht, bin ich mit von der Partie.«

»Wir fahren zum alten Baron zum Mittagessen«, erwiderte Thea, »aber komm bitte herein. Es ist noch ein bisschen Zeit.«

Ulrich trat ein und setzte sich auf die Sofaecke, ohne den Mantel abzulegen.

»Eigentlich habe ich gar keine Lust dazu«, sagte Gordweil, dessen Zunge sich in Gegenwart eines Dritten etwas löste, »aber Thea hat schon zugesagt, und sie erwarten uns. Und was machst du so, Ulrich?«

»Bei mir gibt's nichts Neues, wie du weißt. Im Nachhinein genießt man die vom Himmel auferlegte Untätigkeit, ohne zu klagen. Ich fürchtete schon, es könnte dir etwas zugestoßen sein, da ich dich mehrere Tage nicht gesehen habe. Und was ist mit dir, Thea? Wie hast du den Heiligen Abend verbracht?«

»In tödlicher Langeweile, mein Freund, die heiligen Dinge sind bekanntlich immer langweilig.«

»Das mag stimmen«, pflichtete Ulrich bei, »auch ich dachte gestern, ich würde vor Langeweile verrückt. Wenn der Schnee nicht gewesen wäre, hätte ich mich zweifellos aufgehängt.«

»Der Schnee? Wieso das?«, lachte Thea. »Wenn ich mich aufknüpfen wollte, könnte der Schnee mich nicht abhalten.«

»Doch, gerade der Schnee. Als ich die weiße Straße sah, hab ich's mir anders überlegt. Ich dachte, vielleicht ist es richtiger, erst einen letzten Spaziergang im ersten Schnee zu machen. Das habe ich getan und war gerettet. Denn nach dem Spaziergang hatte ich keine Lust mehr. Ich habe mich einfach schlafen gelegt. Und ihr habt daheim gesessen? Wenn ich das gewusst hätte, wäre ich gekommen.« Ulrich erhob sich: »Nun, jetzt will ich euch nicht länger aufhalten. Seid ihr nachmittags im Café?«

»Ich nicht«, sagte Thea. »Ich muss noch irgendwohin. Vielleicht später, gegen sechs. Aber Rudolfus möglicherweise?«

»Ich weiß noch nicht«, erwiderte Gordweil. »Wahrscheinlich ja, aber sicher kann ich es nicht sagen.«

Sie gingen auf die Straße hinunter. Gordweil und Thea schlugen den Weg zum Praterstern ein, um von dort mit der Tram zu fahren; Ulrich begleitete sie. Die feuchte Kälte drang einem in die Knochen, was Gordweil gewissermaßen persönlich nahm. Er schlug den Mantelkragen hoch und hüllte sich fest in den schäbigen Stoff. Das ist die innere Kälte, dachte er, die Kohlen sind verglüht. Was sagt Dr. Astel immer: Der Mensch muss gut geheizt und eingeölt sein. Ja, Dr. Astel. Schon länger hatte er ihn nicht mehr gesehen. Und die Lotte auch nicht.

»Hast du in den letzten Tagen mal Dr. Astel gesehen?«, fragte er Ulrich, der sich mit Thea unterhielt. »Was ist mit ihm?«

»Nichts. Sein Freund Bloch ist über die Feiertage aus Berlin eingetroffen. Sie sind am Nachmittag sicher im Café.«

An der Haltestelle wartete Dr. Kreindl, in einen guten Pelz gehüllt, und rauchte eine Zigarre. Er erkannte das Paar schon von weitem und ging ein paar Schritte auf sie zu.

»Welch gütiger Zufall, welch gnädiges Geschick«, rief er sofort in gekünstelter Freude und küsste Thea die Hand. »Mein Innerstes hat's mir doch tatsächlich prophezeit, könnte man sagen … Ich hatte hier in der Nähe zu tun. Wollte danach eigentlich ein Taxi nehmen, aber lange Zeit ist keins vorbeigekommen. Da bin ich halt zur Tram gegangen. Und jetzt sehe ich, dass es keinen Grund zum Bedauern gibt. Ich hatte noch nicht die Ehre, junger Mann«, wandte er sich an Ulrich.

Der nannte seinen Namen.

»Herr Ulrich also«, fuhr Dr. Kreindl fort. »Gewiss ein Freund des Herrn Gordweil, nicht wahr?« Dabei warf er Thea einen Seitenblick zu. »Gewiss ebenfalls Schriftsteller, was? Hab ich's erraten? Selbstverständlich«, bestätigte er seine eigenen Worte. »Was denn sonst? Und der verehrten Dame geht's gut, hoffe ich?«

»Hervorragend, Herr Doktor«, sagte Thea lächelnd.

Dr. Kreindl lächelte gleichfalls – unter Entblößung seiner Goldzähne. »Das ist erfreulich, gnädige Frau. So gehört es sich. Wenn nur die Gesundheit in Ordnung ist und der Appetit, hihi.«

Den hat der Teufel uns aufgehalst, dachte Gordweil mit verhaltener Wut. Am Feiertag muss man ihm auch noch begegnen.

»Und der Herr Ulrich«, wandte Dr. Kreindl sich wieder diesem zu, »schreiben Sie auch schöngeistige Literatur wie mein Freund, Herr Gordweil, oder philosophische Abhandlungen, so ich fragen darf, natürlich?«

»Weder noch«, beeilte sich Ulrich zu antworten, »genau das Gegenteil.«

»Was ist denn genau das Gegenteil, wenn Sie mir die Frage gestatten?«

»Das Gegenteil ist, dass ich überhaupt nicht schreibe. Abgesehen von Briefen und auch die nur äußerst selten.«

»Dann sind Sie ja nach eigener Aussage gar kein Schriftsteller. Schade. Meine Augen haben mich also getrogen. Ich war sicher, Herr Gordweils Freund müsse es sein – wie Mörike sagt: Eine Seele, die ihresgleichen findet und so weiter. Und was ist dann Ihr Beruf, mein Herr, mit Verlaub, nachdem ich schon einmal fehlgegangen bin?«

»Ich«, sagte Ulrich, »ich bin Federleser von Beruf.«

»Hahaha«, lachte Dr. Kreindl vergnügt. »Dass ich das nicht gleich geraten habe. Ein ausgezeichneter Witz. Sie sehen tatsächlich so aus wie – was sagten Sie doch? – ja, wie ein Federleser. Im ersten Moment habe ich zwischen Federleser und philosophischem Schriftsteller geschwankt und mich dann für das Zweite entschieden. So ein Irrtum, hihihi. Nun und bringt dieser Beruf was ein?«

»Gewiss doch.«

»Das ist die Hauptsache, mein Freund. Wie sagt doch Schiller: Das Handwerk ehrt den Menschen, denn – et cetera. Schade, dass ich keine Zeit mehr habe. Meine Elektrische kommt gerade. Aber es war mir ein großes Vergnügen, ein echter Geistesschmaus. Ich hoffe, wir treffen uns wieder. Wir müssen uns noch ausführlich unterhalten, mein Herr. Auf Wiedersehen.«

Damit gab er ihnen eilig die Hand und sprang auf den bereits anfahrenden Wagen. Von fern winkte er ihnen zu, und seine Goldzähne blitzten.

»Das ist ein Typ«, bemerkte Ulrich. »Gar nicht übel. Den müsste man mal genauer unter die Lupe nehmen.«

»Der lässt sich nicht so leicht unter die Lupe nehmen«, sagte Gordweil. »Der wickelt ein Dutzend von deiner Sorte um den kleinen Finger. Ich kann dir versichern, dass er dich nach diesen paar Minuten schon von Kopf bis Fuß auswendig kennt. Aber wenn er dich interessiert, hol mich doch mal vor Arbeitsschluss ab, um sechs.«

»Komm, Häschen. Da ist unsere Bahn.« Thea zupfte ihn am Ärmel.

Sie stiegen ein und fuhren zum alten Baron.

20.

»Ein wahres Hundewetter«, empfing sie der alte Baron, der ihnen die Tür öffnete.

»Ja, ja, kalt ist es«, pflichtete Gordweil bei.

Im Salon lag Poldi, der Älteste, auf dem Diwan ausgestreckt. Er las Zeitung und rauchte eine Zigarette in einer überlangen braunen Spitze, während die grau-weiß getigerte Katze schnurrend auf seinem Schoß döste. Ohne sich zu regen oder die Augen zu heben, streckte er den Neuankömmlingen die Hand hin.

Sein Bruder Freddi ging auf und ab, die Hände in den Hosentaschen vergraben. Er passte den Augenblick ab, in dem Thea vor den Spiegel trat, um ihre Frisur in Ordnung zu bringen, und fragte Gordweil dann flüsternd, ob er Geld habe. Die Frage brachte er gleichgültig vor, als sei es etwas ziemlich Belangloses. Die negative Antwort schien keinen Eindruck auf ihn zu machen. Er stolzierte mit seinen langen Beinen weiter umher wie ein exotischer Vogel und summte näselnd eine Melodie.

Im Raum hing abgestandene, nagende Langeweile, die Gordweil in voller Schärfe befiel. Er gewann den Eindruck, als habe er hier tagelang krank gelegen und die Wände und Möbel verströmten noch einen typischen Krankengeruch, so dass ihn das Verlangen packte, die Fenster weit aufzureißen. Er ließ den Blick durch das Zimmer schweifen, als sähe er es zum ersten Mal, und bestaunte die zusammengewürfelten Möbel – einige schwere, braune Stücke, vermutlich aus altem Familienbesitz, und daneben neue, billige Massenware aus der Fabrik. Plötzlich schlug ihm eine durchdringende absolute Sinnlosigkeit entgegen und überfiel ihn wie etwas Greifbares mit solcher Macht, dass sich sein Herz verkrampfte. Doch er erholte sich augenblicklich. Unsinn, sagte er sich, nur eine Folge der Schlaflosigkeit. Er ging zum wiederholten Male daran, das Porträt des Barons zu studieren – ein mäßig großes Ölgemälde, das zwischen vier anderen Familienoberhäuptern hing. Der Baron war in Majorsuniform dargestellt, in den besten Jahren, den Bart im Franz-Joseph-Stil gestutzt. Gordweil fand seinen Gesichtsausdruck jetzt dümmlich. Die wässrig blauen Äuglein, die konzentriert auf einen Punkt starrten, waren völlig nichtssagend. Man hätte sie auslöschen können, ohne den Rest des Gesichts dadurch zu beeinträchtigen. Die Nase war wohlgeformt, stark, energisch, das rasierte Kinn zwischen den beiden Bartzipfeln athletisch markant. Das Gesicht wies übrigens keinerlei Ähnlichkeit mit Theas Zügen auf, so dass niemand sie für seine Tochter gehalten hätte. Indes sahen die beiden Söhne ihrem Vater ähnlich. Besonders Poldi, der älteste.

Thea zog sich einen Sessel ans Kopfende des Sofas und blickte einen Augenblick in Poldis Zeitung. Er las gerade die letzte Folge eines Liebesromans.

»Pfui, Poldi«, rief Thea. »So einen Dreck liest du.« Dabei nahm sie ihm die Zeitung weg. Von der heftigen Bewegung wachte die Katze in seinem Schoß auf, hob ein wenig den Kopf und ließ ihre runden bierfarbenen Augen funkeln.

»Gib her, Thea. Rück die Zeitung raus«, forderte er, ohne dass er sich erhob.

»Lass den Quatsch«, sagte Thea, wobei sie die Zeitung wegschleuderte. »Triffst du Richard heute?«

»Weiß nicht. Kann sein. Warum?«

»Falls du ihn siehst, sag ihm, ich hätte damals nicht ins Café kommen können. Er weiß schon. Und er soll mich nach dem Fest im Büro anrufen. Wirst du's ihm ausrichten?«

»Werd ich.«

Gordweil hatte nicht hingehört, aber der Name Richard traf ihn wie ein Dolchstoß. Ohne zu wissen, wer dieser Richard war und was er mit Thea zu tun hatte, setzte ihm allein schon der Name zu. Ja, es wallte sogar Wut auf diesen Richard in ihm auf, obwohl der nur ein abstrakter Begriff für ihn war. Doch augenblicklich ertappte er sich dabei – was ging ihn das eigentlich an? Die Sache brauchte ihn nun wirklich nicht zu interessieren. Trotzdem hörte er jetzt mit einem Ohr in Richtung seiner Frau. Machte auch instinktiv einen Ruck, als wolle er aufstehen, riss sich aber noch rechtzeitig zusammen und blieb sitzen.

»Und Resi, was macht die?«, fragte Thea Poldi weiter.

»Hab sie nicht gesehen«, antwortete er träge.

»Was? Ist schon alles wieder aus zwischen euch?«

»Beinah. Ziemlich.«

»Du bist mir aber auch der Richtige, Poldi«, sagte Thea mit einiger Genugtuung. »Übrigens hab ich gewusst, dass das was Vorübergehendes sein würde. Sie ist ein nettes Mädchen, die Resi, aber sie weiß nicht, wie man einen Mann hält. Da mangelt's ihr an Intelligenz. Und wen hast du jetzt im Auge?«

»Das werde ich dir nicht verraten«, erwiderte Poldi grinsend, »Geheimnis.«

»Verschlagen bist du.« Seine Schwester kitzelte ihn in der Achselhöhle. »Willst bloß meine Neugier anstacheln. Eine Blondine?«

»Sag ich nicht. Vorerst nicht. Vielleicht ein andermal.«

Freddi wanderte immer noch lustlos im Zimmer auf und ab, als warte er auf einen verspäteten Zug. Das Gespräch zwischen Thea und Poldi begann Gordweil zu langweilen. Der lockere Ton ärgerte ihn zudem. Es war Viertel vor eins – noch Zeit bis zum Essen. Der Baron hielt sich im Nebenzimmer auf, die Baronin war in der Küche beschäftigt. Gordweil hob die Zeitung vom Boden auf und fing an zu lesen. Trotzdem horchte sein Ohr unwillkürlich in Richtung Frau und Schwager.

Mit einem Mal blieb Freddi vor ihm stehen und fragte: »Magst du Katzen, Rudolf? Ich nicht. Weder Hunde noch sonstige Haustiere. Ich wundere mich über Vater, dass er sie mag. Eine Katze beispielsweise macht immer den Eindruck, als laure sie dir auf. Scheint friedlich dösend dazuliegen, nicht wahr? Trotzdem bist du nicht sicher, ob sie wirklich schläft. Möglich, dass sie gerade in diesem Augenblick horcht. Und sie hört alles. Dessen bin ich sicher. Auch deine innersten Gedanken kriegt sie mit. Selbst die, die du selbst nicht unter Kontrolle hast, die nicht in dein Bewusstsein vordringen. Und das ist alles andere als angenehm. Manchmal, wenn ich allein mit der Katze im Zimmer bin, bekomm ich Lust, sie umzubringen. Ich kann's nicht ertragen, dass jemand mir dauernd auflauert und in mein Innerstes blickt. Nicht weil ich was zu verbergen hätte, sondern einfach nur weil's unangenehm ist. Menschen – das ist was anderes. Die sehen nichts. Du kannst mit ihnen zusammen und doch mit dir allein sein. In ihrer Mitte kannst du denken, was dir in den Sinn kommt. Sie merken's nicht. Aber für ein Tier, ob Katze oder Hund, gilt das nicht.«

Gordweil saß da und sah ihn verwundert an. Bisher hatte er solcherlei Gedankengänge bei seinem Schwager nicht vermutet. Dieser lange, hagere Bursche, der den Eindruck erweckte, als werde er jeden Augenblick zusammenklappen und mit einem trockenen Knacken entzweibrechen, war ihm, Gordweil, stets so leer wie ein dürrer Strohhalm erschienen. Mehr als ein paar banale Worte hatte er nie mit ihm gewechselt.

Freddi nahm einen Stuhl, setzte sich zu Gordweil und fuhr bedächtig fort: »Unsere Katze hier weiß sehr wohl, dass ich sie nicht ausstehen kann. Sie versteckt sich vor mir. Wahrt immer einen gewissen Abstand zwischen uns. Niemals, siehst du, kommt sie mir nahe. Und selbstverständlich würde es ihr nicht einfallen, mir auf den Schoß zu springen oder mich zu umschwänzeln. Sie weiß ... An alle macht sie sich ran außer an mich. Und dabei muss ich dir sagen, dass ich ihr noch nie was Böses getan habe. Abgesehen davon, dass ich sie gelegentlich anstarre. Aber sie kennt alle meine Gedanken, und sie hat Angst. Sicher weiß sie auch, dass ich als Kind mal eine Katze erwürgt habe, und fürchtet sich.«

»Du übertreibst«, sagte Gordweil, dem irgendwie unbehaglich wurde, »die wissen gar nichts.«

Freddi hörte nicht darauf.

»Es ist nicht hier passiert. Wir waren zur Sommerfrische im Salzkammergut. Damals war ich an die neun Jahre. Und da war eine Katze dort. Nicht unsere. Vielleicht von unserm Nachbarn, ich weiß es nicht. In der Nachbarschaft stand eine kleine Villa, die irgendeinem Professor aus Wien gehörte. Jedenfalls hatte diese Katze die Angewohnheit, durch unseren Garten zu streifen. Jedes Mal, wenn ich nach draußen ging, spazierte sie dort gemächlich herum, wie auf ihrem eigenen Grund und Boden, oder stand mit schräggestelltem Kopf da und horchte. Es war eine mittelgroße, schwarz und ocker gefleckte Katze. Ein paarmal traf ich sie sogar auf dem Korridor, stets gemächlich und ohne Anzeichen von Furcht. Diese Frechheit begann mich langsam zu reizen. Denn eine Katze muss scheu die Flucht ergreifen, während diese überhaupt keine Angst zeigte. Die Sache ärgerte mich schließlich ungeheuer, aber ich wartete noch ab. Ein paarmal versuchte ich ihr näher zu kommen. Ging ganz langsam auf sie zu. Sie floh nicht. Erst wenn ich schon zum Greifen nahe bei ihr war, schlenderte sie einfach bedächtig davon. Diese schmähliche Geringschätzung schürte meine Wut mehr und mehr. Die Sache beschäftigte mich fast ununterbrochen und ließ mir selbst im Schlaf keine Ruhe. Eines Nachts träumte ich, diese Katze komme in mein Zimmer, das ich mit Poldi teilte, schlendere in ihrem gemächlichen Gang auf mein Bett zu und bliebe erhobenen Kopfs am Fußende stehen. Ich schlief, so träumte ich, und wollte wegen dieser frechen Katze nicht aufwachen. Mal sehen, was sie will, dachte ich. Denn sie guckte mich irgendwie abwägend an. Ich sah, dass ihre Augen rotbraun waren und scharf funkelten. Zuvor, im Wachen, hatte ich nie auf ihre Augen geachtet. Kurz gesagt: Ich lieg da und guck sie an, und sie guckt mich an, und ich weiß mit Sicherheit, dass sie Böses gegen mich plant. Nach einer Weile sprang sie mit einem Satz am Fußende auf mein Bett, wo sie ja gestanden hatte, und wanderte nun langsam meinen Körper hinauf bis zum Kopf. Ich regte mich nicht. Kurz vorm Kinn hielt sie inne, wartete einen Moment und beobachtete mich mit ihren rotbraunen Augen, die aus der Nähe übernatürlich groß und rund waren. Dann schlang sie sich mir um den Hals – alles ganz langsam. Ich spürte einen leichten, fast angenehmen Druck und intensive Wärme am Hals. Doch der Druck wurde immer stärker, das Atmen fiel mir schwer, und mit einem Schlag begriff ich, dass sie mich erwürgen wollte. Blitzschnell zog ich die Hände unter der Decke hervor und fasste sie am Hals. Mit großer Mühe konnte ich sie von mir lösen. Ich schwenkte sie vor meinen Augen, hielt sie immer noch an der Gurgel, während ihr ganzer Leib herabbaumelte. Doch sofort merkte ich, dass ihr Nacken sehr hart, hart wie Eisen war, so dass mich mein Griff selber an den Händen schmerzte. Ich studierte noch einmal eingehend ihren Kopf, wobei ich feststellte, dass ihre Augen völlig verschwunden waren. Und auch der ganze Kopf war kein Katzenkopf mehr, sondern etwas Sonderbares, das eher einem Ding als einem Tier glich. Dann schleuderte ich sie mit Schwung auf den Boden. Sie landete mit dem lauten Aufprall eines schweren Metallgegenstands. Ich blickte auf die betreffende Stelle zu Füßen des Bettes, und da sah ich zu meiner Verblüffung, dass selbige Katze aufsteht, sich wie nach einem Schläfchen streckt und den Kopf zu mir hebt. Danach sprang sie erneut auf mein Bett, und das Ganze begann von vorn und danach noch einmal schnell nacheinander.

Am nächsten Tag lauerte ich ihr den ganzen Tag über auf, suchte sie im Garten und sonst überall – aber vergebens. Sie war nicht aufzufinden. In jener Nacht erschien sie mir auch nicht im Traum. Doch am übernächsten Tag sah ich sie aus dem Korridor kommen, sehr langsam, wie gewöhnlich. Ich folgte ihr mit ein paar Schritten Abstand. Sie ging in den Garten, blieb auf dem Rasen unter dem großen Birnbaum stehen und wartete. Ich ging ganz nahe heran, bückte mich und strich ihr mit der Hand über den Rücken – sie schnurrte und fing an, sich an meinem Bein zu reiben. Da ließ ich mich auf die noch taukühle Wiese nieder und nahm die Katze auf den Schoß. Ich streichelte sie wieder und wieder und blickte ihr dabei in die Augen, die jetzt, anders als im Traum, hellblau und glasklar waren. Immer noch streichelnd, glitten meine Finger an ihren Hals, und auf einmal umklammerte ich ihn mit beiden Händen und begann zuzudrücken, fester und fester. Die Katze stieß ein kurzes, abgehacktes Wimmern aus und verstummte. Zappelte mit Beinen und Rumpf, wollte mein Gesicht erreichen, aber ich hielt sie weit ab. Ich drückte immer stärker, ihre Augen wurden kreisrund, quollen hervor, und am Ende hörte sie auf zu zucken. Eine schmale, lange Zunge reckte sich mir wie ein rosa Band entgegen. Ich meinte, sie bewege sich ganz langsam, und drückte weiter. Zum Schluss warf ich sie angewidert weg. Mit dumpfem Aufprall fiel sie ins Gras und blieb reglos mit gespreizten Beinen liegen. Ich sprang auf. Man musste sie verstecken, nur ekelte ich mich, sie anzufassen. Aber es blieb mir keine andere Wahl. Also packte ich sie am Schwanzende, trug sie zur Brombeerhecke nahe am Zaun und verbarg sie dort, und am Abend habe ich sie wieder herausgeholt und in den Fluss geworfen.«

Es herrschte kurz Schweigen. Dann sagte Gordweil: »Eine

sonderbare, unangenehme Geschichte ... Höchst unangenehm ...«

Unwillkürlich wandte er das Gesicht der Katze zu, die weiter auf Poldis Knien ruhte. Er konnte Freddi nicht in die Augen blicken. Verspürte ein unklares Schamgefühl. Freddi hat mit eigenartig grausamem Vergnügen die Einzelheiten ausgewalzt, dachte er. Offenbar war auch das Schicksal der Katze dort drüben schon besiegelt. Gordweil erschrak bei diesem Gedanken. Er hegte plötzlich den Verdacht, sein Gedanke könne Freddi auf suggestive, wortlose Weise übermittelt werden, und wollte Freddi daher ablenken. Doch wusste er momentan nicht, was er sagen sollte. Nichts kam ihm in den Sinn. Thea unterhielt sich noch mit Poldi.

Wann würden sie sich zu Tisch setzen? Er meinte einen Moment, eine Leere im Magen zu verspüren. Auf jeden Fall wollte er die Mahlzeit hinter sich bringen und dann nichts wie weg. Auf einmal hörte er sich selber sagen: »Wenn dir ein halber Schilling genügt ... Mehr kann ich nicht.«

Freddi antwortete nicht sofort. Einen Augenblick später sagte er einfach: »Gut, gib her.«

Er nahm die Münze und steckte sie unbesehen und ein wenig verächtlich in die Jackentasche. Der Eindruck, den die Geschichte auf Gordweil gemacht hatte, verursachte ihm sichtliches Vergnügen. Beim Aufstehen hauchte er Gordweil seltsam grinsend ins Ohr: »Siehst du, deren Ende kommt auch noch. Das dieser Katze, meine ich ...«

»Nein, warum?«, protestierte Gordweil erschrocken. »Tu das nicht, Freddi. Das ist scheußlich.«

Ihm schwebte einen Moment lang vor, wie der andere mit seinen skelettartigen Fingern den Hals der Katze zudrückte, und unaussprechlicher Ekel überkam ihn. Doch Freddi ging schon wieder im Zimmer auf und ab, die Hände in den Jackentaschen, den Kopf etwas zur Seite geneigt, als grübele er über ein kompliziertes Problem nach.

Nun erschien die Baronin und nach ihr der Baron, der verkündete: »Wir fangen mit dem Essen an, Kinder.«

Die Mahlzeit zog sich für Gordweil unendlich hin. Er war verärgert und ungeduldig, kam zufällig neben Freddi zu sitzen und musste die ganze Zeit über an dessen Geschichte denken, so dass ihm der Appetit verging. Der alte Baron griff herzhaft zu, wobei sein rasiertes Gesicht vor Genuss und Anstrengung rot anlief, lobte die Speisen, und die Baronin, die mangels einer Bedienerin dauernd in die Küche rannte, redete über Politik und die schlechte Wirtschaftslage und fragte Gordweil, dessen Ansichten ihr wichtig waren, ab und zu nach seiner Meinung. Gleich nach dem Kaffee, als der Baron sich – wie gewöhnlich eine Zigarre im Mund – auf dem Sofa ausstreckte, verabschiedeten sich Thea und Gordweil. Draußen sagte Thea, sie müsse sich jetzt beeilen, und ging raschen Schritts davon.

21.

Gordweil machte sich in Richtung Innenstadt auf. Er wusste noch nicht, wohin er gehen sollte, freute sich aber, wieder allein zu sein. Die durchdringende Kälte vom Vormittag hatte etwas nachgelassen. Es wehte ein milder Wind, der einen nicht greifbaren Hauch von Frühling mitbrachte. Ohne Eile, mit häufigen Pausen schlenderte er die feiertäglich anmutende Währinger Straße entlang, vorbei am Altersheim, dessen Uhr Viertel vor drei zeigte, erreichte das Schottentor und bog rechts auf den Ring ab, ohne ein bestimmtes Ziel. Seine Stimmung wurde mit einem Mal prächtig, als seien sämtliche Hürden aus seinem Leben beseitigt, und seine Schritte beschleunigten sich von selbst. Alles war in bester Ordnung: hier und dort und auch in jenem Winkel … Und was, bitte schön, hätte ihm auch fehlen sollen? Er war beneidenswert – das konnte man ohne Übertreibung sagen. Und selbst wenn, Gott behüte, alles, aber auch alles zunichtegehen würde, hätte er doch immer noch sich selber, Gordweil persönlich, samt seinen fünf Sinnen. Fünf wache Sinne, alle gut beieinander, genügen dem Menschen doch vollauf, nicht wahr? Die ganze Welt gehörte ihm.

Vor dem Parlamentsgebäude stockte er unwillkürlich einen Augenblick wie ein Hypnotisierter auf der Bühne, bevor er auf den Menschen zeigt, in dessen Hand der gesuchte Gegenstand verborgen ist, und bog in eine Seitenstraße ein. Nach wenigen Metern merkte er, dass er sich in der Lerchenfelder Straße befand, und blieb stehen. Was suchte er hier? Im selben Augenblick begriff er, dass er ganz in der Nähe von Lotte Bodenheims Haus war. Wenn meine Füße es so befohlen haben, sagte er sich amüsiert, dann muss man gehorchen. Sie wissen mehr. Damit ging er das letzte Stück und fuhr mit dem Aufzug in den zweiten Stock.

Das Dienstmädchen ließ ihn einen Moment im Flur stehen, kehrte aber sofort zurück und führte ihn in den wohlbekannten Salon.

»Warten Sie bitte einen Augenblick. Das Fräulein Lotte kommt gleich.«

Er setzte sich in den braunen Ledersessel, und bald kam Lotte in ihrem geblümten Kimono herein und gab ihm ohne jedes Zeichen der Verwunderung die Hand, als habe sie auf seinen Besuch gewartet.

»Ich habe eine Vorahnung gehabt, dass ich dich heute sehen würde. Wusste bloß nicht, dass du mich hier beehren würdest. Ich wollte mich schon anziehen und im Café vorbeischauen. Bin mit Dr. Astel verabredet, aber nicht vor halb sechs. Jedenfalls besser, dass du hergekommen bist.«

Sie zog einen Stuhl heran, setzte sich und blickte Gordweil prüfend an.

»Wo steckt Thea?«, fragte sie plötzlich.

»Thea … ist … sie hat irgendwo hingehen müssen …«

Ein verschmitztes Lächeln huschte über ihr Gesicht.

»Wenn du eine Zigarette hast, wär das bestens. Ich hab vergessen, welche zu kaufen«, fuhr er fort.

»Ziehst du vielleicht eine Zigarre vor? Vater raucht erstklassige.«

Sie ging einen Moment ins Nebenzimmer und kam mit einer dicken Zigarre zurück. »Fühl dich einmal in der Haut des Herrn Agrarbankdirektors Bodenheim.«

»Oder in der Haut meines Brötchengebers, Dr. Kreindl«, witzelte Gordweil. Und nach ein paar Zügen sagte er: »Wirklich nicht schlecht. Die Reichen wissen zu leben.«

Lotte war blasser als sonst. Ihre Blässe wurde von den dunklen Kimonofarben noch unterstrichen.

»Ich mag Sonn- und Feiertage nicht«, sagte sie. »Sie sind am langweiligsten von allen.« Damit stand sie auf, öffnete die Tür zum Korridor einen Spalt und rief dem Dienstmädchen, es möge Tee aufbrühen.

In den eigenen vier Wänden ist der Mensch doch wie eine geschälte Frucht, grübelte Gordweil. Jede Regung verrät einen verborgenen, intimen Zug. Dieser bittende Befehlston zum Beispiel, in dem sie dem Dienstmädchen gerufen hat.

Lotte kehrte zurück, setzte sich ihrem Gast gegenüber und zog den Kimono fest um sich. Sie nahm eine Zigarette aus der Dose, die sie vorher auf den nahen Tisch gestellt hatte, zündete sie mit lässiger Bewegung an und begann einzelne rötlich blaue Rauchringe auszustoßen. Der kurze Wintertag wurde langsam dunkel. Trübselige Stille herrschte im Haus, als sei es unbewohnt.

»Deine Eltern sind jetzt nicht zu Hause?«

»Nein. Sie sind sich amüsieren gegangen. Das tun sie an jedem freien Tag. Sie gehen zusammen ins Café und bleiben eineinhalb bis zwei Stunden dort sitzen. Vater liest Tageszeitungen, Mutter blättert in Illustrierten und Modejournalen. Meine Mutter, musst du wissen, kleidet sich nach der neuesten Mode, mehr noch als ich. Sie tadelt mich dauernd, weil ich, wie sie meint, nachlässig gekleidet bin, und schickt mich ab und zu einen neuen Hut kaufen oder zur Schneiderin. Haben sie die Zeitungen fertiggelesen, beraten sie darüber, wie sie mich verheiraten könnten. Das ist ihr ewiges Gesprächsthema, denn sie wünschen sich nichts sehnlicher, als mich unter die Haube zu bringen. Danach gehen sie bei schönem Wetter noch ein halbes Stündchen spazieren, bevor sie heimkehren. Bin ich dann zu Hause, ruft mich Vater zu einer ›wichtigen Unterredung‹ – stets mit äußerst ernster Miene, als sei's das erste Mal. Mit einer knappen, entschiedenen Gebärde, die er sicher auch gegenüber seinen Angestellten im Direktionsbüro verwendet, bietet er mir einen Stuhl an. Gewöhnlich ist auch Mutter bei diesen Sitzungen anwesend. Ich setze mich und warte, Vater desgleichen. Nach kurzem Schweigen fragt er mich immer genau dasselbe: ›Also, Lotte?‹ Ich tue, als verstünde ich nicht. ›Will sagen, wann wirst du uns zu deiner Hochzeit einladen?‹ Dazu ich: ›Ich weiß noch nicht. Hab ja niemanden. Mich will keiner.‹ – ›Dem ist nicht so, Lotte‹, sagt Vater ernsthaft. Und Mutter pflichtet bei: ›Stimmt nicht, Lotte. Du bist es, die keinen will.‹ Allgemeines Schweigen. Ein Weilchen später sagt Vater, als sei ihm dieser großartige Gedanke eben jetzt zum ersten Mal in den Sinn gekommen: ›Und Dr. Astel zum Beispiel? Er möchte dich …‹ Dabei blickt er mich durchdringend an, um den erzielten Eindruck zu prüfen. ›Mal sehen‹, sage ich, ›das braucht noch etwas Zeit.‹ Pause. Danach folgen noch ein paar kurze Fragen zum selben Thema, und die ›wichtige Unterredung‹ ist beendet. Das wiederholt sich fast jede Woche an den freien Tagen mit demselben Text. Ansonsten unterhalten wir uns über alle möglichen Dinge, nur nicht darüber.«

Das Dienstmädchen brachte den Tee und gemischtes Gebäck.

»Wie alt ist sie, deine Mutter?«

»Fünfundvierzig Jahre.«

»Hätte ich nicht gedacht. Sie sieht jünger aus. An die sechs, acht Jahre jünger.«

Lotte stand auf und schaltete das elektrische Licht ein, und ein üppiger orangefarbener Schimmer ergriff von dem Raum Besitz wie ein nicht verloschener Blitz. Als sie den Tee einschenkte, verfolgte Gordweil ihre feinen, runden Bewegungen und dachte: Eigentlich ist sie ein wunderbares Mädchen, diese Lotte. Rassig. Sie ist es wirklich wert, geliebt zu werden ... Wenn ich nicht liebte ... Ein sonderbarer Alptraum letzte Nacht ... Bei Tageslicht sieht man die Dinge, wie sie sind, farbgetreu. Ein solcher Alptraum kann den Menschen zur Verzweiflung treiben. Gut, dass so eine Nacht ein Ende hat.

»Schöne Hände hast du, Lotte«, entfuhr es ihm.

»Merkst du das jetzt erst? Ein bisschen spät.«

»Nicht erst heute. Ich weiß es schon lange. Sie sind eigene Lebewesen.«

Er nahm eine Hand und betrachtete sie: »Wie zwei kleine, gute, wunderhübsche Geschöpfe. Man kann sie immerzu anschauen, ohne sich sattzusehen.«

»Fein«, sagte Lotte, deren Gesicht vor freudiger Erregung leicht errötet war. »Jetzt trinken wir.«

Sie rührte den Tee um, fasste den Tassenhenkel mit Daumen- und Zeigefingerspitze, während die übrigen Finger leicht gekrümmt abgespreizt waren, und begann kleine Schlucke zu nehmen, wobei sich die vollen Lippen ein wenig zum Tassenrand rundeten. Leise, verhaltene Schlürflaute erfüllten den Raum und weckten ein undefinierbares Glücksgefühl ...

Lotte stellte die Tasse ab. Ihre grauen Augen nahmen auf einmal einen etwas trübseligen Ausdruck an, der Gordweil nicht entging. Sicher ist ihr was Trauriges eingefallen, sagte er sich und spürte auch in seinem Innern leichte Melancholie aufsteigen. Und da geschah ihm plötzlich etwas Wundersames: Er hatte eine Vision, eine Art Tagtraum, der nicht mehr als drei, vier Minuten dauerte, aber so klar bis in alle Einzelheiten war, dass sich seine Realität nicht bezweifeln ließ. Gordweil sah sie, Lotte, als kleines Mädchen mit Söckchen, die kastanienbraunen Locken zerzaust um den Kopf geringelt. Sie trug ein leichtes blütenweißes, knielanges Kleidchen, denn es war Sommer, vielleicht ein Nachmittag. Sie stand auf einer weiten, saftigen Wiese – allein. Machte dann ein paar zögernde Schritte, überlegte es sich anders und hielt wieder inne. Hob die Hand, beschirmte damit die Augen gegen die Sonne, blinzelte aufmerksam in die Ferne. Einen Moment später näherte sich ein Mann mit Strohhut, viel größer als sie, von der Seite (Gordweil bemerkte ihn erst, als er schon nahe bei ihr war), beugte sich zu Lotte hinab und sagte etwas. Lotte wandte ihm das Gesicht zu, musterte ihn von unten bis oben und rückte ein wenig von ihm ab. Aber der Mann streckte ihr beide Hände entgegen, als wollte er sie umarmen, und sein Stock fiel zu Boden. Da ergriff Lotte jäh die Flucht, floh mit aller Kraft, das Lockenhaar wippend und wehend. Im ersten Moment machte der Mann einen Ruck, als wolle er ihr nachlaufen. Doch dann ließ er davon ab, bückte sich nach seinem Stock und verfolgte die Flüchtende mit den Augen. Lotte war schon weit weg von ihm, rannte aber immer noch querfeldein, ohne sich umzusehen. Plötzlich stolperte sie und fiel. Versuchte vergeblich aufzustehen. Blieb auf der linken Seite liegen, das Gesicht von schmerzlichem Weinen verzerrt. Der Mann, der es von fern gesehen hatte, rannte zu ihr, hob sie auf und trug sie eine Weile, bis er ein Haus erreichte, das er durch ein grünes, schmiedeeisernes Tor betrat. Dann sah Gordweil Lotte blass, mit geschlossenen Augen im Bett liegen, umstanden von ein paar Leuten, unter ihnen auch jener Mann, der sie gebracht hatte. Und hier war das Schauspiel zu Ende.

»Bist du als Kind mal gefallen und hast nachher krank im Bett gelegen?«

»Ja. Diesen Moment habe ich daran gedacht. Woher weißt du das?«

»Ich hab's jetzt gerade gesehen. Und wer war der Mann mit dem Strohhut, der dich nach Hause getragen hat?«

Lotte starrte ihn versteinert an. »Woher weißt du das bloß? Ich hab's dir doch nie erzählt.«

»Ich weiß. Habe es eben gesehen. Es war auf freier Wiese, im

Sommer. Du hast ein weißes Kleid angehabt, bist allein dagestanden –«

»Ja, so war's. Der Mann war mein Onkel. Er hat während der Sommerfrische bei uns gewohnt. Vor drei Jahren ist er gestorben.« Sie überlegte einen Moment, die Augen gesenkt, und fügte dann hinzu: »Ich wurde von Angst überwältigt. Er hatte mich überrascht. Und in seinem Ton, nicht in den Worten lag etwas Grauenhaftes.«

»Sonderbar«, murmelte Gordweil zu sich selbst und richtete den Blick auf Lotte, die im Stuhl zurückgelehnt saß und mit einer Streichholzschachtel spielte. Dann stellte er die leere Tasse ab und sagte euphorisch: »Ist es nicht trotzdem schön, unendlich schön, zu leben und sogar zu leiden?«

»Leiden – das ist Geschmackssache«, sagte Lotte plötzlich verärgert, »nach meinem Geschmack: nein.«

Sie erhob sich. Gordweil wollte es ihr nachtun.

»Warte, ich zieh mich an, und dann gehen wir aus.«

Nachdem sie zwei, drei Schritte auf die Tür zu getan hatte, machte sie kehrt, kam zu Gordweil zurück und murmelte stockend: »Die Nerven werden immer schwächer … Der Schlaf bleibt auch aus … Schon lange ist das so … Ich weiß nicht, wo das alles enden soll …«

Unwillkürlich setzte sie sich wieder hin. Auf ihren Zügen zeichnete sich tiefe Trauer ab, bei deren Anblick sich Gordweils Herz verkrampfte. Er wollte etwas sagen, vermochte es aber nicht. Stumm ergriff er ihre Hand und drückte sie sanft.

»Manchmal meint man«, sagte Lotte mit leicht bebender Stimme, »man rolle wie ein Ball einen steilen Abhang hinab, trudele mit grauenhafter Geschwindigkeit auf irgendeinen Abgrund zu … Man kann das Tempo direkt spüren. Und es befällt einen grenzenlose Verzweiflung über die völlige Hilflosigkeit. Und dann ist man – nur um gegen die blinde Gewaltherrschaft zu rebellieren, nur um den eigenen Willen gegen die zwingende Natur, gegen die Welt, gegen sich selbst durchzusetzen – zu allem,

allem bereit. Schicksalsergebenheit ist nicht jedermanns Sache. Da liegt man mitten in der Nacht allen möglichen sonderbaren Gedanken preisgegeben, die beliebig ein und aus gehen, als sei's ein öffentlicher Tummelplatz. Und dann offenbart sich einem plötzlich das eigene Gesicht wie in einem Zerrspiegel: eine groteske, grauenerregende Fratze, nicht deine und doch – deine mit zwingender Gewissheit ... Als sei man gründlich mit dem Rührlöffel durchgemischt: Unteres nach oben und Oberes nach unten. Die Nacht ist schwarz und glatt wie ein böses Riesenvieh, das noch an sich hält. Und dort, im linken Zimmer, schlafen die Eltern. Ich denke dann überhaupt nicht an sie, aber das Bewusstsein, dass sie da sind, liegt mir gewissermaßen auf dem Magen. Wenn ich nun – durchzuckt mich plötzlich eine Wahnidee – wenn ich nun aufstehen, mich auf Zehenspitzen in ihr Schlafzimmer schleichen und mit dem Hammer auf ihre Schädel einschlagen würde, erst auf Vaters, dann auf Mutters? Dabei weiß ich plötzlich, wie durch eine Vision, wo in der Küche der Holzhammer liegt, den ich noch nie im Leben verwendet, ja kaum mehr als einmal gesehen habe, und höre sogar deutlich den dumpfen Zusammenprall der beiden harten, nichtmetallischen Gegenstände. Ich spüre einen Muskelkrampf und ein eigenartiges Kribbeln in den Fingern und gleich darauf einen versteckten Schmerz, dessen genaue Lokalität und Ursache ich im ersten Augenblick nicht zu bestimmen vermag, bis mir klar wird, dass meine Nägel tief im Fleisch des Oberschenkels stecken – bis aufs Blut ...«

»Und all das«, begann Lotte erneut, nachdem sie keuchend nach Luft gerungen hatte, »und all das nicht etwa, weil ich im Herzen irgendeinen Groll auf meine Eltern hege. Im Gegenteil, man könnte sagen, dass ich ihnen sogar Liebe entgegenbringe. Sowohl Vater – als auch Mutter. Zwar nicht diese blinde Affenliebe, der man gelegentlich zwischen Kindern und Eltern begegnet – ich sehe bei ihnen sehr wohl lächerliche Züge und sonderbare Gewohnheiten, die wie Buckel aus der Ebene ihrer langweiligen kleinen Leben hervorragen –, aber ich bin ihnen trotzdem verbunden. Und dann so ein unerwarteter nächtlicher Einfall.«

Lotte atmete schwer, mit wogender Brust, heftete den Blick abrupt auf Gordweil, bis er verwirrt die Augen senkte, und stieß angestrengt hervor: »Vielleicht … womöglich muss es nicht unbedingt so sein …«

Gordweil fürchtete, sie könne jetzt etwas noch Grauenhafteres sagen, etwas, was auch ihn in irgendeiner Hinsicht betraf, und bereitete sich innerlich darauf vor. Aber Lotte fügte nichts mehr hinzu. Sie blieb noch einen Augenblick auf ihrem Platz, ehe sie sich aufrichtete und zum Gehen wandte. Bestürzt blickte Gordweil ihren Füßen in den Seidenpantöffelchen nach, die einer nach dem andern von dem weichen Perserteppich verschluckt wurden. Das ganze Haus schien ihm plötzlich von Angst und Schrecken erfüllt, als sei dort ein Ermordeter versteckt. Er erhob sich ebenfalls und begann im Zimmer auf und ab zu laufen, wobei er großes Mitleid für Lotte empfand, die er als Schwerkranke betrachtete. Er trat ans Fenster und schob den Vorhang zur Seite. Feucht und schwarz schimmerte das Pflaster der kurzen, verwaisten Gasse, in die offenbar nie jemand einbog, so dass die Laternen ihr schwaches Licht scheinbar umsonst vergossen. Gordweils Herz krampfte sich, wie von verborgener Hand gedrückt, zusammen. Die nagende Traurigkeit, die dieses öde, verlassene Sträßchen durchdrang, schlug ihm auf die Seele, ließ ihn momentan alles andere vergessen. Es schien ihm, als stehe er schon viele Jahre hier und erhalte einen Geschmack vom Wesen des Lebens. Dann entsann er sich, dass er schon einmal im Leben so dagestanden hatte, ebenfalls an einem Fenster, das an einem regnerischen Abend auf eine kleine, verwaiste Gasse hinausging, in derselben Stimmung wie jetzt, nur war ihm entfallen, wo und wann das gewesen sein mochte. Vielleicht war es nur im Traum oder in der Phantasie gewesen, eine flüchtige Vorahnung – einschließlich der begleitenden seelischen Erschütterungen – von diesem jetzigen Bild, wie sie feinfühlige Menschen zuweilen erleben. Gordweil wusste nicht, wie lange er so verharrt hatte, bis die klare Stimme Lottes, deren Eintreten er nicht bemerkt hatte, an sein Ohr drang. Mit einem Ruck, wie aus dem Schlaf gerissen, wandte er sich um und starrte Lotte an, die – in einen schwarzen Pelz gehüllt und einen Hut auf dem Kopf – ausgehbereit neben ihm stand. Da erinnerte er sich mit einem Schlag, was sie ihm vorher erzählt hatte, und spürte einen Schauder in sich aufsteigen.

»Ich hab gar nicht gewusst, dass du dich so schnell anziehen kannst«, sagte er und nahm seinen Mantel vom Sofa, wo er ihn bei der Ankunft hingelegt hatte. Und als habe er sich mit sich selbst beraten, stammelte er plötzlich: »Man muss … es ist vielleicht richtiger, einen Arzt zu fragen … Ich meine, man müsste unverzüglich … Es gibt Mittel gegen Schlaflosigkeit …«

Lotte erlitt einen Jähzornsanfall, dessen Ursache er nicht begriff. »Was heißt hier Arzt?«, rief sie mit glühendem Gesicht. »Du bist halt doch ein völliger Depp!«

Gleich hatte sie sich allerdings wieder in der Gewalt und fügte in ruhigerem Ton hinzu: »Komm, wir gehen. Ich ziehe mich immer schnell an. Eine halbe Stunde höchstens.« Damit öffnete sie die Tür unter kurzem, hartem Auflachen, das Gordweil aus irgendeinem Grund wie ein herzzerreißender Schmerzensschrei klang.

Im Café Herrenhof saßen Ulrich, Dr. Astel und sein Berliner Freund, ein schüchterner Mann mit etwas ängstlichem Blick, dem Alter und Beruf nicht anzusehen waren. Als Dr. Astel ihn mit seinem Namen vorstellte, lächelte er verlegen, als fühlte er sich schuldig, weil er Bloch hieß und sich hier befand. Er blieb ein Weilchen stehen und machte ein paar unbestimmte Gebärden, um wohl anzudeuten, dass sein Platz für das Fräulein Lotte reserviert sei. Aber die hatte inzwischen Ulrichs Platz eingenommen. Erst als alle schon saßen, ließ er sich wie jemand, der endlich mit einer strapaziösen Arbeit fertig ist, erleichtert auf seinen Stuhl fallen.

Lotte, die ihm schräg gegenübersaß, fragte: »Sie kommen also aus Berlin?«

»Ja«, antwortete Bloch leicht errötend, »ich komme aus Berlin ... Das heißt, ich habe meinen festen Wohnsitz in Berlin.«

»Ich bin einmal dort gewesen«, sagte Lotte, »hat mir nicht gefallen. Eine Stadt wie in Schönschrift, ohne Anzeichen von Individualität. Sie wohnen gewiss am Kurfürstendamm.«

»Nein. Offenbar hätte ich dort hinziehen sollen. Aber ich wohne zufällig in der Freiburger Straße.«

»Wieso hätte er denn an den Kurfürstendamm ziehen sollen?«, lachte Dr. Astel.

»Ich weiß nicht«, erwiderte Bloch unsicher, »ich habe so das Gefühl ... Wahrscheinlich weil diese Straße mir gar nicht gefällt. Und weil der Mensch gewöhnlich gezwungen ist, unter anderen Bedingungen zu leben, genau entgegen seinen Wünschen.«

»Nicht jeder«, erklärte Dr. Astel.

»Und wie finden Sie Wien?«, fragte Lotte. »Der erste Eindruck ist immer interessant.«

»Eine Stadt mit Herz, meine ich. Man könnte sie vielleicht liebgewinnen. Aber für ein abschließendes Urteil ist es noch zu früh. Ich bin erst den dritten Tag hier.«

Sie unterhielten sich eine Weile über verschiedene Städte, dann ging das Gespräch auf die deutsche Nation über. Gordweil beteiligte sich nicht daran. Der Kaffeehaussaal saß voller Feiertagsgäste – fremde Gesichter, die werktags nicht hierherkamen. Es war sehr warm, die Luft so dick, dass man sie mit dem Messer hätte schneiden können. Wer zu Kopfschmerzen neigte, tat besser daran, wegzubleiben. Am Nebentisch zur Rechten saß ein beleibter Mann mit dem bleichen, aufgedunsenen Gesicht eines Eunuchen und blies seinen Zigarrenrauch geradewegs Gordweil ins Gesicht, ohne auf dessen gelegentliche Zornesblicke zu achten. Schließlich wurde es Gordweil zu bunt: »Entschuldigen Sie bitte, mein Herr«, sagte er, »wäre es Ihnen vielleicht möglich, Ihren Rauch woandershin zu blasen als gerade mir ins Gesicht?«

Der Angesprochene blickte ihn einen Moment unverfroren an, antwortete dann selbstgefällig: »Gern, mein Herr«, und stieß eine neue Rauchwolke in seine Richtung aus.

Gordweil scharrte lärmend mit dem Stuhl und drehte ihm den Rücken zu.

»So ein Schwein«, murmelte er, aber so, dass der andere es hören konnte.

»Was? Was haben Sie gesagt, mein Herr?« Der Nachbar pochte ihm mit den Fingerknöcheln auf die Schulter, wie man an eine Tür anklopft: »Wiederholen Sie das bitte noch einmal.«

Gordweil sprang glühenden Gesichts auf. »Wollen Sie mich wohl in Ruhe lassen, Sie, wollen Sie mich in Ruhe lassen«, wiederholte er mit bebender Stimme und baute sich vor seinem Nachbarn auf.

Der erschrak offenbar ein wenig, denn er sagte sofort halb versöhnlich: »Aber beruhigen Sie sich doch bitte, mein Herr, es reizt Sie ja keiner. Ihre Nerven sind anscheinend sehr angespannt.«

»Das geht Sie nichts an. Kümmern Sie sich um Ihre eigenen Angelegenheiten, Sie!«

All das spielte sich blitzschnell im Flüsterton ab, ohne Aufmerksamkeit zu erregen. Man hätte die beiden Männer für Bekannte halten können, die sich zufällig getroffen haben und ein paar Worte austauschen. Nur Lotte bemerkte den Streit.

Gordweil setzte sich wieder hin. Sein Zorn legte sich mit einem Schlag, wie vom Sturm davongefegt. Als er die Augen hob, stieß er auf Lottes Blick und begann grundlos zu lächeln. Sie neigte ihm über dem Tisch den Kopf zu und flüsterte: »Dem hast du eine gute Lektion erteilt, diesem Mastferkel.«

Wenn er so auch mit seiner Frau umspringen würde, dachte sie unvermittelt, dann wäre gewiss alles anders.

»Schließt du dich uns zum Abendessen an, Gordweil?«, fragte Dr. Astel.

Er wisse es noch nicht. Thea müsse jeden Augenblick kommen.

»Wann soll sie eintreffen?«

»Gegen sechs ungefähr.«

»Nun, jetzt ist es schon fast sieben. Warten wir noch eine halbe Stunde. Wenn sie kommt, gehen wir alle gemeinsam.«

Im selben Moment erschien Thea.

»Da kommt sie ja«, rief Lotte, die dem Eingang gegenübersaß.

»Du bist ein bisschen blass, meine Liebe«, bemerkte Thea grinsend, nachdem sie alle begrüßt und sich auf den Stuhl ihres Mannes gesetzt hatte. »Es ist lange her, dass ich dich gesehen habe. Der Winter hat dir anscheinend nicht gutgetan. Hoffen wir, dass der Sommer auffüllt, was der Winter entzogen hat …«

Lotte gab keine Antwort.

»Und warum besuchst du uns nicht mal, meine Liebe? Unsere Adresse kennst du doch, nehme ich an.«

»Du bist ja so beschäftigt. Und um Mitternacht, das ist dann auch nicht die richtige Zeit für Besuche.«

»Um Mitternacht?«, lachte Thea. »Stimmt, ich bin sehr beschäftigt. Und keineswegs schlechte Unternehmen, meine Liebe. Aber trotzdem, dir zur Ehren bin ich bereit, mich von allen Terminen freizumachen. Wenn du nur deine Ankunftszeit festlegst, verzichte ich deinetwegen auf sie alle. Außerdem ist doch Rudolfus Abend für Abend zu Hause. Ist er dir etwa nichts wert?«

»Im Gegenteil, ich finde, er ist sehr viel wert«, gab Lotte ernst zurück, »mehr als tausend andere.«

»Na, na, das ist nun wieder übertrieben. Wenn ich nicht wüsste, dass dem nicht so ist, hätte ich meinen können, du bist in ihn verliebt, haha. Aber du übertreibst, meine Teure. Da bin ich etwas besser bewandert, glaube ich.«

Die Männer waren in ein Gespräch unter sich verwickelt und achteten nicht auf das Getuschel der beiden. Gordweil saß entfernt von ihnen und konnte kein Wort hören. Aber er spürte, dass Thea von ihm sprach, und er fühlte sich deswegen unbehaglich. Auf einmal empfand er die drückende Hitze im Saal als unerträglich. Mit dem größten Vergnügen wäre er jetzt hinausgegangen, um kühle Luft zu schöpfen. Am Feiertag ist es ein Verbrechen, dieses Café zu betreten, sagte er sich. Die abscheulichen Gesichter, das Gedränge, die schlechte Luft.

Lotte brauste plötzlich auf und fiel Thea flüsternd ins Wort: »Du solltest dich schämen. Ja, schämen, so über deinen Mann zu reden. Ich kenne ihn gut. Hab ihn noch vor dir gekannt. Es ist eine Schande!«

»Warum ereiferst du dich denn so, meine Liebe?«, fragte Thea mit gekünstelter Zurückhaltung. »Es besteht kein Grund. Bald glaub ich noch wirklich, dass du vor Liebe zu ihm schmachtest …«

»Und wennschon?«, rief Lotte, Funken ungezügelten Hasses gegen sie versprühend. »Und wennschon? Denk, was du willst – das interessiert keinen Menschen. Aber eins will ich dir sagen: All die Männer, mit denen … mit denen du zusammentriffst, sind seinen kleinen Fingernagel nicht wert. Nicht den Staub auf seinen Schuhen!«

»Reg dich bitte nicht auf, Kleine«, spottete Thea. »Was verstehst du denn von Männern. Sieh mal einer an!«

»So wie du will ich sie gar nicht verstehen. Das brauche ich nicht. Deine Männer gelten mir nichts. Gar nichts. Ich muss nicht alles nehmen, was mir in die Hand kommt. Ich habe die Wahl. Bin jung und schön genug fürs Allerbeste.«

»Für Rudolfus eben, was?« Thea brach in boshaftes Lachen aus. »Nein, meine Kleine, den kriegst du nicht. Nicht dass ich ihn brauche. Aber du wirst ihn nicht kriegen. Ich halte ihn gut fest, der entwischt mir nicht. Dabei mache ich alles mit ihm. Ich schlage ihn sogar und das häufig, siehst du. Verprügele ihn zu meinem Privatvergnügen, und er wird mich nicht verlassen. Solange ich ihn nicht davonjage, geht er nicht. Ich könnte ihn auch rauswerfen, ich brauche ihn keineswegs. Aber ich werde es nicht tun. Nun gerade nicht. Du kriegst ihn also nicht. Ich werde ihn zu Tode foltern, zu Tode, sage ich dir, aus purem Spaß – und trotzdem wird er mich von sich aus nicht verlassen.«

»Du Schlange! Du Biest! Weiber wie du … auspeitschen müsste man sie, mit der Hundepeitsche. In den Kerker stecken. Ins … ins … Du wirst noch sehen. Du nimmst kein gutes Ende. Nimm dich in Acht.«

»Ich hätte nur gern gewusst, ob das eine Drohung oder eine Prophezeiung sein soll, meine Hübsche. Vielleicht würdest du so gut sein, mir die Sache zu erklären?«

Lotte schwieg. Das Herz schlug ihr zum Zerspringen. Sie hatte das Gefühl, ihr Kopf stecke in einem Glutofen. Mit aller Kraft musste sie sich beherrschen, um nicht über diese Frau herzufallen, sie zu würgen, zu erdrosseln. Ihr ganzes Leben hätte sie für dieses Vergnügen hingegeben. Noch nie hatte sie einen Menschen so gehasst. Man konnte wahnsinnig werden von solchem Hass.

»Mir scheint, du bist tatsächlich zornig auf mich, meine Liebe. Besser, wir vergessen die Sache. Wirklich nicht ratsam, unsere Freundschaft wegen solchem Unsinn aufs Spiel zu setzen, nicht wahr?« Dabei ergriff sie versöhnlich Lottes Hand, die auf dem Tisch ruhte. Lotte schüttelte sie mit angewidertem Ausdruck ab, als verscheuche sie ein ekliges Geschmeiß.

»Lass das«, sagte sie. »Es besteht keinerlei Freundschaft zwischen uns. Ich bin nicht mit jedem Marktweib befreundet.«

»Sieh mal einer an. Wie hochmütig sie ist, diese Kleine. Hätte man gar nicht gedacht. Die Sache beginnt mich wirklich zu amüsieren. Wir müssen uns einmal ausführlicher darüber unterhalten … Du interessierst mich, meine Liebe …«

»Aber du mich nicht.«

Lotte wandte sich an Dr. Astel, ob er nicht vorhabe, hier schnellstens wegzugehen, die Hitze sei furchtbar. Daraufhin rief er dem Kellner, der sich mit dem Kommen nicht gerade beeilte.

»Werden Sie sich lange in Wien aufhalten, Herr Bloch?«, fragte Thea.

Er wisse es noch nicht. Vielleicht zwei, vielleicht auch drei Wochen.

Thea warf ihm einen prüfenden Blick zu. Sie erinnerte sich an das, was Dr. Astel einmal von ihm erzählt hatte, und bekam Lust, ihn ein wenig in Verlegenheit zu bringen.

»Und wie sind die Wiener Frauen in Ihren Augen?«, fragte sie leise lächelnd. »Sind sie hübscher als die Berlinerinnen?«

»Ich … Ich kann nicht … Hatte noch keine Gelegenheit … Habe noch nicht darüber nachgedacht …«

»Was braucht man da viel nachzudenken? Hier, schauen Sie.« Sie machte eine weitschweifende Geste in den Saal. »Es gibt Frauen in Fülle. Man kann's gleich beurteilen. Und das Fräulein Lotte da zum Beispiel, ist sie nicht hübsch?«

»Doch! Das Fräulein Bodenheim ist sehr hübsch. Ein so schönes Mädchen ist schwer zu finden.« Er sagte das völlig ernst, die Augen niedergeschlagen wie jemand, der sich ehrfürchtig hütet, den göttlichen Namen auszusprechen.

»Da sehen Sie, mein Herr, Schönheiten auf Schritt und Tritt.« Thea lachte. Und zu Lotte gewandt: »Ich habe ein Kompliment für dich ergattert, meine Liebste, und du hältst mir das überhaupt nicht zugute.«

Ihr Ton war derart zynisch, dass alle sich deplatziert zu fühlen begannen. Einen Moment breitete sich drückende Stille aus. Gordweil hielt sich zwar irgendwie für den Schuldigen, wusste aber, wie stets in solchen Fällen, auch diesmal nichts zu sagen. So brach wieder der eifrige Dr. Astel als Erster das unbehagliche Schweigen: »Also nun, meine Herrschaften, wir gehen zusammen speisen, nicht wahr?«

Im Eingang passte Thea den rechten Moment ab, ein paar freundschaftliche Worte mit Bloch zu wechseln und eine Verabredung für den nächsten Nachmittag zu arrangieren.

22.

In rot-weißen Straßenbahnen rollten Menschenmassen in den Arbeitstag, aus den Vororten in die Innenstadt und von dort in andere Vororte. Es waren hauptsächlich junge Leute beiderlei Geschlechts, die – durch die Notwendigkeit, ihr Brot zu verdienen, aus süßem Schlummer gerissen – jetzt, im überfüllten Wagen stehend, aus grauem Pergamentpapier Butterbrotreste aßen. Der Zeitraum zwischen Schlaf und Arbeit war kurz, reichte gerade einmal für den Weg, und nicht selten stahl sich, sehr zum Missvergnügen der Arbeitgeber, ein Quäntchen des einen in den Bereich des anderen hinüber. Doch ein neuer Vorfrühlingstag zog sorglos und heiter über Wien herauf, ob die Insassen der ratternden, lärmenden Straßenbahnen ihn nun wahrnahmen oder nicht. Die Straßen wirkten heller als gewöhnlich, breiter, sauberer, wie auf Ansichtskarten von fernen, unbekannten Städten. Diese schmucken Straßen waren nahe, man trat mit dem Fuß darauf, aber das Herz sehnte sich trotzdem mit aller Macht nach der Ferne, so dass der sonderbare Wunsch aufkam, ein paar Stunden mit der Eisenbahn zu fahren, um sie zu erreichen … Andere waren in weiser Voraussicht früher aufgestanden, als hätten sie den Anbruch dieses herrlichen Tages gespürt. Auch sie hatten hastig gefrühstückt, um schnell hinauszukommen, darunter ein großer, schlanker Jagdhund, der auf drei Beinen am ersten Laternenpfahl stehenblieb und den spitzen Kopf dem klaren Morgen entgegenreckte.

Ja, dieser Tag war so recht geeignet, das Herz höherschlagen zu lassen und neue Hoffnung zu wecken. Deshalb und weil er heute Morgen früh aufgestanden war, beschloss Gordweil, zu Fuß zur Buchhandlung zu gehen. Sein Mantel war den Winter über sehr verschlissen, an Ärmel- und Taschenrändern war das ausgefranste Futter zu sehen, und angesichts dieses jungen Tages wirkte er noch schäbiger. Aber Gordweil achtete nicht darauf. Langsam schlenderte er die Praterstraße entlang – und doch hatte sein

Gang eine widerspenstige Unruhe an sich, als bestehe sein Körper aus Sprungfedern. An einem solchen Tag war es wirklich schwer, zu Dr. Kreindl zu gehen und acht Stunden mit ihm zusammenzuhocken, noch schwerer als an anderen Tagen. Selbst die Plakate an der Wand des Karlstheaters, die in riesigen roten Lettern die Aufführung der *Lustigen Witwe* ankündigten und zu anderer Zeit von Gordweil keines Blickes gewürdigt worden wären, verlockten ihn jetzt zu eingehender Lektüre, da auch sie diesem anderen, freien Leben angehörten, das sich so gründlich von dem im Hinterzimmer des Buchladens unterschied.

Es war ein wenig kühl, die dünne Reifschicht auf dem Trottoir hatte noch nicht gänzlich abtauen können. Andererseits würde es in zwei, drei Stunden sicher sehr viel wärmer sein, und auf den Feldern würde man heute säen, denn die Furchen waren längst gepflügt.

Aus einem Haus drang der scharfe Geruch gerösteter Kaffeebohnen auf die Straße, und als Gordweil durch diese Duftwolke ging, geisterte ihm etwas Schwarzes, Formloses durch den Kopf, das sofort und unkontrolliert etwas anderes Schwarzes hinter sich herzerrte, nämlich das der letzten Nacht einschließlich des Wortwechsels mit Thea, der beim Licht der Petroleumlampe angefangen hatte und nach deren Verlöschen von Bett zu Bett weitergegangen war. Geld, Geld, Geld!, stöhnte Gordweil. Aber woher nehmen? Schon richtig, sie brauchte jetzt hochwertige Nahrung für das Ungeborene. Aber er gab ihr doch alles. Er selber lebte ja jetzt von Armenbrot, und oft mangelte es ihm sogar daran. Und was sie gesagt hatte – nein. Das stimmte nicht. Sie hatte es nur im Zorn so dahergeredet, um ihn zu ärgern … Hätte sie, wenn es wahr wäre, ihm das selbst im größten Zorn erzählt? Unvorstellbar. Und sie hatte auch nicht ausgeführt, von wem es dann war … »Das Kind ist ja überhaupt nicht von dir.« Einfach so. Nein. Der Ausspruch war nur im Zorn gefallen. Sie hatte ihn immer gern gestichelt. Schließlich hatte sie ihm lange gedroht, sie werde es wegmachen lassen – und dann? Jetzt hatte sie sich wieder eine neue Lüge für ihn ausgedacht. Aber wenn es nun doch zutraf? Unwillkürlich blieb er stehen. Nun, dann … Ein Baby war ein Baby. Da es ihres war, war es ja sowieso auch seins. Sein Kind war's und fertig. Alles Übrige war ihm egal. Wenn man zu tiefgründige Nachforschungen anstellte, gab es doch keinen Vater auf der Welt, der von seinem Kind schwören könnte, es sei von ihm. Wer war da sicher? Und womit hatte er, Rudolf Gordweil, verdient, eine Ausnahme zu bilden? Nein, mit diesen unnützen Dingen sollte er sich lieber nicht abgeben. Das Kind war sein Kind – und fertig.

Trotzdem hatte Gordweils gute Laune schon gelitten. Der Frühlingsmorgen erschien ihm nun fremd und nicht für ihn gedacht. Verstärkt bedrückten ihn jetzt all die künftigen Tage, die er bei diesem oder jenem Dr. Kreindl würde verbringen müssen, immer weiter, unverändert. Mit einem Schlag fühlte er sich müde und alt. Hüllte sich enger in seinen Mantel wie jemand, der mitten am Tag Tür und Läden schließt, und beugte sein Haupt der Notwendigkeit.

Im Laden warf er den Angestellten einen hastigen Gruß zu und eilte sofort ins Hinterzimmer. Dr. Kreindl war noch nicht da. Er legte den Mantel ab und setzte sich an seinen Schreibtisch. Aus den Jackentaschen fischte er ein paar Zigarettenkippen nebst einem Blättchen Papier und begann sich eine zu drehen. Sollte er ihn um einen kleinen Vorschuss bitten? Ja. Nur eine geringe Summe, zehn Schilling. Sein inneres Gleichgewicht festigte sich ein wenig bei diesem Gedanken. Er nahm die schwarze Wachstuchhülle von der Schreibmaschine und fing an – die brennende Zigarette an der Unterlippe klebend – einen Brief zu tippen.

Bald darauf erschien Dr. Kreindl mit einem breiten »Guten Morgen«.

»Solch ein schöner Tag, was?«, begann er und zog seinen Mantel aus. »Ein Tag für Dichter. An so einem Tag würden Sie gewiss lieber durch die Straßen schlendern oder einen Ausflug ins Grüne machen, mein lieber Herr Gordweil, hähä, nicht wahr? Das glaube ich! Ich kann Sie sehr gut verstehen. Denn auch ich gehöre ja dieser erhabenen Familie der Dichter und Künstler an, wie Sie wissen.«

Ohne seine Arbeit zu unterbrechen, fragte Gordweil, als habe er nichts gehört: »Was? Haben Sie etwas gesagt?«

»Und ob ich was gesagt habe. Natürlich habe ich was gesagt. Und was Gelungenes. Aber große Menschen lauschen lieber ihren eigenen Worten als denen anderer. Wie Gottfried Keller sagt: ›Das geniale Wort erfährt die Generation aus dem Mund eines Einzelnen‹ und so weiter.«

Er versank in seinem Schreibtischsessel und fing an die Briefe zu lesen. Alles macht er zuschanden, dachte Gordweil beim Weiterschreiben. An der Hofwand gegenüber zeichnete sich ein scharfes Sonnendreieck ab, das einige Zeit verharrte, ohne seine Form zu verändern. Rund eineinhalb Stunden lang erfüllten emsiges Maschinengeklapper und Papierrascheln das Büro. Dann nahm Gordweil den Stapel Briefe und brachte ihn Dr. Kreindl zur Unterschrift. Der wiederum übergab ihm die Morgenpost und erklärte ihm, was er antworten sollte. Außerdem hatte Gordweil noch einmal die Kontobücher vom März an durchzusehen, da es Dr. Kreindl schien, als habe sich irgendwo ein Fehler eingeschlichen. Gordweil nahm alles entgegen und kehrte an seinen Platz zurück.

»Möchten Sie eine gute Zigarre?«, fragte Dr. Kreindl plötzlich.

Kein gutes Zeichen, dachte Gordweil und ging sich die Zigarre holen. Bei dieser Gelegenheit bat er um zehn Schilling Vorschuss.

»Gewiss bin ich bereit, sie Ihnen zu geben, lieber Herr. Sehr gern. Erinnern Sie mich nachher daran, und ich geb sie Ihnen.«

Als Gordweil sich davonmachen wollte, zündete er ein Streichholz an und reichte es ihm. »Da haben Sie Feuer.«

»Ja«, fuhr er dann fort, »ich wollte Sie fragen, wie Ihre Arbeit vorangeht. Schon lange haben wir uns nicht mehr darüber unterhalten. Ich meine natürlich die wahre Arbeit, die, die etwas Weltbewegendes hat. Nicht die hier, die wirklich nicht dazugehört und Geistesmenschen wie unsereins nichts bietet.« Er entblößte die Goldzähne zu einem schiefen Grinsen. »Sehen Sie, Herr, mein Geschmack gleicht genau dem Ihren. Wenn ich ›Arbeit‹ sage, meine ich immer die zu Hause, die literarische Arbeit, die ›im Dunkeln getan wird und ihr Licht von einem Ende der Welt zum anderen verbreitet‹, wie der große Goethe sagt, nicht wahr?«

»Wenn sie ›im Dunkeln getan wird‹, kann man sich schwerlich in aller Öffentlichkeit über ihr Werden unterhalten«, sagte Gordweil und lachte.

»In aller Öffentlichkeit? In aller Öffentlichkeit ganz gewiss nicht. Ich stimme mit Ihnen überein, dass man darüber nicht mit jedem simplen Menschen von der Straße spricht. Das weiß keiner so gut wie Sie und ich. In aller Öffentlichkeit – nein. Aber vor mir, Ihrem Künstlerkollegen und Freund, könnte man sagen, haben Sie wahrlich nichts zu verbergen. Und ein guter Rat ist auch nicht zu verachten. Und wer könnte Ihnen besseren Rat erteilen und alles bis ins Letzte genauer bewerten als ich? Ein Experte – das ist doch was ganz anderes. Würde man das Handwerk Fachleuten allein überlassen, dann – wer hat das doch gesagt? Ich kann mich momentan nicht erinnern. Jedenfalls: Es muss ein scharfsinniger Geist gewesen sein.«

Gordweil kehrte an seinen Tisch zurück und setzte sich, das Gesicht Dr. Kreindl zugewandt. Die aromatische Zigarre weitete ihm das Gemüt und versetzte ihn gewissermaßen in die Lage, die Sticheleien unverletzt zu überstehen. Ja, das Geschwätz begann ihm sogar ein gewisses Vergnügen zu bereiten, als ginge es um jemand anders und nicht um ihn.

Dr. Kreindl fuhr fort: »Davon, dass ich ein Experte in Sachen Literatur bin, mein Freund, haben Sie sich inzwischen schon ausreichend überzeugen können. Und insbesondere verstehe ich Ihre Schriften – gerade weil sie so tiefgehend sind. Denn mit oberflächlichen Dingen gebe ich mich von vornherein nicht ab. ›Ein guter Schwimmer braucht einen tiefen Fluss‹, sagt das Sprichwort.«

»Aber wenn ich nun gar keine Ratschläge nötig habe?«, erwiderte Gordweil lächelnd.

»Das heißt, dass die Arbeit von Erfolg gekrönt ist – das ist natürlich was anderes. Trotzdem, meine ich, guter Expertenratschlag – etwas Nützlicheres gibt es nicht.«

»Vielleicht gehen wir auf ein anderes Thema über? Es wird langsam langweilig.«

»Ein anderes Thema? Hoho, mein Freund, Sie haben ja keine Ahnung. Das andere Thema ist noch langweiliger. Unangenehm und langweilig. Wie Kleist sagt: ›Dem Guten folgt das Böse auf dem Fuße …‹ Zu unserem Leidwesen ist es halt immer so. Ein anderes Thema. Wenn ich es für erquicklicher hielte, hätte ich es bereits angesprochen, das können Sie mir glauben. Sie wissen ja, mein Freund, dass ich stets nur über erhabene Dinge sprechen mag, die den Geist des Menschen erweitern, während ich das Einfache, Weltliche eins, zwei, drei erledige. Denn es ist immer unangenehm – und Feingeister schrecken in der Seele davor zurück, es länger zu behandeln … Wenn ich Ihnen nun beispielsweise mitteilen müsste, dass Sie von Ihrem Posten entlassen sind, sagen wir, dass Sie bei mir nur noch einen Monat arbeiten und danach völlig frei sind – wäre dieses andere Thema weniger langweilig?«

Aus!, sagte sich Gordweil. Das ist die endgültige Kündigung im Stil des Lumpen Dr. Kreindl.

Eine Flut gegensätzlicher Gefühle durchströmte ihn mit einem Schlag und ließ ihm alles Blut zu Kopf steigen. Er empfand sogar eine Befriedigung, die sich mühte, alle anderen Empfindungen zur Seite zu drängen und deren Stelle einzunehmen. Die Zigarre war ausgegangen. Mit energischem Fingerschlag schnippte er die Asche ab, um sie dann neu anzuzünden. Noch einen Monat – und dann … Was würde Thea dazu sagen? Die Frage blieb ihm im Halse stecken. Etwas Dickes, Hartes stieg aus seinem Innern hoch und machte in der Kehle halt. Er versuchte es wieder hinunterzuwürgen, verschluckte dabei jedoch einen Mundvoll bitteren Zigarrenrauch, der ihm Brechreiz verursachte. Mechanisch zog er sein Taschentuch hervor und spuckte ein paarmal geräuschvoll hinein.

Inzwischen redete Dr. Kreindl in gewichtigem Ton weiter, als habe er eine folgenschwere Angelegenheit zu klären: »Also bei Menschen unseres Formats lässt sich nichts mit Sicherheit voraussagen. Es gibt immer Überraschungen ... Etwas, was auf den ersten Blick unangenehm erscheint, von seiner materiellen Seite natürlich, kann aus irgendeinem verborgenen Grund bei unsereinem gerade ein dem Erwarteten entgegengesetztes Empfinden auslösen. Sein genaues Gegenteil. ›Aus dem Harten kam Süßes‹, sagt das persische Sprichwort. Habe ich etwa nicht recht, lieber Herr Gordweil? So kann sich unsereiner beispielsweise Folgendes sagen: ›Was, von dem und dem Tag an gibt es wieder keine Stelle? Umso besser, genau das hatten wir gehofft. Von nun an werden wir völlig frei für unsere einzig wahre Arbeit sein, die hier allein ausschlaggebend ist.‹ Ist es nicht so? Und die physischen Dinge, essen, trinken und so weiter, haben die denn irgendwelche Bedeutung für uns? Sehen Sie, mein Freund, ich kenne all das von innen und außen, am eigenen Leibe, könnte man sagen, denn genauso ist auch meine Natur. Meines Erachtens habe ich Ihnen schon einmal gesagt, dass wir fast Zwillinge sind. Natürlich in Geist und Seele – und das ist doch die Hauptsache für Menschen unseres Schlags.«

»Kurz«, sagte Gordweil, bemüht seinen normalen Tonfall zu wahren, »Sie entlassen mich aus meiner Stellung hier, und zwar in einem Monat.«

»Kann man daran noch zweifeln, mein Freund? Leider, leider! Gezwungen durch die schlechten Geschäfte. Doch wer wird am meisten darunter leiden? Gewiss nicht Sie, sondern ich. Sie sind, wie gesagt, sicher hocherfreut darüber. Da stürzen Sie sich nun bald in Ihre Arbeit und vergessen die Welt um sich her – aber was soll ich denn sagen? Wer soll mir Ihre unschätzbare Gesellschaft ersetzen, wer? Ich schwöre, Sie werden den Dr. Kreindl bald mit

Haut und Haaren vergessen haben, hihi, wie das volkstümliche Sprichwort sagt – versunken im weiten Meer. Aber ich – ich werde noch lange von den hochgeistigen Gesprächen zehren, die wir miteinander geführt haben. ›Von üppiger göttlicher Quelle gespeist‹ und so weiter. Wer hat das gesagt? Schiller, meine ich … Ich erinnere mich jetzt nicht genau. Sehen Sie, die innere Erregung schwächt mein Gedächtnis. Ja. Um auf das Vorhergegangene zurückzukommen – ich muss Sie in Ihrer eigenen Gegenwart loben: Es gibt keinen Menschen auf der ganzen Welt, mit dem ich so aus innerster Seele sprechen könnte wie mit Ihnen. Vermögen Sie das zu leugnen? Denn weise Menschen sprießen nicht wie Pilze aus der Erde. Ein bis zwei pro Generation, mehr nicht. Mit ›weise‹ meine ich, wie Sie sicher wohl begreifen, vernünftige Menschen im Sinne von Ihnen und mir, und solche habe ich bisher noch nicht gefunden. Erst jetzt werden Sie die Größe meines Bedauerns über den Verlust verstehen.«

»Wie lange etwa können Sie … so weiterreden, mein edler, verehrter Freund?«

»Ich? So lange wie Sie … so schweigen können, hahaha! Die Dinge müssen doch einmal geklärt werden, und wenn der eine vor lauter Bescheidenheit schweigt, muss der andere für beide reden. Sobald Sie nicht mehr hier arbeiten, werden Sie doch kaum Ihre wertvolle Zeit damit vergeuden wollen, herzukommen, um sich ein wenig mit dem armen Dr. Kreindl zu unterhalten? Geben Sie es zu, das werden Sie nicht tun. Und wann wird mir je wieder die Gelegenheit winken, Ihre angenehme Gesellschaft zu genießen? Erst jetzt, da die Stunde des Abschieds näher rückt, vermag ich zu ermessen, wie sehr ich Ihnen verbunden bin. Sie mir – gewiss nicht in diesem Maße. Widersprechen Sie nicht, solche Dinge spürt man gleich. Es ist doch gerade so wie in einer unglücklichen Liebe, bei der die eine Seite bis zur Selbstaufgabe liebt, die andere Seite aber schweigt oder Mitleid hegt und überwiegend mit Ungeduld auf diese lästige Liebe reagiert. In unserm Fall bin ich dieser unglückliche Liebhaber, zu meinem Bedauern …«

Gordweil erhob sich abrupt und schritt langsam auf Dr. Kreindl zu. Ein wilder Ausdruck lag auf seinem kreidebleichen Gesicht. Dr. Kreindl brach augenblicklich ab und verfolgte seine Bewegungen wie die eines Raubtiers, das ihn jeden Moment anspringen könnte. Gordweil blieb vor seinem Schreibtisch stehen, durchbohrte ihn schweigend mit scharfem Blick und sagte dann leise mit etwas heiserer Stimme, jedes Wort abwägend: »Sie, Dr. Kreindl, wollen Sie, dass ich die Briefe noch am Vormittag erledige? Ja oder nein? Wenn ja, müssen Sie still sein. Still!«

Dieses Gesicht da gegenüber kam ihm auf einmal vor wie die Fratze eines grenzenlos abscheulichen Gewürms, worauf sein Zorn sofort in ungeheuren Ekel umschlug. Jähe Schwäche erfasste seine Glieder, als hätten sie sich in Flüssigkeit aufgelöst. Ohne eine Antwort abzuwarten, drehte er sich um und ging an seinen Platz zurück.

»War das alles, Freundchen?«, lachte Dr. Kreindl. »Dafür hat sich die Anstrengung nicht gelohnt, hihi. Bin ich taub? Ich höre auch von weitem, besonders Worte aus Ihrem Munde, die nicht mit Gold aufzuwiegen sind. Sie hätten sich wirklich nicht zu bemühen brauchen. Und die Briefe – wozu die Panik? Wenn sie erst am Nachmittag fertig werden, ist auch nicht viel verloren. Was sind schon Briefe? Wenn wir uns mit derart wichtigen Dingen zu befassen haben. Sind wir denn solche Materialisten? Diese Freundschaft zwischen uns, diese einzigartige Verbindung basiert schließlich nicht auf Materiellem – das wissen Sie so gut wie ich. Wir beide – und Materialismus! Das sind doch nur Äußerlichkeiten für kleine Leute. Das wahre Band zwischen uns ist das des Geistes, der Seele … zwei Zwillingsseelen …«

Gordweil fegte angeekelt den Zigarrenstummel vom Tisch, spannte ein neues Blatt in die Maschine und brachte mit ihrem Klappern Dr. Kreindl zum Schweigen, der triumphierend lächelte. Jetzt gegen Mittag lag die Wand gegenüber schon gänzlich in der Sonne, deren orangefarbene Schleppe bis zur Hofmitte über den Boden reichte. Schade, dass er mir nicht fristlos kündigt.

Der Gedanke schlängelte sich ununterbrochen durch Gordweils Hirn, während er den Brief tippte. Egal, was passiert, aber sofort, sofort schon. Mitten an einem Tag wie diesem. Noch einen Monat – unmöglich! Er hörte Dr. Kreindl in den Laden hinausgehen und hatte das Gefühl, als wehe ein frischer Luftstrom in den Raum. Wenn er noch einen vollen Monat warten müsste, setzte er den Gedankengang fort, würde ja inzwischen die erste, starke Freude verflogen sein. Langsam würde er sich an die Gewissheit gewöhnen und zum Schluss womöglich noch der verlorenen Stellung nachtrauern. Er zog den fertigen Brief aus der Maschine und blickte auf die Uhr. Man konnte schon Mittag essen gehen. Und die zehn Schilling? Nein, auf die verzichtete er jetzt besser. Es überstieg seine Kräfte, sich noch einmal an ihn zu wenden.

Als er gerade hinausgehen wollte, kam Dr. Kreindl herein.

»Ah, Sie hatten doch um zehn Schilling gebeten. Da haben Sie sie«, sagte er und hielt ihm eine Banknote hin. »Und guten Appetit, mein teurer Freund.«

23.

Als Gordweil an jenem Abend aus dem Büro zurückkam, fand er seine Frau nicht zu Hause vor. Sie kannte keine festen Stunden, kehrte manchmal auch erst nach Mitternacht heim. Gordweil machte sich daran, den Ofen zu heizen, und wie immer, wenn er allein war, ging ihm das leicht von der Hand. Dieser Ofen war kapriziös wie eine hysterische Frau: Mal weigerte er sich störrisch, wie von einem bösen Geist besessen, so dass nichts helfen wollte, mal gab er sofort nach – ein Streichholz und fertig. Gordweil kochte sich Kaffee, der bei ihm nie ausging, und aß eine Scheibe herrlich frisches Brot, das er aus dem Laden mit heraufgebracht hatte. Nach diesem Mahl holte er sein Heft aus dem Koffer, in dem er seine Manuskripte vor Thea versteckte, und schickte sich an, die angefangene Erzählung weiterzuschreiben, vermochte sich aber nicht zu konzentrieren. Sein Inneres befand sich in Aufruhr. Wenn Thea heute Abend doch nur früh heimkehren wollte, damit er die Last seiner Entlassung loswerden konnte. Er malte sich im Voraus die Szene aus, hörte bereits die Beschimpfungen seiner Frau, ja, war schon jetzt schuldbewusst, wie er es gewiss später vor der zornigen Thea sein würde. Die zwei Zigaretten, die er nacheinander rauchte, trugen auch nicht dazu bei, seine Gedanken zu sammeln. Von Zorn auf eine unbekannte Person erfüllt, schloss er sein Heft wieder ein, zog sich an und ging raus.

Er beabsichtigte, ein wenig auf der Hauptallee spazieren zu gehen. Dazu hätte er sich vor der Haustür nach links zur Nordbahnstraße wenden müssen, aber seine Füße lenkten ihn nach rechts, und als er es merkte, befand er sich schon Ecke Kleine Stadtgutgasse/Heinestraße. Wenn dem so ist, sagte er sich, behalten wir diesen Weg bei und sehen mal, was sich in der Praterstraße tut. Er überquerte die Fahrbahn, ging geradeaus weiter und bog dann in die Novaragasse ein, die in die Praterstraße mündet. Als er an ihrem Ende angelangt war, sah er plötzlich in fünf Schritten Entfernung Thea, die sich von einem unbekannten Mann verabschiedete. Gordweil blieb wie versteinert stehen. Wollte flüchten, bevor Thea ihn entdeckte, aber seine Füße gehorchten ihm nicht, wie in einem Alptraum. Der Fremde küsste ihr die Hand, und Gordweil konnte noch seine letzten Worte hören: »Also morgen, wie verabredet.« Danach sprang er auf eine vorbeikommende Tram. Thea drehte sich zur Novaragasse um und entdeckte ihren Mann. Ging geradewegs auf ihn zu. Ihr Zorn war schon reif und bereit, als sei er in einem besonderen Bündel verpackt und im Bedarfsfall augenblicklich einsatzfähig.

»Waaas? Du wagst es, mir nachzuspionieren? Na warte.«

Gordweil rührte sich nicht.

»Komm!« Sie zog ihn in hartem Schwung mit. »Ab nach Hause.«

Gordweil gehorchte schweigend wie in Polizeigewahrsam und

kam mit. Kurz vor dem Haus fasste er sich und murmelte: »Aber ich wollte nur ein bisschen spazieren gehen. Es war reiner Zufall. Ich möchte noch nicht nach Hause gehen.«

Thea schwieg, und Gordweil ging mit ihr. Sie betraten das Zimmer.

»Mach die Petroleumlampe an«, befahl Thea.

»Da!«, rief sie, sobald die Lampe brannte, und versetzte ihm mit aller Macht eine Ohrfeige.

»Was, bist du verrückt geworden?«, entfuhr es Gordweil, während er sich bückte, um seinen Hut vom Boden aufzuheben.

»Und wenn du es noch einmal wagst, mir nachzuspionieren, jag ich dich wie einen Hund aus dem Haus, wie einen Hund! Hast du gehört? Es geht dich absolut nichts an, mit wem ich mich treffe. Und damit du es von nun an weißt, falls es dich interessiert: Ich schlafe mit jedem Mann, der mir gefällt – mit allen. Inklusive deiner sämtlichen Freunde.«

Gordweil stand vor ihr und beobachtete sie beim Sprechen. Sein Geist war plötzlich völlig klar, als habe ihn die Ohrfeige nach tagelangem Rausch ernüchtert. In diesem Augenblick empfand er keinerlei Wut. Aber erstmals, seitdem er sie kannte, sah er jetzt in einer Art innerer Erleuchtung, dass sie hässlich war. Und was sie da gesagt hatte, dass sie mit jedem Mann schlafe, erschien ihm lächerlich, unmöglich, erfunden. Das Kind fiel ihm ein, sein Kind, das – so die Rechnung stimmte – in fünf Monaten zur Welt kommen würde, und Freude begann in seinem Innern emporzusteigen. Er setzte sich aufs Sofa, wie er war, im Mantel, den Hut in der Hand. Doch sofort erinnerte er sich, dass er hatte spazieren gehen wollen, und stand wieder auf. Thea wusch sich inzwischen die Hände. Und da sagte Gordweil auf einmal mit ruhiger Stimme, als sei nichts zwischen ihnen vorgefallen: »Weißt du, Thea, Dr. Kreindl hat mir heute gekündigt. Mit Wirkung in einem Monat.«

Thea wandte sich zu ihm um und blickte ihn einen Augenblick schweigend an.

»So ist es nun mal. Die Geschäfte gehen schlecht, sagt er, und er müsse mich entlassen.«

»Du erzählst das so, als würdest du dich darüber freuen«, sagte Thea, wobei zu seiner Überraschung in ihrem Ton nichts mehr an die vorherige Wut erinnerte. »Mir ist es egal, woher du Geld nimmst, aber du musst welches beschaffen.« Sie fuhr fort, ihre Hände mit der Wurzelbürste zu schrubben. »Oder meinst du, ich würde arbeiten und dich ernähren?«

»Ich meine gar nichts. Was soll ich denn machen? Ich bin nicht schuld daran. Ich werde mich bemühen, Geld beizubringen. Kann dir momentan fünf Schilling geben. Ich habe sie auf Vorschuss genommen.«

»Gut. Leg sie auf den Tisch. Und der Rest interessiert mich nicht. Du weißt, dass ich mich richtig ernähren muss fürs Baby. Nimm dir das zu Herzen.«

»Gewiss, gewiss. Ich weiß das sehr gut.«

Dass sie jetzt das Kind erwähnt hatte und das noch gewissermaßen in Verbindung mit ihm, weckte ein Glücksgefühl in ihm. Demgemäß war alles, was sie gestern ausdrücklich und seit längerem andeutungsweise gesagt hatte, nichts als erfunden, um ihn zu vergrämen. Denn nur, was sie gerade eben in aller Unschuld von sich gegeben hatte, war wirklich wahr. Da blieb kein Raum für unerquickliche Nachforschungen. Mit einem Schlag verging ihm die Lust, spazieren zu gehen. Er begann seinen Mantel abzulegen, überlegte es sich mittendrin aber wieder anders.

»Möchtest du mit mir ins Café gehen? Einmal im Jahr ist es vielleicht auch mit dem Ehemann interessant«, bemerkte er scherzhaft.

Er war sicher, dass sie ablehnen würde. Aber merkwürdigerweise stimmte sie zu. Bat nur, er möge erst noch mal Kaffee kochen. Nachdem sie getrunken und sich eine Zigarette angezündet hatte, rief sie ihn und zog ihn auf ihren Schoß.

»Eigentlich bist du gar kein Angsthase, Häschen, oder doch?«

»Angsthase? Ich weiß nicht. Warum?«

»Einfach so. Es könnte doch beispielsweise passieren, dass ich eines dunklen Nachts aufstehe und dich erwürge, haha. Dort auf deinem Sofa, während du schlummerst ... Hast du keine Angst davor?«

»Ich habe keine Angst. Dazu bist du nicht fähig. Und warum solltest du auch? Aber wenn du mich erwürgst, ist es mir auch egal.«

Thea lachte abgehackt. Und wie zum Versuch legte sie ihm die Finger um den Hals und drückte ein wenig. »Zum Beispiel so«, sagte sie mit boshaftem Lachen und drückte stärker.

Gordweil schob ihre Hände zur Seite. Furcht überlief seinen Körper wie ein Stromstoß. »Du hast doch gesagt im Schlaf, nicht im Wachen«, wandte er gequält lächelnd ein.

Der Platz auf ihrem Schoß wurde ihm unbehaglich. Thea erschien ihm auf einmal fremd, grauenerregend, und in diesem Augenblick hielt er sie tatsächlich einer solchen Tat für fähig. Aus irgendeinem Grund fiel ihm jene alte Furcht wieder ein, die ihn als Jungen befallen hatte, jedes Mal wenn er abends an dem einzigen Freudenhaus des Städtchens vorbeikam. Das frei stehende Haus auf einem Hügel am Ortsende hatte kleine Fenster, durch deren zugezogene rote Vorhänge gedämpftes rötliches Licht sickerte. Lärmende betrunkene Soldaten torkelten davor herum, wurden vom Haus aufgesogen und wieder ausgespien, und jedes Mal, wenn sich die Tür kurz öffnete, drang ein Schwall von ordinärem Gelächter und dröhnender Klaviermusik heraus. Gordweil war damals vierzehn Jahre alt und kannte die wahre Natur dieses Etablissements nicht, spürte aber, dass etwas Besonderes, Unvergessliches darin vor sich ging. Er stellte sich eine Art Räuberhöhle vor. Dieselbe Furcht vor Lotterhäusern hatte sich bis dahin bei ihm erhalten und kam ihm nun irgendwie in den Sinn. Er sprang vom Schoß seiner Frau, die nachdenklich und mit gesenkten Augen rauchte. Eine drückend schwere Atmosphäre lastete im Raum. Gordweil meinte, die Petroleumflamme sei kleiner geworden, und schraubte den Docht höher.

»Also, möchtest du gehen?«, fragte er.

Wenige Minuten später gingen sie schweigend Arm in Arm wie ein Liebespaar die Heinestraße entlang, bogen links in die Taborstraße ein. Es war kühl, aber das war die Kälte erster Frühlingsabende, deren Stachel schon stumpf geworden ist, während man in der Luft bereits sprießende Veilchen und Fliederknospen zu wittern meint. In Gordweils Innern prickelte stillvergnügte Hoffnung auf etwas Undefinierbares, aber unendlich Schönes. Er hielt es für jene allumfassende Erwartung, die jetzt über der ganzen frühlingshaften Natur lag und insgeheim, trotz der Barriere der Stadt mit ihrem Getriebe, auch in seiner Seele pulsierte. Ja, dass er sich trotz allem noch die Fähigkeit bewahrt hatte, die Umwälzungen der Natur zu spüren, erfüllte ihn mit großem Glück. Seine Naturverbundenheit, die früher, an seinem Geburtsort und sogar noch in seinen ersten Großstadtjahren, stark gewesen war, im Laufe der Zeit aber – und ganz besonders im letzten Jahr – immer mehr nachgelassen hatte, war also doch nicht ganz verschwunden, und das wiederum war ein Beweis für seine gesunden Triebe, die unter dem Einfluss des Großstadtlebens noch nicht verkümmert waren. Daher hatte er sich ja auch im Grunde die jugendliche Frische erhalten, die das Werkzeug zu schöpferischem Tun bildete. In diesem Augenblick fühlte Gordweil instinktiv, dass er ausersehen war, ein Werk von ungeheurer Bedeutung zu schaffen, umwälzend neu von Anfang bis Ende, wie es der menschliche Geist nie zuvor geschaut hatte. Er spürte das dringende Bedürfnis, jemandem dieses sein vollstes Ichempfinden zu offenbaren, doch Thea war dafür nicht geeignet. Er wusste nur zu gut, dass sie ein derartiges Geständnis mit spöttischem Lachen aufnehmen würde. Von dem Zeitpunkt an, als er ihr leichtfertiges, abschätziges Verhältnis zu dieser ihm allerwichtigsten Seite seines Wesens gewahr geworden war, hatte er sich eine Art Sonderabteilung in seinem Innern eingerichtet, zu der Thea keinen Zutritt erhielt. Sie musste draußen bleiben. Es war eher möglich, diesen Winkel beispielsweise Lotte zu offenbaren als seiner eigenen Frau.

An der Oberen Augartenstraße tauchte Franzl Heidelberger vor ihnen auf. Er sah ihnen mit seinem üblichen breiten Grinsen entgegen und versperrte ihnen den Weg.

»Hoho, so ein Zufall! Hocherfreut. Sie machen sich rar, Herr Doktor. Und die gnädige Frau hat uns überhaupt noch nicht beehrt. Nein, auf den Besuch der Dame möchte ich nicht verzichten. Das kann keiner von mir verlangen. Das wäre eine Beleidigung für uns, habe ich nicht recht? Und der Herr Doktor selbst. Ich sag immer zu Gustl: ›Gustl, sag ich, was hat denn der Herr Doktor, dass er sich nicht mehr blicken lässt? Haben wir ihm etwa nicht die notwendige Ehre erwiesen? Oder hast du ihn irgendwie gekränkt? Was hast du ihm denn angetan, dass er die Schwelle unseres Hauses nicht mehr betritt?‹ ›Ich?‹, sagt die Gustl. ›Ich weiß von nichts. Ich habe dem Herrn Doktor nichts Böses getan.‹ Na also!«

Seit jenem Sonntag im Spätsommer hatte Gordweil ihr Haus nicht mehr betreten. Bedrückt erinnerte er sich jetzt der Affäre von damals mit Gustl. Er schämte sich ein wenig vor Heidelberger und wollte ihn loswerden.

»Keine Zeit, lieber Herr Heidelberger«, sagte Gordweil, bereute aber augenblicklich das Adjektiv »lieber«, das ihm schmeichelhaft und wie eine Art Entlohnung für etwas erschien, »zu viel Mühen und Sorgen.«

»Wer hat schon Zeit? Aber wo ein Wille ist, sage ich, da ist auch Zeit – nicht wahr, gnädige Frau? Sehen Sie, während wir jetzt hier so dastehen und reden, könnten wir auch zu mir gehen. Natürlich nur, so die Herrschaften keinen wichtigeren Weg vorhaben. Wir steigen in eine Tram und sind in zehn Minuten heil angelangt, das können Sie mir glauben. Was, einverstanden?«

»Jetzt ist es schon spät«, sagte Thea. »Ein andermal – gerne. Aber Sie dürfen uns ein wenig begleiten. Wir gehen auf ein Stündchen ins Café.«

»Mit Vergnügen. Wenn Sie unter keinen Umständen von Ihrer Entscheidung abgehen möchten.«

Als sie sich in Bewegung setzten, sagte Heidelberger: »Was für ein schöner Abend! Ausgesprochen wie im Frühling. Tagsüber ist der Mensch doch schlimmer dran als das Vieh. Immerzu arbeiten. Kuh und Schwein haben ein besseres Los als der Mensch. Die kriegen ihr Futter umsonst, doch der Mensch muss für sein bisschen Brot schwer schuften. Die Einteilung ist nicht gerecht, sage ich immer. Nicht dass ich Bolschewik wäre. Heidelberger Franzl ist kein solcher Narr. Sozialdemokrat, sehen Sie, mit Freuden. Sozi – aber ja doch. Eingeschriebenes Mitglied. Aber Bolschewik – nein. Daran habe ich keinen Bedarf. Wieso denn? Arbeiten sie bei den Bolschewiken etwa nicht auch acht Stunden pro Tag? Na also. Der Mensch ist schlechter dran als das Vieh – hier, in Russland, in Amerika, unterschiedslos überall auf der Welt.«

Sie kamen an einer Wirtschaft vorbei, und Heidelberger zog sie mit zur Tür. Hinterher, sagte er, könne man ins Café gehen. Thea war nicht dagegen, und sie traten ein.

»Heute sind Sie meine Gäste, selbstverständlich. Was möchten Sie trinken? Guten Karlowitzer? Oder vielleicht Heurigen?«

Als der Wein gebracht wurde, schenkte Heidelberger mit sichtlicher Freude ein, und sie stießen an. Nachdem er einen kräftigen Schluck genommen und sich den Schnurrbart mit dem Handrücken abgewischt hatte, fuhr er fort: »Sehen Sie, der Abend ist doch was anderes. Da fühlt man sich wieder als Mensch, nicht wahr? Bei Abend und bei Nacht – jeder hat da so seine Freuden. Der eine Karten, der andere Frauen und mancher sogar Theater, Bücher oder Ähnliches – jeder nach seinem Geschmack. Ich weiß nicht, wie es bei Ihnen ist, beim Herrn Doktor und bei der Frau Baronin. (Woher weiß er, dass sie Baronin ist?, wunderte sich Gordweil.) Was mich betrifft, kann ich Ihnen nur eins sagen: Karten – nein. Karten gelten mir nichts. Dazu kriegen Sie mich nicht. Da müssen Sie sich jemand anders suchen.«

»Und was ist mit Frauen?«, fragte Thea belustigt.

»Frauen – das ist was ganz anderes. Da sage ich nicht nein. Frauen – großartig. Aber ich meine immer, man muss vorsichtig sein. Es gibt solche und solche. Wenn man ein Aas erwischt hat – verzeihen Sie den Ausdruck, Frau Baronin –, ist es um die Seelenruhe geschehen. Heidelberger Franzl weiß auch hier ein Wörtchen mitzureden. Die Sache habe ich mir gut angesehen. Auf Ihr Wohl, gnädige Frau und Herr Doktor. Der Wein ist nicht schlecht, was? Das Beste von allem war und bleibt immer ein bisserl Wein, hab ich nicht recht? Nicht viel, nur ein halber oder ganzer Liter, um das Gemüt ein wenig zu erheitern.«

»Und haben Sie Kinder, Herr Heidelberger?«

»Nein, gnädige Frau. So weit hab ich's noch nicht gebracht. Aber das kommt noch. Ein Sohn muss im Haus sein. Sonst langweilt sich die Frau. Und Gustl will auch ein Kind. Nun, ich kann mir den Spaß erlauben. Ich verdiene gut.« Nicht ohne Stolz fügte er hinzu: »Vorarbeiter in einer großen Maschinenfabrik bin ich. Eine Stufe unter dem Ingenieur Schmitt – das ist schon was.«

Gordweil hatte momentan keine Lust auf Wein. Insbesondere wollte er Thea vom Trinken abhalten, da er fürchtete, der Alkohol könne dem Kind schaden. Und außerdem konnte er jetzt aus einem ihm unbekannten Grund Heidelbergers Gesellschaft nicht länger ertragen – noch dazu in Theas Anwesenheit. Sein Inneres war ahnungsvoll angespannt, und im Herzen graute ihm vor etwas Unangenehmem, das mit absoluter Sicherheit bevorstand. Er wollte sofort hier weg und ermunterte seine Frau zum Gehen.

»Wozu die Eile, meine Herrschaften?«, fragte Heidelberger. »Vielleicht bestellen wir noch was? Da wir uns doch nur so selten begegnen. Gustl fragt oft nach Ihnen, Herr Doktor«, fügte er mit vielsagendem Lächeln hinzu. »Sie sehnt sich geradezu nach dem Herrn Doktor, würde ich sagen. Eine tüchtige Frau, was?«

Thea warf ihrem Mann einen spöttischen Seitenblick zu, der ihn leicht verwirrte. Er sagte kein Wort.

»Also, wann kommen Sie, Herr Doktor?«, drängte Heidelberger weiter. »Was soll ich Gustl sagen? Und die Frau Baronin?«

Sie versprachen, ihn bei Gelegenheit aufzusuchen, und erhoben sich zum Gehen. Heidelberger hatte noch »Durst« und blieb. Obwohl es schon halb elf war, setzten sie ihren Weg ins Café fort.

»Was für eine Frau ist sie, diese Gustl?«, fragte Thea beiläufig, scheinbar ohne besonderes Interesse.

»Eine einfache Frau«, wich Gordweil aus, dem das Thema unbehaglich war, »da gibt's nicht viel zu sagen.«

»Aber du hast doch offenbar Erfolg bei ihr. Komisch ...«

Gordweil schwieg. Wie scharf doch der weibliche Spürsinn ist, dachte er. Sie hat's gleich gemerkt.

»Dieser Heidelberger ist gar nicht so dumm, wie er aussieht. Man müsste ihn mal genauer in Augenschein nehmen. Was würdest du zum Beispiel sagen, wenn wir mal einen kleinen Partnertausch veranstalten?«

Gordweil tat, als verstehe er nicht.

»Das müsste interessant sein ...«

Was kann da interessant sein?, wollte Gordweil erwidern. Doch er hielt sich rechtzeitig zurück. Es war besser, zu schweigen, als ihre Leidenschaft durch offenen Widerstand noch weiter anzufachen. So würde sie es im Laufe der Zeit vielleicht vergessen. Es war ihm unwohl bei dem Gedanken, dass Heidelberger seine Frau berühren könnte. Besonders bei ihm wollte er's nicht. Und noch dazu mit seiner ausdrücklichen Genehmigung! Die anderen konnten ihn nicht scheren. Er kannte sie nicht und wusste nichts Genaues. Aber eine offene Affäre und mit Erlaubnisschein – das nicht! Dann war es schon besser, sie tat alles heimlich, ohne sein Wissen. Seine Einwilligung konnte er nicht geben. Wenn nur ihre Schwangerschaft erst vorüber wäre. Wenn das Kind da war, würde sich alles zum Guten wenden. Dann würde ihm alles egal sein. Dann ließe sich alles mit Leichtigkeit ertragen.

Seine gute Laune von vorher war verflogen. Die alte Melancholie, die gewissermaßen schon Teil seines Wesens geworden war, begann wieder in seinem Innern zu nagen. Er achtete weder auf die Abendluft noch auf die Trams, die mit hohlem Rattern auf dem breiten Schottenring hin und her brausten. Vielleicht wäre er doch besser allein spazieren gegangen, wie er es ursprünglich vorgehabt hatte, sagte er sich.

Im Café saßen Ulrich und Perczik, die die ewig gleiche Langeweile ausstrahlten. Sie hockten wortlos da, als sei zwischen ihnen schon alles gesagt, was sich sagen ließ. Bei ihrem Anblick musste Gordweil an den Dachboden seines Elternhauses denken, auf den sie einmal im Jahr hinaufgingen und dabei vor der Berührung mit dem alten Gerümpel zurückschreckten. Alteisen, dachte Gordweil. Alles, was sie bis an ihr Lebensende sagen und tun würden, wusste er bereits im Voraus, und in diesem Augenblick spürte er die abgrundtiefe Langeweile, die allem innewohnte. Nein, bei diesen Leuten war kein Raum für Überraschungen. Am besten verschwand man hier sofort wieder oder setzte sich wenigstens an einen anderen Tisch. Aber Thea steuerte geradewegs auf sie zu. Die Gesichter der beiden hellten sich auf, als würden sie unverhofft errettet. Sie standen umständlich auf, um die Ankömmlinge zu begrüßen. Eine Weile redeten sie über belanglose Dinge, ohne dass sich Gordweil am Gespräch beteiligte. Dann erzählte Perczik eine Begebenheit, die er in einer amerikanischen Zeitung gelesen hatte, nämlich von einer hübschen, jungen Frau (die beiden Adjektive hatte er der größeren Wirkung halber selbst hinzugefügt), die ihr rechtes Ohr bei einem Autounfall verloren hatte und nun in diesem Blatt annoncierte, sie sei bereit, demjenigen fünftausend Dollar zu zahlen, der ihr ein rechtes Ohr verkaufe. Die Länge des Ohres musste genau fünfeinhalb Zentimeter betragen. Und in einer anderen Ausgabe habe er schon das Angebot einer Frau aus Wellington gefunden, fuhr Perczik fort, die ein solches Ohr zu vergeben habe, aber nicht unter zehntausend Dollar.

Ulrich befühlte mit sichtlicher Liebe sein Ohr, wie jemand, in dessen Haus viele Jahre lang ein kleiner, scheinbar wertloser Stein herumgelegen hat, der sich dann plötzlich als teures Juwel entpuppte.

»Ich würde meins nicht verkaufen«, sagte Ulrich.

»Und du, Perczik?«, mischte sich Gordweil ein. »Du doch sicher. Denk nur mal: zehntausend Dollar. Und außerdem könnte man doch hinterher ein anderes Ohr billiger erwerben. Hier in Europa kriegst du ein gutes Ohr sicher für zweitausend. Rechne noch tausend für Amputation und Annähen hinzu, und dir bleibt ein Reingewinn von siebentausend Dollar, ein ausgezeichnetes Geschäft.«

»Wenn du mir dein Ohr für zweitausend überlässt, verkauf ich meins für zehntausend.«

»Ich? Nicht mal für eine Million. Ich hab nichts zu verkaufen. Ich brauch alles selbst. Außerdem bin ich nicht auf Geld angewiesen.«

»Trotzdem«, lachte Thea, »falls sich ein Käufer finden sollte, würde ich dir raten, sogar beide zu verkaufen, Häschen. Zehntausend Dollar sind nicht zu verachten. Bloß bezweifle ich, dass du einen Abnehmer finden würdest.«

Perczik verzog den Mund zu einem schadenfrohen Grinsen. Gordweil stellte sich ein abgeschnittenes Ohr vor, ähnlich denen, die in bunten Kinderfibeln abgebildet sind, hübsch säuberlich in Watte verpackt und in einem Schächtelchen per Post nach Amerika geschickt … Übelkeit stieg ihm aus dem Magen hoch, als habe er unverträglich fette Speisen zu sich genommen. Er schob die noch nicht ganz ausgetrunkene Kaffeetasse zur Seite. Aber da sich das lästige Bild einmal eingenistet hatte, ließ es sich nicht mehr verscheuchen. Ja, es entwickelte sich ohne sein Zutun und gegen seinen Willen weiter. Vergebens begann er mit dem Kaffeelöffel zu spielen. Jetzt war es wichtig, dass das Ohr heil beim Kunden ankam … Denn auf dem Schiff, ganz zuunterst, wo sicher die Post lagerte, liefen scharenweise Mäuse umher. Und wenn die Schachtel leer in Amerika ankam? Man musste also einen anderen Weg finden. Die mit solchen Dingen Befassten kannten gewiss erprobte Mittel und Wege. Wenn ihm nun so was am Ohr passierte, wenn es von Mäusen aufgefressen würde? Gordweil spürte in diesem Augenblick ein Jucken an den Ohren, als wimmelten dort Ameisen. Pfui!, sagte er sich. Solch unsinnige Betrachtungen.

»Rudolfus scheint inzwischen eingenickt zu sein«, hörte er Theas Stimme. »Schläfst du, Häschen? Lass uns gehen.«

Ulrich und Perczik erhoben sich ebenfalls. Sie säßen schon seit mehreren Stunden hier und hätten genug, sagten sie, wie um sich zu entschuldigen. Aber ein bisschen spazieren gehen, dafür wären sie gern zu haben. Sie würden Gordweil und Thea mit Vergnügen begleiten. An einem solchen Abend sei es schade, so früh nach Hause zu gehen.

So brachen sie zu Gordweils Leidwesen alle gemeinsam auf. Besonders ärgerte ihn Percziks Gegenwart.

»Du kriegst hinterher keine Tram mehr, Perczik, und musst noch zu Fuß nach Hause laufen«, warnte er ihn.

Aber das schreckte den nicht. »Dann geh ich eben zu Fuß. Heute Abend ist das doch ein Vergnügen.«

Man wurde ihn partout nicht los.

Sie überquerten die zu dieser Stunde schon ruhigen Tuchlauben und bogen in den Graben ein, als beträten sie einen geräumigen, lichtüberfluteten Salon. Hier war was los. Da flanierten die Nachtschwärmer von einem Vergnügen zum nächsten. Automobile hielten vor erleuchteten Eingängen, andere glitten wieder davon. Weiblicher Parfümduft, vermischt mit Autogestank; Smokings und herrliche Abendkleider; Negermusik und Saxophongeschmetter; stramme Portiers standen wie rote Straßenpfosten an den Eingängen. Doch etwas weiter weg, an der Kärntner Straße, wurde die Gegend schon vom stummen, hohen Stephansdom beherrscht, der geradewegs aus dem Mittelalter hier eingetroffen schien, den Staub des Wegs noch auf den alten Gliedern. Seine gotischen Turmspitzen berührten wie knochige Finger die Nacht hoch droben, ungestört von den armseligen Lichtern der Stadt. Er diente als eine Art Mittler zwischen der Nacht dort oben und der hier unten – das wusste Gordweil. An der Front harrten noch eine Blumenfrau und eine Orangen- und

Bananenverkäuferin aus, zwei in Lagen von Umschlagtüchern eingemummelte alte Frauen, die reglos hinter ihren Warenständen saßen, an die Mauer gelehnt, als seien sie Teil des Doms wie die übrigen Steinfiguren rings an der Fassade. Die Domuhr zeigte fünf Minuten vor Mitternacht. Perczik überlegte es sich doch noch und sagte: »Ich lauf schnell zum Schottentor. Da krieg ich noch eine Tram.«

»Wie kannst du bloß einen geschlagenen Abend mit diesem Mann zusammenhocken?«, fragte Gordweil Ulrich, sobald Perczik außer Sicht war. »Da braucht man ja eine eiserne Geduld.«

»Ich weiß nicht, was du gegen ihn hast«, sagte Thea, »ich finde ihn nicht schlimmer als andere.«

»Er ist schlimm. Und langweilig ist er auch. Eine durch und durch kleinliche Seele.«

»Das stimmt«, pflichtete ihm Ulrich bei. »Aber wenn er kommt und sich mit an den Tisch setzt, kann man ihn ja nicht wegjagen.«

Am Donaukanal verabschiedete sich Ulrich und ging am Kai entlang davon, wobei seine langsamen Schritte hohl auf dem Pflaster hallten. Gordweil warf ihm einen langen Blick nach. Plötzlich regte sich bei ihm Mitleid mit diesem Mann, dessen Leben ihm irgendwie leer, verwaist, uninteressant erschien. Er empfand das spontane Bedürfnis, seinen Freund einzuholen und ihm ein gutes, tröstendes Wort zu sagen, ihn nach Hause zu begleiten, weil man ihn doch nicht einfach so sich selber überlassen konnte … Sich selbst betrachtete Gordweil in diesem Augenblick, verglichen mit Ulrich, als einen glücklichen Mann, dem das Schicksal gut gewollt hatte. Bei ihm war alles in bester Ordnung, konnte man sagen. In jeder Hinsicht. Die leichten Mängel, die zählten nun wirklich nicht mit … Was nicht für Ulrich galt …

»Wie armselig die Menschen doch eigentlich sind. Da sieht man einen Mann, der augenscheinlich gesund, jung und sogar heiter ist, alles also zum Besten. Und dann überrascht einen ein unbewusster Blick, eine unwillkürliche Gebärde, die seine geheimen Wunden viel mehr preisgeben als lange Beichten. Es mangelt an Erbarmen in der Welt. Nicht dieses derbe, aufdringliche Mitleid, sondern das bescheidene, stumme Mitgefühl, das unmittelbar, ohne ausdrückliche Worte und Gesten, von Seele zu Seele fließt und allein Trost und Ermutigung spendet. Vielleicht wird die Welt durch solches Erbarmen erlöst ...«

Gordweil hatte das wie zu sich selbst gesagt und war verblüfft, Theas Stimme zu hören: »Die Sehnsucht der Schwachen. Sie sind selber mitleidsbedürftig und predigen der ganzen Welt Erbarmen. Aber die Welt braucht kein Erbarmen. Heldentum ist hier allein entscheidend, und die Schwächlinge haben kein anderes Heil, als schnellstens aus der Welt zu verschwinden. Man braucht ihr Siechtum nicht zu verlängern. Und es ist auch unnötig, sich um die Erhaltung der Welt zu kümmern. Eine grundfalsche Auffassung. Die Welt besteht von selbst aufgrund fester, unerschütterlicher Gesetze. Erhalten wird sie von den Starken, den Erlauchten, die ihrerseits nach diesen ehernen Gesetzen handeln – unwissentlich, unwillkürlich, kraft des inneren Befehls. Durch sie und wegen ihnen besteht die Welt.«

»So was Ähnliches hat auch Nietzsche gesagt, aber zu Unrecht. Denn da sich die Welt hauptsächlich aus Schwachen zusammensetzt – und die Helden sind ja selber schwach –, ist das ein Zeichen, dass sie gebraucht werden. Überhaupt ist es nicht an uns, zu bestimmen, wer gebraucht wird und wer nicht. Kennen wir etwa den verborgenen Sinn hinter alldem? Alles, was auf der Welt ist, ist zwangsläufig notwendig. Die philosophischen Systeme sind sämtlich nur Hypothesen, und es bleibt stets Raum für Gegenhypothesen, die Ersteren widersprechen. Die Tatsache, dass jemand oder etwas existiert, begründet in sich selbst schon sein Existenzrecht, so dass keinerlei Sondergenehmigung von der einen oder anderen Stelle mehr erforderlich ist.«

»Ich für mein Teil«, sagte Thea, »verzichte auf Erbarmen. Ich brauche es nicht. Und ich bemitleide auch kein Geschöpf auf der Welt. Dieses Empfinden fehlt mir, Gott sei Dank, völlig.«

»Das ist dein Wesen, und das hat ebenfalls seinen Platz. Man kann nicht wissen, ob nicht auch du des Mitleids bedürftig bist.«

Bei diesen Worten brach Thea mitten auf der Praterstraße in schallendes Gelächter aus, womit sie die Neugier einiger Passanten erregte.

Zu Hause zogen sie sich sofort aus und legten sich schlafen. Gordweil hatte einen merkwürdigen Traum, in dem Perczik Ulrichs Leber verschlingen wollte, die in Form und Farbe Dr. Kreindls Zigarren ähnlich sah, während Ulrich so lange flehte und weinte, bis Thea kam und entschied, dass Perczik Ulrich zweitausend Dollar zahlen und außerdem eine andere Leber besorgen müsse, aus einer amerikanischen Fabrik …

IV. Teil

Das Baby

24.

Thea hatte vorzeitig, im siebten Monat, einen stubsnasigen Sohn zur Welt gebracht, der nach Ansicht der Ärzte lebensfähig war. Sie lag durchscheinend bleich auf der Geburtsstation des Allgemeinen Krankenhauses, befand sich, wie immer bei Hospitalaufenthalten, in anhaltender Hochstimmung und behandelte ihren Mann mit Nachsicht. Der Junge war schon acht Tage alt und hieß Martin, Martin Gordweil. Vater Gordweil kam jeden Nachmittag zur festen Besuchszeit ins Krankenhaus. Auf diese eine Stunde wartete er all die übrigen Tages- und Nachtstunden, die als völlig nebensächlich allein von ihr zehrten. Doch wie sich bald herausstellte, war diese teure Stunde erheblich kürzer als jede ihrer normalen Schwestern, ja, zweifellos um zwei Drittel kürzer, denn kaum war man hereingekommen, hatte einen langen Saal mit zwei Bettenreihen durchmessen und war heil im nächsten Saal angelangt, in dem Thea lag, erscholl auch schon vom Hof herauf der langgezogene Singsang: »Besuuuchs-zeeeit be-eeen-deeet!« Und wieder hatte man seine Augen nicht richtig an dem Kind weiden können.

Es war Anfang Juli. Trockene ocker-blaue Tage. Die Gehsteige schwitzten schwarzen Asphaltschweiß. Man brauchte kühles, blondes, weißschäumendes Bier – zu jeder Tageszeit. Die Kleidung wurde schwer, beengte einen wie ein Panzer, und das Hemd klebte an Brust und Rücken. Überquerte man die Donaukanalbrücken, zog einen das Wasser unten mit magischer Kraft an, wie Selbstmörder sich gewiss dazu hingezogen fühlen. Blanker Neid erwachte auf die nackten Körper, die sich vor den Badebuden am

Ufer im Sand räkelten, und zuweilen sogar auf die Maurer, die ebenfalls mit entblößtem Oberkörper auf dem hohen Gerüst eines Neubaus arbeiteten.

Schon zwei Monate war Gordweil nicht mehr bei Dr. Kreindl beschäftigt und seither arbeitslos. Eine neue Stelle war schwer zu finden, besonders jetzt zur Ferienzeit. Er arbeitete für sich selbst und erhielt auch von Zeit zu Zeit ein wenig Geld von Verlagshäusern. Die Lücken deckte er mit Anleihen. Er hoffte, im Laufe der Zeit sich von der literarischen Tätigkeit ernähren zu können. Seit der Geburt seines Sohnes aber war er sehr besorgt. Die Geburt hatte ihn überrumpelt und das nicht nur, weil sie vorzeitig stattgefunden hatte. Er musste sich an die neue Situation, die mit der Ankunft des Babys eingetreten war, erst gewöhnen. Zwar hatte er während der gesamten Schwangerschaft an nichts anderes gedacht, doch war er innerlich immer noch nicht ausreichend auf die Veränderung vorbereitet. Er fühlte sich wie ein Reisender in einem fremden Land, dessen Sprache und Sitten er nicht kannte. Mit dem Kind begann ein neuer Lebensabschnitt für ihn. Hier lag die Schwelle. Jetzt war das Baby die Hauptsache, und alles andere rückte zur Seite. Selbst Thea wurde nebensächlich. Wenn ihm all die bedrückenden Umstände ihres Verhaltens einfielen, konnte er sie jetzt leichter wegwischen: Der Sohn entschädigte für alles. Selbst jener mit »ein treuer Freund« unterzeichnete Brief, der am Tag zuvor eingetroffen war und ihn die ganze Zeit über in Aufruhr versetzt hatte, konnte sein Gleichgewicht nicht nachhaltig stören. An solchen Dingen war nie etwas dran, sagte er sich, sie verdienten keine Beachtung. Welchen Wert hatten schon die Worte irgendeines finsteren Aufwieglers? Denn ein anständiger Mensch konnte er nicht sein, dieser »treue Freund«. Ehrbare Leute schrieben keine anonymen Briefe. Niederträchtiger Klatsch und nichts weiter. Woher wollte der denn so genau wissen, dass Dr. Ostwald der Vater war? Hatte er etwa am Fußende des Bettes gestanden? Besaß er klare Anhaltspunkte? Bloß weil sie bei ihm arbeitete? Wenn sie ihn tatsächlich betrogen hatte, dann doch nicht nur mit Dr. Ostwald, sondern mit einigen anderen auch – woraus schöpfte dieser Anonymus also die Gewissheit, dass dieser der Vater war? Womöglich daraus, dass Dr. Ostwald ihr ein Geschenk zur Geburt des Kindes geschickt hatte? Das bewies gar nichts. Das war allgemein üblich. Schließlich arbeitete sie seit über drei Jahren bei ihm, und da er es sich erlauben konnte, hatte er eben ein Präsent übersandt. Im Gegenteil, wenn er wirklich schuldig wäre, hätte er nichts geschickt und erst recht keinen Kinderwagen, um keinen Verdacht zu erregen … Dieses letzte Indiz erschien Gordweil allerdings im selben Moment fadenscheinig. Nein, sagte er sich. Das ist kein Beweis. Er hätte es gerade deshalb schicken können … Damit weckte er doch weniger Verdacht. Aber eigentlich war ja alles gleich. Vergeblich hatte er sich den ganzen gestrigen Tag mit diesem Unsinn das Hirn zermartert. Letzten Endes konnte doch genauso gut er, Gordweil, der Vater sein. Mit ihm hatte sie immerhin zusammengelebt. Das war über jeden Zweifel erhaben. Warum sollte gerade der oder jener der Vater sein und nicht er selbst? Jedenfalls war es nicht Dr. Ostwald – das ließ sich fast mit Sicherheit ausschließen … Und dem, was Thea selber mehrmals gesagt hatte, war auch kein besonderer Wert beizumessen. Die Worte waren nur gefallen, um ihn zu ärgern. Außerdem hatte sie nie ausdrücklich Dr. Ostwald erwähnt. Niemals! Nur dass das Kind nicht von ihm, Gordweil, sei – aber das war nur so dahingeredet … Und jetzt Schluss damit, unterbrach er seinen Gedankengang. Er würde sich mit diesem Quatsch nicht weiter den Kopf belasten.

Gordweil saß währenddessen auf einer Bank im Volksgarten. Die Sonne hatte sich bereits in den Baumwipfeln verfangen und färbte das Parlamentsgebäude oberhalb des schmiedeeisernen Zauns ockergelb. Der Nachmittag neigte sich seinem Ende zu. Die kleinen Kinder im Park kehrten mit glühenden Gesichtern, müde und hungrig vom Rennen und Spielen, zu ihren Müttern und Bonnen zurück und verschlangen begierig die ihnen angebotenen Proviantreste. Auf der Allee unten lag bereits Schatten, aber die Luft war noch stickig heiß. Unweit spielte die Parkkapelle, deren Klänge sich mit dem Rattern und Klingeln der Straßenbahnen und dem Hupen der Automobile zu einem eigenartigen Geräusch- und Klanggewirr verbanden. Durch äußerste Konzentration des Gehörs auf die Musik konnte man mit einiger Anstrengung die fremden Elemente herausfiltern und die Melodie rein rekonstruieren. Gordweil gefiel sie jedoch gerade, wie sie war, mit dem mitschwingenden Puls des Großstadtlebens. So stellte er sich Orchestermusik auf hoher See vor, vermischt mit dem Rauschen der mächtigen Wogen. Plötzlich überströmte ihn eine Riesenfreude, in dieser Stadt zu leben, Teil jenes emsigen, vielfältigen Getriebes zu sein. In diesem Augenblick mochte er alles: Alle Menschen um ihn herum waren seine Anverwandten, gehörten zur Familie; alle Kinder waren seine, sein eigen Fleisch und Blut. Liebevoll lächelte er den dreien zu, die sich neben seiner Bank aufgestellt hatten – ein kleines Mädchen im blauen Kleid und zwei kleine Jungen mit staubigen Knien –, und war glücklich, als sie zurücklächelten. Es würde gar nicht mehr lange dauern, bis auch sein Martin solch ein Lausbub war, erhitzt und mit bloßen staubigen Knien. Alles war unendlich schön, und Klagen hätten nichts als Engherzigkeit bezeugt. Gewiss gab es viel Kummer und Sorgen auf der Welt, aber er, Gordweil, war in diesem Moment unfähig, auch nur irgendetwas davon zu erkennen. Er nahm es jetzt einfach nicht wahr. Was sollte er machen, wenn die Zigarette, die er rauchte, heute besonders gut schmeckte, besser als je zuvor? Was tun, wenn die Nelken und Narzissen des Blumenrondells vor ihm seine Seele gänzlich unbewusst mit ihren schüchtern versteckten Farben überschütteten? Und was sollte er sagen, wenn er nun einen Sohn hatte, einen wirklichen Sohn, der Martin hieß und im weißen Bettchen Nummer 26 im Allgemeinen Krankenhaus Wiens lag? Vielleicht schrie er in diesem Augenblick mit seiner dünnen, schwächlichen Stimme, aber das machte nichts. Das war nur, um überschüssige Energie loszuwerden. Und dieser Tag selber, der sich nun dem Abend zuneigte! Jeder, der auch nur einen Tag lebte, sog die ganze Ewigkeit in sich auf, daran bestand kein Zweifel. Glücklich der, dem es vergönnt war, einen Tag zu leben!

»Und wie heißt du?«, fragte er das Mädelchen, das neben ihm stand, an einer Tafel Schokolade knabberte und ihn beobachtete.

Die Kleine lachte, sagte aber nichts.

»Warum gibst du dem Herrn keine Antwort, du ungezogenes Kind?«, tadelte die Bonne, ein junges, keineswegs hässliches Mädchen, das neben Gordweil saß und ein Buch las. Wegen der Aufmerksamkeit, die ihr Schützling erregt hatte, bildete sie sich jetzt etwas ein, als habe man ihr selbst ein Lob ausgesprochen.

»Ich mag's nicht sagen«, zierte sich die Kleine, »der Herr soll raten.«

Gordweil begann verschiedene Namen aufzuzählen, worauf die Kleine, der das Spiel so viel Spaß machte, dass sie völlig die Schokolade vergaß, von Zeit zu Zeit »nein, nein« rief. Dann dachte er sich Namen aus, seltsame Namen, die sich vielleicht in der primitiven Sprache irgendwelcher Eingeborenenstämme in den Urwäldern Australiens oder Afrikas fanden und einen sofort an nackte Neger und mit schweren Früchten behangene exotische Bäume erinnerten. Er sagte: »Butmi, Kaschilu, Mu, Arassi, Memhura, Bisi« und Ähnliches mehr.

»Nein, nein!« Die Kleine bog sich vor Lachen, wobei sie scharfe, gerade Zähnchen entblößte, an denen noch etwas Schokoladenbräune klebte. »Nein, solche Namen gibt's ja gar nicht.«

Das Kindermädchen lächelte ebenfalls fröhlich.

»Dann heißt du Susi. So musst du heißen. Denn du siehst wie Susi aus und bist auch so groß wie sie …«

»Stimmt nicht«, protestierte das Mädchen. »Ich bin größer. Susi ist noch ein kleines Kind. So«, sie zeigte mit der Hand etwa einen halben Meter vom Boden. »Susi geht noch nicht mal in einem Jahr in die Schule, und ich komme schon heuer im Winter in die erste Klasse. Nicht wahr, Fräulein?«

»Stimmt, mein Liebes.«

Die Bonne klappte ihr Buch zu und legte es neben sich auf die Bank – offenbar in Erwartung amüsanterer Unterhaltung, als das Buch sie zu bieten hatte.

»Ja dann«, begann Gordweil von neuem, »wenn du bald in die Schule kommst, bist du wirklich schon ein großes Mädchen. Und gewiss hast du auch einen Namen.«

»Sicher hab ich einen. Soll ich ihn dem Herrn sagen, Fräulein?«

»Sag ihn, gewiss doch.«

»Also ich heiße Tini. Tini Mertel.« Und nach einer winzigen Pause: »Und wie heißt der Herr? Der Herr muss mir auch seinen Namen sagen.«

»Sei nicht so frech, Tini«, rügte sie das Kindermädchen.

»Gerne, kleines Fräulein. Ich heiße Rudolf.«

»Wie mein Onkel. Wie Onkel Rudolf«, freute sich die Kleine über die Entdeckung. »Und der Nachname?«

»Gordweil.«

»Gordweil«, wiederholte sie irgendwie enttäuscht, »aber der Onkel Rudolf heißt wie wir. Auch Mertel. Und er hat ein großes Auto. Er nimmt mich immer mit. Einmal hat er mich bis Grinzing rausgefahren. Und Mama war auch dabei. Haben Sie auch ein Auto?«

»Nein, mein Fräulein«, bekannte Gordweil freimütig und lächelte, »ein Auto habe ich nicht, aber einen kleinen Sohn hab ich, der Martin heißt.«

»Und in welche Klasse geht er?«

»In gar keine Klasse. Er liegt noch in der Wiege. So groß ist er.« Er zeigte es mit beiden Händen.

»Ih!« Die Kleine verzog verächtlich den Mund. (So macht sicher ihre Mutter, huschte es Gordweil durch den Kopf.) »So winzig! Ich mag so kleine Jungen nicht. Die sind sehr dumm.«

»Hast du kein so kleines Brüderchen?«

»Nein. Ich brauch keinen. So einer schreit bloß den ganzen Tag.«

»Aber mein Martin schreit nicht«, sagte Gordweil. »Er lacht nur.«

»Nein«, wehrte die Kleine ab, als wolle man ihn ihr aufdrängen. Doch im selben Moment besann sie sich und sagte: »Aber Sie können ihn mal herbringen, Ihren Martin, damit wir ihn sehen. Wenn er nicht schreit, darf er mal mit mir in Onkel Rudolfs Auto fahren. Ich sag's Onkel Rudolf, dann lässt er ihn fahren. Aber nur ein Mal, mehr nicht. Nicht wahr, Fräulein? Ein Mal kann man den Kleinen fahren lassen. Aber wenn er schreit – fertig. Das kann ich dem Herrn im Voraus sagen. – Nein, warten Sie«, berichtigte sich die Kleine. »Momentan geht's nicht. Bringen Sie ihn ein andermal. Wenn wir aus der Sommerfrische zurück sind. Wir fahren in zwei Tagen. Oder vielleicht reisen Sie auch nach Ischl?«

»Nein, ich reise nicht nach Ischl. Sicher woandershin …«

Im Geist sah er sekundenlang eine kleine Ortschaft, zwischen Bergriesen eingebettet, und leise, angenehme Sehnsüchte regten sich in ihm, jetzt dort zu sein, mit Thea und seinem Sohn Martin in Ruhe zu leben, von den Bergen gegen alle drohenden Sorgen geschützt, in der Beschaulichkeit eines Nachmittags wie diesem.

»Warst du denn schon mal in Ischl?«, fragte er.

»Pah«, antwortete die Kleine prahlerisch. »Mehr als einmal! Letztes Jahr sind wir auch dort gewesen. Man fährt einen ganzen Tag mit der Eisenbahn. Überquert drei ganz, ganz hohe Brücken. Ich darf auch aus dem Fenster gucken, Mama lässt mich. Drunten – ist es sehr, sehr tief, aber ich hab gar keine Angst. Nicht mal ein kleines bisschen. Drunten sind so winzige Häuschen und Kühe, so klein wie Fliegen, aber wirkliche, lebendige Kühe. Sie stehen da und fressen mit dem Kopf auf dem Boden. Es gibt auch eine schwarze, über und über schwarz wie der Hund von Herrn Messerschmied. Die schwarze mag ich nicht – pfui, die ist hässlich. Danach kommt ein langer, langer Tunnel. Da wird's gleich dunkel. Man sieht gar nichts. Auch Mama nicht. Und die Fenster macht man sofort zu, damit keiner im Dunkeln rausfällt. Aber ich fürchte mich überhaupt nicht. Und plötzlich ist es schon wieder hell. Und die Sonne scheint auch. Da werden die Fenster wieder aufgemacht. Dann gibt es noch einen Tunnel, der ist noch viel länger. Es wird wieder Nacht. Und danach kommt schon Ischl. Die Eisenbahn macht: ›Tra-ta! Tra-ta!‹ Dann pfeift sie, und man ist da. Ihr Junge hätte sicher Angst. So kleine Buben sind sehr dumm. Aber ich habe überhaupt keine Furcht. Ist er schon mal mit der Eisenbahn gefahren, Ihr Bub?«

»Nein«, antwortete Gordweil schmunzelnd.

»Sehen Sie, weil er sich fürchtet.«

»Aber er fürchtet sich überhaupt nicht, Tini«, sagte Gordweil, indem er ihr liebevoll über die Semmellocken strich. »Er ist ein tapferer Bursche, und bald wird er auch in die Schule gehen. Und ein kleines Auto kriegt er auch. Weißt du, ein richtiges Auto, ein grünes mit zwei Sitzen und einem Reserverad hintendrauf. Und dann fahrt ihr zwei gemeinsam.«

»Gut«, willigte Tini ein, »aber wer lenkt?«

»Ihr beide lenkt abwechselnd. Einmal du, einmal Martin.«

In diesem Moment erspähte er von weitem Dr. Astel mit Lotte. Sie hatten ihn auch schon bemerkt und kamen herüber. Er erhob sich und streckte der Kleinen die Hand hin: »Also, Tini, ich muss jetzt gehen. Aber wir sehen uns mal wieder, nicht wahr?« Er nickte dem Kindermädchen zu und ging seinen Freunden entgegen.

»Nun, was ist?«, empfing ihn Dr. Astel. »Seitdem du Vater geworden bist, sieht man dich nicht mehr.«

Gordweil wurde rot, spürte es und bekam eine Wut auf sich selbst.

»Und wie geht's dem Stammhalter? Alles in Ordnung? Da verdrückt sich der Bursche und ist unauffindbar. Man hätte meinen können, du seist der Wöchner, hahaha.«

»Na, so weit hab ich's noch nicht gebracht«, scherzte Gordweil.

Lotte, die ihn die ganze Zeit prüfend musterte, fragte schließlich: »Und wie heißt er?«

»Martin«, antwortete Gordweil und starrte Lotte an, deren Stimme ihm tonlos, gedämpfter als sonst, irgendwie verzweifelt klang, obwohl ihre Miene nichts Besonderes verriet.

Sie setzten sich in Bewegung und spazierten wortlos zwischen den zwei altmodischen Stuhlreihen hindurch die Allee entlang bis zum Limonadenstand, bogen am Zaun nach rechts, drehten eine Runde und befanden sich schließlich auf der anderen Seite des Blumenrondells. Der Tag entledigte sich langsam der drückenden Hitze, man spürte schon einen angenehm kühlen Abend heraufziehen. Und Gordweils Stimmung wurde ebenfalls leicht, luftig, transparent. Er war von einem großen, ungetrübten Glücksgefühl erfüllt. Gerade erst herangereifte junge Mädchen saßen mitten im Volksgarten, in Romane vertieft, und entdeckten eine frappierende Verwandtschaft zu der geheimnisvollen zarten Heldin im Buch. Indes nahmen sie die Jünglinge gar nicht wahr, die nun schon zum zehnten Mal an ihnen vorbeiflanierten und mit den Augen ihre erblühende Frische verschlangen, die durch die glühende Lektürebegeisterung umso stärker wirkte. Verheiratete junge Frauen warteten auf den gemieteten Stühlen auf ihre Männer, die bald aus dem Büro zurückkommen mussten. Sie häkelten, widmeten sich diversen Stickereien oder lasen ebenfalls ein Buch, aber nicht mit solch naiver Hingabe, die Augen durchaus empfänglich für männliche Blicke. Daneben sah man Männer aller Typen. Manche waren schon ins Alter des Müßiggangs eingetreten: Militärs außer Dienst, deren vorherige Stellung unter der Zivilkleidung hervorlugte, während der weiße Schnurrbart noch generalsmäßig wie ein Verdienstorden Seiner Majestät im Gesicht prangte, und andere würdige alte Herren, zumeist in komischen steifen Strohhüten und fünfzehn Jahre alten maßgeschneiderten Anzügen. Andere hatten das Alter des Müßiggangs noch gar nicht verlassen: Gymnasiasten und Hochschüler. Und es gab auch solche, die hier ihren Urlaub verbrachten, da sie nicht die nötigen Mittel besaßen, in die Sommerfrische zu fahren. Doch draußen, jenseits des Eisengitters, brandete der Stadtlärm, flitzten klingelnd und quietschend die Trambahnen, brausten und hupten die Automobile, rumpelten schwere Fuhrwerke, liefen Menschen Gott weiß wohin, riefen Zeitungsverkäufer, streckten Kriegsversehrte und arme Leute die Hand nach Almosen aus. So wogte das brodelnde Leben. Der Abend kam sicheren Schritts näher. Hier im Park war sein Heranrücken deutlicher spürbar. Gordweil sagte zu seinen Begleitern: »Jetzt wär's schön, irgendwo rauszufahren, zum Cobenzl beispielsweise, und dort den Abend zu verbringen. Es wäre, glaube ich, die richtige Zeit dafür.«

Dem stimmten Dr. Astel und Lotte zu.

Das könne man machen, meinte Lotte, besonders da sie heute nicht zum Abendessen zu Hause sein müsse. Im Sommer herrsche bei ihnen eine andere Ordnung. Außerdem fahre sie ja in ein paar Tagen, und da sei es doch angebracht, eine Art Abschiedsfeier zu veranstalten, nicht wahr?

Auf dem Weg zur Tramhaltestelle fragte Gordweil sie, wohin sie dieses Jahr fahren wolle.

Sie hatte sich noch nicht festgelegt. Aber gewiss nach Zell am See oder Achensee. Jedenfalls nach Tirol. Ja, diesmal habe sie Lust auf Tirol. Und der endgültige Bestimmungsort – diese Dinge entschieden sich bei ihr immer in letzter Minute, beim Fahrkartenkauf, aufgrund plötzlicher Eingebung. Möglicherweise würde die Reise überhaupt weder hierhin noch dorthin, sondern ins Zillertal gehen, nach Mayrhofen zum Beispiel, all das werde sich im letzten Augenblick klären.

Ein warmes Gefühl regte sich in Gordweils Innern, als er von ihrer bevorstehenden Reise hörte. Es wurde ihm mit einem Mal klar, dass sie ihm in gewisser Hinsicht sehr wichtig war, diese Lotte, für immer in seine Seele eingegraben. Er würde nicht leicht ohne sie auskommen, falls sie für lange wegfahren sollte. Zwar traf er tatsächlich nicht sehr häufig mit ihr zusammen, aber die Gewissheit beruhigte, dass sie – freundlich und besorgt – in der Nähe war und man sie jederzeit sehen konnte. Doch wenn sie nun plötzlich stürbe … Dieser Gedanke traf ihn unverhofft, als habe er sich durch irgendeinen Spalt in sein Bewusstsein eingeschlichen, und ließ ihn am ganzen Körper erschauern, ja sogar einen Moment im Gehen innehalten. Eigenartig, dass diese Möglichkeit ihm jetzt in den Sinn gekommen war und ausgerechnet im Zusammenhang mit Lotte, die doch jung und kerngesund wirkte. Ja, eine solche Idee hätte gar nicht erst aufflackern dürfen – und deshalb erschrak er umso mehr. Mühte sich sofort, den Gedanken zu vertreiben, indem er ihn mit der Annehmlichkeit des bevorstehenden Ausflugs zum Cobenzl an diesem herrlichen Abend konfrontierte, so wie man üblen Geruch im Zimmer durch das Versprühen von Duftwasser bekämpft, aber sein inneres Gleichgewicht war bereits gestört. Der grauenhafte Gedanke verdrückte sich in einen Winkel seiner Seele, machte sich winzig klein und schied nun von diesem geheimen Eckchen sein Gift aus, das sich über die ganze Seele ausbreitete. Gordweils Laune war dahin.

»Warum bist du plötzlich so trübsinnig, Gordweil?«, fragte Lotte, die gesehen hatte, wie sich seine Züge verfinsterten.

»Kein bisschen trübsinnig!«, erwiderte Gordweil, bemüht zu lächeln.

Und Dr. Astel witzelte: »Sorgen hat der Mann auf dem Herzen. Die Familie ist gewachsen.«

Dann hielt vor ihrer Nase eine Tram mit drei leeren Wagen, die sich im Handumdrehen füllten. Nach einer halben Stunde kamen sie in Grinzing an und beschlossen einmütig, gleich weiter hinaufzufahren und oben Abendbrot zu essen. Glücklicherweise erwischten sie sofort den Autobus zum Cobenzl. So fuhren sie die gute, breite Straße bergauf – zu beiden Seiten Villen, umgeben von Gärten, Wäldchen, Weiden und Rebhängen. In den Baumgruppen hatte sich schon der Abend eingenistet, aber im Freien leuchtete noch ein rosiger Schimmer des Sonnenuntergangs. Leichter Wind wehte dem großen Wagen entgegen, der sich langsam höherschraubte. Sicher zwitscherten auch Vögel im Baumversteck, und eine verborgene Grille zirpte ihr Lied, aber all das übertönte der keuchende Omnibus. Als er, am Ziel eingetroffen, hielt, herrschte im ersten Moment tiefe, fast beklemmende Stille. Dann begannen die Fahrgäste auszusteigen. Sie befanden sich vor der geräumigen Freiterrasse des großen Café-

Restaurants *Am Cobenzl*, die jetzt gut besetzt war. Dort kehrten die drei nicht ein. Sie wählten lieber eines der volkstümlicheren Kaffeehäuser, von denen es mehrere in der Umgebung gab. Von dem Terrassenwinkel, den sie sich ausgesucht hatten, sah man die Großstadt unten über eine weite Fläche hingebreitet, aus der hier und da dunkle Kirchtürme wie schwarze Scherenschnitte gegen den immer noch hellen Himmel emporragten. In weiter Ferne drehte sich das Riesenrad, in dessen Kabinen schon die Lampen brannten, obwohl das Tageslicht noch nicht erloschen war. Die gesamte Stadtszenerie schien einer Märchenwelt entnommen, so dass man kaum glauben konnte, dass dort Menschen ein ganz normales Leben führten.

»Das war eine gute Idee, hier rauszufahren«, sagte Lotte. »Es kommt einem vor, als habe man eine schwere Last abgesetzt und atme nun erleichtert auf.«

Sie bestellten Wein zum Abendessen. Lotte aß ohne rechten Appetit und ließ die Hälfte ihrer Eierspeise auf dem Teller. Als Gordweil sie ansah, stellte er fest, dass ihr Gesicht in letzter Zeit noch schmaler und bleicher geworden war und dass sie dunkle Ringe unter den Augen hatte. Die Entdeckung schnürte ihm das Herz zusammen. Was hat sie bloß?, fragte er sich. Ein fröhliches Mädchen wie sie. Noch vor einem Jahr ist sie ganz anders gewesen. Man würde mit ihr sprechen müssen, sobald sie aus Tirol zurück war. Jedenfalls war ihm nun gleichfalls der Appetit vergangen, der Braten schmeckte plötzlich äußerst fad.

Unterdes sickerte der Abend unaufhörlich ins Firmament ein und tauchte es in ein grüngraues Blau. Die Luft war von etwas Undefinierbarem erfüllt, das unbemerkt in die Seele vordrang und sie sanft und auch etwas wehmütig stimmte – empfindsam für feine, leichte, kaum wahrnehmbare Erschütterungen. Durch die Grasbüschel einer nahen Weide hoppelte ein kleines Tier mit schnellen Sprüngen. Sicher ein Hase, dachte Gordweil zärtlich wie gegenüber einem geliebten Bruder. Drunten in der Stadt wurden von Horizont zu Horizont unzählige Lichter angezündet.

Zur Linken in weiter Ferne bewegte sich schwankend eine organgefarbene Lichterkette.

»Da, schaut mal dorthin«, Lotte deutete nach links. »Sicher eine Eisenbahn.«

Darauf strengten alle die Augen an, um inmitten der trivialen Lichter die der langsam schleichenden Bahn auszumachen.

»Ich seh schon«, sagte Dr. Astel. »Dort, am Riesenrad.«

Aber jetzt war nichts mehr zu sehen. Die Bahn war bereits verschwunden.

Auf der Caféterrasse wurde ebenfalls das elektrische Licht eingeschaltet. Nur wenige Gäste saßen hier. Die drei Kellner in ihren blütenweißen Jacken standen in Grüppchen am Geländer, mitleiderregend in ihrer Untätigkeit. Man bekam Lust, ihnen eine Bestellung aufzutragen, um sie aus ihrer Melancholie zu wecken.

»Wollen wir zahlen und ein wenig spazieren gehen?«, fragte Dr. Astel. »Oder möchtet ihr noch sitzen bleiben?«

Sitzen wollten sie nicht mehr. Also brachen sie auf. Lotte übergab Dr. Astel ihre Tasche zum Tragen, hakte ihre beiden Begleiter ein und ging in der Mitte. Gordweil konnte die Wärme ihres Arms durch die Kleidung spüren, und ein stilles, festes Wohlbehagen begann ihn zu durchdringen. Sie schlenderten einen schmalen, etwas holprigen Pfad zwischen niedrigen Rosenbüschen entlang, die ab und an Schuhe und Hosenbeine streiften. Es war dämmrig hier. Von irgendwo wehte der Duft von frischgemähtem Heu herüber. Gelegentlich löste sich aus den nahen Baumkronen ein leises, verhaltenes Säuseln, dauerte einen Moment an und war verflogen. Dann herrschte wieder Stille. Nur ihre außer Takt befindlichen Schritte waren zu hören. Man mochte keinen Laut von sich geben. Fühlte sich aber jedenfalls sehr wohl. Wenn doch jetzt in einiger Entfernung, hinter den Bäumen, eine klare Frauenstimme ein nicht besonders fröhliches, aber auch nicht zu trauriges Lied anstimmen würde, das dem Abend selber zu entspringen schien, dachte Gordweil, denn so und nur so könnte man sich des Gesangs wirklich erfreuen. Er erinnerte sich an einen anderen

Sommerabend, vor dem Krieg, als alles noch höchst einfach, klar und begreiflich gewesen war. Ilse Rubin hatte an jenem Abend im Meidlinger Bezirk auf der Straße gesagt: »Glück und Unglück eines jeden Menschen liegen in ihm selbst, kommen nicht von außen.« Eigentlich hatte sie recht gehabt. Schon damals hatte er gewusst, dass sie recht hatte. Ein komisches Mädchen war sie gewesen. Wusste jeder Sache eine gute Seite abzugewinnen, liebte noch die allerkleinsten Dinge und freute sich an allem. Und wie einfach war in ihren Augen die Welt! Sie war bisher der einzige ihm bekannte Mensch, den man in keiner Lage bemitleiden musste. Ein solches Empfinden verbot sich bei Ilse. Denn noch unter den schlimmsten Umständen war sie dank ihrer großen Weltliebe glücklicher als jeder andere. Wo mochte sie jetzt sein?

Dr. Astel begann eine Melodie zu summen, die Lotte zu stören schien.

»Hör auf«, sagte sie.

»Was, gehen wir etwa schon runter?«, fragte der Angesprochene gleich darauf, als wollte er sich rechtfertigen. »Es ist doch noch früh. Und auf diesem Weg kommen wir direkt nach Sievering.«

»Es gibt ja keinen anderen Weg.«

»Man könnte wieder hinaufgehen, oben bis elf Uhr herumspazieren, dann nach Grinzing hinunterlaufen und dort die letzte Bahn erwischen.«

»Nein, wir gehen hier lang«, sagte Lotte. »Nicht wahr, Gordweil?«

Ihm sei's egal. Er sei mit allem einverstanden.

»Also gut«, fauchte Lotte schnippisch. »Gehn wir wieder rauf.«

Derselbe Pfad war jetzt, auf dem Rückweg, weniger schön, so als hätten sie seine Schönheit beim Hinweg beeinträchtigt.

»Liebst du ihn sehr – deinen Sohn?«, fragte Lotte unvermittelt.

»Ja, ich liebe ihn sehr«, erwiderte Gordweil schlicht.

»Ist er mit Haaren auf die Welt gekommen?«

»Mit blonden Haaren.«

»Hm … blondes Haar … Ich werde mich verloben und fertig. In ein paar Monaten. Vielleicht im Herbst.« Sie brach in nervöses Gelächter aus. »Nicht wahr«, fuhr sie fort, »bald bin ich schon eine alte Jungfer, ich muss mich ein bisschen sputen, haha. Und meine Eltern haben auch längst ihre Befürchtungen. Du nimmst mich doch, Mark, oder? Du bist noch nicht von deinem Beschluss abgegangen, mich zur Frau zu nehmen?« Und in gestelltem Betteltton: »Bitte, Liebling, ändere deine Absicht nicht.«

»Aber Lotte, ich steh doch auf Abruf bereit«, sagte Dr. Astel halb im Ernst, halb im Scherz. »Fix und fertig, wann immer du möchtest. Ich warte nur auf deine Einwilligung.«

»Tatsächlich, ja? Hast du's dir wirklich noch nicht anders überlegt? Schau, ich bitt dich, wart noch ein wenig. Nur ein paar Monate. Und du bist mich also noch nicht leid? Hörst du, Gordweil, er ist mich noch nicht leid. Und dann heiße ich Frau Dr. Mark Astel – ein schöner Name, nicht wahr? Dafür kriegst du einen Kuss.«

Sie machte sich aus beider Armen frei und küsste Dr. Astel flüchtig auf den Mund.

»Ja, Freundchen, der ist auf Vorschuss. Nun, und wie viele Kinder möchtest du haben, Dr. Astel? Fünf? Sechs? Und auch mit blonden Haaren, was?« Ihre Stimme wurde plötzlich irgendwie heiser. »Oder möchtest du etwa gar keine? Eine ganz moderne Ehe? Jeder für sich selbst? Jeder sogar in einer gesonderten Wohnung? Von Tisch und Bett getrennt? Na, unser Freund Gordweil wäre gewiss nicht mit dieser Sorte Ehe einverstanden, das weiß ich. Er liebt Kinder, unser Freund Gordweil, haha. Und mit einem allein wird er sich sicher nicht zufriedengeben, nicht mal mit fünf, stimmt's, Rudolfus?«

»Warum redest du so, Lotte?«, flüsterte Gordweil mitleidig. »Das stimmt nicht. Du bist doch gar nicht so …«

Jedes Wort, das sie sagte, schnitt ihm wie ein Messer ins Herz und verursachte ihm tiefen Schmerz. Er wollte sie trösten, nahm ihre Hand und drückte sie warm. Aber Lotte zog sie weg. Vor ihnen tauchten erneut die lichtüberfluteten Caféterrassen auf. Lotte bebte krampfhaft am ganzen Körper, beherrschte sich aber mit letzter Kraft, nahm Dr. Astel ihre Handtasche ab, zog ein Taschentuch heraus und blieb stehen, um sich die Nase zu putzen. Dabei wischte sie sich insgeheim die Augen. Keiner sprach. Einen Moment später, als sie am Café-Restaurant *Am Cobenzl* angekommen waren, blickte Dr. Astel auf seine Uhr. Dann sagte er im Flüsterton, als fürchte er, einen Schlafenden zu wecken: »Erst Viertel nach zehn. Wenn du möchtest, Lotte, können wir drinnen was trinken. Wir haben noch genug Zeit.«

»Gut«, sagte Lotte, ihre Stimme klang schon wieder ganz anders. »Ich bin wirklich durstig.«

Als sie am Geländer Platz genommen hatten, wo Gordweil ihr zufällig gegenübersaß, merkte er, dass ihr Gesicht noch bleicher geworden war und ihre Augen fiebrig glänzten. Lotte wollte Bier, und so bestellten sie drei Gläser und Zigaretten. Sie trank etwa ein Drittel ihres Glases, schob es dann in die Mitte des Tisches und sagte mit schwachem Lächeln: »Warum hockt ihr so stumm da?«

Sie setzte ihren hellblauen Strohhut, eine einfache Glocke, ab, so dass ihr dichtes, krauses Kurzhaar bei jeder Kopfbewegung im Wind spielte und ihr Gesicht noch blasser erscheinen ließ. Sie hatte eine hübsche, sehr weibliche Stirn, sanft und nicht besonders hoch. Mit einem weißen Kamm, den sie der Handtasche entnommen hatte, richtete sie ihre Frisur. Dr. Astel verfolgte jede ihrer Bewegungen mit melancholischen Blicken, während er dicke Rauchringe ausstieß, die ihm der leichte Wind geradewegs vom Mund wegschnappte, um sie durcheinanderzuwirbeln und, nun schon formlos, in die Nacht davonzutragen. Auf die rosa-blau gewürfelte Stofftischdecke flatterten plötzlich zwei Blätter einer nahen Kastanie und landeten neben Gordweils Glas. Er führte eins an die Augen, entdeckte bei aufmerksamer Betrachtung an der einen Seite eine kleine gelbe Stelle, riss sie ab und fing an, zwischen den Zügen an seiner Zigarette auf dem Rest geistesabwesend herumzukauen, während er über Lotte und ihren geheimen Kummer nachgrübelte, dessen Ausbruch er vor einer Weile miterlebt hatte. Er wusste nicht, wie er ihr helfen sollte. Trauer drückte ihm aufs Herz. Er warf das Blatt weg und sah zu der Stadt hinunter, in deren blinkendem Lichtermeer keine Formen mehr zu unterscheiden waren. Diese verschwommene Stadt erschien ihm in diesem Moment fremd, feindlich, bereitete ihm plötzlich Sorge – Sorge um Sohn und Frau, die jetzt verlassen in einem Winkel dieser Metropole lagen. Und hier, um ihn her, mochte keiner etwas sagen. Dr. Astels meist gute Stimmung hatte offenbar auch gelitten. Jedenfalls schwieg er hartnäckig, was gar nicht zu ihm passte. In dieser etwas wehmütig stillen Art wirkte er wie ein sonst stets fröhlicher Junge, der aus irgendeinem Grund zu weinen angefangen hat – ein unangenehm befremdlicher Anblick. Lotte steckte den Kamm in die Tasche. Dann sagte Gordweil, der sich wieder einmal für die trübselige Stimmung verantwortlich fühlte, zu Dr. Astel: »Und wohin fährst du im Urlaub? Nicht nach Tirol?«

»Ich weiß nicht. Vielleicht nach Vorarlberg. Aber nicht vor Ende des Monats.« Worauf er einen Augenblick später hinzufügte: »Ich würde dich gern einladen, ein oder zwei Wochen mitzukommen, wenn du möchtest.«

Lotte warf Dr. Astel einen dankbaren Blick zu. Er ist eben doch ein anständiger Mensch, dachte sie, und ein guter Freund.

»Ich, leider kann ich nicht. Jetzt ... mit dem Baby ... Man kann es nicht allein lassen.«

»Du brauchst es doch nicht zu pflegen«, mischte sich Lotte ein, »dafür ist ja Thea da. Und ihre Eltern ebenfalls. Für eine Woche könntest du dich schon freimachen.«

»Nein, das geht nicht. Früher hätte ich freudig angenommen, aber momentan ist mir das unmöglich. Außerdem bin ich gar nicht erholungsbedürftig. Ich fühle mich kerngesund. Ja, wenn ich Thea wohin schicken könnte! Sie wird's nötig haben, wenn sie aus dem Krankenhaus kommt.«

Es entging ihm, dass Lotte bei seinen letzten Worten die Lippen verzog und einen bedeutungsvollen Blick mit Dr. Astel wechselte. Übrigens war es Gordweil auch diesmal unangenehm, Familienangelegenheiten zu berühren. Wann immer er Theas Name in Gegenwart anderer erwähnte, befiel ihn leichte Verlegenheit, die er hinunterzuschlucken versuchte, um dann sofort zu einem anderen Thema überzugehen.

Er nahm einen kräftigen Schluck Bier, als wolle er das innere Unbehagen fortspülen. Wieder herrschte eine drückende Spannung zwischen den dreien. Die Gäste brachen allmählich auf. Manche kletterten in Automobile, die wie eine kleine Herde geduldiger Tiere auf dem Platz vor der Terrasse warteten, und entflohen hupend in die Nacht; andere machten sich zu Fuß auf den Weg, worauf bald Gelächter und zuweilen ein Lied aus der Dunkelheit zu hören waren. Lotte wollte ebenfalls gehen. Ihre Stimmung hatte sich aufgeheitert, was auch die Laune ihrer Begleiter sichtlich hob. Sobald sie etwas von den Häusern entfernt waren und die Lichter hinter den Bäumen verschwanden, begann Lotte, nun gänzlich versöhnt, die glatte Straße bergab zu rennen, so dass sich ihre beiden Gefährten genötigt sahen, hinter ihr herzujagen. Sie taten es mit Freuden. Laut kichernd sauste Lotte mit kleinen, flinken Schritten los, worauf Dr. Astel ihr einen gewissen Vorsprung einräumte, dann erst mit seinen langen, bis zum Nacken hochschlagenden Storchenbeinen losgaloppierte und sie sofort einholte, während sie laut keuchte und heftig ein- und ausatmete. Dieses Wettrennen wiederholte sich ein paarmal, bis Lotte sagte: »Gordweil ist ein Versager. Er kann nicht rennen. Fang mich doch auch einmal!«

Da jagte Gordweil ihr nach und schnappte sie. Er war klein, elastisch und flink. Sie legte ihm erschöpft den Kopf auf die Schulter und verharrte so, bis Dr. Astel herankam.

»Ich bin müde, Kinder. Kann nicht mehr laufen. Ihr müsst mich tragen.«

»Gut.«

Die beiden Männer verschränkten die Finger, Lotte setzte sich auf diesen Sitz aus vier Händen und legte den beiden die Arme um den Hals. So trugen sie sie an die hundert Meter, wobei sie im Takt ihrer Schritte vor- und zurückwippte, als reite sie auf einem Pferd.

Das ist die Lotte, wie sie vor anderthalb Jahren war, ging es Gordweil durch den Kopf. So erkennt man sie wieder. Trotzdem machte er sich im Herzen Sorgen um sie.

»Wir können dich gern bis nach Hause tragen«, rief Dr. Astel fröhlich, »du bist leicht wie eine Feder.«

Daraufhin wollte Lotte absteigen. Sie sei kaum mehr müde und fürchte auch, »der arme Gordweil« würde unter der Last noch zusammenbrechen.

Nein, da solle Lotte ganz unbekümmert sein. Er habe genug Kraft, sie zweieinhalb Stunden zu tragen. Sie könne sich davon überzeugen, wenn sie wolle. Und Dr. Astel seinerseits war bereit, sie allein zu tragen, ohne jede Hilfe, bis zur Stadt. Es sei ihm eine Riesenfreude.

Nein, sie wollte nicht. So schwach sei sie nun auch wieder nicht. Jetzt würden sie alle drei langsam weitergehen.

Hinter ihnen kam ein Auto angebraust und scheuchte sie aus der Straßenmitte. Die beiden Scheinwerfer erleuchteten einen weiten Bereich mit grell orangefarbenem Licht. Sie hielten sich weiter am Rand. »Sommernächte!«, rief Lotte. »Manchmal empfindet man sie wie den Körper einer jungen, liebenden Frau. Habt ihr das schon mal bemerkt? Aromatisch sind sie, mild oder heiß, aber immer wohlduftend wie der Körper einer jugendlichen Liebhaberin. Kein Wunder, dass solche Nächte manche Männer in wahnsinnige, zu allem fähige Leidenschaft versetzen. Das verstehe ich gut. Sie brodeln dann vor noch ungestümerer Begierde als in Frühlingsnächten und fern der Stadt erst recht. Da, solch eine schwarze Nacht, sie atmet und wispert so sanft und einschmeichelnd, dass sie das Blut zum Kochen bringt.«

Auf einmal spürten sie deutlich die betörende Leidenschaft der

Nacht und darin etwas von dem feinen, geschmeidigen, duftenden Körper dieser Lotte, die ihre staunenden Sinne für die Nacht und sich selber geweckt hatte. Es wurde heiß, das Hirn war wie von Wein berauscht, Trockenheit erfüllte den Mund. Zum ersten Mal an diesem Abend machte sich Müdigkeit bemerkbar. Sie schwiegen. Schritten weiter bergab. Ein Auto kam nicht vorüber. Nichts und niemand kam vorüber. Und die Bäume bildeten eine Wand zur Rechten und eine zur Linken. Und säuselten ganz, ganz leise, fast unhörbar. In der Ferne pfiff eine Lokomotive und verstummte. Und anderswo, weit weg, schlug ein Hund kurz und wütend an, besann sich aber und brach ab. Jetzt konnte man beliebig warten, bis er wieder anfing. Nur ihre Schritte hallten in der Nacht: klack, klack, klack, die Schritte Lottes, Dr. Astels und Gordweils. Und es wäre keinem in den Sinn gekommen, einen Laut zu sagen. Nein, diese Nacht, die musste schon einige Zeit ganz bleiben – rund und dicht und von keiner Sprache versehrt. Die drei Menschen hier mochten die Erinnerung an diese Nacht fürs Leben mitnehmen und vielleicht nach zwanzig, dreißig Jahren in sanfter Wehmut noch einmal an sie denken.

Doch da stieß Lotte einen kurzen Lacher aus, als sei sie am Ende eines geheimen Gedankens angelangt. Die anderen schreckten wie aus bleiernem Schlaf hoch und waren, aus welchem Grund auch immer, verlegen.

»Gib mir mal eine Zigarette«, bat Gordweil.

Sie zündeten Zigaretten an, auch Lotte.

Jetzt machte die Straße eine scharfe Linksbiegung wie ein angewinkeltes Knie, und ihren Augen boten sich in der Ferne ein paar einzelne erleuchtete Häuser dar. Straßenlaternen brannten, wenn auch in großen Abständen. Hinter einem Villenzaun begann ein Hund zu bellen, vielleicht derselbe wie vorher.

»Wir kommen also nach Grinzing«, sagte Dr. Astel stellvertretend für sie alle. Beim Schein einer Laterne sah er auf die Uhr. »Zehn nach elf. Wir haben noch Zeit. In zehn Minuten sind wir an der Tram.«

Hier fing die Stadt an, doch nahm sie ihren Anfang in einem Dorf, erst noch ein wenig schwankend in ihrer Entscheidung. Zwischen niedrigen, dörflichen Häusern ragte hier und da ein mehrstöckiges Gebäude auf. Die Stadt ähnelte einem Musiker, der sein Instrument stimmt, falsche und unsaubere Töne ausmerzt, bis er es auf den genauen Ton eingestellt hat und das Spiel beginnt. Hier waren die Straßen leer, schlecht beleuchtet. In den meisten Häusern schlief man schon. Die blütenweißen Gardinen, die hier und da an den Fenstern aufblitzten, weckten ein Gefühl von wohligem, gesundem Schlaf und mütterlicher Fürsorge. Irgendwo begann ein Baby zu wimmern, war aber gleich wieder still. Ein lahmendes Hündchen kam auf sie zugerannt, blieb vor ihnen stehen, schnüffelte und blickte ihnen nach. Am Anfang einer dunklen Seitengasse saß auf einer im Baumschatten verborgenen Bank engumschlungen ein Liebespaar. Dann öffnete sich ein weiter, hellerleuchteter Platz, und sie befanden sich an der Endhaltestelle der Elektrischen. In diesem Augenblick ruckte eine Straßenbahn an und fuhr laut klingelnd los. Es war nicht die letzte, doch alle drei rannten wie auf Verabredung der Tram hinterher, die einen großen Bogen beschrieb. »Wir kriegen sie noch, wir kriegen sie noch«, rief Dr. Astel im Laufen. Tatsächlich sprangen sie auf den dritten Wagen auf, rannten drinnen immer noch weiter von hinten nach vorn und setzten sich erst dort hin. Dann guckten sie einander an, als hätten sie sich schon lange nicht mehr gesehen, wie es manchmal Menschen tun, die sich eine Weile im dunklen Zimmer aufgehalten haben, und plötzlich wird das Licht eingeschaltet.

Der Wagen war fast leer. Zwei Arbeiter in ölverschmierter blauer Kluft drückten sich jeder in eine Ecke und machten sich schlafbereit, als wollten sie die ganze Nacht hindurch fahren. Auch saß da noch eine ärmliche Frau mit einem kleinen Jungen und einem abgedeckten Korb, aus dem der schlaffe Kopf eines toten Kaninchens baumelte. Der Junge streckte alle Augenblick die Hand nach dem Kaninchenkopf aus, worauf die Frau ihn tadelte und ihm auf die Hand schlug, was bei ihm nur vergnügtes Lachen auslöste. Schließlich stellte die Frau den Korb unter die Bank und schimpfte: »Wirst du wohl Ruhe geben, du屁Deckskerl!« Der Kopf des Kaninchens sah weiterhin unter der Bank hervor. Die leichtgewichtige Tram rollte eilig dahin, quietschte und ratterte ohrenbetäubend, rüttelte und schüttelte sich von Zeit zu Zeit, als sei sie aus den Schienen gesprungen, und holpere bereits über die Pflastersteine. An den Haltestellen hielt sie nur kurz. Dann kam der Schaffner, um die Fahrscheine zu verkaufen. Er bewegte sich schon etwas träge und weckte nur ungern die beiden eingenickten Arbeiter.

Solche öffentlichen Orte, die dazu gedacht sind, viele Menschen aufzunehmen, dachte Gordweil, machen einen äußerst deprimierenden Eindruck, wenn sie öde und leer sind, voller Zeichen vergangenen Lebens so wie zerdrückte Zigarettenkippen, gebrauchte Fahrscheine, zerknitterte Zeitungen und ähnliches mehr. Sie sind auf ihre Weise mitleid- und grauenerregend zugleich. So war es mit dem Postamt bei Nacht, mit dem Kinosaal, dem Kaffeehaus, dem Theater, dem Zirkus und so weiter.

Über den Wagenfenstern gegenüber las er Anzeigen für die längst beendete Frühjahrsausstellung der Secession, die noch bevorstehende sechste Wiener Herbstmesse, für Galapeter-Schokolade, Gillette-Rasierklingen – die allerbesten –, den großen neuen Theaterstar Ronegger, für eine vortreffliche Saatmaschine, für das größte mobile Haus, das sich nach Übersee und in die ganze Welt transportieren ließ, für *Die Stunde* – »Kaufen und lesen!« – und anderes mehr. An alldem hatte er keinen Bedarf. Er las geistesabwesend, ohne die Texte richtig zu begreifen, doch immerhin genau genug, um die verborgene Langeweile dahinter wahrzunehmen. Andere Reklametafeln hingen lose am Fenster und klopften nervtötend dagegen.

Gordweil blickte von der Seite auf Lotte neben sich. Sie wirkte müde und schlapp. Wie ein paar Stunden zuvor schoss ihm wieder der Gedanke an ihren möglichen Tod durch den Kopf und ließ ihn von neuem erstarren. Doch er ertappte sich augenblicklich dabei und fand seine Furcht töricht und unbegründet. Wenn man sich bei jeder fixen Idee aufregen wollte, hätte die Sache ja nie ein Ende. Trotzdem wäre es gut, wenn sie Dr. Astel heiraten würde. Das Eheleben festigte letzten Endes den Menschen. Die kleinen Alltagssorgen füllten das Vakuum ein wenig aus. Er hätte Lotte gern etwas gesagt, um den schlechten Eindruck zu vertuschen, den sie, seinem sicheren Gefühl zufolge, gewonnen haben musste. Gleichzeitig fürchtete er, womöglich irgendwelchen Unsinn daherzureden, der alles kaputtmachen könnte, wie es ihm schon verschiedentlich bei anderen Menschen passiert war. Aber da sich diese Angst nun einmal gemeldet hatte, wusste er, dass er einem dummen Spruch nicht entgehen würde. Ja, plötzlich war ihm klar, was er sagen würde. Und ausgerechnet etwas, was er jetzt nicht sagen dürfte. Er versuchte noch einen kurzen Augenblick, dagegen anzukämpfen, wohl wissend, dass es vergebliche Liebesmüh war. Sein inneres Ringen drückte sich auch äußerlich in körperlicher Unruhe aus. Er konnte nicht stillsitzen. Rückte zur Seite, von Lotte weg, schlug die Beine übereinander. Doch zum Schluss konnte er sich wieder nicht beherrschen. Rutschte mit einem Ruck erneut an Lotte heran und stieß mit sonderbarer Hast, als wollte er sich eines scheußlichen Ungeziefers entledigen, hervor: »Fürchtest du dich vor dem Tod, Lotte?« Darauf grinste er töricht und blickte zu Boden. Fertig, aus!, dachte er erleichtert. Die Antwort war gar nicht mehr wichtig. Die Hauptsache war die Frage. Und für die fand er nun sogar eine Rechtfertigung: Sie diente als eine Art Warnung vor der Gefahr … Trotzdem beunruhigte ihn langsam ihr Schweigen. Er hob den Blick zu ihr und sah sie wie vorher dasitzen, den Kopf etwas zur Seite gelehnt, die Augen auf das Fenster gegenüber gerichtet. Nagender Zweifel regte sich plötzlich in seinem Innern: Hatte er die Frage laut gestellt oder sie nur im Geist gedacht? Die zweite Möglichkeit erschreckte ihn. Er fragte ein zweites Mal, nun schon so laut, dass Dr. Astel gegenüber es ebenfalls hörte: »Fürchtest du dich vor dem Tod, Lotte?«

Sie warf ihm einen befremdeten Blick zu und sagte ernst: »Musst du's hier auf der Stelle wissen? Vielleicht verschieben wir's auf ein andermal.«

Und Dr. Astel bemerkte grinsend: »Es ist wohl ein philosophischer Geist über dich gekommen, was?«

»Nein, nicht weiter wichtig. Das war Unsinn.«

Zwei Stationen vor dem Nussdorfer Platz stieg die Frau mit dem Kind und dem Kaninchen aus. Herein kletterte ein großer, dicker Mann mit rotem, feistem Gesicht, aus dem eine lange braune Virginia wie ein Nagel hervorstand, und einer Melone auf dem Kopf. Im Schlepptau dieses Kerls folgte eine kleine, dürre Frau, die ihm bis zur Schulter reichte. Sie setzten sich den dreien genau gegenüber. Der Dicke stieß dünne, fast unsichtbare Rauchschwaden aus und ließ kein Auge von Lotte. Plötzlich sagte er zu der Frau neben sich, doch so, dass es alle hörten: »Die Polacken sind auch überall.«

Die drei taten, als hätten sie nichts gehört. Lotte wartete versteinert. Sie spürte, dass sich hier etwas zusammenbraute, wollte ihre Begleiter bitten, mit ihr auszusteigen, sagte aber nichts. Als der Dicke merkte, dass seine Worte ihr Ziel verfehlt hatten, wandte er sich jetzt direkt an die drei: »Jo, jo«, sagte er mit derber Metzgerstimme im Wiener Tonfall. »Was starrn S' mich denn so an? Ich mein die Juden! Ihr seid's doch auch Juden, was?«

Dr. Astel und Gordweil schnellten wie ein Mann von ihren Sitzen hoch. Eine Hitzewelle stieg Gordweil zu Kopf. Er wurde abwechselnd rot und weiß.

»Sie, Sie«, quetschte Dr. Astel wütend hervor und fuchtelte dem Dicken mit der Faust vor der Nase herum, »wollen Sie wohl Ihren Mund halten? Sonst werfe ich Sie augenblicklich aus dem Wagen hinaus!«

»Wen? Mich wolln S' aus'm Wagen werfen?«, brüllte der Dicke und sprang ebenfalls auf. »Mich? Einen Wiener? Schern S' sich nach Galizien zurück, wo S' herkommen sind. Mich will er aus'm Wagen werfen!«, wandte er sich an die beiden Arbeiter, die, plötzlich hellwach, mit Kälberaugen auf die Streitenden starrten.

Der Schaffner kam von der Plattform herein und rief: »Meine Herren, wenn Sie nicht sofort aufhören, werf ich Sie allesamt hinaus!«

»Was? Ich hab mein' Fahrschein bezahlt! Werfen S' die Juden raus!«

Die Frau, die ihn die ganze Zeit am Ärmel gezupft und »Halt an dich, Schurl, halt an dich« gesagt hatte, stand jetzt auf: »Komm, Schurl, wir müssen umsteigen. Hier ist schon der Nussdorfer Platz.«

»Schweig, alte Schachtel! Ich weiß selber, wo wir umsteigen müssen.«

Als die beiden draußen waren, setzten sich Dr. Astel und Gordweil erneut auf ihre Plätze. Der Schaffner murmelte halb entschuldigend: »Der war doch völlig besoffen« und ging. Die beiden Arbeiter schliefen wieder ein. Als ein paar Leute zustiegen, verspürte man ein wenig Erleichterung. Dr. Astel, dessen Ärger sich im Handumdrehen gelegt hatte, sagte mit Genugtuung, als habe er einen durchschlagenden Sieg errungen: »So ein Lump! Besäuft sich wie ein Schwein und wirft mit Dreck auf die Juden.«

Keiner antwortete. Gordweil hockte trübselig da, als sei er der Auslöser des ganzen Streits gewesen. Er hatte das unklare Empfinden, etwas unterlassen zu haben, und war mit sich unzufrieden. Die halbleeren Straßen draußen vorm Fenster erschienen ihm fremd und unbehaglich. Er wagte nicht, Lotte anzusehen, als habe er ihr eine Kränkung zugefügt. Als sie endlich am Schottentor ankamen, fühlte er sich geradezu erlöst. Es war Mitternacht. Dr. Astel und Lotte mussten in die Ringbahn umsteigen, Gordweil in eine Tram der Gegenrichtung.

Beim Abschied sagte Lotte: »Also, Gordweil, wir werden uns vor meiner Abreise wohl nicht mehr sehen. Es sei denn, du willst mich morgen oder übermorgen Nachmittag besuchen.«

Zu seinem Bedauern habe er keine Zeit dazu. Nachmittags sei es für ihn besonders schwierig.

Ja, in diesem Moment fiel auch ihr ein, dass sie keine Zeit haben werde. Sie müsse noch einige Reisevorbereitungen treffen. Einkäufe tätigen. Da war es besser, sie verabschiedeten sich gleich, nicht wahr? Aber eine Ansichtskarte werde sie ihm von dort schicken, da könne er sicher sein … vielleicht sogar einen Brief.

»Gewiss, gewiss«, sagte Gordweil, der den Sarkasmus nicht wahrnahm. »Ich bitte dich ausdrücklich zu schreiben, und auch ich werde dich über alles informieren, was mich betrifft, auch über Martins Wohlergehen. Das heißt natürlich nur, wenn es dich interessiert.«

»Und wie mich das interessiert«, gab Lotte etwas spöttisch zurück. »Also dann – alles Gute!«

25.

Ein Weilchen blickte er der mit Lotte und Dr. Astel davonfahrenden Tram nach. Er beschloss, zu Fuß zu gehen, da er ja Zeit hatte. Die Wanzen können ein wenig warten, dachte er amüsiert. Er fühlte sich plötzlich befreit, als habe man ihm eine Bürde abgenommen, und schlenderte seelenruhig dahin. Sanftes Wohlbehagen überflutete seine Seele bei dem Gedanken an die Unterhaltung mit dem kleinen Mädchen im Volksgarten. Wenn Martin erst mal so groß wäre wie sie, was gar nicht mehr so lange dauern würde – welch ein Quell des Glücks! Die paar Jahre würden im Nu verfliegen, ehe man sich noch recht gedreht und gewendet hatte. Und bis dahin – würde er sich persönlich um ihn kümmern, ihn hüten wie seinen Augapfel. Und Lotte – auch bei ihr würde alles ins Lot kommen, alles sich zur vollsten Zufriedenheit regeln … Das heißt, die Nerven … Mit Macht lenkte

Gordweil seine Grübeleien auf diese ungefährliche Seite, denn er fühlte seine vorherige Angst erneut wie einen dunklen Klumpen im Innern aufsteigen, und jedenfalls war es ihm bequemer, die Schuld ihren strapazierten Nerven zuzuschieben, deren Erholung sicher alles wiedergutmachen würde.

Die Allee am Kai war leer. Auf einer Bank lag eine einsame Zeitung. Hier und da saß ein saumseliges Pärchen auf einer lauschigen Bank – zwei engumschlungene Menschen, die von weitem wie einer wirkten. Von Zeit zu Zeit trat ein Polizist aus dem Dunkeln und warf einen Blick in die Allee, damit die Sittlichkeit gewahrt werde. Ach ja! Liebeleien auf einer lauschigen Bank waren gesetzlich verboten, und wenn ein Polizist auf der Bildfläche erschien, teilte sich ein solches Pärchen augenblicklich in zwei Menschen – zwei, die zufällig auf dieser Bank zum Ausruhen saßen. Ausruhen war erlaubt. Aus einer schummrigen Seitenstraße tauchte gelegentlich, wie aus dem Erdinnern, ein armseliger Mensch auf, einer von denen, die nicht zu Hause wohnen, sondern in der ganzen Stadt, und torkelte im Zickzackkurs unter den Lichtern dahin. Zuweilen raschelte etwas nächtlich Verborgenes in den Büschen. Auf der leeren Straße brauste nur selten ein Auto vorbei.

Kurz vor Sonnenaufgang haben die Wanzen keine Herrschaft mehr über den Menschen, argumentierte Gordweil. Außerdem konnte er morgen ja bis zehn schlafen, sogar bis zum Mittag. Aber die Bank, auf die er sich gesetzt hatte, erwies sich als taufeucht, so dass er nach wenigen Minuten wieder aufstand und seinen Weg fortsetzte. Die Uhr am Hotel Metropol zeigte Viertel vor eins. Bis er heimkam und sich hinlegte, würde es zwei sein. Um diese Zeit war die Gefahr nicht mehr so groß. Trotzdem musste man morgen mit der Alten in Sachen Reinlichkeit sprechen. Jetzt, da die Hundstage begannen, ließ es sich unmöglich aushalten, wenn sie nicht saubermachte. Aber sie behauptete immer, es gebe keine einzige Wanze im Haus, und wie wollte man es ihr beweisen? Ungeheurer Ekel befiel ihn bei dem Gedanken an das kaputte Sofa, das er sich momentan als völlig verwanzt vorstellte. Nein, morgen musste sie saubermachen.

Von der Brücke warf er einen Blick auf das schwarze Wasser hinunter, wobei ihm einfiel, dass jemand ihm mal gesagt hatte, ein kühles Bad vor dem Schlafengehen sei ein gutes Heilmittel. Das würde er tun! Bald darauf überlegte er, dass das Wasser einerseits nachts mehr Angst einflößte als bei Tage, andererseits aber gerade dann, das heißt bei Nacht, die größte Anziehungskraft ausübte, ja im Menschen geradezu das Verlangen weckte, sich hineinzustürzen. Diese Idee erschien ihm auf der Stelle so töricht, dass er sie seiner Müdigkeit zuschrieb, die sich nun deutlich bemerkbar machte. Mit einem Mal, aufgrund eines sonderbaren Gedankensprungs, musste er an Lotte denken. Und jetzt beschäftigte ihn eine Äußerlichkeit: Er konnte sich nicht genau erinnern, ob sie heute normale Schuhe getragen hatte oder die geflochtenen Sandalen, die sie vor ein paar Wochen gekauft hatte. Solch offene Flechtmodelle sind unbrauchbar, grübelte er. Wenn einen ein heftiger Schauer überrascht, füllen sie sich sofort mit Wasser. Und besonders unangenehm wäre es nachts. Hätte sie ihn vorher gefragt, hätte er ihr abgeraten, solch löchriges Schuhwerk zu kaufen. Aber die Hauptsache waren letzten Endes die Nerven …

Mit leicht gesenktem Kopf, die Augen auf den Boden gerichtet und fast an den Hauswänden entlangstreichend, schlich er müde die Praterstraße hinunter und bemerkte die Entgegenkommende erst, als sie ihm den Weg vertrat. Erschrocken hob er die Augen und blickte in ein verlebtes, stark gepudertes Gesicht unter einem roten Hut. Seine alte Angst vor Frauen dieser Art schlug ihm sofort aufs Herz, so dass er einen Schritt zur Seite trat. Doch die Frau, die daraus offenbar schloss, sie gefalle ihm nicht, begann ihn in schmerzlich flehendem Ton zu bedrängen. Er werde schon sehen, Bubi werde zur vollen Befriedigung gelangen. Sie sei auf allen Liebeswegen wohl bewandert, und falls er nicht zufrieden sei, werde sie keinen Groschen von ihm nehmen. Das Hotel sei ganz nah, nur drei Schritte entfernt. Als sie ihm die Wangen streichelte, glaubte Gordweil an dem widerlichen Geruch des billigen Puders zu ersticken. Er schüttelte ihre Hand ab und sagte, er könne im Augenblick leider nicht. Er sei sehr müde, müsse am Morgen früh aufstehen, und zudem habe er momentan gar nicht genug Geld bei sich. Mit schlichtem Ernst sagte er das und endete mit den Worten, jetzt sei es ihm jedenfalls unmöglich. Vielleicht ein andermal. Aber wenn sie Geld brauche – da habe sie zwei Schilling, die er ihr gern leihen könne. Die Frau lehnte gekränkt ab. Sie bettle nicht um Almosen, Herr Doktor, sie arbeite für Geld. Er solle seine zwei Schilling behalten, sie brauche sie nicht. Ja, sie könne ihm im Gegenteil noch zwei dazugeben, dann habe er vier, eine gerade Zahl. Aber eine Zigarette dürfe er ihr anbieten, falls er eine habe. Gordweil gab ihr eine Zigarette und Feuer. Dann reichte er ihr aus irgendeinem Grund die Hand, sagte »Auf Wiedersehen« und entfernte sich eiligen Schritts mit einem unangenehmen Gefühl des Unmuts. Es fiel ihm schwer, seine innere Abscheu zu überwinden, was ihn wiederum auf sich selber wütend machte. Es sind doch nur armselige Geschöpfe, sagte er sich, und Abscheu ist hier ganz fehl am Platze. Aber es half alles nichts. Es war das erste Mal, dass er ein paar Worte mit einer solchen Frau gewechselt hatte. Immer, wenn ihn eine unterwegs aufhielt, hatte er etwas ihm selbst Unverständliches gemurmelt und das Tempo beschleunigt. Oder er hatte einen weiten Bogen um sie gemacht, sobald er ihrer von fern gewahr wurde. Aus seiner Jugendzeit hatte er sich eine verschwommene Angst vor ihnen bewahrt. Und selbstverständlich vermochten sie niemals das geringste Lustgefühl bei ihm zu erregen. Für ihn gehörten sie gewissermaßen gar nicht dem weiblichen Geschlecht an. Und obwohl er schon einige Mal beschlossen hatte, sich mit einer von ihnen einzulassen – weil ihm sein Verhältnis zu ihnen irgendwie unmännlich, krankhaft und kindisch vorkam und er auch meinte, als Schriftsteller müsse er in jeden Winkel des Lebens eindringen –, fand er doch jedes

Mal, wenn er seine Entscheidung in die Tat umsetzen wollte, einen Vorwand, die Sache aufzuschieben.

Er betrat sein Zimmer und zündete die Petroleumlampe an, deren Gasstrumpf rußig war. Das Zimmer wirkte vollkommen leer in der nächtlichen Stille. Gordweil trödelte eine Weile herum, bevor er sich sein Lager auf dem Sofa machte. Es kam ihm gar nicht in den Sinn, sich ins Bett zu legen, obwohl es sicher sauberer war. In gewisser Hinsicht war er ein Gewohnheitstier, und da er sich einmal daran gewöhnt hatte, auf dem Sofa zu schlafen, mochte er es nicht mehr eintauschen. Zumal es sich auch nicht lohnte, lediglich für ein paar Tage umzuziehen. Das Sofa hatte sich seinerseits an seinen Körper gewöhnt, hatte sich seinen Rundungen angepasst wie ein Model, und wenn ihn unterwegs Müdigkeit oder Schlaf überkam, schwebte ihm ebendieses Sofa als Ziel vor. In der Sommerzeit aber brachte er ihm auch eine Art Feindseligkeit entgegen, als sei es ihm untreu geworden, indem es gemeinsame Sache mit seinen Erzfeinden, den Wanzen, machte.

Gordweil wusch sich den Oberkörper, legte wie gewohnt auf einem Stuhl seine Rauchutensilien bereit, packte für alle Fälle noch eine Kerze dazu und ging die Lampe löschen. Zu seiner vollständigen Beruhigung war es schon zwei Uhr morgens. Nein, jetzt bestand keine Gefahr mehr. In einer Stunde würde der Tag anbrechen! Zur Sicherheit riss er noch beide Fenster weit auf (die Nacht war etwas kühl) und legte sich mit instinktiver Behutsamkeit auf das Sofa, als fürchte er, jemanden aufzuwecken. Im selben Moment fiel ihm ein, dass er vergessen hatte, vorher das Laken zu prüfen. Entschlossen, keine Mühe zu sparen, stand er noch einmal auf und suchte bei Kerzenschein sorgfältigst nach, ohne etwas Verdächtiges zu finden. Nun legte er sich doppelt beruhigt wieder hin und blies die Kerze aus. Seine Glieder waren benommen wie vom Alkoholrausch. Er hatte das dringende Bedürfnis nach einem langen, wohligen Schlaf. Trotzdem harrte er noch eine Weile mit angehaltenem Atem wie im Hinterhalt aus. Nein, da war nichts. Diesmal war's ihm gelungen, sie zu übertölpeln, dachte er schadenfroh. Sein Geist dämmerte langsam weg, nach und nach flogen die letzten Gedankenreste davon wie Bienen, deren Stock man ausgeräuchert hat. Doch da spürte er an der rechten Wade jäh einen schmerzhaften Stich, der seinen benebelten Körper wie ein Elektroschock bis zum Kopf durchzuckte, und gleich darauf noch einen am rechten Knöchel und einen dritten, diesmal an der linken Wade. Gordweil schüttelte sich krampfhaft wie bei einem Herzanfall. Begann mit beiden Beinen gleichzeitig unter der Decke zu strampeln. Wurde wach und bekam furchtbare, ziellose Wut. Augenblicklich zeichnete sich die Gestalt der alten Zimmerwirtin vor ihm ab, auf die sich sein Zorn nun richtete, als habe sie höchstpersönlich zugestochen. Er streckte die Beine wieder aus, hielt ruhig und lauerte. Jetzt spürte er nichts mehr.

Womöglich hatten seine Nerven ihn getäuscht, dachte er im Halbschlaf, das ließ sich kaum ausschließen. Denn die Gefahrenzeit war ja längst vorüber. Gerade als er wieder einschlafen wollte, fiel ihm etwas von oben auf die Nasenspitze, ganz sacht und leise wie ein feines Krümelchen. Man hätte es für ein leichtes inneres Zucken der Nasenhaut halten können, ohne äußere Ursache. Doch gleich darauf spürte Gordweil ein sanftes Kribbeln wie von einem Haar an der Wange und einen üblen Geruch – widerwärtig penetrant und wohlbekannt. Ah, eine hatte sich schon von der Decke aus direkt auf seine Nasenspitze gestürzt! So machten sie's! Einen Moment blieb er reglos liegen in der Hoffnung, sie überraschend zu schnappen. Die Wanze krabbelte ihm bereits über Hals und Schulter, schnell, schnell wie auf der Flucht. Mit äußerster Vorsicht hob Gordweil die Hand, um zuzugreifen, doch im selben Moment spürte er mehrere Stiche an verschiedenen Stellen – an Brust, Schenkeln, Rücken, Waden –, als habe die Herabgesprungene ihren Horden Befehl erteilt, mit vereinten Kräften von allen Seiten gleichzeitig auf den Feind einzustürmen. Gordweil sprang wie wahnsinnig von dem Sofa auf, völlig besiegt.

Er zündete die Kerze an und begann das Laken abzusuchen, hob das Kopfkissen hoch und tastete herum – nein, hier war nichts. Dann breitete er die Decke über das Bett und suchte weiter, die Kerze in der Hand. Und da sah er eine Große reglos wie tot am Fußende des Sofas liegen. Gordweil ließ sich nichts vormachen. Die würde ihn nicht täuschen. Er stellte behutsam die Kerze auf den Stuhl, nahm ein Streichholz und wollte sie gerade anstupsen – da rannte die doch mit aller Kraft das über die Sofakante herabhängende Laken hinunter. »Aha«, sagte Gordweil laut. »Diesmal entwischst du mir nicht. Jetzt hab ich dich.« Und schon tötete er sie – voller Rachsucht und unerträglichem Ekel – mit dem Streichholz. Sein Zorn legte sich etwas. Dann entledigte er sich des Nachthemds und schüttelte es am Fenster über der Straße aus. Ebenso machte er es mit Laken und Decke, bevor er sich sein Lager erneut baute. Trotzdem zögerte er, sich wieder hinzulegen. Die Uhr zeigte halb drei. Er zündete sich eine Zigarette an und wanderte rund fünf Minuten nackt im Zimmer umher. Schließlich wurde er müde. Die Sache musste doch ein Ende haben. Also legte er sich wieder hin und konzentrierte sich aufs Einschlafen. Jetzt war es offenbar ruhig, eine Art Waffenstillstand. Ein leichter Stich, der sich in diesem Augenblick an einem der hochgezogenen Knie bemerkbar machte – den wollte er nicht beachten. Er würde diesen Schmerz einstecken und lieber versuchen einzuschlafen, dann hätte er wenigstens seine Ruhe. Doch seine guten Vorsätze nützten nichts. Der Schmerz wurde unerträglich heftig. Und in diesem Moment kam eine neue Stichattacke, am ganzen Leib gleichzeitig, als wimmle er über und über von diesem dreckigen Ungeziefer. Gordweil schreckte zum zweiten Mal vom Sofa hoch und rannte, zutiefst verzweifelt, ans Fenster. Er verspürte plötzlich das sonderbare Bedürfnis, schreiend das ganze Haus zu wecken, damit man ihm zu Hilfe eile. Jetzt zündete er nicht erst die Kerze an. Was hätte er davon gehabt? Er blieb am Fenster stehen, müde und zitternd vor Kälte und Erregung, voller Angst vor dem Sofa dort, allein schon bei dem

Gedanken daran von Ekel erfüllt. Einen Augenblick überlegte er, ob er sich nicht hier am Boden vor dem Fenster sein Lager herrichten solle, ließ die Idee jedoch wieder fallen. Wer garantierte ihm, dass sie hier nicht sein würden? Es gab keinen Rat. Er war gezwungen, bis Tagesanbruch auf der Stelle auszuharren. Und morgen – wehe ihr, wenn sie nicht saubermachte!

Ein Baby weinte in der Nachbarschaft. Weiter weg pfiff ein Polizist auf seiner Trillerpfeife, was Gordweils Gemüt ein wenig beruhigte. Er fühlte sich nicht mehr so einsam. Die Nacht war kühl, nicht sehr dunkel. Gemessene, energische Schritte hallten in einiger Entfernung über den Bürgersteig. Sicher in der Heinestraße, dachte Gordweil. Er blieb am Fenster stehen, stand und stand, die Ellbogen aufs Brett gestützt. Spürte vor lauter Müdigkeit kaum noch seine Glieder. Zum Schluss verließen ihn die Kräfte, so dass er, halb im Schlaf, mit weichen Beinen zurücktaumelte und sich wieder auf das Sofa legte. Bald wird's hell, bald wird's hell, tröstete er sich. Das tote Kaninchen in der Tram war doch ein wenig lächerlich gewesen, ging es ihm als letzter Gedanke durch den Kopf, und Lotte – die musste sich unverzüglich andere Schuhe kaufen, damit sie sich nicht erkältete … rote Schuhe wie die der Frau in der Praterstraße … Gordweil wollte abheben und auf die andere Seite des Donaukanals hinüberschweben, wo Martin, sein Sohn Martin, stand und ihm winkte. Nur konnte er sich partout nicht vom Boden lösen, was ihm unmenschlichen Kummer bereitete. Als er der Ursache nachforschte, entdeckte er zu seiner Verblüffung, dass ein Fuß an einen Pflock im Boden angekettet war und dass diese Kette – jetzt spürte er auch den schmerzenden Druck oberhalb des Knöchels – ihn daran hinderte, abzuheben. Martin winkte und rief weiter, und Lotte stand auf einmal auch bei ihm, Martin, und wedelte mit etwas, als wollte sie ihm ein Signal geben. Zuerst konnte Gordweil nicht erkennen, womit sie da wedelte, doch bald wurde ihm klar, dass es ein geflochtener Schuh war, und zwar ein sehr großer, den sie wie einen Hut vom Kopf genommen hatte … Plötzlich waren sie von zahlreichen Menschen umgeben, die alle gemeinsam nach ihm riefen, die Hüte schwenkten, mit den Händen winkten – doch er konnte sich nicht von der Stelle rühren. Da sammelte er sämtliche Kräfte, um sich mit einem Ruck zu befreien. Durch die starke Zugkraft riss ihm das verankerte Bein unten ab, und er fühlte einen heftigen Schmerz im Knie, als er in den Kanal stürzte. Ah, jetzt war alles verloren. Wie sollte er mit nur einem Bein schwimmen? Er versuchte zu schreien und um Hilfe zu rufen, aber das Wasser drang ihm in den Mund, und er rang vergeblich nach Luft, während er mit beängstigender Geschwindigkeit in den Fluten versank.

In kalten Schweiß gebadet, wachte er auf. Ach, verflixt noch mal! So ein Schreck! Das Herz pochte ihm wild, und sein Atem ging glühend und stoßweise. Er begann sich am Knie zu kratzen, bis es blutete. Draußen wurde der Himmel schon blau. Unten stimmte ein Vogel sein Morgengezwitscher an. Im Nebenzimmer knarrte ein Bett und verstummte wieder. Gordweil drehte sich zur Wand und sank augenblicklich in tiefen, traumlosen Schlaf.

Um elf Uhr vormittags erwachte er mit leicht benebeltem Kopf. Trotzdem fühlte er sich frisch und ausgeschlafen. Durch die Scheiben ragte bereits eine golden wirbelnde Staubsäule schräg ins Zimmer, die ein längliches Sonnenfenster auf den Boden unter dem Tisch malte. Aus dem Hotelfenster gegenüber beugte sich eine Frau im Morgenrock zur Straße hinunter und erweckte einen Augenblick lang den Eindruck, als wolle sie sich hinabstürzen. Gordweil hätte gern ihr Gesicht gesehen, aber sie machte keine Anstalten, den Kopf zu heben, und so gab er's auf. Karren ächzten, in der Ferne klingelte eine Tram, Automobile hupten, eine Peitsche knallte, laut gellend schrie eine Stimme: »Frau Woitek!« Und ein Lumpensammler rief eintönig aus voller Brust: »Alteisen, Lumpen, Papier!« Gordweil war mitten ins hektische Tagesgetriebe versetzt, das nicht einer gewissen Poesie entbehrte. Er tauchte in seine Seele und fand sie voller Freude und Zufriedenheit. Nur ein Winkel in ihr, ein ganz kleiner, war nicht völlig bei der Sache. Er versuchte ihn unbeachtet zu übergehen, aber der wollte das nicht zulassen. Forderte, dass man sich seiner annahm. Daraufhin suchte er die Ursache, ließ in Gedanken alle seine Privatangelegenheiten Revue passieren, fand sie jedoch scheinbar sämtlich in bester Ordnung. Die schlaflose Nacht nebst Wanzentortur – nein, das war längst weit weg, nichts als ein überstandener Alptraum. Darin lag nicht der Grund. Aber worin dann? Er kam absolut nicht auf die Ursache des leichten Unbehagens, das er empfand, und ließ die Sache schließlich auf sich beruhen.

Die Frau gegenüber war inzwischen vom Fenster verschwunden – schade. Dadurch hatte der Vormittag gewissermaßen an Charme eingebüßt. Gordweil sprang von seinem Lager, zog sich zur Hälfte an und rasierte sich. Auf dem Flur war das unaufhörliche Geschlurfe der Zimmerwirtin zu hören. Dann kam die Mittagspost, und Gordweils Name erklang in jenem besonderen breiten Tonfall der Briefträger, die sich in jedem Haus ihres Bezirks wie daheim fühlen. Gordweil hatte sich eben fertigrasiert und trat auf den Flur, um seinen Brief entgegenzunehmen, bevor ihn die Alte noch von allen Seiten befummeln und ihre Neugier stillen konnte. Es war kein wichtiger Brief. Der Redakteur bat darum, die versprochene Arbeit für die nächste Nummer möglichst bald zu schicken, und so weiter. Die Alte folgte ihm ins Zimmer, gewissermaßen begierig, »Nachrichten aus der Welt« zu erfahren. Gordweil deutete mit dem Kopf auf das Sofa und rief: »Massenweise Wanzen. Muss saubergemacht werden. Man kann nicht schlafen.«

Er ertappte sich dabei, dass er in ihrem abgehackten Stil und Tonfall redete, und ein Lächeln huschte über sein Gesicht. Er musste seine Worte ein paarmal wiederholen, bis sie verstand. Schließlich sagte sie in ihrem üblichen Flüsterton: »Sie irren sich, Herr Gordweil ... Es scheint Ihnen nur so. Bei mir gibt's keine Wanzen. Zehn Jahre lebe ich schon in dieser Wohnung, zehn Jahre, eijeijei, und habe noch keine Spur von einer Wanze gesehen. In anderen Wohnungen – Sie haben ja keine Ahnung. Zu Hunderten, zu Tausenden, psss! Man kriegt kein Auge zu. Die stechen, pfui, stechen bös, wissen Sie. Das kommt von Unsauberkeit, eijeijei. Aber bei mir ist es Gott sei Dank sauber. Sehr sauber, das wissen Sie selber gut.«

Gordweil war außer sich. Die Erinnerung an die Nacht mit ihren Schrecken stieg vor ihm auf. Er warf der Alten einen vernichtenden Blick zu, trat ans Sofa und riss wütend die Decke herunter.

»Und was ist das? Und das? Und das da?«, schrie er und deutete auf die verdächtigen Flecken auf dem Laken. »Ist das etwa Sauberkeit, was? Man muss gut saubermachen.«

Die Alte kam näher, beugte sich vor und musterte sorgfältig das Laken.

»Eijeijei«, flüsterte sie kopfschüttelnd. »Wieder ist hier ein Floh reingekommen. Man muss das Bettzeug ein bisschen lüften. Das hilft sofort gegen Flöhe, im Handumdrehen. Die Hauptsache, keine Wanzen! Die sind was Ekliges, psss! Aber ein Floh ist nicht weiter schlimm. Das kommt in den besten Familien vor. Meist wird er aus dem Kino eingeschleppt. Im Kino gibt's viele Flöhe, psss! Der Herr Gordweil geht sicher oft ins Kino und hat einen mitgebracht. Das ist nicht schlimm. Auch ich mag gern Kino, eijeijei. Da sieht man wunderschöne Dinge. Erst vor kurzem war ich in –«

»Weder Kino noch Flöhe«, quetschte Gordweil zornrot hervor. »Ich sage Ihnen: keine Flöhe! Wanzen, nichts als Wanzen! Da muss sofort saubergemacht werden.«

Die alte Frau schob den Kopf vor und legte die Hand ans Ohr. »Ich hör ein bisschen schlecht, Herr Gordweil, schwerhörig, eijeijei. Das macht das Alter.«

Miese Alte, dachte Gordweil zähneknirschend. Und laut brüllte er, direkt in ihr Ohr: »Saubermachen! Saubermachen muss man!«

Die alte Frau fuhr zurück. »Warum schreien Sie so? Ich hör

schon. Gewiss wird saubergemacht. Was denn sonst? Jeden Tag wird doch saubergemacht. Bei mir ist es immer sauber, Gott sei Dank. Nicht wie in anderen Häusern …«

Mit einem einzigen knochigen Finger kratzte sie sich in dem schütteren, straff zurückgekämmten Grauhaar und fügte hinzu: »Sie können beruhigt sein, Herr Gordweil. Ich werde alles Nötige tun. Ich liebe die Sauberkeit. Sie haben ja keine Ahnung. Mein seliger Mann, der zweite, er ruhe in Frieden, hat mich deswegen sogar stets gerügt. Ich hab's gern, wenn alles bei mir blitzt und blinkt wie neu – Sie sehen's ja mit eigenen Augen. Und er hat immer zu mir gesagt: ›Was rackerst du dich mit unnötigen Dingen ab. Genug!‹ So hat er zu mir gesagt, eijeijei. Und wie geht's Ihrem Jungen, Herr Gordweil? Kommt er bald nach Hause?«

Gordweil nickte. Die Sauberkeit hatte er bereits aufgegeben. Was sollte er mit einer Alten wie ihr machen, die kaum hörte und nicht mehr ganz richtig im Kopf war? Er würde versuchen, mit ihrer Tochter zu sprechen, mit Siedl. Vielleicht half das was. Die Frage der Alten nach seinem Sohn war ihm unangenehm.

»Sicher ein anständiger und schöner Junge, wie der Herr Gordweil. Ich hätte ihn schon gern mal gesehen. Sehr neugierig, psss!« Sie machte eine Gebärde in Richtung auf den mit glänzendem schwarzem Autolack überzogenen Kinderwagen, der auf der anderen Seite, zwischen Bett und Fenster stand. »Einen schönen Wagen haben Sie auch für ihn hergerichtet. Ein bildhübscher Kinderwagen, psss. Sicher hat er viel Geld gekostet.«

Gordweil rückte den Wagen ein wenig vom Bett ab. Das hätte noch gefehlt, dass die Wanzen sich auch noch in ihm einnisteten. Der von Dr. Ostwald geschenkte Wagen war wirklich schön, von der teuersten Sorte, aber Gordweil mochte ihn nicht. Vom ersten Moment an, als er ins Haus geliefert wurde, war er ihm ein Dorn im Auge. Er fand alle Augenblicke neue Nachteile an ihm, die überhaupt nicht vorhanden waren. Vor allem war er zu schwer. Es würde schwierig sein, ihn die Treppen hinauf- und hinunterzutragen, wenn sie erst so weit waren, das Baby draußen spazieren zu fahren. Außerdem war er seiner Ansicht nach übermäßig breit, wie für Zwillinge, nahm ja fast das ganze Zimmer ein … Und überhaupt passte er nicht zu Martin. Als er jetzt so dastand und ihn betrachtete, kam ihm eine glänzende Idee: Er würde versuchen, ihn gegen einen anderen, besseren zu tauschen. Dass ihm dieser Gedanke nicht schon früher gekommen war! Thea hatte ihn ja noch nicht gesehen und würde gar nichts merken. Er würde sich ein wenig Geld leihen und, falls nötig, was drauflegen. Dieser Wagen war nichts für ihn. Ja, noch heute, nach dem Besuch im Krankenhaus, würde er zum Möbelgeschäft fahren und die Sache unter Dach und Fach bringen. Vielleicht brauchte er auch gar nichts draufzulegen. Solche Wagen kosteten eine Stange Geld, obwohl sie zu nichts nütze waren. Dieser Beschluss befreite ihn von einer unklaren Bürde, seine Stimmung hellte sich ganz und gar auf, und die Wanzengeschichte war ihm überhaupt nicht mehr wichtig.

Die Zimmerwirtin, die inzwischen hinausgegangen war, kehrte mit einem Besen zurück, den sie schräg an den Tisch lehnte. Emsig machte sie sich daran, mit einem Lappen Schrankwände, Stuhllehnen und Bettgestell abzureiben. Als wolle sie ihre Worte über die Sauberkeit bei sich zu Hause tatkräftig bestätigen.

Gordweil wandte sich ab und ging in die Küche, um das bisschen schwarzen Kaffee aufzuwärmen, das vom Frühstück des Vortags übriggeblieben war. Die Gasflamme stimmte sofort summend ihre ureigenste Weise an, leckte mit bläulichen Zungen den rußigen Kesselboden. In der Küche herrschte Halbdunkel. Das große quadratische Fenster, das zum Flur führte, war aus undurchsichtigem Rauchglas. Der glutheiße Sommertag draußen war hier nur schwach zu spüren. Irgendwo schlug eine Uhr zwölf. Auf einem Stuhl neben dem Gaskocher sitzend, lauschte Gordweil dem unablässigen Summen des Gases, das ihm einen Augenblick lang höchst angenehm klang. So ein fröhliches Summen erinnerte ihn an tüchtige Hausfrauen und an häuslichen Frieden. Bei diesem Gedanken lächelte er ein Weilchen stillvergnügt vor sich hin. Dann war der Kaffee heiß, das Gas wurde abgedreht, und das Summen hörte mit einem Schlag auf, als sei die Seele der Küche auf und davon geflogen. Das Halbdunkel wirkte jetzt bedrückender als zuvor.

Die Alte hatte inzwischen das Bett gemacht und war nun damit beschäftigt, den Boden zu fegen. Natürlich hatte sie keinen Finger zur Säuberung des Sofas gekrümmt, und es war Gordweil klar, dass sie es auch künftig nicht tun würde. Aber er hatte keine Lust, jetzt noch einmal anzufangen. Schließlich ist sie doch eine schwache alte Frau, rechtfertigte er sie. Bei Gelegenheit würde er selbst eine Flasche Lysol kaufen und das Sofa damit abreiben, nachdem er es mit kochendem Wasser abgewischt hatte. Er trank den Kaffee, zog sich fertig an, und eine halbe Stunde später nahm er seinen Stock und verließ das Zimmer.

26.

Draußen drückte die sonnendurchglühte Hitze mit aller Macht. Mattigkeit lag in der Luft, und es schien, als fließe auch der Straßenverkehr träger dahin. Den Hunden hingen die Zungen lang und bebend wie rosa Bänder aus dem Maul, ihre Rippen hoben und senkten sich sichtbar bei jedem hechelnden Atemzug, und bei ihrem Anblick verstärkte sich noch das Gefühl der Hitze, als strahle sie direkt von ihrem Innern aus.

Gordweil überlegte einen Moment, ob er etwas essen gehen sollte. Er hatte überhaupt keinen Hunger. Schließlich betrat er ein kleines Gasthaus in der Nordbahnstraße und bestellte Rinderbraten und Bier. Danach fuhr er ins Krankenhaus, wo er mit halbstündiger Verspätung eintraf.

Im Säuglingszimmer, einem länglichen Raum mit vielen Fenstern, die jetzt alle offen standen, befanden sich an die dreißig weiße Bettchen. Einige Babys schliefen, andere wimmerten mit dünnen, schwachen Stimmchen. Schwestern gingen ein und aus. Durch die Fenster sah man grüne Bäume im Hof, gemähte Rasenvierecke und dazwischen Kieswege mit grüngestrichenen Bänken. Die große blonde Schwester, die Gordweil bereits kannte, führte ihn zu seinem Kind – Nummer 26 –, hob es aus dem Bett und übergab es dem Vater mit den Worten: »Er ist vernünftig, weint nicht.« Worauf sie, wie jeden Tag, sofort hinzufügte: »Nicht küssen, nicht das Gesicht berühren.« Sie blieb neben ihm stehen und passte auf. Gordweil hielt den in weiße Windeln gewickelten Säugling und lächelte ihn in unendlichem Glücksgefühl an.

Zu seiner Freude merkte er, dass das Gesichtchen, das bei der Geburt ohne markante Züge gewesen war, jetzt von Tag zu Tag ausdrucksvoller wurde.

»Na was, Junge«, sagte Gordweil laut, »wir haben also auch schon eine Nase, ein Kinn und einen lachenden Mund wie ein Großer. Wie Goethe beispielsweise oder Kant. Und das ist die Hauptsache bei uns, nicht wahr? Es wird gar nicht mehr lange dauern, dann gehen wir auch zu Fuß wie jeder andere Mensch. Bis dahin werden wir dich getreulich tragen – da kannst du dich auf uns verlassen.«

Nun bemerkte er die Schwester, die neben ihm stand, und geriet ein bisschen durcheinander. Verlegen lächelnd sagte er: »Ja, er ist wirklich vernünftig, der Bub, weint nicht viel. Das ist sehr schön.«

Im selben Moment verzog der Säugling den Mund und begann zu wimmern. Gordweil wiegte ihn in den Armen. Er verspürte plötzlich eine sonderbare Lust, ihn wie einen Ball zur Decke hochzuwerfen und wieder aufzufangen, hatte sich aber sofort wieder in der Gewalt und schmatzte mit geschürzten Lippen, doch der Säugling hörte nicht auf zu wimmern. Schließlich nahm die Schwester ihm das Baby aus den Armen und legte es ins Bettchen zurück. »Genug. Man darf ihn nicht überanstrengen.«

Jetzt hieß es gehen. Vorher beugte er sich noch einmal übers

Bettchen und sagte wie zu einem verständigen Menschen: »Geh, Bürschchen, du machst dich lächerlich. Bist gar nicht nett. Aber wenn du unbedingt willst – bitte schön! Ein bisschen weinen schadet dir auch nichts. Ja, ich geh dir hinterher einen Wagen besorgen, einen schönen, passenden Wagen für Eure Majestät. Du wirst sehen, eine wahre Königskarosse.«

Der Säugling verstummte, als habe die Sache mit dem Wagen ihn getröstet.

»So gehört sich's für einen Burschen wie dich.«

Mit der Hand zum Abschied winkend, entfernte sich Gordweil. Durchquerte den langen Flur und ging seine Frau besuchen. Thea saß auf der Bettkante und unterhielt sich mit ihrer Nachbarin. Die Temperaturmessungen von gestern und heute, die mit Kreide auf der schwarzen Tafel am Fußende des Bettes eingetragen waren, stellten ihn zufrieden.

»Und wie geht's dir, Häschen?«, unterbrach Thea ihre Unterhaltung. »Hast du den Kleinen schon gesehen?«

»Ja, hab ich. Hat ein bisschen geweint, aber dann aufgehört.« Gordweil setzte sich auf einen Stuhl und spielte mit seinem Stock.

»Ich habe mich entschlossen, nach der Entlassung zu Vater zu gehen«, sagte Thea. »Dort ist es die erste Zeit leichter. Mutter wird mir ein bisschen helfen, bis ich wieder ganz bei Kräften bin. Urlaub habe ich noch drei Wochen. Ich bleib ein oder zwei Wochen dort, solange ich es für richtig halte. Vater muss jeden Augenblick kommen, ich werde mit ihm sprechen. Sonderbar, dass er noch nicht da ist. Und dann bringst du den Wagen und alle anderen nötigen Sachen dorthin – ich sag dir noch, was.«

Gordweil sagte kein Wort. Er wusste, dass es aus mehreren Gründen so richtig war, zauderte aber innerlich trotzdem. Er mochte sich nicht auf Thea verlassen, die doch etwas leichtsinnig war, und fürchtete für das Baby, wenn es sich nicht dauernd unter seiner Aufsicht befand. Da ihm jedoch keine Wahl blieb, beschloss er insgeheim, sich so viel wie möglich in seiner Nähe aufzuhalten.

Sein Schwiegervater kam heute nicht, dafür aber Freddi. Der setzte sich auf die Bettkante und streckte seine langen Beine von sich, die bis zu den Füßen des Nachbarbetts reichten. Die ganze Zeit über sagte er so gut wie nichts. Fragte seine Schwester nur nach ihrem Befinden und dem des Neugeborenen. Danach saß er da und lächelte vor sich hin, als wisse er um ein erfreuliches Geheimnis. Von Zeit zu Zeit heftete er seine kleinen, ausdruckslosen Augen auf Gordweil, bemüht, seinen Blick aufzufangen, als wolle er ihn an etwas erinnern. Seine Blicke waren Gordweil unangenehm. Ihm fiel plötzlich die Geschichte mit der Katze ein, die der andere ihm vor ein paar Monaten erzählt hatte, und unwillkürlich sprangen seine Gedanken auf das Kind über, auf Martin, der mit Freddi nun unter einem Dach leben würde. Ein Schauder überlief ihn. Doch er tat diese unklaren Schreckensvorstellungen sofort als unrealistisch ab. Und um gewissermaßen völlig offen und furchtlos zu wirken, vor allem aber seine unbegründete Angst aus dem eigenen Herzen zu verjagen, sagte er zu Thea – lauter als normal, damit der andere es auch gut hörte: »Vater wird sicher morgen kommen. Danach bringe ich den Wagen und alle übrigen nötigen Dinge, die du mir nennst. Es ist wirklich besser, du verbringst eine Woche im Elternhaus. Besser für dich und auch für das Kind.«

Beim Sprechen blickte er Freddi verstohlen von der Seite an, um seine Reaktion zu prüfen. Aber der lächelte weiter, als habe er gar nicht zugehört. Nach ein paar Minuten erwachte er zum Leben.

»Also dann. Das Neugeborene übersiedelt zu uns. Das gibt ja Jubel, Trubel, Heiterkeit …«

Gordweil wandte ihm voll das Gesicht zu. »Wieso Jubel, Trubel, Heiterkeit?«, fragte er erschrocken und kampfbereit.

»Ich meine ganz einfach: Jubel, Trubel, Heiterkeit. So ein Neugeborenes schreit viel, als wolle man ihm etwas Böses antun. Es ist hungrig und brüllt, hähä.«

Gordweil verspürte das dringende Bedürfnis, seinem Schwager

mit voller Wucht die Faust ins Gesicht zu knallen, um dieses aufreizend freche Grinsen auszulöschen. Jedes seiner Worte schien ihm auf einen üblen Gedanken anzuspielen, der hinter der offensichtlichen Bedeutung des betreffenden Wortes lauerte und durch die Ritzen hervorlugte. Das Sitzen wurde Gordweil unbequem. Er stand auf. Wollte vor diesem Menschen fliehen, tat es aber nicht. Ja, er setzte sich im Gegenteil gleich wieder auf seinen Platz. Jedenfalls muss man sich vor ihm in Acht nehmen, dachte er.

»Und was machst du so den ganzen Tag, Freddi?«, fragte er in betonter Gleichmütigkeit und blickte ihm direkt in die Augen.

»Es gibt nichts zu tun. Die Hitze ist groß – also schwitzt man. Arbeit gibt's keine, Geld auch nicht, manchmal fährt man baden.«

Als Gordweil die Augen senkte, blieb sein Blick an den Schuhen seines Schwagers hängen, die mit einer dicken Staubschicht bedeckt waren wie nach einem langen Fußmarsch. Der Anblick des verstaubten Leders stellte seltsamerweise seine innere Ruhe wieder her. Und erst jetzt spürte er deutlich den penetranten Jod- und Karboldunst in der Luft, diesen typischen Krankenhausgeruch – gewissermaßen die ausgedünstete Seele all dieser Anstalten –, den Gordweil nie ohne ein bedrückendes Gefühl ertragen konnte. Er ließ den Blick über den langen Raum schweifen und sah, dass sich einige Besucher zwischen den weißen Eisenbetten bereits zum Gehen anschickten. Seine Uhr zeigte zehn vor vier. Gordweil stand auf; er wollte vor dem Weggehen noch einmal bei dem Kind vorbeischauen. Thea saß immer noch auf dem Bett, die Füße in den grauen Krankenhauspantoffeln auf dem Boden. Er sagte ihr, sie solle sich wieder hinlegen, damit sie sich nicht überanstrenge, aber sie hörte nicht auf ihn und blieb sitzen. Dann küsste er sie zum Abschied und ging. Freddi stand ebenfalls auf und folgte ihm. Auf dem Korridor wollte sich Gordweil von ihm verabschieden.

»Nein, ich geh mit dir. Möcht ihn auch sehen.«

Gordweil konnte ihn nicht davon abhalten, blieb diesmal aber nur kurz bei dem Baby. Freddi stand ein Stück vom Bett entfernt und beugte seinen langen, mageren Körper zu dem schlafenden Säugling hin, wobei ihm sein früheres Grinsen wieder um die Lippen spielte. Diese Haltung verlieh ihm das Aussehen eines Raubvogels, der sich über sein Opfer senkt.

»Also, gehen wir«, sagte Gordweil.

Auf dem Hof fragte Freddi: »Hast du Zeit? Wir könnten ein paar Stunden gemeinsam verbringen.«

»Ich muss zur Mariahilfer Straße fahren. Hab da was zu erledigen. Danach muss ich noch ein paar andere Wege machen.«

»Gut. Ich kann dich überallhin begleiten. Ich hab Zeit. Hast du Geld bei dir?«

»Nein. Nur das Fahrgeld.«

Gordweil bedauerte sehr, dass er kein Geld besaß. Andernfalls hätte er ihn vielleicht mittels einer Anleihe loswerden können. Aber Freddi hatte auch eine kleine Summe bei sich und war bereit, überallhin mitzufahren. Gordweil blieb keine Wahl. Vergebens ging er absichtlich in der Sonne, getrieben von der schwachen Hoffnung, seinem Begleiter möge es zu heiß werden, damit er abhaute. Doch die Hitze störte Freddi keineswegs. Er schritt mit seinen langen Beinen neben dem fast um die Hälfte kleineren Gordweil einher und sagte kein Wort. Nun wurde es Gordweil selbst so heiß, dass er sich mit dem Taschentuch den Schweiß von der Stirn wischte. Er musste sich in sein Schicksal fügen, wechselte also in den Schatten und sein Schwager hinterher. Dann stellten sie sich an die Haltestelle, um auf die Tram zu warten. Zeitungsverkäufer riefen den *Abend*, die *Zeit*, die *Sechsuhrzeitung* aus. Ihre Stimmen klangen wie eingerostet, reizten die Nerven und verstärkten die Qualen der Hitze. Ein verächtlicher Broterwerb, der Zeitungsvertrieb, sinnierte Gordweil mit etwas benebeltem Geist, während er in die Tram einstieg. Freddi schwieg die ganze Fahrt über weiter. Dann wartete er draußen, während Gordweil das Möbelgeschäft betrat. Die Verhandlungen dauerten rund zwanzig Minuten. Gordweil wählte lange. Wollte für seinen Sohn einen hübschen, stabilen Wagen, ja den hübschesten und stabilsten überhaupt. Zum Schluss entschied er sich für den, der ihm am besten gefiel, ohne zu merken, dass er dem von Dr. Ostwald haargenau glich, nur dass er dunkelblau und nicht schwarz war. Er versuchte ihn anzuheben und fand ihn wirklich federleicht – nicht wie der andere, der ein wahrer Lastwagen war, so schwer, dass man ihn kaum von der Stelle bekam. Er verpflichtete sich, wie verlangt, zehn Schilling draufzulegen, den anderen Wagen nebst Geld am nächsten Nachmittag um halb sechs zu bringen und dann auch zu sagen, wohin der neue Wagen geschickt werden solle. (Denn er war auf die gute Idee gekommen, ihn direkt in das Haus seines Schwiegervaters bringen zu lassen, was ihn unnötiger Mühe enthob.) Die Sache war also zur beiderseitigen Zufriedenheit geregelt, und Gordweil verließ den Laden in Hochstimmung. Es war, als seien mit einem Schlag jegliche Zweifel bezüglich seiner Vaterschaft verflogen, als sei diese durch unwiderlegbare Beweise bezeugt und bestätigt worden. Jetzt war alles sein: das Baby, der Wagen, Thea – ohne jeden Widerspruch! Sein Gesicht strahlte vor innerer Glückseligkeit. Seinen Schwager hatte er inzwischen völlig vergessen. Aber Freddi wartete noch. An einen Laternenpfahl gelehnt, stand er schräg gegenüber und beobachtete die Tür wie ein Detektiv. Seine Gesellschaft störte Gordweil jetzt nicht mehr, im Gegenteil, er freute sich in gewisser Hinsicht sogar über seine Anwesenheit, als sei auch er Zeuge seiner Vaterschaft … Er ging geradewegs auf ihn zu.

Freddi sagte mit leichtem Vorwurf: »Die Sache hat ein bisschen lange gedauert. Aber das macht nichts. Ich hab Zeit.«

Gordweil musste Dr. Astel aufsuchen, um sich Geld zu leihen. Da man ihn jedoch nicht vor sechs Uhr zu Hause antreffen würde, bestand kein Grund zu übermäßiger Eile, und so schlenderten sie langsam in Richtung Ring. Nachdem sie einige Schritte schweigend zurückgelegt hatten, fragte Freddi unvermittelt: »Wozu brauchst du eigentlich ein Baby?«

Gordweil blieb einen Moment stehen und starrte ihn verwundert an, als habe er den Verstand verloren.

Freddi erklärte: »Ich meine, wie kann man so was Kleinem Liebe entgegenbringen? Es ist weder Fleisch noch Geist – gar nichts! Eine Angelegenheit für dämliche Weiber. Wenn man bedenkt, dass Menschen ihm ihr Leben widmen und das schon, bevor es das Licht der Welt erblickt hat – völlig unverständlich.«

»Mir scheint, du bist nicht ganz richtig im Kopf. Kapierst nicht mal die einfachsten und natürlichsten Dinge.«

Freddi zog zwei Zigaretten aus der oberen Jackentasche, eine für sich und eine für Gordweil, gab Feuer und redete im Gehen weiter: »Das hat nichts mit Natürlichkeit zu tun. Für Männer ist das überhaupt nicht natürlich ... Ich sage doch: Frauen, na ja. Das ist nun mal ihr Beruf. Aber Männer? Woher diese Liebe? Ich bin gar nicht sicher, ob die nicht künstlich ist. Was kann man schon für so ein winziges Nichts empfinden? Was mich betrifft – ich liebe die kleinen Lebewesen nicht besonders.«

»Das ändert sich gewiss noch im Laufe der Zeit. In den gesetzteren Jahren.«

»Nein, das glaube ich nicht«, erwiderte Freddi gelassen und grinste auf die für ihn typische Weise. »Übrigens werde ich nicht heiraten. Wozu? Es gibt auch so mehr als genug Frauen. Nach einer halben Stunde braucht man sie eh nicht mehr. Gehn wir ein Glas Bier trinken. Ich hab noch ein paar Groschen. Danach sind sie todlangweilig. Liebe! Reine Erfindung! So was existiert gar nicht. Was gibt's hier zu lieben? Oder auch stur zu sagen: gerade die. Nein, ohne mich. Wenn nicht die, dann eben jene – sie sind alle gleich.«

Sie befanden sich vor einer kleinen Wirtschaft, in die ihn Freddi hineinzog. Nachdem sie sich an einen braunen Holztisch gesetzt hatten, brachte der Kellner zwei Krüge kühles Bier mit einer Schaumschicht, so weiß wie Neuschnee.

»Ein Glück, dass es solches Bier auf der Welt gibt«, sagte

Freddi, nachdem er seinen Durst gelöscht hatte. »Das erhält die Menschheit.«

Ein Weilchen später kam er auf das vorherige Thema zurück: »Nehmen wir zum Beispiel mal dich persönlich: Was hast du dir davon versprochen, Thea zu heiraten? Wozu brauchst du das? Sie hätte auch so mit dir geschlafen, das kann ich dir versichern. Sie ist zwar meine Schwester, aber darauf spucke ich. Ich wundere mich nämlich über dich, du bist doch kein dummer Mensch – also wozu das alles? Du warst ein-, zweimal mit ihr zusammen, das reicht. Herrscht etwa Frauenmangel auf der Welt? Die gibt's doch in Mengen. Ich an deiner Stelle würde keinen einzigen Tag mit ihr zusammenleben.«

»Na, du bist ja ein ausgesprochener Frauenfeind«, lachte Gordweil. »Das habe ich gar nicht gewusst.«

»Frauenfeind! Ich bin kein Frauenfeind. Weder Feind noch Freund. Aber ich will Ruhe haben. Mir meine Seelenruhe wegen einer Schürze rauben lassen? Auf keinen Fall. Zumal man es viel billiger kriegen kann, ohne jede Verpflichtung. Und die Langeweile – ist das für dich alles nichts? Was kannst du hinterher mit ihr anfangen?« Er nahm einen Schluck und schloss entschieden: »Nein. Mich kriegst du nicht zu diesem Spiel herum.«

»Aber nicht jeder Mensch ist wie du. Es gibt auch andere Typen.«

»Die tun mir leid. Bei denen sitzt der Kopf nicht an der richtigen Stelle. Haben ihr Schicksal verdient. Mehr gibt's dazu nicht zu sagen.«

Sie schwiegen einen Augenblick.

»Weißt du, Rudolf, vielleicht lassen wir den ganzen Schrott hier zurück und gehen ins Ausland? Nach Frankreich, Amerika, Brasilien – weiß der Teufel, wohin. Ich habe schon genug von dem ganzen Zeug. Bin alles redlich leid. Die Stadt, die Menschen, die Eltern – alles. Und die Reisekosten lassen sich schon irgendwie beschaffen. Wozu brauchst du Thea mit diesem Wurm? Lass sie in Gottes Namen sein. Was? So einen guten Fang tust du nicht wieder? Tust du. Das versprech ich dir. Gucken wir uns wenigstens die Welt an, wenn wir schon auf ihr leben müssen. Andere Menschen, andere Lebensweisen, ein bisschen Bewegung, Abenteuer. Man stirbt ja bald vor Langeweile. Und Geld wird sich finden. Für mich gewiss und vielleicht auch für dich. Viel braucht man nicht. Wir gehen erst mal nach Frankreich, nach Paris, und dann sehen wir weiter.«

»Nein«, sagte Gordweil. »Ich fahre nicht. Ich leide auch hier nicht an Langeweile. Ich fühl mich wohl.«

Tief im Innern wusste er, dass er die Dinge nicht ganz so sagte, wie sie waren, dass er sich nicht immer wohlfühlte. Freddis Vorschlag, an dessen Ernsthaftigkeit allerdings kein Zweifel bestand, erschien ihm so seltsam, so jungenhaft, gerade so, als würde man ihm sagen, er solle sich sofort aufmachen und zum Mond fliegen oder seinem Leben ein Ende setzen.

»Nein«, sagte er noch einmal. »Wenn du wirklich fahren willst, musst du's ohne mich tun. Für mich ist die Zeit derartiger Abenteuer vorbei. Falls ich mal Geld habe, werde ich in andere Länder fahren, aber unter anderen Bedingungen.«

»Es ist bloß, weil du an Theas Schürzenzipfel hängst, das weiß ich genau. Denn sonst – du bist nicht so ein bodenständiger Bürgersmann, dass du einen Schlafwagen brauchtest. Na schön, lassen wir das.«

Er leerte gereizt sein Glas. Gordweil war in seinen Augen rettungslos verloren. »Fahr ich eben allein. Ich werde den Weg schon finden.«

Plötzlich tat es Gordweil um diesen jungen Mann leid, dessen zynisches Lächeln einer harten, alten Leidensmiene gewichen war. Er hat nicht viel Freude, grübelte er. Im Vergleich zu ihm war er, Gordweil, doch ein entschieden glücklicher Mensch, der etwas in der Hand hatte … Er schämte sich vor Freddi ein wenig seines Glücks. Die feindseligen Gefühle, die er vorher, im Krankenhaus, gegen ihn gehegt hatte, waren schon gänzlich verflogen. Keine Spur mehr da. Er wird nicht gut enden, schoss es ihm jäh durch den Kopf, und als wollte er ihn trösten, sagte er: »Willst du mich noch ein Stück begleiten? Ich muss zu Dr. Astel in die Karlsgasse. Nach sechs kommt er gewöhnlich aus der Kanzlei zurück.«

Freddi stand stumm auf und folgte ihm nach draußen. Ging noch ein kurzes Stück bis an die Straßenecke mit, überlegte es sich dann anders und blieb abrupt stehen: »Nein, ich komm nicht mit. Zu langweilig.«

Auf seinem Gesicht tauchte wieder das Grinsen von vorher auf. »Übrigens, unsere Katze ist verschwunden. Seit drei Tagen, hihi …« Er schaute Gordweil tief in die Augen. »Vater ist total verzweifelt. So ein törichter Greis. Sein Geist wird langsam altersschwach – wegen einer garstigen Katze.«

Gordweil erbleichte. »Du hast sie umgebracht, Freddi. Pfui, du Scheusal! Schämst du dich überhaupt nicht?«

Freddi grinste noch einen Augenblick, ohne zu antworten. Dann wandte er sich ab und ging, den Oberkörper leicht nach vorn geneigt, davon.

Dr. Astel war noch nicht zu Hause. Also ging Gordweil wieder hinunter und stellte sich ans Tor, um auf ihn zu warten. Die ganze Zeit wurde er den Gedanken an die Katze nicht los, die Freddi zum Opfer gefallen war. Überdeutlich stellte er sich das grausame Schauspiel vor. Sah plastisch Freddi den Hals der getigerten Katze packen, die zuckte und strampelte. Langsam, langsam wurden die Zuckungen schwächer, hörten ganz auf – sie war erwürgt. Diese Szene erfüllte ihn mit unendlicher Abscheu, aber er vermochte sie nicht zu verscheuchen, musste sie mit ansehen. In der Dämmerung war es geschehen, das wusste Gordweil mit Gewissheit, zu einer Zeit, als niemand zu Hause war – ein Mord, wie er im Buche steht. Freddi hatte nach der Tat einen leeren Koffer genommen, jenes Köfferchen aus glattem braunem Rindsleder mit den vergilbten Aufklebern von Bruck an der Mur, Graz, Budapest und ähnlichen Orten, das Gordweil im Haus seines Schwiegervaters des Öfteren aufgefallen war, hatte den Kadaver hineingepackt und ihn zur Donau geschleppt. Zweifellos zur Donau. Er, Gordweil, hätte ihn in solchem Fall nur in die Donau geworfen … Gordweil erschrak zutiefst bei diesem Gedanken. Begann erregt vor dem Tor die fast menschenleere Karlsgasse auf und ab zu laufen. Möglich auch, dass er ihn hinter einen Zaun in der Nähe geschleudert hatte. Erstens, weil er ihn nicht so weit bis zum Kanal tragen wollte, und zweitens, weil ihm nicht viel Zeit zur Verfügung stand. Jemand von der Familie hätte inzwischen nach Hause kommen und ihn bei der Rückkehr mit dem Koffer überraschen können – und dann wäre die Sache entdeckt worden. Nein, ans Wasser konnte er ihn nicht tragen, aus ebendiesem Grund. Aber was hab ich denn mit dieser ganzen abscheulichen Angelegenheit zu tun?, unterbrach er den eigenen Gedankengang.

Er zog seine Uhr hervor: halb sieben. Dr. Astel hielt sich heute lange auf. Womöglich würde er gar nicht nach Hause kommen? Man musste bis halb acht warten – als letzte Grenze. Manchmal machte er unterwegs irgendwo halt. Wenn er bis dahin nicht zurück wäre, müsste er ihn am Abend notgedrungen im Café aufsuchen oder morgen in der Kanzlei oder vielleicht eine andere Kreditquelle auftun. Er ging im Geist alle seine Bekannten durch und blieb bei Schuhmacher Rubicek hängen. Ja, der wäre sicher daheim. Was die übrigen betraf – eher zweifelhaft.

Die Gasse lag jetzt im Schatten, trotzdem hielt die Hitze weiter an. In der Nachbarschaft wurde Klavier geübt, Tonleitern runter und rauf und rauf und runter, immer aufs Neue, ein trübseliges, ungeheuer langweiliges Geklimper, das kein Ende nahm. Auf dem Gehsteig gegenüber ging ein Kindermädchen mit einem kleinen Jungen, der einen grauen Plüschelefanten auf Rädern hinter sich herzog und von Zeit zu Zeit den Kopf umdrehte, um zu sehen, ob der auch gerade fuhr. Ein roter Mädchenschopf beugte sich aus einem Fenster im obersten Stockwerk eines Hauses am Ende der Straße, guckte eine Weile heraus und verschwand wieder. Ein junger Telegrammbote kam auf einem Fahrrad an, lehnte es an die Wand und verschwand im Eingangstor, die Hosenbeine an den Knöcheln mit Klammern zusammengehalten. Im Handumdrehen war er wieder da, schwang sich eilig aufs Rad und sauste los. Ein leichter Windhauch wehte Gordweil appetitlichen Bratengeruch in die Nase. Er verspürte sogleich einen Gaumenkitzel und schluckte Speichel.

Nein, fing er unwillkürlich wieder zu grübeln an. Bis zur Donau war unmöglich ... Er musste ihn also in der Nähe abgelegt haben, vielleicht in irgendeinem Nachbargarten. Wenn sie suchten, würden sie ihn sicher finden. Aber wozu sollten sie suchen? Eine tote Katze – pfui! Und dann? Dann war er einfach nach Hause gegangen mit dem leeren Koffer, auf dem die Etiketten all jener Bahnstationen klebten. Die Eltern waren noch nicht daheim, kein Mensch hatte ihn bemerkt. Er hatte den Koffer an seinen Platz zurückgestellt und sich gemächlich eine Zigarette angezündet. Und als die Eltern zurückkamen – was sollte er, Freddi, wohl wissen? Sicherheitshalber hatte er vermutlich das Küchenfenster zum Gang aufgemacht und offen gelassen: »Die Katze ist eben durchs Fenster raus ...« Ah, wenn der Alte wüsste, dass Freddi sie umgebracht hatte. Womöglich hätte er ihn davongejagt. Und nun würde Martin in dieses Haus kommen. Ein Schauder lief ihm bei diesem Gedanken über den Rücken. Der Magen zog sich ihm krampfartig zusammen. Er hielt im Gehen inne. Was?, fasste er sich augenblicklich. Du hast wohl den Verstand verloren! Dem Baby tut er doch nichts! Irrsinn! Ich schlag ihn tot, wenn er's wagt. Ach, weiß der Teufel, was heute mit mir ist. Das ist purer Wahnsinn.

Wie um sich zu schützen, zog er die Pfeife heraus und durchsuchte seine Taschen fieberhaft nach dem Tabaksbeutel, ohne ihn zu finden. Wahrscheinlich hatte er ihn zu Hause vergessen. Im selben Moment tippte ihm Dr. Astel auf die Schulter. »Wartest du schon lange? Es ist reiner Zufall, dass ich jetzt gekommen bin. Ich geh auch gleich wieder weg. Komm einen Augenblick mit rauf.«

Nach Betreten der Wohnung zog er sofort im Salon die Jalousien hoch, die den Tag über die Sonne abgeschirmt hatten, und verschwand im Schlafzimmer nebenan, um sich umzuziehen. Gordweil machte es sich inzwischen auf dem weichen grünen Plüschsofa bequem, das sich wie ein kurzgeschorener Haarschopf anfühlte. Mit einem Mal schien er von den quälenden Gedanken befreit, als habe er sie auf der Straße abgeschüttelt. Seine Angst dünkte ihn absonderlich, unbegründet, einer krankhaft nervösen Phantasie entsprungen. Die angenehme Kühle im Raum weckte seine Lebensgeister. Er sog an der Zigarette, die er sich von Dr. Astel genehmigt hatte, und horchte auf das Plätschern des fließenden Wassers in der Küche, wo sein Freund sich wusch, ja horchte mit Hochgenuss und dem freudigen Staunen eines Erblindeten, der durch eine gelungene Operation das Augenlicht wiedererlangt hat. Es bestand wirklich kein Grund zu Befürchtungen. Ein Baby war schließlich nicht dasselbe wie eine Katze. Und außerdem: Wer sagte denn, dass er sie umgebracht hatte? Vielleicht war es nur Angabe gewesen? Die Katze konnte tatsächlich entlaufen sein, was ja vorkam, und zwar durch ebendieses Küchenfenster, das man zu schließen vergessen hatte. Womöglich würde sie doch nach Hause zurückkommen, die Katze. Ja, unter Umständen war sie inzwischen schon wieder da. Und wenn sie nicht zurückkam, bestanden immerhin noch andere Möglichkeiten: sie konnte unter ein Auto, ein Fuhrwerk, eine Tram geraten sein. Er selber hatte einmal gesehen, wie ein kleiner Hund von einer Tram überfahren und auf der Stelle getötet worden war. Und wenn das nicht, kam auch noch Diebstahl in Frage. Es gab Menschen, die Katzen klauten … Sie war eine hübsche Katze, das musste man ihr lassen, und da hatte sich eben jemand auf sie gestürzt. Und überhaupt – was hatte die Katzengeschichte damit zu tun, dass er, Gordweil, einen Sohn hatte? Zum Teufel mit diesem Katzenviech! Plötzlich erfüllte ihn solche Wut auf diese imaginäre Katze, die sich unerlaubt in sein Bewusstsein geschlichen hatte und ihn zwang, sich mit ihr zu beschäftigen, dass er, hätte sie sich jetzt in seiner Nähe gezeigt, imstande gewesen wäre, sie höchstpersönlich abzumurksen. Und dieser Freddi – von heute an wollte er seine Geschichten nicht mehr hören! Interessierten ihn nicht mehr – und fertig! Wütend warf er den Zigarettenstummel auf den Boden, besann sich aber im selben Augenblick, sprang hoch, ihn aufzuheben, und drückte ihn in dem Aschenbecher auf dem runden Rauchtisch aus. Dann streckte er sich wieder auf dem Sofa aus. Ohne sich der verborgenen Gedankenverbindung bewusst zu werden, fiel ihm plötzlich Franzi Mitteldorfer ein, die er vor über einem halben Jahr im Steinhof besucht und von deren Mutter er bei einer Zufallsbegegnung im Frühling erfahren hatte, dass sich ihr Gesundheitszustand deutlich verbessert hatte, so dass sie bald entlassen werden konnte. Jetzt war sie sicher schon gesund zu Hause. Gordweil beschloss, sie noch heute Abend zu besuchen, da Dr. Astel etwas anderes vorhatte. In ein paar Tagen, wenn Thea aus dem Krankenhaus käme, würde er sehr beschäftigt sein und keine Zeit mehr dazu haben.

Bald kehrte sein Freund, in einen neuen grauen Anzug gekleidet, ausgehfertig zurück. Mit lässiger Gebärde gab er Gordweil die erbetenen fünfzehn Schilling. »Bitte schön. Leider kann ich den Abend nicht mit dir verbringen. Ich muss mich jetzt beeilen. Bist du übermorgen, Samstagabend, frei? Gut. Um sieben Uhr im Herrenhof. Abgemacht.«

Sie gingen zum Karlsplatz, wo Dr. Astel einem vorbeikommenden Taxi winkte und davonfuhr.

Gordweil verspürte Hunger und begab sich in eine gutbürgerliche Speisegaststätte am Anfang der Wiedner Hauptstraße. Eine halbe Stunde später saß er in einer fast leeren Tram, deren Scheiben in einer Linkskurve sekundenlang das Licht des flammendroten Sonnenuntergangs reflektierten, der sich in der Ferne, weit jenseits der Etagenhäuser und aller Gebäude der Stadt, vollzog. In Gordweils Innern prickelte ein sorgloses Wohlgefühl, das zum Teil wohl auch von der schmackhaften, sättigenden Abendmahlzeit herrührte. Die Tageshitze war etwas abgeflaut, man atmete leichter. Zugluft fegte durch den menschenleeren Wagen, spielte ihm übers Gesicht, zerzauste sein Haar. Plötzlich fiel ihm Lotte ein, wobei das dringende Verlangen in ihm erwachte, sie vor ihrer Abreise noch einmal zu sehen. Schade, dass er Dr. Astel nicht gefragt hatte, wann sie fuhr. Er hätte es sicher gewusst. Wenn sie wiederkam, würde Martin schon richtig groß sein. Er würde sie nach Hause einladen, damit sie ihn sehen konnte. Gewiss würde er ihr gefallen … Ein komisches Mädchen war sie, diese Lotte. Warum heiratete sie Dr. Astel nicht? Zu ihr würde ein Baby besser passen. Thea war nicht recht zur Mutter geschaffen, obwohl sie Martin liebte, was auf den ersten Blick zu erkennen war …

Unter solchen Überlegungen, die lindernd und beruhigend wie das gedämpfte Abendlicht auf ihn wirkten, erreichte er sein Ziel. Als die Tür aufging, war es Franzi selber, die öffnete und die er im ersten Augenblick wegen der in dem Flur bereits herrschenden Dämmerung nicht erkannte, zumal ihr Gesicht jetzt rund und voll wirkte, viel gesünder als beim letzten Mal im Steinhof. Er trat unwillkürlich einen Schritt zurück, von jähem Zweifel erfüllt, ob er sich nicht etwa in der Tür geirrt hatte. Aber die junge Frau erkannte ihn auf der Stelle und rief mit unverhohlener Freude: »Ach, Herr Gordweil! Was für eine Überraschung. Mutter!«, rief sie nun ins Wohnungsinnere. »Komm bitte schnell mal her.«

Sie führte ihn in dasselbe – immer noch recht helle – Zimmer, in dem er damals gewesen war. Nichts hatte sich im Verlauf eines ganzen Jahres in diesem Raum verändert, als seien die Monate draußen, weit weg von hier, vergangen, während an Ort und Stelle die Zeit stehengeblieben war – nur dass diesmal keine Hammerschläge vom Hof heraufhallten. Einen Augenblick regte sich in Gordweil die Gewissheit, dass auch in ihm selbst, unbeeinflusst von den äußeren Wandlungen in Umwelt und Lebensbedingungen, jener dauerhafte Wesenskern erhalten geblieben war – was ihm ein flüchtiges Gefühl von der Ewigkeit des Universums vermittelte. Dann sagte er: »Ich bin sehr froh, freue mich aus tiefstem

Herzen, dass Sie so gut und gesund aussehen, Frau Mitteldorfer. Das ist die Hauptsache.«

Die Mutter, die im selben Augenblick hereinkam, wäre ihm vor Freude beinah um den Hals gefallen. So ein Gast, so ein lieber Gast! Sie werde Kaffee kochen gehen. Der sei im Handumdrehen fertig. Herr Gordweil habe genau die richtige Zeit abgepasst, denn Franzi habe ins Kino in der Gumpendorfer Straße gehen wollen. Eine Viertelstunde später hätte er sie nicht mehr angetroffen. Aber Herr Gordweil könne sie ja begleiten, wenn es ihm keine Umstände bereite. Das arme Kind – gut, dass sie sich jetzt ein bisschen amüsiere nach so schweren Monaten, nicht wahr? Nach dem Kaffee könnten sie sofort losgehen. Es werde nicht lange dauern. Damit wandte sich die alte Frau um und verließ das Zimmer.

»Mutter vertreibt ja fast die Gäste«, sagte Franzi lächelnd, »die Sache ist gar nicht so wichtig. Ich kann heute aufs Kino verzichten, bin ja so froh, Sie zu sehen.«

Nein, im Gegenteil. Sie solle sich bitte nicht durch ihn stören lassen. Er werde sie gern begleiten, wenn es ihr angenehm sei. Nur müssten sie sich in diesem Fall wohl etwas beeilen, wenn sie vor Beginn dort sein wollten.

»Das Kino ist ganz in der Nähe. Keine drei Schritte. Es fängt erst nach neun an, wir haben noch Zeit.«

Gordweil hütete sich, an ihre Krankheit zu erinnern, um sie nicht etwa in Verlegenheit zu bringen. Aber die junge Frau begann von sich aus mit einer solchen Offenherzigkeit von seinem Besuch im Krankenhaus zu sprechen, dass er selber etwas verlegen wurde.

»Sie müssen mir verzeihen, wenn ich mich Ihnen gegenüber damals nicht richtig benommen habe«, sagte sie. »Schließlich bin ich seinerzeit sicher viel zu erregt gewesen. Stellen Sie sich vor, was für ein Ort. Wenn Sie wüssten, wie man dort leidet. Erschütternd! Die Schwestern verfahren willkürlich mit den Kranken. Beim Arzt beschweren nützt nichts. Sie glauben einem nicht. Ein

Geisteskranker ist für sie wie ein wildes Tier. Und man hat auch Angst, den Mund aufzumachen. Die Schwestern misshandeln die Patientinnen, schlagen sie alle Augenblicke, man kann sagen – nach Gutdünken. Es gibt weder Recht noch Gerechtigkeit. Schlimmer als unter der Inquisition. Und die Patientinnen! Ah, haarsträubend! Das prägt einen fürs Leben. Noch jetzt wache ich nachts oft voller Grauen auf und brauche eine ganze Weile, bis ich begreife, dass ich nicht mehr dort bin, und mich allmählich beruhige. Schwerkranke, deren Geist völlig verwirrt ist, spüren es nicht so sehr wie die, die noch lichte Momente haben. Ein solcher Mensch kann in der Anstalt restlos den Verstand verlieren. Bei Gelegenheit erzähle ich Ihnen einmal ausführlicher davon. Sie sind doch Schriftsteller, Herr Gordweil, und man müsste wirklich einmal der ganzen Welt mitteilen, was dort vor sich geht.«

Sie verstummte.

Mit gesenktem Kopf, den Rücken zum Fenster, saß Gordweil Franzi gegenüber. Sein Besuch im Steinhof stieg in allen Einzelheiten vor ihm auf, und er durchlebte noch einmal die Ängste und Qualen von damals. Unwillkürlich blickte er auf ihre Beine und sah, dass die Strümpfe ordentlich straff saßen und die Füße in braunen, offenbar neuen Schuhen steckten. Sie hat inzwischen gelernt, sich die Strümpfe richtig anzuziehen, schoss es ihm unsinnigerweise durch den Kopf, wobei dieser dumme Gedanke ihn auf sich selber wütend machte.

»Und wissen Sie«, fuhr Franzi fort, »noch jetzt, zwei Monate nachdem ich von dort weg bin, habe ich manchmal, wenn ich dieses Thema berühre, insgeheim Angst, die Schwestern könnten davon erfahren und Rache nehmen … Obwohl ich mir sage, dass das alles lächerlich ist, dass sie keine Macht mehr über mich haben und mir nichts antun können, fürchte ich mich tief im Innern trotzdem. Ich kann mich von diesem Grauen, das sie mir eingeflößt haben, einfach nicht befreien.«

»Diese Angst ist leicht verständlich«, sagte Gordweil flüsternd, als rede er mit sich selbst, »aber im Laufe der Zeit wird sie schwächer und schwächer, bis sie ganz verschwunden ist. Es ist besser, sich nicht zu sehr damit zu beschäftigen, sich lieber mit anderen Dingen abzulenken, dann gerät die Sache langsam in Vergessenheit.«

Die alte Frau brachte den Kaffee. »Wenn ihr gehen wollt, dann wird's Zeit.«

Sie stieg auf einen Stuhl und zündete die Gaslampe an. Beim Kaffeetrinken sprachen sie nur wenig. Die Gasflamme summte ihre leise, monotone Melodie, zu der sich das stotternde Gebrumm einer gerade aufgewachten Fliege gesellte. In der Nachbarschaft pfiff jemand den bekannten Schlager:

»Wo hast denn dei-ne schönen,
blauen Au-u-u-gen her,
so traut …«

Dann ging Franzi kurz hinaus und kehrte mit einem Strohhut auf dem Kopf zurück.

Draußen wehte ein leichter Wind, der ein paar dunkle Wolkenfetzen vor sich her blies. Es lag Regen in der Luft.

»Wissen Sie«, sagte Gordweil, »seit zehn Tagen habe ich einen kleinen Sohn.«

»Wirklich? Ich wusste gar nicht, dass Sie verheiratet sind.« Sie wandte ihm im Gehen das Gesicht zu. »Sie wirken nicht wie ein Ehemann.«

»Trotzdem bin ich seit über einem Jahr verheiratet. Ich habe Frau und Sohn und Schwiegereltern und … auch einen Schwager … das heißt zwei sogar – alles, wie es sich gehört.«

»Sie freuen sich gewiss sehr über Ihren Sohn, das glaube ich. Und die Mutter erst! Das muss eine grenzenlose Freude sein. Es ist eine unerschöpfliche Quelle des Glücks für eine Frau. Als mein Fritzerl geboren war – wie glücklich war ich da. Und auch jetzt – wenn das Kind nicht gewesen wäre, hätte ich nicht die Kraft gehabt, all diese Qualen zu überstehen.«

»Ja, ja«, pflichtete Gordweil bei. »Das stimmt.«

Er dachte daran, dass er morgen den Kinderwagen tauschen würde und dann alles sein war: Frau, Baby, Wagen – alles. Es war nur unangenehm, dass sie ins Elternhaus wollte. Aber schließlich würde auch das vorübergehen. Er hatte das Bedürfnis, gerade mit dieser Frau noch weiter darüber zu sprechen, und sagte daher: »Sie sind noch im Krankenhaus. Das heißt, meine Frau und das Kind. Aber dann übersiedeln sie zu meinen Schwiegereltern. Nur für ein oder zwei Wochen. Ich halte das so für richtiger … Dort haben sie ein bisschen Hilfe – das ist sehr wichtig. Besonders in der ersten Zeit, nicht wahr?«

»Sicherlich«, sagte Franzi, wobei Gordweil ein wenig leichter ums Herz wurde. Es juckte ihn, noch zu sagen: Aber der eine Schwager erwürgt gern Katzen. Doch er beherrschte sich rechtzeitig. Die Sache wird ja immer schlimmer, dachte er, auf sich selbst wütend, du bist ja kaum noch Herr deiner eigenen Worte.

Dabei waren sie am Kino angelangt, und er stellte sich an, um die Karten zu kaufen.

27.

Der Herbst kündigte sich mit Sturmböen und kühleren Nächten an, Laub, so breit und gelb wie Tabaksblätter, das unter den Bäumen auf den Straßen herumwirbelte, wehte zuweilen auch kühn über die Gehsteige und knirschte unter den Füßen wie Zucker zwischen den Zähnen.

Es war Ende September. Thea ging täglich zu Dr. Ostwald ins Büro, und Gordweil kümmerte sich um das Baby, um Martin, der schon drei Monate alt war und elf Pfund wog, normal entwickelt war, leicht gebräunt und strohblond wie seine Mutter. Gordweil badete den Kleinen, trocknete ihn ab, wechselte ihm die Windeln, gab ihm das Fläschchen, tröstete ihn, wenn er weinte, wiegte ihn in den Schlaf, fuhr ihn spazieren – all das mit liebevoller Hingabe. Er wusch sogar die Windeln selber und verrichtete all die anderen Arbeiten, die im Zusammenhang mit dem Kind anfielen. Thea half fast gar nicht mit, abgesehen davon, dass sie das Baby stillte und daher zu ihrem Missvergnügen gezwungen war, mittags kurz nach Hause zu kommen. Am Feierabend ging sie, nachdem sie das Kind genährt und selbst etwas gegessen hatte, meistens wieder aus dem Haus, ohne dass Gordweil wusste, wohin, und kehrte erst gegen Mitternacht oder noch später zurück. Gordweil hatte immer alle Hände voll zu tun. Er sah schlecht und hohlwangig aus, achtete aber nicht darauf. Für Martin hätte er sein Leben hingegeben. Von Zeit zu Zeit brachte er das Kind auf Geheiß seiner Frau zu den Schwiegereltern, wobei er den Wagen ein gutes Stück durch die Stadt bis zur Schulgasse schob. Dann blieb Martin ein paar Tage da, und Thea übernachtete ebenfalls dort. (Der alte Baron liebte seinen Enkel über die Maßen, aber über den Verlust seiner Katze, die auf mysteriöse Weise verschwunden war, hatte er sich immer noch nicht hinweggetröstet. Und Freddi, der jetzt Reisevorbereitungen traf, häufte noch glühende Kohlen auf sein Haupt, indem er mit zynischem Lächeln sagte: »Sicher kommt sie wieder zurück, die Katze. Hat sich nur ein paar Tage Urlaub genommen und ist in Sommerfrische gefahren …«) An den Tagen, an denen das Baby im Haus des Barons weilte, war Gordweil zwar etwas freier, aber die ständige Sorge und die unklare Furcht, Martin könne ohne seine Aufsicht etwas zustoßen, vergifteten seine Stimmung und ließen ihn fern des Kindes nicht zur Ruhe kommen. Dann konnte es ihm einfallen, mitten im Freundeskreis von seinem Platz hochzuschrecken und in die erstbeste Tram zu springen, um nach seinem Kind zu sehen, das zu dieser Zeit friedlich schlummerte. Er war nur dann beruhigt, wenn er den Kleinen in seiner Nähe hatte. Für sich selber arbeiten konnte er die ganze Zeit über kaum, außer gelegentlich abends, wenn Martin schlief und Thea nicht zu Hause war.

Die angenehmsten Stunden waren ihm die, die er an schönen Nachmittagen auf einer Bank in der Hauptallee des nahen Praters verbrachte, den Kinderwagen mit dem Baby vor sich, inmitten junger Mütter und Kinderfrauen, die ihn alle schon kannten und ihm gelegentlich eine helfende Hand reichten. Untereinander nannten sie ihn gutmütig »die junge Mutter«, halfen ihm aber trotzdem und bemitleideten ihn.

»Der Ärmste, der Bedauernswerte«, sagten sie. »Ist das etwa Männersache, so ein kleines Kind? Ein Baby braucht eine Frau. So hat es die Natur bestimmt, und so muss es sein.«

»Und wo ist die Mutter?«, fragte eine die andere.

»Sicher im Kindbett gestorben.«

»Das arme Vogerl.«

»Vielleicht ist sie gar nicht gestorben. Ist bloß krank und bettlägerig.«

»Ja, auch möglich.«

»Ist denn keine Großmutter oder sonst eine Verwandte da?«

»Anscheinend nicht.«

»Dann kann man's doch in die Bezirkssäuglingsanstalt geben. Dort sind schließlich entsprechend ausgebildete Schwestern.«

»Ja, dort wär's sicher noch besser dran als so.«

»Wer weiß? Ich jedenfalls würde mein Kind nicht in die Säuglingsanstalt geben.«

»Aber der Kleine sieht doch gut aus. Gesund entwickelt.«

»Ja, gut entwickelt ist er.«

»Und ein hübsches Kind ist er auch. Eine Augenweide.«

»Aber dieses arme Würmchen ist unter einem schlechten Stern geboren. Ein solches Kind hat schon von Geburt an ein bitteres Los. Ich weiß, wovon ich spreche.«

»Bei einem solchen Baby ist es ein wahres Wunder, wenn es das erste Jahr heil übersteht. In neunundneunzig von hundert Fällen stirbt es schon nach wenigen Monaten. Ohne mütterliche Obhut!«

»Aber er macht einen sehr sympathischen Eindruck.«

»Wer?«

»Der Vater.«

»Ja, er ist ein sympathischer Mensch.«

»Und offenbar auch gebildet. Sicher Doktor oder so was. Das sieht man am Gesicht.«

»Nun, steinreich scheint er nicht zu sein. Sonst hätte er sich ein Kindermädchen genommen. Die Doktoren sind jetzt nicht so gut dran nach dem Krieg. Sterben vor Hunger.«

»Und die, die keine Doktoren sind, verhungern die etwa nicht? Wer leidet denn heute keinen Hunger außer ein paar Preistreibern und Kriegsgewinnlern?«

So schwatzten sie weiter an einem schönen Nachmittag im Frühherbst, während die Sonne, die schon etwas an Kraft verloren hatte, die braun werdenden Wiesenflächen und die schon mit viel Himmel durchsetzten Baumkronen beschien und der Großstadtlärm eine dumpfe Geräuschkulisse bildete.

Einmal erkühnte sich eine dieser Frauen und begann folgendermaßen: »Ein kleines Baby – da muss sich eine Frau drum kümmern, nicht wahr?«

Gordweil schwieg.

Die junge Frau gab sich damit jedoch nicht zufrieden, sondern fing von neuem an, diesmal geradewegs zum Thema: »Ich meine – nichts für ungut, mein Herr –, weil man niemals die Mutter den Kleinen ausfahren sieht, das arme Würmchen. Ich möchte um Himmels willen nicht in fremde Geheimnisse eindringen, aber es zerreißt einem das Herz beim Anblick dieses Kindes, um das sich keine Mutter kümmert.«

»Die Mutter kann nicht«, sagte Gordweil kurz angebunden.

»So, sie kann nicht. Dann ist es natürlich was ganz anderes. Das heißt, sie ist sicher krank, die arme Mutter. Das ist ein großes Unglück.«

»Sie ist nicht krank, kann aber trotzdem nicht.«

»So? Nicht einmal krank ist sie? Das ist mir unverständlich. Eine Mutter, die nicht krank ist und sich nicht um ihr Baby kümmert. Na, es gibt wohl alle möglichen Mütter auf der Welt.«

Gordweil schwieg erneut. Woher soll sie denn wissen, dass

Thea den ganzen Tag arbeitet, dachte er. Außerdem kommt es nicht darauf an, wer sich um das Baby kümmert, sondern darauf, dass es gesund ist und sich normal entwickelt. Schließlich fehlt es ihm auch bei mir an nichts. Ich passe besser auf ihn auf als jede Frau. Auf Thea würde ich mich ganz und gar nicht verlassen, falls sie ihn versorgen wollte. Dann ist es schon besser so.

»Man kann unmöglich von ihm behaupten, er sei nicht gut entwickelt«, sagte er schließlich zu seiner Nachbarin, indem er auf Martin deutete, der die ganze Zeit schlief.

»Nein, das kann man nicht behaupten. Und trotzdem ist das keine Männersache, meine ich.«

»Aber wenn ich Ihnen doch sage, dass die Mutter nicht kann!« Jetzt schwang schon ein unwilliger Unterton in seiner Stimme mit. »Auf keinen Fall kann sie.«

Er zog seine Uhr heraus. Zeit, nach Hause zu gehen, es war schon fast halb sechs. Er verabschiedete sich von seiner Nachbarin und schob behutsam mit dem Wagen los. Sie sind halt doch dumm, die Frauen, grübelte er. Man kann ihnen etwas tausendmal erklären, und sie beharren trotzdem auf ihrer Meinung.

Er kam heil über den lauten, verkehrsreichen Praterstern, in dessen Mitte das altersgeschwärzte Tegethoff-Denkmal weithin sichtbar emporragte, als befehlige es die Betriebsamkeit, und erreichte seine bereits im Schatten liegende Straße, deren Stille ihm geradezu körperlich entgegenkam. Im Haus stellte er den Wagen unten ab, trug das Baby auf den Armen hoch, legte es vorerst aufs Bett und ging wieder hinunter, den Kinderwagen nachholen. Der Kleine war inzwischen aufgewacht und schrie mit dünnem Stimmchen so verzweifelt, als wolle man ihn umbringen. Gordweil schaukelte ihn im Wagen und redete auf ihn ein, als sei er ein verständiger Mensch: »Pfui, schäm dich! Ein großer Junge wie du schluchzt da wie ein Klageweib! Bald kommt Mama und gibt dir Abendessen, du wirst sehen.«

Das Kind verstummte einen kurzen Augenblick, fing aber gleich wieder an. Gordweil nahm es aus dem Wagen und wiegte es, im

Zimmer hin und her gehend, auf den Armen, wie Thea es im Übermut mit ihm selbst getan hatte. Doch Martin hörte nicht auf.

»Ich hab nicht gewusst, dass du so ein Dummkopf bist«, sagte Gordweil zu ihm. »Das hast du mir bisher noch nie mitgeteilt. Du weißt doch sehr gut, dass Papa jetzt keine Zeit hat, nicht einen Deut hat er. So muss zum Beispiel für dich höchstpersönlich, geehrter Herr, der Smoking für die morgige Gesellschaft gereinigt werden. Ein moderner junger Mann wie du wird doch nicht in einem unsauberen Smoking zur Gesellschaft erscheinen. Das gehört sich nicht. Was sollen die hübschen Mädchen denn sagen, hä? All die Eroberungen, die du bis jetzt gemacht hast, wären dahin. Die kleinste Nachlässigkeit in der Kleidung kann Welten zerstören, das weißt du doch. Außerdem ist Papa noch mit vielen anderen Arbeiten belastet – alle für dich und dein persönliches Wohlergehen. Neiiiin! Ein großer Dickkopf bist du auch noch, das ist ein schlechter Zug. Ich hätte dich für klüger gehalten. Und wenn du jetzt nicht aufhörst, sind wir geschiedene Leute. Du wanderst in den Wagen zurück und wirst aus meinem Mund kein Wort mehr hören. Dickköpfe mag ich nicht.«

Gordweil hörte nicht, dass Thea die Tür öffnete und hereinkam. »Warum schreit er so? Wieso sorgst du nicht dafür, dass er ruhig ist?«

»Er schreit eben, sicher ist er hungrig. Nimm ihn und gib ihm die Brust.«

»Waaas? Weil du nicht mit ihm umzugehen weißt? Soll er ein bisschen warten, wird schon nicht verhungern. Bring ihn zum Schweigen. Ich kann das Gebrüll nicht ausstehen.«

»Du siehst doch, dass es nichts hilft. Du musst ihn stillen, dann beruhigt er sich.«

Thea warf ihm einen vernichtenden Blick zu und legte ohne jede Hast Hut und Mantel ab. Dann nahm sie eine Zigarette aus der Tasche und zündete sie an. Langsam setzte sie sich aufs Sofa, die brennende Zigarette zwischen den Lippen, und entblößte die Brust.

»Gib ihn her«, befahl sie.

Das Baby verstummte, sobald sein Mund den Nippel berührt hatte.

»Siehst du, er hatte Hunger, der Ärmste.« Und nach kurzer Pause: »Ich meine, dass … dass es richtiger wäre, du würdest beim Stillen die Zigarette aus dem Mund nehmen. Der Rauch beißt ihm in den Augen.«

»Was? Geht dich das etwas an?«

»Du kannst ja hinterher so viel rauchen, wie du willst«, beharrte Gordweil, »die Sache dauert doch nicht lange.« Er trat näher und fügte in bittendem Ton hinzu: »Gib her, Liebling, lass es ein paar Minuten, sei so gut.«

Sie stieß ihn mit der freien Hand schroff von sich. »Das ist nicht deine Angelegenheit. Ich kann machen, was ich will.«

»Aber es schadet dem Kind. Warum willst du ihm unnötig schaden?«

»Was interessierst du dich denn so für ihn?«, warf sie boshaft ein. »Ich hab dir doch schon tausendmal gesagt, dass das Baby nur mir gehört … mir und … Jedenfalls hast du keinen Anteil daran –«

»Das ist uninteressant«, unterbrach ihr Mann sie. »Es ist ein und dasselbe. Ein Baby bleibt ein Baby. Auch wenn es wildfremd wäre, dürftest du ihm nicht mit Rauch die Augen kaputtmachen. Eine völlig unnötige Grausamkeit.«

»Genug! Ich will kein einziges Wort mehr hören. Spring runter was zum Abendessen kaufen. Ich muss bald weg.«

Einen Augenblick lang hätte er ihr das Kind am liebsten aus den Armen gerissen und sie nie wieder in seine Nähe gelassen. Ihren Kaprizen würde er sein Kind nicht ausliefern. Doch er bekam sich sofort wieder in den Griff. In diesem Moment hasste er seine Frau, war ihr gegenüber aber machtlos. Jetzt brauchte das Kind sie noch, tröstete er sich, aber wenn es erst mal entwöhnt war, würde er es ihrer Gewalt entziehen. Da half gar nichts. Er warf seiner Frau einen feindseligen Seitenblick zu, den sie nicht spürte, und verließ das Zimmer.

Als er zurückkam, lag Martin schon im Wagen.

»Er muss erst gebadet werden. Dann, wenn er eingeschlafen ist, können wir essen.«

»Nein, erst essen wir. Ich hab dir doch gesagt, dass ich bald wegmuss. Bade ihn selbst, oder bitte die Alte, sie soll dir helfen.«

Gleich nach dem Essen zog sie sich an und ging. In tiefstem Herzen war Gordweil froh darüber. Allein würde er alles bestens besorgen, ohne Lärm und Streit. Er räumte den Tisch ab, holte aus der Küche die kleine Blechwanne, stellte sie auf einen Stuhl, legte saubere Windeln und Badetücher zurecht und ging einen großen Kessel Wasser aufsetzen. Die alte Zimmerwirtin half ihm gern, wie sie es zuvor schon häufig getan hatte. Und wenige Minuten später planschte das Baby mit seinen winzigen Gliedern schon selig im lauwarmen Wasser. Es lachte über das ganze Gesicht, und Gordweil lachte überglücklich mit, während er ihm den kleinen, glatten Körper mit einem dottergelben Schwamm abrubbelte.

»Eijeijei«, sagte Frau Fischer, die das Baby in der Wanne hielt. »Solch ein Kind bringt Segen ins Haus, Herr Gordweil. Das weiß eine Frau besser als ein Mann. Und erst ein so liebes Kindchen. Strahlt wie der Sonnenschein, unberufen. Eine Augenweide, psss!«

Gordweil lächelte ihr dankbar zu. Sie ist halt trotz allem eine gutherzige Alte, dachte er.

»Gleicht ganz der Mutter«, wisperte sie weiter. »Wie ein Ei dem anderen. Das kann man im Dunkeln sehen. Dem Herrn Gordweil sieht er kein bisschen ähnlich – das meint Siedl auch. Aber im Wesen kommt er sicherlich nach dem Herrn Gordweil, so ruhig und ehrlich wie der Vater, psss. Ich meine nur, und das ist auch Siedls Ansicht, dass die Mutter sich nicht genug um ihn kümmert, eijeijei. Eine anständige Frau ist sie, die vom Herrn Gordweil, hochanständig. Aber so wenig Zeit hat sie, die arme Mutter.«

Gordweil wickelte Martin zum Abtrocknen in ein Frottiertuch, legte ihn aufs Bett und rang mit ihm, der sich das Fäustchen partout in den Mund stopfen wollte. Abendliches Dämmerlicht eroberte nach und nach das Zimmer. Leicht vorgebeugt, die dürren Arme von dem mageren Körper abgespreizt wie ein Vierbeiner, der sich auf die Hinterläufe aufgerichtet hat, stand die Alte in der Nähe, verfolgte alle Regungen Gordweils und schwatzte weiter: »Der Herr Gordweil macht das richtig. Alles, wie es sein muss, psss! Noch besser als eine echte Frau, lässt sich sagen … Nun, ein gescheiter Mann kann alles. Das hat auch mein lieber Mann gesagt, er ruhe in Frieden. Wenn der Herr Gordweil nicht wär', eijeijei, wo würd's dann wohl hinkommen, das arme Küken. Wo die Mutter so wenig Zeit hat. Ein großes Glück ist das, sag ich, dass der Herr Gordweil so gescheit ist und tüchtige Hände hat. Goldene Hände, psss!«

Er wickelte das Baby und legte es in die Kissen. Dann bedeutete er der Alten, still zu sein, wippte sanft den Wagen und summte eine alte Weise, deren Ursprung er längst vergessen hatte. Frau Fischer drehte sich um und ging.

Eine halbe Stunde später stand er über die Wanne gebeugt, die er an die Tür geschoben hatte, um das Baby nicht aufzuwecken, und war mit aufgekrempelten Hemdsärmeln dabei, die fertig gewaschenen weißen Windeln auszuwringen. Die Petroleumlampe verbreitete ein schwaches Licht. Durch die halboffenen Fenster strömte der Abend herein, und der ferne Stadtlärm schallte gedämpft herüber, gewissermaßen gefiltert durch die räumliche Entfernung und von grobem Material befreit. Gordweil war dieses ferne Getriebe angenehm. Eine vertraute Stimmung, die er schon oft erlebt hatte – Zufriedenheit, vermischt mit einem guten Schuss erhebender Melancholie –, regte sich in ihm, ohne wirklich Fuß zu fassen. Von Zeit zu Zeit richtete er sich zu voller Höhe auf, um seinen Rücken zu strecken, der wegen der gebeugten Haltung zu schmerzen begann. Es drängte ihn, ein Lied anzustimmen, doch er unterdrückte dieses Verlangen aus dem unbestimmten Gefühl heraus, das ginge jetzt nicht. Sofort fiel ihm der schlummernde Martin ein, und damit wusste er auch den Grund.

Aber der Wunsch wurde immer stärker, ärgerlicherweise gerade wegen des strikten Verbots, so dass er sich kaum noch beherrschen konnte. »Du Idiot« entfuhr es ihm laut.

Unten auf der Straße brach in diesem Augenblick schallendes Frauengelächter aus, das gleich wieder verstummte. Gordweil lächelte unbewusst, wie aus Höflichkeit, während er die sauberen Wäschestücke ordentlich aufgereiht auf den Stuhl neben sich legte. Sehr gut, dass du lachst, sagte er lautlos zu der unsichtbaren Frau. Das ist wirklich gut. Er hörte nicht, dass die Wohnungstür aufging und jemand eintrat. Jetzt klopfte es zweimal zaghaft an seine Zimmertür. Gordweil streckte die Hand aus und öffnete. »Ah!«, rief er überrascht.

»Ich störe wohl«, sagte Lotte, »ich habe mir eine unpassende Zeit ausgesucht.«

»O nein! Ganz und gar nicht. Im Gegenteil.«

Erst jetzt merkte er, dass er ohne Kragen und Jackett war, und wurde ein wenig rot. »Entschuldige bitte, Lotte, dass … dass ich s-so …«, stammelte er verlegen. »Ich bin schon fertig. Gleich bring ich das hier weg. Aber setz dich, bitte. Hierher, aufs Sofa. Es ist mir wirklich eine große Freude. Ich meine, dass du jetzt gekommen bist. Ich bin maßlos glücklich. Im Handumdrehen bin ich frei.«

Er begann mit beiden Händen die Wäsche vom Stuhl zu nehmen, legte sie aber gleich wieder hin und ergriff die halbvolle Wanne. Lotte schaute schweigend zu.

»Entschuldige die Unordnung. Tagsüber ist keine Zeit und jetzt, während das Baby schläft …«

Lotte hielt ihm die Tür auf, und er ging mit der Wanne hinaus. Gleich danach hörte man durch den Flur, wie irgendwo blubbernd und gurgelnd Wasser ablief und die leere Blechwanne krachend gegen eine Wand oder etwas Ähnliches schlug. Einen Moment später kehrte Gordweil zurück, die Wäsche holen.

»Und all das machst du«, sagte Lotte mit spöttischem Unterton und wies mit dem Kopf in Richtung Wäsche.

»Ja, warum nicht?«

»Hm, ich dachte, so was wär eher Frauen- als Männerarbeit …«

»Vorurteile, Lotte«, witzelte Gordweil gezwungen, »heutzutage sind die Bereiche nicht mehr so klar abgesteckt.«

Nachdem er die Windeln in der Küche auf die vom Fenster zur Wand gespannte Leine gehängt hatte, kehrte er ins Zimmer zurück und vervollständigte seine Kleidung. Lotte saß in Hut und Mantel auf dem Sofa und spielte nervös mit ihrer Handtasche. Gordweils Angebot, Tee oder Kaffee zu kochen, lehnte sie ab. Nein, er solle sich ihretwegen keine Mühe machen, sie brauche nichts, wirklich. Gordweil zog einen Stuhl heran und setzte sich.

»Und wie hat es dir in Tirol gefallen? Von Ulrich habe ich erfahren, dass du schon vor sechs Tagen zurückgekommen bist. Ich wollte dich herzlich gern treffen, aber es hat sich nicht einrichten lassen. Du siehst ja, nicht mal abends hab ich Zeit. Man kann das Baby nicht allein lassen.«

»Und Thea hat wohl auch abends in ihrem Büro zu tun …«, bemerkte Lotte zweideutig.

»Nein«, murmelte Gordweil, »sie hat nicht im Büro zu tun. Aber sie geht gern ein bisschen aus. Nach einem geschlagenen Arbeitstag hat sie ein Recht darauf. Man kann wirklich nicht von ihr verlangen, dass sie zu Hause sitzt und aufs Baby aufpasst, nachdem sie sich den ganzen Tag abgerackert hat.«

»Ja, gewiss«, spöttelte Lotte, »solche Hingabe kann man von ihr nicht verlangen …«

»Ich glaube, du hast ihn noch gar nicht gesehen, meinen Martin«, brach er das Thema ab, »wenn du möchtest … Natürlich nur, wenns dich interessiert.«

Lotte warf ihm einen undefinierbaren Blick zu und erhob sich. Sie wollte ihm nicht wehtun. In diesem Augenblick kam Gordweil ihr irgendwie sehr armselig vor. Sie trat an den Wagen, beugte sich über das friedlich schlummernde Baby und betrachtete es teilnahmslos eine Weile im Licht der Petroleumlampe, die Gordweil vom Tisch hochgehoben hatte. Als er so mit der Lampe in der Hand dastand, durchzuckte ihn plötzlich ein sonderbarer Gedanke, der ihm für einen Augenblick das Blut in den Adern gefrieren ließ und ihm einen Schauder über den Rücken jagte: Er hatte auf einmal das Gefühl, Lotte gucke das Kind überhaupt nur an, um festzustellen, ob es noch lebe. In ihrer Beobachtungsweise lag so etwas. Nun beugte sich auch Gordweil von der anderen Wagenseite über Martin, bis er mit dem Kopf fast Lottes Haar berührte, und lauschte angestrengt auf den Atem des Kindes, hörte aber nichts. Maßloses Grauen befiel ihn. Das Herz stand ihm still. Blitzschnell setzte er die Lampe auf den Boden neben dem Wagen und warf sich derart erregt auf das Baby, dass es aufwachte und losheulte. Das Ganze dauerte nur eine Sekunde. Als er die Lampe wieder auf den Tisch stellte, war sein Gesicht totenbleich.

»Was ist? Was hast du, Gordweil?«, stieß Lotte erschrocken hervor.

»Ach, nichts. Gar nichts.« Sein Atem ging schwer und stoßweise wie nach einer großen Anstrengung. »Es schien mir nur … Ah, reine Närrischkeit.«

Er stellte sich hin und wiegte mechanisch das Baby, das sofort aufhörte zu schreien. Ein Weilchen blieb Lotte noch stehen und beobachtete ihn aufmerksam, dann setzte sie sich wieder aufs Sofa. Es herrschte Stille. Nur das sanfte Rollen der Gummireifen über den Boden war zu hören. Auf der Straße rief jemand mit rauer, unangenehmer Stimme: »Wirf's runter. Ich fang's auf. Ich fang's sicher.« Gleich darauf entfernten sich hallende Schritte. Und der Abend schloss sich wieder wie ein stilles Wasser, in dem ein Stein versunken ist. Gordweil setzte sich erneut zu Lotte, ein verschämtes Lächeln im Gesicht, als sei er auf frischer Tat ertappt worden.

»Wieder eingeschlafen«, murmelte er verlegen und blickte Lotte verstohlen an, sehnlich ihr Urteil über das Baby erwartend wie ein Maler, der seine Bilder gezeigt hat.

»Ja, er ist offenbar gut entwickelt. Sieht ganz Thea ähnlich, ihre

Nase, ihr Haar. Wirst du denn nun dauernd mit ihm beschäftigt sein? Bis er groß ist?«

»Nicht dauernd. Manchmal bleibt er ein paar Tage bei den Schwiegereltern. Dann bin ich zeitlich natürlich freier. Weißt du, mein Schwager Freddi hat vor zu verreisen. Bald wird er für lange Zeit wegfahren. Du kennst ihn doch? Nein? Na, auch egal.«

»Wen soll das wohl interessieren, ob er wegfährt oder nicht. Die Weltordnung wird sich dadurch keine Spur verändern.«

»Nein, es ist wirklich nicht wichtig … Ich hab's nur so beiläufig erzählt.« Und einen Moment später: »Und wie geht's dir, meine Liebe? Hast du dich gut erholt in Tirol?«

»Ich bin ja auch vorher nicht krank gewesen, oder?«

»Gewiss, gewiss. Aber die Nerven waren ein bisschen gereizt. Die Großstadt hat ihre Nachteile für empfindliche Menschen.«

»Meine Nerven waren und sind kein bisschen gereizt«, platzte Lotte ohne ersichtlichen Grund heraus. »Weder vorher noch jetzt. Kümmer du dich lieber um deine eigenen Nerven.«

Gordweil wusste auf einmal, dass alles, was er Lotte an diesem Abend noch sagen mochte, irgendwie äußerst dumm sein und sie vermutlich ärgern würde, ohne dass er es ändern konnte. Diese Gewissheit versetzte ihn in eine übertriebene Aufregung und weckte das unkontrollierbare Verlangen, gleich alles unverzüglich herauszuplappern, um es sich von der Seele zu reden. Gleichzeitig durchströmte ihn mit einem Mal ungeheure Mattigkeit, wie in Erwartung körperlicher Züchtigung. Wie immer bei Erregungszuständen fing er unwillkürlich an, nach seinen Zigaretten zu suchen, griff mehrmals in dieselbe Tasche, fand aber keine, obwohl er sicher war, dass er noch welche hatte. Lotte machte die Handtasche auf und gab ihm eine. Er nahm sie, und noch bevor er sie angezündet hatte, hörte er sich sagen: »Nun und Dr. Astel? Das heißt, du hast doch gesagt, du würdest ihn im Herbst heiraten?« Daraufhin spürte er eine gewisse Erleichterung.

Lotte starrte ihn verwundert an, antwortete nicht gleich. Nach einer Minute sagte sie: »Warum interessiert dich das denn so?

Du bist entschieden unhöflich. Ein neuer Zug, den ich an dir gar nicht kenne. Ich werde ihn heiraten, wann ich Lust dazu habe. Vielleicht heirate ich ihn auch nie. Du hast wohl keine anderen Sorgen.«

»Es ist nur, weil ich dich glücklich sehen möchte.« Er ergriff ihre Hand. »Du weißt gar nicht, wie wichtig du mir bist und wie sehr ich dein Bestes möchte.«

Lotte zog ihre Hand zurück, erhob sich und trat ans offene Fenster. Einen kurzen Augenblick blickte sie hinunter, dann kehrte sie zurück und setzte sich an ihren Platz. »Und das Glück besteht darin, Dr. Astels Frau zu werden?«

»Ich weiß nicht, ob darin das Glück für dich liegt. Ich kenne deine Gefühle nicht. Nur weil du vor deiner Abreise gesagt hast, du würdest ihn heiraten, hab ich gedacht … Letzten Endes liegt das Glück des Menschen in ihm selbst und kommt nicht von außen.«

»Wer sagt dir denn, dass ich nicht auch jetzt glücklich bin? Hahaha! So ein Affront! Hör, mein Freund, du siehst einen Splitter im Auge des anderen, aber den Balken im eigenen Auge siehst du nicht …«

»Ich verstehe nicht, worauf sich das beziehen soll.«

»Auslegungen erübrigen sich. So ist es eben.«

Im Nebenzimmer erhob sich Siedls raue, kreischende Stimme und stieß sich überschlagend etwas hervor, von dem die beiden kein Wort verstanden.

»Wer kreischt denn da so?«, fragte Lotte gereizt.

»Das ist Siedl. Ihre Stimme ist unangenehm.«

»Wer ist Siedl?«

»Ah, das weißt du nicht? Sie ist die Tochter der Zimmerwirtin, eine alte Jungfer.«

Das Lampenlicht fiel direkt auf Lottes schmales Gesicht, das trotz des von der scharfen Bergluft gebräunten Teints noch schlechter als sonst aussah und einen neuen, leidenden Zug angenommen hatte. Ihre wunderbaren großen grauen Augen hatten dunkle Ringe, wodurch sie größer und tiefschwarz wirkten. Gordweil kam der Gedanke, sie litte sicher unter Schlaflosigkeit, was ihn sehr beängstigte. Was fehlt ihr bloß, dieser Lotte?, fragte er sich.

»Vielleicht setzt du besser den Hut ab«, sagte er mitfühlend, »davon kriegt man leicht Kopfschmerzen.«

Lotte gab keine Antwort. Möglicherweise hatte sie seine Worte gar nicht gehört. Den Kopf leicht nach links geneigt, saß sie reglos da und starrte vor sich hin, offenbar in finstere, betrübliche Gedanken versunken. Im Nebenraum war Siedls Stimme wieder verstummt, und unten auf der Straße tat sich in diesem Augenblick auch nichts. Die Stille wurde für Gordweil langsam bedrückend. Lottes eisiges Schweigen, das ihrem sonst so temperamentvollen Wesen widersprach, hatte etwas äußerst Schmerzliches, Unnatürliches und Beängstigendes. Es fiel ihm schwer, sie so zu sehen, wollte um jeden Preis das Schweigen brechen und Lottes Gedanken auf Alltägliches lenken. So drückte er ihre Hand und sagte: »Du hast mir noch nicht erzählt, wie du die Zeit dort verbracht hast, in Tirol, und ob du nette Gesellschaft hattest.«

Lotte schreckte wie aus einem Traum hoch. »Nette Gesellschaft? Welche nette Gesellschaft?«

»Dort in Tirol?«

»Nein. Ich bin nicht dorthin gefahren, um Gesellschaft zu suchen.«

»Waren denn keine anderen Wiener dort?«

»Doch, schon. Bankbeamte und so. Uninteressant.« Es überlief sie plötzlich ein leichter Schauder, als friere sie.

»Sollen wir vielleicht das Fenster zumachen? Wenn dir kalt ist?«

»Nein, mir ist nicht kalt. Das heißt, ein bisschen schon. Wenn du so gut sein möchtest, mach bitte zu.«

Als er sich wieder zu ihr gesetzt hatte, sagte er: »Nun, hat's dort viele Ziegen gegeben?«

»Ziegen? Warum gerade Ziegen?«

»Nur so.«

»Eine hübsche Gedankenverbindung, hahaha. Bankbeamte und Ziegen. Aber es waren welche da. Es gab Ziegen. Ich hab ein paar gesehen. Vor allem gibt's dort viele fette Kühe. Gegen Abend ist der ganze Ort voll Glockengebimmel, wenn sie von der Weide zurückkommen. Ein wahrer Hagel von Glockenklang im ganzen Dorf. Aber das ist nur ein kleiner Teil des Bestands. Die meisten sind den ganzen Sommer über auf der Alm und werden erst im Herbst ins Dorf hinuntergetrieben. Ihre Eigentümer freuen sich dann wie bei der Heimkehr des verlorenen Sohns. Sie sind Gesprächsgegenstand auf dem Kirchplatz, abends nach der Arbeit. Mit Bergblumenkränzen geschmückt, kommen sie herab, die Kühe, und schwere Glocken baumeln ihnen am Hals. Ein wohlhabender Bauer hat nicht wenige davon auf der Alm.«

»Muss sehr interessant sein, das Leben in so einem Tiroler Dorf. Diese Menschen leben sicher noch wie vor dreihundert Jahren.«

»Beinah. Zumindest die Alten. Die junge Generation ist schon ein wenig vom Zeitgeist verdorben. Sie sind im Krieg, in Gefangenschaft gewesen, und ihre ursprünglichen Eigenarten haben sich etwas verwischt. Aber all das wird in ein paar Jahren vergessen sein. Alles wird wieder so werden, wie es gewesen ist. Die Berge bringen den Menschen unter ihre Herrschaft, unterwerfen ihn, drücken ihm ihren Stempel auf. Das Leben dort ist hart, entbehrungsreich, deprimierend. Kein Wunder, dass sie alle gottesfürchtig sind, die Bergler, und allem möglichen Aberglauben nachhängen.«

Das Baby fing an zu weinen, und Gordweil sprang auf, es in den Schlaf zu wiegen. Lotte erhob sich ebenfalls, trat hinzu und betrachtete das Kind, was bei Gordweil Unbehagen weckte, gewissermaßen einen Nachhall seines vorherigen Empfindens.

»Ich weiß gar nicht, was er heute hat. Er schläft doch sonst immer den ganzen Abend und wacht erst in der Nacht auf, so gegen vier.«

»Thea stillt ihn?«

»Sicher. Was denn sonst?«

»Ich dachte schon, du … hahaha. Weil du ja alles andere auch machst.«

Gordweil lächelte gequält.

»Du hättest ein Kindermädchen für ihn nehmen müssen«, spöttelte Lotte.

»Wenn ich es mir erlauben könnte«, erwiderte Gordweil ernst. »Oder nein. Auch dann nicht. Auf die ist kein Verlass. Ein fremdes Baby – da passen sie nicht richtig auf.«

»Die Kinderfrauen werden nun einmal nur für fremde Babys eingestellt und nicht für ihre eigenen.«

»Ja, gewiss. Aber ich … ich hab mich schon dran gewöhnt, ihn selbst zu versorgen, es stört mich nicht. Und ich kann auch für mich selber arbeiten«, fügte er wie entschuldigend hinzu. »Abends kann ich nach Herzenslust schreiben. Da habe ich Zeit. Und manchmal auch am Tag. Ja, es ist sogar eine besondere Freude, zu arbeiten, während Martin schläft. Das stärkt gewissermaßen die Seelenruhe. In den letzten Monaten habe ich viel mehr gearbeitet als zu Beginn des Sommers. Er hat meiner Arbeit wirklich Segen gebracht.«

Er beugte sich hinunter, um zu sehen, ob das Kind wieder eingeschlafen war, und bedeutete Lotte mit dem Kopf, zum Sofa zurückzukehren. Es war bereits halb elf. Lotte verkündete, sie werde bald gehen. Trotzdem setzte sie sich wieder an ihren Platz.

»Gestattest du, dass ich das Fenster ein wenig aufmache? Natürlich nur, wenn dir nicht kalt ist. Ich möchte rauchen, und der Rauch schadet ihm.«

Lotte zündete sich ebenfalls eine Zigarette an, drückte sie aber gleich wieder aus. »Weißt du«, sagte sie plötzlich, »ein Mann wie du kann einen zur völligen Verzweiflung bringen. Ich weiß nicht, ob du wirklich ein Narr bist oder nur so tust …«

»Wieso das?«, fragte er arglos. »Mir ist nicht klar, womit ich solches Lob verdient habe.«

Flüsternd und abgehackt fuhr Lotte fort, anscheinend mehr an sich selbst als an Gordweil gerichtet: »All das kann einen ja um den Verstand bringen. Wenn jemand sich einredet, es sei alles in bester Ordnung, während nichts, aber auch gar nichts in Ordnung ist. Das kann ja ein Baby sehen, ein Blinder sieht's ohnehin.«

Gordweil blickte sie verständnislos an. Er spürte zwar, dass sich die Dinge in gewisser Hinsicht auf ihn bezogen, und aus irgendeinem Grund fühlte er sich ihr gegenüber schuldig, aber er wusste nicht recht, wieso und warum, schreckte innerlich davor zurück, sie um Erklärungen zu bitten, und begann unwillkürlich seine Fingernägel zu inspizieren.

Lotte fuhr abrupt von ihrem Platz hoch. »Na schön«, sagte sie. »Ich bin überzeugt, dass du deinen Irrtum irgendwann einmal erkennst, nur wird's dann zu spät sein.« Damit reichte sie ihm die Hand zum Abschied.

»Es tut mir leid, dass ich dich nicht begleiten kann. Man darf das Baby nicht allein lassen. Wenn du noch etwas warten würdest – Thea muss jeden Augenblick kommen.«

»Ich brauche Thea nicht«, brauste sie wütend auf. »Deine Thea kannst du für dich selber behalten. Und auch dich brauche ich nicht, hörst du? Keine Spur brauch ich dich, damit du das von heute an weißt. Ich will gar nicht, dass du mich begleitest, ich will nicht. Ihr alle da … allesamt … dass es euch bloß nicht einfällt, mich zu begleiten, hörst du?«

Ihr Gesicht war knallrot vor Wut, als sie sich mit einem Ruck umdrehte und hinausrauschte. Gordweil griff eilig nach der Petroleumlampe und lief hinterher, um ihr zu leuchten. Er hörte sie mit schnellen, trommelnden Schritten die Treppen hinabhasten und verspürte plötzlich das Bedürfnis, ihr nachzulaufen, sie zu begleiten, bis sie sich wieder beruhigt hätte. Man durfte sie doch unmöglich so allein lassen, in diesem Gemütszustand. Aber er verharrte auf der Stelle, am Treppengeländer, die Lampe in der Hand, blieb ein paar Minuten so stehen, auch dann noch, als die Haustür unten auf- und wieder zugemacht wurde und Lottes

Schritte in der weiten Nacht verhallten. Dann kehrte er ins Zimmer zurück und stellte mechanisch die Lampe auf den Tisch. Das Herz verkrampfte sich ihm derart schmerzhaft, dass er nach Atem rang. Er hatte das sichere Gefühl, dass Lotte ein großes Unrecht geschehen war, zwar nicht durch seine unmittelbare Schuld, aber vor seinen Augen, ohne dass er protestiert hätte. Plötzlich trat er zum Sofa, sank davor in die Knie, vergrub das Gesicht an der Stelle, an der Lotte gesessen hatte, und verharrte lange so, wie versteinert in großer Trauer.

Als Thea eine halbe Stunde später nach Hause kam, fand sie ihn immer noch so reglos vor dem Sofa knien. Er rührte sich erst, als sie ihn wie einen leblosen Gegenstand mit dem Fuß anstieß.

28.

Gordweils hingebungsvolle Fürsorglichkeit und Pflege nützten nichts. Zwei Tage nach Lottes Besuch ging eine völlige Veränderung mit dem Baby vor. Es weinte pausenlos und krümmte sich wie im Krampf. Man konnte es nicht zum Schlafen bringen, und wenn es endlich doch einschlief, wachte es wenige Minuten später wieder auf und schrie. Die Geschichte fing nachts an. Und als Gordweil sah, dass das Schreien nicht aufhören wollte, rief er einen ihm bekannten Arzt im Bezirk an, der den Kleinen schon ein paarmal besucht hatte. Der Arzt kam gegen Abend und befand, dass Martin an einer Magenstörung litt, einer »häufigen Erkrankung bei Kindern dieses Alters«. Er riet dringend zur Überführung ins Krankenhaus, da die Sache »nicht ungefährlich« sei, es hieße lügen, wolle er das Gegenteil behaupten, und hier sei niemand, der ihn im Krankheitsfalle angemessen pflegen könne. Außerdem müsse mehrmals am Tag ein Arzt nach dem Säugling sehen, was zu Hause kaum durchführbar sei.

Die Diagnose traf Gordweil wie ein Blitzschlag. Ratlos stand er vor dem Arzt, die Beine drohten ihm nachzugeben. Konnte er sich denn gänzlich von dem Kind trennen? Es in fremde Hände geben, besonders jetzt, da es krank war, das arme Küken? Andererseits wusste er, dass es sich nicht umgehen ließ, dass es keine Alternative gab. Er blickte den Doktor flehend an, er möge vielleicht einen anderen, passenderen Ausweg finden, aber der zwirbelte nur mit professioneller Miene seinen Schnurrbart und wiederholte: »Da kann man nichts machen, lieber Herr Gordweil. Es ist der einzige Weg in diesem Fall. Ihr Misstrauen gegen das Krankenhaus ist absolut unbegründet. Und außerdem: Gibt es denn eine andere Wahl? Na also.« Er klopfte Gordweil ermunternd auf die Schulter. »Nur Mut und ruhig Blut. Übrigens arbeite ich vormittags dort und werde auf ihn aufpassen.«

Derweil kam Thea aus dem Büro zurück. Sie stimmte sofort mit dem Arzt überein: »Aber gewiss. Wenn er krank ist, gibt es nichts als ab ins Krankenhaus. Wer kann ihn denn hier pflegen?«

Der Arzt sagte noch, die Zeit dränge, sie sollten ihn unverzüglich hinbringen. Er werde gleich anrufen, damit man ihm ein Bett reserviere. In Gordweil keimte plötzlich das sichere Empfinden auf, dass nun alles unheilbar verloren sei. Er sagte nichts mehr.

Sobald der Arzt gegangen war, nahm er das Baby, das ausgerechnet in diesem Moment eingeschlafen war, wickelte es in eine Decke und ging wortlos mit ihm hinaus, während Thea sich rauchend auf dem Sofa ausstreckte.

Unten stieg er, Martin im Arm, in die Linie 5. Eine alte Frau bot ihm ihren Platz an, aber er blieb stehen. Jetzt war ihm alles egal. Er bildete sich ein, das Baby sei jetzt sehr leicht, er fühlte es ja kaum auf dem Arm – und doch wog es immerhin zwölf Pfund. Eigentlich ein schönes Gewicht. Nein, sprang er zu einem anderen Gedanken über. Also Theas Benehmen! Welche Gleichgültigkeit! Keinen einzigen Blick hatte sie ihm zugeworfen, als er mit ihm weggegangen war. Ein solches Verhalten zu einem Baby war ihm völlig unbegreiflich. Kaum vorstellbar, dass sie derart hartherzig sein sollte.

Die Säuglingsklinik war nicht weit, und er kam schnell hin. Der Tag ging langsam in Dunkelheit über, der Himmel war trüb, ein kühler Herbstwind fegte durch die Straßen und blies einem bisweilen ein trockenes Blatt ins Gesicht. Eine stämmige Schwester, deren Gesicht Gutmütigkeit ausstrahlte, nahm ihm, nachdem die Geburtsdaten und sonstigen Formalitäten notiert waren, Martin ab und gab ihm die leere Decke zurück. All das geschah in einer Affengeschwindigkeit, noch bevor sich Gordweil einen Moment am Anblick des geliebten Kleinen weiden konnte. Jetzt plötzlich bereute er, ihn hergebracht zu haben, da er doch gerade die ganze Zeit ruhig geschlafen hatte, als fehle ihm nichts. Vielleicht hatte der Arzt sich geirrt?, zweifelte er plötzlich. Womöglich fehlte ihm gar nichts? Mit gesenktem Blick blieb er weiter unentschlossen in der Aufnahme stehen. Und mit einem Schlag wallte die absolute Gewissheit in ihm auf, dass er eben etwas Furchtbares getan hatte, das sich nie wiedergutmachen ließ. Wie hatte er dem Arzt gehorchen und ihn hierherbringen können? Wo hatte er in jenem Augenblick bloß seinen Verstand gelassen? Und Thea? Die hatte, ohne mit der Wimper zu zucken, zugestimmt. Mit unverzeihlicher Gleichgültigkeit. Plötzlich überströmte ihn ungeheurer Hass auf Thea, als sei sie allein an dem ganzen Unglück schuld. Er hatte schon den Mund geöffnet, um der Schwester zu sagen, er habe es sich anders überlegt und beschlossen, sein Kind wieder mit nach Hause zu nehmen, als sie ihm, ohne ihn anzusehen, mitteilte: »Also, mein Herr, die Besuchszeit ist vormittags von zehn bis zwölf und nachmittags von zwei bis sechs. Das gilt für die Mutter. Für sonstige Verwandte nur nachmittags von zwei bis vier.«

Da faltete Gordweil die Decke zusammen, klemmte sie sich unter den Arm und ging.

Draußen hatte sich der Abend schon vollends durchgesetzt. Die Laternenflammen flackerten im Wind, der inzwischen zugelegt hatte. Gordweil fühlte sich mit einem Schlag sehr müde. Aber nach Hause gehen – was sollte er da jetzt anfangen? Eine

Weile spazierte er vor dem Gitterzaun des Krankenhausparks auf und ab, blieb hin und wieder stehen und versuchte mit dem Blick in das zweistöckige weiße Gebäude einzudringen, das im Park versteckt lag, konnte aber nichts erkennen. Dann wechselte er auf den anderen Gehsteig. Von hier aus sah man nur die erleuchteten zugezogenen Fenster des zweiten Stocks. Gordweil strengte seine Pupillen an, die blütenweißen Gardinen zu durchdringen – vergebens! Man konnte nichts sehen. Eine volle Straßenbahn ratterte an ihm vorüber. Ach, was würde er darum geben, jetzt noch einmal hineingehen und ihn kurz anschauen zu dürfen. Im selben Moment fing irgendwo ein Baby an zu schreien. Ein kalter Schauder überlief ihn. Er hätte schwören können, dass es die Stimme seines Sohnes war … Genauso schrie Martin. Doch sofort sagte er sich, dass es ausgeschlossen war, ihn von der anderen Straßenseite, noch dazu durch geschlossene Fenster zu hören. Trotzdem blieb er weiter stehen, lauschte verkrampften Herzens auf das Baby und war erst beruhigt, als es wieder aufhörte. Er überquerte erneut die Straße und legte das Ohr an den Eisenzaun, ohne einen Ton zu hören. Nach ein paar Minuten begann er sich schleppenden Schritts langsam zu entfernen, machte jedoch wieder kehrt und horchte am Zaun, als wolle er jemanden überraschen. Aber auch diesmal konnte er nichts Verdächtiges wahrnehmen. Schließlich ging er weg.

Nicht weit, auf einem kleinen Platz vor dem Eingang zum Augarten, standen ein paar mit Herbstlaub übersäte Bänke. Er steuerte auf die erste zu und setzte sich. Hob eine zu Boden gefallene Zeitung auf, las geistesabwesend im Licht einer Straßenlaterne den Titel, *Neues Wiener Journal*, und warf sie wieder weg. Vielleicht würde ihn die Schwester morgen Vormittag hineinlassen, wenn er sie um eine Sondererlaubnis bat. Ach, das arme Vogerl. Die Zeitung zu seinen Füßen raschelte im Wind; Gordweil bückte sich instinktiv erneut danach. Es bestand eine geheime Verbindung zwischen ihm und diesem Morgenblatt, das gewissermaßen seinen Geist bereits aufgegeben hatte. Er spürte undeutlich, dass er sie brauchte, diese Zeitung, ohne zu wissen, warum – und diese Ungewissheit begann ihn zu ärgern. Da hatte er es: bestimmt um die Decke hineinzuwickeln. Nein, entschied er im selben Moment. Für die Decke würde er eine neue, saubere Zeitung kaufen, nicht dieses zerknitterte Blatt, das auf dem Boden herumlag. Er erhob sich und wollte die Decke nehmen – doch da merkte er, dass er sie nicht mehr bei sich hatte. Grauen packte ihn. Dieser Verlust galt ihm als schlechtes Omen. Fieberhaft suchte er die Umgebung der Bank ab – vergeblich. Dann ging er den Weg zum Krankenhaus zurück, in gebeugter Haltung langsam einen Fuß vor den anderen setzend und den Boden nach allen Seiten beäugend. Und tatsächlich, nach wenigen Schritten hatte er sie bereits gefunden. Er freute sich riesig, als habe er nun die Garantie, dass alles glatt verlaufen werde, faltete die Decke zu einem kleinen Bündel zusammen, das er jetzt in die Hand nahm und nicht unter dem Arm trug wie zuvor. Schleppend trat er den Rückweg an, vorbei an der Bank, auf der er gesessen hatte, wobei er unwillkürlich zu der Zeitung hinsah, die immer noch auf dem Boden umherrollte. Was sollte er damit? Grundlose Wut erfüllte ihn plötzlich – ja, er würde sich eine neue kaufen. Aber der nächstgelegene Kiosk hatte bereits geschlossen, und im ersten Augenblick begriff er nicht, wieso. Es ist doch heute kein Feiertag. An einem gewöhnlichen Werktag einfach die Läden schließen! Doch da fiel ihm ein Grund ein, die späte Stunde, und zu seiner Bestätigung sah er auf der erleuchteten Uhr des Nordwestbahnhofs: halb acht. »Dann ist es kein Wunder«, schlussfolgerte er laut. Schlagartig, gleich einer plötzlichen Erleuchtung, wurde er sich seines Unglücks bewusst und fühlte sich wie vor den Kopf gestoßen. Unwillkürlich machte er kehrt und hastete zurück, als müsse er sich beeilen, um vielleicht doch noch etwas retten zu können. Doch plötzlich blieb er stehen, als habe er die Sinnlosigkeit seines Dauerlaufs eingesehen. Blickte um sich und bemerkte, dass er genau wieder vor der bewussten Bank stand. Bückte sich zerstreut, hob die Zeitung auf, setzte sich und wickelte die Decke darin ein.

Der Wind wehte unverändert. Gordweil war ohne Mantel und spürte plötzlich, wie ihm die strenge Kälte durch Mark und Bein ging. Nein, entschied er augenblicklich. Man muss es dem Morgen überlassen. Morgen wird sich alles regeln. Damit stand er auf und ging in Richtung Taborstraße.

Er schritt langsam aus. Hatte ja eine Unmenge Zeit. Indes huschte ihm der Gedanke durch den Kopf, dass es hier, in der Taborstraße, wärmer sei, aber er hielt sich nicht länger damit auf. Schließlich konnte es ihm egal sein. Erfrieren würde er nicht. Das Hauptproblem lag vielmehr darin, dass er nicht wusste, was er mit der freien Zeit anfangen sollte. Es war erst acht Uhr – noch vierzehn unausgefüllte, grenzenlos bedrückende Stunden bis morgen früh um zehn. Mittlerweile war er bis vors Zentralkino gelangt, aus dessen Eingang eine helle Lichtzunge bis zur anderen Straßenseite hinüberleckte. Aus Gewohnheit blieb er stehen, um sich die zu beiden Seiten ausgestellten Bilder anzusehen, nahm sie aber kaum wahr. Als er sich zum Weitergehen umwandte, sah er plötzlich Thea in Begleitung eines ihm unbekannten Mannes aus der Gegenrichtung auftauchen. Sein Geist wurde bei ihrem Anblick mit einem Schlag klar, und ein Würgen stieg ihm in die Kehle. Er blieb wie angewurzelt stehen. Thea, die ihn von weitem erkannt hatte, bedeutete ihm mit einer Kopfbewegung zu verschwinden. Aber Gordweil regte sich nicht. Als sie an ihm vorbeikam, passte sie den richtigen Augenblick ab, ihn so kräftig in den Arm zu kneifen, dass er beinahe einen Schmerzensschrei von sich gegeben hätte. »Idiot«, murmelte sie und betrat das Kino mit ihrem Begleiter, der nichts mitgekriegt hatte.

Sein erster Impuls war, sie einzuholen und ihr ins Gesicht zu schreien, dass das Kind schwer krank sei und sie das nicht auf die leichte Schulter nehmen dürfe ... Aber er fasste sich noch rechtzeitig und setzte elend und niedergeschlagen seinen Weg in die Innenstadt fort. Er war einsam, ohne einen Menschen auf der ganzen Welt, dem er seinen erdrückenden Kummer hätte mitteilen können. Noch nie hatte er sich so allein gefühlt wie in diesem Augenblick. Ziellos irrte er durch die Straßen, versunken in einen dumpfen, bestialischen Schmerz, der ihm wie ein schweres Gift im ganzen Leib brodelte. Ohne zu wissen, wie er hingelangt war, fand er sich plötzlich vor dem Café Herrenhof wieder. Er trat ein. Dr. Astel und Ulrich waren ins Gespräch vertieft. Er folgte ihrer Einladung, sich zu ihnen zu setzen, stand aber nach wenigen Minuten wieder auf.

»Nein«, sagte er. »Ich bleib nicht hier.«

Damit ging er hinaus. Er war jetzt nicht imstande, an einem Fleck auszuharren. Musste umherwandern, seine Sorgen und seine Einsamkeit durch körperliche Erschöpfung lindern. So schritt er weiter aus, ohne auf die Straßen zu achten, die er passierte. Unwillkürlich mied er die verkehrsreichen, gut beleuchteten Hauptadern, weil in seiner Seele tiefes Dunkel herrschte und ihm das Licht schwer erträglich war. Nachdem er an die zwei Stunden so gelaufen war, erreichte er seine Straße. Es war schon halb zwölf. Behutsam und geräuschlos wie gewohnt, um ja nicht das Baby zu wecken, öffnete er die Zimmertür, als ihm klar wurde, dass Martin gar nicht zu Hause und seine Umsicht folglich überflüssig war, worauf er sie ärgerlich hinter sich zuschlug. Thea war noch nicht da. Er zündete mechanisch die Petroleumlampe an, setzte sich an den Tisch und stützte den bleischweren, gedankenleeren Kopf in beide Hände. Stille herrschte im Haus, Stille stieg von der Straße auf und strömte durch das offene Fenster ins Zimmer. Eine Weile blieb Gordweil so sitzen, erschöpft vom langen Gehen und benommen vor Kummer. An der Wand über dem Sofa, unterhalb der Decke, klebte reglos eine riesige Spinne. In diesem Augenblick polterte draußen etwas Blechernes mit hohl gellendem Aufschlag auf die Pflastersteine, wobei ihm der Sturz erst jetzt ins Bewusstsein drang, als bezeichne der Aufschlag den Anfang des Falls. Gordweil sprang mit einem Mal auf, trat an den Kinderwagen, der an der gewohnten Stelle zwischen Bett und Waschtisch stand, beugte sich über ihn und guckte eine Weile hinein, als wolle er sich vergewissern, dass das Kind schlief.

Entdeckte dann, dass er so leer war, wie er ihn vor ein paar Stunden verlassen hatte. Drehte sich zum Sofa um, auf das er beim Eintreten die kleine Decke gelegt hatte, wickelte sie aus der Zeitung, trug sie zum Wagen und breitete sie darüber, wie er es sonst getan hatte, um Martin zuzudecken. Und auf einmal, durch eine starke, unwiderstehliche Macht getrieben, langte er nach dem Wagengriff und begann ihn auf und ab zu wippen. Gleich darauf schrak er zusammen, ließ den Wagen los und floh grauenerfüllt zum Sofa. Sein Gesicht war kreidebleich. Instinktiv blickte er sich nach allen Seiten um, ob ihn auch niemand ertappt hatte. »Ach«, stöhnte er laut. »Mein Geist verwirrt sich. Was soll aus mir werden?«

Eine Zeitlang lag er auf dem Sofa, zusammengekrümmt wie ein lebloser Klumpen, dann fuhr er entschlossen hoch und trat ans offene Fenster. Was soll der ganze Lärm?, fragte er sich. In ein paar Tagen ist er wieder gesund und kommt nach Hause. Du Esel! Es haben schon andere erlebt, dass ein Baby krank wird – was ist schon dabei? Danach ist er wieder gesund.

Thea war unbemerkt eingetreten. Als er sich umdrehte und sie sah, schreckte er zurück. Sie warf ihm einen höhnischen Blick zu und zog wortlos den Mantel aus. Darauf sagte Gordweil mit einer Stimme, die ihm selber fremd vorkam wie die eines anderen: »Du kannst ihn vormittags von zehn bis zwölf und nachmittags von zwei bis sechs besuchen.« Und nach kurzem Zögern fügte er hinzu: »Lass dich morgen früh entsprechend beurlauben und geh ihn stillen.«

Thea lachte laut auf. »Und wenn ich deinen Befehl nicht befolge, gnädiger Herr?«

»Es ist kein Befehl«, antwortete er ruhig, »ich wollte dich nur erinnern. Das Kind ist schwer krank, wie du sehr wohl weißt, und die geringste Nachlässigkeit unsererseits kann schlimme Folgen nach sich ziehen. Du hast doch selbst gehört, was der Arzt gesagt hat.«

»Das ist meine Privatangelegenheit. Ich werde ins Krankenhaus gehen, wann's mir passt. Und wenn ich nicht will, geh ich gar nicht. Mach das Fenster zu. Es kommt Kälte rein.«

Nachdem er ihren Wunsch erfüllt hatte, sagte er: »So oder so bitte ich dich, es nicht zu vergessen. Die Sache ist nicht zum Spaßen.«

Thea, die beim Ausziehen war, blickte ihren Mann verblüfft an. Sein bestimmter Ton war ihr völlig neu. Ah, dachte sie, der Kleine fängt offenbar an zu bocken. Die Sache kam ihr sofort ausgesprochen lächerlich vor, zumal ihr einfiel, wie sie noch vor einer halben Stunde mit ihrem neuen Liebhaber über ebendiesen Ehemann gespottet hatte. Sie hatte ihm geschildert, wie sich der Gatte um ihr Baby kümmere, das – wie sie mit absoluter Sicherheit wisse – gar nicht von ihm sei, worauf ihr Galan bemerkte, ihr Mann sei demnach »eine geborene Kinderfrau«, der man zu gegebener Stunde eine ausgezeichnete Stellung anbieten könne – und schon war die beiderseitige Heiterkeit noch höher gebrandet.

Thea brach in schallendes Gelächter aus. Gordweil schoss bei diesem leichtsinnigen Gejohle das Blut zu Kopf. Ungeheure Wut überkam ihn, was ihn selbst überraschte, weil ihn das Lachen zu anderer Zeit nicht weiter beeindruckt hätte. Doch brachte er seinen Ärger sofort unter Kontrolle und sagte nur in bebendem Ton: »Ich verstehe nicht. Was soll das Lachen? Es besteht keinerlei Grund dazu. Die Lage ist keineswegs lächerlich, meine ich.«

»Und woher weißt du, dass es nichts zu lachen gibt? Komm, hier hast du eine Zigarette. Du amüsierst mich köstlich, mein Kleiner.«

Gordweil gab keine Antwort. Er trat ans Bett und zog sein Bettzeug heraus, um sich sein Lager zu bereiten. Durch seine offene Rebellion gereizt, ging Thea mit nackten Armen, nur im Unterkleid, auf ihn zu, legte ihm die Hand um die Taille und steckte ihm mit der anderen eine Zigarette zwischen die Lippen.

»Was denn, Häschen, du weigerst dich, eine Zigarette von mir anzunehmen?« Und fügte gleich hinzu: »Sie sind gut, aus bester Quelle. Ich habe sie eben erst geschenkt bekommen, hahaha.«

Von ungeheurem Brechreiz gewürgt, ließ Gordweil die Zigarette aufs Bett fallen. »Ich möchte jetzt nicht rauchen. Was willst du denn? Ich tu's nachher …«

»Nicht später, sondern jetzt, auf der Stelle«, beharrte Thea. »Du verabscheust meine Zigarette, Freundchen? Schöne Zeiten sind bei uns angebrochen. Komm, lass uns einträchtig rauchen.«

Er war gezwungen, seinen Willen dem ihren unterzuordnen und seinen Ekel hinunterzuwürgen. Jetzt, um Mitternacht, konnte er keinen Streit anfangen, und so gab er auch diesmal nach, wie immer. Thea zog ihn auf ihren Schoß und passte auf, dass er ordentlich zog. Die Tatsache, dass er eine Zigarette rauchte, die sie kurz zuvor von ihrem Liebhaber erhalten hatte, bereitete ihr besonderen, perversen Hochgenuss, zumal ihr Mann sehr wohl die Herkunft kannte – dessen war sie sicher – und sie gegen seinen Willen paffte.

»Nun, wie schmeckt sie dir? Die ist gut, nicht wahr? Ich wusste, dass sie dir guttun würde.«

Gordweil saß auf ihrem Schoß und blickte an die Wand. Plötzlich befielen ihn große Traurigkeit und unendliche Verzweiflung, die sein Herz in die Zange nahmen. In diesem Moment wünschte er sich, Tausende Meilen weg zu sein, in einem anderen Land, unter fremden Menschen – zusammen mit Martin natürlich, aber an einem Ort, an dem alles klar und einfach war und an dem man keine so grässlichen Zigaretten rauchen musste … ja, überhaupt nicht zu rauchen brauchte … Doch gleichzeitig wusste er auch, dass es keine Zuflucht für ihn gab, dass er nie von Thea loskommen würde. Denn er liebte sie doch … liebte sie trotzdem … trotz allem. Sein Blick fiel auf die Spinne, die immer noch schwarz und riesig an der Decke hing. Die schläft jetzt, dachte er und spürte dabei, dass er selbst todmüde war. Er drückte den Zigarettenstummel aus und wollte vom Schoß seiner Frau hinunterspringen. Aber die hielt ihn fest.

»Was, willst du nicht lieb zu mir sein?«

»Ich … jetzt … ein andermal … ich bin müde …«, murmelte Gordweil.

»So! Du liebst mich also nicht mehr.«

»Doch, aber …«

Und in jäher Anwandlung umfasste er ihren Hals mit beiden Händen und drückte ihr die Lippen auf den Mund wie jemand, der sich in einen tiefen Abgrund stürzt. Thea hob ihn sofort hoch und schleppte ihn zum Sofa.

Hinterher war Gordweil schamerfüllt. Dort lag sein krankes Kind, schrie vielleicht diesen Augenblick vor Schmerzen – und er frönte hier der Liebe.

»Du gehst ihn doch morgen früh stillen, nicht wahr, Liebling?«

»Ich hab dir schon einmal gesagt, du sollst dich nicht in Dinge einmischen, die dich nichts angehen. Wenn ich Lust habe, geh ich, und wenn nicht, dann eben nicht.«

Sie lag auf dem Sofa ausgestreckt, die Hände unter dem Kopf verschränkt. Gordweil saß neben ihr.

»Hol mir meine Zigaretten vom Tisch.«

Als er sich wieder neben sie setzte, sagte sie unvermittelt: »Wenn du nun zum Beispiel gewusst hättest, dass ich heute, erst vor einer Stunde oder nicht einmal, bei einem andern gewesen bin? Nur eine Stunde vor dir, mehr nicht?«

Ein grausamer Zug trat auf ihr Gesicht, während sie ihren Mann mit einem Lanzenblick durchbohrte, um seine Reaktion zu prüfen. Der aber war Derartiges ja gewohnt. Sie will mich wieder wütend machen, dachte er. Unnötige Grausamkeit!

»Ich glaube es nicht«, sagte er entschieden.

»Wirklich? Du glaubst es nicht? Und dieser Mann, mit dem ich ins Kino gegangen bin – du meinst wohl, wir hätten miteinander Würfel gespielt, hahaha! Ich kann dir Einzelheiten erzählen.«

»Es stimmt nicht«, beharrte er. »Außerdem interessiert es mich gar nicht. Ich habe keinerlei Bedürfnis, es zu erfahren.«

Er wollte aufstehen, aber Thea hielt ihn am Arm fest.

»Bleib bitte ruhig, mein Kleiner. Also du glaubst es nicht. Schön.«

Nun begann sie ihm zynisch und in allen Einzelheiten darzulegen, was zwischen ihr und jenem Mann geschehen war, wobei sie ihn immer noch festhielt, damit er nicht ausriss. Von Zeit zu Zeit unterbrach sie ihre Schilderung mit einem boshaft durchdringenden Auflachen und fuhr dann mit sichtlichem Vergnügen fort. Gegen seinen Willen hörte Gordweil zu, angewidert und unter unmenschlichen Qualen, schwer schnaufend und am ganzen Körper schweißbedeckt. Trotz alledem bereitete ihm die Geschichte, ohne dass es ihm bewusst geworden wäre, auch einen sonderbar stechenden Genuss, jene perverse Lust im Leiden, so dass sich wiederum nicht mit Sicherheit sagen ließ, er habe nur gezwungenermaßen zugehört ... Als Thea fertig war, schwieg er eine Weile. Schließlich stand er auf, als schüttle er einen Alptraum ab, trat an den Tisch und setzte sich.

»Und trotzdem ist es nicht wahr«, stieß er plötzlich, wie zu sich selbst, hervor. »Von Anfang bis Ende erfunden ...«

»Idiot«, herrschte ihn seine Frau an.

Mehr wurde an jenem Abend nicht gesagt.

Es war schon eine Stunde nach Mitternacht, als sie sich hinlegten. Erregt von den Ereignissen des langen Tages, konnte Gordweil nicht einschlafen. Er lag auf dem Rücken und starrte in die Nacht. Ein Fenster stand offen, der Abendwind war abgeflaut, aber eine unbestimmte Kälte, die Sommer und Winter in sich vereinigte, drang lautlos ins Zimmer und strich auch Gordweil zuweilen übers Gesicht, ohne dass er es spürte. Müde war er, mit matten Gliedern, und der Kopf war ebenfalls glühend und bleischwer, schlaftrunken und voller Gedankensplitter wie ein Topf voller Hülsenbohnen. Ah, wenn er doch nur einschlafen könnte. Ihn bedrängte das lächerliche Gefühl, wenn er hier einschliefe, würde dort im Krankenhaus auch Martin mit ihm Schlaf finden und genesen. Und jetzt verzögerte er hier eigenhändig ...

Er schloss die Augen und blieb reglos liegen, damit es ihm vielleicht auf diese Weise gelänge. Doch da wehte ihm ein kalter Luftzug durch den Kopf, unter der Stirn, von rechts nach links, nichts als ein jäh aufflackernder nervöser Schmerz, der Gordweil erneut veranlasste, die Lider aufzuschlagen. Der Arzt hatte die Einlieferung angeordnet, und vermutlich verstand er mehr ... Auf wen sollte man sich denn sonst verlassen? Das Krankenhaus machte sogar einen recht guten Eindruck ... Die füllige Schwester hatte das Kind liebevoll angelächelt – ein Zeichen, dass sie – nein, das war kein Zeichen. Es ließ keinerlei Schlüsse zu. Na ja, morgen würde man sehen. Wenn ihm die Sache nicht gefiel, konnte er ihn ja gleich wieder mit nach Hause nehmen. Zu Hause gebe es niemand, der sich um ihn kümmern könnte? Und was war mit ihm, Gordweil? Und wenn ärztliche Aufsicht erforderlich war, sollte der Arzt eben zweimal täglich kommen. Geld würde sich für diesen Zweck finden. Ja, morgen würde sich alles entscheiden. Aber die Zeitung unter der Bank, was war das für ein Störenfried gewesen. Hatte keine Ruhe gegeben. Schließlich hätte er die Decke auch uneingewickelt tragen können. Eine Zeitung wäre gar nicht nötig gewesen ... Was hatte er eigentlich damit gemacht? Als er nach Hause kam, hatte er sie aufs Sofa gelegt, das war klar, aber hatte er sie dann wieder weggenommen oder nicht? Vielleicht hatte er das Laken ausgebreitet, ohne sie vorher wegzunehmen? Gordweil begann mit den Zehen das Fußende des Sofas abzutasten, ob dort eventuell die Zeitung raschelte, aber er konnte nichts hören. Unsinn, sagte er sich. Ist doch schließlich egal.

Er drehte sich auf die Seite, das Gesicht zur Fensterfront, um einzuschlafen. Und Thea?, drängte sich ihm ein neuer Gedanke auf. Nein, es war kein Gran Wahrheit in ihren Worten. Das konnte er auf keinen Fall glauben. Einfach, weil alles erfunden war ... Sie hatte besonderen Spaß daran, ihn zu ärgern, und erfand daher alle möglichen Geschichten. Aber er würde sich nicht hereinlegen lassen. Was scherte es ihn? Und wenn es trotzdem stimmte? Ja, wenn alles, was sie erzählte, auf Wahrheit beruhte? Dann, ah … nun, auch dann ging ihn das weiter nichts an … das heißt, gewiss, es war nicht seine Angelegenheit … Was hatte er denn dadurch zu verlieren? Aber die Sache war von Anfang bis Ende erfunden – das war sonnenklar. Ebenso, wie auch das gelogen war: die Geschichte, dass Martin nicht sein Sohn sei. Mit solchen Dummheiten konnte er sich nun wirklich nicht abgeben.

In seinen Gliedern breitete sich eine höchst unangenehme Hitzewelle aus. Die Sache nimmt ja gar kein Ende, stöhnte er verzweifelt. Man muss schlafen.

In diesem Augenblick ging jemand auf der Straße vorbei. Angestrengt horchte Gordweil auf die Schritte, als sei das für ihn besonders wichtig, verfolgte sie, bis sie vollends in der Nacht verschwunden waren, als habe es sie nie gegeben. Jetzt konnte man nicht den kleinsten Laut mehr wahrnehmen außer einem abstrakten Echo, das noch eine Weile in Gordweils Ohren weiterlebte, bis es ebenfalls verklang. Die Stille schloss sich wieder zu einer konkreten Einheit, und Gordweil trauerte irgendwie den entschwundenen Schritten nach.

Und der Kinderwagen, was soll damit werden? Die Frage überfiel ihn, bevor er sich noch dagegen wappnen konnte. Er erschrak bis in die tiefste Seele, begann sich zur Ablenkung fieberhaft am Oberschenkel zu kratzen, bis es blutete. Aber es half nichts. Unter dem scharfen Schmerz flackerte mit größter Klarheit der Gedanke auf: Das muss man doch schließlich wissen. Der Wagen kann ja danach unmöglich im Zimmer bleiben … Über und über mit kaltem Schweiß bedeckt, setzte er sich mit einem Ruck auf.

»Es gibt kein Danach«, hätte er fast laut geschrien. »Nichts mit Danach. Der Wagen ist fürs Baby, für Martin.«

Unwillkürlich legte er sich wieder hin.

»Der Wagen ist doch eigentlich nur ein Mittel … Sei lieber ehrlich … Welchen Wert hat er schon?«

»Der Wagen ist unentbehrlich«, brauste Gordweil auf. »Das weiß doch jeder, dass man für ein Baby einen Wagen braucht.«

»Wenn ein Baby vorhanden ist – mag sein. Aber wenn –«

»Morgen wird Martin nach Hause geholt. Krankenhaus ist unnötig. Der Arzt weiß nichts. Absolut gar nichts. Daheim ist er nicht krank.«

»Man muss der Sache ins Auge sehen. Das Baby ist krank, das weißt du sehr wohl. Da darf man sich nichts vormachen. Und ein krankes Baby könnte doch auch –«

»In Wirklichkeit fehlt ihm gar nichts. Ich hab ihn für nichts und wieder nichts ins Krankenhaus gebracht. Eine Magenverstimmung bei einem Kind –«

»Das ist es eben. Gerade für Babys ist das eine gefährliche Krankheit. Hast du es nicht selbst gelesen? Nur ein kleiner Prozentsatz übersteht das, und die übrigen –«

»Ich will nicht, ich will nicht – und fertig! Schlafen möchte ich, schlafen.«

Gordweil meinte zu ersticken. Eine Vene hämmerte in seinem Kopf, und am ganzen Körper glühte er wie Feuer. Die Decke war schrecklich schwer; er warf sie wütend von sich und blieb eine Weile nackt liegen. Dann sprang er auf und lief ans offene Fenster. Die Kälte drang schräg von oben ein, umfächelte augenblicklich seine Füße und Beine, schickte ihm einen Schauder über den Leib. Jetzt darf ich mich nicht erkälten, dachte er, ich muss gesund bleiben. Auf dem Rückweg warf er einen Blick auf den Wagen, dessen weiße Decke im Dunkel des Zimmers leuchtete. Sofort wandte er die Augen ab. Als er sich gerade wieder aufs Sofa legen wollte, kam ihm die Idee, erst nachzusehen, ob die Zeitung nicht doch unter dem Laken geblieben war. Er faltete es also zur Hälfte um, ohne etwas zu finden. Suchte, im Finstern mit Händen und bloßen Füßen tastend, auch am Kopf- und Fußende auf dem Boden, rückte zum Schluss das Sofa behutsam von der Wand ab und steckte die Hand in den Spalt – die Zeitung war nicht da. Plötzlich wurde ihm der Irrsinn der ganzen Sucherei bewusst und erfüllte ihn mit großer Wut auf sich selbst. So ein Depp!, schimpfte er vor sich hin. Wozu brauchte er denn diese verfluchte Zeitung?

Er trat an den Tisch, um sich eine Zigarette zu holen – da lag sie. Ja, das war sie. Eine andere konnte es nicht sein, denn es gab keine andere im Zimmer. Oder hatte Thea vielleicht eine mitgebracht? Sicherheitshalber trat er ans Fenster und las den Titel beim Schein der Laterne. Und schleuderte in jähem Zorn das Blatt zum Fenster hinaus. Im selben Moment empfand er leichte Reue, als habe er etwas Wertvolles weggeworfen. Ja, er lehnte sich sogar übers Fenstersims und blickte hinunter, konnte jedoch nichts erspähen, obwohl das Pflaster von der Laterne gut erleuchtet war. Dort lag nichts – das war klar. Wohin mochte die Zeitung verschwunden sein? Die Sache begann ihm zuzusetzen. Er sah hierhin und dorthin, bis er sie schließlich in den Zweigen des einzigen Baums der Straße, links vom Fenster, hängen sah. So eine Frechheit, sinnierte Gordweil. Wenn er etwas in der Hand hätte, eine lange Stange oder so was, würde er sie da runterholen. Irgendwie fühlte er sich genarrt ... Zum Schluss wandte er sich vom Fenster ab, ohne daran zu denken, dass er vor einem Augenblick noch hatte rauchen wollen, legte sich aufs Sofa und deckte sich zu. Eine Weile herrschte Stille. Dann schlug eine ferne Uhr drei. Mehr nicht, dachte Gordweil zufrieden. Dann ist es ja nicht so schlimm. Im Zentralkino, überlegte er kurz darauf, war die Abendvorstellung uninteressant ... Andernfalls wäre er reingegangen ... Das heißt, er wäre um keinen Preis reingegangen!

»Natürlich nicht«, pflichtete die innere Stimme ihm bei. »Die Umstände waren nicht danach ...«

Gordweil stellte sich taub.

»Mit der Decke unterm Arm«, fügte die Stimme ironisch hinzu.

»Schließlich kann man auch mit einer Decke hineingehen. Ich war ja auch mit ihr im Café, ohne etwas dabei zu finden.«

»Wenns nur die Decke gewesen wäre. Übrigens machte die Angelegenheit auf Thea keinerlei Eindruck. Alles wie gehabt: Kino, Liebhaber und so weiter ...«

»Stimmt nicht. Kein Liebhaber, einfach ein Bekannter.«

»Nehmen wir's mal an. Letzten Endes ist das im jetzigen Augenblick unwichtig. Aber gibst du nicht zu, dass die Situation selbst alles sagt? Bezüglich ihres Wesens und ihres ganzen Verhältnisses zu dem Baby? Bei einer anderen Mutter wär's gar nicht erst so weit gekommen …«

»Was? Unsinn! In welcher Hinsicht hat sie denn Schuld? Passiert andern Müttern so was etwa nicht?«

»Jedenfalls hätte eine andere Mutter ihn nicht ins Krankenhaus gesteckt. Alles, was kommen muss, würde daheim, vor ihren Augen geschehen … Das weißt du doch selbst. Warum sollen wir uns was vormachen?«

»Aber sie arbeitet doch den ganzen Tag.«

»Na und? Kann man nicht um ein paar Tage Urlaub bitten? Und morgen – glaubst du wirklich, sie geht ihn vormittags besuchen?«

»Natürlich geht sie.«

»Möglich … Aber selbst wenn, tut sie's nur aus einer momentanen Laune heraus, jedenfalls nicht aus übermäßiger Liebe. Schlecht ist sie, grausam, ohne menschliches Empfinden. Genug damit, die Sache von morgens bis abends zu beschönigen und auszubügeln. Du wirst schon sehen … Es wird ihr danach nicht besonders leidtun.«

»Wieder derselbe Quatsch«, fuhr Gordweil hoch. »Die Sache nimmt ja heute kein Ende.«

»Ein zweites Kind wird nicht so schnell kommen. Man sollte besser auf alles vorbereitet sein, was da …«

»Jetzt rauch ich aber doch eine Zigarette, weil man nicht einschlafen kann«, knirschte er wütend. Damit stand er auf und wankte todmüde zum Tisch.

»Eine Zigarette«, flüsterte ihm der andere spöttisch zu. »Du weißt doch, wem diese Zigaretten gehören. Die sind geschenkt … Geschenkt sind sie. Vorhin haben sie dir gar nicht geschmeckt.«

»Macht nichts. Es sind keine andern im Haus.«

Er zündete eine Zigarette an und legte sich wieder hin. Nachdem er ein paarmal daran gezogen hatte, drückte er sie aus. »Sie ist wirklich mies.«

»Wusste ich doch gleich. Vielleicht ist sie gar nicht so mies. Dafür aber ihre Herkunft …«

»Stimmt nicht«, protestierte Gordweil. »Sie sind schlecht.«

»Schlecht! Du hast sie selber schon oft geraucht, und sie schmeckte dir. Warum leugnen – *Nil* ist eine gute Sorte. Aber gib's zu – die Herkunft stört ein bisschen … Und das ist völlig verständlich.«

»Die, die ich geraucht habe, waren besser. Von derselben Sorte gibt es bessere und schlechtere. Manchmal erwischst du eine schlechte Schachtel. Die Herkunft interessiert mich kein bisschen. Wirklich nicht. Du wirst mich doch nicht für solch einen Dummkopf halten.«

»Trotzdem bin ich sicher, dass hier eine kleine Verwechslung vorliegt, die dir selbst nicht bewusst ist … Ein sehr häufiges Phänomen. Verwechslung der Ursachen oder eine kleine Suggestion – wie immer du es nennen magst. Warum regst du dich eigentlich auf? Warum gibst du nicht einfach zu: so und so. Das tut weder der Ehre noch der Wahrheit Abbruch. Es ist nur natürlich, wenn ein Mann es nicht erträgt, dass seine Frau eine –«

»Aber wenn ich dir doch ausdrücklich sage, dass es nicht stimmt. Und dass mich diese Sache überhaupt nicht interessiert. Ich würde es ohne weiteres zugeben, wenn es so wäre. Aber es ist nicht so.«

Sein Mund war trocken und bitter; er hätte gern einen Schluck Wasser getrunken, war aber zu müde, um aufzustehen. Außerdem holt Wasser den Menschen aus dem Schlaf, dachte er, macht ihn vollends wach. Im nahen Bahnhof pfiff in diesem Augenblick eine Lokomotive, erst kurz, halbherzig sozusagen, dann langgezogen. Mitten in der Nacht müssen sie arbeiten, die Ärmsten, bemitleidete er die Bahnbediensteten. Dann drehte er sich zur Wand, auf die rechte Seite. Es trat eine kurze Pause ein. Seine Sinne wurden langsam taub, empfindungslos. In seinem Innern herrschte Nacht.

Und da begann sich die füllige Krankenschwester im Dämmer abzuzeichnen, nahm klare Form an. Ja, das war sie, Gordweil zweifelte keinen Augenblick daran. Es verblüffte ihn auch nicht, dass sie statt der üblichen weißen Haube einen hohen grasgrünen Hut mit einer langen roten Feder an der Seite trug. Dieser komische Hut im Verein mit dem weißen Schwesternkleid verlieh ihr das Aussehen eines Vogels, vielleicht eines weißen Gockels mit großem rotem Kamm. Gordweil wusste, dass er sich vor ihr in Acht nehmen musste, ihr aus einem ihm unbekannten Grund nicht nahe kommen durfte. Plötzlich wurde ihm auch der Grund klar: Die Feder war zu lang, und wenn er ihr in die Quere kam, würde sie ihm sicher mit der scharfen Spitze das Gesicht zerkratzen, so dass er sich nicht vor Thea sehen lassen konnte ... Er blieb also in einiger Entfernung stehen und wartete. Die Schwester stand vor einer Art Notenständer, drei Viertel ihres dicken Gesichts Gordweil zugewandt und die Augen auf den Notenhalter gerichtet, auf dem etwas lag, was man von weitem nicht erkennen konnte. Außer ihnen beiden befand sich niemand im Zimmer. Das Warten wurde ihm lang; er war schon müde und dachte, jetzt wäre es schön, wenn es hier Bänke gäbe wie die im Park. Er blickte sich um, fand aber keinen Platz zum Sitzen. Abgesehen von dem Notenständer gab es in dem großen, weiten Raum keinerlei Möbel. Das ist nur natürlich, dachte er, ein Büro ist nie möbliert. Er lehnte sich an die Wand und sah zum gegenüberliegenden Fenster hinaus. Dort war ein hohes Haus mit vielen Stockwerken und zahllosen Fenstern zu sehen, was Gordweil verwunderte. Ich habe gar nicht gewusst, dass man auch in Wien schon angefangen hat, Wolkenkratzer wie in Amerika zu bauen. Das ist sicher ein Krankenhaus, rätselte er, alle wollen im Krankenhaus liegen, und so braucht man viel Platz ... Plötzlich fiel ihm ein, dass er keine Zeit hatte, nicht eine einzige Sekunde – wie hatte er das bisher bloß vergessen können? Ängstlich bemüht, die Schwester bei der Arbeit nicht zu stören, schlich er auf Zehenspitzen davon und durch ein Tor, das breit und hoch war wie das eines riesigen Lagerhauses.

Diese breite Einfahrt ist gewiss für die großen Eisenbahnwagen, wenn sie für die Nacht hereinkommen, wusste Gordweil mit Sicherheit, das ist geschickt gemacht!

Danach fand er sich eine schwere Kiste durch eine ihm unbekannte, von Menschen wimmelnde Straße schleppen. Da er sich weder einen Weg durch die dichte Menge bahnen noch seitlich ausweichen konnte, musste er notgedrungen Schritt für Schritt mitgehen, gebremst durch die Leute vor sich, getrieben von denen, die hinter ihm gingen, und schweißüberströmt wegen der schweren Last. Wenn er die Kiste doch nur einen Moment abstellen könnte, um neue Kräfte zu sammeln. Aber es war nicht einmal Platz für eine Stecknadel. Wozu brauche ich eine so schwere Kiste?, dachte Gordweil erbittert. Eine kleinere und leichtere hätte es auch getan. Wenn es ihm erst gelänge, sich aus diesem Gedränge zu retten, würde er sie sofort umtauschen. Die Kiste war nach oben hin offen, und Gordweil trug sie vor dem Bauch. Plötzlich fiel ihm eine schlaue Lösung ein. Was sollte er mit den vielen Zeitungen darin? Zumal sie in einer fremden Sprache geschrieben waren, die er nicht verstand. Wenn er sie wenigstens hätte lesen können. Aber so? Er würde sie eine nach der andern wegwerfen, da er wegen der Enge nicht in der Lage war, die Kiste einfach auszukippen. Nach und nach würde sie dadurch leichter werden. Aber da geschah etwas Erstaunliches: Die weggeworfenen Zeitungen flogen in die Kiste zurück. Von allen Seiten kamen sie angeflattert, viel mehr, als er herausgeholt hatte, Tausende und Abertausende, und jeder Aufprall zwang ihn zu Boden. Die Kiste war schon voll, ein hoher Stapel ragte daraus hervor, doch die Zeitungen wurden immer mehr. Es nahm kein Ende. Tiefe Verzweiflung ergriff ihn mit einem Mal. Von hinten stießen ihn die Leute vorwärts und von vorn stießen sie ebenfalls, um ihn aufzuhalten. Aber jetzt fielen keine Zeitungen mehr in die Kiste, sondern flache weiße Schindeln, die sich beim Niederfallen zu einer hohen Schicht bis über seinen Kopf ordneten, so dass er die vor ihm Gehenden nicht mehr sah. Gordweil wusste plötzlich, dass die vielen Schindeln von dem riesigen Krankenhaus herabgeworfen wurden, mit dessen Abriss die Menge beschäftigt war, um ein noch größeres zu errichten, da das bisherige nicht genug Platz für all die kranken Babys hatte. Die Sache kommt zur rechten Zeit, urteilte Gordweil, denn sein Martin wies auch Krankheitssymptome auf, und da könnte er ihn dort einliefern. Aber wie sollte er allein all die Schindeln tragen? Er spürte, dass er gleich unter seiner Last zusammenbrechen musste; noch einen winzigen Moment, und er würde nicht mehr die Kraft haben, sich aufrecht zu halten. Er blickte flehentlich nach links und rechts, soweit es der Schindelstapel erlaubte, aber die Leute schienen nicht zu verstehen, was er wollte. Und sie laut um Hilfe zu bitten, das kam ihm nicht in den Sinn. Mit letzter Kraft schleppte er die Kiste noch ein paar Schritte weiter, bis er schließlich nicht mehr konnte und sie losließ. Da merkte er plötzlich, dass die Straße völlig leer war, keinen einzigen Menschen gab es dort, was Gordweil wiederum ganz natürlich erschien. Die Kiste stand zu seinen Füßen, ebenfalls leer. Nun erinnerte er sich, dass er müde war, und wollte sich gerade neben die Kiste aufs Pflaster setzen, kam jedoch augenblicklich auf eine bessere Idee. Da die Kiste jetzt leer war, konnte man sich doch hineinhocken und war darin vor dem Wind geschützt. So machte er es auch. Anfangs war ihm das Sitzen in der mäßig großen Kiste unbequem. Er musste sich zusammenkauern und die Beine unterschlagen, wobei eins zu schmerzen begann, aber nach einer Weile gewöhnte er sich an diese Haltung und war sogar zufrieden damit. Er saß da und blickte die Straße entlang, ohne einen Menschen zu sehen. Ja, fiel ihm ein, heute ist doch Feiertag, also kein Wunder. Deswegen sind alle Geschäfte geschlossen. Beim weiteren Umsichblicken sah er unweit etwas Längliches auf dem Pflaster liegen. Ah! Das war das ertrunkene Mädchen, das man kürzlich aus der Donau gefischt hatte. Dass es auf der ganzen Straße keinen einzigen Polizisten gab, sie zu beschützen, wunderte Gordweil. Man konnte sie doch unmöglich so allein lassen, die Ärmste. Vielleicht brauchte sie irgendwas. Ach ja! Plötzlich kam ihm ein großartiger Gedanke: Man müsste sie in die Kiste legen. Da hätte sie's gut. Er ging zu ihr und beugte sich über sie. Natürlich. Er hatte gleich gewusst, dass sie's war. Aber wo war ihre Nase? Damals, als er sie gesehen hatte, war die Nase doch noch heil gewesen. Sie war wohl an einen Stein gestoßen, und die Nase war abgefallen, erklärte er es sich. Aber das machte nichts. Es ging auch ohne. Die Hauptsache, er hatte eine Kiste für sie. Als er sie vom Boden aufhob, bemerkte er erstaunt, dass sie gar nicht schwer war, wie Tote es gewöhnlich sind. Nachdem er ein paar Schritte gegangen war, fiel etwas zu Boden. Er blieb stehen, blickte um sich und sah, dass es ein Arm des Mädchens war, der sich von der Schulter gelöst hatte und heruntergefallen war. Große Angst überkam ihn. Er bückte sich, ihn aufzuheben, und da fiel der andere ab. Gordweil stand ratlos da. Man durfte das Mädchen nicht ablegen, und solange er sie hielt, konnte er ihre Arme nicht vom Pflaster aufheben ... Ah, wenn Thea hier wäre, hätte sie ihm doch ein bisschen helfen können, dachte er bitter. Aber die war ja immer im Kino, wenn man sie brauchte. In diesem Augenblick sagte das Mädchen auf seinen Armen: »Kümmern Sie sich nicht drum, um diese alten Arme. Hat keinen Sinn. Lassen Sie sie da. Ich hab zu Hause noch andere, bessere.«

»Trotzdem«, bemühte sich Gordweil, »tut mir leid ... ich meine ... Es fällt mir nicht schwer ... wirklich nicht. Nur ein bisschen Geduld, und alles wird sich regeln. Zwei Paar sind noch besser ... gerade weil –«

»Nein, nicht nötig. Beeilen wir uns lieber ein bisschen. Daheim wartet man mit dem Mittagessen auf mich.«

Gordweil schleppte sie weiter zur Kiste. Unterwegs fielen noch ihre Beine nacheinander ab. Zutiefst erschüttert hörte er sie auf dem Boden aufschlagen, war unfähig, sie aufzuheben, und als er mit ihr bei der Kiste anlangte, waren nur noch Kopf und Rumpf von ihr übrig, die Rissstellen aber gar nicht mehr zu sehen. Sie ähnelte jenen arm- und beinlosen Puppen, die sich, wenn man sie umwirft, von selber wieder aufrichten. Er legte sie in die Kiste. Da er die Glieder nicht auf dem Pflaster liegen lassen wollte, ging er zurück, sie einzusammeln. Aber die Glieder waren nicht mehr aufzufinden. Spurlos verschwunden. Gordweil suchte vergeblich in wachsender Verzweiflung. Denn es wurde ihm im selben Augenblick klar, dass sie zu Hause gar keine anderen besaß, sondern ihm das nur gesagt hatte, um ihm keine große Mühe zu machen. Und was jetzt? So ging es doch nicht. Plötzlich fiel ihm ein, dass sie ja schon ertrunken, also tot war und eigentlich keine Glieder brauchte … Außerdem hatte Thea sie sicher nach dem Kino aufgelesen und versteckt, um ihn zu ärgern … Sie würden sich später schon anfinden.

Als er zur Kiste zurückkehrte, traf er dort die Krankenschwester. Sie war gar nicht mehr füllig, sondern groß und aufrecht, ähnlich wie Thea, aber Gordweil erkannte trotzdem, dass es nicht Thea, sondern die Schwester war. Zudem fiel ihm ein, dass im Traum häufig Personen vertauscht werden, eine Art Augenauswischerei, und diese Entdeckung freute ihn, denn er wusste, dass er jetzt unbedingt hellwache, aufnahmebereite Sinne brauchte. Inzwischen war es Nacht geworden. Die Kiste und die Schwester daneben wurden vom Schein einer nahen Laterne beleuchtet. Die Schwester streckte ihm plötzlich ein Bündel entgegen, das Gordweil vorher nicht in ihren Händen gesehen hatte. Es war ein kleines Bündel, in eine schneeweiße Decke gewickelt (er erkannte sie sofort als Martins Decke), und die Schwester schien sehr ärgerlich und in großer Eile. Einen Augenblick überlegte er, ob er das angebotene Bündel nehmen sollte oder nicht. Doch die Schwester schimpfte los, und nun war es wirklich Thea: »Nimm, du Depp, und leg's in die Kiste. Siehst du denn nicht, dass es Martin ist?« Aber Gordweil sah gar nichts, weil das Baby ganz und gar in die Decke gehüllt war, so dass nichts mehr von ihm rausschaute. Gut, dass er so eingemummelt ist, dachte er, denn jetzt ist es kalt und man kann sich erkälten …

Er nahm das Bündel und sagte: »Warum in die Kiste? Wenn

es Martin ist, hat er doch einen schönen Wagen. In der Kiste liegt schon jemand.«

»Es ist kein Wagen mehr da«, wieherte Thea. »Ich hab ihn gestern an Dr. Ostwald verkauft für das Baby, das bald geboren wird. Von nun an wird er jeden Monat ein neues Kind bekommen, und deshalb braucht er viele Wagen.« Sie wollte gar nicht wieder aufhören mit ihrem unbändigen Gelächter.

Gordweil wurde von so ungeheurer Wut erfüllt, dass er zu sterben meinte. »Wie konntest du das bloß tun? Wie konntest du ihn verkaufen? Du weißt doch, dass das Baby nur den einen Wagen hat, den es für sich selber braucht.«

»Jetzt braucht es ihn nicht mehr«, lachte Thea giftig, »siehst du denn nicht, dass es tot ist? Ein totes Baby schläft nicht im Wagen, sondern in einer Kiste. Ich habe dir von morgens bis abends erklärt, dass ich kein Baby gebrauchen kann. Schon länger hab ich's töten wollen … Und da hab ich's Freddi übergeben. Der ist wirklich ein Experte. Mit einem einzigen Finger an der Kehle hat er ihm den Garaus gemacht. Jetzt beeil dich, und leg's in die Kiste. Wir haben keine Zeit.«

Gordweil hoffte noch, Thea scherze nur wieder auf ihre Weise, und löste das Bündel. Martin war tot. Seine Augen waren zwar offen, und er hatte auch noch sein Babylächeln mit der kleinen Faust am Mund, aber tot war er trotzdem … Gordweil wusste es jetzt mit absoluter Gewissheit. Grenzenlose Verzweiflung und eine furchtbare Wut auf Thea, die an allem schuld war, überfielen ihn zusammen mit solch tiefem Schmerz, wie er im Wachen gar nicht möglich ist. Er warf das Baby weg, stürzte sich auf Thea und begann sie wahllos mit Fäusten zu bearbeiten – ins Gesicht, auf Brust und Bauch. Doch bald merkte er, dass seine Fäuste auf keinerlei Widerstand stießen, als schlage er in die Luft, was ihn mit Todesangst erfüllte. Er hörte auf. Thea stand weiter lachend vor ihm. Dann setzte sie plötzlich den Hut ab und sagte: »So, so, mein Kleiner. Mich willst du schlagen.« Dabei packte sie ihn mit beiden Händen am Hals und fing an, ihn zu drücken und zu würgen. Gordweil schrie mit aller Kraft (sie waren schon von vielen Menschen umringt), aber seine Stimme war unhörbar. Sie löste sich gar nicht erst aus seiner Kehle. Ah, jetzt ist das Ende gekommen, nichts kann mich mehr retten. Er spürte einen enormen Druck auf dem Herzen, gepaart mit einem angenehmen Gefühl, und der Atem ging ihm aus …

Es war noch Nacht, als er die Augen aufschlug. Er war am ganzen Körper schweißgebadet, das Herz pochte wild, der Atem ging schwer und stoßweise. Im ersten Moment wusste er nicht, ob er wach oder wirklich schon tot war, da die Trennlinie zwischen Traum und Wachen dünn und transparent verläuft. Auch erinnerte er sich nicht, wann er sich aufgesetzt hatte, denn jetzt saß er jedenfalls auf dem Sofa. Er befühlte seine Brust und kam zu dem Schluss, dass er lebte und wach war. Zur weiteren Vergewisserung versuchte er, das Dunkel mit den Augen zu durchdringen, und nach einiger Anstrengung konnte er die Umrisse des nahen Betts und die beiden Fensterquadrate gegenüber erkennen. Jetzt bestand keinerlei Zweifel mehr: Es war nur ein Alptraum gewesen. Immer noch sah er den ganzen Traum bis in alle Einzelheiten vor sich und bedauerte ein wenig sein Erwachen. Es war ja immerhin möglich, dass ein Mensch im Schlaf starb. Aber er war nun wach – eindeutig. Wo war Martin? Er hatte ihn doch gerade erst in den Armen gehalten. Er sprang von seinem Lager auf und rannte zum Wagen. Der war leer wie zuvor, mit der weißen Decke darüber. Sie hat den Wagen also nicht an Dr. Ostwald verkauft, dachte er beglückt. Trotzdem brannte er noch vor Wut auf Thea, als sei alles, was sie im Traum gesagt hatte, absolut wahr. Er strich mit der Hand über die Decke und fand zu seiner Bestürzung, dass nichts darunter war. Doch mittendrin fiel ihm ein, dass das Kind im Krankenhaus lag, worauf er sich, ein wenig beruhigt, wieder hinlegte.

Und im Handumdrehen war er in einen schweren, traumlosen Schlaf versunken.

29.

Am nächsten Morgen war Gordweil schon um halb zehn am Krankenhaus. Es war ein schöner klarer Herbsttag. Die Sonne schien, und die Straßenbahnen fuhren fröhlich hin und her. Gordweil ging vor dem Tor zum Park auf und ab und rauchte. Er spürte kaum die Mattigkeit, die ihm wegen des krankhaft unruhigen Nachtschlafs in den Gliedern steckte. Ja, es glühte sogar ein Hoffnungsschimmer in seinem Innern, dass alles wieder gut werden würde, aber das Warten fiel ihm schwer. Wie träge die Zeit doch dahinfließen konnte, wenn sie nicht gar gerann und ganz stillstand. Dabei war sie doch manchmal pfeilschnell und uneinholbar. Wenn man sie beobachtete und darauf wartete, dass sie vorbeigehen möge, blieb sie stur stehen; eine halbe Stunde konnte sich ewig hinziehen. Die Vorspiele sind meist länger als der Hauptakt, grübelte Gordweil weiter. Das ganze Leben besteht aus solchen Vorspielen, während der Rest nur ein paar kurze Augenblicke dauert …

Dann nahm Gordweil sich vor, die Strecke von einem Zaunende zum andern und zurück zwanzigmal in mittlerem Tempo abzulaufen – dafür würde er sicher zwanzig Minuten benötigen, und dann könnte er schon hineingehen. Also spazierte er los und zählte, die Augen auf den Boden geheftet, während die offenen Mantelaufschläge sich bei jedem Luftzug bewegten. Ein Lumpensammler, dem ein flaschengrünes Tuchbündel überm Rücken hing, lief in Schlangenlinie mitten auf der Straße und rief mit lauter, heiserer Stimme, die Augen zu den Fenstern hinaufgerichtet: »Lumpen, Alteisen, Papier!« Ein Bäckerlehrling ging mit einem Korb voller Kipferl vorüber, gefolgt von einem kleinen schwarzen Hund, der ihm in verrückten, schrägen Sprüngen nachjagte, so dass es aussah, als liefe er seitwärts. Das Hündchen blieb vor Gordweil stehen, sah sich eine Sekunde um und rannte erneut seinem Herrn nach. Eine arme, gebeugte Frau tauchte aus einer Seitengasse auf, an der der Krankenhauszaun einen scharfen Winkel machte, schleppte sich langsam heran, musterte den sich nähernden Gordweil unsicher und kam erst heran, als er die Hand in die Tasche steckte. Dann nahm sie die Spende etwas verängstigt entgegen und verschwand wieder in der Gasse, aus der sie gekommen war.

Gordweil zählte nicht mehr, hatte es völlig vergessen. Den Weg am Zaun entlang musste er wohl an die dreißig Mal zurückgelegt haben, und als er die Uhr hervorzog, war es vier Minuten vor zehn.

Eine andere Schwester, die er gestern nicht gesehen hatte, versicherte ihm, der Zustand des Kleinen habe sich gebessert und es bestehe die Hoffnung, dass er in zwei, drei Tagen entlassen werde. Ihn zu sehen sei jetzt nicht möglich. Es sei ja keine Besuchszeit. Aber wo stecke denn die Mutter? Er müsse gestillt werden. Gordweils flehentliche Bitten, ihn doch sehen zu dürfen, waren vergebens. Er trat auf den Korridor hinaus, wo er eine Weile verharrte. Da kam auf einmal die Schwester von gestern vorbei, die er nun ebenfalls anflehte, sie möge ihm einen Blick auf das Baby gestatten. Sie hatte Erbarmen mit ihm und führte ihn in den Saal, in dem an die zwanzig Bettchen standen. Während er hinter ihr herging, schlug ihm das Herz bis zum Hals, und der Magen verkrampfte sich. Das Baby schlief in diesem Augenblick, das Gesicht blass, aber ruhig, während ein nahe am Mund liegendes Fäustchen unter der Decke hervorsah. Plötzlich stieg die nächtliche Traumszene vor Gordweils Augen auf, und er meinte vor Angst ohnmächtig zu werden. Die Beine wurden ihm weich; er umklammerte die Stuhllehne vor sich. »Sie sehen, er schläft einen ruhigen Schlaf«, sagte die Schwester. »In der Nacht war es kritischer, aber jetzt geht's ihm besser. Das Fieber ist auch gesunken.«

Ein Sonnenstreifen lag quer über dem Bettchen und veranlasste Gordweil zu dem flüchtigen Gedanken, es sei wenigstens gut, dass die Sonne dem Kind nicht ins Gesicht scheine und seinen Schlaf störe. Hier und da weinte ein Baby, Gordweil nahm das Wimmern unbewusst auf. Reglos stand er da und wandte keinen Blick von dem schlummernden Martin. Er schien völlig vergessen zu haben, wo er sich befand und dass er wieder weggehen musste. Schließlich sagte die Schwester, jetzt sei es genug, worauf er sich zusammenriss und den Saal verließ.

Draußen fiel ihm ein, dass er die Bettdecke hätte geradeziehen und das Baby richtig zudecken müssen, denn es war gewiss nicht gut zugedeckt. Die Sache machte ihm große Sorge, als hänge das Schicksal seines Sohnes allein davon ab. Er blieb stehen und überlegte, ob er zurückgehen solle; die Schwester würde ihn schon noch einmal hineinlassen, wenn er sie anflehte, würde sie's erlauben. Und gerade weil er die Lächerlichkeit und Unerfüllbarkeit dieses Wunsches klar erkannte, wurde sein Verlangen immer stärker, so dass er sein Leben dafür hingegeben hätte, noch einmal hineingehen und die Decke geradeziehen zu dürfen. Doch setzte er seinen Weg fort. Wenn wenigstens die Hand nicht zum Fäustchen geballt gewesen wäre, grübelte er, während er langsam ausschritt. Babys taten das zwar gern, aber trotzdem. Und wenn schon geballt, warum musste sie dann ausgerechnet so nah am Mund sein? Ah, Unsinn, unterbrach er sich. Alles nur Traum, ohne jede Bedeutung. Aber Thea war spät dran. Nun, vielleicht war sie aufgehalten worden, versuchte er sie zu rechtfertigen, sicher würde sie jeden Augenblick da sein. Vielleicht hatte sie zu lange auf die Bahn warten müssen. In Wien war es doch immer so: Gerade wenn man es eilig hatte, kam keine Tram. So war es übrigens auf der ganzen Welt, und ein Zorn auf diese unheilvollen Straßenbahnen stieg in ihm hoch. Aber Martin schlief ja jetzt, tröstete er sich, und bis er aufwachte, hatte sie noch Zeit genug.

Gordweil merkte gar nicht, dass es die Bank vom Vortag war, auf die er sich jetzt setzte. Einen Augenblick später wurde er sich dessen jedoch bewusst, schreckte mit einem ihm selbst nicht ganz begreiflichen Entsetzen hoch und ging in Richtung Innenstadt. Er hatte Zeit, eine ganze Ewigkeit, von der er noch ein paar Stadtbewohnern etwas hätte abgeben können. Aber niemand wollte seine Zeit mit ihm teilen. So schlenderte er ziellos dahin, ohne auf die Straßen zu achten – ein Spielball bedrückender Gedanken –, und rang mit einer rätselhaften Unheilsahnung, die in sein Bewusstsein einzudringen suchte. Die Sonne wärmte. Aber die Baumwipfel, die über den Zaun des Augartens in die schmale, ruhige Gasse ragten, waren schon halb kahl, himmeldurchwoben, und ihr über den Gehsteig verstreutes Laub raschelte beim Zerfallen unter Gordweils Füßen.

Drei Tage lag das Baby im Krankenhaus, und als Gordweil es am vierten morgens besuchen kam, teilte man ihm mit, es sei in der Nacht gestorben. Mit beängstigendem Gleichmut nahm er die Nachricht auf. Wie eine schwere Krankheit den Ernst des Todes abschwächt, dem Kranken sein Gift gewissermaßen nach und nach in kleinen Dosen einflößt, so dass er das definitve Ende nicht mehr mit voller Wucht spürt, so hatten auch Gordweil die innerlichen Nöte und Qualen während der Krankheit des Kindes auf dessen Tod vorbereitet. Er sank auf einen Stuhl in der Aufnahme und blieb lange wie versteinert sitzen, offenbar unfähig, etwas zu hören oder zu sehen. Sein Blick starrte auf irgendeinen fernen Punkt jenseits der Wand. Die Hände lagen matt auf den Knien. Den weichen Hut hielt er unter den Arm geklemmt. Möglicherweise hegte er in diesem Augenblick überhaupt keinen Gedanken, war vielleicht einer vollständigen Sinnesbetäubung anheimgefallen, die ihn in den Zustand eines leblosen Gegenstands versetzte. Die Oberschwester sah ihn von Zeit zu Zeit von der Seite an; sie hatte Mitleid mit ihm und war fest entschlossen, diesen Mann hier beliebig lange sitzen zu lassen. Schließlich gewann Gordweil die Fassung wieder und erhob sich. Ging auf den Tisch zu und wollte anscheinend etwas sagen, brachte aber kein Wort heraus. Die Schwester blickte ihn an, schaute ihm wie einem Taubstummen auf den schlaffen Mund, um ihm seinen Wunsch von den Lippen abzulesen. Am Ende flüsterte er wie jemand, der tagelang nichts gesagt hat, er wolle es, das heißt das

Kind, gern sehen. Da es ja schließlich seins sei, glaubte er hinzufügen zu müssen, sein eigen Fleisch und Blut.

Die Oberschwester klingelte, und sogleich trat eine Schwester ein, die Gordweil einen Gang entlangführte, nach rechts in einen anderen Korridor abbog, ihm an dessen Ende eine Tür öffnete und ihn in einen mäßig großen Raum, die Leichenkammer, einließ, in der auf einer Art Holzgestell mehrere kleine Särge standen und es im Übrigen penetrant nach Karbol roch. Sie trat auf einen Sarg zu und hob den Deckel hoch. Gordweil sah sich erst mal im ganzen Zimmer nach einem Fenster um. Denn ein Fenster ist etwas sehr Wichtiges, dachte er und war erst beruhigt, als er an der Seite eine lange, schmale Luke entdeckte, die den Raum ausreichend mit Tageslicht versorgte. Abrupt wandte er sich dem offenen Sarg zu, als wolle er jemanden überraschen. Das tote Baby lag in Windeln gewickelt da. Gordweil sah, dass der Sarg zu lang für das Kind war, so dass ein ziemlicher Abstand von den Füßen bis zur Sargwand blieb, was ihn aus irgendeinem Grund störte. Dann heftete er die Augen auf das Gesicht des Babys, das ockerfarben, hohl und viel kleiner wirkte als bisher. Eine Weile musterte er es prüfend, und auf einmal kam ihm diese kleine Leiche völlig fremd vor, als bestehe keinerlei Verwandtschaft zwischen ihr und ihm … Das waren zwar dieselben Gesichtszüge, dieselbe Stupsnase, dieselben Haare wie bei Martin, aber er war es trotzdem nicht. Martin war anders, lebendig, sein Kind, während ihn mit diesem leblosen Körper nichts verband. Es regte sich bei ihm sogar eine gewisse Abscheu vor dem kleinen Toten, die ihn veranlasste, die Augen von ihm abzuwenden. Er konnte den Anblick nicht ertragen. Und plötzlich geschah etwas Seltsames: Gordweil brach in Lachen aus. Er lachte insgeheim, mit einem glucksenden Gurgellaut in der Kehle, aber es war klar, dass er lachte. Das Gelächter entschlüpfte ihm gegen seinen Willen, ohne dass er es zu unterdrücken vermochte. Die Schwester wurde blass vor Angst und klappte den Deckel, den sie die ganze Zeit gehalten hatte, überlaut zu, während Gordweil sich weiter vor Lachen schüttelte.

Dann hörte er mit einem Schlag auf, als sei der Anfall vorüber. Ohne Sarg oder Schwester noch einmal anzublicken, drehte er sich um und verließ die Leichenkammer fast im Laufschritt, prallte im Gang mit einer anderen Schwester zusammen, die er beinah umgeworfen hätte, und floh ins Freie.

Mit weit ausholenden Schritten wandte er sich nach links, rannte fast, als werde er verfolgt. Durchquerte die Rauscherstraße, bog in Seitengassen ein, gelangte zur Friedensbrücke – und all das ohne klaren Verstand. Er hatte keinerlei Gedanken im Kopf. Wer ihn so sah – einen kleinen, schmalen Mann im Eilschritt, barhäuptig, mit zersaustem Haar, beide Arme schwingend (der Hut, den er unter der Achselhöhle getragen hatte, war ihm inzwischen unbemerkt abhandengekommen), der offene Mantel im Wind flatternd –, hätte ihn für verrückt halten können. Ein paar Leute stutzten tatsächlich, als er vorbeihastete, und folgten ihm einen Moment mit erstaunten Blicken. Es war Mittagszeit. Ab und zu sah die Sonne aus Wolkenlöchern hervor, verschwand aber gleich wieder. Ein leichter Wind machte der Donau Gänsehaut. Emsige Betriebsamkeit herrschte auf den Straßen: alle strebten dem Mittagessen zu. Gordweil eilte weiter. Meist blieb er auf dem Gehsteig, und wenn er eine Fahrbahn überqueren musste, tat er es übervorsichtig, nachdem er links und rechts gründlich nach Trams und Automobilen Ausschau gehalten hatte. Manchmal blieb er mitten auf dem Trottoir stehen, die Augen zu Boden gerichtet, wie tief in Gedanken versunken, verharrte einige Momente so und löste sich dann wieder vom Fleck. Man sah ihn die Lippen bewegen und mit den Händen komische Gebärden machen, als rede er mit sich selbst. Aber Gordweil redete weder mit sich selbst noch mit sonst jemandem. Er summte nur eine alte Weise – leise, unhörbar, unbewusst. Gelegentlich erhellte ein Lächeln seine Züge, erstarrte eine Weile, als sei das sein normaler Gesichtsausdruck. Zwei- oder dreimal sank er unterwegs auf eine öffentliche Bank, blieb ein paar Minuten sitzen und erhob sich wieder, um weiterzugehen. Plötzlich befand er sich in der Schulgasse vor dem Haus seiner Schwiegereltern, und einen Moment schwebte ihm etwas Bekanntes vor Augen, aber nur eine Sekunde lang. Seine Füße wollten ebenfalls von allein, aus Gewohnheit, innehalten, aber Gordweil ließ es nicht zu. Es gab da ein Problem, das ihm jetzt hartnäckig im Gehirn rumorte, ohne dass er die Lösung finden konnte. Dieses Problem hatte sich ihm in der Schulgasse klar gestellt, als liege es wahrhaftig in der Luft dieser Straße, und jetzt ging es ihm pausenlos durch den Kopf: Gordweil vermochte nicht einzusehen, wozu ein Sarg nötig war, wenn es doch einen hervorragenden Kinderwagen gab, den er höchstpersönlich gekauft hatte … Und es war auch kein Spaß, konnte es gar nicht sein. Denn Thea hatte ihm erst kürzlich gesagt, das Baby werde von jetzt an in einem Sarg, nicht im Kinderwagen schlafen … Und Thea pflegte nicht zu spaßen. Aber ebendas war ihm unbegreiflich. Besonders noch jener Sarg. Hatte er nicht, als man dem Baby den Sarg angemessen hatte, mit eigenen Augen gesehen, dass er viel zu lang war? Das konnte ja ein Blinder sehen! Wohingegen der Wagen haargenau passte, wie nach Maß gefertigt. Ja, wie ließen sie sich überhaupt vergleichen? Der Wagen war hübsch, eine wahre Augenweide – er hatte damals den schönsten ausgesucht –, während der Sarg nur aus ein paar gehobelten und zusammengenagelten Brettern bestand. Außerdem: Wer garantierte einem, dass er lange hielt? Man brauchte ihn bloß anzufassen, um das Kind zu wiegen – und schon ging er in die Brüche. Schließlich konnte man nicht jeden Tag einen neuen kaufen. Schade, dass er jetzt zu müde war, um Thea aufzusuchen und sie vom Verkauf des Wagens abzubringen. Die Hitze war ja heute auch furchtbar. Wenn er nur was zu trinken hätte. Dass aber auch kein Mensch ihm einen Schluck kaltes Wasser geben wollte bei dieser Hitze! Ah, seine Kehle war ganz ausgedörrt vor Durst.

Gordweils Gesicht war jetzt feuerrot, zwei Schweißströme rannen ihm von den Schläfen herab, und ein paar vereinzelte Haarsträhnen klebten an der ebenfalls roten Stirn. Langsam schwankend ging er den Gürtel in der Nähe des Westbahnhofs entlang.

Die Sonne war inzwischen ganz hinter den Wolken verschwunden. Der Wind hatte zugelegt und brachte eisige Kälte mit. Es musste wohl gerade ein Zug eingefahren sein, denn Menschenmassen quollen aus dem Bahnhofsgebäude und überquerten schräg den breiten Vorplatz, manche mit Koffern und Körben in der Hand, andere mit umgehängten Rucksäcken. Es war halb vier Uhr nachmittags. Der Wind wehte den stinkenden Rauch einer unsichtbaren Lokomotive herüber. Gordweil hatte die Anlage gegenüber dem Bahnhof erreicht und sank auf eine Bank nieder. Eine Weile blieb er sitzen. Seine Augen sahen die Bahnfahrer die Anlage zu den Tramhaltestellen überqueren, ohne sie wirklich wahrzunehmen. Dann überlief ihn plötzlich eine Gänsehaut. Seine Zähne begannen zu klappern. Also stand er auf und setzte, am ganzen Leib vor Kälte zitternd, seinen Weg fort. Überquerte die laute, verkehrsreiche Mariahilfer Straße und wäre beinah von einem schnellen Auto überrollt worden. Der Fahrer überhäufte Gordweil mit einem Schwall von Schimpfworten, wobei er sich mehrmals nach ihm umsah, als dieser schon auf der anderen Straßenseite war. All das berührte Gordweil nicht. Vermutlich hatte er es gar nicht gehört. Die Straße öffnete sich, und er bog ab. Halb ohnmächtig vor Erschöpfung, schlurfte er mit letzter Kraft weiter, ohne dass es ihm in den Sinn gekommen wäre, dass ihn irgendwo ein Zimmer mit Sofa erwartete, zu dem er hätte zurückkehren können. Es kam ihm überhaupt nichts in den Sinn. Er trat auf die Gumpendorfer Straße hinaus und wandte sich unwillkürlich nach links, der Innenstadt zu. Nachdem er etwa hundert Schritte zurückgelegt hatte, vertrat ihm jemand den Weg. Ohne den Kopf zu heben, wollte er mechanisch ausweichen, doch da fasste ihn jemand am Arm.

»Herrgott!«, rief Franzi Mitteldorfer entsetzt. »Wie sehen Sie denn aus?«

Gordweil starrte sie mit verwirrten, trüben Augen an, schien sie gar nicht zu erkennen und schwieg.

»Sie haben ja hohes Fieber«, sagte die junge Frau. »Sie müssen sich ins Bett legen. Kommen Sie mit. Ruhen Sie sich bei uns ein wenig aus, dann bring ich Sie nach Hause.«

Damit hakte sie ihn ein und zog ihn mit sich fort. Gordweil folgte gehorsam. Sagte kein Wort, obwohl er sie inzwischen erkannt hatte. Schwieg vor lauter Erschöpfung, aber auch weil er nichts zu sagen hatte. Mühsam stieg er die Treppen hoch, von der jungen Frau gezogen, und betrat die Wohnung. Franzi führte ihn zum Sofa: »Hier! Legen Sie sich hin, und erholen Sie sich ein wenig, Sie Ärmster. Nehmen Sie die Beine hoch, nur keine Bedenken – so.« Sie half ihm, sich richtig hinzulegen und die Beine auszustrecken. »Und Ihr Hut, wo ist der denn?«

»Was? Der Hut?« Zum ersten Mal machte er den Mund auf. »Nicht nötig ... Warum Hut ... so heiß ... trinken. Ist in der ganzen Stadt das Wasser ausgegangen? Kein Mensch gibt einem einen Schluck Wasser.«

Er sprach flüsternd, wie zu sich selbst. Franzi Mitteldorfer stand da und sah ihn mit großem Mitleid an, hatte sogar Tränen in den Augen.

»Beruhigen Sie sich bitte, ich bringe Ihnen augenblicklich Wasser.«

Sie ging hinaus und kehrte mit einem Glas Wasser zurück, das er in einem Zug leerte.

»Bleiben Sie jetzt ganz ruhig liegen«, redete sie ihm wie einem kleinen Kind gut zu, indem sie ihm mit einem blütensauberen Taschentuch den Schweiß von der Stirn wischte. »Mutter ist mit dem Jungen weggegangen. Sobald sie wiederkommt, bringe ich Sie nach Hause.«

Gordweil lag auf dem Rücken und blickte auf das Fenster gegenüber, das ihm schief in die Wand eingelassen schien. Die Sache kam ihm ausgesprochen lächerlich vor. Er versuchte, den Kopf etwas zu bewegen, der jetzt hundert Kilo wog, aber das Fenster blieb schief. Das ist zweifellos ein neuer Baustil, fand er des Rätsels Lösung. Aber ich meinerseits ziehe den alten vor. Der alte ist hübscher.

»Sehen Sie«, murmelte er, »wenn ich mir ein Haus bauen wollte, würde ich es nie zulassen, Fenster schief einzusetzen. Ich finde das hässlich, geschmacklos. Es ist auch unpraktisch. Man will sich aufs Fensterbrett lehnen und rutscht seitlich weg. Das ist komisch. Und der Schornstein auf dem Haus gegenüber sitzt ebenfalls schief. Unsere Generation ist für das Krumme – ein Zeichen von Dekadenz …«

Aus irgendeinem Grund lachte er vor sich hin.

»Wissen Sie«, sagte er dann unvermittelt, »ich muss augenblicklich nach Hause gehen. Das Baby wird dort aufwachen und weinen.« Er versuchte aufzustehen, hatte aber nicht die Kraft und fiel wieder zurück. Die junge Frau sprang zu ihm.

»Bleiben Sie ruhig liegen. Bald kommen Sie heim.«

»Ja, das ist richtig. Ich muss mich erst ausruhen. Ich bin lange spazieren gegangen und müde geworden«, sagte er, schuldbewusst lächelnd. »Nur einen Augenblick werde ich ruhen, einen ganz kleinen Moment, dann kann ich wieder gehen. Aber ein bisschen Wasser. Ich bin durstig.«

»Ich werde Ihnen Tee kochen. Der löscht den Durst besser.«

Urplötzlich war es Nacht. Gordweil blinzelte durch eine winzige Luke – eigentlich eine Art rundes Gucklock vom Durchmesser eines gewöhnlichen Trinkglases – in einen erleuchteten Raum. Nur mit einem Auge guckte er (für das zweite war kein Platz), auf Zehenspitzen stehend, da das Loch für ihn zu hoch angebracht war. Die Sache kostete ihn viel Mühe, und doch musste er dastehen und zusehen, denn er wusste, dass er der einzige Zeuge war, und wenn er nicht alles sah, würde die Tat im Dunkeln bleiben … Mitten im Zimmer stand jemand über eine lange, glattgehobelte Bank gebeugt (Gordweil prägte sich dieses Detail unauslöschlich ins Gedächtnis ein, da er es für höchst wichtig hielt). Der Mann stand mit dem Rücken zu ihm, aber Gordweil wusste sehr wohl, wer es war. Der glaubt, wenn er sein Gesicht verbirgt, werde ich ihn nicht erkennen, schoss es ihm durch den Kopf. Aber ich kenne ihn durchaus: Das ist unser hochgewachsener Hausbesorger. Vor mir kann er sich nicht verstecken. Der Hausbesorger stand also gebeugt über die Bank, auf der ein anderer Mann hingestreckt lag, und schlug diesem in gleichmäßigem Takt mit einem Stein auf den Kopf, wie jemand, dessen Werk große Präzision erfordert. Der solchermaßen Geschlagene – obwohl Gordweil sein Gesicht nicht sehen konnte, wusste er, dass es sein Schwager Freddi war – strampelte eine Zeitlang mit den Beinen, wollte offenbar den Hausbesorger treten, aber der stand neben seinem Kopf und drückte ihn zusätzlich mit der freien Hand fest hinunter, so dass Freddi sich weder losmachen noch ihn mit seinen kickenden Füßen treffen konnte. Derweil schlug der Hausbesorger unverwandt weiter auf ihn ein, bis Freddi schließlich ruhig wurde und die Beine streckte. Gordweil wusste, dass er jetzt tot war. Und so war es auch wirklich. Der Hausbesorger richtete sich in voller Länge auf und warf den Stein in einen Winkel. Dann rieb er sich zwei-, dreimal die Hände, als sei er mit seinem Werk zufrieden, knöpfte sich die Jacke zu und zündete sich eine Zigarette an. Gordweil warf einen Blick auf Freddi. Der lag tot da, das war sonnenklar, obwohl auf seinem Gesicht weder Blut noch Wunden zu sehen waren. Die Blutergüsse sind innerlich, erklärte er sich den Fall, weil er ihn mit einem flachen Stein umgebracht hat, was ja wie Würgen ist. Und nun musste er, Gordweil, sich möglichst beeilen, damit der Mörder nicht etwa entkam. Trotz seiner furchtbaren Erschöpfung stieg er mit Franzi Mitteldorfer in die Tram und fand sich im Handumdrehen vor dem Polizeikommissar wieder, der hinter einem schwarzabgedeckten Tisch saß und ihn durch ein Opernglas betrachtete. Gordweil machte den Mund auf, um ihm von dem Mord zu berichten, doch da quollen ihm plötzlich Kabel, schwere Stahlkabel aus dem Rachen, immer mehr und türmten sich vor seinen Füßen zu einem hohen Stapel auf, begleitet von einem Blutstrahl aus der Kehle. Gordweil konnte weder den Mund schließen noch eine Silbe hervorbringen. Unmenschliche Furcht befiel ihn, als er begriff, dass die Kabel sein Unheil sein würden. Ah, wenn er doch nur sprechen und seine Redlichkeit beweisen könnte. Er versuchte zu gestikulieren, doch die Hände gehorchten ihm auch nicht. Außerdem wusste er, dass Gesten nutzlos waren; reden musste man, reden! Nun zerrte er sich mit den Händen die Kabel aus dem Mund in der Hoffnung, sie wären bald abgewickelt, so dass er sprechen könnte. Die Hände waren blutverschmiert, aber die Kabel nahmen kein Ende. Um ihn herum ragte schon ein ganzer Haufen auf, der ihn wie eine Mauer umschloss. Plötzlich warf der Kommissar mit der melodramatischen Gestik schlechter Filmschauspieler das Opernglas weg und sprang von seinem Sitz auf.

»Seht!« Er deutete auf Gordweil. »Da habt ihr den Mörder vor euch. Er hat den unschuldigen Hausbesorger beschuldigen wollen, und jetzt seht ihr mit eigenen Augen das Blut aus seinem Mund sprudeln. Da habt ihr den klaren Beweis. Es ist das Blut des Ermordeten, das er ausgesaugt hat, um seine Tat zu vertuschen – aber das Blut zeugt wider ihn.«

Sogleich wurde er gepackt und grob durch dunkle Gänge und Keller gezerrt; schreien konnte er nicht, weil ihm die Kabel immer noch aus dem Mund drangen, ohne Anfang und Ende. Dann stieß man ihn in eine runde Zelle, und er wusste, dass es eine Art Ofenraum war, in dem man ihn bei lebendigem Leib rösten würde. Das ist ja die Inquisition, wollte er protestieren. Die ist doch längst abgeschafft und verboten. Es ist gesetzwidrig, was ihr da mit mir macht. Aber er brachte keinen Laut heraus. Sie begannen ihn auszuziehen, und nachdem das letzte Kleidungsstück abgelegt war, stieg die Hitze bis zum Ersticken, und der Durst brannte ihm in Mund und Leib. Er machte ein Handzeichen, sie möchten ihm etwas zu trinken bringen. Und tatsächlich hatten die Leute Erbarmen mit ihm und brachten ihm Wasser. Aber als er davon trank, verwandelte es sich in seinem Mund in brennendes Feuer, tausendmal schlimmer als die Durstqualen. »O weh«, stöhnte er in seiner Pein, »sie foltern mich. Habt Erbarmen und bringt mir ein wenig normales Wasser. Wie kann man so grausam sein. Mit kochendem Wasser lässt sich der Durst doch unmöglich löschen. Oh, oh, ich sterbe vor Durst.«

»Trinken Sie nur«, sagte Franzi Mitteldorfer und hielt ihm das Glas hin. »Der Tee wird Ihnen guttun.«

»Ah, Sie sind's«, erwiderte Gordweil, dessen Verstand für einen Augenblick zurückgekehrt war. »Ist er abgekühlt, der Tee?«

»Gerade richtig zum Trinken. Probieren Sie.«

Halb liegend trank er den Tee aus. Dann sagte er: »Jetzt muss ich aber wirklich gehen.«

»Gut. Ich schreib nur meiner Mutter einen Zettel.«

Danach half sie ihm aufzustehen. Sie musste ihn stützen, damit er nicht fiel, und brachte ihn nur mühsam die Treppe hinunter. Draußen merkte sie gleich, dass er unmöglich mit der Tram fahren konnte, und rief eine vorbeikommende Taxe herbei. Gordweil saß die ganze Fahrt über stumm da. Er schien zu schlafen, wie er so zusammengekauert gleich einem leblosen Klumpen in der Wagenecke hockte.

Es wurde schon dunkel, als Franzi Mitteldorfer ihn die Treppe zu seinem Zimmer hinaufgeleitete. »Er ist krank«, erklärte sie der Zimmerwirtin, die ihnen öffnete. Diesmal verstand die Alte sofort, ging mit ihnen hinein und bezog das Sofa, während Gordweil, von Franzi gestützt, auf einem Stuhl saß.

»Ich hab's ja immer gewusst, dass er einmal krank daniederliegen würde, cijcijci«, schwatzte die Alte bei der Arbeit. »Wo er so viel gearbeitet hat, dieser anständige Mann. Und sein Kind ist ihm auch weggestorben.«

Die beiden Frauen halfen ihm beim Ausziehen und betteten ihn aufs Sofa. Völlig gleichgültig ließ Gordweil sie gewähren. Nur hin und wieder entrang sich seinem Mund ein tiefes Stöhnen. Die Petroleumlampe wurde angezündet, und die alte Frau brachte ein Fieberthermometer, das sie ihm unter die Achsel steckte. Franzi Mitteldorfer, in Hut und Mantel, lief ungeduldig im Zimmer umher. Das Thermometer zeigte neununddreißig acht. Daraufhin verlangte die junge Frau, unverzüglich einen Arzt zu verständigen. Herr Gordweil sei schwer krank, erklärte sie der Alten, und sie selbst müsse leider sofort nach Hause zurückkehren. Morgen werde sie nach ihm sehen. Damit verabschiedete sie sich und ging.

Der Arzt, der rund zwei Stunden später kam, stellte einen schweren Nervenschock fest.

V. TEIL
Das Ende

30.

Seit drei Wochen war Gordweil wieder auf den Beinen. An jenem Abend, an dem die Krankheit ausgebrochen war, hatten seine Freunde im Herrenhof zusammengesessen, als Thea kurz vorbeikam und ihnen den Tod des Babys mitteilte. Da sie Gordweil mehrere Tage nicht mehr gesehen hatten und wussten, wie sehr er an dem Kind gehangen hatte, fürchteten sie um ihn und sprangen allesamt – Lotte, Dr. Astel und Ulrich – auf, um in die Kleine Stadtgutgasse zu fahren. Sie trafen wenige Minuten nach Weggang des Arztes ein und fanden Gordweil, dessen Fieber inzwischen weitergestiegen war, bewusstlos auf dem Rücken liegen, den glasigen Blick zur Decke gerichtet. Die alte Frau Fischer, gerade damit beschäftigt, ein Handtuch für eine Stirnkompresse anzufeuchten, erzählte ihnen alle Einzelheiten der Reihe nach.

Acht Tage litt Gordweil unter hohem Fieber, begleitet von teils grauenhaften, teils unvorstellbar wonnevollen Wahnphantasien, in denen die Personen und Gegenstände seiner Umgebung in bizarren Formen und Kombinationen wundersam durcheinanderwaberten. Am Krankenbett versorgten ihn die alte Wirtin und seine Freunde einschließlich Franzi Mitteldorfer, die ihn ebenfalls täglich besuchte, da sie ihn gewissermaßen als ihren Privatpatienten betrachtete. Thea hingegen wich nicht von ihrer normalen Lebensweise ab und krümmte keinen Finger für ihn. Dann kam die Krisis zu einem Ende. »Nun ist er drüber weg«, verkündete der Arzt.

Stark geschwächt und unfähig, seine Glieder zu rühren, musste er nach Abklingen des Fiebers noch gut eine weitere Woche im Bett zubringen. Das Baby erwähnte er während seiner Genesungszeit kein einziges Mal, als habe er die ganze Sache vergessen. Aber wenn er gelegentlich den Blick auf den leeren Raum zwischen Bett und Fenster richtete (während seiner Krankheit hatte Thea den Kinderwagen einem Altmöbelhändler verkauft), erschien ihm das ganze Zimmer, ja die ganze Welt leer. Die Lebenskräfte, die langsam in seinen Körper zurückkehrten, erlaubten ihm jedoch nicht, aufwühlenden Gedanken nachzuhängen. Er besaß jetzt eine glückliche, animalische Ruhe, wie sie jeder Schwerkranke erlebt, sobald die Gefahr überwunden ist und er wieder zu Kräften kommt. Wenn er, durch Kissen halb erhöht, still dalag – das Sprechen fiel ihm noch schwer –, lächelte er häufig, auch ohne Grund, zu den Worten Lottes, die ihn zweimal täglich besuchte, nahm manchmal ihre Hand und streichelte sie in stummer Dankbarkeit, während draußen ein stürmischer, regnerischer Herbst wütete und an den Fensterscheiben rüttelte.

Jetzt waren schon drei Wochen seit seinem ersten Ausflug nach draußen vergangen. Das Leben verlief wieder in gewohnten Bahnen. Gordweil lebte äußerlich wie vorher: besuchte Freunde, schlenderte durch die Straßen, unterhielt sich kurz mit dem und jenem, und trotzdem war eine – dem fremden Auge und vor allem ihm selber – unsichtbare Veränderung mit ihm vorgegangen. Er war noch schweigsamer als zuvor, meist in tiefes Grübeln versunken, als müsse er jeden Moment eine äußerst wichtige Entscheidung treffen, und antwortete seinen Gesprächspartnern oft geistesabwesend und nicht zur Sache. Die vage Bedrückung, die ihm seit seiner ersten Begegnung mit Thea auf der Seele lag und die mit klarem Kopf zu betrachten er sich bisher stets gehütet hatte, lastete immer stärker auf ihm, wurde unerträglich und verlangte energisch nach einer genauen Untersuchung ihrer Ursachen wie nach einem adäquaten Gegenmittel. All sein Denken lief nun unweigerlich auf Thea hinaus; wohin er seine Gedanken auch lenkte, immer bissen sie sich an ihr fest. Sie war ein Hindernis, eine Barriere, die Quelle allen Übels. Vergeblich versuchte er auch jetzt noch manchmal, gegen derlei Ideen anzukämpfen. Sein gesamtes Innenleben war auf Anklage und Auflehnung eingestellt. Gleichzeitig wusste er, dass er niemals die seelische Kraft aufbringen werde, sich von ihr zu befreien. Ja, wenn sie ihn verlassen würde! Gewiss wäre er traurig darüber, würde es andererseits als gottgegeben hinnehmen und sich damit abfinden. Doch Thea dachte gar nicht daran, ihn zu verlassen. Seine ständige Nachgiebigkeit stachelte ihre dunklen Triebe an, und ihre sadistischen Gelüste, die im Laufe ihres Zusammenlebens noch gewachsen waren, fanden bei ihm immerwährende Befriedigung. Als sie merkte, wie sehr ihm der Tod des Babys naheging, fand sie ein neues Mittel, ihm wehzutun: Im Gegensatz zu früher versicherte sie nun bei jeder Gelegenheit, es sei tatsächlich sein Kind gewesen. Und je schweigsamer er wurde, desto mehr geriet sie in Fahrt.

Er hielt sich jetzt nur noch selten zu Hause auf. Das Zimmer war ihm zuwider geworden; es war öde und leer und löste bedrückende Gedanken aus. Auch arbeitete er wenig. Er steckte tief in Schulden und befand sich in ständiger Geldnot. Aber das machte ihm nicht viel aus. Das Übel lag woanders. Zudem spürte er vage, dass irgendein Ende näher rückte, sich bald etwas ändern würde, ohne dass er gewusst hätte, wie und was.

Es war Dienstag – ein wärmerer Tag als seine für die Jahreszeit zu kühlen Vorgänger. Gordweil saß nach einem ausgedehnten Fußmarsch durch die Stadt am brennenden Ofen, aus dessen offener Klappe eine Lichtzunge über den Fußboden zwischen Bett und Sofa zuckte und einen hellen Schimmer auf die Wand gegenüber warf. Es war gegen sechs Uhr abends. Gordweil hatte die Lampe nicht angezündet, fühlte er sich im Dunkeln doch wohl. Im Licht, dachte er, sieht der Mensch, was außerhalb seiner ist, im Dunkeln sieht er sich selbst. Und er sieht auch den Dingen auf den Grund … Er fühlte sich plötzlich wie ein Steinzeitmensch, der im dunklen Wald vor einem lodernden Feuer sitzt, das die wilden Tiere verscheuchen soll. Er meinte ein unheimliches, leises Rascheln im Unterholz zu hören, und über Tausende Generationen hinweg übermittelte sich seiner Seele jene animalische Angst vor unbekannten Mächten, die allenthalben ringsum lauern. Mechanisch machte er im Dunkeln eine abwehrende Geste, wodurch er in die Gegenwart zurückfand. Draußen hupte in diesem Augenblick zweimal kurz ein Auto. Unbewusst wartete Gordweil angespannt auf ein drittes Signal, das jedoch ausblieb. Trotz allem sind wir heute besser dran als der Steinzeitmensch, setzte er seinen Gedankengang fort. So ein Haus mit einem brennenden Ofen und ein fix und fertig dastehendes Bett – das ist schon was Großartiges. Er erinnerte sich an mehrere Nächte, in denen er ein paar Jahre zuvor obdach- und mittellos durch die Straßen ebendieses Wiens vagabundiert war, darunter einige Nächte im Spätherbst, und schon umhüllte ihn die heimelige Sicherheit des warmen Zimmers mit doppelter Kraft. Das war jetzt wenigstens ausgeschlossen. Und tiefes Mitgefühl überkam ihn für alle, die in dieser Stadt oder in anderen Weltmetropolen gezwungen waren, ihre Nächte auf Bänken unter freiem Himmel zu verbringen, unter Brücken oder in Kanalisationsschächten. Die Menschheit müsste dafür sorgen, dass jeder eine Unterkunft und ein Stück Brot hat – das war doch das mindeste!

Er erhob sich und legte nach. Die neuen Kohlen erstickten die Flammen mit prasselndem Funkenstieben, dunkelrote Rauchfetzen wehten einen Augenblick aus den Ritzen. Auf dem Boden kauernd, wartete Gordweil, bis die Flammen sich einen Weg gebahnt hatten. Dann stand er auf und setzte sich wieder auf den Stuhl. Die Feuerzunge kam nun leicht schräg heraus und leckte über den ockerfarbenen Drillichbezug der Sofaecke. Gordweils Sinne erfassten unwillkürlich die Umrisse des Sofas, während sich aufgrund eines verborgenen Assoziationsprozesses leichte Müdigkeit in ihm regte. Doch er gab diesem momentanen Bedürfnis, sich darauf auszustrecken, nicht nach. Nein. Er würde noch ein bisschen warten, bevor er sein Lager aufschlug und sich frühzeitig aufs Ohr legte. Er hatte keine Lust, heute Abend noch einmal wegzugehen.

Auf dem Flur ging eine Tür auf und zu. Ob jemand gekommen oder gegangen war? Im zweiten Fall beneidete er den Betreffenden nicht. Draußen war es zwar nicht besonders kalt, aber er, Gordweil, saß heute lieber zu Hause. Ja, ging es ihm durch den Kopf, Lotte sah von Tag zu Tag schlechter aus. Als er noch krank im Bett lag, hatte er gemeint, eine Besserung festzustellen, aber in Wirklichkeit wurde es schlimmer. Außerdem war sie schweigsam geworden, was ihrem Wesen in keiner Weise entsprach. Andererseits neigte sie gelegentlich zu übertriebenen Heiterkeitsausbrüchen, die gleichfalls unnatürlich wirkten. Ach, wenn er ihr doch helfen könnte.

Eine Weile bewegten sich seine Gedanken noch um Lotte, dann nickte er ein. Als er aufwachte, zischten die Kohlen, und die Wärme hatte etwas nachgelassen. Er erschauerte. Legte noch einmal Kohlen in den Ofen nach. Zündete ein Streichholz an und blickte auf die Uhr. Er musste lange geschlafen haben, denn es war fast zehn Uhr. Der Kopf war ihm schwer, und er fühlte einen Schmerz an der rechten Seite und im Nacken – vermutlich wegen der unbequemen Haltung. Zur Lockerung begann er auf und ab zu gehen. Aus dem Nebenzimmer drang kein Laut. Sie waren also schon schlafen gegangen, die Alte und Siedl. Die Lampe anzuzünden, hielt er für unnötig; durch die Zimmerfenster fiel schwaches Licht, in dem sich die Einrichtungsgegenstände abhoben.

Jetzt ging die Tür, und Thea trat ein. Sie war heute, entgegen ihrer sonstigen Gewohnheit, früher heimgekehrt. Als sie ihren Mann im Dunkeln sah, fuhr sie ihn zornig an: »Warum machst du die Lampe nicht an, du Idiot?«, bevor sie noch die Tür geschlossen hatte.

Gordweil zündete eilig die Lampe an, die schon auf dem Tisch bereitstand, verharrte auf dem Fleck und gab keinen Mucks von sich. Er sah, dass sie schlechter Laune war, und wollte Streit vermeiden, obwohl ihm eine innere Stimme prophezeite, dass der

Abend nicht friedlich enden werde. Urplötzlich überkam ihn Wut auf sich selbst und seine ewige Vorsicht. Was? Wie lange wollte er denn noch unterwürfig vor jeder ihrer Launen zittern? Geräuschvoll rückte er den Stuhl beiseite und trat ans Fenster.

Thea hatte inzwischen abgelegt und fragte: »Was ist zu essen da?«

»Nichts«, antwortete Gordweil ungewöhnlich knapp, ohne sich vom Fenster abzuwenden.

Über seine Antwort verblüfft, wandte sie den Kopf und starrte ihn von hinten an. Dann sagte sie in unheilverheißend ruhigem Ton: »Was heißt ›nichts‹? Warum hast du nichts zu essen geholt?«

Jetzt drehte sich Gordweil zu seiner Frau um. Er erwiderte nicht gleich, blickte sie gerade an. Danach sagte er mutig: »Warum ich nichts geholt habe? Weil ich kein Geld habe. Das weißt du sehr wohl. Außerdem kannst du dir auch selber mal was zu essen kaufen.«

Auf eine solche Reaktion war Thea nicht gefasst. Rot vor Wut, fuhr sie auf ihn los: »Waaas? Du wagst es? Wozu brauch ich dich dann? Meinst du, du setzt dich wie ein Prinz hierher, und ich mach dir Essen?«

»Nicht mir, sondern dir«, gab Gordweil unerschrocken zurück.

»Raus!« Sie wies ihm mit ausgestrecktem Arm die Tür. Und als Gordweil sich nicht regte, fügte sie hinzu: »Augenblicklich raus, sage ich dir! Auf der Stelle! Und wag ja nicht, dich noch einmal hier blicken zu lassen. Hörst du? Dass du's bloß nicht wagst.«

»Was, bist du verrückt geworden?«, versuchte Gordweil doch noch eine Widerrede. Aber Thea war schon neben ihm, packte ihn, zerrte ihn zur Tür und schob ihn auf den dunklen Flur hinaus. Gleich darauf warf sie ihm Hut und Mantel nach und sperrte von innen ab. All das geschah blitzschnell. Völlig vor den Kopf gestoßen, stand Gordweil im finsteren Korridor und starrte auf die Tür, unter der ein schmaler Lichtstreifen hervorleuchtete. Plötzlich durchzuckte ihn der Gedanke, all das sei nur Spaß, und so trat er an die Tür und versuchte sie zu öffnen. Aber sie war verriegelt.

Nun begriff Gordweil, dass es keinesfalls Spaß war, zündete ein Streichholz an, hob Hut und Mantel vom Boden auf, zog sich an und ging.

Auf der Straße blickte er im Laternenschein auf die Uhr. Es war halb elf. Einen Augenblick überlegte er, was er jetzt machen sollte. Er hätte leicht diese Nacht und sogar mehrere Nächte nacheinander bei Dr. Astel oder Ulrich verbringen können, aber diese Möglichkeit verwarf er auf der Stelle. Wie sollte er ihnen die Sache begründen? Er konnte ihnen ja nicht die Wahrheit sagen, dass Thea ihn aus dem Haus gejagt hatte. Bei diesem Gedanken hätte er lachen mögen. Seine Erregung hatte sich inzwischen gelegt, und der ganze Vorfall kam ihm höchst lächerlich vor. Jedenfalls musste er eine Unterkunft für die Nacht finden, morgen würde man weitersehen.

Er hatte nur einen Schilling in der Tasche, und für ein Hotel, selbst das allerbilligste, hätte er mindestens drei gebraucht. Deshalb ging er im Eilschritt (um von seinem wenigen Geld nicht auch noch etwas für die Fahrt auszugeben) in Richtung Innenstadt; vielleicht würde er im Café jemanden treffen, von dem er sich einen kleinen Betrag leihen konnte. Gordweil wunderte sich selbst, dass ihn die ganze Affäre kaum beeindruckte. Er verspürte nur einen gewissen Unwillen aufgrund der neuen Lage, in die er geraten war. Eine innere Stimme sagte ihm, dass all das nicht besonders wichtig war. Ihre Wut würde abklingen, und alles würde wieder ins Lot kommen. Er konnte nicht glauben, dass dies das Ende sei, und die Hauptsache war im Moment, etwas Geld aufzutreiben und ein Hotel zu finden. In gewisser Hinsicht gefiel ihm dieser Ausweg sogar. Besser so, als ihrem Zorn ausgeliefert zu sein.

Es war nicht kalt. Nur ein feiner, milder Herbstregen begann ihm ins Gesicht zu sprühen; das Pflaster wurde von der Feuchtigkeit glänzend schwarz. Fast leer rollten die Trambahnen dahin, während die Oberleitung zuweilen wie ein blassblauer Feuerstreifen mit strohigem Knistern über ihnen aufleuchtete und wieder verlosch. Mit einem Mal wallte ein solcher Zorn in Gordweil auf, dass er im Gehen innehielt. Was? Das Zimmer war schließlich genauso seins wie ihrs, ja seins noch mehr! Er hatte vorher schon dort gewohnt – und nun warf sie ihn hinaus! Er war drauf und dran, sofort zurückzukehren und mit Gewalt einzudringen. Sie hatte kein Recht, ihn aus seinem Zimmer zu verjagen. Aber augenblicklich fasste er sich wieder und setzte seinen Weg fort. Es hatte wirklich keinen Sinn, einen offenen Skandal zu riskieren.

Im Café traf er niemand Bekanntes. Nach kurzer Überlegung beschloss er, schwarzen Kaffee zu bestellen und abzuwarten. Vielleicht kam noch einer. Aber eine halbe Stunde verging, und niemand tauchte auf. Es war schon halb zwölf. Gordweil wurde ärgerlich. Jetzt hatte er seine letzten Groschen für den Kaffee ausgegeben. Er versuchte die Abendzeitung zu lesen, um sich ein wenig abzulenken, aber er konnte sich nicht konzentrieren, und so legte er sie wieder aus der Hand. Wenn das Ganze wenigstens im Sommer passiert wäre! Aber jetzt! Und es regnete auch noch. Eine ganze Nacht bei diesem trüben Wetter im Freien zu verbringen! Gordweil war jetzt schon müde. Na ja, nichts zu machen, sagte er sich fast laut. Schicksalsergeben nahm er sich vor, bis zum Lokalschluss um halb zwei sitzen zu bleiben und dann spazieren zu gehen.

Als der Kellner an seinem Tisch vorbeikam, fragte er ihn beiläufig, ob diesen Abend jemand von seinen Bekannten da gewesen sei.

Ja, sie seien da gewesen, aber kurz vor Gordweils Eintreffen gegangen: Herr Dr. Astel mit der Dame und der zweite Herr, dieser blonde. Sie hätten eine Stunde gesessen und seien dann gemeinsam weggegangen.

Aus, dachte Gordweil.

»Sagen Sie mir«, knüpfte er ein Gespräch mit ihm an, »wohnen Sie weit von hier?«

»Ich? Nicht gerade nahe. Gegend Westbahnhof.«

»Und wie kommen Sie nach der Sperrstunde heim? Es fährt doch um diese Zeit keine Tram mehr.«

»Zu Fuß. Eine Stunde. Manchmal geh ich zum Franz-Josefs-Bahnhof, fünfzehn Minuten von hier, und nehm von dort die Ringbahn, die alle Haltestellen abfährt.«

»Schwerer Beruf, was?«

»Leicht ist er sicher nicht. Von drei Uhr nachmittags bis zwei Uhr nachts ununterbrochen auf den Beinen.«

Der Kellner zwirbelte seinen Schnurrbart und schien zufrieden über die Gelegenheit, sich ein wenig über seinen Beruf zu unterhalten, der in seinen Augen plötzlich besondere Wichtigkeit annahm.

»Alle meinen, das sei eine Leichtigkeit«, fuhr er fort, »aber das stimmt nicht. Leicht ist es keineswegs. Und manchmal arbeitet man den ganzen Tag umsonst. Der gesamte Verdienst geht für einen kleinen Fehler drauf, von dem man nicht mal weiß, wo und wie er passiert ist. Letzte Woche ist mir so was passiert. Bei der Tagesabrechnung fehlten plötzlich zehn Schilling. Ich musste den Fehlbetrag aus der eigenen Tasche drauflegen. An dem Tag habe ich noch einen Verlust gehabt. Denn glauben Sie bloß nicht, es kämen zehn Schilling Trinkgeld pro Tag herein. Manchmal kommt man kaum auf die Hälfte.«

»Ja, ja«, bestätigte Gordweil kopfnickend. Er war mit den Gedanken schon woanders und hatte die letzten Worte des Kellners gar nicht mehr aufgenommen.

»Haben Sie auch Familie? Das heißt Frau und Kinder?«, fragte er plötzlich.

»Aber gewiss. Zwei Buben. Der ältere beendet dieses Jahr schon die Volksschule. Bitte schön«, sagte er zu dem Gast an Tisch drei, der zahlen wollte, und wandte sich ihm zu.

Zwei Buben, grübelte Gordweil und warf dem Ober im weißen Jackett, der eine dicke Brieftasche voller Banknoten hervorzog, einen neidischen Blick zu.

Perczik erschien im Eingang und ging geradewegs auf seinen

Tisch zu. Da, dachte Gordweil. Dem schulde ich nichts, aber er ist ein Schwein. Wenn er sich von allein, ohne ausdrückliche Einladung, zu ihm setzte, würde er sein Ziel erreichen, andernfalls war's schlecht.

»Zu dieser späten Stunde sitzt du noch im Café«, bemerkte Perczik. »Das ist sonst gar nicht deine Art.«

Er sagte es mit jener leichten Verlegenheit, die ihn stets befiel, wenn er mit Gordweil allein war, obwohl dieser den Grund gar nicht verstand, und ließ sich grinsend auf einem Stuhl neben ihm nieder.

Man darf den rechten Moment nicht verpassen, dachte Gordweil, aufschieben macht die Sache nur noch schwerer.

»Hör mal, Perczik«, begann er heldenhaft, »ich brauche Geld.«

»Wer braucht denn heute kein Geld? Die ganze Welt braucht welches.«

Darauf bedacht, Gordweil nicht in die Augen zu sehen, zog er eine Zigarettendose hervor und bot ihm wie zur Bestechung eine an. Gordweil nahm sie, ließ sich aber dadurch nicht erweichen.

»Ich brauche fünf Schilling, jetzt auf der Stelle. Du musst sie mir borgen. Ausreden gelten nicht.«

»Fünf Schilling? Wo soll ich denn fünf Schilling für dich hernehmen? Das ist ja fast ein ganzer Dollar. Ich weiß, du zahlst Schulden zurück. Du bist der Einzige, der das tut. Ich würde sie dir gern borgen, das kannst du mir glauben. Aber wo soll ich sie zu dieser späten Stunde hernehmen? Morgen ist das was ganz anderes. Ich habe zehn Dollar, werde wechseln und dir was geben.«

»Such keine Ausflüchte, Perczik. Gib die zehn Dollar her, ich wechsle sie beim Ober. Der wird sie schon tauschen, zieh dich mal nicht aus der Affäre.«

»Der Ober – das kann ich nicht. Der wechselt unter Kurs. Warum soll ich dabei verlieren?«

»Ich gleich dir die Differenz aus. Wir stellen den Tageskurs fest, und ich lege dir das Fehlende drauf. Warte, ich hab einen anderen Vorschlag: Ich geb's dir gleich. Leih mir fünf Schilling abzüglich des betreffenden Betrags, und ich schulde dir fünf ganze Schilling, einverstanden?«

»Das geht nicht an. Ich verleihe doch nicht mit Zinsen.«

»Na gut«, sagte Gordweil achselzuckend.

Plötzlich stieg unendlicher Widerwille gegen Perczik und diesen ganzen elenden Handel in ihm hoch. Er zog an der Zigarette und starrte vor sich hin. Mit einem Schlag umhüllte ihn große Traurigkeit, die gar nicht seiner derzeitigen Lage – seiner Obdachlosigkeit und der Notwendigkeit, die ganze Nacht umherzuwandern – entsprang, wie Gordweil sehr wohl wusste. Denn letztlich war es ihm egal, ob er die Nacht über vagabundierte oder im dreckigen Bett irgendeiner billigen, schmutzigen Absteige schlief. Bei dem Gedanken an dieses Bett, das sich klar in seiner Phantasie abzeichnete, packte ihn das Grauen. Dann schon besser die ganze Nacht auf der Straße zubringen. Aber die Melancholie, die jäh sein ganzes Wesen ergriff, ging auf tiefere Ursprünge zurück. Ihre Wurzeln hatten sich schon lange in seine Seele eingegraben, und seine gegenwärtige Situation hatte sie nicht etwa entstehen lassen, sondern höchstens dazu beigetragen, sie aus dem Schatten heraufzuholen.

Da sagte Perczik auf einmal: »Aber wenn du dich mit weniger zufriedengibst, mit zwei oder zweieinhalb, dann herzlich gern. Diese Summe habe ich bei mir, abgesehen von dem Preis des Kaffees, den ich noch trinken möchte.«

Mechanisch griff Gordweil nach dem angebotenen Geld und steckte es in die Jackentasche. Er verspürte plötzlich das unbezähmbare innere Bedürfnis, mit jemandem zu sprechen, jemandem sein Herz auszuschütten. Und so begann er auf Perczik einzureden, obwohl er sich dafür ebenso verachtete wie diesen Mann, der ihm stets verhasst war und ihn mit jeder Regung ärgern konnte. Er war vielleicht der einzige Mensch, dem Gordweil vom ersten Moment ihrer Bekanntschaft an eine unerklärliche Feindseligkeit entgegengebracht hatte. Und ausgerechnet ihm offenbarte er sich, berichtete in fieberhafter Hast, als sei die Zeit zu knapp für all das, was er zu sagen hatte, erzählte Dinge aus seiner Kindheit, die er noch nie jemandem mitgeteilt hatte – und die ganze Zeit fiel das Gefühl der Verachtung nicht von ihm ab. Aber er konnte sich einfach nicht zurückhalten. Perczik beobachtete ihn mit Luchsaugen, verschlang mit ungeheurer Begierde jedes Wort wie ein Ermittlungsbeamter, der einen Verdächtigen lange eingekreist hat, ohne ihm ein Geständnis zu entlocken, dann aber erlebt, dass dieser aus freien Stücken und ohne äußeren Zwang auspackt. Schon eine erhebliche Weile hatte Gordweil seine Neugier erregt, war aber immer wie ein Haus mit verschlossenen Läden gewesen, und nun war seine Stunde angebrochen. Er notierte im Geist alles, was er hörte, um ja kein Jota zu vergessen. Ja, er hatte schon ein freies Gehirnfach für all das bereitgestellt. Und obwohl er ursprünglich höchstens eine Viertelstunde bleiben wollte, saß er jetzt fest und dachte gar nicht daran, aufzustehen. Er bestellte sogar noch zwei Glas Bier, eins für sich und eins für Gordweil (»rein zufällig« hatte er in einer anderen Tasche noch etwas Geld gefunden), hütete sich aber, Fragen zu stellen oder ihn sonst zu unterbrechen, aus Angst, er könnte ganz aufhören zu sprechen. Seine Neugier entging Gordweil keineswegs, und er war sich auch sehr wohl bewusst, dass Perczik seine Ausführungen – verfälscht und missverstanden – in seiner grobschlächtigen, oberflächlichen Literatur verwenden würde, aber es war ihm gleichgültig.

Die beiden merkten nicht, wie die Zeit verging, und blieben als letzte im Saal. Der Kellner kam kassieren, sie mussten gehen.

»Ich kann dich begleiten«, sagte Gordweil, als sie draußen waren. »Ich habe es nicht eilig heimzukommen und gehe gern noch ein Stück spazieren.«

Er fühlte sich jetzt diesem Perczik in gewisser Hinsicht verbunden, der so was wie sein Vertrauter geworden war. Ja, er erschien ihm im Augenblick sogar weniger abstoßend, als sei er allein dadurch auf eine höhere – nämlich Gordweils – Stufe aufgestiegen, dass er zum Mitwisser einiger intimer Einzelheiten aus dessen Leben geworden war. Die Uhr am Schottentor zeigte zehn Minuten nach zwei. Es war nicht kalt. Man sah nur wenige Passanten auf den leeren, erleuchteten Straßen, die jetzt viel breiter als bei Tage wirkten. Die Schritte der beiden hallten hohl auf der nächtlichen Währinger Straße und lockten ein paar Huren aus verschlafenen Gassen an. Gordweil begleitete Perczik bis vor die Haustür, blieb dort noch eine halbe Stunde mit ihm stehen und redete die ganze Zeit, bis Perczik schließlich gute Nacht sagte und klingelte. Jetzt war es schon halb vier. Gordweil war völlig ausgelaugt und hatte einen unangenehmen schalen Geschmack im Mund wie nach einer durchzechten Nacht.

Er entfernte sich ein paar Schritte von Percziks Haus und hielt dann mitten auf der Straße inne, um zu überlegen, wohin er gehen sollte. Es war ja noch Zeit übrig. Am Morgen, wenn Thea zur Arbeit gegangen war, würde er sein Zimmer aufsuchen und sich schlafen legen. Und warum nicht gleich nach Hause gehen?, fragte er sich. Nur weil Thea üble Launen hatte, sollte er die ganze Nacht umherwandern? Allerdings hatte er gar kein Bedürfnis zu schlafen ... Wenn er jetzt auf seinem Sofa läge, bekäme er kein Auge zu – aber trotzdem! Gut, er würde sofort nach Hause gehen, in sein Zimmer hinauf, egal was passieren würde. Doch in tiefstem Herzen wusste Gordweil, dass er seine vier Wände nicht betreten würde.

Jedenfalls löste er sich vom Fleck. Schlenderte langsam dahin, als ginge er zu seinem Vergnügen spazieren. Die Abscheu über sein Verhalten zu Perczik wich ihm keinen Augenblick von der Seele, er fühlte sich verunreinigt. Jetzt befand er sich am Rande des Währinger Bezirks, nahe der Straße, in der Theas Eltern wohnten. Es kam ihm eine andere Nacht in den Sinn, eine Frühlingsnacht vor eineinhalb Jahren, in der er ebenfalls hier in dieser Gegend gewesen war, und sein Herz verkrampfte sich vor Schmerz über etwas unwiederbringlich Verlorenes. Wie hatten sich die Dinge seither verändert! In jener Nacht hatten sich alle künftigen Tage und Nächte in besonderem Glanz gespiegelt. Jedenfalls war keine Nacht wie diese darunter gewesen. Nur eineinhalb Jahre waren vergangen, und diese kurze Zeit hatte ausgereicht, einen gebrochenen Mann aus ihm zu machen. Gordweil erkannte jetzt mit fürchterlicher Klarheit, eigentlich zum ersten Mal, wie sehr das Zusammenleben mit Thea ihn mitgenommen hatte. Er war ein völlig erledigter Mensch, der sich vielleicht nie wieder erholen würde.

In diesem Augenblick kam er an einer Bank vor der Volksoper vorbei und sank darauf nieder, weil er plötzlich todmüde war, gewissermaßen überflutet von der aufgestauten Müdigkeit jener anderthalb Jahre. Und das Schlimmste war, grübelte er weiter, dass es keinen Ausweg gab. Er befand sich in einem Teufelskreis: Mit ihr zusammenleben ging nicht und ohne sie – erst recht nicht ... Von einem Frösteln überlaufen, erhob er sich und setzte seinen Weg fort. Er zog die Uhr hervor: Ganze zwanzig Minuten waren vergangen, seit er sich von Perczik verabschiedet hatte. Bis neun Uhr morgens war es noch unendlich lange hin – was sollte er bis dahin bloß tun? Grenzenlose Verzweiflung und große Angst vor dieser langen Nacht schlugen ihm jäh aufs Herz, und er beschleunigte das Tempo, rannte fast, als könne er so sein Ziel, das Ende der Nacht, schneller erreichen. Beim Würstelstand vor dem Altersheim hielt er an, um Zigaretten zu kaufen. Die üppige Verkäuferin mit dem derben, sonnengebräunten Gesicht erwachte aus ihrem Nickerchen und zählte die Zigaretten zweimal nach. Gordweil nahm flüchtig eine rote Narbe quer über ihrer Wange wahr, die vom linken Ohr bis zu dem fleischigen Mund verlief. Eine Art inneres Nagen, das Hunger ähnelte, veranlasste ihn, auch ein Paar heiße Würstel zu essen. Nachdem er sich gütlich daran getan hatte, ging er weiter. Er gelangte erneut zum Schottentor, lenkte seine Schritte Richtung Kai und wanderte dort entlang. Einen Augenblick spielte er mit dem Gedanken, an die Lände hinunterzugehen und sich einen Platz unter einer Brücke zu suchen, verwarf ihn aber gleich wieder. Nahe am Wasser konnte man sich leicht erkälten. Er bummelte jetzt ganz langsam dahin, schleppte sich übermüdet vorwärts, und eine Schlafstätte, egal welcher Art, erschien ihm momentan als das größte Glück auf Erden. Ach, wenn er sich doch nur irgendwo zum Ausruhen hinlegen könnte! Sogar hier, auf dem Gehsteig, einfach so. Er schwankte wie ein Betrunkener oder wie ein Rekonvaleszent beim ersten Aufstehen. Dachte auch gar nicht mehr über den Grund dieser Wanderschaft nach, wusste nur, dass er weiter und weiter wandern musste, trotz seiner großen Müdigkeit. Schade, dass er seinen Stock nicht mitgenommen hatte … ging es ihm durch den Kopf. Doch gleich darauf wurde er sich der Lächerlichkeit dieser Vorstellung bewusst. Der Ewige Jude – hat keine Ruhe, grübelte er. All die Theater, Kinos und ähnliche Gebäude könnte man doch als Obdachlosenunterkünfte bereitstellen. Nachts waren sie leer und nützten keinem Menschen etwas. Man könnte sich dort auf dem Boden ausstrecken. Viele wären über so eine Gelegenheit froh. Es war ein großes Unrecht, dass Menschen gezwungen waren, die ganze Nacht durch die Straßen zu vagabundieren, während diese Gebäude leer standen.

Sein ganzer Körper strebte nach unten, dem Boden zu, wie unter einer ermüdenden Last, und der Kopf hing ihm wie eine Bleikugel auf die Brust, während er die Praterstraße entlangtrottete. Morgen, dachte er seelenvergnügt, würde er ins Armenasyl gehen, falls er kein Geld auftrieb. Dort hätte er wenigstens ein Bett. Man hatte ihm einmal gesagt, es sei gar nicht so schlecht dort. Diese Aussicht auf morgen flößte ihm Mut ein, so dass seine Schritte sich von selbst beschleunigten.

Am Tegetthoff-Denkmal angekommen, bog er aus Gewohnheit links ab, überquerte die Heinestraße und fand sich im Handumdrehen in der Kleinen Stadtgutgasse wieder, die ihm – leer und nur dürftig beleuchtet – jetzt völlig fremd erschien, als sähe er sie zum ersten Mal im Leben. Die Fensterkolonnen zu beiden Seiten wirkten grauenerregend in ihrer Düsterkeit. Unvorstellbar, dass sich hinter diesen blinden Scheiben gedämpftes Leben abspielte.

Es war eine tote Straße. Doch urplötzlich jagte das Wehklagen einer unsichtbaren Katze Gordweil einen Schauder über den Rücken. Das Tier verstummte, stieß aber augenblicklich einen neuen Jauler aus, der herzzerreißend durch die öde Stille hallte. Mitten auf der Straße vor seinem Haus postiert, starrte Gordweil nach oben zu den Fenstern des dritten Stocks, den Mittelfenstern, die anderen links gehörten zum Zimmer der Alten. Jetzt schlummerte Thea im Bett und Gordweil auf dem Sofa ... Nein! Unsinn! Er stand ja hier auf der Straße. Ein merkwürdiges Gefühl breitete sich in ihm aus zu dieser nächtlichen Stunde vor seinen Zimmerfenstern, als stünde er zweigeteilt sich selbst gegenüber, die eine Hälfte oben auf dem Sofa, die andere hier ... Mit einem Mal keimte eine sonderbare Gewissheit in ihm auf: Thea würde gleich aufwachen, das Fenster öffnen und ihn bitten, zum Schlafen heraufzukommen ... Er wartete angespannt. Einen Moment glaubte er sogar eine leichte Bewegung wahrzunehmen, ja, ganz deutlich ... Doch nein. Die Katze jaulte erneut, das Fenster ging nicht auf, Gordweil senkte den Kopf zu Boden. Jähes Grauen vor sich selbst und seiner versteinerten Gestalt hier mitten auf der Straße packte ihn. Falls zufällig ein Polizist vorbeikäme, musste er ihn ja für einen Dieb oder so was halten. Enttäuscht trottete er weiter, bis er es plötzlich mit der Angst zu tun bekam, ein Nachbar könnte ihn überraschen, und dann wäre er Gesprächsstoff für sämtliche Anwohner der Gasse. Diese Furcht ließ ihn in Eilschritt verfallen.

Er überquerte erneut die Heinestraße und kam am Praterstern heraus. Etliche Taxis parkten am Bordsteinrand, während die Fahrer sich einträchtig mit ein paar Huren unterhielten, die es schon aufgegeben hatten, die Nacht noch Freier zu finden. All das erweckte den Eindruck von Verwahrlosung, von trister, törichter, unnützer, unheilbarer Armut, von tiefer, dauerhafter Trübsal, die tagsüber verborgen war, jetzt aber aus ihren Löchern kroch, sich nackt und frech produzierte, aus jedem stillen Haus, aus diesen elenden Gestalten auf der Straße, ja sogar aus den

Pflastersteinen hervorquoll. Das Leben offenbarte sich von seiner anderen Seite wie ein Kleidungsstück, das außen gut aussieht, während das Futter verschlissen ist. Als Gordweil mit flüchtigem Blick die öde Praterstraße musterte, kam ihm die sensationelle Erkenntnis, dass es Nacht war, späte Nacht, und dass der Mensch jetzt eigentlich schlafen sollte. Mitleid regte sich in ihm für jene Ärmsten, sogar die Chauffeure dort, die sich zu dieser Stunde hier herumdrücken mussten, statt im warmen Bett zu liegen. Doch dieses Empfinden verlosch sofort wieder in der allgemeinen Benommenheit seiner völlig übermüdeten Sinne. Unwillkürlich wandte er sich der Hauptallee zu. In ihm dämmerte die vage Hoffnung, dort eine Bank zum kurzen Ausruhen zu finden. Unweit begann eine Uhr zu schlagen, vielleicht die am Bahnhof, und Gordweil hielt zum Mitzählen inne, obwohl er eine Uhr in der Tasche hatte. Es war fünf. Noch vier Stunden, vier Stunden!, drang es ihm in sein benebeltes Hirn, während er unter der Brücke hindurchging und in die menschenleere, von weit auseinanderstehenden Laternen spärlich erleuchtete Allee einbog. Schwerfällig schleppte er sich mit letzter Kraft bis zur ersten in Dunkel getauchten Bank und ließ sich darauf fallen.

Auf der Bank saßen schon drei – zwei Männer und eine Frau. Als er sich niederließ, schreckten sie auf, durchbohrten mit ihren Blicken die Dunkelheit und nickten sofort wieder ein, jeder den Kopf an die Schulter des Nachbarn gelehnt. Gordweil konnte im Dämmerlicht ihre Gesichtszüge nicht erkennen, sah nur, dass die Frau neben ihm barhäuptig war. Die Sache interessierte ihn auch nicht weiter. Er wusste bloß, dass man vorsichtig sein musste, da jeden Augenblick ein Polizist vorbeikommen konnte. Die liefen hier zu Dutzenden herum, standen plötzlich wie aus dem Erdboden gewachsen vor einem. Hauptsache, die Augen nicht zumachen, sagte er sich immer wieder und riss sie unter Aufbietung sämtlicher Kräfte weit auf. Aber die Lider fielen ihm von selbst zu. Ach, die Frau – sie hatte was von Thea –, wie kalt musste es ihr sein. Die Ärmste, so ohne Hut. Er würde ihr seinen anbieten, der stand ihr sicher. Aber sein Hut war ihm ja abhandengekommen, fiel ihm gleichzeitig ein, wie schade. Ja, wenn man den Wagen samt Kind schieben musste, wo beide so schwer wogen, war es kein Wunder, dass man den Hut verlor. Wären die Geschäfte jetzt nicht geschlossen, würde er auf der Stelle einen neuen kaufen. Man müsste einführen, dass sie immer geöffnet haben, auch nachts, denn schließlich war es doch Winter, und so ging es ja nicht ... Aber sie durfte sich an ihn anlehnen, damit es ihr ein bisschen wärmer wurde. Nein, besser, er nahm sie mit auf sein Zimmer, wo der Ofen brannte und es warm war. Ah, verwarf er sofort den Gedanken, er hatte ja die Miete noch nicht bezahlt. Und Thea würde ihn ohne Mietzahlung nicht hineinlassen ... Sie könnte womöglich noch die Polizei rufen, und er käme ins Gefängnis. Denn das war doch glatte Gaunerei. Er erschrak zutiefst vor dieser Möglichkeit und schlug die Augen auf.

Die Frau neben ihm sagte mit männlich heiserer Stimme: »Haben Sie vielleicht eine Zigarette, Herr Nachbar?«

Ah, ich bin sicher eingeschlafen, dachte Gordweil. Er wusste nicht recht, ob die Frau ihn gemeint hatte, zog jedenfalls eine Zigarette heraus und gab sie ihr. In diesem Moment tauchte ein Polizist in unmittelbarer Nähe der Bank auf, blickte die vier durchdringend an, fand anscheinend alles im Einklang mit Gesetz und Ordnung und machte auf dem Absatz kehrt.

»Diese Schweine«, krächzte die Frau, nachdem der Polizist in der Dunkelheit verschwunden war. »Lassen einem keine Ruhe.« Und zu Gordweil gewandt: »Können Sie mir sagen, wie spät es ist?«

Er zündete ein Streichholz an und sah auf die Uhr. Es war halb sechs.

Gordweils Glieder waren steif vor Kälte. Das rechte Bein war ihm eingeschlafen, prickelte über und über, als würde es mit Nadeln gestochen, und fühlte sich so schwer an, dass er es kaum rühren konnte. Er hatte das Empfinden, sämtliche Extremitäten seien ausgerenkt und der ganze Körper habe in Höhe und Breite seine natürlichen Grenzen überschritten und erobere sich größeren Raum, verschmelze gewissermaßen mit der kompakter gewordenen Dunkelheit. Er fühlte sie wie jemand, der mehrere Tage und Nächte hintereinander mit der Bahn gefahren ist, und meinte tagelang kein Auge zugetan zu haben, obwohl er gerade eine halbe Stunde geschlafen hatte. Außerdem schmerzten ihm die Augen, und die Zähne klapperten vor Kälte.

Einer der beiden Männer erhob sich wortlos und ruderte schwankend und so leise, als habe er keine Schuhe an, in die Dunkelheit davon. Die Frau hatte die Zigarette bereits aufgeraucht und war erneut an der Schulter ihres Nachbarn eingeschlafen. Nun stand auch Gordweil auf und humpelte auf seinem tauben Bein, das wie Watte unter ihm wegsackte, auf das Ende der Allee zu. Jetzt gegen Morgen wurde die Kälte strenger, und ein Wind kam auf, der einem bis in die Knochen drang. Auf der Praterstraße fuhren die ersten Trambahnen. Es war viel Zeit vergangen, eine ganze Ewigkeit, seit Gordweil sein Zimmer verlassen hatte. Wann war das eigentlich gewesen? Er hatte das Gefühl, überhaupt nie daheim gewesen, sondern immer so – müde und zerschlagen – umhergewandert zu sein. Er hatte nur einen einzigen Wunsch: an einem warmen Ort zu sitzen, reglos dazuhocken und die Augen zu schließen.

In diesem Moment näherte er sich einer Tramhaltestelle und blieb unwillkürlich stehen, um zu warten. Sofort kam eine leere Bahn, er stieg ein und drückte sich in eine Ecke. Es saßen nur noch zwei Frauen der ärmeren Schicht und ein Arbeiter im Wagen. Die Kälte wollte nicht weichen. Im Gegenteil, es schien ihm hier noch kälter zu sein als draußen, und so stieg er an der nächsten Haltestelle wieder aus. Einen Augenblick stand er reglos da, als überlege er, was er jetzt machen solle. In Wirklichkeit aber dachte er gar nichts. Seine Brust glühte wie unter einem Senfwickel, und trotzdem war ihm kalt. Er zog den Mantel noch enger um sich, steckte die Hände in den jeweils anderen Ärmel und hob die Augen zum Himmel, der sich mit Anbruch des neuen Tages schon etwas aufzuhellen schien. Dann schleppte er sich müde wieder in Richtung Praterstern zurück, von wo er eben mit der Tram gekommen war. Nach ein paar Schritten fiel ihm ein, dass der Nordbahnhof ja in der Nähe war, er also dorthin gehen könnte. Man würde glauben, er warte auf einen Zug. Dort war es bestimmt warm.

Jetzt, da er ein Ziel vor sich hatte, liefen seine Beine von allein. Es war schon Viertel nach sechs. Offenbar war gerade ein Vorortzug eingefahren, denn Arbeiter – ein kleines Bündel unter dem Arm oder in der Hand – strömten massenweise aus der Bahnhofshalle ins Freie. Angesichts der hastenden Arbeiter durchzuckte Gordweil eine Art Schamgefühl – Scham über den lächerlich sinnlosen Grund seiner Anwesenheit hier zu so früher Morgenstunde. Er hatte das klare Empfinden, dass jeder, der ihn sah, sofort wusste, was ihm passiert war, es ihm vom Gesicht ablesen konnte. Er warf einen wütenden Blick in Richtung Kleine Stadtgutgasse und betrat das Bahnhofsgebäude.

Die Halle war leer und halb dunkel. Zwei Bahnbedienstete kehrten den Boden, einer auf dieser, der andere auf jener Seite. Auf einer Bank an der Wand saß ein gebeugter Mann mit einem alten Korb zu seinen Füßen. Nur ein einziger Fahrkartenschalter war erleuchtet. Gordweil kam sich vor wie ein verfrühter Essensgast, der eintrifft, bevor noch der Tisch gedeckt ist. Übrigens war es kalt in dieser Halle, und zum Wartesaal in den ersten Stock hinaufzugehen, fand er nicht die seelische Kraft. Er tat wie ein Fahrgast, trat an den Wandfahrplan und studierte ihn eine Weile, ohne etwas zu sehen. Danach ging er zu dem erleuchteten Schalter und fragte den Beamten, wann der nächste Zug nach Aspang fahre. Der Teufel hatte ihm eingegeben, sich ausgerechnet nach diesem Ziel zu erkundigen.

Der Beamte antwortete mit offenem Unwillen, als habe man ihn in seiner Ehre gekränkt: »Nach Aspang fährt man vom Aspangbahnhof im III. Bezirk, nicht von hier. Das hier ist der Nordbahnhof.«

»Und wann geht der Zug von dort ab, wenn Sie mir das bitte sagen würden?«

»Das wird man Ihnen dort sagen.«

Dieses törichte Ansinnen hatte ihn der Möglichkeit beraubt, sich eine Weile hier aufzuhalten, als warte er auf einen Zug. Jetzt würde der Beamte ihn sicher scharf im Auge behalten. Ja, er verspürte sogar das Bedürfnis, besagten Bahnhof aufzusuchen, als müsse er tatsächlich nach Aspang fahren ... Jedenfalls ging er vom Schalter weg und geradewegs auf den Ausgang zu, wie um dem Beamten zu zeigen, dass er seinen Rat genau und unverzüglich befolge.

Draußen war inzwischen ein grauer, trüber Tag angebrochen. Irgendetwas hellte sich auf, sickerte von oben in den eingekesselten Raum zwischen den Mauern und verdrängte die Dunkelheit. Die Laternen wurden eine nach der anderen gelöscht. In der Bahnhofsgegend erwachte morgendliches Leben. Und auch Gordweils Geist wurde klarer, ja brachte sogar eine gute Idee hervor: Jetzt öffneten die Kaffeehäuser, ein bisschen Geld hatte er noch – er würde Kaffee trinken und sich dabei aufwärmen. Diese Aussicht flößte ihm neuen Mut ein, so dass er festen Schritts die Straße überquerte und einem kleinen volkstümlichen Café in der Nähe zustrebte. Es war schon gegen sieben – noch zwei Stunden, bis Thea ins Büro gehen würde.

Im Café suchte er sich einen verborgenen Winkel aus und bestellte schwarzen Kaffee. Schwarzer Kaffee würde ihm den Schlaf nehmen, sagte er sich. Ein paar Arbeiter frühstückten. Nicht weit von ihm saß eine ärmliche Frau um die vierzig mit spitzer geröteter Nase und dünnem, strähnigem kastanienbraunem Haar. Von Zeit zu Zeit warf sie Gordweil einen Blick zu, während sie gierig krosse Brötchen kaute. Vielleicht war das die Frau, die heute Nacht in der Hauptallee neben ihm gesessen hatte, schoss es ihm durch den Kopf. Es war keineswegs ausgeschlossen. Na, wennschon.

Er trank den glühend heißen Kaffee, der ihm die Glieder wärmte. Müde war er, erschöpft, kriegte nichts aus den Zeitungen mit, die ihm der Kellner hinlegte. Er wollte nur schlafen, schlafen.

Der schwarze Kaffee nützte nicht viel. In seinem Hirn schwirrten unverbundene Gedankenfetzen umher. Der Kopf war bleischwer, ließ sich kaum hochhalten, und hinten, etwas oberhalb vom Genick, machte sich ein scharfer Schmerz bemerkbar, der unaufhörlich nach innen pochte, als schlüge man mit einem Hammer darauf. Doch die Zeit stand still und rührte sich nicht, ohne Rücksicht auf Gordweils Qualen. Seit seinem Eintreten musste doch wenigstens eine Stunde vergangen sein, hätte man meinen können. Er war der Verzweiflung nahe. Was sollte er bloß machen? Wenn die Zeit weiter so schlich, würde er noch verrückt. Die ganze Nacht schien ihm nicht so schwergefallen zu sein wie diese zwei noch verbleibenden Stunden. Und wie töricht und sinnlos war doch die ganze Sache. Alles wegen einer Laune, aus grundloser Bosheit. Ein furchtbarer, atemberaubender Zorn auf Thea wallte in ihm hoch. Wenn sie ihm jetzt unter die Finger käme, wäre er imstande, eine Dummheit zu begehen. Gordweil erschrak über seinen Wutausbruch, dessen er sich gar nicht für fähig gehalten hatte. Sie brachte seine bösen Triebe zum Vorschein, dachte er bitter, zu ihrem eigenen Schaden. Er bebte regelrecht vor hilflosem Zorn. Wollte schon aufspringen und nach Hause rennen – egal, was passieren würde. Trotzdem blieb er auf seinem Platz sitzen. Zündete sich eine Zigarette an, nahm mechanisch das *Tagblatt* in die Hand und versuchte sich abzulenken.

Die Frau am Nebentisch hatte ihr Frühstück beendet, schielte aber immer noch gelegentlich zu Gordweil hinüber, bis ihm die Sache unangenehm wurde. Was wollte sie denn? In diesem Moment erfüllte ihn wahnsinniger Zorn auf ausnahmslos alle Frauen der Welt. Und da stand sie auf. Sie kommt zu mir, durchzuckte ihn eine sichere Vorahnung. Sie machte zwei, drei Schritte auf die Tür zu, kehrte dann abrupt um und steuerte geradewegs auf Gordweils Tisch los. Instinktiv schreckte er zurück und blickte sie fragend an.

»Bitte, gnädiger Herr, wenn Sie mit dem *Tagblatt* fertig sind, geben Sie's mir bitte weiter.«

»Jetzt lese ich es«, erwiderte er ärgerlich.

»Nein, ich meine, später, wenn Sie damit fertig sind. Wissen Sie, gnädiger Herr, wegen der Anzeigen«, fügte sie wie zur Rechtfertigung hinzu, »manchmal bietet sich aufgrund so einer Annonce was Vernünftiges.«

Gordweil hielt ihr wortlos die Zeitung hin.

»Nein, nein«, protestierte die Frau. »Lesen Sie sie nur in Ruhe fertig. Ich werde ein bisschen warten.«

»Hier, bitte schön. Ich brauche sie nicht mehr.«

Die Frau nahm dankend die Zeitung entgegen, ging aber nicht weg. Nach kurzem Schweigen sagte sie: »Könnten Sie mir bitte mit einer kleinen Summe aushelfen, gnädiger Herr? Ich kann dem Kellner den Kaffee nicht bezahlen.«

Gordweil glaubte ihr nicht. Trotzdem kramte er seine Münzen hervor, legte den Betrag für seinen eigenen Kaffee beiseite und gab ihr den Rest: sechzig Groschen. »Mehr habe ich nicht.«

Die Frau lächelte seelenruhig und kehrte augenblicklich an ihren Tisch zurück. Das *Tagblatt* hatte sie bei Gordweil liegenlassen. Mit einer Mordswut sprang er von seinem Platz auf, packte die Zeitung und rannte damit zu der Frau.

»Sie wollten doch die Anzeigen lesen«, sagte er fast schreiend und mit hochrotem Gesicht. »Hier sind die Anzeigen, hier!« Er pochte auf die letzten Seiten.

»Was wünschen Sie, mein Herr?«, antwortete sie frech. »Ich habe keine Lust, Anzeigen zu lesen. Sie werden mich doch nicht dazu zwingen, Annoncen zu studieren, wenn ich nicht will. Was sagen Sie dazu?«, wandte sie sich nun der Allgemeinheit zu.

»Dann … dann haben Sie auch nicht das Recht, Almosen zu erbetteln, verstehen Sie?«

»Wer erbettelt denn hier Almosen? Sie sind doch selbst ein Bettler, ein Hausierer. Haben Sie im Leben schon mal so eine Frechheit gehört?«

»Wenn Sie mir nicht auf der Stelle die sechzig Groschen zurückgeben, rufe ich die Polizei.«

»Welche sechzig Groschen? Wer hat Ihnen sechzig Groschen weggenommen. Sie sind ja besoffen, Freundchen. Brauch ich etwa Ihr Geld? Ich kann Ihnen noch sechzig Groschen dazugeben. Oder auch mehr. Ich habe mehr Geld als Sie.«

Gordweil stand da und starrte sie verblüfft an. Ihre spitze, nach oben gebogene Nase war jetzt noch röter als vorhin, und ihre Mäuseäuglein blickten ihm mit offener Feindseligkeit ins Gesicht. Plötzlich würgte ihn derartiger Ekel, dass er sich hätte übergeben mögen. Die Zeitung in der Hand, kehrte er an seinen Tisch zurück, verfolgt von weiteren Beschimpfungen der Frau: »Dieser Bettler! Dieser Verrückte! Will mich zwingen, Annoncen zu lesen! Wart nur, bis ich dich mal zu fassen kriege!«

Beim letzten Satz hatte sie ihn geduzt. Gordweil versteckte sich hinter der Zeitung, um ihre hässliche Visage nicht zu sehen, aber es nützte nichts. Ihre Nase drang durch die Blätter und stand ihm vor Augen, die Beschimpfungen gellten ihm in den Ohren. Zum Schluss fiel es ihm schwer, sitzen zu bleiben. Er rief den Kellner, zahlte und ging.

Es war schon heller Morgen. Ein bewölkter Spätherbsttag. Gordweil schleppte sich müde bis zur Hauptallee zurück, saß eine Weile auf derselben Bank wie in der Nacht, stand wieder auf und bummelte durch die Praterstraße, blieb von Zeit zu Zeit vor den Schaufenstern der bereits geöffneten Läden stehen und starrte ziellos und ohne etwas zu sehen auf das ausgestellte Warenangebot, bis es endlich neun wurde und er seine Schritte heimwärts lenkte. Sicherheitshalber wartete er noch bis Viertel nach neun an der Straßenecke, um ein Zusammentreffen mit seiner Frau zu vermeiden, und ging dann erst in sein Zimmer hinauf. Thea war nicht mehr da. Gordweil kam es vor, als sei er tagelang nicht mehr hier gewesen. Das Zimmer erschien ihm sonderbar fremd. Aber er hatte keine Muße, dem nachzusinnen. Er sperrte die Tür von innen ab, warf sich in Kleidung und Schuhen auf den Bettzeugstapel auf seinem Sofa und war augenblicklich eingeschlafen.

31.

Nachmittags um halb drei erwachte Gordweil mit Kopfschmerzen und einem widerlich bitteren Geschmack im Mund. Sofort schlug ihm die Erinnerung an die vergangene Nacht aufs Gemüt, die ihm jetzt wie ein bedrückender, beschämender, bis ins nichtigste Detail unangenehmer Alptraum erschien. Aber die Zeit drängte. Er musste sich nach einer Unterkunft für die kommende Nacht umtun.

Er sprang vom Sofa auf, legte Mantel und Jacke ab und setzte sich zum Rasieren hin. Dabei überlegte er, von wem er Geld borgen könnte. Die meisten seiner Freunde kamen nicht in Frage: teils weil er ihnen schon beträchtliche Summen schuldete und sie nicht um mehr angehen mochte, teils weil sie momentan selber blank waren. Er würde versuchen, Frau Fischer anzusprechen. Die würde ihn sicher nicht abweisen, obwohl er auch bei ihr hoch in der Kreide stand.

Einige Zeit später trat er mit zwei Schilling und nagendem Hunger auf die Straße. Er hatte Glück und bekam trotz der späten Stunde in einem kleinen Speiselokal noch Suppe und Rinderbraten. Da er der einzige Gast war, schlang er sein Mahl hastig in sich hinein, denn das einsame Essen in einem öffentlichen Lokal bereitete ihm irgendwie Hemmungen. Dann ging er in dem grauen, kühlen Wetter Richtung Innenstadt und überdachte seine eigenartige Lage. Nein. Er konnte erst heimkehren, wenn sie ihn ausdrücklich darum bat. Sie hatte ihn hinausgeworfen, und sie musste die Versöhnung einleiten. Bei ihr angekrochen kommen – nein! Das wäre zudem auch nutzlos. Und wenn nicht, dachte er wehmütig, wenn nicht, blieb ihm keine Wahl, als sich ein eigenes Zimmer zu suchen. Letztlich wäre das vielleicht die beste Lösung. Dann hätte er wenigstens ein bisschen Ruhe. Aber Gordweil spürte bei diesem Gedanken zugleich, dass es doch keine gute Lösung wäre und er auch damit die ersehnte Ruhe nicht erlangen würde. Das Leben selbst war ihm eng, es erstickte ihn, ließ keinen Raum zum Atmen. Wo man sich auch hinwandte, wurde einem der Ausweg verbaut. Es bedurfte vielleicht einer energischen Tat, um sich aus dieser Einkesselung zu befreien, eines plötzlichen entscheidenden Schnitts, dämmerte ihm, aber er wusste nicht, wie und was. Außerdem fühlte er sich so schwach, unfähig zu irgendeiner durchschlagenden Handlung. Früher, noch vor eineinhalb Jahren, hatte er viel Kraft besessen. Damals hatte er die Dinge nach seinem Willen lenken können. Aber jetzt hatte sich alles geändert. Er war ein erschöpfter, ohnmächtiger Mann. Und unter den bestehenden Umständen war das Leben kein Leben. So konnte es nicht weitergehen.

In derlei trübe Gedanken versunken, kam er am Café Herrenhof an und trat ein. Keiner seiner Bekannten war da, was ihm nicht weiter leidtat. Er ging wieder hinaus. Seine Uhr zeigte Viertel vor vier. Er hatte also noch etwa eine halbe Stunde Zeit. So lenkte er seine Schritte in Richtung Volksgarten.

Der Fehler lag vielleicht darin, nahm er seinen Gedankengang wieder auf, dass er sich einmal Ruhe – ein friedliches, normales Leben wie jedermann – erhofft hatte, und daraus resultierte die ganze Enttäuschung. Er hätte sich von Anfang an keinen falschen Vorstellungen hingeben sollen. Er und Seelenruhe! Es gab eben Menschen, die von Geburt an zum Leiden bestimmt waren, und er gehörte zu dieser Kategorie. Und trotzdem, selbst wenn es unabänderliche Bestimmung war, versüßte das die Leiden nicht gerade …

Gordweil setzte sich im öden Volksgarten auf eine Bank. Vereinzelte Bonnen schoben Kinderwagen vor sich her, bei deren Anblick er tiefen Schmerz empfand. Im Volksgarten war er seit jenen Sommertagen, an denen Thea nach der Niederkunft mit Martin im Krankenhaus gelegen hatte, nicht mehr gewesen. Damals war alles anders. Auch jetzt, sagte ihm eine innere Stimme, auch jetzt ist nicht alles verloren. Es ist immer noch was zu retten … Aber Gordweil hörte nicht darauf. Durch die kahlen Äste blickte er in den herbstlichen Himmel und kam dabei auf den

Gedanken, dass er, Gordweil, jetzt eigentlich nicht in dem oder jenem Haus, sondern buchstäblich in ganz Wien wohnte. Diese Idee schien ihn zu amüsieren, so dass er unwillkürlich lächeln musste.

Es wurde ihm kalt, er stand auf und ging auf den knirschenden Kieswegen spazieren. Dann beschloss er, zur Tramhaltestelle zu gehen. Es würde einige Zeit dauern, bis er im XII. Bezirk war. Und dort musste er sich ja noch durchfragen. Außerdem hatte man ihm gesagt, die Anstalt öffne um fünf. Ehrlich gesagt interessierte ihn das Armenasyl als solches und nicht nur, weil er es im Moment brauchte. Sonst hätte er sich ja schließlich Geld für ein Hotel beschaffen können. Schon lange hatte er eine solche Einrichtung kennenlernen wollen, und nun bot sich ihm die Gelegenheit dazu.

Nach dreiviertelstündiger Tramfahrt stieg er an der Endstation aus, als es schon dunkel wurde. Er befand sich nahe einer Eisenbahnbrücke in einem kalten, offenen Gelände, in dem er noch nie gewesen war. Nur hier und da ragten einzelne Häuser empor, vielstöckige neue Gebäude, offenbar Arbeiterwohnungen. Im ganzen Umkreis war kaum ein Mensch zu sehen. Die wenigen einfachen Leute, die mit ihm ausgestiegen waren, hatten sich sofort in verschiedene Richtungen zerstreut.

Gordweil ging ein paar Schritte am Bahndamm entlang und blieb schließlich stehen, um zu warten, bis jemand vorbeikam, der ihm den Weg zeigen konnte. Eine betagte Frau, die er fragte, überlegte einen Augenblick und sagte dann, sie wisse nicht, wo das von Kaiser Franz Joseph gegründete Asyl sei. Nachdem er ein Stück weitergelaufen war, kam ihm ein Mann in zerlumpter Kleidung mit einem Bündel in der Hand entgegen. Der weiß es bestimmt, vermutete Gordweil schon von weitem. Und er wusste es tatsächlich.

»Sie müssen unter dieser Brücke durch, junger Mann. Rechts kommt eine Treppe, die gehn S' rauf, und dann sehn S' schon. Es ist das einzige Gebäude dort.«

Gordweil machte kehrt, ging unter der Brücke, die von einer einzigen Laterne spärlich erhellt wurde, hindurch und stieg die Treppe hinauf. Es war schon stockdunkel. Oben dehnte sich eine weite, leere Fläche; etwa hundert Schritte vom Gleis entfernt stand ein einzelner großer, weißer, vierstöckiger Bau, umgeben von vier brennenden Laternen. Da ist es ja. Gordweil lenkte seine Schritte geradewegs darauf zu und landete am Frauenflügel.

Auf einem dunklen Balkon, der sich die gesamte Mauer entlangzog, standen oder kauerten Frauen aller Altersgruppen, an die hundert oder mehr, in Totenstille, als warteten sie mit angehaltenem Atem auf ein bedeutendes Ereignis. Die ganze Szene hatte etwas Mysteriöses an sich, so dass Gordweil fast meinte, unter Geheimbündler geraten zu sein.

Er ging um das Gebäude herum zur anderen Seite. Hier standen Männer wie ein Heeresverband in Reih und Glied an der Wand: eine Legion düsterer, mürrischer, unrasierter, zerlumpter Gestalten, Alte und Junge, wie man sie in der Stadt gar nicht zu Gesicht bekam oder doch nur sehr selten und vereinzelt. Zu dreien und vieren in einer Reihe, standen sie stumm oder miteinander flüsternd, die meisten nach vorn gebeugt, in einer Art Affenhaltung. Manche rauchten Zigarettenstummel. Es herrschte Dunkelheit. Die zwei Laternen an den beiden Ecken des langen Hauses vermochten nicht den ganzen Bereich auszuleuchten.

Gordweil trat näher und stellte sich hinten an, ohne dass jemand ihn beachtet hätte. Es wurde ihm schwer ums Herz, als habe man ihm diese ganze Menschenmenge aufgebürdet. Die tiefe, grauenhafte Stille schlug ihm augenblicklich auf die Seele, so dass er meinte, schon viele Jahre so schweigend dazustehen – seitdem er das Licht der Welt erblickt hatte. Unwillkürlich sank auch er in sich zusammen wie alle seine Vordermänner. Von Zeit zu Zeit löste sich eine Gestalt aus dem Abenddunkel und reihte sich hinten ein. Man hörte diese Menschen nicht näher kommen, da sie leise gingen, wie Schleichtiere, wobei es schien, als hätten sie schon lange lauernd im Dunkel verharrt, dicht vor der eigenen

Nase, und seien nun mit einem einzigen Schritt hinter einen getreten. Übertrieben vorsichtig, als fürchte er jemanden aufzuwecken, fahndete Gordweil in seinen Taschen nach einer Zigarette. Das ferne Gaslicht flackerte lautlos. Da wurde die lastende Stille durch einen kurzen, schrillen Lokomotivpfiff zerrissen, der Gordweil erschauern ließ, als könne dieser unbedachte Laut ihm und all diesen Geschöpfen hier schaden. Sein Nachbar, hochaufgeschossen, mit spärlichem Bartwuchs, murmelte vor sich hin: »Fünf. Es pfeift fünf. Gleich wird aufgemacht.«

Nun rückten sie langsam auf, einer nach dem andern, unverwandt stumm. Es dauerte rund zwanzig Minuten, bis Gordweil an den Eingang gelangte, der von zwei kräftigen, grimmig dreinschauenden Schnurrbartträgern bewacht wurde. Manche der Armen zeigten rote Kärtchen vor, andere erhielten selbige von den Wächtern. Der Fadenbärtige, dem Gordweil den Vortritt gelassen hatte, wurde am Eingang aufgehalten.

»Dich kenn ich«, brüllte ihn einer der Wächter an, »du kommst schon acht Tage hintereinander hier angelaufen. Kehrtgemacht, du Lumpengesindel!« Damit beförderte er ihn hinaus.

»Vorwärts!«

Vom Eingang gelangte Gordweil in einen engen Flur, vorbei an zwei Aufsehern, die die Ankömmlinge auf Sauberkeit untersuchten. Die der Unsauberkeit Verdächtigen wurden herausgegriffen und zu Bad und Kleiderdesinfektion beordert. Viele baten von sich aus um ein Bad. Gordweil schloss sich den anderen an, denen die hiesigen Gepflogenheiten bereits bekannt waren, hinterlegte seine Uhr im Depositenfach auf dem Flur und ging mit in einen langen, schmalen Waschraum, an dessen Längswänden Zinkwaschbecken wie breite Regenrinnen angebracht waren, während in der Mitte eine lange Stange entlanglief, über der Handtücher aus grobem Stoff, so hart wie Reibeisen, und auch die Kleidung der sich Waschenden hingen. Jeder Ort hat seine Sitten, dachte Gordweil und drückte sich zwischen die haarigen, bis auf die Hose nackten Männer, wusch sich wie sie warm und kalt und steckte ebenfalls die Finger in die klebrig weiche, zerdrückte ockergelbe Seifenpaste, die neben den paarweise angebrachten Wasserhähnen lag. In einem kleinen, quadratischen Zimmer, das an den Waschraum anschloss, hing ein mäßig großer, gesprungener, stellenweise perlmuttern schimmernder Spiegel an der Wand, vor dem etliche dreckige Kämme mit verklebten Zinken auf einem Tischchen lagen. Hier wurden mit schweigender Sorgfalt feuchte Bärte und Köpfe gekämmt, wodurch diese elenden, zerlumpten Gestalten ein anderes, weniger verwegenes Aussehen gewannen. Eine weitere Tür führte in einen großen, geräumigen Saal, dessen Längsseiten von zwei Reihen Tischen und Bänken eingenommen wurden, während in der Mitte ein breiter Durchgang blieb.

Frisch gewaschen und gekämmt, setzten sich alle geräuschlos wie brave Kinder an die Tische. Saßen still da und warteten. Gordweil wusste nicht, worauf man wartete, hütete sich aber zu fragen, um nicht als Neuling aufzufallen, auch schien das Sprechen hier allgemein fehl am Platze zu sein und hätte unnatürlich gewirkt. Es war ebenso seltsam wie beklemmend, diese trübseligen Menschen so schweigend dasitzen zu sehen – dreihundert erwachsene Männer, die kein Wort sagten.

Plötzlich standen alle wie ein Mann auf, als wäre ein unhörbares Signal ertönt, murmelten ein kurzes Gebet, das wie leises Waldesrauschen klang, bekreuzigten sich und nahmen wieder Platz. Dann lösten sich von jedem Tisch die beiden an den Enden Sitzenden, schritten zur Stirnwand des Saals an eine Art großes Fenster, das Gordweil vorher entgangen war, und trugen wenige Minuten später ein großes Tablett mit zwölf Scheiben Schwarzbrot und zwölf grauen Metallschüsseln voll brauner Flüssigkeit herbei: Suppe aus Mehl und Kümmel. Heißhungrig wurde das Brot von dreihundert Mündern gekaut und die Suppe mangels Löffeln gleich aus der Schüssel geschlürft. Seine Abscheu unterdrückend, trank Gordweil die fade, lauwarme Brühe, um sich nicht auszuschließen oder den Eindruck zu erwecken, er spiele sich auf. Kippte sie wie eine Arznei hinunter, wobei er sich innerlich die Nase zuhielt, um den unangenehmen Geruch nicht wahrzunehmen, der ihn an den vertrauten, etwas rauchigen Dunst des russischen Dampfbads im III. Bezirk erinnerte.

Als die Mahlzeit beendet und das Geschirr in die Küche zurückgebracht war, erging der Ruf: »In die Schlafsäle!« Auf dem Gang neben der Küche standen sie nun wieder Schlange vor einer schweren eisenbeschlagenen Tür, wie im Gefängnis. Den Neuen wurden grüne Karten mit der Bezeichnung von Schlafsaal und Bett ausgehändigt, die für fünf Übernachtungen galten. Gordweils Platz lag im dritten Stock, Bett Nummer 212. In dem großen, von einer einsamen Glühbirne schummrig erleuchteten Saal standen fünfzig bis sechzig Eisenbetten, eins neben dem anderen, mit nur geringem Zwischenraum, nackte Bettgestelle ohne Matratzen. Die Liegefläche bestand aus einem elastischen Drahtnetz, an dessen Kopfende jeweils drei ordentlich gefaltete tabakbraune Wolldecken aufgestapelt waren.

Sein Bett stand in der Ecke an der Wand – er hatte Glück gehabt. Er untersuchte die Wolldecken so sorgfältig, wie das spärliche Licht es erlaubte, und fand sie einigermaßen sauber. Sein Nachbar, ein untersetzter Glatzkopf von etwa fünfzig Jahren, holte Nadel und Faden aus der Tasche, zog die Hose aus und setzte sich aufs Bett, um sie zu stopfen. Dabei sagte er zu Gordweil (hier machten die Leute den Mund auf, als sei der Bann mit einem Schlag gebrochen): »Da kann man nix sagen, sie achten hier auf Sauberkeit. Es ist das beste Asyl in ganz Wien, das dürfen Sie mir glauben, aber nur für fünf Nächte pro Monat. Darüber wachen sie mit Argusaugen. Trotzdem kann man sie manchmal überlisten. Für ein paar Groschen kriegt man schon eine Karte für ein paar Nächte. Es gibt genug, die verkaufen. Hätten Sie vielleicht ein Stück schwarzen Faden, Herr Nachbar? Ich hab nur weißen, und der passt nicht zu dunklen Hosen.«

Gordweil hatte kein Nähgarn.

»Dann lässt sich eben nichts machen«, meinte der andere und

lächelte Gordweil zu wie einem alten Bekannten. »Die Hauptsache, sie sind nicht so zerrissen.«

»Ich sehe, Sie kennen sich nicht aus«, begann er von neuem, als er Gordweil die Decken ratlos hin und her drehen sah. »Das macht man so: Eine breitet man als Laken aus, eine legt man zusammengefaltet unter den Kopf, und mit der dritten deckt man sich zu. Kleidung und Schuhe versteckt man lieber. Am besten unterm Kopf. Das mach ich auch so. Denn hier, wissen Sie«, fügte er mit vertraulich gesenkter Stimme hinzu, »hier gibt es die verschiedensten Leute ... Da ist Vorsicht geboten.«

Gordweil bereitete auf die empfohlene Weise sein Lager, zog den Mantel aus, legte ihn ans Kopfende und bat seinen Nachbarn, ein Auge darauf zu haben. Er selber ging die Gegend erkunden. Aus diesem Saal führte ein offener Durchgang in einen zweiten, der wiederum in einen dritten überleitete – alle drei groß und voller Betten. Die Insassen standen in Grüppchen zusammen und unterhielten sich oder saßen einzeln auf ihren Betten; manche nähten, andere lasen einen Zeitungsfetzen, wieder andere zogen ihre abgerissene Kleidung aus und legten sich schlafen. Kalt war es nicht. Es kam sogar eine Art Markt in Gang: Einige machten gern mal ein kleines Geschäft nebenbei. Einer rannte von Bett zu Bett und von Saal zu Saal und verkündete flüsternd: »Hosen zu tauschen! Ich hab Hosen zu tauschen!« Einer rief: »Zigaretten!« Einer: »Schuhe zu putzen! Schuhe!« Jemand wollte ein Taschenmesser verkaufen, ein anderer Hosenträger, eine Weste und Ähnliches mehr, und viele boten Übernachtungskarten für ein, zwei, drei oder vier Nächte an. All das wurde in hastigem Flüsterton verhandelt. Die Zeit drängte; um acht kam die Aufsicht durch, dann mussten alle in ihren Betten liegen. Gordweil trat zum Rauchen auf den Korridor. Dort war es voll und ein schwungvoller Handel im Gange. Auf den Treppenstufen wurden ausgetretene, geflickte Schuhe geputzt, und man tauschte, feilschte und kaufte. Einer sprach Gordweil an, ob er seine Jacke veräußern wolle; er sei bereit, ihm zwei Schilling dafür zu geben und dazu seine eigene Jacke, die auch noch zwei Schilling wert sei. Ein anderer wollte die Schuhe mit ihm tauschen. Viele drängten sich vor den Toiletten, so dass man eine Viertelstunde warten musste.

Schließlich ging er wieder in seinen Saal. Sein Nachbar war immer noch mit Nähen beschäftigt.

»Sehen Sie, einer ist schon wie ein Geier um Ihr Bett herumgeschwirrt. Wenn ich nicht gewesen wäre, hätten Sie jetzt einen leeren Fleck anstelle des Mantels. Hier heißt es aufpassen.«

Gordweil dankte ihm und setzte sich auf das Bett. Bald hatte der Nachbar sein Werk beendet und legte die Hose neben sich.

»Jetzt erwidern Sie mir den Gefallen und passen auf meine Hose auf. Ich gehe einen Augenblick raus.« Damit trat er in Unterhosen auf den Flur.

Gordweil zog seine Kleidung aus, packte sie ans Kopfende und legte sich hin. Der Betrieb im Saal ebbte langsam ab. Das schwache Deckenlicht beleuchtete längliche Erhebungen auf den Betten, beließ aber hier und da auch schattige Winkel. Die Menschen waren müde, und langsam baute sich die Stille auf, die später hier herrschen würde. Die Fenster schimmerten dunkel. Immerhin war es bequemer, hier auf dieser doch recht weichen Lagerstatt zu ruhen, auf der sich sein Rücken eine Mulde zurechtdrückte, als durch die Straßen zu wandern wie vergangene Nacht. Gordweil hatte den Eindruck, von der Stadt Wien und allem Vertrauten weit weg zu sein – wie auf einer einsamen Insel unter fremden Menschen mit fremden Lebensgewohnheiten. Es war schon sehr lange her, seit er Thea zum letzten Mal gesehen hatte. Was mochte sie in diesem Augenblick tun? Verschiedene Antworten, eine so schmerzlich wie die andere, standen parat, um aus den Seelentiefen emporzuschnellen und sich mit dieser Frage zu verkuppeln, doch lenkte er noch rechtzeitig auf ein anderes Thema über. Als er mitten in der Nacht vor seinen Zimmerfenstern gewartet hatte, ob sie wohl aufmachen und ihn rufen werde, war sie nicht gekommen. Sie hatte nicht gespürt, dass er unten auf der leeren Straße stand und wartete. Ein anderer Mensch an ihrer Stelle hätte es vielleicht gespürt …

Er lag auf der Seite, das Gesicht dem Saal zugewandt. Mit einem Schlag erhob sich ein dumpf dröhnendes Klopfen, das von weit her und zugleich von außerhalb seines Bettes zu kommen schien. Gordweil vermochte die Ursache dieses jähen Pochens nicht zu enträtseln und wurde unruhig. Er richtete sich halb auf und starrte auf die übrigen Liegenden, von denen niemand darauf achtete. Hörte es denn keiner außer ihm? Sein Nachbar war noch nicht aus dem Gang zurück – wohin war er verschwunden? Das Klopfen hielt etwa zwei Minuten an und brach dann abrupt ab. Erst jetzt wurde er gewahr, dass es von unten aus den Heizungsrohren kam, die in Bodennähe an den Wänden entlangliefen. Zweifellos war es acht Uhr, und dies war das Signal, still zu liegen. Im selben Moment kehrte sein Nachbar auf Zehenspitzen zurück und zog hastig Jacke und Pullover aus. Er warf einen Blick auf Gordweil, und als er sah, dass der die Augen offen hielt, flüsterte er ihm zu: »Jetzt heißt es schlafen, ohne den Mund aufzumachen. Pssst! Hier herrschen eherne Gesetze, und wer sie übertritt, hat kein Pardon zu erwarten. Ich spreche aus Erfahrung.« Daraufhin kroch er unter die Decke und verstummte.

Gleich darauf erschien der Aufseher aus dem Nebensaal, machte die Runde zwischen den Betten wie der einzig Lebende zwischen zahlreichen Gefallenen auf einem Schlachtfeld (die Stille wurde nur noch durch vereinzelte Schnarcher gestört) und ging wieder hinaus – überaus zufrieden wie über ein geglücktes Großunternehmen.

»Jetzt ist die Kontrolle vorüber«, murmelte Gordweils Nachbar. »Aber ich bin noch nicht schläfrig. Und Sie offenbar auch nicht, was?«

»Es ist noch sehr früh.«

»Genau. Obwohl man hier bei Tagesanbruch aufstehen muss. Halb fünf pochen sie schon mit den Heizungsrohren, und im Handumdrehen muss alles aus den Betten sein. Hier herrscht

Ordnung wie in der Kaserne oder im Kerker. Mich können Sie fragen, ich kenn beides. Ich bin nicht von gestern, will ich meinen.«

Dieser Mann begann Gordweil zu interessieren, und da er noch keine Lust hatte, zu schlafen, fragte er ihn, wann er im Kerker gesessen habe und für welches Vergehen.

»Ha, lieber Herr«, sagte er nicht ohne ein Quäntchen Aufschneiderei, »ein Mann in meinem Alter hat schon so manches im Leben gesehen und durchgemacht. Und im Kerker sitzen, das ist eine Leichtigkeit. Irgendeine Kleinigkeit, eine Dummheit, kann man sagen, und schon sitzt man im Knast. Arme Leute haben damit besonderes Glück. Man könnte meinen, Gefängnisse würden nur für sie, also die Armen, eingerichtet. Denn ein Reicher kommt dort gar nicht erst hinein. Und wenn doch einmal, findet er meist einen geschickten Ausweg, glauben Sie mir. Ich persönlich war schon mehr als einmal eingesperrt. Und ich sage Ihnen, es ist gar nicht so schlimm. Manchmal, in einem strengen Winter, frisst man absichtlich etwas aus, um dort hineingesteckt zu werden. Da hat man wenigstens ein Dach überm Kopf und was im Magen.

Beim ersten Mal war ich noch sehr jung, als ich geschnappt wurde. Damals habe ich geschlagene vier Jahre abgesessen. Na, wenn der Mensch jung und unerfahren ist! Mein Vater war Schneider von Beruf, ein erstklassiger Zuschneider. Ein Anzug aus seinen Händen war ein Gedicht. Und der Beweis dafür: Mehrere Jahre fungierte er als Erster Zuschneider im Hause Bergner. Aber er mochte das Handwerk nicht. Manche Menschen sind nicht zur Arbeit geschaffen. Die sind bereit, alles zu tun, bloß nicht soundso viele Stunden dazuhocken und zu arbeiten. Da hilft dann gar nichts. Die haben eben stürmisches Blut. Ich meine, die Menschheit teilt sich in Pferde und Reiter, und mein Vater wollte partout zu den Reitern gehören. Außerdem hatte er eine besondere Vorliebe für Goldschmuck, vor allem für Ringe mit Edelsteinen. Nicht zum Tragen, das war ihm überhaupt nicht wichtig, sondern einfach so. Um sie zu betasten, das Auge daran zu erfreuen, wie ein Kind sich an einem Spielzeug freut. Allein schon die Beschäftigung damit machte ihm ungeheures Vergnügen. Und so kam es, dass er eines schönen Tages die Schneiderei ganz an den Nagel hängte und im Schmuckhandel Fuß fasste. Er kaufte einen Ring (es gibt eine spezielle Goldbörse), weidete seine Augen ein paar Stunden oder auch einen ganzen Tag daran, veräußerte ihn dann mit geringem Gewinn, manchmal auch mit Verlust, und kaufte einen anderen. Aber seine Haupteinnahmequelle war seinerzeit das Kartenspiel. Er hatte einen rumänischen Freund namens Ceornutescu, einen Mann von Statur und Benehmen, gekleidet wie ein Geck. Ich kann mich noch gut an sein Aussehen erinnern: hochgewachsen und vorzüglich gebaut, das Gesicht scharf geschnitten, männlich, noch jung, obwohl sein dichtes Haar bereits grau wurde. Dieses graue Haar zum jugendlichen Gesicht verlieh ihm einen aristokratischen Zug. Und tatsächlich hatte er die Schwäche, seinem Namen einen kleinen Titel anzufügen: mal Graf Ceornutescu, mal Baron Ceornutescu und dergleichen. Und ich muss Ihnen sagen, dass alle ihm glaubten. Sonst wäre es auch unmöglich gewesen. Ja, die Leute wären bass erstaunt gewesen, wenn jemand ihnen verraten hätte, dass er weder Graf noch Baron war. Auch sein fremder Akzent im Deutschen hatte etwas Aristokratisches. Er beherrschte übrigens mehrere Sprachen. Außer Deutsch und Rumänisch sprach er Französisch, Italienisch und ein wenig Englisch. Jedenfalls war er für mich der Inbegriff von Männlichkeit, Eleganz und Weltgewandtheit. Kurz gesagt, jener Ceornutescu hatte seinen Stammplatz in den großen Kaffeehäusern wie dem Bristol, dem Ritz und so weiter, wo er auf Beute lauerte. Den Vorrang hatten bei ihm Junge und Fremde. Er suchte ihre Nähe, stellte sich vor und knüpfte eine Unterhaltung mit ihnen an. Um Gesprächsstoff war er nie verlegen. Er konnte über alles angeregt und geistreich reden. Hatte sämtliche europäische Großstädte bereist und sogar einige Zeit in den Vereinigten Staaten zugebracht. Nachdem er seinen neuen

Bekannten ein wenig unter die Lupe genommen und ihn für ›würdig‹ befunden hatte, lud er ihn ein, mit ihm in einem eleganten Restaurant zu speisen und anschließend eine Runde Karten zu spielen. Inzwischen wurde mein Vater benachrichtigt. Abends zur festgesetzten Stunde tauchte Vater dann als völlig Fremder im Spielzimmer des betreffenden Cafés auf, guckte dem Spielpartner des Rumänen, angeblich aus purer Neugier, von hinten in die Karten und übermittelte Ceornutescu in abgesprochener Zeichensprache dessen Blatt. Wie Sie sich leicht ausmalen können, hatte der andere auf diese Weise keinerlei Gewinnchancen. Nach ein paar Stunden war er blank. Und falls der Betreffende für den nächsten Abend zu einem Revanchespiel einlud, zog sich Ceornutescu mit irgendeiner Ausrede aus der Affäre. Nie spielte er mit ein und demselben Menschen. Da war er vorsichtig. Gelegentlich trieb auch mein Vater das Opfer auf, darin war er ebenfalls Experte. Dann spielte er selber, der Rumäne guckte dem Gegner in die Karten, und das Ergebnis war dasselbe. Sie fuhren auch in berühmte Kurorte, nach Karlsbad, Marienbad, Ischl, Bozen, Abbazia und so weiter. Jeder stieg in einem anderen Hotel ab, natürlich nur in den elegantesten, und dort begann das Spiel von neuem. Meistens nahmen sie gehörig ein, aber die Ausgaben waren auch nicht ohne. Außerdem gab es hier wie in jedem Beruf eine tote Zeit, in der sie von ihrem Bargeld leben und manchmal sogar Not leiden mussten. Und wissen Sie, man hat sie nie erwischt, sie haben sich auf ihr Handwerk verstanden. Ich war damals achtzehn Jahre alt. Meine Mutter war gestorben, als ich noch ein Junge war, und Geschwister hatte ich keine. Mein Vater hatte einen Kaufmann aus mir machen wollen und mich nach dem Schulabschluss bei einem großen Textilhandelshaus in die Lehre gegeben, aber dort blieb ich nur wenige Monate. Fünfzig Kronen kamen abhanden, und ich wurde gefeuert. Doch die Kündigung störte mich nicht weiter. Mit Sitzfleisch bin ich nicht begnadet. Ich ging einige Zeit müßig und wurde dann bei einem anderen Handelshaus in die Lehre gegeben. Auch dort hielt ich meine Zeit nicht durch, ebenso wenig wie im dritten, vierten, fünften – immer wegen irgendeines Debakels. Als mein Vater die Schneiderei aufgab, arbeitete ich seit einem halben Jahr in einer großen Exportfirma. Ich war fleißig, aufgeweckt, verstand mein Handwerk. Hundert Kronen verdiente ich bereits pro Monat, gar kein schlechter Lohn für einen Achtzehnjährigen, und die Herren waren zufrieden mit mir. Aber ich hatte mir einen anderen Plan ausgedacht. Wartete nur auf eine günstige Gelegenheit. Mit Bagatellen wollte ich mich nicht mehr abgeben. Und die Gelegenheit bot sich bald.

An einem Herbsttag übergab mir mein Chef zweitausend Kronen, die ich per Post überweisen sollte. Es war Viertel vor zwölf. Die Mittagspause dauerte bei uns von zwölf bis zwei, so dass ich den Postabschnitt erst nach dem Mittagstisch, um zwei, abliefern musste. All das wurde mir blitzschnell klar, und mein Entschluss stand fest. Bei vollen zwei Stunden Vorsprung, bis die Sache herauskam, würde ich längst außer Schussweite sein. Ich nahm also das Geld, bestieg ein Taxi und fuhr geradewegs zum Westbahnhof. Es fügte sich, dass um ein Uhr ein Schnellzug abging; ich hatte noch Zeit, eine Karte zu lösen, und am nächsten Tag war ich schon in Berlin. Ich stieg gegen Mittag aus der Bahn, ohne Gepäck, ohne einen Bekannten, als völlig freier Mensch in einer fremden Großstadt. Hier, glaubte ich sicher, würde man mich nicht schnappen. Festen Schritts, wie ein geborener Berliner, verließ ich das Bahnhofsgebäude und ging zielstrebig die Straße hinunter. Ich war hungrig, hatte aber kein deutsches Geld bei mir, schlenderte also von Straße zu Straße – alle Bankhäuser waren über Mittag geschlossen. Endlich, nach einstündiger Wanderung, fand ich eine kleine Wechselstube geöffnet. Dort tauschte ich einen Hunderter (ich hütete mich, alles am selben Ort zu wechseln) und danach noch zweihundert bei anderen Banken. Jetzt hatte ich erst mal genug Geld. Als Erstes aß ich mich in einem vornehmen Restaurant ordentlich satt. Dann ging ich einen hübschen Koffer kaufen, und kurz darauf mietete ich mir ein Zimmer bei einer alten Frau. Ich schrieb mich unter anderem Namen als Hochschulstudent aus München ein und hieß von nun an Karl Stifter – der Name gefiel mir irgendwie.

In den folgenden Tagen stattete ich mich mit netter Kleidung und Wäsche aus und stellte mich auf ein Leben in Wohlstand ein. Nach allen Ausgaben blieben mir noch tausendzweihundert Mark, eine Summe, die für mehrere Monate reichte. Jetzt begann ich die Umgebung zu sondieren. Einige Kleckerbeträge fielen mir zwar hier und da in die Hände, aber die zählten gar nicht. Wie fleischloses Gemüse. Ich wartete auf ein einträgliches Geschäftchen. Meinem Vater schrieb ich natürlich nicht. Sehr viel später erfuhr ich, dass er mit meinem Chef zu einem Übereinkommen gelangt war. Er ersetzte ihm das meiste, und die Sache wurde totgeschwiegen. Schließlich hatte Vater keinerlei Interesse daran, dass die Affäre publik wurde und eine genaue Ermittlung auslöste. Er hatte so seine eigenen Sächelchen, in denen er die Finger der Obrigkeit lieber nicht stöbern lassen wollte. Sonst hätte er nicht so großzügig gehandelt. Denn vom Wesen her gehörte er nicht gerade zum Stamm der Gebenden. Ich saß nun also unbehelligt in Berlin und sah mich überall um. Inzwischen hatte ich mir auch eine junge ›Braut‹ angelacht, die etwas anschaffte … Ihre ›Tante‹, eine geizige alte Kupplerin, befasste sich neben ihren sonstigen Beschäftigungen noch mit Hehlerei. Eine gerissene, honorige Matrone mit dreieckigem Kinn, in den Fünfzigern, die immer noch gefallen wollte. Ich hatte bei ihr einen Stein im Brett und konnte bei Bedarf ihre Hilfe in Anspruch nehmen. Sie lebte in einer großen Wohnung mit vielen Zimmern in einem Etagenhaus, das ihr gehörte. Bei ihr versammelten sich alle möglichen Leute mit nebulösen Berufen, und es wurde häufig bis in den Morgen Karten gespielt und gebechert. Ich fühlte mich nicht zu Karten hingezogen, das Spiel machte mir keinen Spaß, und ich hatte auch kein Talent dazu. Nur ein einziges Mal habe ich gespielt, und das hat mir gereicht, obwohl ich nicht verloren habe. Trotzdem zählte ich zu den Stammgästen in Tante Berthas

Haus. So vergingen rund vier Monate ohne besondere Vorkommnisse.

Und dann lernte ich eines schönen Tages in einem großen Restaurant am Kurfürstendamm (ich speiste nur in den erstklassigsten Lokalen) einen Mann kennen. Auf den ersten Blick erkannte ich, dass ich auf diesen Mann gewartet hatte. Hier bahnte sich ein gutes Geschäft an. Ein Mann in den besten Jahren, aus altem Adelsgeschlecht, steinreich, mit riesigem Landbesitz in Westfalen. Die Winter verbrachte er in seiner Berliner Villa mit seiner einzigen Tochter, die achtzehn Jahre alt war. Eine Frau hatte er nicht, dafür eine perverse Neigung zu Männern, was ich gleich im ersten Moment spürte. Ich beschloss, das zu meinen Gunsten auszunutzen. Ich war kein hässlicher Bursche, geschmackvoll gekleidet, mit feinen Manieren, und merkte sofort, dass ich ihm gefiel. Natürlich verriet ich ihm weder meinen richtigen noch den in Berlin angenommenen Namen. Für ihn hatte ich einen nagelneuen Namen und eine fiktive Adresse. Anfangs trafen wir uns zwei-, dreimal in demselben Restaurant, wo er sich nicht knauserig zeigte. Er lud mich auch in Cafés und Weinstuben ein, schenkte mir einen hübschen Brillantring und nahm mich mit ins Theater, wo er mich seiner Tochter als ›mein junger Freund von Myrthen‹ vorstellte. Auf sie machte ich anscheinend keinen besonders guten Eindruck, sie behandelte mich von oben herab und würdigte mich keines Wortes. Sie können sich denken, dass ich über dieses Benehmen nicht weiter gekränkt war und ihm keinerlei Bedeutung beimaß. Ich tat so, als merkte ich es gar nicht. Hauptsache, der Alte ging ins Netz, dann regelte sich der Rest von selbst. Mein Plan stand schon fest. Jedenfalls hatte er mir bisher noch keinen unsittlichen Antrag gemacht; wahrscheinlich wollte er warten, bis die Angelegenheit reif war. An jenem Theaterabend begleitete ich ihn mit der Droschke bis zu seiner Villa, und beim Abschied wurde ich für den nächsten Abend zum Diner in sein Haus eingeladen. An besagtem Abend – außer mir waren noch vier weitere Gäste anwesend: ein ältliches

Paar mit Tochter, einer Freundin der jungen Dame, und ein Jüngling – merkte ich mir die Ein- und Ausgänge der Villa und beschloss, meine Tat am übernächsten Abend zu verüben, an dem meine Gastgeber in das Haus des alten Paars eingeladen waren.

Als der Abend angebrochen war, nahm ich mein Handwerkszeug, das ich stets parat hatte, und machte mich zu der Villa auf. Ich kam gegen zehn dort an. Durch den Gitterzaun konnte man das Haus sehen, auch den ersten Stock, in dem sich die Zimmer des Alten und seiner Tochter befanden. Es war dunkel. Die Straße lag abseits vom Stadtzentrum, ruhig und ohne Verkehr, in einem Villenviertel. Vor allem an jenem trüben Abend Ende Februar ließ sich kein Mensch dort blicken. Von außen kannte ich das Haus bestens, hatte ich es doch die letzten zwei Tage der Länge und Breite nach ausgespäht. Ich schwang mich über den Zaun, der nicht besonders hoch war, und sprang in den Garten. In diesem Augenblick ging die Tür auf, und jemand kam heraus. Ich hielt den Atem an und wartete. Es war der Hausdiener. (Sie hatten nur ihn und eine Köchin.) Er öffnete die Gartenpforte und trat auf die Straße. Das Glück lacht mir, dachte ich, jetzt galt es, keine Minute zu verlieren. Als die Schritte auf der Straße verhallt waren, schlich ich näher und spähte durchs Küchenfenster. Die betagte Köchin war beim Zeitunglesen. Ich ging zur Eingangstür, um zu sehen, ob sie zufällig unverschlossen war, und fand sie zu meiner größten Überraschung tatsächlich offen. Blitzschnell zog ich die Schuhe aus, versteckte sie im Garten, schlüpfte lautlos in den Hausflur und war mit einem Satz im ersten Stock. Die Tür aufzukriegen kostete mich dank meiner erstklassigen Werkzeuge keine Mühe, und schon stand ich drinnen. Alles lief glatt. Fünfzehn Minuten lang suchte ich sämtliche Winkel und Ritzen ab und kam durchaus auf meine Kosten. An Bargeld fand ich zwar nur ein paar hundert Mark, dafür aber die gesuchte Familienschmuckschatulle. Ich ging so hinaus, wie ich gekommen war, kein Hahn krähte, und nach einstündigem Fußmarsch (vorsichtshalber wollte ich nicht fahren) war ich zu Hause. Als ich die

Schatulle geöffnet hatte, wurde mir schwarz vor Augen. Sie enthielt ein ungeheures Vermögen: Perlen, Ringe, Ohrgehänge, Armbänder, darunter wertvolle antike Stücke, deren funkelnder Glanz den Raum erfüllte. Mich packte richtiggehend der Schreck beim Anblick dieses Reichtums. Später erfuhr ich, dass all das etwa eine halbe Million Mark wert war. Ich legte die Stücke wieder an ihren Platz zurück außer drei Ringen, die ich in die Tasche steckte. Dann packte ich die Schatulle zwischen meine Kleidung in den Koffer, schloss ihn gut ab und trug ihn noch in derselben Nacht zu Tante Bertha zur Aufbewahrung bis zum nächsten Tag. Ich hatte mich nämlich entschlossen, unverzüglich nach Hamburg zu fahren und von dort mit dem ersten Schiff nach New York abzudampfen. Ich blieb etwa zwei Stunden bei der Tante und ging dann zum Schlafen heim.

Am nächsten Morgen gelang es mir, einem kleinen Goldschmied einen der Ringe für sechshundert Mark zu verkaufen. Ich löste eine Fahrkarte für den Abendzug. Und dann ritt mich der Teufel, auch gleich noch die beiden anderen Ringe an den Mann zu bringen. Der Goldschmied, dem ich sie anbot, betrachtete sie von allen Ecken und Enden, prüfte eingehend die Edelsteine, fragte nach dem Preis (ich verlangte dreitausend Mark, nicht gerade wenig, um keinen Verdacht zu wecken) und einigte sich mit mir auf zweitausendsiebenhundert. Da erklärte er mir, der Lump, dass er im Moment keine so hohe Summe bei sich habe und ich um drei Uhr nachmittags wiederkommen solle. Bis dahin werde er das Geld beibringen, und der Handel sei perfekt. Und was meinen Sie, habe ich Depp gemach? Ich bin tatsächlich um drei zu diesem Laden zurückgekehrt. Ich war noch ein Junge, voller Mut, aber der Schädel saß noch nicht richtig rum. Und wegen dieser kleinen Dummheit bin ich hereingefallen. Geradewegs wie die Maus in die Falle gerannt. Als ich über die Ladenschwelle trat, war ich sofort von drei Detektiven umringt: Dieser Petzer hatte mich bei der Kripo verpfiffen. Die Schatulle haben sie zwar nicht gefunden. Ich habe immerzu standfest behauptet, ich hätte sie in die Spree geworfen, und sie haben den Fluss kreuz und quer abgesucht, ohne natürlich fündig zu werden. Aber ich wurde trotzdem zu vier Jahren Haft verurteilt. Da half gar nichts.

Und die Schmuckschatulle? Die habe ich nie wiedergesehen, lieber Herr. Als sei sie tatsächlich in der Spree untergegangen. Als ich meine Haftzeit abgesessen hatte, wurde ich nach Wien abgeschoben. Mangels Finanzmitteln konnte ich nicht gleich nach Berlin zurückfahren, und dann musste ich zum Militär. Erst nach einem Jahr gelang es mir, einen Monat Urlaub zu bekommen und hinzureisen. Weder Tante noch Koffer! Wie vom Erdboden verschluckt. Alle Nachforschungen waren vergebens. Kein Mensch in jenem Haus und in jener Straße konnte mir etwas über sie sagen – diese alte Diebin! Sie hat den Schmuck einfach geklaut und ist verschwunden. Ah, wenn ich die damals erwischt hätte! Der hätte ich den Bauch aufgeschlitzt, diesem faulen Aas. Aber ich musste zum Militär zurück, und so war die Sache verloren.«

Gordweils Nachbar verstummte. Die formlosen Bündel auf den Betten wurden durch die matte Glühbirne kaum beleuchtet. Schweres, vieltöniges Schnarchen erfüllte den Raum, hier und da von einem Stöhnen oder einem sonstigen menschlichen Laut durchsetzt. Jetzt war es sicher schon spät.

»Und Ceornutescu und Ihr Vater, was ist aus denen geworden?«

»Als ich mit dem Militärdienst fertig war, wurde Ceornutescu krank. Als junger Mann hatte er sich mit Syphilis angesteckt, war jedoch wieder genesen. Aber diese Krankheit ist heimtückisch. Sie bleibt einem im Blut, ohne äußere Anzeichen oder Schmerzen, und wenn der Mensch so um die fünfzig wird, bricht sie wieder aus, und dann ist kein Retten mehr. Ceornutescu bekam Gehirnparalyse und ist verrückt geworden. Ein paar Wochen hat er unter großen Qualen im Krankenhaus gelegen, bis er schließlich starb. Und zwei Jahre später ist auch mein Vater gestorben. Er hinterließ einen einzigen Ring, den ich für dreihundert Kronen verkauft habe.«

Gordweil war müde und schlief augenblicks ein, worauf er in

wirre Träume verfiel, in denen sein Nachbar unter wechselnden Formen und Gesichtern breiten Raum einnahm. Plötzlich fuhr er erschrocken hoch. An seinem Kopfende stand jemand. Sofort kam er zu sich und erkannte seinen Nachbarn, der im Hemd, ohne Unterhose dastand. Gordweil setzte sich ruckartig auf. »Was machen Sie denn hier?«

»Ich, wissen Sie, Herr Nachbar, mein Magen ist verdorben. Grässlicher Durchfall.«

»Dann gehn Sie doch raus, schnell, auf den Gang.«

Dabei griff er nach seiner Hose, die er in der Hand des Nachbarn entdeckt hatte. Der reichte sie ihm mit Gönnergeste, als mache er ihm ein Geschenk: »Da haben Sie sie, mein Herr, und bitte nehmen Sie's mir nicht krumm.« Dann drehte er sich seinem Bett zu, zog die eigene Hose unter der Decke hervor und schlüpfte hinein.

Gordweil hielt die seine immer noch in der Hand. Aus irgendeinem Grund bekam er Gewissensbisse, und so sagte er, als wolle er sich rechtfertigen: »Ich … Ich brauch sie selber. Ich hab keine andere, deshalb …«

»Versteh ich, gewiss doch, gewiss«, pflichtete der Nachbar bei und ging.

Trotzdem überprüfte Gordweil seine anderen Kleidungsstücke, die alle an Ort und Stelle lagen. Dann legte er sich wieder hin, konnte aber nicht mehr einschlafen. Der Nachbar kam schnell zurück und kroch ebenfalls ins Bett.

»Wie spät könnte es jetzt etwa sein?«, fragte Gordweil.

»Weiß nicht«, erwiderte der andere kurz angebunden und gekränkt und kehrte ihm den Rücken zu.

Gordweil lag mit offenen Augen da. Die Zeit verrann langsam, unhörbar, überwacht von fernen Uhren, die über die ganze Erdkugel verstreut waren. Hier gab es keine Uhr und damit auch keinerlei Beweis, dass die Zeit nicht stehengeblieben war, verschmolzen mit der schwarzen Nacht draußen und den vereinzelten Schnarchern hier im Saal. Und es zeugte auch nichts davon, dass er, Gordweil, sich erst seit gestern an diesem Ort befand. Wer konnte ihm dafür garantieren? Man hätte meinen können, er sei schon seit eh und je hier, ohne dass sich das Gegenteil beweisen ließe. Jedenfalls spürte er deutlich, dass er all den ringsum Schlafenden verbunden war, innerlich verwandt, einer von ihnen. Ja, er fühlte sich sogar in gewisser Hinsicht sicher und geborgen, weil sie alle bei ihm waren. Arme, elend heruntergekommene Menschen, dachte er, die zu jeder Missetat fähig sind, andererseits aber Liebe und Mitgefühl sowohl verdienen als auch geben können, was keineswegs zu verachten ist. Im Leben eines jeden Menschen gibt es mindestens einen Moment, in dem er seine Seelenverwandtschaft zu ausnahmslos allen Menschenwesen spürt, wo immer und wer immer sie sein mögen. Dem einen geschieht es bei klarem Verstand, dem andern nur wie durch Nebel, dass er ganz, ganz nah daran ist, etwas zu begreifen, eine Art jähe, flüchtige Offenbarung erlebt, die sofort wieder schwindet. Ja, ein solcher Augenblick ist jedem Menschen vergönnt.

Danach sprangen Gordweils Gedanken unwillkürlich und ohne erkennbaren Zusammenhang auf Lotte über, diese Lotte, die schöne, sanfte Hände hatte und mit einem verborgenen Schmerz beladen war, der an ihrer Lebenskraft zehrte. Das Herz wurde ihm weich bei dem Gedanken an sie. Er spürte verschwommen eine Beziehung zwischen seiner eigenen Situation und Lottes Leiden, wurde sich aber über das Wesen dieser Beziehung nicht klar. Dann dachte er an Thea, ohne Bitterkeit, ohne jegliche Wut, ja im Gegenteil mit einer gewissen Sehnsucht, vollständig versöhnt.

Er blickte zu den Fenstern, die wie schwarze Flecke auf der hellen Wand wirkten. Noch herrschte tiefe Nacht. Besser noch etwas schlafen, sagte er sich und machte die Augen zu. Aber im selben Moment wurde wieder wie am Abend an die Heizungsrohre geklopft, was jetzt, in der schläfrigen Stille, besonders hartnäckig störte. Die Mannschaft begann gähnend und hustend aufzuwachen. Alle zogen sich mit erstaunlicher Geschwindigkeit an, als hätten sie es furchtbar eilig. Der Nachbar warf einen begehrlichen Blick auf die Hose, in die Gordweil gerade schlüpfte, und fragte ihn völlig harmlos, ob er gut geschlafen habe.

Unten, nach der Morgenwäsche und dem Verspeisen der gleichen Scheibe Brot und der gleichen braunen, mit schwarzen Kümmelsamen gesprenkelten Suppe wie am Vorabend, wurde die ganze Sippschaft an die schwarze, kalte Luft gesetzt, und jeder ging seines Weges. Es war halb sechs. Ohne Eile schlenderte Gordweil Richtung Stadt; als er am Ring angelangt war, herrschte schon Morgenlicht, und das Getriebe auf den Straßen war in vollem Schwung. Durch ein Wunder entdeckte er in einer seiner Taschen einen bisher übersehenen Schilling, mit dem er nun einem kleinen Café zustrebte, froh wie ein aus der Fremde Zurückgekehrter, wieder in der Heimat zu sein. Nach Ablauf einer Stunde drängte ihn plötzlich eine innere Unruhe, das Café zu verlassen, obwohl er keine Ahnung hatte, wohin er jetzt gehen sollte. Er bog in die Kärntner Straße ein, blickte interesselos in Schaufenster, sah in einem Uhrenladen, dass es schon neun war, und beschleunigte unwillkürlich seinen Schritt. Am Anfang der Johannesgasse blieb er mechanisch stehen, setzte sich dann wieder ruckartig in Bewegung, als habe er einen harten Schlag in den Rücken bekommen, und ging auf demselben Gehsteig weiter, den Kopf wie gewöhnlich zu Boden gesenkt, die Hände in den Manteltaschen. Vielleicht sollte er wie gestern nach Hause gehen? Im selben Moment wurde ihm der Weg verstellt. Er hob die Augen und sah Thea lächelnd vor sich stehen. Verlegen wollte er zur Seite treten, aber sie fasste ihn am Arm.

»Was ist mit dir, Häschen?«, sagte sie einfach, als ob nichts zwischen ihnen gewesen wäre. »Wohin bist du denn entschwunden? Warum kommst du nicht nach Hause?«

Gordweil stammelte, die Augen gesenkt: »Ich … Ich dachte … Das heißt, eben wollte ich gerade …«

Sie verzog spöttisch das Gesicht. Musterte ihn einen kurzen Moment, ohne ein Wort zu sagen.

»Hast du eine Zigarette?«, entschlüpfte es Gordweil, um damit vielleicht anzudeuten, dass er ihr nichts nachtrug.

Thea machte die Handtasche auf und gab ihm das Gewünschte.

»Begleite mich bis zur Johannesgasse und geh dann heim.«

Gordweil gehorchte. Klein und verwirrt und ohne irgendetwas zu denken, trottete er neben seiner Frau her. Danach machte er kehrt und ging in die Kleine Stadtgutgasse.

32.

Ein paar Tage später erhielt er von Lotte die Nachricht, er möge bitte am selben Nachmittag bei ihr vorbeischauen, da sie erkältet sei und lieber nicht ins Freie gehen wolle. Um drei Uhr drückte er auf den Klingelknopf. Lotte öffnete selber und führte ihn in den Salon. Ihr Gesicht war lang und bleich, die Augen wirkten größer als sonst und glänzten fiebrig. Sie deutete auf einen Sessel, während sie sich auf dem Sofa ausstreckte, auf dem sie offenbar gelegen hatte.

»Es ist nichts«, sagte sie mit mattem Lächeln. »Nur eine leichte Halsentzündung. Nicht weiter gefährlich. Und eine schlechte Seelenverfassung, das ist alles.«

Das Zimmer war warm und von einer sanften, etwas wehmütigen Ruhe erfüllt, ähnlich der Stimmung im Zimmer einer jungen, schönen Wöchnerin. Von der Straße drang kein Laut herauf außer einem verschwommenen, fernen, unwirklichen Dröhnen, das nur mit feinen Sinnen wahrnehmbar war. Draußen dunkelte ein trüber, regnerischer Tag mit heftigen Windstößen, die alles durcheinanderwirbelten. Drinnen herrschte frühe Dämmerung, und eine unsichtbare Motte wollte ihm ohne bestimmten Grund am Herzen nagen.

Lottes Züge waren nur schwer zu erkennen. Sie lag reglos da, wie in trübe Gedanken versunken. Nach kurzem Schweigen hob sie plötzlich den Kopf ein wenig an und fragte: »Und was beabsichtigst du jetzt zu tun?«

Gordweil sah sie einen Augenblick verständnislos an. »Was meinst du damit?«

»Ich meine, ob du in Wien bleibst, in deiner alten Unterkunft?«

»Das verstehe ich nicht. Ich habe nie vorgehabt, wegzufahren oder die Unterkunft zu wechseln.«

Er blickte sie prüfend an, ob sie nicht im Fieber redete. Aber Lotte zog sich nur die Decke gerade, als friere sie, und verstummte wieder. Ihr Schweigen begann Gordweil zu bedrücken. Im Schrankspiegel gegenüber sah er sein schwarzes, starres, ungekämmtes Konterfei, das ihn in Erregung versetzte. Aus dem Nebenzimmer tröpfelte das leise, fast unhörbare Ticken einer Standuhr in die Stille. Das Leben verengte sich auf einen Punkt, der unsichtbar durchs Zimmer schwirrte und sich um keinen Preis fassen ließ.

Lotte bat ihn, das Licht einzuschalten. Dort, neben dem Türrahmen, finde er den Schalter. Als er an seinen Platz zurückgekehrt war, zündete sie eine Zigarette an, stand auf, setzte sich auf das Sofa und ließ die in Hausschuhen steckenden Füße baumeln. Ihre Züge strahlten feste Entschlossenheit aus, und doch lag auch tiefe Traurigkeit in ihnen. Gordweil sah sie aufmerksam an und entdeckte, wie zum ersten Mal, dass sie wunderschön war, eine schier überirdische Schönheit.

Energisch fuhr sie sich mit der Hand über die reine Stirn und die kurzen kastanienbraunen Locken, als wolle sie letzte Hemmnisse beseitigen, ehe sie mit leiser, aber fester Stimme begann: »Ich habe dich gerufen, Rudolf (Gordweil registrierte, dass sie ihn, eigentlich zum ersten Mal, beim Vornamen nannte), nicht etwa weil ich erkältet bin, sondern weil ich mit dir zu reden habe. Alles hängt jetzt davon ab … Ich bin verpflichtet, erst noch einen Versuch zu unternehmen. Die Sache muss einmal endgültig geklärt werden. Ich habe gesehen, dass du nicht begreifst. Zwei ganze Jahre lang sind dir die Augen nicht aufgegangen. Sämtliche

Andeutungen und Hinweise, die ein Wiegenbaby enträtselt hätte, sind an dir wie an einer harten Wand abgeprallt. Obwohl du in allen anderen Angelegenheiten durchaus begreifst und den Dingen auf den Grund gehst. Warum, ist mir nicht klar. Vielleicht weil du dir die Sache nicht zu Herzen genommen hast. Sosehr es meinen weiblichen Stolz auch kränkt, ich muss annehmen, dass du so sehr von einem anderen Gefühl erfüllt bist, dass du nicht siehst, was direkt vor deinen Augen passiert. Aber das kann ich dir sagen: Du wirst noch merken, dass du die ganze Zeit in einer Illusion gelebt hast. Ich habe viel darüber nachgegrübelt, Wochen, Monate. Du hast dein Glück an einem Ort gesucht, an dem es nicht ist, nicht sein kann … Und vor deiner Nase, zum Greifen nahe, lag das Glück für dich bereit. Doch du hast die Hand nicht ausgestreckt. Die Stunde ist noch nicht vertan. Und deshalb habe ich dich hergerufen.«

Sie holte Luft, zündete die inzwischen ausgegangene Zigarette wieder an. In diesem Augenblick klang von der Straße ein Autohupen herauf, das Gordweil nicht von dieser Welt zu kommen schien. Lotte zog mehrmals an der Zigarette und schnippte die Asche mit einem Schlag in den blauen Keramikaschenbecher. Gordweil begleitete ihre Bewegungen mit dem Blick, wobei sich ihm eine drückende Last aufs Herz legte. Ein schwerer Sturm braute sich da zusammen, den man lieber aufhalten sollte, aber er wusste nicht, wie. Andererseits empfand er das prickelnde, perverse Verlangen, alles zu erfahren, obwohl ihm klar war, dass die ausstehenden Worte dornig sein und etwas bloßlegen würden, was besser verborgen geblieben wäre. Er saß stumm da. Aus dem rechten Augenwinkel las er unbewusst auf dem Einband eines auf dem Tisch liegenden Buches den Verfassernamen, Arthur Lerchner, der ihm, warum auch immer, in Arthur Merling überwechselte, was ihn wiederum veranlasste, die Buchstaben von neuem zu lesen. Dieser Verwechslungsprozess vollzog sich in völliger Geistesabwesenheit, allein im visuellen Bereich, und drang ihm nur als schwache, unfassbare Reflexion ins Bewusstsein. Die Augen blickten und lasen von selber falsch, korrigierten sich, lasen wieder falsch und so weiter.

Lotte begann erneut, wobei ihre Finger nervös auf die Tischplatte trommelten: »Wie lange willst du noch warten? Worauf? Hast du denn noch nicht gemerkt, dass sich nichts ändert? Nur zum Bösen kann sich was wandeln, nur zum Bösen ... Haben dir zwei Jahre nicht gereicht, ihr wahres Wesen zu erkennen? Die anderen, die Außenstehenden, wissen alles, haben es vom ersten Augenblick an gewusst. Kaum zu glauben, dass du derart mit Blindheit geschlagen bist. Du meinst sie zu lieben, aber da täuschst du dich. Sonnenklar, dass du dir was vormachst. Anders kann es nicht sein. Oder bist du wirklich so ein Narr und siehst gar nichts? Sag mal ganz offen heraus: Liebst du sie – ja oder nein?«

Gordweil hatte es mit der Antwort nicht eilig. In seinen Zügen mischten sich Bestürzung und Verlegenheit. Das war eine Frage, die er sich bisher nie mit solch brutaler Klarheit gestellt hatte. Immer war er ihr ausgewichen, hatte sich vor ihr versteckt. Jetzt war es an der Zeit, sich Rechenschaft abzulegen. Er warf Lotte einen flehentlichen Blick zu, aber sie fixierte ihn nur durchdringend mit funkelnden, antwortheischenden Augen.

»Ich ... Ich kann nicht ... Darüber lässt sich nicht sprechen ...«

»Und warum nicht?«, drängte Lotte. »Dir fehlt bloß der Mut. Hast du Angst, dass dir das ganze Kartenhaus zusammenfällt, das du dir da errichtet hast?«

Gordweil erinnerte sich, dass ihm schon mal jemand genau dasselbe gesagt hatte, wusste aber nicht, wer. Unterdessen hörte er sich mit fremder Stimme stammeln: »Ich weiß nicht ... Sicher ... Vermutlich liebe ich sie ...«

»Stimmt nicht. Du liebst sie nicht. Angst hast du vor ihr.«

»Du tust mir sehr weh«, rutschte es ihm wie von selber heraus, »du weißt gar nicht, wie sehr du mich kränkst.«

»Und du? Du quälst mich seit zwei Jahren, Tag und Nacht, pausenlos! Hast du mal darüber nachgedacht? Ja, du! Du bist allein an allem schuld. Läufst wie ein Unschuldslamm herum und lässt dich von Thea misshandeln – du hast alle meine Leiden auf dem Gewissen. Du und kein anderer!« Sie deutete auf ihn.

»Wieso ich? Was tu ich dir denn?«

Mit dem Ausdruck grenzenloser Trauer heftete er die Augen auf sie. Er verspürte das momentane Bedürfnis, vor ihr auf die Knie zu fallen und sie um Vergebung zu bitten, hielt sich aber zurück. Dann hörte er Lotte sagen: »Thea, deine Thea! Weißt du auch, dass sie mit jedem deiner Bekannten ins Bett geht, mit jedem Mann von der Straße, wahllos wie eine gewöhnliche Hure? Weißt du das, ja oder nein? Weißt du, dass sie seit langem schon Beziehungen zu Dr. Ostwald, ihrem Chef, unterhält? Weißt du, dass sie sich ständig über dich lustig macht, vor deinen Augen und hinter deinem Rücken, dass sie in aller Öffentlichkeit, im Café, vor allen deinen Freunden, ihre Heldentaten ausbreitet? Sie wissen alles! Jedes Detail eures Zusammen- und ihres Privatlebens – und das aus ihrem eigenen Mund! Sie wissen, dass sie dich schlägt, dass das Kind nicht von dir war – alles. Und all das erzählt sie mit unglaublichem Zynismus. Ich hätte sie, ohne mit der Wimper zu zucken, umbringen können. Sie ist eine Bestie. Ja und vor ein paar Tagen – wo hast du da übernachtet?«

»Iiich … Was heißt, zu H-hause …«

»Zu Hause? Stimmt nicht. Zu Hause hast du nicht übernachtet. Zwei Nächte lang bist du nicht daheim gewesen. Sie hat dich abends rausgeschmissen.«

»W-woher w-weißt du das?«

»Woher? Alle wissen es. Deine Frau Thea hat's im Café ausgeplaudert. Dabei hat sie höchst vergnügt gekichert, deine liebe Gemahlin. Du solltest dich in tiefster Seele schämen! Es ist eine Schande, auch nur ein einziges Wort mit einer Frau wie ihr zu wechseln.«

Gesenkten Hauptes saß Gordweil da, völlig betäubt. Jedes Wort, das ihm Lotte an den Kopf schleuderte, traf ihn wie ein Hammerschlag. Das Herz pochte ihm hörbar, und sein Atem ging heiß, schwer und unregelmäßig. Sein blasses Gesicht war hohl, er schien um zwanzig Jahre gealtert. Alles, was ihm jetzt zu Ohren kam, war ihm neu und doch wiederum altbekannt, wie aus den Tiefen seiner Seele geschöpft. Lotte hatte die Dinge aus seinem Innern heraufbefördert und erbarmungslos vor seinen Augen ausgebreitet. Es war, als hätten sich sämtliche Poren seines Körpers gleichzeitig geöffnet und sein Blut verströme sengend. Ein würgender Kloß stieg ihm von der Brust in die Kehle. Jetzt wäre es vielleicht gut gewesen, loszuheulen. Aber er schluckte die Tränen hinunter, weinte nicht. Hockte nur weiter wie versteinert da. Tödliche Stille herrschte. Er wünschte, Lotte möge fortfahren, harrte mit ängstlicher Ungeduld darauf. Ihr Reden war ihm nun leichter erträglich als ihr Schweigen. Aber Lotte blieb stumm. Eine Fliege begann zu summen, und er wunderte sich, dass zu dieser Winterszeit noch Fliegen am Leben waren. Dann las er erneut auf dem Buchdeckel vor sich: Arthur Merling, verbesserte sich aber augenblicklich: nicht Merling, sondern Lerchner, Lerchner. Natürlich Lerchner! Danach hob er den Blick geistesabwesend zu Lotte, nahm dunkel wahr, dass sie lautlos weinte, und wunderte sich auch darüber. Warum weinte sie denn jetzt? Ah, zweifellos ging es ihr schlechter, redete er sich ein, sie war doch erkältet … Was ließ sich für sie tun – jetzt, da er so erschöpft war? Trotzdem stand er mechanisch auf, wankte unsicher taumelnd zu ihr hinüber und kauerte bei ihr nieder. Strich ihr übers Haar, wie man ein Kind streichelt. Sagte kein Wort. Selbst mit Peitschenhieben hätte man ihm keine Silbe entrungen. Dann sah er, dass Lotte irgendwoher ein Taschentuch genommen hatte und sich das Gesicht abwischte. Ihr war also wieder besser – das war gut! Gordweil stand auf und kehrte an seinen Platz zurück. Er hob das Buch auf und legte es, mit der Titelseite nach unten, wieder hin. Alles, alles war jetzt zerstört. Nichts blieb ihm mehr. Und Martin? Ja, Martin war doch tot. Schon lange. Und Lotte hatte geweint. Ja, sie hatte geweint, das stand fest. Und jetzt weinte sie nicht mehr. Ein Zeichen, dass es ihr besserging – und das war gut. Offenbar hatte man eben etwas gesagt, womöglich zu ihm? Er fixierte Lotte, musterte sie wie eine Fremde, als sähe er sie zum ersten Mal, starrte sie lange an und sah, dass sie sich eine weitere Zigarette anzündete. Sie rauchte viel. Wer tat das doch noch? Ah, Thea rauchte auch viel, und das schadete sicher dem Ungeborenen … Aber er konnte sie nicht davon abbringen, würde sich nur ihren Spott zuziehen. Und danach würde sie hingehen und es seinen Freunden ausplaudern, der Lotte. Gewiss würde sie Lotte alles erzählen, und die würde weinen. Aber wovon war er so erschöpft? Seine Krankheit war doch schon abgeklungen. Dank Lotte, die ihn auf dem Krankenlager versorgt hatte. Man müsste ihr etwas Nettes sagen, aber er war ja so schwach! Er würde es ein andermal tun …

Lotte sprach erneut mit sanfter Stimme, vielleicht schon seit einigen Minuten, aber die Worte mussten mehrere Schranken durchbrechen, um in sein Bewusstsein einzudringen. Nun hörte er: »… so geht's nicht mehr weiter. Es hat keinen Sinn. Man kann nicht tatenlos zusehen, wie eine andere, die deinen kleinen Finger nicht wert ist, dich zugrunde richtet. Ich habe die ganze Zeit gedacht, du würdest von selber kommen … Aber du bist nicht gekommen. Nie. Und dabei gehörst du gerade hierher. Doch du hattest nicht den Verstand, zu kommen. Jetzt muss die Sache entschieden werden. Ich habe nicht die Kraft, noch länger zu warten.«

Sie hielt einen Augenblick inne. Die brennende Zigarette lag vergessen im Aschenbecher und ließ einen dünnen, bläulich gekräuselten Rauchfaden aufsteigen. Als spreche sie zu sich selbst, klagte Lotte: »Zwei Jahre! Wie der Mensch sich in zwei Jahren quälen kann! So viele Tage, Nächte, Stunden, Minuten! Jede Minute – ein Abgrund von Seelenqualen. Und nun ist die Kraft dahin. Selbst ein Stein wird vom Wasser abgewetzt. Ich kann nicht mehr. Es gibt nur einen Ausweg. Willst du sie verlassen und mit mir in irgendein anderes Land fahren? Wir könnten schon in drei, vier Tagen fahren. Es bedarf keiner großen Vorbereitungen.

Ein bisschen Geld wäre auch da. Vater würde es mir geben. Ich habe alles wohl durchdacht. Für eine Italienreise würde er mir Geld geben. Er liebt mich sehr und meint, ich sei krank und brauchte die südliche Sonne. Wir fahren los und mieten uns in einem Badeort in Italien oder Frankreich ein. Und dann sehen wir weiter. Vielleicht kannst du dich im Lauf der Zeit von ihr scheiden lassen. Und wenn nicht, ist es mir auch egal. Wir brauchen von niemandem eine Genehmigung. Die Hauptsache, wir lieben uns. Wir sind auch nicht gezwungen, einen festen Wohnsitz zu haben. Bleiben einfach ein paar Monate an einem Ort und übersiedeln dann in einen anderen. Du kannst in Ruhe arbeiten und alles vergessen, was sie dir angetan hat.«

Lotte verstummte. Ihre auf Gordweil gerichteten Augen harrten einer Antwort. Aber er schwieg gesenkten Hauptes. Bei ihren Worten hatte ihn ein elektrischer Funke durchzuckt, der ihm ein leuchtendes Bild vor Augen aufflammen ließ: Sonnenstrände, andere Menschen, ein anderes Leben und Lotte, diese liebreizende, einzigartige Lotte, die ihm so teuer wie seine eigene Seele war. Alles schien so wunderbar, so einfach, so klar. Doch im Handumdrehen war alles wieder verloschen.

»Nun, Rudolf? Du musst mir antworten. Ich möchte eine klare Entscheidung von dir hören.«

Mühsam stieß Gordweil hervor: »Ich … Was soll ich dir sagen? Du bist mir am allerteuersten. Ich … Aber ich kann nicht … Werde niemals können …«

»Was kannst du nicht?«, fragte Lotte totenbleich. »Was?«

»Ich kann nicht f-fahren … Glaub mir … Und wenn mein Leben davon abhinge …«

»Und warum nicht?«

»Es ist mir unmöglich, ich kann nicht von ihr weg … Hab nicht die K-kraft …«

»Aber du liebst sie doch gar nicht! Ich weiß, dass du sie nicht liebst!«

»Ich weiß nicht. Vielleicht liebe ich sie, vielleicht auch nicht.

Aber ich habe nicht die Kraft, von ihr wegzukommen. Das kann ich nie. Niemals.«

»Und ich? Mich lässt du völlig im Stich? Er lässt mich im Stich!«, wandte sie sich an einen unsichtbaren Dritten. »Mich lässt er im Stich! Er bleibt bei ihr, bei ihr! Jetzt ist alles verloren. Er bleibt bei ihr.«

Unmenschlicher Schmerz durchbohrte Gordweil beim Anblick Lottes, die ihre trüben Augen auf irgendeinen fernen Punkt gerichtet hatte und immer aufs Neue dieselben Worte wiederholte. Er sank ihr zu Füßen, streichelte sie, überhäufte ihre Hände mit Küssen, tröstete sie mit gemurmelten, abgehackten Worten: »Schau doch, Lotte, mein Liebes, ich kann alles für dich tun. Kann ... Aber darum darfst du mich nicht bitten ... Du siehst ja mit eigenen Augen, dass es mir unmöglich ist ... Was soll ich denn tun? Das geht über meine Kräfte ... Bitte, versteh ...«

Doch Lotte schien weder etwas zu fühlen noch zu hören. Sie ließ ihn gewähren und wiederholte nur, nun schon automatisch, immer dieselben Worte: »Es ist alles verloren. Er bleibt bei ihr ...« Aus ihren trockenen, weitaufgerissenen Augen war der Glanz gewichen. Sie blickten geradeaus, ohne etwas zu sehen.

Gordweil erhob sich von den Knien und setzte sich auf den Lehnstuhl. Stand aber sofort wieder auf. Tat einen Schritt in Richtung Zimmermitte und stellte sich erneut vor Lotte, die den Kopf jetzt in beide Hände gestützt hielt. Ihre versteinerte Haltung hatte etwas unerträglich Trauriges an sich. »Lotte, Lotte!«, rief er, wie man einen Schlafenden weckt, aber sie regte sich nicht. Er wusste nicht, wie lange er so verharrte. Schließlich hob sie den Kopf, blickte ihn einen Moment befremdet an und machte eine wegwerfende Handbewegung. Danach streckte sie sich auf dem Sofa aus, zog die Decke hoch und starrte unverwandt nach oben, wie eine Schwerkranke, die das Bewusstsein verloren hat. Ratlos stand Gordweil lange Zeit auf einem Fleck und wagte nicht, sich zu rühren. Dann setzte er sich wieder auf den Lehnstuhl und horchte auf das eisige Schweigen im Zimmer, auf die irgendwo in der Ferne aufgehende Tür, auf die dumpfe Stimme, die etwas auf der Straße rief, und auf das lästige Echo, das in seinem Innern pausenlos dahinleierte: »Jetzt ist alles unwiederbringlich verloren.« Tatsächlich war etwas in ihm explodiert, in diese dichte Stille zerstoben, die Splitter hingen noch konkret fühlbar im Raum … Jemand war schuld daran, weder er noch Lotte, jemand Fremdes, der in ein Territorium eingedrungen war, das nicht ihm gehörte, und dort mutwillig Schaden anrichtete …

Jetzt wandte ihm Lotte den Kopf zu. Er dachte, sie habe ihn gerufen, und sprang erschrocken zu ihr hin. Mit brüchiger, veränderter Stimme, die sich anhörte, als sei ein Band gerissen, brachte sie mühsam hervor: »Jetzt geh bitte. Ich möchte allein sein.«

Sie streckte ihm die Hand hin, zog sie aber, ehe er sie noch ergreifen konnte, unter die Decke zurück. Ihre Augen waren schon wieder nach oben gerichtet. Gordweil ließ noch einen letzten Blick über ihr blutleeres Gesicht streifen, wollte etwas sagen, gab es aber auf und ging.

Draußen befielen ihn sofort Gewissensbisse und das dringende Bedürfnis, wieder hinaufzugehen. Er hatte eben etwas unverzeihlich Grausames getan. Wie hatte er nur sie, die Lotte, verlassen und einfach weggehen können?

Aber Gordweil kehrte nicht zurück. Seine Füße schleppten ihn unwillkürlich vorwärts, einer anderen, energischeren Macht gehorchend, und noch oft würde er im Geist Lotte so sehen, wie er sie eben verlassen hatte – auf dem Sofa hingestreckt, das ovale Gesicht schmal und bleich, die Augen starr zur Decke gerichtet, als läge dort allein die Lösung all ihrer Probleme.

33.

Nach einer schlaflosen Nacht voller Schreckensvisionen versuchte er den ganzen nächsten Tag aufgeregt Lotte zu finden, schaute mehrmals im Herrenhof vorbei und kam sogar zweimal bis vor ihre Haustür, doch jedes Mal hielt ihn etwas davon ab, hinaufzugehen. Er traf auch keinen anderen Bekannten an diesem Tag, als hätten sich alle untereinander abgesprochen. Und als er am übernächsten Tag, einem nieselig trüben Donnerstag, das Café betrat und gerade wieder gehen wollte, stieß er im Eingang auf Ulrich.

»Mit Arsen …«, brachte er erstickt hervor, wobei seine Stimme eher dem Brüllen eines abgestochenen Stiers glich. »Vorgestern Abend …«

Gordweil lief es eiskalt über den Rücken. Er wusste schon alles. Trotzdem fragte er mit gebrochener Stimme: »Was? Was?«

»Lot-te! Es war schon zu spät … Nicht mehr zu retten …«

Gordweil suchte Halt an der Wand, um nicht umzukippen. Ulrich, der mit gesenktem Kopf vor ihm stand, verwandelte sich mit einem Schlag in einen rohen, formlosen Klumpen, wurde größer, riesig, verschluckte das gesamte Tageslicht, ohne es wieder abzugeben. Plötzlich war finstere Nacht. Es dauerte, wer weiß wie lang. Als das Tageslicht wiederkehrte, stand Ulrich immer noch in unveränderter Haltung da. Und erst jetzt traf es Gordweil wie eine Gewehrkugel ins Gesicht. Das Herz riss sich los und versank in einen Abgrund, so dass er sich wie eine leere Hülle vorkam. Er sah Lotte auf dem Rücken liegen, die Augen zur Decke gerichtet. Gleich hier lag sie, zwischen ihm und Ulrich, ohne dass man sie überreden konnte aufzustehen. Die Ein- und Ausgehenden warfen erstaunte Seitenblicke auf die beiden reglos im Gang stehenden Männer. Alles war egal, da Lotte nicht hochkommen wollte. Gordweil hätte aufschreien mögen, aber seine Stimme war unhörbar. Endlich kam Ulrich wieder zu sich, fasste ihn am Arm und zog ihn auf die Straße. Schulter an Schulter trotteten sie schweigend und ziellos eine halbe, eine ganze oder eineinhalb Stunden dahin. Der Abend drängte schon in die Straßen, musste sich aber den Laternen beugen, die im richtigen Moment angezündet wurden. Später fand sich Gordweil allein in einer der alten, winkligen Innenstadtgassen wieder. Ulrich war nicht mehr neben ihm. Und er erinnerte sich, dass Ulrich ihm beim Abschied mitgeteilt hatte, dass sie am nächsten Morgen um zehn Uhr auf dem Zentralfriedhof zu Grabe getragen würde. Das war sonderbar. Wer sollte denn begraben werden? Dieser Ulrich – manchmal kam er auf seltsame Ideen … Ach, von nun an hatte er niemanden mehr. Wie ein Blitz schlug diese grauenhafte Gewissheit bei ihm ein. Allein war er, ganz allein auf der weiten Welt. Er blieb stehen und blickte ängstlich in die Runde. Die Gasse war spärlich erleuchtet. Läden gab es keine. Es war eine kurze, stille Seitengasse mit uralten Häusern, in die sich nur selten ein Passant verlief. Erschrocken über diese Öde, ging Gordweil weiter, rannte fast bis zu ihrem Ende, bog dort in eine andere, nicht weniger leere Gasse ein und verlangsamte wieder den Schritt, als sei die Gefahr vorbei. Etwa zwanzig Meter vor ihm ging ein Mann mit offenem Schirm. Es regnete also, schloss Gordweil und hob das Gesicht zum bedeckten Himmel empor. Es fielen ein paar milde Tropfen, die sich angenehm auf der Haut anfühlten. Auf einem dunklen Schild erfassten seine Augen einen in großen Goldlettern eingravierten Namen, der mit »M« begann. Und plötzlich blinkte vor seinen Augen ein erleuchtetes Zimmer mit einem großen Spiegel auf, in dem sich seitlich eine schwarze Silhouette abzeichnete. Er hörte Lottes Stimme: »Jetzt ist alles verloren. Er bleibt bei ihr.« Aber das war ja überhaupt nicht wahr … Er konnte doch gar nicht bei ihr bleiben … Ihr, Lotte, durfte er schließlich sein Herz ausschütten: Er hasste sie zutiefst … War auf der Stelle zu fahren bereit. Italien – das war eine großartige Idee. Es bedurfte keinerlei Vorbereitungen. Solange sie nur nicht so reglos dalag und an die Decke starrte … Denn das überstieg seine Kräfte …

Der Regen wurde stärker, Gordweil stellte mechanisch den Mantelkragen hoch. Er kam jetzt auf den Schottenring hinaus, überquerte ihn und schlenderte am Eisenzaun des Stadtgartens entlang. Eine Tram klingelte und hielt; Menschen drängelten hinein; die Tram setzte sich unter energischem Klingeln wieder in Bewegung – doch all das nahmen Gordweils Sinne nicht wahr. Feucht glänzend, dunkelorange im Bereich der Laternenkegel, schimmerten die Gehsteige. Am Geländer der Brücke, unter der das Schienennetz der Stadtbahn glitzerte, blieb er einen Moment stehen, blickte hinunter, ohne etwas zu sehen, und ging sofort weiter. Unbewusst bog er in die anfangs etwas steile Landstraßer Hauptstraße ein, vorbei an den großen Geschäften, die zum Teil noch geöffnet hatten. Aber das helle Licht dort störte ihn offenbar, denn er zweigte gleich wieder in die erste Seitengasse ab.

Als er ihr damals gesagt hatte, geflochtene Schuhe seien unpraktisch, weil man sich bei Regen damit leicht erkälten konnte, hatte sie nicht auf ihn hören wollen. Und jetzt – durfte man ihm etwa die Schuld zuschieben? Er müsste ihr einen Brief schreiben, da er sie nicht besuchen konnte, und ihr alles im Einzelnen erklären. Aber – sie war ja tot, tot! Wieder schlug die Gewissheit mit solcher Wucht über ihm zusammen, dass sein Atem momentan aussetzte. Er presste die Hände an die Brust. Mit letzter Kraft hielt er sich auf den Beinen, denn die Erde zog ihn mit Macht abwärts. Und morgen um zehn, morgen um zehn war die Beerdigung! Ach, was hatte er angerichtet, was hatte er bloß angerichtet? Wenn sich die Sache nur noch beheben ließe! Alles hätte er jetzt getan, hätte sein Leben hingegeben, um es ungeschehen zu machen, es auszulöschen. Urplötzlich wallte ein blinder, bestialischer Zorn auf Thea in ihm hoch, und seine Hände ballten sich von allein zu Fäusten. Ihretwegen war dieses ganze Unglück hereingebrochen. Nur ihretwegen! Gordweil meinte vor hilfloser Wut verrückt zu werden. »Weh, weh«, stöhnte er laut. Und Lotte – warum hatte sie das getan, warum? Sie hätte noch ein Weilchen warten müssen. Sie hätten die Sache im Lauf der Zeit regeln können. Hatte er sich nicht selber freimachen wollen? Man hätte ihm nur mehr Zeit lassen müssen … Von heute auf morgen, mit solcher Abruptheit, konnte er sich nicht lösen. Und jetzt war alles vergebens.

Der Regen hörte nicht auf, während Gordweil von einer Straße zur anderen wanderte, ab und zu stehenblieb, als überlege er, und gleich wieder weiterzog. Ohne es überhaupt zu merken, passierte er Straßen, in die er bisher noch nie den Fuß gesetzt hatte. An einer Ecke hielt ihn eine Hure an, die heute früher ausgegangen war. Er musterte sie einen Augenblick befremdet, ohne zu begreifen, was sie wollte, und wandte ihr dann den Rücken zu. Erst später, als sie schon etwa hundert Schritte weiter war, erfasste er ihren Antrag, bass erstaunt, dass man ihn noch für einen lebenden Menschen hielt, jetzt, nachdem alles verloren war. Er war müde, achtete aber nicht darauf. Von nun an gab es keine Ruhe mehr für ihn. Unaufhörlich trieb es ihn weiter, weiter. Er musste Abstand von einer gewissen Sache gewinnen – so gebot es der heimliche Selbsterhaltungstrieb, damit er nicht unter der Last des schrecklichen Unglücks zusammenbrach, damit er noch ein wenig weiteratmen konnte –, aber der Abstand wollte sich nicht vergrößern. Und selbst die extreme körperliche Erschöpfung vermochte seine tiefe Trauer nicht zu mildern.

Es mochte gegen halb neun sein. Der Regen hatte inzwischen aufgehört. Die Luft war für die Jahreszeit zu mild. Das Gassennetz dieses Viertels erinnerte an eine tote Provinzstadt. Gordweil wanderte unablässig weiter. Plötzlich, ohne dass er gewusst hätte, wie er hierhergeraten war, fand er sich in einer Art Speisesaal wieder, in dem wenige Gäste beim Essen saßen. Vom grellen Licht geblendet, blinzelte er einen Augenblick in die Runde, als suche er jemanden, und ließ sich dann automatisch, ohne Hut und Mantel abzulegen, an einem Tisch nahe dem Eingang nieder. Eine Kellnerin kam ihn fragen, was er essen wolle.

Essen? Gordweil blickte sie stumpfsinnig an. Er wolle überhaupt nichts essen. Das heißt, er sei jetzt nicht hungrig.

Dann wolle er gewiss etwas trinken?

»Trinken auch nicht. Das noch weniger.«

»Aber dies ist eine Gaststätte, gnädiger Herr, da muss man etwas verzehren.«

»Und wenn ich nun keinen Hunger habe?«

»Dann haben Sie sich im Platz geirrt. Hierher kommt nur, wer speisen möchte.«

»Ja, offenbar. Ich muss mich tatsächlich im Ort geirrt haben.« Damit stand er auf und ging zur Verwunderung der Kellnerin wieder hinaus.

Erneut tappte er benommen durch die Straßen, als stehe er unter Morphium. Er konnte nirgendwo hingehen. Seine seelischen Qualen drangen ihm verschwommen, wie durch Nebel, ins Bewusstsein. Von Zeit zu Zeit verspürte er das Bedürfnis, zu Lotte zu gehen und sich offen mit ihr auszusprechen. Sie musste verstehen, dass er an alldem nicht schuld war. Wie konnte sie ihn auch nur den Bruchteil einer Sekunde für schuldig halten? Er hatte nicht gewusst, wie weit die Dinge gediehen waren. Aber jetzt, da er vom Ernst der Sache überzeugt war – daran war jetzt nicht mehr zu rütteln –, stand ihm absolut frei, zu tun, was er wollte. Und auch zeitlich war er ungebunden. Um Martin brauchte er sich nicht mehr zu kümmern. Er konnte durchaus nach Italien fahren, ebenso wie an jeden anderen Ort. Die Wahl lag bei ihr, bei Lotte … Man musste nur warten, bis die Papiere geregelt waren, mehr nicht. Thea würde er einen Zettel hinterlassen. Oder auch gar nichts. Hauptsache, sie, Lotte, war bereit, noch ein paar Tage zu warten. Nur ein paar Tage. Und noch etwas: Sie möge doch bitte nicht mehr so daliegen. Er flehe sie an, nicht mehr so auf dem Rücken zu liegen. Im Liegen konnten sie ja schließlich nicht fahren – das musste sie doch einsehen. Außerdem müsse sie ja auch eigene Vorbereitungen treffen, nicht wahr? Und Thea – ah, wie würde sie es bedauern, wenn sie sah, dass der Vogel aus dem Käfig geflogen war, hahaha! Gordweil lachte laut auf, wobei er einen Augenblick seinen Marsch unterbrach. Er befand sich auf dem Radetzkyplatz, was ihm jedoch nicht klar wurde. Dann löste er sich wieder vom Fleck und redete weiter gestikulierend mit sich selber. Ulrich war doch ein ungeheurer Esel … Ihn, Gordweil, wollte er irreführen. Da würden ihm eher graue Haare wachsen. Er selbst kannte doch die Wahrheit … Alle würden sich wundern, wenn er plötzlich verschwunden war. »Wo ist denn Gordweil?« – »Der ist nach Italien abgedampft.« – »Ein famoser Typ, dieser Gordweil. Wir haben ja immer gespürt, was in ihm steckt.« Siehst du, Liebling, etwas eigenes Geld habe ich jetzt auch in der Tasche. Zufällig habe ich gestern was von meiner Schwester aus Amerika erhalten, und dieser Tage bekomme ich noch einen Betrag von meinem Verleger. Vielleicht schon morgen. Dieses Geld reicht für die Reisekosten, und danach werden wir weitersehen. Schade nur, dass wir Martin nicht mitnehmen können. Dr. Ostwald würde es sicher nicht zulassen. Aber das macht nichts. Wir können ihn ab und zu besuchen kommen. Es ist ja nicht so weit …

Ohne es zu merken, betrat er ein kleines Café – und fand sich mit einem Schlag in die Wirklichkeit zurückversetzt. Ach, was sollte er nur machen, was sollte er nur tun? Er stöhnte in tiefer Verzweiflung auf, setzte sich an einen Tisch und stützte den schmerzenden Kopf in beide Hände, genau wie Lotte es an jenem Nachmittag getan hatte.

»Alles eins«, antwortete er dem Kellner, der fragte, was er bringen dürfe.

»Kaffee, Bier?«

Er nickte, ohne ihn anzublicken.

Darauf ging der Kellner und brachte ihm einen Kaffee.

Lange saß Gordweil mit aufgestütztem Kopf, ohne den Kaffee anzurühren. Inzwischen ging es auf Mitternacht – Sperrstunde für diese Art Kaffeehäuser –, und der Kellner kam kassieren.

Gordweil ging wieder in die Nacht hinaus. Die Straßen waren schon leer. Es regnete nicht mehr, aber das Pflaster war noch feucht. Gordweil überquerte die Rotundenbrücke. Mit einem Mal wurde ihm klar, dass es nichts mehr gutzumachen gab. Er spürte, dass etwas um ihn und in ihm mit unglaublicher Geschwindigkeit in einem tiefen Abgrund versank. Keine Macht der Welt vermochte es aufzuhalten. Und selbst wenn er dazu imstande gewesen wäre, hätte er sich vielleicht nicht dazu bereitgefunden. Vor seinen Augen sah er etwas seinem Ende entgegengehen, ohne zu wissen, wie und was. Erst jetzt merkte er, wie sehr er Lotte brauchte, wie stark er ihr verbunden gewesen war. Sie hatte ihm, ohne dass er sich darüber Rechenschaft abgelegt hätte, als eine Art letzte Stütze gedient; unwissentlich hatte er – nur aufgrund ihrer Gegenwart – von ihr gezehrt, und nun war das Ende gekommen. Lotte war nicht mehr auf Erden, und alles hatte seinen Sinn verloren, er selber eingeschlossen. Er verspürte den Drang, in alle vier Himmelsrichtungen auszuposaunen, dass Lotte nicht mehr war.

Langsam, mit eingezogenem Kopf wanderte er über den Praterstern. Seine Füße trugen ihn aus Gewohnheit nach Hause. Vor der Tür zögerte er einen Moment, als überlege er. Schließlich betätigte er die Klingel. Thea schlief bereits. Es war dunkel. Gordweil zündete kein Licht an. Er schob das auf dem Sofa aufgetürmte Bettzeug an die Wand und setzte sich. Lange blieb er starr im Finstern sitzen. Dann streckte er sich geistesabwesend aus, ohne die Kleidung auszuziehen oder das Bett zu machen, und fiel in bleiernen Schlaf.

Um acht Uhr wachte er mit einem Ruck auf und setzte sich hoch. Blitzartig durchzuckte ihn die Erkenntnis, dass Lotte nicht mehr lebte. Mit einem Schlag hellwach, fühlte er sich zugleich völlig abgespannt, als habe er überhaupt nicht geschlafen. Durchs Fenster strömte graues Tageslicht. Gordweil ließ den Blick zum Bett hinüberschweifen, und als er Thea mit offenen Augen und im Nacken verschlungenen Händen daliegen sah, regte sich in seinem Innern sofort wieder wahnsinniger Zorn auf diese Frau, die sich seelenruhig im Bett räkelte, als sei alles noch beim Alten.

Jetzt rief sie ihm zu, er solle Frühstück machen, während sie selber aufsprang und sich waschen ging.

»Warum sitzt du da wie eine Schaufensterpuppe?«, schimpfte sie, als er sich nicht rührte. »Geh Kaffee aufsetzen.«

Da stand er auf und ging in die Küche. Als er mit dem Kaffee zurückkam, war Thea schon angezogen. Er stellte die Kanne auf den Tisch und trat ebenfalls an den Waschtisch.

»Nun, was ist? Warum schenkst du nicht ein?«

Sie setzte sich an den Tisch und wartete, bis Gordweil das Geschirr herausgeholt, die Butter aufs Brot gestrichen, den Kaffee eingeschenkt und ihr alles vorgesetzt hatte. Wie eine Maschine verrichtete er seine Arbeit, ohne ein Wort zu sagen oder seine Frau eines Blickes zu würdigen. Er selbst nahm nur einen einzigen Schluck im Stehen und stellte die Tasse wieder ab.

»Warum trinkst du nicht?«, mäkelte Thea, durch sein Schweigen und sein sonderbares Benehmen gereizt. »Setz dich und trink, wie es sich gehört.«

»Ich möchte nicht trinken. Kein Mensch kann mich dazu zwingen. Ich mag nicht.«

»Idiot.«

Sie beendete ihr Frühstück und verließ das Zimmer. Bald darauf ging auch Gordweil, stieg in eine Tram und traf eine Viertelstunde zu früh am Zentralfriedhof ein. Keiner seiner Freunde ließ sich bisher in der geräumigen, empfindlich kalten Zeremonienhalle sehen, deren Fensterfront auf einen Wald von Grabsteinen ging. Es wurde noch eine andere Leichenfeier abgehalten. In einer Ecke hatten sich ein paar Leute versammelt, aus deren Mitte eine alte Frau schrill und durchdringend aufschluchzte, während ein junger Mann mit Trauerflor an Ärmel und Hut sie stützte, als sei sie krank. Sie war die Einzige, die weinte; ihr Schreien mischte sich in den Gesang von Kantor und Chor. In seiner an Geistesverwirrung grenzenden Benommenheit wunderte sich Gordweil plötzlich über seine Anwesenheit hier in dieser riesigen, fremden Halle. Er lehnte sich seitlich an die Wand und lauschte von ferne der Stimme des Kantors, die in seinen Ohren verraucht und misstönend klang und ihm erheblich auf die Nerven ging. Doch bald verstummte der Mann, und die uniformierten Sargträger mit Schiffchen auf dem Kopf hoben den Sarg auf und zogen hinaus, die Trauernden im Schlepptau.

Gleich darauf kam Ulrich und nach ihm Dr. Astel, die sich beide wortlos zu Gordweil stellten. Dr. Astel schien merklich zusammengeschrumpft, seine Züge wirkten eingefallen und stark gealtert. Gordweil sah verschwommen, dass er unrasiert war, was besonderen Eindruck auf ihn machte, da er ihn noch nie so gesehen hatte. Es musste etwas Grauenhaftes passiert sein, dachte er, denn sonst hätte er sich doch den Bart rasiert. Er empfand großes Mitleid für Dr. Astel.

Dann erschienen die Eltern – die Mutter war Gordweil ja bekannt –, begleitet von ein paar weiteren Männern und Frauen mit weißen Blumengebinden. Sie standen nicht weit von den dreien entfernt, die Köpfe zu Boden gesenkt, als schämten sie sich voreinander. Keiner sagte etwas. Die Mutter wischte sich unaufhörlich die Augen, und ihr ganzer Leib erzitterte ab und zu in lautlosem Schluchzen, während ein Mann in mittleren Jahren mit grauem Schnurrbart ihr stumm über den bei ihm eingehängten Arm strich. Das ist ihr Vater, dachte Gordweil sachlich. Man kann eine gewisse Ähnlichkeit in den Gesichtszügen erkennen. Aber nur ein kleiner Teil seines Wesens gab sich solchen banalen Dingen hin, während der Rest gar nicht da war. Das wird lange dauern, dachte er, man müsste es ein wenig beschleunigen. Als der Sarg hereingebracht wurde, fiel die arme Mutter darüber her, und man hörte ein ersticktes »Lotte, Lotte«, das mehr flehentlich als wehklagend klang. Dr. Astel und Ulrich traten ebenfalls an den Sarg. Nur Gordweil regte sich nicht. Es gibt hier offenbar einen besonderen Raum, in dem sie bewacht werden, behauptete jemand in seinem Innern. Fragt sich nur, ob sie wirklich der Bewachung bedürfen. Das ist die Frage. Meines Erachtens braucht man gar keine Bewachung … Plötzlich kehrte er sich zur Wand, lehnte den Kopf daran und blieb lange so stehen. Von Zeit zu Zeit überlief ihn deutlich sichtbar ein heftiger Schauder, als fröstle er. Der Kantor sang wieder, und der Chor antwortete ihm. Die Musik traf Gordweils Ohren aus weiter Ferne. Er drehte nicht den Kopf. Dieser Gesang hatte irgendetwas mit ihm, Gordweil, zu tun, aber er kam nicht darauf, wieso. Vor einiger Zeit hatte auch ein Kantor gesungen – wo war das gewesen? Der andere hatte eine klarere, vollere Stimme gehabt, er erinnerte sich sehr wohl, aber wo bloß? Ach ja! Das war in der Seitenstettengasse, damals, als er geheiratet hatte und sein Hemd so hart wie ein Panzer war. Und jetzt, warum sang er jetzt? Lottes Mutter weinte – sonderbar. Sie weinen immer gern, die Frauen, gerade wenn der Kantor singt. Er selbst fand es gar nicht traurig. Warum stellte Lotte ihn denn nicht ihrem Vater vor? Jetzt hatte er doch nicht mehr dieses lächerliche Hemd an, und man brauchte sich seiner nicht zu schämen. Das war Nachlässigkeit ihrerseits, keine Bosheit … Sie war nicht boshaft, die Lotte … Aber der Kantor hatte schon aufgehört zu singen – was war denn plötzlich mit ihm?

Gordweil wandte den Kopf und sah, dass sich die Halle bereits geleert hatte und die beiden letzten Trauergäste eben das offene Tor passierten. Da setzte auch er sich mechanisch in Bewegung und ging ihnen nach ins Freie. In zwanzig Schritten Abstand schleppte er sich über den trübselig unter den Füßen knirschenden Kies zwischen den Grabsteinreihen hinter dem Trauerzug her – beständig in derselben Entfernung, wie durch eine unsichtbare Schranke abgehalten. Offenbar ist jemand gestorben, dachte er dumpf, Lotte, heißt es. Vielleicht war es wirklich Lotte, da er sie schon einige Tage nicht mehr gesehen hatte. Und trotzdem schien es sehr eigenartig, dass Lotte tot sein sollte. Ein Mensch starb doch nicht einfach so, nur um die Freunde zu verblüffen …

Der Trauerzug blieb stehen und Gordweil ebenfalls. Immer zwanzig Schritte auseinander. Ab und zu ließ er einen flinken Blick über die Gruppe huschen, wandte ihn aber sofort wieder ab. Er war vorsichtig. Der Himmel hing wattig starr und stumm über dem Friedhof. Das dauert zu lange, überlegte er, dabei hatte er doch keine Zeit. Es mussten noch einige Vorbereitungen getroffen werden ... vor so einer langen Reise ... Er hätte sich gern entfernt, aber etwas hielt ihn zurück. Er sank auf einen Grabstein neben sich, blieb jedoch nicht lange sitzen: Die Berührung mit dem kalten Stein, den er durch die Kleidung spürte, ließ sein Bewusstsein einen Moment klarer werden, und schon schnellte er erschrocken wieder hoch. Diese Lotte, die ihm so nahegestanden und erst vor kurzem aus irgendeinem Grund in seiner Gegenwart geweint hatte – womöglich war sie doch tot? Und mit wem sollte er dann jetzt nach Italien fahren? Nein, der Sache musste noch nachgegangen werden ... Er würde später darüber nachsinnen, ob sie wirklich tot war oder nicht ... Im Moment war sein Geist dazu nicht klar genug, wegen der Kälte ... Zweifellos wegen der Kälte. (Er zog den Mantel enger um sich und stellte sogar den Kragen hoch.) Trotzdem ist es hier ruhig. Ein günstiger Ort für geistige Arbeit – wenn die Kälte nicht wäre. Die Grabsteine würden gewiss nicht stören ... Er warf einen Blick auf den Stein neben sich und las die Inschrift in lateinischen Goldlettern: *Michael Schramek, geboren im Jahre 1881, dahingerafft in seines Lebens Frühling im Jahre 1912* und so weiter. Der war also wirklich tot, dieser Schramek. Hier hatte man wenigstens Gewissheit. Es stand ausdrücklich da. Aber nicht immer konnte man sicher sein ...

Als die Trauernden den Rückweg antraten, sprang Gordweil aus irgendeinem Grund hinter Schrameks Stein und verbarg sich, bis alle vorüber waren. Dann rannte er zu dem frischen Grab, warf einen Blick auf den blumenbedeckten Hügel, neben dem zwei mit schokoladenbraunem Lehm verschmierte Spaten lagen, und eilte der sich entfernenden Trauergesellschaft nach, um erneut – zusammengesunken, die glanzlosen Augen in ihren Höhlen ruhend wie bei einem Blinden – in deutlichem Abstand hinter den anderen herzutrotten.

An der Halle warteten die beiden Freunde auf ihn. Als er herankam, starrte ihn Dr. Astel einen kurzen Moment mit leerem Blick an, als versuche er, sich an etwas zu erinnern, sank ihm dann plötzlich wie ein gefällter Baum um den Hals und brach in ein grauenhaftes tierisches Heulen aus, das geradewegs aus dem Bauch, nicht aus dem Mund zu kommen schien – ein Stoß nach dem andern, begleitet von starken Schulterzuckungen. Der Hut rutschte ihm weg und fiel zu Boden, aber keiner achtete darauf, und Ulrich hatte das Gesicht abgewandt. Dieses Aufheulen war Gordweil irgendwie unangenehm, und er wünschte inständig, der andere möge aufhören. Aber seine Hand strich unablässig über den Rücken seines Freundes, streichelte ihn eigenartig fahrig, so dass der Eindruck entstand, er streiche eine Falte glatt oder bürste ihm den Staub vom Mantel. Schließlich verstummte Dr. Astel. Seine Schultern erzitterten noch ein paarmal schwach, bis sie sich ebenfalls beruhigten. Er hob seinen Hut auf, und die drei setzten ihren Weg zur Haltestelle der Linie 71 fort, ohne ein Wort zu sprechen oder einander anzusehen. Die ganze Fahrt über schwiegen sie, und am Schwarzenbergplatz, der Endstation, trennte sich Gordweil von seinen Freunden.

Die Stadt war auf einmal öde und verlassen. Es gab in ganz Wien nichts, worauf er momentan die Gedanken hätte richten können. Nagende Leere machte sich in der Magengrube bemerkbar, als faste er bereits mehrere Tage. Er stieg nicht in eine andere Tram um, sondern tastete sich langsam den Ring entlang, wobei er die Füße eigenartig vorsichtig aufsetzte, als bestehe die Gefahr, in eine verborgene Grube zu fallen. Scharfe Kälte stach ihm wie mit Nadeln in die Fingerspitzen. Vereinzelte Schneeflocken begannen scheinbar unabsichtlich in Augenhöhe umherzuwirbeln. Ein undefinierbares Lächeln gerann auf Gordweils Lippen. Falls sich herausstellte, dass er irgendwelche Schuld trug, und sich auch ein Ankläger fand, dann – aber wer konnte ihm etwas vorwerfen? War er nicht zu fahren bereit …? Und wer sollte ihm, zweitens, beweisen, dass er sich vor Thea fürchtete? Er hatte noch nie Angst vor ihr gehabt und jetzt – erst recht nicht! Der Aufschub war nur Lottes wegen erfolgt, und sie war tot. Dieses letzte Wort, das sich sozusagen durch die Hintertür eingeschlichen hatte, schlug plötzlich wie der Blitz in sein Bewusstsein ein, und er glaubte vor Schmerz verrückt zu werden. Er verfiel in Laufschritt, während in seinem Innern jemand aus vollem Halse »tot, tot, tot!« schrie. Er sah nichts vor sich, achtete nicht auf die Passanten, die stehenblieben, um diesem komischen Menschen nachzugucken, der mit wehendem Mantel dahinrannte, merkte gar nicht, dass er mit einem Mann zusammenprallte, der ihn so unsanft zur Seite stieß, dass er fast zu Boden getaumelt wäre, sah und fühlte nichts außer Lotte, der teuren, geliebten Lotte, die vor einiger Zeit auf dem Sofa gelegen hatte und nun tot, unwiederbringlich tot war. Mit eigenen Augen hatte er gesehen, dass sie begraben wurde. Er hatte es gesehen und Ulrich und Dr. Astel ebenso. Andere hatten es auch gesehen. Sie alle konnten es bezeugen. Und sie war tot, weil er – auch das stand außer Zweifel –, weil er nicht hatte fahren wollen! Und jetzt war da nichts mehr gutzumachen. Denn er hatte ja mit eigenen Augen gesehen, dass sie auf dem Zentralfriedhof, nicht weit von Schramek, begraben lag.

Der Schnee fiel jetzt dichter, in feinen Flocken. Der Wind, der vorher in den Straßen gewütet hatte, war irgendwohin verschwunden. Zu beiden Seiten des Gehsteigs liefen mehlstaubweiße Schneeteppiche neben Gordweil her, und in der Mitte, wo die Füße auftraten, bildete sich ein feucht und schwarz glänzender Pfad. Gordweil befand sich jetzt vor dem Urania-Gebäude, überquerte die Straße, ohne nach rechts oder links zu sehen, und wurde fast von einer Tram überrollt, deren warnendes Klingeln er überhört hatte. Der Fahrer brachte sie nur durch ein Wunder noch im letzten Moment zum Stehen. Im Handumdrehen lief eine Menschenmenge um ihn zusammen. Jemand schimpfte. Ohne zu begreifen, warum man ihm den Weg versperrte, blickte er stumpfsinnig in die Runde. Der Polizist, der mit einem Notizbuch vor ihm auftauchte, fragte ihn nach seinem Namen.

»Ich hab keine Schuld daran …«, murmelte Gordweil, »bin

wirklich nicht schuld … Ich bin bereit, zu fahren …« Seine Augen flehten die Umstehenden um Hilfe an.

»Wie heißen Sie, mein Herr?«, wiederholte der strenge Gesetzeshüter.

»Ich? Gordweil natürlich. Rudolf Gordweil.«

»Und Ihre Anschrift?«

Als er alles in seinem Notizbuch vermerkt hatte, gab er ihm noch einen guten Rat: »Sie müssen aufpassen, wenn sie die Straße überqueren.«

»Ja, das stimmt«, erwiderte Gordweil wie zu sich selbst und ging seines Weges.

Es war schon zwei Uhr nachmittags, als er sein Zimmer betrat, aufs Sofa sank und den Kopf in beide Hände stützte. Lange blieb er reglos, in Hut und Mantel, so sitzen. Man hätte meinen können, er sei eingenickt. Aber er schlief keineswegs. Im Zimmer war es kalt und ungemütlich. Auf dem Tisch stand noch das Frühstücksgeschirr, Theas leere und seine volle Kaffeetasse. Auf dem morgens nicht getrunkenen Kaffee schwamm jetzt ein braunes Häutchen. Gordweil hob den Kopf und sah sich verstört im Zimmer um: Alles darin erschien ihm fremd und beziehungslos. Weder das Sofa, auf dem er saß, noch das Bett gegenüber oder die übrigen Möbel bedeuteten ihm etwas. Er wunderte sich, dass er erst jetzt, nach über zwei Jahren, dieses Gefühl bekam. Offenbar hatte er es nur deshalb so lange zwischen diesen schäbigen Möbeln hier ausgehalten, weil er unbewusst auf etwas gewartet hatte. Draußen hatte es etwas gegeben, wofür es lohnte, sich hier drinnen abzuquälen, bis die passende Gelegenheit kommen würde. Aber jetzt, da … nein. Unüberwindliche Abscheu gegen alles rings um ihn her befiel ihn. Unwillkürlich stand er auf und trat an den Tisch. Die leere Tasse rief ihm mit einem Mal eine Unmenge bedrückender Situationen ins Gedächtnis, die Thea ausgelöst hatte – deprimierende, demütigende Einzelheiten, Kränkungen ohne Zahl. Wegen alldem hatte er sein Leben ruiniert und womöglich noch einen anderen Menschen auf dem Gewissen! Wie bereits mehrfach in den letzten Monaten überwältigte ihn blinder Zorn auf Thea, eine zu allem fähige Wut, die man vielleicht nur einer Frau gegenüber empfinden kann. Er ergriff Theas leere Tasse und schleuderte sie mit voller Wucht zu Boden. »So!«, sagte er laut und blickte mit einiger Genugtuung auf die in alle Richtungen zerstobenen Splitter. Dann bückte er sich, sammelte die Scherben auf und legte sie auf den Tisch. Das Krachen hallte ihm noch in den Ohren. Geistesabwesend wollte er einen Schluck kalten Kaffee trinken, doch spuckte er ihn augenblicklich in die Ausgussschüssel. Danach stellte er sich ans Fenster und blickte lange in das Schneegestöber. In seinem Innern war es so öde wie in einer verlassenen Ruine in karger Gebirgslandschaft. Es gab nichts auf der ganzen Welt, das irgendeinen Wert besessen oder den geringsten Trost zu spenden vermocht hätte. Ringsum und überall herrschte jene schmerzliche, verzweifelte Verwaisung, die in Todesnähe um sich greift, und es erschien eigenartig, unten auf der Straße jemanden raschen Schritts vorübergehen zu sehen, als gäbe es noch etwas, dessentwegen es sich zu eilen lohnte.

Langsam senkte sich die Abenddämmerung herab, die Schneeflocken waren nur mehr schwächer erkennbar. Im Zimmer sammelte sich die Dunkelheit zu einer dichten Masse, die das Sofa und alle anderen Möbelstücke aufsog. Nur auf dem Tisch sah man noch die heile Tasse und das Scherbenhäufchen ihres kaputten Pendants weißlich schimmern. Gordweil trat mechanisch vom Fenster weg und setzte sich wieder aufs Sofa. Den Hut trug er noch immer auf dem Kopf. Den ganzen Tag hatte er nichts zu sich genommen, und obwohl er keinen ausgesprochenen Hunger verspürte, nagte etwas unaufhörlich in seinem Innern, als würde er von geheimer Hand gekniffen. Flüchtig dachte er daran, dass er wohl etwas essen müsse, aber die Sache geriet sofort wieder in Vergessenheit. Er wurde erneut benommen, verfiel in eine Art Stumpfsinn, blieb reglos mit hängendem Kopf im Dunkeln sitzen. Thea würde vielleicht kommen und essen wollen, grübelte er verschwommen, würde ärgerlich werden und ihn anschreien, aber das machte ihm nichts mehr aus. Er würde gehen ... Jetzt hatte er hier nichts mehr verloren. Würde morgen oder übermorgen oder an einem andern Tag weggehen. Wenn er bloß wüsste, wohin. Es gab keinen Menschen auf der Welt, den er hätte aufsuchen können. Aber es war ja auch egal. Er musste vorher noch etwas tun, das war klar. Schade nur, dass er vergessen hatte, was er da noch tun musste, bevor er ging. Der Kopf war so schwer, man vermochte ihm keinen einzigen Gedanken zu entlocken. Geradezu peinlich war Dr. Astels Aufschrei gewesen. Kam so unverhofft und unbegründet ... Ach nein, dann auch wieder nicht. Die Sache mochte doch einen Grund gehabt haben. Er selbst hatte die Ursache schon einmal gewusst; seltsam, dass sie ihm nun so schnell entfallen war. Sein Erinnerungsvermögen hatte in letzter Zeit nachgelassen. Früher hatte er ein gutes Gedächtnis gehabt, genau wie ... Ja, wie wer denn eigentlich? Ach ja! Wie Dr. Kreindl, der all diese Zitate auswendig wusste. Gordweil grinste im Dunkeln. Gut, dass er nicht mehr dort arbeiten musste, bei diesem Dr. Kreindl, sinnierte er weiter. Für den brauchte man ein Gedächtnis wie eine Grammophonplatte. Sonst zählte man nicht. Jetzt würde er, Gott sei Dank, bald nach Italien fahren und brauchte Dr. Kreindl nicht mehr. Komisch nur, dass Lotte sich so lange aufhielt. Das Warten fiel ihm schwer ... Aber – kam ihm ein glänzender Gedanke – er konnte doch inzwischen seine Sachen packen.

Er stand auf und zündete die Lampe an. Dann holte er vom Schrank seinen Koffer herunter, der von einer dicken Staubschicht bedeckt war, wischte ihn mit einem schmutzigen Hemd ab, machte ihn auf, schob das in vergilbtes Zeitungspapier eingeschlagene Bündel seiner Manuskripte zur Seite und begann hastig, die Wäsche und seine Kragen aus dem Schrank hineinzuwerfen. Plötzlich hörte er mittendrin auf und ließ das Hemd, das er gerade hielt, zu Boden fallen. Richtete sich auf und schlug die Hände an den Kopf. »Oi«, stöhnte er. »Das ist doch kompletter Wahnsinn.«

Im selben Moment ging die Tür leise auf, und die alte Zimmerwirtin trat ein. Schlurfend kam sie näher, blieb stehen und betrachtete abwechselnd Gordweil und den offenen Koffer auf dem Boden.

»Sie wollen wegfahren, Herr Gordweil?«

Er blickte sie verständnislos an. Dann flüsterte er vor sich hin: »Ja, ja, ich fahr irgendwohin. Das heißt, nicht gleich … Es lässt sich auch aufschieben … Gewiss lässt es sich aufschieben. Ich muss es sogar verschieben.«

Und wie zur nachdrücklichen Bestätigung seiner Worte bückte er sich, klappte den Koffer samt der Wäsche zu, kletterte auf einen Stuhl und schob ihn wieder auf den Schrank.

»Bei dieser Kälte verreisen, Herr Gordweil«, rief die Alte.

Gordweil schien nicht zuzuhören. Müde sank er auf den Stuhl.

»Sie haben Kummer, Herr Gordweil. Das kann jeder sehen. Ich denke viel an Sie. Immer denke ich an Sie, psss. So eine Kälte, hab ich gedacht, und ich habe gerade ein bisschen heißen Kaffee – möchten Sie eine Tasse heißen Kaffee?«

Gordweil hatte ihre Worte gar nicht gehört. Aber als reagiere er auf einen verborgenen Gedanken, nickte er mit dem Kopf, was die alte Frau Fischer als Zustimmung auslegte. Sie ging hinaus und kehrte sogleich mit dampfendem Kaffee zurück. Mechanisch nahm Gordweil einen Schluck, hielt inne, trank erneut, während die Alte neben ihm stand und wie bei einem kleinen Kind oder einem Kranken aufpasste, bis er ausgetrunken hatte. Danach verließ sie das Zimmer, wobei sie die Scherben der zerbrochenen Tasse vom Tisch mitnahm. Einige Zeit blieb er noch in Hut und Mantel sitzen, ehe er schließlich aufstand, aus Gewohnheit die Lampe löschte und auf die Straße hinunterging.

Es war gegen sechs Uhr. Eine dünne Schneeschicht bedeckte das Pflaster. Es war kalt, hatte aber aufgehört zu schneien. Gordweil schritt forsch aus, als müsse er sich beeilen, pünktlich zu einer Verabredung zu kommen. Am Praterstern blieb er an der Tramhaltestelle stehen. Eine verborgene Kraft zwang ihn, irgendwohin zu fahren, wenn er auch nicht wusste, wohin, und so stieg er in die erste Tram, die anhielt. Drinnen kauerte er sich mit geducktem Kopf und hochgestelltem Mantelkragen in eine Ecke.

Das Gesicht unter dem tief herabgezogenen Hut war mager, hohl, von einem Zweitagebart gesprenkelt; die glasigen Augen starrten stur nach unten, auf die Füße des gegenübersitzenden Fahrgasts. Angespannt horchte er auf die über die Gleise ratternden Räder, auf jede kleinste Erschütterung, das schrille Abpfeifen des Schaffners. Dabei zählte er die Haltestellen: Bisher waren schon sieben vorbei. Da hob er die Augen und erkannte unter Anstrengung seines Erinnerungsvermögens, dass die Bahn auf den Schwarzenbergplatz zusteuerte. Hier stieg er aus und ging, ohne klaren Verstand, geradewegs zur Haltestelle der Linie 71. Er brauchte nicht lange zu warten, fuhr dafür aber umso länger, denn die Strecke war weit. Nach und nach stiegen die Fahrgäste aus; das Ende des Vororts war erreicht, und keiner brauchte weiterzufahren. Der Wagen rollte jetzt mit hoher Geschwindigkeit und ohrenbetäubendem Lärm dahin, schwankte und schleuderte alle Augenblicke, und Gordweil war inzwischen der einzige Insasse, was ihm allerdings gar nicht auffiel. Schließlich kam die Bahn mit einem Ruck, der die Scheiben erklirren ließ, zum Stehen. »Endstation«, rief der Schaffner. Gordweil sprang auf und stieg auf einen leeren, von einzelnen, weit auseinanderstehenden Laternen spärlich erleuchteten Platz hinaus. Einen Augenblick blieb er stehen, als überlege er, wohin er sich jetzt wenden solle, dann setzte er seinen Weg in Fahrtrichtung der Tram fort. Keine Menschenseele weit und breit. Ein kalter Wind blies hier ungestört, wirbelte Schnee auf. Von fern klang unwirklich der Stadtlärm herüber, und nahe bei ihm knarrte die Tram ein-, zweimal und sauste davon. Es blieb die ebenfalls hörbare Stille. Gordweil ging geradeaus, mitten über den Platz, von Zeit zu Zeit schwankend wie die leere Bahn. Nach etwa zweihundert Schritten stand er vor dem Eingang zum Zentralfriedhof. Das Tor war geschlossen, eine übermannshohe Mauer umgab den gesamten Friedhof –

eine große, stille Stadt, die viele schlafende Generationen beherbergte. Eine einzelne Laterne warf schwaches Licht auf den halbrunden Vorplatz. Gordweil versuchte das Tor und die kleine Seitenpforte zu öffnen, fand sie aber abgesperrt. Daraufhin begann er vor dem Eingang auf und ab zu gehen in der unbestimmten Hoffnung, das Tor möge sich zufällig auftun. In der Ferne brach ein Hund in winselndes Bellen aus, das zwischenrein aufhörte, um erneut zu beginnen. Nachdem er an die zwanzig Minuten herumspaziert war, begann er die Mauer abzulaufen: Vielleicht würde sich ein anderer Eingang finden. Aber die Mauer nahm kein Ende. Er merkte bald, dass er nicht die Kraft haben würde, sie ganz zu umrunden, machte kehrt und blieb erneut vor dem Haupttor stehen. Wenn man ihn gefragt hätte, worauf er hier wartete, hätte er sicher nichts zu antworten vermocht. Vermutlich wusste er nicht einmal richtig, wo er sich befand. Die Fahrt hierher war in einem unbewussten, tranceartigen Zustand erfolgt. Gordweil spürte nur, dass ihm an diesem Ort etwas Furchtbares passiert war, dessen Schatten ihm auf die Seele geschlagen war und dort unablässig brannte und bohrte. Hier, am Ort des Geschehens, ließ sich vielleicht noch etwas reparieren, auslöschen, verändern, wiederherstellen. Und er wartete auf etwas, was geschehen würde, geschehen musste, schon in den nächsten paar Minuten. Aber es geschah nichts. Eine ganze Stunde wartete er, doch nichts tat sich. Und plötzlich durchzuckte ihn wie zum ersten Mal die vernichtende Gewissheit, dass es nichts mehr zu reparieren gab, weder jetzt noch in der Zukunft, dass Lotte wirklich und wahrhaftig tot war, dass man sie heute Vormittag hier beigesetzt hatte und dass von nun an alles heil- und rettungslos verloren war. Unmenschliche Angst überwältigte ihn, lähmte ihm den Atem. Einen Augenblick stand er wie versteinert da, dann fing er an zu laufen, flüchtete mit aller Kraft in Richtung Stadt. Er stolperte und fiel, rappelte sich auf und flüchtete weiter, ohne darauf zu achten, dass er die erste Tramstation passierte, und kam erst zu sich, als er schon in der Vorortstraße zwischen den ersten Häusern angelangt war, unter denen hier und da einfache Cafés und Wirtshäuser hervorleuchteten. Er blieb stehen und blickte sich nach allen Seiten um, als wolle er sich überzeugen, ob er auch nicht verfolgt werde. Mit einem Schlag wurde ihm die ganze irre Sinnlosigkeit seiner Flucht bewusst, und wieder überlief ihn ein Angstschauder, aber jetzt war es eine andere Furcht, nicht Furcht vor jemand anders, sondern vor sich selbst, jedem x-beliebigen Wind ausgesetzt, der widerstandslos mit ihm machen konnte, was er wollte. Er spürte einen dumpfen Schmerz im Kopf, der sich so schwer wie ein Bleiklumpen anfühlte, hob eine Handvoll Schnee auf und drückte ihn an die Stirn. »Ach, ich werd verrückt, verrückt«, stöhnte er, während er ruhig weiterging. Mechanisch betrat er eine kleine Speisegaststätte, nahm eine einfache Mahlzeit zu sich und fuhr von der nächsten Tramhaltestelle nach Hause.

34.

Am nächsten Morgen – es war ein Samstag – befolgte er schlafwandlerisch sämtliche Anweisungen seiner Frau, ohne etwas zu sagen oder sie anzusehen, in einer extremen Stumpfheit, die kein Lichtstrahl zu durchdringen vermochte. Als Thea gegangen war, zog er sich wieder aus, legte sich, warum auch immer, in ihr Bett, das noch die Wärme ihres Körpers ausstrahlte, schlief erneut ein und wachte erst um drei Uhr nachmittags wieder auf – völlig zerschlagen von dem krankhaften Schlaf und mit wachsweichen Beinen. Nachdem er sich gewaschen und angezogen hatte, befiel ihn lähmende Langeweile. Er wusste nicht, was tun oder wohin; er fühlte sich wie ein Bahnreisender mit mehreren Stunden Aufenthalt in einem entlegenen Kaff, in dem er nichts verloren hat. Der scharfe Seelenschmerz, der in den letzten beiden Tagen gelegentlich mit geradezu wahnsinnig machender Heftigkeit in ihm aufgeflammt war, hatte nachgelassen und absoluter Gleichgültigkeit und Unlust Platz gemacht. Lotte war nicht mehr am Leben – das war ihm jetzt völlig klar. Und diese Gewissheit lastete wie ein Felsbrocken auf seiner Seele. Er spürte, dass sich bald etwas sehr Wichtiges entscheiden würde, ohne zu wissen, worum es sich handelte und wie die Entscheidung aussehen würde. Dabei wollte ein ständiges Schuldgefühl nicht von ihm weichen, und er hoffte im Unterbewusstsein, diese Schuld möge bei der bevorstehenden Entscheidung gleich mitgesühnt werden.

Eine Weile lief er in wachsender Ungeduld im Zimmer auf und ab, bevor er schließlich auf die Straße hinaustrat. Die Abenddämmerung hatte eingesetzt. Vom gestrigen Schnee war keine Spur mehr zu sehen. Das Pflaster war feucht, es herrschte stechende Kälte, und der Wind pflügte nur so durch die Luft, brachte lose Scheiben und blecherne Ladenschilder zum Klirren und peitschte Gordweil vereinzelte Regenschauer schräg ins Gesicht, während er eilig ausschritt, ohne auf die Straßen zu achten. Als er den Donaukanal überquerte, blinzelte er flüchtig auf das schwärzlich aufgewühlte Wasser, wandte den Blick aber sofort wieder ab und vermied es nun geflissentlich, noch einmal hinzusehen, als habe ihm der Anblick großes Unbehagen bereitet. Unwillkürlich beschleunigte er seine Schritte, bis das Wasser außer Sicht war. In gebeugter Haltung, bar jeden Gedankens, durchstreifte er das Gassengewirr des I. Bezirks. In der Herrengasse, in die er unvermutet geraten war, fühlte er einen Schauder über den Rücken laufen, überquerte sie, ohne sich nach dem Café umzusehen, passierte Burgtheater und Parlament und gelangte in die Lerchenfelder Straße. Die Stadt lag schon in abendlichem, von Laternenlicht unterbrochenem Dunkel. Gordweil erreichte die Myrthengasse und bog in sie ein. Es war eine kurze, menschenleere Gasse, die aus einer Provinzstadt hierherversetzt schien. Vor Nummer 15, Lottes Wohnhaus, blieb er stehen. Einen Augenblick hatte es den Anschein, als überlege er, dann wechselte er auf den Gehsteig gegenüber und starrte zu den Fenstern des zweiten Stockwerks hinauf. Zwei waren erleuchtet, die des Salons, wie er vermutete. Lange stand er so erhobenen Kopfes da und starrte auf die beiden Fenster. Ein paarmal verspürte er den Drang hinaufzugehen. Lotte lag zweifellos in ihrem blaugeblümten Kimono auf dem Sofa und las ein Buch. Vielleicht jenes von Arthur Merling, das heißt Lerchner (immer kriegte er diesen verdammten Namen nicht hin), das vor wenigen Tagen dort gelegen hatte. Vielleicht war es ein gutes Buch … Man würde Tee und Gebäck servieren, von dem Tee würde ein zarter Dampf aufsteigen, und der Raum wäre erfüllt von fernem, duftendem Vorfrühlingshauch, durchwirkt mit der Sehnsucht nach etwas Wunderbarem, Undefinierbarem, Nichtexistentem und auch nach der zum Greifen nahen Lotte und nach ihm selber … Und was sie ihm letztes Mal gesagt hatte, von wegen er solle gehen – das war kein Hinderungsgrund. Deswegen war er doch nicht beleidigt. Damals war sie erregt gewesen, und das durch seine Schuld. Aber nun war er ja zum Gutmachen gekommen … Jetzt war ihm sonnenklar, dass er nur sie allein, immer nur sie und keine andere geliebt hatte. Und sie, Lotte, würde ihm nichts nachtragen. Die ganze Zeit hatte er sich selbst nicht erkannt, war blind gewesen – was konnte er machen? Wenn sie bloß nicht so dalag und an die Decke starrte. Von nun an würden sie zusammenbleiben und nie mehr auseinandergehen …

Diese Gedanken schwirrten ihm in heillosem Wirrwarr durch den Kopf. Und da tauchte in der Myrthengasse plötzlich ein Mädchen auf, dessen Figur der Lottes ähnelte, ja auch im Gang – so schien es zumindest Gordweil, dem bei ihrem Anblick das Herz aussetzte. Und sonderbarerweise verfiel er dabei in Panik, es könnte wirklich Lotte sein. Als sie näher kam, zuckte er instinktiv so deutlich mit dem Oberkörper zurück, dass sie sich nach ihm umdrehte. Da merkte er, dass es mitnichten Lotte war, und ging enttäuscht und verzweifelt in Richtung Lerchenfelder Straße davon. Der Regen fiel jetzt beständig, ein leichtes, trübsinniges Nieseln. Plötzlich wurde Gordweil von wilder Hast gepackt; er wollte so rasch wie möglich heimkommen, als fürchte er, etwas zu verpassen, lief zur Tramhaltestelle und bedauerte, dass nicht sofort eine Bahn kam. Die ganze Fahrt über versuchte er sich zu erinnern, was er sich vorgenommen hatte zu kaufen, bevor er zu Hause weggegangen war. Schließlich gab er es auf.

Im Zimmer zündete er die Lampe an und machte sich aus Gewohnheit am Ofen zu schaffen. Es war gegen sieben. Von draußen prasselte der Regen wie ein Fliegenschwarm gegen die Scheiben. Außer einem kleinen Stück Brot fand er nichts, womit er den sich bemerkbar machenden Hunger hätte stillen können. Er ging in die Küche, setzte den Kessel auf, und wenige Minuten später saß er schon vor dem Ofen, tauchte das Brot in den schwarzen Kaffee und kaute, ohne etwas zu schmecken. Als er fertig war, legte er Kohlen nach, machte die Klappe zu und trat ans Fenster. Der Regen, der jetzt nur noch an den Blasen auf den Pfützen zu erkennen war, verstärkte die tiefe Trauer in ihm. Als er sich umdrehte, blickte er wie zufällig in den Spiegel über dem Waschtisch. Er sah die obere, durch den Lampenschirm in Schatten gehüllte Zimmerhälfte, und sein eigenes Gesicht, hohl, spitz und unrasiert, das einem Fremden zu gehören schien und ihm derart unsympathisch war, dass er den Blick abwenden musste. Er ging sich auf dem Sofa ausstrecken – unbewusst in angespannter Erwartung. Er empfand ausgesprochenes Unbehagen, mit Thea zusammenzutreffen. Er wollte nicht unter einem Dach mit ihr sein. In seinem Verhältnis zu ihr war seit Lottes Tod irgendetwas ausgeklinkt, innerlich explodiert, ohne allerdings äußerliche Auswirkungen zu zeitigen und ohne dass er sich darüber Rechenschaft abgelegt hätte. Da er in seiner gegenwärtigen Stumpfheit unfähig war, überhaupt einen Gedanken zu fassen, sann er nicht über Thea nach, aber sobald sie ihm in den Sinn kam, flammte diese elementare, tierische Wut in ihm auf, die ihn schneller atmen ließ und seinen Herzrhythmus störte. Sein ganzes Wesen rebellierte gegen sie. Obwohl er nicht klaren Geistes über sie zu Gericht saß, war er sich jetzt in tiefster Seele – mit einer instinktiven Gewissheit, die keiner Beweise bedurfte – sicher, dass sie allein an allem Unheil, das ihn befallen hatte, schuld war, schuld am Sterben des Kindes, schuld an Lottes Tod, schuld an allem. Dabei fühlte Gordweil undeutlich, dass sehr bald etwas zwischen ihnen passieren würde; keine Macht der Welt vermochte das Bevorstehende aufzuhalten – und er wartete. Wartete, ohne zu wissen worauf.

Müde, erschöpft und zerschlagen von der Mühsal der letzten Tage, konnte er kein Glied regen, brachte aber auch nicht die Kraft auf, lange liegen zu bleiben. Er sprang vom Sofa hoch und begann im Zimmer auf und ab zu wandern. Plötzlich fand er die Luft stickig, riss das Fenster auf und ließ einen Schwall feuchter Kälte hereinströmen. Beim Hinauslehnen merkte er, dass der Regen inzwischen aufgehört hatte, was ihm ein wenig Erleichterung verschaffte. Mit gespitzten Ohren in die Dunkelheit lauschend, hörte er die bereits erheblich gedämpfte Betriebsamkeit der fernen Stadt wie aus einer Muschel rauschen und machte das Fenster wieder zu. Dann setzte er sich an den Tisch und zog Papier und Schreibzeug aus der Schublade. Er war auf den komischen Gedanken verfallen, Lotte einen Brief zu schreiben und ihr alles ausführlich zu erklären. Einzelne Sätze schwirrten ihm schon im Kopf, doch augenblicklich wurde er sich des Irrsinns seines Unterfangens bewusst, und er fuhr zutiefst erschrocken hoch. Fieberhaft hangelte er sich in seinen Mantel.

Im selben Moment hörte er die Wohnungstür aufgehen und erkannte Theas Stimme: »Warte, ich mache Licht, damit du siehst, wo du hintrittst.« Und schon stürmte sie ins Zimmer. »Ah, du bist zu Hause. Ich habe einen Gast mitgebracht.«

Gordweil legte aus irgendeinem Grund den Mantel wieder ab, während seine Frau Franzl Heidelberger hereinbat. Der zog sofort zwei in hellbeiges Seidenpapier eingewickelte Flaschen aus den Manteltaschen, stellte sie geräuschvoll auf den Tisch und sagte zu Gordweil, der reglos mitten im Zimmer stand und seinen Augen nicht traute: »Ja, also, Herr Doktor, ich freue mich, Sie in

Ihrem trauten Heim zu besuchen.« Worauf er gleich entschuldigend hinzufügte: »Die Frau Baronin hat mich unterwegs getroffen und eingeladen, und da habe ich sozusagen die Gelegenheit beim Schopf gepackt.« Vielsagend lächelnd zwirbelte er seinen Schnurrbart.

»Steh doch nicht da wie der Ochs vorm Scheunentor«, schimpfte Thea beim Ablegen. »Häng Herrn Heidelbergers Mantel auf. Und der Ofen – brennt er? Hol die Gläser raus. Und setz Kaffee auf.«

Der Gast, offensichtlich schon ein wenig angesäuselt, ließ sich auf einen Stuhl am Tisch fallen und pflichtete Thea grinsend bei: »Die Frau Baronin hat recht. Wir wollen ein bisschen die Kehle anfeuchten. Haben was Gutes mitgebracht, hähä.«

Mechanisch holte Gordweil große Wassergläser hervor und stellte sie auf den Tisch. Er ärgerte sich, dass er nicht früher gegangen war. Jetzt hatte er die Gelegenheit verpasst.

»Wir haben uns schon lange nicht mehr gesehen, Herr Doktor«, bemerkte der Gast. »Sie haben Ihre Freunde wohl schon vergessen, was? Und Gustl fragt von morgens bis abends nach Ihnen.«

»Ich bin beschäftigt«, murmelte Gordweil unwillig.

»Trotzdem. Ich sage immer: Freund bleibt Freund. Da gibt's keine Ausreden.«

Thea machte auf dem Tisch das mitgebrachte Päckchen auf, aus dem eine Dose Sprotten, saure Gurken, Wurst und Brötchen zum Vorschein kamen.

»Hol den Korkenzieher«, befahl sie ihrem Mann.

»Nicht nötig«, fiel Heidelberger ein. »Ich hab einen am Taschenmesser.«

Damit begann er die zwei Flaschen zu entkorken: einen Drei-Sterne-Cognac und einen alten weißen Bordeaux, dessen verstaubtes Etikett mit der Jahrgangsbezeichnung 1905 er Gordweil siegesbewusst zeigte. »Sehen Sie, zwanzig Jahre alt. Der muss ausgezeichnet sein.«

Thea schenkte Cognac ein, auch für ihren Mann.

»Trink, du Idiot«, fuhr sie ihn an, als er sich damit herausreden wollte, er fühle sich nicht wohl.

Er war gezwungen, einen Schluck zu nehmen, der ihm wie eine bittere Medizin schmeckte, und stellte dann das Glas wieder hin – alles im Stehen, als habe er keine Minute Zeit. Thea und Heidelberger leerten ihre halbvollen Gläser in einem Zug.

»Nicht schlecht«, sagte Thea und verdrückte ein Stück Wurst.

Und zu ihrem Mann gewandt: »Wo bleibt denn der Kaffee? Setz ihn sofort auf. Nimm viel, damit er stark wird.«

Gordweil gehorchte. Nach wenigen Minuten kehrte er aus der Küche zurück, stellte die Kanne auf den Tisch und wollte sich selbst aufs Sofa verdrücken, aber das ließ seine Frau nicht zu.

»Setz dich hierher. Und trink.« Sie deutete mit dem Kinn auf sein Glas.

»Ich t-trink später«, stotterte Gordweil.

»Sie werden uns doch nicht beschämen, Herr Gordweil«, pflichtete Heidelberger ihr bei. »Schade, dass Gustl nicht hier ist. Wenn sie das gewusst hätte, wäre sie auf allen vieren angelaufen gekommen, und dann hätten wir zwei Paare komplett gehabt. Sie schwärmt sehr für den Herrn Doktor, haha.«

»Und Lotte?«, wandte sich Thea unvermittelt an ihren Mann, während sie sich gerade ein belegtes Brot machte. »Die hat wohl keine Lust mehr gehabt, was? Vielleicht aus Liebeskummer …«

Gordweil schoss das Blut zu Kopf. Mit ruhiger, aber beherzter Stimme sagte er: »Lass sie in Ruhe. Sie gehört nicht hierher.«

»Wieso, mein Lieber? Wenn sie so dumm ist. Dann hat sie's auch verdient. Dem Toren die Torheit! Was machst du mir denn solche Kalbsaugen, als ob du mich auffressen wolltest? Du darfst dich ihr anschließen. Der Welt würde ohne dich nichts fehlen, ohne sie fehlt ihr ja auch nichts. Und wenn es die Lotte glücklich macht, dann mich erst recht.«

»Du hast nicht das … Es wäre besser …«, stammelte Gordweil bebend, ohne den Satz zu beenden.

»Was? Was? Drück dich klar aus und blök nicht wie ein Kalb. Zum Wohl, Herr Heidelberger. Auf das Wohl der Gesunden und Starken.«

Gordweil senkte den Kopf und schwieg.

»Greifen Sie bitte zu, Herr Heidelberger.« Sie schob ihm Brötchen und Wurst hin.

Der war nicht abgeneigt. Er kippte noch einen anständigen Schluck Cognac hinunter und schob einiges von den guten Dingen hinterher.

»Der Herr Doktor ist ein bisschen bedrückt. Lohnt sich nicht. Ich sage immer: Trübsal blasen – ohne uns! Denn der Mensch ist doch kein Tier, nicht wahr? Na also.« Und nach kurzer Pause: »Hier, trinken Sie einen, der hilft Ihnen wieder auf die Beine.« Er klopfte ihm freundschaftlich auf die Schulter. »Da zum Beispiel die Frau Baronin – einen nach dem andern weg. Von der können sich noch ein paar Männer was abgucken! Und sie ist nur eine Frau.«

Dann schenkten sie den Wein ein. Gordweil probierte ebenfalls, um seine Frau nicht zu reizen. Er wünschte sich jetzt weit weg, egal wo, nur nicht hier bei diesen zwei angetrunkenen Menschen, die sich gegen ihn verbündeten. Es ging auf Mitternacht zu. Thea und Heidelberger waren rot im Gesicht. Ihre Haut fühlte sich an wie ein fremder, künstlich aufgeklebter Schleier, den man besser von Zeit zu Zeit mit der Hand rieb, um ihn richtig festzudrücken, damit er nicht abblätterte. Gordweil hatte sich mittlerweile schon auf das Sofa verzogen, während die beiden lustig weiter aßen, tranken, spotteten und lachten. Das Zimmer war von Rauchschwaden vernebelt. Thea bemerkte, es sei stickig im Zimmer, erlaubte ihrem Mann aber nicht, das Fenster zu öffnen. Stattdessen erhob sie sich und zog die Bluse aus, so dass sie nur noch im Unterkleid dastand, mit nackten Schultern und Armen.

»Sie sind doch eigentlich ein gutaussehender Mann, Herr Heidelberger, haha«, rief sie, hüpfte ihm auf den Schoß und begann seinen dicken Schnurrbart zu zwirbeln.

Gordweil meinte einen harten Schlag auf den Rücken abbekommen zu haben. Es drehte sich ihm schwarz vor Augen. Einen kurzen Augenblick hoffte er, seine Sinne hätten ihn getäuscht. Doch nein! Sie saß tatsächlich auf seinem Schoß, sie, seine Frau, auf dem Schoß von diesem Heidelberger. Er fuhr geräuschvoll hoch.

»Was ist, Rudolfus?«

»I-ich meine … die Hitze … ob man nicht das Fenster aufmachen sollte …«

»Nein. Nicht nötig.«

»Es wird langsam spät …«

»Na und? Es ist noch Zeit. Schenk uns Wein ein, schnell!«

»Warum? Du hast schon genug getrunken …«

»Schenk ein, sag ich dir, du Idiot.«

Da nahm er die Flasche und schenkte ein.

»Weiter! Voll! Noch ein bisschen, so. Jetzt bring uns die Gläser rüber. Zum Wohl, Liebster«, wandte sie sich mit ausgelassenem Lachen Heidelberger zu.

Gordweil trat ans Fenster, blickte auf die leere, totenstille Straße, und die bereits dunklen Fenster des Hotels gegenüber, fand aber nicht die Kraft, so stehen zu bleiben. Als er sich wieder dem Zimmer zuwandte, sah er den nackten Arm seiner Frau bereits um den Hals des trunken grinsenden Gastes geschlungen. Er wollte schreien, lautlos aufschreien, etwas unternehmen, um die beiden auseinanderzubringen, aber wie im Traum gehorchten ihm seine Glieder nicht. Er verharrte wie gebannt und sah hin. Konnte die Augen nicht von ihnen abwenden. Und dieses starre Glotzen verursachte ihm unbeschreibliche Qualen. Doch inmitten der tiefsten Schichten dieser Marter lag – wie ein Kern in der Frucht – ein Quäntchen perverser Lust vergraben. Er sah Thea die Lippen auf Heidelbergers Mund drücken – ein langer Kuss. Dann glitt sie von seinem Schoß herunter. Gordweil trat an den Waschtisch, befeuchtete sein Taschentuch im Wasserkrug und fuhr sich damit über Stirn und Gesicht.

Heidelberger richtete sich schwerfällig auf. »Sicher ist es schon spät. Vielleicht Zeit, zu gehen.«

»Warum? Im Gegenteil, bleiben Sie hier. Bei uns. Sie können sich gleich hinlegen, wenn Sie schon müde sind.«

»Es ist doch nicht genug Platz. Und der Herr Doktor –«

»Der Herr Doktor auf dem Sofa, wie immer!« Und im Kommandoton: »Herr Doktor, mach dem Herrn Heidelberger das Bett. Schnell.«

Gordweil gehorchte tatsächlich. Schleppte sein Bettzeug zum Sofa, wo er es fallen ließ, und machte das Bett seiner Frau, die sich, wie stets vor dem Schlafengehen, das Gesicht wusch.

Der Gast fragte Gordweil, wo man austreten könne.

»Geh ihm das Örtchen zeigen«, sagte Thea, die den Alkohol anscheinend schon verarbeitet hatte. »Leuchte mit der Lampe. Oder besser mit Streichhölzern.«

Gordweil führte ihn auf den Flur und wartete. Einen Augenblick lang durchzuckte ihn die wahnsinnige Lust, ihn dort einzuschließen, einfach von außen abzusperren, damit er nicht wieder herauskonnte … Unwillkürlich schob er die Hand in die Hosentasche und betastete einen harten Gegenstand, den er im ersten Augenblick nicht zu identifizieren vermochte. Es war ein längliches Ding. Weder die Pfeife noch ein Bleistift, Dicke und Form schlossen das aus. Aber es war wichtig, der Sache nachzugehen. Plötzlich fiel ihm ein, dass es das zusammenklappbare Fahrtenmesser mit dem rauen braunen Horngriff war, das er sich vor ein paar Wochen gekauft hatte und das seine Finger jetzt umkrallten. Blitzartig huschte ihm eine Verbindung zwischen diesem Messer und etwas Unbestimmtem durch den Kopf, doch sofort fiel eine Art Vorhang herab, und ihm blieb nur das traurige Empfinden, dass ihm etwas höchst Wichtiges entgangen war, das er beinahe erfasst hätte.

Als sie ins Zimmer zurückkehrten, war Thea schon gewaschen und lief in ihrem grünen Unterkleid, eine Zigarette zwischen den Lippen, im Zimmer umher.

»Hier ist ein Stuhl für die Kleidung«, sagte sie zu Heidelberger. Der zog sich langsam aus und ging ins Bett, wobei ihm das besoffen verwunderte Grinsen die ganze Zeit nicht aus dem gedunsenen Gesicht wich.

Gordweil sank aufs Sofa.

»Legst du dich nicht hin?«, fragte ihn seine Frau, erhielt aber keine Antwort. Reglos saß er da, das Bettzeug am Kopfende zu seiner Linken, den hohlen Blick geradeaus, ohne etwas wahrzunehmen. Es dämmerte nur ein Gedanke in seinem Innern: Gleich passiert was, gleich passiert was ... Leere Flaschen, Gläser, Kaffeekanne, Speisereste waren über den Tisch verstreut; die leere Sprottenbüchse vor Gordweils Nase zog demonstrativ seine Aufmerksamkeit auf sich, als symbolisiere sie etwas. Zigarettenqualm und der säuerliche Geruch in Verdauung befindlichen Alkohols erfüllten den Raum. Vielleicht ist er schon eingeschlafen, und dann ... Er wünschte zum einen, er möge bereits schlafen, dann aber auch wieder nicht, damit, was geschehen musste, vollständig ablief. Unbewusst ahnte er Theas Tun und ihre Bewegungen voraus und lenkte sie gewissermaßen. Ohne sie dort, jenseits des Tisches, anzuschauen, sah er, dass sie das Unterkleid abstreifte und über die Stuhllehne hängte. Dann hakte sie ihr Mieder auf, fasste – mit einem Seitenblick zum Bett hinüber – ihre Brüste mit den Händen und ließ sie, schief und boshaft grinsend, wieder los. All das sah er von weitem, als geschähe es im Haus gegenüber, sah es mit völliger Klarheit, aber doch durch die sichere Barriere von zwei Fenstern und der Straße getrennt, ohne jede Möglichkeit, die allerkleinste Bewegung aufzuhalten.

Thea verharrte einen Moment splitternackt. Trank einen kleinen Weinrest aus einem der Gläser. Tat einen letzten Zug an einem Zigarettenstummel, den sie vom Tisch genommen hatte, und drückte ihn im Aschenbecher aus – all das in nacktem Zustand. Ihre Bewegungen schienen nach einem festen Plan abzulaufen. Jetzt nahm sie das Nachthemd, das sie sich vorher auf der

Bettkante zurechtgelegt hatte, ein orangenfarbenes, noch von der Wäscherei gefaltetes Gewand, und ließ es über den Kopf gleiten. Warf einen Seitenblick auf Gordweil, ohne das Grinsen zu lassen, dieses teuflische Grinsen, das allein schon geeignet war, einen Menschen zum Mord zu reizen, trat an den Tisch, beugte sich über die Lampe und blies. Die Flamme flackerte auf, versetzte die Schatten in Aufruhr und verlosch – und die Augen wurden mit einem Schlag blind. Ein Beben überlief den Mann auf dem Sofa, aber er blieb versteinert sitzen. Im Handumdrehen wuchs die Stille um ein Vielfaches. Man hörte das Trappeln bloßer Füße, als ob eine Maus über den Boden flitzte, und ein kurzes, leises Quietschen des Betts, eher die Abstraktion eines Quietschens. Es folgte ein leises Rascheln, ein Sich-im-Bett-Umdrehen – ungreifbare Schwingungen, die Gordweil doppelt klar auffing – und danach wieder ein Augenblick – eine Hundertstelsekunde – Schweigen, in das, wie in einen leeren Rahmen, ein ferner Lokomotivpfiff einbrach. Gordweil saß wie in Eisen gegossen da. Das Herz pochte ihm im ganzen Körper, in Armen, Beinen, Schädel, und es schien, als werde es im nächsten Moment aus dem reglosen Leib herausspringen und wie ein dumpfes Donnergrollen auf Nimmerwiedersehen in die Nacht entschwinden. Nun nahm sein dem Bett zugewandtes Ohr unregelmäßige Laute auf. Etwas Fremdes, Geheimnisvolles, Bedrückendes und zu Tode Erschreckendes platzte in den Raum, löste Bewegungen aus, die ewig dauerten, niemals enden würden. Der Körper des Sitzenden wurde plötzlich von unsichtbarer Hand aller Lebenssäfte entleert, die ins Unbekannte verdunsteten. Der Leib wurde federleicht, als bestehe er aus Luft, dehnte sich aus, bordete über seine Grenzen und vermischte sich mit der Luft der restlichen Welt. Das Herz blieb ihm stehen. Er verlor das Gleichgewicht und kippte nach hinten aufs Sofa.

Er wusste nicht, wie lange er so gelegen hatte – vielleicht einen Augenblick, vielleicht einen ganzen Tag. Jedenfalls merkte er gleich, sobald er aufgewacht war und seine Sinne wieder beisammenhatte, dass es noch Nacht war, schwarz und lautlos. Dann, als sich sein Gehörsinn etwas geschärft hatte, fing er ein leichtes, kaum hörbares Atmen vom Bett her auf. Ja, sagte er sich, um den Zustand des Wachseins fest zu verankern, jetzt ist Nacht, und dort schläft Thea. Er lag auf dem Rücken, so wie er weggesackt war, die Beine auf den Boden baumelnd. Eine eigenartige Schwere lastete in diesen Beinen, die sich kaum bewegen ließen. Seine Mattigkeit überwindend, setzte er sich auf. Und jetzt, da er wieder in seiner vorherigen Haltung dahockte, traf ihn plötzlich das vor ein paar Minuten Geschehene wie ein Peitschenhieb. Als wolle er sich vergewissern, dass er nicht träumte, stand er mühsam auf, tappte hinüber und beugte sich über das Bett, in dem er schon nach kurzem Hinsehen deutlich Theas Kopf an der Fensterseite erkannte und daneben einen zweiten Kopf, das schnurrbärtige Gesicht der Decke zugewandt – Franzl Heidelbergers Züge. Es blieb keinerlei Raum für Zweifel: Alles war Wirklichkeit! Gordweil wandte sich entsetzt ab, holte gewohnheitsgemäß Hut und Mantel vom Türhaken und floh aus dem Zimmer.

35.

Der Hausbesorger sperrte ihm die Tür auf, und er trat hinaus, lief eilig durch die leeren, kalten Straßen, ohne zu wissen, was er tat. Ein einziger Gedanke beherrschte ihn und trieb ihn voran: So was hat sie mir angetan! Eine Uhr schlug drei: Jetzt ist es schon drei, und so was hat sie mir angetan! Die Müllwagen Ecke Heine- und Taborstraße stanken infernalisch – Gordweil ging an ihnen vorüber, ohne sie überhaupt wahrzunehmen. Er lief, Arme schwenkend und hastigen Schritts, durch die Tabor- und die Obere Augartenstraße, redete vielleicht auch laut mit sich selbst und fand sich schließlich in der Rembrandtstraße vor dem Haus Nummer 18 wieder, in dem Ulrich wohnte. Seine Füße hatten von allein vor diesem Haus haltgemacht, als suchten sie hier eine Zuflucht für ihn. Gordweil starrte das Haus an, das ihm bekannt vorkam, merkte jedoch erst nach einer Weile, dass er vor dem Domizil seines Freundes stand. Nun begann er vor dem Tor auf und ab zu gehen, als warte er auf jemanden. Seine rhythmischen Schritte hallten hohl in der leeren Straße wider. Wie wilde Bestien sprangen ihn grauenhafte Gedanken an, die einen um den Verstand bringen konnten. Alles, was er seit seiner Bekanntschaft mit dieser Frau in seinem Innern unterdrückt, alles, was er in tiefster Seele immer gewusst, aber nie die Schwelle seines Bewusstseins hatte überschreiten lassen, brandete jetzt machtvoll wie eine reißende Sturzflut durch einen eingestürzten Damm dort hinein. Alles, alles war wahr! Was er aufgrund untrügerischer Zeichen stets gewusst, was Freunde ihm angedeutet und Fremde ihr nachgesagt hatten – war wahr! Ebenso wie das, was er zwar weder gewusst noch ihm zugetragen worden war, was er sich aber hatte ausmalen können. Von nun an würde sich nichts, aber auch gar nichts mehr leugnen lassen. Vor der Rembrandtstraße 18 auf und ab wandernd, redete Gordweil mit sich selbst: mit jedem! Völlig wahllos! Am ersten Tag ihrer Bekanntschaft! Vor seinen Augen zog eine Heerschar von Männern auf, die er teils auf der Straße mit ihr hatte sprechen oder gehen sehen teils noch nie zu Gesicht bekommen hatte – aber alle waren sie riesengroß, grinsten ihn höhnisch an, zeigten mit dem Finger auf ihn. Und das Baby – das war jetzt sonnenklar – stammte nicht von ihm, sondern von ihrem Chef, Dr. Ostwald. Martin war nicht sein Sohn gewesen. Und sie war auch für seinen Tod verantwortlich – sie allein. Sie hatte sich nicht wie eine Mutter um ihn gekümmert. Andernfalls wäre das Kind noch am Leben. Und sie hatte auch Lotte umgebracht. Nur sie allein! Alles, was ihm lieb und teuer war auf der Welt, hatte sie getötet. Gordweil durchkostete noch einmal bis zur Neige die ganze bestialische, grundlose, verächtliche Grausamkeit ihres gemeinsamen Lebens. Sie allein hatte seine Persönlichkeit erschüttert, sein Leben ruiniert, ihn zerbrochen! Und wozu? Zu welchem Zweck? Er hatte sie doch so geliebt! Und nach alldem schlief sie jetzt mit einem Fremden – dort in seinem Zimmer.

Als sei er erst jetzt auf das Grauenhafte an der Sache gestoßen, überfiel ihn mit einem Mal unendliche Verzweiflung, vermischt mit einer merkwürdigen Angst, so dass er die Straße hinunterrannte und sich nicht umzudrehen wagte, als würde er verfolgt. Im Laufschritt überquerte er die Augartenbrücke und bog rechts ab, an der roten Kaserne und dem Polizeipräsidium vorbei. An der Polizeiwache durchzuckte ihn die verrückte Idee, einzutreten und die Obrigkeit um Hilfe und Schutz anzugehen … Doch sofort ließ er den Gedanken wieder fallen. »Bloß keine Polizei«, sagte er laut und rannte weiter. Am Eingang einer kleinen Seitengasse sah er von fern ein Hotelschild leuchten, was ihn auf die Idee brachte, dort ein Zimmer zu nehmen und so vielleicht geschützt zu sein. Er ging hin und läutete energisch.

Nach einer Weile ließ ihn ein schlaftrunkener Portier in ein kleines Zimmer im zweiten Stock ein. Der Kanonenofen in der Ecke brannte nicht. Gordweil setzte sich aufs Bett und verharrte lange reglos. Es mochte fünf Uhr sein. Plötzlich erhob er sich, als sei eine ernste Entscheidung in ihm gereift, schlug das Federbett im blau-weiß-gestreiften Bezug zum Kopfende um und prüfte sorgfältig das Laken. Es schien ausreichend sauber, aber Gordweil vergaß über der Musterung, was er eigentlich vorgehabt hatte, und setzte sich wieder hin. Aus dem Nebenzimmer hörte er ein dumpfes Knarren, das sogleich verstummte, Gordweil aber erschauern und sich im ganzen Zimmer umblicken ließ, ohne dass er etwas Verdächtiges entdeckte. Er stand wieder auf, trat an den Kleiderschrank und öffnete ihn. Der Schrank war leer. Aus seinem Innern schlug Gordweil der abgestandene Geruch billigen Parfüms entgegen, der typische Geruch käuflicher Mädchen. Einen Moment lang bedauerte er, hierhergekommen zu sein, aber das Gefühl verschwamm sofort wieder. Er hob ein vergilbtes Zeitungsblatt vom Schrankboden auf, machte die Tür zu und überflog es. Es war zwei Monate alt; er zerknüllte es und warf es in die Ecke. Mit einem Schlag überwältigte ihn wieder die Erinnerung an die nächtlichen Ereignisse, und er begann wie ein gefangenes Tier im Zimmer umherzuwandern. Der Raum schien plötzlich keine Luft mehr zu enthalten, bot nichts mehr zum Atmen. Gordweil riss das Fenster auf. Ein Kälteschwall schlug ihm ins Gesicht. Er verspürte den Drang, sofort heimzulaufen und etwas zu unternehmen. So konnten die Dinge ja nicht bleiben! Warum war er bloß hier? Er wusste nicht, was er zu tun hatte, aber ein unklares Gefühl sagte ihm, dass er jetzt dort sein musste, wo noch etwas in Ordnung zu bringen, zu ändern war. Er knallte das Fenster zu und schickte sich zum Gehen an. Doch als er an dem Bett vorbeikam, befiel ihn eine furchtbare Schwäche, seine Glieder schienen von jäher Lähmung erfasst, er musste sich setzen, unfähig, einen Muskel zu rühren. So blieb er mit hängendem Kopf sitzen, ganz in sich zurückgezogen wie eine leblose Puppe. In seinem Hirn summte es unaufhörlich, kochte und brodelte wie siedendes Wasser. Er hörte deutlich eine Stimme hinter sich zischen: »Der Herr Doktor schläft auf dem Sofa, wie immer.« Und dieser Satz beleidigte ihn tödlich, machte ihn wütend, verursachte ihm wahrhaft physischen Schmerz. Er musste den Kopf wenden und sich gegen etwas stemmen, Protest erheben, laut losbrüllen, nach allen Seiten um sich schlagen – aber seine Glieder waren bleischwer. Selbst mit Drahtpeitschen hätte man ihn nicht dazu bringen können, ein Glied zu regen. Aber die Stimme sagte wieder, diesmal ihm direkt ins Gesicht: »Der ist ja gar kein Mann! Das soll ein Mann sein, dieser Kleine da? Der ist nur ein Idiot und kein Mann. Sieh doch bloß, wie er dahockt. Ich, ich kann mit ihm machen, was ich will, ohne dass er den Mund auftut. Amüsant, was?« Gordweil litt unbeschreibliche Qualen, brachte aber nicht die Kraft auf, sich vom Fleck zu rühren. Die Stimme war ihm wohlbekannt. Allein schon dieser Ton, der ihn ungeachtet des Gesagten bis zum Wahnsinn beleidigen konnte – er kannte ihn nur zu gut. Aber wo und wann hatte er ihn schon einmal gehört? Wenn er das nur wüsste. Und nun redete eine andere Stimme, die er mit Bestimmtheit als die Lottes identifizierte. Ja, er sah Lotte sogar da in der Ecke zwischen Schrank und Waschtisch stehen, in ihren blaugeblümten Seidenkimono gehüllt, und sie sagte: »Was? Du wirst ihm nichts antun. Absolut nichts, hörst du? Von nun an ist es vorbei damit. Er gehört mir, mir allein – du hast keinerlei Recht mehr an ihm.« Diese Worte waren wie Balsam für ihn. Es gab also noch einen Ausweg, es war nicht alles verloren. Ach, Lotte, Lotte! Wenn du nicht wärst … An wen hätte er sich jetzt sonst wenden sollen? Aber Thea – plötzlich wusste er, dass es Thea war, obwohl er sie nicht sehen konnte – brach darüber in schallendes Gelächter aus, das ihm wie eine blanke Säge ins Fleisch schnitt. »Dein ist er? Dein? Da muss ich aber lachen! Wer hat ihn denn geheiratet, du oder ich? Wer hat ihm ein Kind geschenkt? Und wer hat ihn zum Mann gemacht? Na also! Hier, sieh den Herrn Heidelberger – der weiß alles.« Bei Heidelbergers Namen überlief ihn ein Schauder. Er fürchtete, sie könnte noch etwas ausplaudern, was Lotte besser nicht wissen sollte. Aber die Sache ließ sich nicht stoppen. Thea schrie weiter: »Du glaubst wohl, du setzt dich ins gemachte Nest, was? Das könnte dir so passen. Aber ich lebe noch. Und ich sage dir noch einmal – Heidelberger ist mein Zeuge –, dass ich mit ihm machen werde, was mir gefällt. Kein Mensch wird mich davon abhalten und du am allerwenigsten.« Lotte tat einen Schritt nach vorn und flehte mit tränenerstickter Stimme, die Gordweils Qualen ins Unerträgliche steigerte: »Bitte, sei nicht grausam. Schlägt nicht auch in deiner Brust ein Frauenherz? Bitte, gib ihn frei. Wozu brauchst du ihn denn? Da, nimm dir Heidelberger, dir ist es doch sowieso egal – und lass ihn ziehen. Schau, ich falle vor dir auf die Knie«, Lotte kniete tatsächlich nieder, »ich flehe dich an, lass von ihm ab. Sei nicht so hartherzig.« – »Nichts da! Keine Faser wirst du von ihm kriegen. Und Heidelberger, den nehme ich auch. Jeder, der mir gefällt, den nehme ich, und du kriegst gar nichts. Fertig, aus! Warum lebst du eigentlich noch? Du hast hier nichts zu fordern! Ich will nicht, dass du weiterlebst. Der Welt wird ohne dich nichts abgehen, nicht wahr, Herr Heidelberger? Mach dich bereit, gleich werden wir Schluss machen.« Gordweil sah etwas Blinkendes auf die kniende Lotte zustoßen und wusste, dass es ein Messer war, mit dem Thea sie jetzt umbringen würde. Unter enormer Anstrengung schlug er mit aller Kraft dahin, wo Thea hätte stehen müssen, traf aber den Bettpfosten, und Lotte entschwand seiner Sicht.

Ringsum herrschte Schweigen. Gordweil sprang auf. Die Fingerknöchel, die an das hölzerne Bettgestell gestoßen waren, schmerzten. Die Szene stand ihm noch lebhaft vor Augen; er meinte die Stimmen zu hören. Sein Körper war von kaltem Schweiß bedeckt, und das Herz pochte ihm zum Zerspringen. Überzeugt, dass er all das nicht im Traum, sondern mit offenen Augen gesehen hatte, fürchtete er sich, sich wieder zu setzen. Er stand jetzt am Bett neben der Stelle, an der er vorher gesessen hatte, aber dem Fenster zugewandt, hütete sich, den Kopf zur Tür zu drehen, aus Angst, dort etwas unendlich Grauenvolles zu sehen. Eine Weile blieb er reglos so stehen. Schließlich fasste er sich, umrundete langsam das in den kleinen Raum hineinragende Bett und setzte sich auf dessen andere Seite, mit dem Gesicht zum Fenster. »Nein«, sagte er sich. »Jetzt passe ich aber auf. Lotte wird nichts Böses zustoßen.« Er erschrak vor seiner eigenen Stimme und verstummte. Starrte vor sich hin auf das Fenster, das wie ein schwarzes Quadrat in der Wand steckte, die billigen grünen Vorhänge zur Seite gezogen. Der grünliche Ton passt nicht zu der roten Tapete – eine solche Banalität ging ihm durch den Sinn. Nein, ich kann diese Farbe nicht ausstehen. Dabei streckte er sich geistesabwesend so, wie er war, mit Kleidung und Schuhen, auf der Bettdecke aus.

Als er aufwachte, schien ein milchiger Tag zum Fenster herein. Das Licht brannte noch, störte aber nur das Tageslicht. Zuerst wusste er nicht, wo er war, blickte sich suchend im Zimmer um. Dann erinnerte er sich plötzlich und schnellte vom Bett hoch.

Die Schreckensnacht stand ihm deutlich vor Augen, und er beeilte sich, das elektrische Licht auszuschalten, als könne man dadurch etwas aus dem Gedächtnis löschen. Aber nichts verlosch. Alles blieb klar, nahm bei Tageslicht eher noch konkretere Formen an. Seine Glieder waren abgespannt und schmerzten, doch er achtete nicht darauf. Große Hast überkam ihn plötzlich – schade um jede Minute. Er zog die Uhr hervor – sie zeigte drei –, hielt sie ans Ohr und merkte, dass sie stand. Daraufhin trat er ans Fenster und blickte auf eine kleine, unbekannte Straße mit zwei nebeneinanderliegenden Lebensmittelläden, die beide geschlossen hatten. Gordweil vermochte nicht die genaue Tageszeit festzustellen. Er hob den Hut auf, der ihm im Schlaf zu Boden gerollt war, und fing flüchtig im Spiegel über dem Waschbecken neben der Tür das Bild eines fremden, eingefallenen, unrasierten Gesichts mit fiebernden Augen auf. Dieses Gesicht sagte ihm nichts, war ihm völlig gleichgültig. Er verließ das Zimmer.

Unten im Empfang zeigte die runde Wanduhr halb drei. Die ist sicher auch stehengeblieben, schloss Gordweil, denn es konnte ja unmöglich schon so spät sein. Als er den verwunderten Blick des Hoteldieners auf sich spürte, geriet er durcheinander, als habe er irgendein Verbrechen zu verbergen.

»Wie … wie viel Uhr ist es?«

»Jetzt ist es halb drei.«

»Halb drei nachmittags?«

»Ja, gewiss«, lächelte der Bedienstete höflich amüsiert.

»Aber die Geschäfte … ich meine, die Lebensmittelläden gegenüber sind ja noch geschlossen.«

»Heute ist Sonntag. Gestern war Samstag, und folgerichtig haben wir heute Sonntag. In der Stadt Wien sind die Geschäfte sonntags geschlossen. Wir sind Sozialdemokraten.«

»Ah, natürlich. Sie haben recht, mein Herr. Dann ist es ja auch kein Wunder.« Und als wolle er einen eventuellen schlechten Eindruck ausgleichen, zog er ein Groschenstück aus der Tasche und gab es dem Bediensteten, reichte ihm zu seiner Verblüffung auch noch die Hand zum Abschied und begab sich energischen Schritts nach draußen.

Es war nicht besonders kalt. Von Zeit zu Zeit sah sogar die Sonne unerwartet und fremd aus den Wolkenlöchern hervor. Feiertagsruhe lag über den leeren Straßen. Gordweil hastete vorwärts, die Zeit drängte. Die vergangene Nacht stand ihm deutlich vor Augen, versperrte ihm den Weg, diese Nacht nebst vielen Nächten und Tagen davor, so dass er sich an den Wänden entlangdrückte, um vorwärtszukommen. Vor der Kirche auf dem Servitenplatz fiel ihm plötzlich ein, dass er etwas essen müsse, obwohl er keinerlei Hunger verspürte. Er blieb stehen und sah sich aufmerksam nach einer Gaststätte um. Mit übertriebener Sorgfalt suchte er jedes einzelne Haus ab, als ob alles jetzt davon abhinge. Sein alter, tiefverwurzelter Horror vor protzigen Lokalen hielt ihn davon ab, in das große Restaurant schräg gegenüber zu gehen. Schließlich hatte er eine einfache Wirtschaft entdeckt und strebte ihr zu. Hier gab es nichts mehr. »Es ist schon spät, und die warme Küche ist zu Ende. Wenn der Herr etwas warten möchte, können wir ihm Rühreier oder etwas Ähnliches richten.«

Nein, nein, das mache gar nichts. Nur keine Umstände. Er sei überhaupt nicht hungrig. Damit ging er wieder und betrat ein nahes Café.

Danach schlenderte er zur Porzellangasse, kam an die Haltestelle und stieg in eine Tram. Es drängte ihn, wegzufahren, wenn er auch nicht wusste, wohin. Die Stadt war fremd und feindselig geworden. Alle schienen ihn eigenartig anzustarren, als fänden sie etwas Merkwürdiges an ihm. Die Bahn fuhr nach Nussdorf hinaus. Gordweil saß ernst da, als erwarte ihn am Ende seines Wegs eine wichtige Angelegenheit. Als er an der Endstation ankam, war es schon Abend. Hier war die Luft kühler, ein kalter Wind wehte von der nahen Donau herüber. Gleich beim Aussteigen schlug ihm sein großes Unglück mit voller Kraft aufs Herz, als habe es hier auf ihn gewartet, um ihn zu begrüßen. Ein schwarzer Schatten huschte ihm über die Augen. Der Ohnmacht nahe, lehnte er sich an den Pfosten einer bereits brennenden Laterne. Wischte sich mit dem Taschentuch den kalten Schweiß von der Stirn, fuhr sich dann über die Augen, deren Sehkraft jäh erloschen schien, und über das schwärzliche, unrasierte Gesicht. Langsam verflog seine Mattigkeit, und die Kräfte kehrten in seinen Körper zurück, als sammelten sie sich aus der Luft ringsum und nähmen nacheinander ihren angestammten Platz wieder ein. Ja, er fühlte sogar etwas Machtvolles in sich erwachen und aus tiefstem Innern aufsteigen – eine wichtige Entscheidung, deren Inhalt und Form er im Moment noch nicht definieren konnte, obwohl er sie greifbar spürte. Er ertappte sich dabei, dass er die rechte Hand, die immer noch das Taschentuch umklammerte, krampfhaft zur Faust ballte, so dass sich die Nägel in den Daumenballen krallten. Daraufhin steckte er das Taschentuch wieder ein, warf einen zerstreuten Blick auf den vollen Mond, der schlaff am dunkelblauen Firmament hing, als könne er jeden Augenblick herabfallen, und ging eilig los. Unbewusst schlug er den aus der Stadt hinausführenden Weg ein, eine Schotterstraße, die zum Städtchen Klosterneuburg führte, Eisenbahnschienen und die Donau zur einen, den Fuß des Leopoldsbergs zur anderen Seite. Er schritt rasch aus. Vorbei an einzelnen niedrigen Häusern, die sich an den Berghang duckten, kleinen Wirtschaften, die im Sommer voller Trubel waren, jetzt aber spärlich erleuchtet dahindämmerten. Dann hörten die Häuser ganz auf, und Gordweil wanderte allein. Nur der Mond begleitete ihn unermüdlich, verschwand einen kurzen Moment hinterm Berg und tauchte erneut auf wie ein treuer Hund. Gelegentlich kam ein Auto angerast, ihm entgegen oder hinter ihm, knatterte und hupte und blendete ihn mit seinen grellen Scheinwerfern wie bengalisches Licht, scheuchte ihn zur Seite und flüchtete unter Hinterlassung von Benzingestank und abschwellendem Motorenlärm. Von Zeit zu Zeit fuhr eine Eisenbahn auf dem nahen Gleis vorüber, in Richtung Stadt oder umgekehrt zu den vielen Städtchen und Dörfern, die über die Landschaft verstreut lagen. Es flitzte dann eine Kette von leuchtenden Quadraten vorbei, in denen sich hier und da eine menschliche Büste wie ein Schattenbild auf orangefarbenem Hintergrund abhob. Aber Gordweil ging flott weiter, ohne all das zu beachten.

Nach zweieinhalbstündigem Fußmarsch traf er auf die ersten Häuser von Klosterneuburg, erreichte bald darauf den weiträumigen Bahnhofsvorplatz und blieb stehen. Im ersten Moment glaubte er, noch in Wien zu sein, aber sogleich kamen ihm Zweifel. Der Platz und sämtliche Gebäude ringsum waren ihm fremd. Er konnte sich nicht erinnern, sie in irgendeinem Stadtteil Wiens gesehen zu haben. Wie konnte er feststellen, wo er sich befand? Einen Augenblick stand er ratlos da, bis er den Bahnhof entdeckte und seine Schritte dorthin lenkte.

In der mäßig großen Halle hielten sich zu dieser Stunde nur wenige Menschen auf, manche standen in der kurzen Schlange vor dem Fahrkartenschalter an, andere wanderten umher oder saßen müßig wartend da. Es muss wohl bald ein Zug abgehen, dachte Gordweil. Er musterte die Halle und entdeckte in einem Winkel einen Bahnbediensteten. Unsicher ging er auf ihn zu.

»Wann … wann geht der letzte Zug?«

»Wohin?«

»Nach … ich meine, nach …«, stammelte Gordweil.

Der Beamte sah ihn misstrauisch an. »Wohin möchten Sie denn fahren?«

»Ich? Nach Hause … das heißt, nach – nach Wien natürlich. Ich wohne ja in Wien, muss folglich also dahin fahren …«

»Ihr letzter Zug geht um dreiundzwanzig Uhr achtundfünfzig«, erwiderte der Beamte lakonisch.

Mehr konnte Gordweil nicht fragen, und so ließ er den Beamten stehen. Jetzt wusste er wenigstens genau, dass er nicht in Wien war. Und da hatte er einen wunderbaren Einfall: Er trat an den Schalter und kaufte eine Fahrkarte nach Wien. Dann verließ er die Bahnhofshalle und las im Laternenschein: *Klosterneuburg – Wien, Franz-Josefs-Bahnhof.* Aha, dachte Gordweil freudig, er war also in Klosterneuburg. Und nun überkam ihn plötzlich eine solche extreme Müdigkeit, dass er auf die Stufen des Stationsgebäudes sank. Eine Weile hockte er reglos da, den Kopf in die Hände und die Arme auf die Knie gestützt. Er musste nach Wien fahren. Dort wohnte er schließlich. Momentan befand er sich ja in Klosterneuburg, wo er nicht wohnte, ja gar nicht wohnen konnte … Lotte war jetzt nicht bei ihm – zu schade! Andernfalls hätten sie gleich ihre Reise fortsetzen können, nachdem sie schon das erste Stück zurückgelegt hatten. Eine Fahrkarte hatte er ja bereits. Bloß tat ihm der Kopf wieder weh. Immer mischte sich dieser verfluchte Kopf ein. Ja, er musste sie noch treffen, die Thea, bevor er ging. Und zu diesem Zweck musste er bis nach Mitternacht warten. Jetzt war sie nicht zu Hause. Gewöhnlich kehrte sie nicht vor Mitternacht heim. Und Heidelberger – den musste er auch noch treffen. Gewiss würde er bei ihr sein. Sie waren doch dauernd zusammen, das hatte er mit eigenen Augen gesehen … Der letzte Gedanke katapultierte ihn wie eine Sprungfeder hoch, worauf er im Laufschritt den Platz überquerte und mit den Armen drohende Gebärden gegen einen Unsichtbaren vollführte. Auf der Gegenseite fand er sich vor dem Eingang eines der Kaffeehäuser wieder, die den Platz säumten. Mit einem Schlag wusste er, dass er beim Laufen etwas verloren hatte, ohne recht zu wissen, was. Also machte er kehrt und suchte mit den Augen den Boden ab. Auf halbem Weg blieb er stehen und begann seine Taschen auszuleeren. Dabei förderte er so allerlei zutage: geknickte und zerknüllte Papierfetzen, alte Tramfahrscheine, Zigarettenstummel, Kleingeld, seine Geldbörse, das große Fahrtenmesser, die gesprungene rußige Pfeife, eine Streichholzschachtel und Ähnliches mehr. Sorgfältig betrachtete er jeden Gegenstand, bevor er ihn wieder einsteckte. Sogar die alten Fahrscheine stopfte er aus irgendeinem Grund zurück in die Tasche. Zum Schluss zog er die eben gekaufte Bahnfahrkarte hervor und wusste mit einem Mal, dass er nur sie gesucht und gefürchtet hatte, sie verloren zu haben. Einigermaßen beruhigt steckte er sie nun sicherheitshalber in die Geldbörse, als sei sie ihm tatsächlich schon einmal abhandengekommen. Der Zug ging um dreiundzwanzig Uhr achtundfünfzig, also kurz vor Mitternacht, und jetzt – er blickte auf die beleuchtete Bahnhofsuhr – war es neun, so dass er noch drei Stunden Aufenthalt hatte. Plötzlich versetzte ihn die Unmöglichkeit, früher nach Wien zurückzukehren, in tiefe Verzweiflung. (Es war ihm entfallen, dass der Beamte ausdrücklich »Ihr letzter Zug« gesagt hatte.) Denn plötzlich wurde ihm klar, dass er keine Zeit mehr hatte und nicht eine Minute verlieren durfte. Er musste auf der Stelle in Wien sein, eigentlich schon in diesem Augenblick. Hätte man ihn nach dem Grund seiner Eile gefragt, wäre er wohl um eine Antwort verlegen gewesen. Trotzdem verstärkte sich seine Ungeduld bis zu wahrhaft physischem Schmerz. Und wie um schneller nach Wien zu gelangen, rannte er auf den Bahnhof zu. Doch vor dem Eingang hatte er sich offenbar eines anderen besonnen und kehrte denselben Weg zum Café zurück. Das Haus, dessen Erdgeschoss das Café beherbergte, stand ganz für sich allein. Zu beiden Seiten stiegen ziemlich steile Straßen zum Stadtzentrum an, und quer dahinter verlief eine Gasse. Gordweil hastete nun völlig geistesabwesend und wie ein beweglicher Zaun immer wieder um dieses Haus herum, war schon bei der zehnten oder zwanzigsten Runde. Dabei sah er nicht, dass er die Aufmerksamkeit des Ortspolizisten auf sich gelenkt hatte, der seine Bewegungen seit geraumer Zeit verfolgte. Schließlich postierte sich der Gesetzeshüter vor dem Café, wartete, bis Gordweil erneut auftauchte, und hielt ihn an. Gordweil wollte ihm, stumpfsinnig dreinblickend, ausweichen.

»Stehen geblieben! Was machen Sie da?«

Im Ton des Polizisten schwang bereits verhaltene Wut mit, als ob Gordweil sein Erzfeind sei. Als Amtsneuling betrachtete er jeden Verstoß gegen die öffentliche Ordnung als Angriff auf seine Privatehre.

»Was soll das heißen …?«, erklärte Gordweil. »Ich ge-gehe

spazieren … Ich fahre heute ja sowieso nach Wien … Ich habe eine Fahrkarte Klosterneuburg – Wien.«

Diese Antwort entfachte erst recht den Zorn des Wachmanns, der sich gefoppt fühlte. »Das kennen wir zur Genüge«, rief er streng. »Haben Sie Papiere?«

Nein, Papiere hatte er nicht dabei. Aber zum Glück fand er in einer seiner Taschen einen an ihn adressierten Brief, den er dem Polizisten vorzeigte. Der schaute abwechselnd den Brief und Gordweil an, als wolle er sich vergewissern, dass Name und Anschrift tatsächlich zu diesem kleinen, unrasierten Mann passten, und gab ihn dann nach kurzem Überlegen zurück.

»Schön. Aber jetzt verschwinden Sie hier. Und laufen mir nicht mehr ums Haus herum.«

»Warum denn nicht?«, brauste jetzt Gordweil auf. »Bin ich etwa nicht berechtigt, dort spazieren zu gehen, wo es mir gefällt? Das halte ich für mein gutes Recht.«

»Ich warne Sie, nicht ausfallend zu werden. Falls Sie nicht auf die Wache abgeführt werden wollen.«

Gordweil fügte sich. Schließlich wollte er nicht riskieren, den Zug zu verpassen. Von weitem las er auf der Bahnhofsuhr zehn, ging auf das zweite Café zu (unwillkürlich mied er jenes, das er die ganze Zeit umrundet hatte) und trat ein. Die Auseinandersetzung mit dem Polizisten war im Handumdrehen aus seinem Gedächtnis gelöscht. Und wieder tat es ihm zutiefst leid, in diesem Moment nicht in Wien zu sein. Denn während er hier weilte, ereignete sich dort zweifellos etwas Grauenhaftes, das hinterher nicht mehr reparabel sein würde …

Als er den Kaffee ausgetrunken hatte, stützte er den Kopf in die Hände und verfiel augenblicklich in eine Art Halbschlaf. Ein langer, schier endloser Zug sauste mit ungeheurer Geschwindigkeit dahin, und er musste aufspringen, was an sich nicht schwierig erschien. Aber auf jedem Trittbrett, das er erreichte, stand ein Polizist mit langer Peitsche, der auf ihn einhieb und ihn nicht heraufließ. Dieser Polizist wechselte die Gestalt. Erst war es der,

der ihn zuvor am Café angehalten hatte, dann Heidelberger. Auf allen Trittbrettern der zahllosen Waggons stand ebendieser Wachmann, also Heidelberger, mit der langen Peitsche. Sämtliche Fahrgäste steckten die Köpfe zu den Fenstern heraus und lachten über sein Elend. Schließlich gelang es ihm, auf einen der letzten Wagen aufzuspringen, was ihn in Jubel versetzte. Jetzt konnte er Lotte zu Hilfe eilen (denn Lotte steckte in höchster Not). Doch plötzlich merkte er, dass der Wagen, auf den er aufgesprungen war, auf der Stelle stand, sich gar nicht fortbewegte. Und sogleich wusste er auch den Grund für diesen Stillstand: Er hatte vergessen, eine Karte zu kaufen, und ohne Fahrkarte würde sich nichts regen. Andererseits konnte er auch nicht aussteigen, um eine Karte zu lösen, erstens, weil er sich schon mitten auf der Strecke, mehrere Kilometer vom Bahnhof entfernt, befand, und zweitens, weil er sicher war, dass der Wagen, sobald er nur einen Moment draußen war, wieder anfahren und ihn zurücklassen würde. Außerdem stellte sich heraus, dass das Wageninnere keineswegs einem normalen Eisenbahnabteil ähnelte, sondern eher einem leeren Wohnzimmer ohne Möbel außer einem kaputten, auf den Kopf gestellten Stuhl, dessen drei Beine nach oben ragten. Aber das wunderte ihn nicht weiter. Die Hauptfrage war, wie sich der Wagen in Bewegung setzen ließ. Da kam auch schon der Schaffner herein, und Gordweil begann ratlos in seinen Taschen zu kramen. Schließlich hatte er einen alten Tramfahrschein gefunden, der allerdings nicht den gewöhnlichen rechteckigen Fahrkarten glich, sondern groß, grün, quadratisch war, eher wie ein großer Umschlag, und doch wusste er mit Sicherheit, dass es sich um einen Straßenbahnfahrschein handelte. Im Herzen hoffte er, dass der ihm helfen werde, und zeigte ihn dem Schaffner vor. Doch der brach bei seinem Anblick in fürchterliches Gelächter aus, das aus seinem Mund stoßweise hervorbrach und Gordweil wie harte Gegenstände traf. Es war ein Lachen, das ihn umbringen konnte, wenn er sich nicht vor ihm versteckte. Jede Lachsalve traf ihn wie ein Eisenprügel, und er begann in dem leeren Zimmer umherzurennen, immer an den Wänden entlang und um die Ecken wie eine Maus, während der Schaffner ihm nachjagte und ihn mit seinem Lachen geißelte. Es gab keinerlei Zuflucht. Der Raum hatte weder Fenster noch Türen, war von allen Seiten dicht. Da bot er seine letzten Kräfte auf und hämmerte an die Wand, um eine Bresche zu schlagen.

»Was wünscht der Herr?«, fragte der Kellner, der glaubte, Gordweils Pochen auf die Tischplatte habe ihm gegolten.

Gordweil starrte ihn mit stumpfen, irren, weitaufgerissenen Augen an, ohne eine Antwort zu geben. Der Kellner blieb wartend bei ihm stehen. Da ließ Gordweil den Blick umherschweifen, sah Menschen an Marmortischen sitzen, und langsam sickerte die Wirklichkeit in sein Hirn. Mit gedämpfter, angestrengter Stimme stieß er hervor: »Würden Sie – können Sie mir vielleicht die genaue Uhrzeit sagen?«

Auf die Antwort des Kellners, dass es jetzt fünf vor elf sei, schreckte er hoch, beglich geschäftig die Rechnung und trat ins Freie.

Die kühle Luft draußen verursachte ihm eine Gänsehaut, aber er merkte es nicht. Der Platz lag öde und verlassen da. Oben prangte immer noch der Mond wie ein nächtliches Siegel. Gordweil bog in eine lange Straße ein, die auf den Platz mündete, und schlenderte sie langsam entlang, bis ihn plötzlich wieder krankhafte Unruhe befiel und er im Laufschritt zum Bahnhof zurücklief. Er durchquerte den Wartesaal und trat auf den Bahnsteig hinaus. Lange wanderte er auf und ab. Die Zeiger der riesigen Uhr blieben hartnäckig auf der Stelle. Die Zeit stand still. Die Gleise führten silberglänzend in die weite Nacht. Das Signal stand auf Rot. Es läutete leise und lange – eine Nachricht von der Nachbarstation. Läuten. Dann pfiff ein Güterzug, donnerte schnaufend mit ohrenbetäubendem Getöse heran, ohne anzuhalten. Lange Kesselwagen sausten vorüber, Gitterwaggons mit Vieh, offene Wagen, beladen mit Steinhaufen oder gestapelten Holzbalken, und geschlossene Wagen, an deren Wänden mit

Kreide riesige Zahlen und manchmal auch ein einzelnes Wort geschrieben waren. Der Lärm entfernte sich. Die Gleise summten noch lange leise nach, und irgendwo in der Ferne pulsierte ein sanftes, zu Herzen gehendes Pochen.

Endlich tauchte der ersehnte Zug aus der Nacht auf und nahm Gordweil zusammen mit ein paar weiteren Reisenden auf. Die Abteile waren mit meistens dösenden Fahrgästen überfüllt, die von einem Sonntagsausflug auf dem Land in die Stadt zurückkehrten. Gordweil lehnte sich im Gang an die Wand und blickte hinaus, ohne etwas zu sehen. In ihm brannte nur der blinde Drang, so bald wie möglich nach Hause zu kommen. Vom Franz-Josefs-Bahnhof fuhr er aus irgendeinem Grund nicht mit der Tram, sondern rannte zu Fuß – je näher er seiner Wohnung kam, desto schneller.

Nach einer Dreiviertelstunde erreichte er die Kleine Stadtgutgasse. Schweißgebadet hielt er einen Augenblick inne und blickte zu seinen Zimmerfenstern hinauf, die dunkel waren. Man konnte nicht wissen, ob sie schon schlief oder noch nicht heimgekehrt war. Er klingelte, tastete sich im Finstern die Stiegen hinauf, öffnete äußerst vorsichtig die Wohnungstür und trat auf Zehenspitzen ein. Im Flur blieb er stehen und hielt lauschend den Atem an. Es herrschte Stille. Dann tappte er langsam auf die Zimmertür zu, öffnete sie und trat leise ein. Trotzdem gab Thea mit schläfriger Stimme einen unverständlichen Laut von sich. Reglos verharrte er an der Tür, und Thea schlief wieder ein. Es war nichts zu hören außer seinem heftigen Herzklopfen und Theas ruhigem Atem, der von unten aus dem Boden zu kommen schien. Nach einer Weile wagte er sich bis zum Sofa vor und setzte sich. Der Mond warf einen breiten, schrägen Glitzerstreifen über Bett und Gegenwand. Gordweil lauschte angespannt und starrte unablässig auf das Bett, als passe er auf, dass dort nichts ohne sein Wissen geschah. Und lange Zeit geschah tatsächlich nichts. Nur der Mondstreifen wanderte inzwischen vom Fußende bis zur Mitte, hatte nun fast die Brust der schlafenden Thea erreicht. Doch da setzte sich plötzlich jemand im weißen Hemd rechts neben Thea im Bett auf. Gordweil nahm nicht das leiseste Geräusch wahr, sah aber alles mit solcher Klarheit, dass kein Raum mehr für den geringsten Zweifel blieb. Er ist also heute wieder da. Gestern war er hier und heute wieder. Er wartete mit angehaltenem Atem, und Heidelberger wartete ebenfalls. Letzterer saß reglos da, wie versteinert, und starrte vor sich hin, den Kopf leicht auf die Brust gesenkt, die Schnurrbarthaare üppig über die Lippen wuchernd, wie ihn Gordweil zum ersten Mal in der Gastwirtschaft vor dem Bierkrug gesehen hatte. Schließlich wandte er Gordweil langsam das Gesicht zu und sah ihn lange an. Er schien unter seinem Schnurrbart zu grinsen. Nachdem er ihn ein paar Minuten so betrachtet hatte, legte er sich wieder hin. Gordweil wartete noch eine Weile, aber es regte sich nichts. Dann stand er lautlos auf und schlich ans Bett, aber zur anderen Seite, wo Thea auf dem Rücken ausgestreckt lag, und in seiner Hand glänzte das offene Messer. Es gab ein kurzes Stöhnen, eine Erschütterung im Bett. Eine ferne Uhr schlug zwei.

Um acht Uhr morgens erschien Gordweil bei Ulrich, der bei seinem Eintreten aufwachte. Auf seinem schmalen, unrasierten Gesicht lag der Anflug eines sonderbar starren, irren Grinsens. Er sank auf die Bettkante und verharrte eine Zeitlang wie versteinert, während sein Freund ihn verständnislos anstarrte. Schließlich sagte er mit leiser Stimme, als rede er mit sich selbst: »Thea ist heute Nacht gestorben.«

Paris – Tel Aviv, 1928/29

ANHANG

Maxim Biller

David Vogel: Wo Menschen sind, kann es kein Paradies geben

Es passiert meistens an hellen, freundlichen Tagen. Ich trete mittags aus dem Haus, nachdem ich ein paar Stunden besonders gut gearbeitet habe, ich drehe neugierig den Kopf nach links und nach rechts, ich atme die frische Luft so tief ein, als hätte ich sie nie vorher gerochen, und dann laufe ich mit leichten Schritten los. Ich weiß nicht genau, wohin ich gehe, in das Restaurant bei mir um die Ecke, wie immer um diese Zeit, oder in eines von den vielen neuen Innenstadtcafés, aber vielleicht werde ich auch nur ein bisschen durch München spazieren, und der Rest des Nachmittags ergibt sich von selbst. Was für eine schöne, besondere Stimmung, denke ich, und mir ist so, als finge das Leben nach vielen langen, bedrückenden Jahren heute endlich wieder von vorne an. Doch kaum denke ich diesen Gedanken zu Ende, zieht sich etwas in meiner Brust zusammen, meine Schritte werden schwerer, und ich denke: So gut wird es nicht lange bleiben. Und ich frage mich: Was wird die nächste Katastrophe sein?

Ja, ich bin Jude. Und weil ich Jude bin, bin ich überzeugt davon, dass es sehr jüdisch ist, gerade in den schönsten Momenten mit dem Schlimmsten zu rechnen. Wer jetzt an den Holocaust denkt, ist selber schuld. Schließlich hat der Mann, von dem gleich die Rede sein soll, auch nicht an ihn gedacht, als er sich Anfang des 20. Jahrhunderts in einem vergessenen weißrussischen Schtetl auf den Weg machte, um in der Welt sein Glück zu suchen – und um so seine ewige jüdische Angst vor der nächsten Katastrophe zu vergessen.

Ich habe noch nie ein Foto von David Vogel gesehen. Menschen, die ihn kannten, sagen, er war ein kleiner, fast zwergenhafter Mann mit einer dicken Brille und einem ständig etwas abwesenden, lüsternen Blick. Er hatte den mageren, wenig entwickelten Körper eines Hypochonders, und ich glaube, dass er immer besonders gut rasiert war, dass die Haut in seinem Gesicht so weiß strahlte wie die Wange eines jungen Mädchens, denn als er das erste Mal galizischen Boden betrat, schrieb er – eher entsetzt als wütend – in sein Tagebuch: »Ich hasse Lemberg und seine Juden mit Schläfenlocken bis zu den Schultern.« In Galizien blieb er aber sowieso nicht lange, auf der Flucht vor den russischen Militärbehörden machte er hier nur für ein paar Wochen halt. Schon bald brach er nach Wien auf, in die helle, moderne, unüberschaubare Großstadt, wo er vor der Armee des Zaren genauso sicher zu sein hoffte wie vor der jüdischen Tradition, und es steckte sicher mehr als Trotz dahinter, wenn er am 29. September 1912 notierte: »Drei Tage nacheinander Feiertag; ich habe währenddessen viel, viel gelitten. Es waren leere Tage.« Oder ein halbes Jahr später: »Wahrlich hätte ich beinahe ganz vergessen, daß heute abend Pessach ist. Was sollte mich denn daran erinnern?!«

Das alles ist sehr sonderbar. Denn gerade war er noch in Wilna gewesen, in der Stadt der tausend Rabbiner und hundert Synagogen. Er hatte hier jahrelang wie ein Besessener studiert und Hebräisch gelernt, und dass er nun plötzlich von einem Tag auf den andern so gierig darauf ist, die Tür zur Moderne aufzustoßen, hängt bestimmt nicht allein damit zusammen, dass er kein kleiner hektischer Kaftanjude mehr sein will, der für jeden russischen oder litauischen Antisemiten automatisch Freiwild ist. Wie viele andere ahnt er natürlich, dass da vorne, wo das Licht der Zukunft ist, in dem heranbrechenden neuen Jahrhundert, in dem keine sinnlosen überkommenen Regeln und archaischen Ängste mehr zählen werden, weil ab jetzt jeder alles machen kann und muss, was er will – er ahnt und fleht und hofft, dass dort das Leben besser und freier sein wird als in der Gegenwart, die für die meisten Juden des Ostens noch tiefste Vergangenheit ist.

Als David Vogel endlich in Wien ankommt, zwei Jahre vor dem Ersten Weltkrieg, hat er mit seinen einundzwanzig Jahren mehr erlebt, als viele, die heute Bücher schreiben, in ihrem ganzen Leben durchmachen werden. Er hungert sich – wie schon in Wilna und Lemberg – durch die Tage. In den Nächten hat er oft keinen Platz zum Schlafen und irrt durch die Straßen der Stadt, und der einzige treue Begleiter, den er hat, ist seine panische Angst davor, an Tuberkulose zu erkranken, die ihn fast genauso schwächt, wie es die Krankheit selbst tun würde. Manchmal gibt er, unwillig und schlecht gelaunt, verwöhnten, stumpfsinnigen jüdischen Kleinbürgerkindern Religions- und Hebräischunterricht, und das bisschen Geld, das er dabei verdient, verschwendet er für Bücher. Er ist, da bin ich mir sicher, ein schrecklicher Mensch, einer von diesen Verrückten, die glauben, dass es genügt, alles zu wissen, damit man glücklich wird, weshalb sie immer nur lesen und lesen und lesen, bis sie eines Tages merken, dass es auf der Welt viel mehr Bücher gibt als Gedanken, aber dann ist es für die meisten von ihnen zu spät.

Für David Vogel kam diese Einsicht gerade noch rechtzeitig. Wenn die Wahrheit nicht in den Büchern der andern zu finden ist, wird er gedacht haben, muss ich eben selbst anfangen zu schreiben, und wie bei allen wirklich großen Schriftstellern kommt auch bei ihm zuerst die Absicht – und die Literatur erst viel später. Gut, er schreibt jetzt ab und zu ein Gedicht, doch das macht er fast nur wie nebenher, er schmiert es im Kaffeehaus auf eine Serviette, nachdem er alle Zeitungen ausgelesen, alle Gespräche geführt hat und vor Langeweile nichts anderes mehr zu tun weiß. Meistens spricht er aber nur vom Schreiben, er sitzt mit anderen jüdischen Bohemiens im Café »Arkade« und redet mit ihnen Löcher in die Luft. Zu Hause klappt er dann sein Tagebuch auf und kritzelt sehnsüchtig hinein: »Nichts zieht mich so an wie die Literatur; ich würde gern zu den Schriftstellern zählen.«

Was Vogel nicht weiß: Er ist in Wahrheit längst ein Schriftsteller, denn sein Wien-Tagebuch, das erst fünfzig Jahre nach seinem Tod unter dem Titel »Das Ende der Tage« erscheint und die Jahre 1912 bis 1922 umfasst, ist neben dem einzigen Roman, der zu seinen Lebzeiten erscheinen wird, sein größtes, sein wichtigstes Werk. Der traurige, gehetzte, eingebildete junge Mann, der sich hier Seite für Seite immer tiefer in das Herz des Lesers hineinleidet, bleibt, wie es sich für jede anständige Gestalt der Weltliteratur gehört, auf immer darin versiegelt; man vergisst ihn nie mehr, man erinnert sich an ihn, wie zur Bestätigung, in den grässlichen Momenten des eigenen Lebens, und wenn es einem gutgeht, fällt einem dieser ewig Schwermütige erst recht wieder ein, und man schüttelt sich mit einem wohligen Schauder.

Nein, das Glück fand David Vogel in Wien nicht – und die ganz normale jüdische Katastrophen-Paranoia wurde er dort auch nicht los. Sogar wenn alles in Ordnung ist, wenn es so aussieht, als würde sich seine Situation zum Besseren wenden, wenn er eine Weile nicht hungert, wenn er ein warmes Zimmer hat und mehr Bücher, als er lesen kann; sogar wenn er in Wien auf Menschen trifft, die er nicht mehr verachten muss, und die Tage genauso hell und freundlich enden wie sie anfangen – sogar dann lastet das Dasein so schwer auf ihm wie ein ewig drohendes Unheil.

So schlecht geht es ihm, so unerträglich bedrängt ihn das Leben, dass man ständig denkt: Wann passiert es endlich? Wann kommt sie, die nächste Katastrophe? Im August 1914 ist sie dann da, er wird kurz nach Ausbruch des Ersten Weltkriegs als russischer Staatsbürger verhaftet und von den Österreichern in ein Kriegsgefangenenlager gesteckt, wo er die nächsten zwei Jahre bleibt. Zwei Jahre, bloß weil er den falschen Pass hat, zwei Jahre seines Lebens, die ihm einfach weggenommen werden, zwei leere, stumpfe, sinnlose Jahre, in denen er keine Sekunde allein sein darf, in denen er keinen einzigen vernünftigen Gedanken fassen kann, in denen er kaum eine Zeile schreibt. Was nützt es ihm, dass er für diese Zeit von seinen materiellen Problemen befreit ist? »Ich sehne mich nach dem Hunger, nach dem Hin und Her, nach den Einkommenssorgen«, lautet eine der wenigen Tagebucheintragungen, zu denen er sich in der Gefangenschaft aufraffen kann. Und: »Ich brauche Leiden, eine ungesicherte Lage, ein ungeregeltes Leben.« Als hätte er davon nicht gerade schon genug.

Denken Sie auch, was ich denke? Dass dieser schreckliche, selbstverliebte Kerl sich in Wahrheit nach der Katastrophe sehnte, dass er für jedes Unglück, das ihm zustieß, dankbar war – aber nur so lange, bis ein größeres, stärkeres Unglück sich am Horizont seines so schaurig modernen, entwurzelten Lebens abzeichnete? Als er Ilka kennenlernt, die tuberkulosekranke, arrogante, gojische Kaffeehausdiva, denkt er nur ein Wort: Angst. Er, der ewige Hypochonder, fürchtet den Tod, den sie in sich trägt, er fürchtet ihre kalte, überhebliche Art, mit der sie von der Dummheit der andern und ihrer eigenen Genialität spricht, und besonders schön findet er sie ohnehin nicht. Trotzdem entkommt er ihr nicht, trotzdem wirft er sich in ihre dunklen Arme. »Sie liebt mich mit Todesliebe«, notiert er nach einem halben Jahr, »ich werde nach und nach in die Grube gelockt.« Wie schön für ihn! Kurz darauf will sie ihn heiraten – und er sagt sofort ja. Sie will, dass er sich von seinen Freunden fernhält – er sagt wieder ja. Sie will ein Kind – ja, ja, ja! Er hasst sie, weil sie ständig etwas von ihm will, weil sie ihn unentwegt eifersüchtig macht, weil sie ihn immer nur quält, weil sie in seinen Augen eben nie aufhört, eine Frau zu sein, und so träumt er davon, »ihr wehzutun, sie zu schlagen, mit den Füßen zu treten«. Dann ist das Kind da, tot, eine kleine, wunderschöne Frühgeburt, die von den Ärzten geopfert werden musste, damit die schwindsüchtige Ilka überlebt – und was steht kurz darauf in David Vogels düsterem Tagebuch? »Ilka liebe ich jetzt siebenmal mehr als vor der Hochzeit.«

Die jüdische Angst vor der nächsten Katastrophe damit auszutricksen, dass man sie Tag und Nacht willkommen heißt – das ist sicher eine Erklärung für Vogels fast schon masochistische Melancholie. Aber es steckt noch etwas anderes dahinter. Es ist wie bei vielen anderen Juden seiner Generation das überwältigende Gefühl, alles hinter sich gelassen zu haben und zu wissen, dass man für den Verrat an der Tradition nicht belohnt, sondern immer und immer wieder nur bestraft werden kann und muss. Es ist der Preis für die Freiheiten der Moderne, den ein Jude wie ich nun, da alle Kämpfe gekämpft sind, nicht mehr zahlen muss – David Vogel, Franz Kafka, Arthur Schnitzler und den andern sei Dank.

Gut. Und jetzt reden wir über David Vogels Roman »Eine Ehe in Wien«, der zu den sechs, sieben besten Büchern gehört, die mir je untergekommen sind. Jetzt reden wir über seine unendlich schöne, klare, zarte, genaue Sprache, über die Figuren, die ihn so selbstverständlich und frei bevölkern, als wäre er nicht ein bisschen Druckerschwärze und ein paar hundert Seiten glattes, weißes Papier, sondern das Leben und nichts als das Leben; jetzt reden wir über die helle, fast strahlende Traurigkeit, die bislang jeden, der ihn gelesen hat, befiel und für Wochen und Monate nicht mehr losließ. Ich selbst stand noch viel länger in seinem Bann, und so ist mein Roman »Die Tochter«, für den ich fünf lange Jahre brauchte, nicht nur eine Antwort auf meine eigenen Fragen, sondern auch auf die, die Vogel in seinem Buch stellt, und dass die Geschichte, die ich darin erzähle, mit einer richtig schönen Katastrophe endet, versteht sich von selbst. David Vogels Geschichte lässt sich mit einem einzigen Satz zusammenfassen und geht so: Ein junger jüdischer Schriftsteller aus dem Osten, der in den 20er Jahren in Wien lebt, verfällt einer kalten, bösen österreichischen Baronesse, ohne dass man auch nur eine Sekunde kapiert, warum, und das macht einen bald genauso verrückt wie ihn.

Rudolf Gordweil heißt Vogels Held, und er will nur eins: ein Schriftsteller sein – das heißt, so frei und verträumt zu leben, wie er es möchte, er ganz allein. Darum liebt er Wien, diese Hauptstadt der neuen Zeit, die von Nichtjuden und Juden gemeinsam aufgebaut wurde und wo einer wie er, der in der beinah vorzeitlichen Abgeschiedenheit eines jüdischen Schtetls aufgewachsen ist, das Gefühl hat, dass er kein Fremder in der modernen Welt ist. Hier, in der Metropole, sind alle gleich, hier zählt nur die Leistung, nicht die Zukunft, hier macht tatsächlich jeder, was er will. So ist Wien neben all den Menschen die wichtigste Figur in Vogels Roman, es ist wahrscheinlich sogar die, die er am meisten liebt.

Und trotzdem hat keiner besser gewusst als David Vogel selbst, wie entwurzelt ein Jude in einer der neuen Metropolen immer bleiben würde, und so handelt eine der stärksten Passagen seines Romans genau davon, dass die Stadt, an der Rudolf Gordweil so hängt, seine Liebe nicht erwidern will: Es geschieht an einem wunderbaren, langsam ausglühenden Sommerabend, dass er mit seinen beiden jüdischen Freunden Lotte und Mark, nach einem Ausflug nach Grinzing, tobend und lachend hinter der letzten Tram herrennt, die sie in das geliebte Wien zurückbringen soll – und dass sie auf dieser vermeintlichen Fahrt nach Hause von einem großen, dicken Kerl mit Melone auf dem Kopf und Zigarre im Mund ohne jede Vorwarnung als lästige, frech glotzende Juden beschimpft werden. »Schern S' sich nach Galizien zurück, wo S'herkommen sind!«, faucht er sie an, und das macht sie nicht wütend, nur traurig.

Kann eine Stadt, in der so was passiert, je Gordweils Stadt werden, sosehr er sich danach sehnt? Und können ihre nichtjüdischen Bewohner für ihn vielleicht doch etwas mehr sein als Fremde, die ihn nur deshalb meistens in Ruhe lassen, weil ihnen sein jüdisches Boheme- und Emanzipationsglück vollkommen gleichgültig ist? Thea von Tako, die hässliche, kalte Baronesse, sicherlich nicht. Am Anfang sind Theas sadistische Launen fast harmlos, sie kommandiert Gordweil herum, lässt ihn den Haushalt machen, und manchmal hebt sie ihn, der einen Kopf kleiner ist als sie, wie ein Kind hoch, sie trägt ihn zum Bett, und bevor sie mit ihm schläft, beißt sie seine Ellbogen, seine Brust, sein Gesicht blutig. Später schlägt sie ihn, wenn ihr etwas nicht passt, oder jagt ihn nachts aus der Wohnung; sie betrügt ihn mit seinen Freunden und Kaffeehaus-Bekannten und treibt es einmal sogar mit einem von ihnen in seiner Gegenwart. Das alles sind Dinge, die Gordweil ebenso hasst wie genießt, er suhlt sich oft in den körperlichen und psychischen Schmerzen, die Thea ihm zufügt, und erst als die schreckliche Sache mit ihrem gemeinsamen Baby passiert, beginnt sich in ihm langsam etwas zu ändern.

Ich weiß gar nicht, warum David Vogel uns diese düstere, kranke, zermürbende Geschichte erzählt, die Thea am Ende ebenso wenig überlebt wie das Kind. Ich weiß nicht, ob es ihm etwa darum ging, zu zeigen, wie absolut unmöglich es für einen Mann und eine Frau ist, zusammen Frieden zu finden, und wie grauenhaft und brutal darum alles wird, wenn sie es trotzdem versuchen. Ich weiß nicht, ob die gewalttätige Beziehung, die zwischen Rudolf Gordweil und Thea von Tako herrscht, das ewig kaputte, ewig gestörte Verhältnis zwischen Juden und Nichtjuden widerspiegeln soll, die sich seit zwei Jahrtausenden umso wütender ineinander verbeißen, je weniger sie voneinander loskommen und umgekehrt. Ich weiß nicht, ob die unbegreiflichen Qualen, die Gordweil mit seiner germanischen Domina durchleidet, als Sinnbild zu deuten sind für die absurden, endlosen jüdischen Diasporaleiden oder als David Vogels prophetische Vorwegnahme des KZ-Horrors. Ich weiß auch nicht, ob »Eine Ehe in Wien« nicht allein von Sexualität und Sadomasochismus handelt; ich weiß nicht, ob David Vogel nicht Anfang der 20er Jahre bloß eine ziemlich beschissene Zeit hatte; ich weiß nicht, ob er nicht einfach nur komplett durchgeknallt war ... Wahrscheinlich, denke ich, alles zusammen und noch ein bisschen mehr, was sich jeder, der das Buch liest, hinzudenken kann und auch wird.

David Vogel schrieb seinen Roman auf Hebräisch, so wie seine Gedichte und die beiden Novellen »Im Sanatorium« und »Am See«. Er schrieb ihn aber nicht in Wien, das er 1925 verließ – ausgerechnet in dem Jahr, als er endlich die österreichische Staatsbürgerschaft bekam –, er schrieb ihn in Paris und vollendete ihn in Tel Aviv. Ja, in Tel Aviv, aber wer nun glaubt, Vogel sei Zionist gewesen und hätte aus Überzeugung hebräisch geschrieben, der irrt.

David Vogel ging einzig und allein deshalb nach Palästina, weil er dort seine Tuberkulose auskurieren wollte und natürlich auch die seiner Frau. Es muss schrecklich gewesen sein: Ein heißes, lautes, kulturloses Land, voller nationalistischer Fanatiker, sozialistischer Heilsbringer und schlechterzogener Optimisten, ein Irrenhaus, in dem sogar ein Verrückter wie er es nicht aushalten konnte. Vor allem aber war hier für einen dekadenten mitteleuropäischen Masochisten wie ihn der Boden zu heiß, die Gefahren, die hier lauerten, waren ganz echt und nicht selbst ausgedacht oder im künstlerhaften Armutsrausch herbeideliriert. Hier wurde richtig geschossen und wirklich gekämpft und absolut authentisch gestorben, nicht bloß mit großer Boheme-Geste unter Hunger und Liebesqualen gelitten, und das feuchte, drückende Klima war für seine kaputte, blutende Lunge auch nicht so gut, wie er geglaubt hatte. Da war es ihm dann egal, dass er von der provinziellen Kulturschickeria des Jischuw wie ein kleiner großer Schriftsteller begrüßt wurde, dass man Empfänge für ihn veranstaltete und Lesungen und dass man ihm sogar die begehrte und gutbezahlte Stelle des Literaturlehrers am renommierten Herzliah-Gymnasium anbot. Bloß weg hier, hat er ein Jahr lang gedacht, zurück nach Europa, wo die Katastrophen allein im Kopf stattfinden oder in der Literatur. Aber vielleicht ging es ihm auch genau darum. Vielleicht hat er gewusst, dass nur dort, wo das Grauen so allgegenwärtig und machtvoll in Köpfen, Romanen und Gedichten umherwabert, es irgendwann auch so richtig schön apokalyptisch wird. Vielleicht fuhr er, als er 1931 in Haifa oder Jaffa das Schiff nach Europa bestieg, ganz bewusst der totalen Katastrophe entgegen und nicht von ihr weg.

So also kehrte David Vogel nach Paris zurück. Eine gute Zeit hatte der melancholische Masochist dort natürlich nicht gehabt, aber so richtig schön apokalyptisch wurde es dann erst, als Hitler und seine Deutschen in Frankreich einfielen. Wieder geriet er – genau wie im letzten Krieg – als vermeintlich feindseliger Ausländer in Gefangenschaft, und wieder dauerte sie fast zwei Jahre. Zwei Jahre. Zwei stumpfe, sinnlose, elende Jahre, bloß weil er den falschen Pass hatte, diesmal den österreichischen, der ausgerechnet ihn, den kleinen, schwächlichen jüdischen Intellektuellen, in den Augen der Franzosen in den Verdacht brachte, mindestens so gefährlich zu sein wie ein halbes deutsches Luftwaffengeschwader. Als er von Marschall Pétains Gnaden im Juni 1941 endlich aus dem Lager entlassen wird, ist er noch kaputter, noch trauriger als davor, und das bisschen Kraft, das er übrig hat, nutzt er, um sich um seine Frau und Tochter zu kümmern und sein letztes Buch zu schreiben. Bevor er dann, im Februar 1944, zum letzten Mal in seinem Leben, verhaftet, entrechtet und gegen seinen Willen zur menschlichen Verfügungsmasse von Leuten wird, die er noch nie vorher gesehen hat, rollt er vorsichtig das Manuskript zusammen, küsst es, schiebt es in eine Blechdose und vergräbt es im Garten seiner französischen Vermieterin, wo es nach dem Krieg von einem Freund wiederentdeckt wird.

Vogels letztes Buch »Alle zogen in den Kampf« ist das sehr literarische, sehr authentische, sehr deprimierende Protokoll seiner Zeit als französischer Kriegsgefangener. Es ist allerdings, im Vergleich zu seinen vorherigen Büchern, ein anderer, ein menschlicherer David Vogel, der hier spricht. Plötzlich sind die Zeiten vorbei, in denen er sich danach sehnt, zu leiden, zu hungern, zu frieren. Konnte er zwanzig Jahre vorher noch mit unterwürfigem Bitte-quäle-mich-Ton in sein Tagebuch hineinwinseln: »Manchmal sehne ich mich nach der Haft!«, so klingt es nun gar nicht mehr nach dekadenter Leidenssehnsucht und modernem jüdischem Schuldgefühl, wenn er wütend und kämpferisch ausruft: »Mein Leben ist mir allein gegeben, um es bis zum Ende zu leben, bis zur Neige auszukosten, und kein Mensch hat das Recht, es mir zu verbauen!« Oder wenn er mit vor Schmerz zusammengezogenem Herzen die existentielle Depression beschreibt, in die der Lageralltag ihn und seine Mitgefangenen stürzt: »Wir stritten uns um Nichtigkeiten, nur um Reste eines Eigenlebens zu bewahren, zu spüren, dass noch eine schmale Scheide zwischen Ich und Du bestand, wir nicht eine Masse waren, ein riesiger, amorpher, wimmelnder Misthaufen. Hier wurden wir gezwungen, ein fremdes Leben aus zweiter Hand zu führen, von vornherein für fünfhundert Mann gleich geschneidert. Nach und nach vermochte man nicht mal mehr in der Phantasie ein Eigenleben zu entwickeln. Man war vollkommen von der Außenwelt abgeschnitten, lebendig begraben in einem tiefen, dunklen, kalten Massengrab.«

Nein, David Vogel spricht nicht von Treblinka oder Majdanek. Er spricht von Bourg, Arandon und Loriol, von Orten, an denen man als Jude nicht von Hitler-Deutschen erschossen oder vergast, sondern von Vichy-Franzosen einfach scheiße behandelt wurde, aber das hat ihm offenbar gereicht, um in die Zukunft zu sehen.

Sie glauben mir natürlich nicht. Sie glauben nicht, dass David Vogel schon vor seiner Auslieferung aus Frankreich nach Deutschland am 7. Februar 1944 und seiner Deportation nach Auschwitz einen Monat später geahnt, gefühlt, gesehen, gewusst hat, wie sein Leben im Alter von lächerlichen dreiundfünfzig Jahren zu Ende gehen würde. Dann hören Sie ihm bitte jetzt noch einmal ganz genau zu. Dann hören Sie zu, wie er im Schlusskapitel seines französischen Lagerbuchs beschreibt, wie die Häftlinge ein letztes Mal in ein anderes, neues Lager im Süden Frankreichs transportiert werden, ein Lager, über das sie nichts wissen und über das man auch nichts mehr erfährt, weil das Buch genau an dieser Stelle, im Moment der größten Ungewissheit, endet: »Als meine Nummer an die Reihe kam und man mir hochhalf, um mich in den dunklen Waggon – für acht Pferde oder vierzig Personen – zu schieben, war er längst überfüllt. Ich blieb an der Tür. Weiter konnte ich nicht. Die Luft war zum Ersticken, erfüllt von menschlichen Gerüchen aller Art, trotz der kleinen offenen

Luken nahe der Decke.« Und weiter: »Jetzt saust der Wagen schon mit ohrenbetäubendem Lärm dahin, rüttelt und schüttelt alle Augenblicke. Durch die Luken pfeift kalter Wind. Ich zittere. In meinem Bein prickelt es, als liefen Ameisen darin auf und ab. Der Kopf hängt mir schwer auf der Brust, wie durch Narkose betäubt. Ein Gewirr von Körperteilen wird offenbar: Arme, Beine, Köpfe, Nasen, Menschen mit Kleidung, Schuhen, Hüten, Gepäckstücken, miteinander verwoben und verkeilt – ein einziger Haufen über den ganzen Boden hingegossen, wie Krebse im Netz.« Wie Krebse im Netz. Wie Juden in Gaskammern. Wie Menschen in dem Käfig Leben.

Er hat es gewusst. Dieser verfluchte Irre hat es von Anfang an gewusst. Er wusste es bereits, als er dreißig Jahre vorher im weißrussischen Satanow aufbrach, um seine jüdische Angst vor der nächsten Katastrophe abzuschütteln, als er loszog, auf der Suche nach der totalen, vollkommenen Freiheit und Selbstbestimmtheit und Sorglosigkeit, die nur die wirklich Furchtlosen kennen. Er hat gewusst, dass Menschen nie glücklich werden können, egal ob sie Juden sind oder nicht, denn auf jeden von uns wartet immer schon die nächste Katastrophe. Ja, er hat gewusst, dass er eines Tages wieder in den Osten zurückkehren würde, um dort – zur Strafe für seine Anmaßung, ganz allein Herr über sein Leben sein zu wollen – in Flammen aufzugehen, er hat gewusst, dass er am Ende genau das bekommen würde, was er immer gewollt hat. Das alles also hat er gewusst und bloß eine Sache die ganze Zeit nicht verstanden: Was das wohl für eine Welt ist, in der ein Jude nur dann glücklich werden kann, wenn er aufhört, Jude zu sein, lebendig oder tot.

Sein letztes Buch schrieb David Vogel nicht mehr auf Hebräisch, sondern auf Jiddisch. Warum, habe ich lange überlegt, und ich glaube, endlich wird es mir klar: Hebräisch, das moderne Hebräisch – das war zu Beginn seiner Flucht vor sich selbst die nächstliegende Möglichkeit für ihn gewesen, der mittelalterlichen Dunkelheit des Schtetls zu entkommen. Er bediente sich seiner bloß, weil er es so wunderbar konnte – und weil es nicht anders ging, weil weder Deutsch noch Französisch sich seinem dichterischen Willen ähnlich gehorsam beugten. Jiddisch dagegen war für ihn das Symbol des Gestern, von dem er sich lösen wollte. Als er dann sah, wie aussichtslos das war, kehrte er im letzten Moment trotzig zu der verhassten Sprache seiner Jugend zurück. Aber ob Hebräisch oder Jiddisch, eines war David Vogel natürlich immer in all seiner masochistischen Glückssehnsucht, in all seinem Mut und seiner Furchtsamkeit im Kampf mit dem Leben: ein jüdischer Schriftsteller.

Wissen Sie noch? Ich habe vorhin von dem Buch gesprochen, an dem ich jahrelang saß und das der Versuch einer Antwort ist auf die Fragen, die David Vogel in seinem großen Roman »Eine Ehe in Wien« uns allen stellt. Ich weiß nicht, ob mir das wirklich gelungen ist, und ich weiß auch nicht, ob Sie das überhaupt interessiert. Nur eins weiß ich genau: Ein so trauriges Buch will ich nie wieder schreiben.

Erschienen in: Maxim Biller, Deutschbuch, dtv, München 2001, S. 278–290.